U0599188

John Dos Passos

# 1919　　　　一九一九年

【美】约翰·多斯·帕索斯　著

朱世达　译

作家出版社

（京权）图字：01-2017-7405

**图书在版编目（CIP）数据**

一九一九年／（美）约翰·多斯·帕索斯著；朱世达译 . -- 北京：作家出版社，2021.1

（《美国》三部曲；二）

ISBN 978 - 7 - 5212 - 0978 - 5

Ⅰ. ①一…　Ⅱ. ①约…　②朱…　Ⅲ. ①长篇小说 - 美国 -现代　Ⅳ. ①I712.45

中国版本图书馆 CIP 数据核字（2020）第 085496 号

NINETEEN NINETEEN（1919）BY JOHN DOS PASSOS
Copyright © 1932 BY JOHN DOS PASSOS
This edition arranged with JANE ROTROSEN AGENCY LLC
Through BIG APPLE AGENCY , INC.,LABUAN,MALAYSIA.
Simplified Chinese edition copyright:
2021 THE WRITERS PUBLISHING HOUSE
All rights reserved.

## 一九一九年

作　　者：（美）约翰·多斯·帕索斯
译　　者：朱世达
责任编辑：赵　超
助理编辑：郭晓斌
装帧设计：吴元瑛
出版发行：作家出版社有限公司
社　　址：北京农展馆南里 10 号　　　邮　　编：100125
电话传真：86 - 10 - 65067186（发行中心及邮购部）
　　　　　86 - 10 - 65004079（总编室）
E – mail: zuojia@zuojia. net. cn
http: // www.ZUOJIACHUBANSHE.com
印　　刷：三河市北燕印装有限公司
成品尺寸：152×230
字　　数：420 千
印　　张：25
版　　次：2021 年 1 月第 1 版
印　　次：2021 年 1 月第 1 次印刷
ISBN 978 - 7 - 5212 - 0978 - 5
定　　价：55.00 元

作家版图书，版权所有，侵权必究。

作家版图书，印装错误可随时退换。

# 论多斯·帕索斯的前期思想与作品（代序）

朱世达

如果我们对美国二十世纪二三十年代重要作家约翰·多斯·帕索斯（1896—1970）一生作一总的回顾与评价，我们会发现作家创作达到巅峰的时期正是他全力投身于美国社会斗争，即所谓的"激进运动"时期。正如格兰维尔·希克斯所说，"没有一个美国作家像多斯·帕索斯那样直接地描写变革，伟大的社会变革，具有二十年代特色的革命的变革"[①]。多斯·帕索斯的主要作品《美国》三部曲（《北纬四十二度》《一九一九年》《赚大钱》）1938年结集出版之后，作家的政治方向开始转变，在美国的政治地图上来回交叉走了一遭，渐渐趋向于右翼，这在他的创作上也留下了明显的衰败印记。人们可以毫无偏见地说，在他嗣后的创作里，无论是《一个年轻人的冒险》（1939）还是《伟大的计划》（1949），他不仅在思想上走向反共，艺术上苍白无力，就是创作才力也显得枯竭。所以，在多斯·帕索斯身上，文学史学家可以十分清晰地看出一个从来没有停止过流血的心理创伤，一个创作活动的分水岭。

综观多斯·帕索斯一生中思想与情感的历程，不难发现，他后期与左派运动决裂，他的反戈，绝不是偶然的。人们可以在他的前期作品中找到他思想上的一些倾向和弱点，它们最终导致他成为一个极端的戈特华特共和党人。他的前半生和后半生形成一个强烈的对比与反差，致使美国学者汤森·勒亭顿问道："人们怎么可能把五十年代麦卡锡主义的鼓吹者与《美国》三部曲的作者视为一个人呢？"[②]由于他在二十世纪二三十年代的美国文坛上是一个极有影响的作家，由于他的政治思想和艺术道路是当时时代极富有代表意义的现象，更由于他的激进文学的经典著作《美国》三部曲被认为是美国

---

[①] 格兰维尔·希克斯：《多斯·帕索斯的政治》，由安德罗·霍克（Andrew Hook）编入《评论多斯·帕索斯文集》，新泽西：帕莱蒂斯-霍尔公司，1974年，第15页。

[②] 汤森·勒亭顿：《约翰·多斯·帕索斯：20世纪的历程》，纽约：达顿出版社，1980年，第463页。

民族的史诗之一，对他的前期思想和作品作一深入的研究与分析，对于了解美国二十世纪最初三十多年的文学史，和美国二十世纪三十年代一群作家与文学评论家从左翼转向右翼的历史的与社会的背景，都是极有裨益的。

多斯·帕索斯从1912年至1916年在哈佛大学度过了四年的学习生活。当时的哈佛正处于继奥斯卡·王尔德1882年美国讲学之后风云而起的唯美主义运动的后期。波士顿的知识分子捡起唯美主义的旗帜，在音乐、艺术、文学中鼓吹"为艺术而艺术"。正如马尔科姆·考利说的"唯美主义者竭力在十九世纪九十年代、在马萨诸塞州的剑桥创造一个牛津的余象"[①]。美国文艺批评家万·魏克·布鲁克斯曾经这样描述他在哈佛（1904—1907）的岁月：学文学的学生都倾向于鄙夷他们的国家和世纪，崇拜远离当代美国的事物和人物；几乎每一个人都耽读帕塔的著作，未来的诗人和小说家心里充斥了意大利艺术。[②]多斯·帕索斯就是在这样的环境中开始他的创作生涯的。一年级结束时，他在1913年7月号《哈佛月刊》上发表第一篇短篇小说《阿尔米》。小说描写一个英国少年（像作者自己）在开罗偶然瞥见一位姿色动人的黑眼珠少女，不久，她便消逝不见了。英国少年连夜画了一幅少女的肖像，并开始在全城寻觅她。但找到时，她已嫁给一位赶骡车的，蹲在破屋里做饭，大声吆喝她光屁股的侄子，少年完全失望了。人们从这篇小说中可以看出哈佛唯美主义对他的影响。不过他很快就腻味了前拉斐尔派诗人所赋写的过分讲究遣词造句的诗歌和王尔德的唯美主义。他在1915年5月号《哈佛月刊》上发表小说《唯美主义者的噩梦》，描写一个羸弱的年轻人带回一尊维纳斯像，放在大学寝室里，一次喝了酒，在梦魇中击碎了雕像，醒来之后发现破碎的维纳斯躺在地板上。这是多斯·帕索斯对唯美主义者矫揉造作的讽喻。

作家不满哈佛的环境，把它比作约束人的创造力的"钟罩"，受着外界巨大压力的压迫。

于是，在寻求新思想和新表现形式的同时，他竭力想反叛，想背离美国的物质主义，打破"斯文传统"对美国文学艺术的禁锢。他耽读英国诗人法兰西斯·汤普森的《天之猎猪》和威尔士散文家亚瑟·马琴的《多梦的山

---

① 汤森·勒亭顿：《约翰·多斯·帕索斯：20世纪的历程》，纽约：达顿出版社，1980年，第56页。

② 参见麦克文·兰德斯伯格：《多斯·帕索斯通向〈美国〉的道路》，波尔达尔：科罗拉多联合大学出版社，1972年，第24页。

丘》，特别推崇埃兹拉·庞德的《意象主义者》，受到象征派和意象派诗人的极大影响。所以，在多斯·帕索斯的反叛中，人们可以发现一个哈佛唯美主义者反对一切本国传统的倾向——这种倾向成为他日后投入激进运动的发轫。他很明白：他如果想成功，就必须打破文学传统；所以，他不仅是新形式和新风格的追随者，而且是实践家，是一个敏锐的观察家。

作家离开剑桥——哲学家的天堂之后，1916年10月在《新共和》杂志上发表《反对美国文学》，这对于考察和研究他的早期思想是非常重要的。这篇文章显示了作家对工业主义的不安和对物质主义的憎恶，他的观点与对美国社会和文学持批判态度的魏克·布鲁克斯甚为接近；它同时也表明作家受到惠特曼关于美国图景思想的强烈感染。他说，从英国移植到新英格兰然后到中西部的美国文学是斯文的、抽象的、无根的，缺乏民歌与传统的基础。而如今，工业主义把与过去联系的桥摧毁了。美国必须接受惠特曼关于建立伟大文学的挑战，要不就会变成"现代世界的西西里岛"，文化上非常贫乏而物质上却异常富有。①多斯·帕索斯一离开哈佛就将自己置于反对传统的、无根的美国文化的反叛者的地位。他的这种批判精神由于目睹第一次世界大战的浩劫而得到了升华和发展。他在大战中创伤般的经验是促使他一生观点转变的一个重要的关键。他已不仅仅是浪漫的对现实持不满态度的哈佛八诗人之一了；战争把他卷入世界政治漩涡的中心，战争的残酷使他成为一个资本主义社会的批判者。他1916年12月12日从西班牙给马文写信道："对我来说，战争中有一些东西非常令人沮丧，要是欧洲这样愚蠢地摧毁它自己的话，我所做的一切，我所写的一切看来是多么廉价，毫无用处。"②

在凡尔登前线，多斯·帕索斯作为救护车队的司机目睹了许多战争的惨状，他在《美国》三部曲的《一九一九年》中描述了当时战争的恐怖和给人心灵带来的震慑和不幸。多斯·帕索斯认识到，战争完全是由谎言、欺骗和并不参加打仗的人们追求个人利益的恶行所滋养起来的巨大的肿瘤。他完全同意约翰·里德在《谁的战争？》中所表达的观点："这不是我们的战争。"他在法国看到越来越明显的可能发生革命的信号，他希望在美国也发生革

---

① 参看多斯·帕索斯《反对美国文学》，《新共和》（*New Republic*）VIII，1916年10月14日，第269至271页。

② 汤森·勒亭顿编：《第十四编年史：约翰·多斯·帕索斯信函与日记集》，波士顿：盖姆别特出版公司，1973年，第60页。

命（但对于革命的目标和内容，他却完全茫然），因为只有革命才能使各民族摆脱现在的政府。

正是基于作家在大战中的经验，他筹划写一部关于美国军队生活的书，描述污秽与单调，以表述人仅仅是沉沦的奴隶、号码、炮灰的心境。他希望小说能成为一部现实主义的作品，一份有力的反对军国主义的文献。他1920年出版了《1917年：一个人的创始》，1921年出版《三个士兵》，两部小说都是反战的，认为战争不仅导致大教堂的毁灭，而且导致对往昔崇高思想信任的幻灭。《三个士兵》描述卷进战争与军事机器的个人——约翰·安德罗——的尊严的毁灭和无助，弗莱德里克·霍夫曼在《二十年代》中认为："战后小说没有一本像《三个士兵》那样充分地表达了作者对军队和战争的憎恶。……压倒一切的象征就是那凌驾于个人之上，将个人的抱负和希望都摧残殆尽的机器。"①

处在苦闷绝望之中，正在梦想为人类寻求出路的年轻的多斯·帕索斯，必然和纽约格林威治村正处在鼎盛时期的《群众》成为知音。以麦克斯·伊斯特曼为主编的《群众》像一块磁铁吸引了对美国社会已具有一种朦胧的批评思想的多斯·帕索斯，因为它代表了一种他正在寻索的新思想。《群众》的激进很快为他所有，欧洲战争的经验使他迫切期望看到社会革命，使他更加容易接受新鲜的观念，不管它是布尔什维克主义还是无政府主义。他开始严肃地对美国政府和社会进行批判，这种态度在二十年代末和三十年代初达到了巅峰。他希望人们有勇气再次高唱法国大革命时期的《卡玛涅拉》，向新的巴士底狱挺进，他担忧第一次世界大战将导致漫长的欧洲文明的死亡，而几乎没有自己本土文化的美国将因此而一起消失，他希冀寻找一种新的政府体制，一种新的经济学说，正如他在给朋友乔治·圣·约翰的信中说的："生活在这种覆灭之中是很美妙的——也许这种覆灭也是临盆的痛苦。"②

于是，他越来越倾向于激进主义，他属于霍夫曼所描述的那"年轻的天真者"之一群，视这种激进主义为"赤色""革命"。他参加了无政府主义者埃玛·戈德曼非征兵联盟在麦迪逊广场公园组织的集会。事后，他在一封给麦克库恩的信中说："我每一天都在变得更为赤色——我唯一的雄心就是能唱'国际歌'。"所谓"更为赤色"其解释就是他说的："我真想毁灭我们的

---

① 弗莱德里克·霍夫曼：《二十年代》，纽约：维京出版社，1955年，第60页。
② 汤森·勒亭顿编：《第十四编年史：约翰·多斯·帕索斯信函与日记集》，波士顿：盖姆别特出版公司，1973年，第72页。

这些愚蠢的学院和学院里的所有那些有教养的年轻人——任何形式的庸俗猥琐、杂种文化、中产阶级的势利的灌输者。"①他在一封给马文的信中说，战后，他将变得"赤色、激进和革命"，马文将会因此与他断绝关系。②值得注意的是，他在同一封信中提到不久前在格林威治村勃莱伍特酒店地下室咖啡馆和无政府主义者埃玛·戈德曼坐在一起的情景，称自己是"她的荣耀的光晕"，描述自己总是处于"一种奇异的急于想表达激动的状态之中"。因此，他的"赤色、激进和革命"的含意就只能在这样的背景上来理解了，就是总带有一种无政府主义的色彩。哈佛大学教授、文艺批评家丹尼尔·阿伦在与作者的一次谈话中认为，他是一个无政府主义者。马丁·卡立奇写道："多斯·帕索斯的自由主义一般来说，是无政府主义的。那就是说，多斯·帕索斯相信绝对的或原始的自由，无政府主义者所信奉的最高的善。"③他最推崇的工团组织——世界产业工人联合会本身就具有浓厚的无政府主义色彩。产联的无政府主义、狂热和地方色彩曾使格林威治村的左派们——其中包括多斯·帕索斯——为之倾倒。由于对现代社会和政府的绝望，他痛恨一切组织，痛恨权威，痛恨遵奉传统，认为组织就是死亡。他对政府不作阶级分析，一概反对。他在一封写给马文的信中说："（你的）关于政府的比喻（即政府机器）是非常好的，但是当有人骑在你的脖子上时，就绝不是玩弄明喻的时候。一个虚伪的思想，虚伪的体制，一群独裁者，有意识的和无意识的独裁者，现在正骑坐在世界的脖子上，到目前为止摧毁了世界上一半有价值的东西。"多斯·帕索斯认为樊塞蒂的无政府主义更多的是种情感，一种温和的哲学的思考，而不是一种标签；那是在地中海地区滋生的一种希望，期望根深蒂固地植根于资本主义制度的人的掠夺天性能被引向其他渠道，让手工业者、农夫、渔夫和养牛牧民社区自由自在，使他们可以怀着欢愉之情为生活而劳作。很显然这也是多斯·帕索斯小资产阶级知识分子的梦幻，这也是他自己的一帧画像。我们可以从《一九一九年》的"摄影机眼（41）"看出他的这种倾向：

---

① 汤森·勒亭顿：《约翰·多斯·帕索斯：20世纪的历程》，纽约：达顿出版社，1980年，第123页。
② 汤森·勒亭顿编：《第十四编年史：约翰·多斯·帕索斯信函与日记集》，波士顿：盖姆别特出版公司，1973年，第75页。
③ 马丁·卡立奇：《约翰·多斯·帕索斯：自由与父亲形象》，《安蒂奥奇评论》，1950年春季，第100页。

你不来参加无政府主义者的野餐吗那里将举行一次无政府主义者的野餐当然啦你今天下午必须来参加无政府主义者的野餐……

但是该死他们拥有世界上所有的机关枪所有的印刷机行型活字排版机股票行情自动收录机色带铁转盘过分乔装打扮的女人里兹大饭店　你们　我？赤手空拳一切歌并不太动人的歌……

作家的无政府主义在一定的社会政治条件下（如美国二十年代末和三十年代初）可以表现为一种以反对资本主义为目标的社会激进思潮。

1925年，多斯·帕索斯发表长篇小说《曼哈顿中转站》。小说在艺术上更臻成熟，运用表现主义手法讽刺了纽约城一群人的生活，鞭挞了物质主义、因循、政治腐败和人与人之间交流的缺乏。在这部作品中，作家追求一种他称之为"本土的激进主义"思想。他把这种本土的激进主义界定为一种超越政治的激进主义，独立地表述各种激进思想。麦尔文·兰德斯伯格认为，"多斯·帕索斯的激进主义的源泉在很大程度上是保守的，受一种捍卫或重申历史性的自由和维护文明的愿望所激励"。为本土激进主义所驱使，他于1926年5月成为《新群众》的执委委员。从此，由于与迈克·高尔德等激进分子的来往日益频繁，与左派"新戏剧家社"的关系日益紧密，多斯·帕索斯在30岁时开始了一生最活跃的政治活动时期。但是，从《新群众》创刊开始，多斯·帕索斯和高尔德等人的思想就是不一致的。从他同高尔德的论战可以看出，即使他作为左派的同路人或者在许多人看来他已成为美共党员（实际上他从未加入过美共）的情况下，在政治观点上他更为接近西班牙无政府主义作家、《为生活而斗争》的作者巴罗哈·伊·内西，后者认为"一个中产阶级人士在社会革命中唯一能起的作用仅仅是破坏而已"；在社会理论上与《自由人》编辑阿尔贝特·杰·诺克更为融洽，诺克反对任何形式的国家，认为国家是一个掠夺性阶级阻碍经济解放和个人自由的强迫性工具。

多斯·帕索斯在1927年投入拯救两位面临死刑的意大利无政府主义者萨柯和樊塞蒂的斗争。他清晰地看到美国社会中存在两个对立的阶级的现实，认为这在"赤色恐惧症"中炮制出来的肮脏的案件已经"成为工人阶级和资本家阶级之间、掌握政权的人们和争取掌握政权的人们之间的世界范围斗争的一部分"。他后来在《赚大钱》"摄影机眼（50）"中描述了这次斗争的绝望，提出了著名的"我们是两个民族"的论断，表明他在对资本社会持激进的批判态度上前进了一大步。

在这段时期中，作家在心中正酝酿写作《美国》三部曲，他希望创作"一部很长的小说，描写一部分美国人在这世纪的最初三十年中互相多少有点关联的生活"。两个普通的意大利移民的被处死，使他看清改变现行工业资本主义制度的迫切性，使他与左派激进运动的关系更加紧密。在嗣后的岁月中，多斯·帕索斯访问了苏联（1928），成为全国声援反饥饿罢工矿工委员会主席（1931），和德莱塞一起去肯塔基州哈兰县了解劳工纠纷（1931），为美国共产党总统竞选人投票（1932），成为全国保卫政治犯人委员会司库（1932）。

《美国》三部曲全发表于二十世纪三十年代。在二十年代，由于"迷惘的一代"的出现，美国现代文学道德历史的一章结束，这在多斯·帕索斯作品中最清晰地表述了出来，他结束了那一代人的追求，把它的价值带到三十年代的社会小说之中。他运用乔伊斯式的语言，新的试验性的文学技巧"新闻短片""摄影机眼""人物小传"等，展现了二十世纪最初三十年中作为群像的美国人——实际上的主人公是"美国社会"的生活与命运。小说以一个在美国公路上孤独无援的流浪汉开始，他"没有职业，没有女人，没有房子，没有城市"，总之他没有任何归属，在"散向夜街的人流中独自快速地走着"，"在夜里，需求的欲念在脑海中旋转，他孤独地踽踽而行"。小说描写了12个主要人物，他们对现代社会的压力作出了种种不同的回答，其中有世界产业工人联合会会员、印刷工人麦克，他后来脱离了激进运动，在墨西哥过上了小资产阶级生活；一次大战时的空军英雄、飞机设计师安德森，对革命没有真正的信念，道德上放浪不羁；没有文化、命运多舛的水手威廉斯，在商船上干活，过着猪狗不如的生活，时时遭受失业的威胁，醉生梦死，几乎成了一个"生物人"，最后在酒吧间斗殴致死；公共关系寡头摩尔豪斯，虽然才能有限，但靠权术却取得了巨大的商业上的成功；哈佛唯美主义诗人、善于在社会的阶梯上向上爬的萨维奇，为了权宜的利益而放弃了和平主义观点和诗歌；激进的犹太罢工领袖本·康普顿，投身革命，因为拒绝参战服役而被投入监狱，后被开除出美共；瓦萨学院学生玛丽·弗伦奇，拒绝接受美国社会的价值而参加社会工作和激进运动，虽然个人在社会与私人生活方面连续遭受不幸，仍然执着地投身激进洪流。小说各人物的命运互不相关，各自成章，中间穿插了自传性的"摄影机眼"51篇，提供社会、政治、文化背景的"新闻短片"68辑，包括美国各阶层著名历史人物的"人物小传"28篇。

我们可以看到，凡布伦的思想——而不是马克思主义——是《美国》三部曲的核心思想。多斯·帕索斯崇尚凡布伦有永久价值的精细的外科医生般的分析。他写信对威尔逊说，在凡布伦的分析中似乎藏有比其他任何人更多的火药，因为他似乎是唯一的一个有才能的、批判地研究美国资本主义的人。《美国》三部曲所描述的世界，纯是一个凡布伦的世界，即商业破坏生产，盲目追求金钱与利润对生活的破坏的世界。多斯·帕索斯对资本主义社会里被异化的人们、被排挤在社会之外的人们、在生活中失败的人们和对现实不满的人们寄予无限的同情；在小说中，他表明财阀控制的美国工业主义不仅摧毁了农村经济模式，而且也摧残了美国宝贵的传统道德与政治信条。战后随着工业扩张、繁荣而出现的"爵士时代"对金钱空前的贪婪和占有欲，使多斯·帕索斯感到幻灭和失望，认为这种繁荣加剧了在美国业已存在的精神堕落。因此，《美国》三部曲始终流露出一种"绝望的"情绪，反映了作家对诸多的现代社会问题无从回答而陷入一种无可奈何的心境。所以《美国》三部曲并不能简单地归属于"左翼"小说。卡津说："多斯·帕索斯从来没有接受过一种团体的思想，所以将他与三十年代激进的作家们相提并论就不可能理解他作为小说家的发展。他很早就开始激进，他从来就不是一个马克思主义者，在所有时期他都遵循自己的自信的异常独立的道路。"

尽管作家在1917年就认为自己"如此赤色、激进和革命"，但正如他在1953年约瑟夫·麦卡锡非美活动委员会时期写的，二十年代他对苏联试验的兴趣仅仅是"一个年轻知识分子为了追求改变而改变的愿望而已"。他主要是出于"对普通人的热情和同情"。正如威尔逊在1930年7月底给爱伦·塔特的信中说的，多斯·帕索斯仅仅是一个"中产阶级的自由派人士"。据多斯·帕索斯的解释，中产阶级自由派人士，大部分是工业社会中的技术人员，他们"在社会经济结构中不受其地位影响而成为亲工人或反工人的人"，作为一个作家，他属于这一群人。1926年他在《新群众》上呼吁左派注意观察"美国财政巨大帝国的锻压机的锅炉"将会产生什么样的结果。1930年他呼吁，在为既定的目标而争取变化时，在阶级斗争中保持平衡和人道。在1930年8月号《新群众》一文中，他希望"我们尽可能使阶级战争更为人道"。他认为，中产阶级自由派人士（在任何工业制度中的技术人员）在由资本主义所诱发产生的劳资之间的暴力斗争中保持中立。他希冀这种新的理解就是变化，既不是向资本主义的变化，也不是向欧洲共产主义的变化，这种变化非常奇异地是美国式的，既不是源出于克里姆林宫，也不是出于美国钢铁厂，他赞同世界产业工人联合会的目标，即在"一个旧社会的躯壳里建设一个新的社会"。1932年4月威尔逊送了一份作家宣言草稿给多斯·帕索斯，在宣言中签名作家声明将支持"社会经济革命"，"和美国的工人以及农夫的利益结合在一起"。值得注意的是多斯·帕索斯建议删去"消灭基于物质财富而划分的所有阶级"，改成"生产者必须掌握生产机器，以作为消灭金钱、权力的必要手段"。多斯·帕索斯中产阶级改良主义的社会、政治、经济观点在这里清晰地表述了出来。

在1932年答《现代季刊》的问题"美国作家何处去？"时，多斯·帕索斯指出，"美国资本主义是失败了，但还不能说制度垮了"。他希望看到变革，而不是整个的毁灭。他认为，一个作家无法避免参加到当前的社会危机之中，但是不是在创作中遵照（美国）共产党的路线，那是他自己的事。当该杂志编辑问他"一个作家应该加入共产党吗"，他回答道："那是他自己的事。有些人自然是党的人，而有的人自然是清扫工或同路人。我个人属于清扫工和同路人之列。"

从以上对多斯·帕索斯前期思想的分析，我们可以很清晰地看到一个美国"中产阶级自由派人士"的轨迹——这是解开他思想发展、创作思想上的矛盾的关键。作为一位飞黄腾达的纽约律师和一位南方名门贵族闺秀的私生子，"在旅馆中度过的童年"对他一生的思想有极大的影响，他一生都在寻觅归属，寻觅一个根，选择一个祖国。由于哈佛唯美主义对他的影响，他一生把艺术看得高于一切，甚至把参加激进运动也看成是一种艺术探索的需要。但是，正由于他的中产阶级自由派人士的立场，正由于无政府主义对他的影响，他不可能完全接受马克思主义，不可能对当时的形势作出马克思主义的估计，而只能囿于他固有的一种不是黑就是白的思想方法。当苏联国内斯大林在肃反问题上犯了扩大化、共产国际在西班牙内战的问题上犯了"左"倾的错误时，他动摇了。他父亲所崇尚的"盎格鲁-撒克逊世纪""杰弗逊式的民主"又在他身上点燃，他开始认为"盎格鲁-撒克逊民主是我们所有的最好的政治方式"[①]。他脱离了左派运动，而转入右翼营垒，是他的

---

① 多斯·帕索斯1937年秋给约翰·哈威德·劳森的信，见《第十四编年史》第514页。

思想，是当时的国际国内形势的一种合乎逻辑的发展。《美国》三部曲反映了作家这种思想上的矛盾和苦闷，也反映了批判社会的激进思潮——即美国当时时代的思潮——终于成为美国二十世纪文学史上一部重要的作品。

# 目　录

啊，步兵，步兵
耳根沾满征尘

## 两军凡尔登交锋
## 全球规模最大战役①

## 十五万男女上街游行

这就提出了另一个问题，一个至关重要的问题。纽约证券交易所为今日全世界唯一的一家自由证券市场。倘若它继续保持这种地位，它无疑会成为或许是全世界最大的交易中心，有助于销售

## 英国舰队奉命攻占金角湾②

骑兵、炮兵
和他妈的工兵
再过一万一千年
也休想超过步兵

---

① 1916年2月，德军开始围攻法国东北部默兹河畔的凡尔登城，法军坚守不屈，9月初，德方知难而退。——译注，下同。
② 金角湾在土耳其的伊斯坦布尔，博斯普鲁斯海峡的南端。

## 英军占领加利波利<sup>①</sup>
## 土耳其人望风而逃

当我们的军人从欧洲战场回国时，对那位侈谈模棱两可的新秩序、只在岸边浅滩上弄潮的美国人会怎么想呢？他那不堪一击的蠢话只会使这些经历过这场浩劫的人回忆起那片广袤的新的无人地带，那个充满着谋杀、贪欲和劫掠，燃烧着熊熊革命烈火的欧洲

## 罢工侍者请求妇女界声援

啊，橡树、桉树和垂柳
生长在北美的草儿一片青绿

在采取此种立场的同时，美国将从国外调回巨额资金，以保持本国财政平衡

每当我回忆起飘扬在我们舰艇上的那面旗帜，那是舰艇上唯一的一点动人的色彩，并唯一在运动的物体，仿佛在它的里面，在这些坚实的船体里，安置着一个灵魂似的，我仿佛看到上面书写着有关自由与正义的种种权利的交错的羊皮纸条和为了维护这些权利而洒下的热血的一条条血迹，然后瞥见——在那旗帜的一隅显现出一片宁静的蓝色，每一个信仰这些权利的国家都可以在其中畅游。

啊，我们将把星条旗钉在桅顶
全去重新参军进那猪屁眼

---

① 位于伊斯坦布尔西南，为一半岛，在达达尼尔海峡的北缘。1915年2月，英法舰队发动攻击，于4月底登陆，因伤亡惨重，终于在年底撤出。

# 乔·威廉斯

乔·威廉斯换上从旧货店买来的西装，将石头裹在脱下的水兵服里，随手扔进水坞码头边混浊的水里。这时正值中午，周遭不见个人影儿。他摸摸身上，发现没带雪茄盒，感到懊丧。他回到寝棚，看见盒子还放在原先的地方。这烟盒装过"五月花"牌雪茄，那是他在关塔那摩港①喝得酩酊大醉时买的。盒中，在金色的衬纸下放着姐姐珍妮高中毕业时拍的照片，一张亚历克②骑摩托车的照片，一张由教练和整个中学少年棒球队全体队员签名的合影（他是队长，队员们全穿着棒球服），一张粉红色的、几乎褪色殆尽的他父亲的拖轮"玛丽·倍·沙利文"号的旧照片，那是在弗吉尼亚海角外拍的，拖轮拖曳着一艘张满风帆的船只，一张他在维尔弗朗什③结识的名叫安特瓦南特的姑娘的明信片大小的裸体照，几片保安剃须刀片，一张他和两个哥们儿拍的明信片大小的照片，全都穿着月白色水手服，以马拉加城一座摩尔式拱门作为背景，一叠外国邮票，一包"风流寡妇"牌雪茄，以及在圣地亚哥海滩上捡来的十枚粉红或赤色的小贝壳。他挟着烟盒，穿着鼓鼓囊囊的便服，有点自惭形秽，缓缓地踱到灯塔边，眺望拉普拉塔河④面上列队驶去的舰影，天上乌云密布；不一会儿，那些细长的巡洋舰便隐没在它们喷吐出来的拖曳在舰后的浓烟中了。

乔不再瞧那些军舰，掉过头来看一艘锈迹斑驳的货轮驶进港来。货轮朝左舷倾斜得很厉害，你可以看见吃水线以下的船体上沾满了黏糊糊的绿色海藻。船尾飘扬着一面蓝白相间的希腊国旗，前桅中段吊着一面肮脏的鹅黄色检疫旗。

背后走来一个人，对乔用西班牙语不晓得讲了些什么。来人脸上堆着笑，脸色红扑扑的，穿一身蓝色斜纹粗布工作服，嘴里叼着支雪茄，然而，

---

① 位于古巴东南端，有美国军港。
② 他中学时的好友亚历克斯·麦克弗森，后来在骑摩托车时摔死。
③ 位于法国东南部，濒地中海。
④ 位于南美洲东南部，注入大西洋，布宜诺斯艾利斯港就在它的河口。

不知怎的，他却叫乔感到惊慌。"听不懂。"乔说着就走开了，穿过两排堆栈，来到滨水区后面的街上。

他要找玛丽亚待的地方可不容易，所有的街区看起来都是一模一样的。倒是一把吊在窗口的机械小提琴①帮他辨认了出来。他走进这令人憋闷的、散发着茴香酒味儿的小酒馆，在酒吧前站了好一会儿。一手握着黏糊糊的啤酒杯，望着外面，透过门上挂着的珠帘，他可以看见一道道明亮的街景。他惧怕随时会有个穿白军装、佩戴黄手枪套的海军宪兵走过门口。

酒吧后面，有一个长着鹰钩鼻、肤色较浅的黑种小伙子背靠在墙上，眼神恍惚。乔横下心来，把下巴朝上一翘。小伙子趋上前来，亲密地探出脑袋，一手撑在酒吧上，一手攥着块抹布擦拭铺在酒吧上的油布。啤酒杯在油布上留下的一圈圈酒迹上麇集的苍蝇轰然飞起，和一群营营作响的苍蝇一起去停栖在天花板上。"喂，堂倌，告诉玛丽亚一声，我想见见她。"乔用嘴角含糊不清地吐着音。酒吧后面那小伙子伸出两个手指头。"两比索②。"他说。"去你妈的，我只跟她说几句话嘛。"

玛丽亚在后屋的门边招呼他进去。她是个菜黄色的女人，两只大眼睛相离很开，陷在蓝幽幽的眼窝里。透过紧裹在高高隆起的乳房外面发皱的粉红色外衣，乔可以瞥见乳头周围起皱的肥肉。他们在后屋的一张桌旁坐下。

"拿两杯啤酒来！"乔冲着房门喊道。

"我的心肝，你要干什么？"玛丽亚问道。

"你认识多克·西德奈吗？"

"当然啦。我认识这儿所有的美国佬。你干吗没跟大兵舰一块儿走？"

"不跟大兵舰走了……跟一个婊子养的家伙干了一架，明白吗？"

"啊哟！"玛丽亚哈哈大笑，乳房像果子冻般颤动起来。她伸出一只肥手搭在他脖颈上，将他的脸朝自己的脸扳过来。"可怜的孩子……眼睛都打青啦。"

"是啊，他把我眼睛打青了。"乔从她的纠缠中解脱出来，"他不过是个小军官。我把他揍得昏过去，明白吗？……这一来在海军里混不下去了……我不干了。嗨，多克说你认识个会伪造A.B.证件的家伙……那是说一等水手，懂吗？玛丽亚，往后我想到商船上去混饭吃了。"

乔一口喝尽了啤酒。

---

① 通过机械装置而发音的小提琴，用以招徕顾客。
② 阿根廷的货币单位。

她坐着，摇摇头说："唉……可怜虫啊……唉。"然后她带着哭声问："你身上有多少钱？"

"二十美元。"乔回答道。

"他可一开价就要五十。"

"我看这下子我是他妈的全完了。"

玛丽亚绕到他椅子背后，把一条肉墩墩的手臂勾住他的脖子，俯下身子，嘴里发出咯咯的响声："等一等，我们来琢磨琢磨……明白吗？"她的一只大乳房顶在他脖子和肩头上，怪痒痒的；他不乐意她一大早当他还清醒的时候就这样挑逗。但他端坐在那儿不动，她终于突然发出一声鹦鹉般的尖叫："帕基托……到这儿来。"

一个身子圆滚滚的邋遢男子，长着红脸和红脖子，从屋后走进来。他们隔着乔的脑袋讲西班牙语。最后，她轻轻拍拍乔的腮帮说："行啦，帕基托知道他住在哪儿……也许他只要二十美元，明白了吗？"

乔站起身来。帕基托脱下肮脏的厨师围裙，点燃一支香烟。"你知道什么是一等水手证件吗？"乔走到他跟前问。他点点头："知道。"乔拥抱了一下玛丽亚，轻轻捏了她一把："你真是个好妞儿，玛丽亚。"她笑吟吟地尾随在他们后面，一直送到酒吧门口。

一出门，乔朝大街两端倏地扫了一眼。没有穿军装的影子。在街的尽头，水泥堆栈上空翘起着一座黑魆魆的吊车。两人登上有轨电车，乘了好长时间，不说一句话。乔坐着，双手垂在两膝间，眼睛呆瞪着地面，直到帕基托戳了他一下。他们在郊区一个新建的住宅区下了车，那些水泥住房看上去很寒酸，已经显出一副邋遢相了。住宅的门都千篇一律，帕基托在其中一扇门上按了一下门铃，过了一会儿，一个眼圈发红、长着一嘴马齿的男人前来开了门。门半开着，那人和帕基托用西班牙语讲了好一阵子。乔站着，一忽儿把身子的重量放在一条腿上，一忽儿放在另一条腿上。两人一边说话，一边斜眼瞟着他，他可以看出，他们正在估量从他那里可以榨到多少油水。

他正想夺门而入，开门的那人用嘶哑的伦敦土语对他说："老弟，给这小子五比索做跑腿费吧，我们白人对白人，事情好商量。"乔掏出口袋里仅有的银元，帕基托拿了就走。

乔随着这个英国佬走进前厅，那儿散发着卷心菜、煎油和洗衣日<sup>①</sup>的味

---

① 家庭中每星期固定的洗衣日，一般为星期一。

5

儿。一进屋，他就把手搁在乔的肩膀上，朝他脸上直喷一股股酸腐的威士忌酒气，说道："喂，老弟，你出得起多少？"乔挣脱开他的手。"我一共只有二十美元。"他咬着牙关说。英国佬摇摇头。"才只四个英镑①……哦，咱们来合计合计该怎么办，这没什么害处，是不，老弟？拿出来亮亮相吧。"英国佬站着瞅着他，乔解下皮带，用怀中折刀的小刀挑开几针线脚，抽出两张竖折成长条的背面是橘黄色的美钞。他小心翼翼地将钞票摊开，正要递给英国佬，一想不妥，便把钱塞进自己的口袋。"先得让我瞧瞧证件。"他笑笑说。

英国佬围着红圈的眼睛好像要哭出来似的。他说，人嘛，总该互相帮助，也该知道感激人家，尤其是当别人为了你豁出去伪造证件的时候。接着，他问了乔的名字、年龄、出生地、海上服役时间等等，便走进一间内室，小心翼翼地随手锁上了门。

乔呆立在门厅里。不知什么地方有一架座钟发出嘀嗒嘀嗒的响声。声音越来越缓慢，越来越滞重。乔终于听见钥匙在锁孔中转动的声音，英国佬手中拿着两张证件走出来了。"你该明白我帮了你多大的忙啊，老弟……"乔接过水手证件，皱起眉头，仔细打量：看来倒满不赖啊。另一张条子上写明授权蒂特顿海运公司扣发乔每月的工资，等偿还他十英镑债务之后才发给。"听着，"乔说，"这等于要我付出七十美元啊。"英国佬说，想想他所冒的风险吧，时世多么艰难，反正乔可以拿走或者不拿。乔尾随着他走进到处杂乱地放着纸张的里屋，伏在写字台上，用自来水笔签了名。

他们搭有轨电车到市中心，在里瓦达薇亚街下了车。乔跟着英国佬走进一座堆栈后部的小办公室。"麦格雷戈先生，我给你带来了个棒小子。"英国佬对一个看上去脾气急躁的苏格兰人说。那人咬着手指甲，正在踱来踱去。

乔和麦格雷戈先生互相对视了一眼。"美国人？""对。""我想你不会要我付给你美钞吧？"

英国佬走到他跟前，咬着耳朵说了几句话。麦格雷戈看看证件，似乎很满意。"行啊，在本子上签个名。……签在最后一个姓名下面。"乔签了名，把那二十美元给了英国佬。这一来他不名一文了。"好吧，回见，老弟。"乔犹豫了一下，才跟英国佬握手。"再见吧。"他说。

"快去取你的铺盖卷儿，一小时内赶回来。"麦格雷戈用一种粗重的嗓音

---

① 这是按当时的汇率计算的。

6

说。"我没铺盖卷儿。我一直流落在岸上。"乔回答道，掂了一下手中的雪茄盒的分量。"那么在外面等着，待会儿我带你到'阿盖尔'号上去。"乔在堆栈的门洞子里伫立了一会儿，望着街上。真该死，布宜诺斯艾利斯叫他受够了。他坐在一只印有"蒂贝特兄弟搪瓷公司，布莱克普尔①"打字样的包装箱上，等着麦格雷戈先生，心中暗暗思忖他是船长呢还是大副。在他离开布宜诺斯艾利斯之前，时间可过得真慢啊。

## 摄影机眼（28）

拍来的电报说她②正濒临死亡（有轨电车轮子在钟形玻璃罩③周围嘎吱作响仿佛所有学校的石板上石笔的书写声汇集到一起来了）那时正在清新池塘④畔踯躅小水潭的味儿狂风中的柳树嫩芽尖声嘶叫的有轨电车轮子在穿过波士顿郊区的松动的路轨上发出辚辚声　　悲哀并不是都一个样的在伦诺克斯饭店喝德国啤酒呷葡萄酒来当晚餐然后去搭联邦经营的火车

**紫罗兰叫我作呕**
**把它们统统拿走**

拍来的电报说她正濒临死亡那时钟形玻璃罩在石笔的一片吱吱声中破裂了　　（你在四月⑤里从来没有一个星期能成寐吗？）　　在一幢灰色的火车棚里他⑥来接我向后飞逝的四月的群山射出朱红色青铜色和铬绿色的墨彩刺痛我的眼睛　　他胡子灰白老人的腮帮困顿地下垂　　她去世了杰克⑦悲哀

---

① 英国兰开夏郡一旅游胜地。

② 指作者母亲露西·斯普里格。1915年5月15日，作者收到发自华盛顿特区告知母亲病危的电报。

③ 作者始终把哈佛大学看作一个禁锢思想的钟形玻璃罩。

④ 位于波士顿郊区哈佛大学西北部。

⑤ 应为五月，作者故意写为"四月"，下同。

⑥ 指作者的父亲约翰·伦道夫，当时在华盛顿特区联盟火车站接他的儿子。

⑦ 指作者本人。

并不是都一个样的而且　　在客厅里　　客厅里百合花蜡般的香味　　（他和我我们必须埋葬这同样的悲哀）　　接着是河水的气味那一段波托马克河的粼粼之光印第安人头镇①银色的波涛　　百舌鸟在墓园里啼鸣路边啊春意盎然　　四月足够叫全世界震惊

　　拍来的海底电报说他②已逝世那时我正在下午五点人群熙攘的马德里街头行走一片沸腾的暮色中一摊摊颤动着的次白兰地酒色红葡萄酒色绿幽幽的煤气灯光粉红色的落日深赭色的屋瓦　　眼睛嘴唇红润的脸颊棕色的柱子般的脖颈　　茫茫然地在北站爬上了夜行的火车③

**紫罗兰叫我作呕**
**把它们统统拿走**

　　被击碎的闪着彩虹色的钟形玻璃罩路灯精心复制的胸像建筑物的局部装饰种种不同文体的语法　　那本书结束了我将那套牛津版诗集留在波士顿寄膳宿舍那间散发陈腐橄榄油味儿的嘈杂的小房间里④　　Ahora　　Now　　Maintenant⑤　　Vita　　Nuova⑥但是我们

　　我们聆听过科贝⑦那动听的朗诵阅读过那些装帧精美的书籍在乙醚面罩下深深地吸进过（深深地吸着一二三四）蜡制的百合花和人造巴马紫罗兰的香味端坐在有一尊屋大维⑧胸像的图书馆里用早餐

　　在电报局里死了

---

① 露西逝世之后，其遗体由波托马克河运回在华盛顿下游的印第安人头镇。
② 指作者父亲，他于1911年1月21日在纽约谢世，此时作者正在西班牙马德里学建筑。
③ 北站是马德里主要车站，作者搭乘火车前往法国波尔多。
④ 作者于1916年10月30日从马德里城的隆德旅馆迁移至价格较为低廉的波士顿寄膳宿舍，在那儿一直居住到离开马德里。房间正对"这城里最大也是最嘈杂的太阳门广场"。
⑤ 原文为西班牙文、英文、英文，意思都是"现在"。
⑥ 意大利文，意为"新生"。意大利诗人但丁（1265—1321）于1293年发表的诗文集即以此为名，多斯·帕索斯对它极为推崇。
⑦ 指查尔斯·汤森·科普兰（1860—1952）。他曾长期在哈佛大学教授英国文学。他的教学影响了包括多斯·帕索斯和约翰·里德等一代美国作家。崇拜他的哈佛学生称他为"科贝"。
⑧ 屋大维（前63—14），罗马帝国第一位皇帝。

在夜半隆隆急驶的火车车厢里木制条椅发出吱吱嘎嘎的响声从统舱爬上疾驶的轮船的甲板去吸一口大西洋的空气①（长着一张鹅蛋脸的瑞士姑娘和她的丈夫是我的朋友）她眼珠略微突出说Zut alors ②时显得有点儿粗鲁不时向我们投来微笑就像给海狮扔一条鱼这给在夜色中的我们带来温暖　　当移民局官员前来稽查她的护照时他不忍心将她送往埃利斯岛③她得了西班牙流行性感冒她死了④

把那些窗子擦干净

炊事值勤

用小刀刮除火花塞中的污物

擅离职守⑤

在那个婊子的床上将美洲美人月季花揉成了香泥⑥（多雾的夜晚激荡着人权联盟的口号声）散发杏仁味儿的烈性炸药在腐烂的死者甜丝丝而又令人作呕的夸张氛围中迸射出嘹亮的喝彩声

我希望明天将是（新世纪的）第一年的第一个月的第一天

--------

① 作者于1918年8月在法国波尔多港搭乘"西班牙"号轮船回美国。

② 法文：真该死！

③ 在纽约港内，曼哈顿岛西南。美国政府从1891年到1954年将该岛当作移民站，接待外国移民。

④ 这里记述在航程中一位瑞士朋友的富有魅力的妻子死在轮船上的情景。

⑤ 此处描述作者自1917年6月20日搭乘"芝加哥"号轮船作为红十字会救护车驾驶员奔赴欧洲以后的体验。

⑥ 作者在巴黎有了与妓女交往的经验。他曾在7月31日的日记中写道："巴黎——奇异的、充满妓女和悲哀的寡妇的巴黎。"

# 花花公子

杰克·里德①
美国联邦法院执法官、俄勒冈州波特兰市显赫公民之贵子。
他是个大有作为的孩子
因此家人送他去东海岸就读
进了哈佛大学。

哈佛崇尚发开音节的"a"、对日后事业极有裨益的人事关系和典雅的英国散文……倘若哈佛无法叫这刺儿头有教养的话，那这刺儿头就永远
没希望了，洛厄尔家族的人只跟卡伯特家族的人说话，而卡伯特家族的人②
还有《牛津诗选》。

里德是个大有作为的小伙子，他既不是犹太人又不是社会党人，他并不出身于罗克斯勃里区③望族门第；他体魄强壮有强烈的求知欲对一切都想试一试；人一生中是必须有许多爱好的。

里德是个男子汉；他喜欢男人他喜欢女性他耽于美食写作在雾霭缥缈的夜晚饮酒在雾霭缥缈的夜晚游泳踢足球写押韵的诗歌当啦啦队队长名牌大学的演说家组织俱乐部（绝非那种最高贵的俱乐部，就他的血缘而言，还不够跻身于斯）

科贝的声音在朗读《帝王之材》④、带有肃杀之秋意味的《骨灰瓮葬》⑤，

---

① 即以《震撼世界的十天》闻名于世的美国新闻记者约翰·里德（1887—1920）。该书为作者目击十月革命爆发的真实记录，出版于1919年3月，列宁为之作序。
② 洛厄尔家族和卡伯特家族均是波士顿望族。约翰·柯林新·博西迪（1860—1928）在1910年哈佛大学圣十字架校友聚餐会上祝酒时说过："这可爱的老波士顿，豌豆和鳕鱼的故乡，在这儿，洛厄尔家族的人只跟卡伯特家族的人说话，而卡伯特家族的人只跟上帝说话。"
③ 波士顿富人住宅区。
④ 《帝王之材》是英国作家、诗人吉卜林（1865—1936）写的一篇以印度为背景的短篇小说，收在1888年出版的《小威利·威恩基》中。
⑤ 《骨灰瓮葬》（1658）是英国作家托马斯·布朗爵士（1605—1682）的代表作，描写在诺福克发现古代坟墓的骨灰瓮，引起散文家关于神秘的生与死的沉思。文笔空灵，被认为达到了英国散文修辞的极高水平。

典雅的英国散文哈佛校园的盏盏灯火亮了，在向晚的榆树下

讲堂里传来微弱的讲解声，

肃杀之秋榆树古希腊掷铁饼者的雕像古老建筑的砖瓦纪念拱门打扫学生宿舍的老妇人系主任讲师都在用纤细的声音在合唱，

在合唱；锈迹斑驳的机器在吱吱作响，戴博士方帽的系主任们在发抖，齿轮一直转动到毕业班同乐日，于是里德走向世界：


华盛顿广场①！

习俗成了个诅咒的词儿；

维永在沙利文街、勃利克尔街、卡敏街意大利人租房区寻找过夜的暂栖之地②；

研究证明罗伯特·路易斯·斯蒂文森曾经是个搞女人的能手，

至于伊丽莎白女王时代的诗人们


让他们见鬼去吧。

搭乘货轮去漫游世界去冒险你就可以每晚有趣事可讲了；人一生中是……越跳越快的脉搏今天在雾霭缥缈的夜晚的感受脚步声出租汽车女人的眼睛……必须有许多爱好的。

欧洲就着一点儿辣根，像吃牡蛎一样，一口吞下巴黎；

但是有比《牛津英国诗选》重要得多的东西。林肯·斯蒂芬斯③谈起组织合作性共和国。

革命，其声音像科贝的一样甜润，第欧根尼·斯蒂芬斯④拿马克思当一盏手提灯走遍西方寻找一个善良的人，苏格拉底·斯蒂芬斯⑤一直在问：为

---

① 里德从欧洲游览归国后，迁到当时作家云集的纽约市格林威治村，住在华盛顿广场42号单元楼里。

② 弗朗索瓦·维永（1431？—1463？），中世纪法国诗人，一生穷困潦倒，盘桓于小酒馆与监狱之间，险些因偷窃而被绞死。其诗歌充满乐观、睿智和揶揄时世的调子，主要诗作有《小遗集》和《大遗集》。这里所提三条街名均在纽约市中心曼哈顿岛南部艺人群集的格林威治村，作者在这里喻指里德，认为他当时也像维永一样，是个穷困潦倒的诗人。

③ 林肯·斯蒂芬斯（1866—1936），美国记者，文笔犀利，为著名的"黑幕揭发者"之一，代表作为论文集《城市之耻辱》（1906）。他拥护墨西哥革命和十月革命。1919年访苏，认为"看到了未来"。他引导里德开始记者生涯。

④ 第欧根尼（公元前412—前323），古希腊犬儒学派哲学家，蔑视安乐，曾住在桶中，白昼点灯寻找诚实人。作者在此将第欧根尼和斯蒂芬斯的姓氏连写在一起，表明两人的思想是一脉相承的。

⑤ 作者认为斯蒂芬斯的思想和苏格拉底也有共通之处。

什么不发生革命？

杰克·里德曾祈望住在桶里写诗；

但他一直与他热爱的流浪者工人命途多舛而失业的壮汉为伍为什么不发生革命？

世界上有这么多命途多舛的人他无法安然工作[1]；

在学校里，难道他没有学过《独立宣言》吗？里德是个西部人，说到就要做到；当他在哈佛俱乐部酒吧里站着和同学谈话时，从脚底一直到那头鬈曲的乱发，每一寸身心都表明他说的话都是肺腑之言（凭他的血气，他原是不适合参加哈佛俱乐部、各自会钞俱乐部以及那受人尊敬的纽约自由撰稿人的波希米亚小圈子[2]的）。

生命、自由以及对于幸福的追求[3]，

这一切在丝织厂却毫无踪影，

当他在一九一三年

赶往帕特森报道罢工情况[4]，纺织工人上街游行示威，遭到警察殴打，罢工者被关进牢房；他不知不觉地成了示威队伍中的一员，在牢房中遭到警察殴打[5]；

他不让编辑保释他出狱，他要向牢房里的罢工工人多多了解情况。

他了解到足够的情况，才能在麦迪逊广场公园露天演出活报剧《帕特森罢工》[6]。

他懂得该向往一个新社会，那儿不再有任何命途多舛的人，

为什么不发生革命？

---

① 里德在他的自传《三十将至》中写道："可怕的贫困和由此而引起的一切罪恶，以及在拥有过多的汽车的富翁与食不果腹的穷汉之间的极端不平等——这样的一些知识，我必须承认，在书本上是学不到的，而是我在这个都市四处漫步时能入眼帘的。"

② 里德后来发表了一首长诗《波希米亚的日子——生活在艺术家圈子里》（1913）。格林威治村的生话，对他来说，是解脱一切束缚的自然美的象征。

③ 这是美国宪法中规定的公民基本权利。

④ 指1913年新泽西州东北部"丝城"帕特森大约二万五千名丝织厂工人为争取八小时工作制而斗争。

⑤ 里德被囚禁在帕塞伊克县监狱"反省室"里。

⑥ 1913年6月17日，一千多名罢工工人到纽约麦迪逊广场公园举行一次规模巨大的露天演出。

《大都会杂志》派遣他前往墨西哥

报道潘乔·比利亚①的业绩。

潘乔·比利亚教他该写什么骷髅般的山峦高耸的大风琴簧管般的仙人掌装甲列车以及在小广场上演奏的乐队广场上到处是系蓝头巾的黑皮肤姑娘

沾着血迹的尘土和砰砰的步枪声

在无边无际的荒漠之夜，小声说话的红棕肤色的雇工为了自由

为了土地为了水为了学校而死亡挨饿杀人。

墨西哥教他该写什么。


里德是个西部人，说到就要做到。


战争一声巨响，吹熄了第欧根尼所有的手提灯；

善良的人们开始联合起来，要求以机关枪武装自己。杰克·里德是伟大的随军记者队伍中最后的一名，逃避审查机关的干涉，冒着生命危险采访一则报道。

杰克·里德是当时最优秀的美国作家，如果有人想要了解战争，可以读一下里德写的通讯文章，

关于德军前线的战况②，

塞尔维亚人的撤退③，

萨洛尼卡④；

在摇摇欲坠的沙皇帝国的前线的后方，

他躲避秘密警察，

但还是在乔尔姆被投进监狱⑤。

---

① 即弗朗西斯科·比利亚（1877—1923），墨西哥革命领袖，1913年3月，集结了一支农民游击力量，在北部起义。
② 第一次世界大战初期，在德国当局的安排下，里德曾随同美国参议员艾伯特·贝弗里奇，穿过被占领的法国，到比利时前线。
③ 塞尔维亚当时为一小王国，第一次世界大战期间，奥德联军占领贝尔格莱德，迫使塞军撤退到希腊的科孚岛。
④ 在今希腊北部。1915年，英法政府派遣15万军队到达该地区，从而建立起萨洛尼卡战线。
⑤ 指里德于1915年3月受《大都会杂志》指派采访东欧战事，在俄国后方的乔尔姆镇被卫兵抓住。

高级军官们不让他去法国因为他们说有一晚在德军战壕内跟德国炮兵开玩笑他曾拉响一门德国佬的大炮向法国腹地发射①……真是花花公子的料不过话得说回来谁拉响大炮大炮指向何方又有什么关系？里德曾和被炸得血肉横飞的弟兄们待在一起，

和德国人、法国人、俄国人、保加利亚人以及萨洛尼卡犹太区的七名小裁缝待在一起，

一九一七年②

他跟士兵和农民同呼吸共命运

在十月的彼得格勒：

斯莫尔尼宫，

《震撼世界的十天》；


不再是比利亚的风光旖旎的墨西哥，不再是哈佛俱乐部的花花公子那一套，不再是筹建希腊式剧院，创作押韵的诗歌，采写旧时战地记者惯于撰写的出色的报道了，

这可不是逗乐的事儿

这是严峻的现实。


特派记者，

在美国国内多的是控诉，对《群众》③杂志的审讯，对世界产联④的审讯，威尔逊总统使监狱人满为患⑤，

假护照⑥，演讲，秘密文件⑦，偷乘火车穿过封锁线，藏身在轮船的煤舱里；

在芬兰入狱，所有的证件被窃，

---

① 这事发生在比利时前线的德军战壕中。

② 1917年8月中旬，里德与妻子路易丝出发去俄国。

③ 《群众》周刊于1911年初创刊，表达自由的社会主义者观点。1918年，美国政府查封该刊后，改名为《解放者》出版，1922年成为美国共产党的机关刊物，1926年改名为《新群众》。

④ 全名为世界产业工人联盟，1905年成立于芝加哥。它反对第一次世界大战，1917年和1918年遭联邦政府迫害，1919年转入地下。

⑤ 当时，在臭名昭著的"帕尔默搜捕"中，司法部部长米歇尔·帕尔默的联邦特工人员在全国搜捕激进分子，一万多人被判处监禁。

⑥ 1919年9月，美国共产主义劳动党决定派里德为正式代表，去参加在莫斯科举行的国际共产主义会议。

⑦ 指里德携回国内的布尔什维克接管外交部后在档案中发现的秘密条约和秘密文件。

不再有写诗的机会了，不再能跟结识的每个人聊上几句热情的话语了。
这位带着动人的微笑的大学生跟法官争论，将自己从困境中解脱出来；

哈佛俱乐部的所有成员都在为情报部效劳为了使世界对于摩根–贝克–斯蒂尔曼银行集团来说更为安全；

那个用西红柿罐头呷着咖啡的老流浪汉是总参谋部的一名间谍。


世界不再是逗乐的地方，
只有机关枪射击和纵火
饥馑虱子臭虫霍乱斑疹伤寒
没有包扎用的纱布没有氯仿和乙醚成千上万的人死于伤口坏疽封锁线到处有间谍。
斯莫尔尼宫的窗户像贝塞默转炉一般闪耀着白热的光芒，
斯莫尔尼宫彻夜不眠，
斯莫尔尼宫这巨大的轧钢厂一天开工二十四小时碾压出人才民族希望千年太平盛世冲动恐惧，
作为一个新社会
基础的
原材料。


人一生中是必须干许多事情的。
里德是个西部人说到就要做到。
他将自己所有的一切和自己的生命奉献给了斯莫尔尼宫，
无产阶级专政；
苏联
第一个工人阶级的共和国
建立了并且站稳了脚跟。
里德写作，完成各种使命（到处有间谍），工作到最后一息，
染上斑疹伤寒而谢世于莫斯科。

## 乔·威廉斯

　　以汤普森为船长的、满载兽皮的格拉斯哥①的"阿盖尔"号在海上颠簸了整整二十五天，从早到晚刮铁锈，往阳光下晒得火烫的烤饼盘般的钢板上刷铅丹，在浊浪滚滚的波涛中颠上颠下，摇来晃去；在散发出恶臭的船首水手舱的铺位上爬满了臭虫，吃的是蔬菜炖肉，马铃薯长满了胚芽，豆子发了霉，餐桌上躺着被按死的蟑螂，但按照规定每天喝得到一小杯酸橙汁；接着便是雨后蒸腾起来的令人恶心的酷热，隔着泛红的海水，特立尼达岛②在一片雾霭中显得蓝幽幽的。

　　轮船一过龙嘴③，天开始下起雨来，在倾盆大雨中，岛屿上郁郁葱葱的丛丛蕨类植物变成灰色的了。等到水手们将轮船用绞船索牵曳在西班牙港④的码头上时，人人都被雨水和汗水弄得浑身湿透。麦格雷戈先生穿着件油布长雨衣，一脸怒气，大踏步地走来走去，由于酷暑，他嗓音嘶哑，只能用刚刚能听清的沙嘎声发号施令。接着，雨幕消逝了，太阳露出了脸，一切发热升腾起水汽。大伙儿一肚子怨气，除了厌恶这酷热之外，还因为听说轮船要去柏油湖⑤装沥青。

　　但是第二天什么动静也没有。他们打开前舱盖，兽皮冒出恶臭。在一场阵雨之后放在灼热的阳光中晒的衣物和被褥，往往还没等晒干收进，又被下一场阵雨淋湿。下雨的时候，你简直找不到一处可以保持干燥的地方；甲板上的雨篷不断地裂开口子。

　　下午，乔值班结束了，然而上岸也没什么意思，因为大伙儿都没拿到一点儿工资。乔独自坐在海滨附近好歹算是个公园中一株棕榈树下的长椅上，正紧盯着自己的脚。天开始下起雨来，他躲进一家酒吧前的凉篷下。酒吧里

---

①　英国苏格兰南部的港口城市。
②　位于西印度群岛最南端，在委内瑞拉东北部的大西洋上。当时为英国殖民地。
③　委内瑞拉的帕里奥半岛和特立尼达岛之间的狭窄海域地带。
④　特立尼达岛东北部主要港口，今特立尼达和多巴哥共和国首都。
⑤　在特立尼达岛西南部，面积约114英亩，据说湖中柏油系地下石油渗出而形成的。

开着电扇；敞开的门里飘出冰镇饮料中的酸橙、朗姆酒和威士忌的凉飕飕的香气。乔真想喝杯啤酒，但是他连一个铜币都没有。雨水沿凉篷边沿往下掉，像挂着一幅珠帘。

有个还算年轻的人站在他旁边，身穿白色套装，头戴巴拿马草帽，像是个美国人。他瞟了乔几眼，然后与乔的目光相遇，微微一笑。"你是美——美——美国人吗？"他说话时有点口吃。

"正是。"乔说。

顿了一会儿。接着这人伸出手来。"欢迎你光临我们的城市。"他说。

乔注意到他带着点醉意。乔跟他握手时，感到他的手心软绵绵的。乔不喜欢这种由握手所产生的感觉。

"你住在本地？"他问道。

那人大笑起来。他有一双蓝眼睛和一张圆脸蛋，嘴唇噘起，脸色瞧上去挺友善。"见鬼，不……我是随这班西印度群岛游船到这儿来的，只待两三天。还不——不——不如省点钱，待在家里好。我想去欧洲，但因为战事，你没——没——没法去。"

"是啊，人家在我待的那条该死的英国船上一直在谈论的话题就是战争。"

"我真没法想象他们为什么要把我们弄到这鬼地方来，眼下船出了毛病，得等两天才能开走。"

"那准是'蒙特里'号。"

"正是。那条船真糟透了，船上除了女人以外什么也没有。在这儿撞见个可以谈谈的人，真让人高兴。这儿好像除了黑鬼以外什么也没有。"

"在特立尼达岛，好像什么肤色的人都有。"

"喂，这场雨看来要好长时间才会停下来。进去陪我喝一杯吧。"

乔狐疑地瞧了他一眼。"好吧，"他终于说道，"不过最好还是现在就跟你直说，我可回请不了……我一个钱也没有，那些混账苏格兰人不肯预支给我们一点儿工钱。"

"你是个水兵，对不？"他们走进了酒吧，那人问道。

"我在船上干活，如果你指的是这个的话。"

"你想来点什么……他们这儿调的种植园主五味酒可好哪。喝过没有？"

"我要喝啤酒……我一向喝啤酒。"

酒吧老板是个宽脸膛的中国人，笑起来一副伤心的样子，活像只很老的猴子。他将饮料轻轻地放在他们面前，好像生怕打碎玻璃杯似的。

淌着水滴的玻璃杯里的啤酒很清凉适口。乔一饮而尽。"喂，你可知道什么棒球比分？我上次读到一份报纸，看来'参议员队'有希望赢得锦旗。"

那人脱下巴拿马草帽，用手绢擦擦前额。他有一头鬈曲的黑发。他一个劲儿盯着乔，似乎正在下决心干点什么事似的。他终于说道："喂，我名叫……沃——沃——沃……沃纳·琼斯。"

"在'阿盖尔'号上，大伙儿管我叫美国佬……在海军时，他们叫我'瘦个儿'。"

"原来你在海军待过，是吗？难怪我觉得你似乎更像个水兵，而不大像商船水手，瘦个儿。"

"是吗？"

那自称为琼斯的人又要了两杯同样的酒。乔感到担心。不过，管他妈的，在英国领土上，他们可不能拿人当逃兵抓。"喂，你刚才说过你知道些棒球比分？眼下，联赛准是搞得正红火呢。"

"我旅馆里有几份报纸……想看看吗？"

"我当然想。"

雨停了。等他们走出酒吧，人行道上已经干了。

"喂，我想乘车在这岛上兜一圈。有人告诉我，在这儿能瞧见野生的猴子和各种各样的动物。干吗不跟我一块去呢？一个人游览，真叫我腻味死了。"

乔思忖了一会儿："穿这身衣服不合适……"

"管他妈的，这儿又不是五马路①。走吧。"那自称为琼斯的人打了个手势，招呼一辆擦得锃亮的福特牌小轿车，司机是一个年轻的中国人。这中国人戴着眼镜，身穿深蓝色套装，看上去像是个大学生；他讲起话来一口英国口音。他说他要带他们在城里转一圈，然后到郊外蓝池去。正当他们要出发时，自称为琼斯的这人说了声"等一下"，就奔进酒吧，拿着一壶种植园主五味酒出来。

他们驱车驶过一座座英国式带凉台的平房和砖砌公共事业大楼，然后奔上公路，穿过像是橡胶树的蓝色林地——树林是那么茂密，水汽蒙蒙，在乔看来，似乎头顶上什么地方有一座玻璃顶棚似的——这一路上，那人连珠炮似的说个没完没了。他说他怎么喜欢探险和旅游，希望能不买票就

———————————
① 纽约市中心曼哈顿岛的繁华商业区。

乘上船，到处流浪，瞧瞧这世界，他以为，像乔那样靠自己的汗水和体力生活一定很美妙。乔说："是吗？"但那自称为琼斯的人毫不介意他的问话，只顾滔滔不绝地讲，说他得怎么照顾母亲，那可是个很重的负担，他有时想他真快要被逼疯了，为此去找了个医生，医生劝他出去旅游，可是船上的伙食糟透了，使他消化不良，而且船上满是急着嫁女儿的老太太，有女人这么在屁股后面追他，叫他神经紧张。最糟糕的是，当他感到寂寞时，没有一个可以与之谈谈心事的朋友。他希望有个见过世面的、体面而漂亮的人做朋友，那人不是懦夫，懂得什么是生活，能欣赏美，事实上，就是像乔这样的人。他妈妈生性十分妒忌，不喜欢他交上任何亲密的朋友，每当她发现他找到了挚友，她总要生病，或者克扣给他的零用钱，因为她想将他永远绑在她身边，但他受不了，腻味那一切，决定今后想干什么就他妈的干什么，不管怎么说，她压根儿没有必要知道他所干的一切。

他不断给乔递香烟，并请中国人抽烟，而中国人每次总是说："非常感谢，先生。我戒烟了。"他们两人喝完了那壶五味酒，正当那自称为琼斯的人在车座上向乔这边挤过来时，中国人在一条小路的尽头停下车，说："如果你们想观光蓝池，你们得从这儿步行七分钟光景，先生。这是特立尼达岛的主要美景。"

乔跳下汽车，走到一棵粗糙的、赭红色树皮的大树边撒尿。那自称为琼斯的人紧挨到他身边。"两个人想到一块去了。"他说。乔说了一声"是啊"，便走去问中国人什么地方能见到猴子。

"蓝池，"中国人说，"是猴子最爱去的地方。"他走下汽车，在周围走了一圈，一双乌黑的眸子聚精会神地在他们头顶上的树丛深处搜索。突然他指了指。有一丛颤动着的树叶间躲着什么黑色的东西。树叶间传来一声尖厉的叫声，只见三只猴子从一根树枝远远地飞跳到另一根树枝上。一眨眼间，它们就不见了，你只看得见它们在林间一次次跳跃时树枝的颤动。有一只猴子胸前趴着一只粉红色的小猴子。乔被逗乐了。他从未见过这样的真正野生的猴子。他沿着小路走下去，走得飞快，那自称为琼斯的人好不容易才跟上他。乔还想瞧瞧野猴子。

往山上爬行几分钟后，他开始听见瀑布声。这使他想起大瀑布①和岩溪

---

① 在美国马里兰州和弗吉尼亚州交界处的波托马克河上，位于首都华盛顿西北。

公园①，不禁心中充满了怀乡的柔情。瀑布下面是巨树环绕的一泓池水。

"天啊，我真想下水去游上一阵！"他说。

"不会有蛇吧，瘦个儿？"

"你不先惊扰蛇，蛇是不会来惊扰你的。"

但是，等他们一直走到池畔，他们瞧见有人在那儿野餐，姑娘们穿着浅粉红和蓝色的衣服，两三名男子穿着白色帆布裤子，正欢聚在几把条花太阳伞下面。两名印度仆人侍候着他们，正从有盖的大篮里拿出饭菜来。从池的彼岸传来有教养的英国人说话的喊喊喳喳声。

"跑吧，我们没法在这儿游水，再说，也不会有猴子。"

"要是我们参加他们一起玩……我可以自我介绍一番，你就当我的小弟弟。我有一封写给某某上校的介绍信，只是我心里不好受，不愿拿出来。"

"他们到底在这儿干什么屁事啊？"乔说，沿着小路往回走。他没有再瞧见猴子，等他走到汽车边，天开始下起大颗大颗的雨滴来。

"这一来会把他们这该死的野餐给糟蹋了。"他说，对走上前来的那自称为琼斯的人笑笑，只见他正满脸大汗淋漓。

"老天，你走得真快，瘦个儿。"他气喘吁吁，拍拍乔的脊背。

乔钻进汽车。"我看我们要淋上雨了。"

"先生们，"中国人说，"我要开回城了，因为我看得出来很快要下一场大暴雨。"

他们刚行驶了半英里，雨下得大极了，中国人竟然无法分辨道路了。他将车驶进路边的一个小棚下面。雨水噼里啪啦打在白铁皮棚顶上，声音响得犹如汽艇放汽一般。那自称为琼斯的人开口讲起话来；为了让人在雨声中能听清他的话，他不得不声嘶力竭地嚷嚷："我想，瘦个儿，过着你那种生活，你准见过些有趣的事儿吧。"

乔走下汽车，站着面对突然降下的雨帘；雨滴溅在脸上，几乎感到有点凉意。那自称为琼斯的人偷偷地侧身挨近他，递上一支烟："你喜欢海军生活吗？"

乔接过香烟，点上了，说道："并不太喜欢。"

"我跟许多海军士兵交过朋友……依我看，你放假上岸时喜欢胡闹一番吧，是不？"

---

① 在美国华盛顿哥伦比亚特区西北部。

乔说，他一般没那么多钱去胡闹，有时打打球而已，那也不错。

"不过，瘦个儿，我原以为水手一进港就乱来一气的呢。"

"我想，有些水手是想狂欢一番的，但往往钱不多，也干不了多少。"

"也许你和我可以在西班牙港狂欢一番吧，瘦个儿。"

乔摇摇头："不，我得回船上去。"

雨越下越猛，弄得白铁皮棚顶吼叫起来，乔根本无法听清那自称为琼斯的人在说些什么。后来，雨渐渐小了，接着完全停了。

"哎，你至少得到我的旅馆房间去一次，瘦个儿。我们一块儿喝几杯酒。这儿谁也不认识我。我爱干什么就干什么。"

"要是你不介意的话，我倒是想看看国内来的那份报纸上的体育版消息。"

他们上了车，顺着淌满积水、犹如运河般的道路驶去。太阳出来了，热辣辣的，万物笼罩在一片蓝色的水汽之中。已是午后了。城里的街道上挤满了行人：扎头巾的印度人、穿着整洁的哈特·沙夫纳与马克斯公司①服装的中国人、穿白衣服的红脸白种人——各种肤色的人混杂在一起。

乔身穿粗蓝布衣服，而且已经淋得湿透了，他穿过旅馆休息室时感到不舒服，他需要刮脸。那自称为琼斯的人上楼时将手臂搭在他的肩头。他的房间很宽敞，装有百叶窗的窗户又高又窄，散发出月桂发油的味儿。

"天啊，我又热又湿，"他说，"我要冲个凉……但首先还是叫两杯杜松子酒汽水来喝喝……难道你不想脱去衣服，让自个儿自在点儿？人碰到这种天气，披着这张皮都快吃不消呢。"

乔摇摇头。"衣服太臭了，"他说，"喂，你不是有报纸吗？"

那自称为琼斯的人在浴室洗澡时，印度侍者送来了饮料。乔接下盘子。印度侍者那薄薄的嘴唇和望着你背后的室内某处地方的乌黑的眼睛流露出一种神色，叫乔着恼。他真想揍一下这烟草肤色的杂种。那自称为琼斯的人穿着一身丝质的浴衣走出来，显得很凉快的样子。

"坐下吧，瘦个儿，我们来喝点儿酒，聊聊。"那人用手指轻轻抚摸前额，仿佛那儿在隐隐作痛，然后将揍揍曲的黑发，坐进一把扶手椅子。乔在房间另一头一张直背椅子上坐下。"老天，我看要是再在这儿待上一星期，这热天一定会要了我的命。我纳闷你怎么受得了这天气，还要干累活什么

---

① 美国的一家著名的高级男装公司。

的。你准是条硬汉！"

乔想问他要报纸，但那自称为琼斯的人又聊了起来，说他如何希望自己硬气，像乔那样周游世界，遇见各种各样的人，到各种各样的下流场所去，准能见到些有趣的事儿，这么多人这么多天来在海上一直乱七八糟地挤在水手舱里，准是很有趣，呃？然后，晚上上岸去胡闹一番，狂欢痛饮，好几个哥儿们玩一个姑娘。"要是我能过上那种生活，我就决不在乎我干什么，没有什么名声可丢，没有遭人讹诈的危险，只要留神别沾上班房的边就成，呃？哎，瘦个儿，我真想跟你一块儿去，过过那种生活。"

"是吗？"乔说。

那自称为琼斯的人按铃让侍者再送酒来。等印度侍者走了，乔问起报纸的事。"老实说吧，瘦个儿，我到处找过了。一定是给扔掉了。"

"好吧，我想我该回那条该死的英国船了。"乔一手按在门把上。

那自称为琼斯的人赶忙奔上前来，抓住他的手说："不，别走。你说过要和我一起出去玩的。你是个棒小伙子。你不会后悔的。你不能就这么一走了事，你已经让我感到一种热乎乎的情绪，你知道，就是那种爱恋的情绪。你难道从来没有过这种感情吗，瘦个儿？我将干得很漂亮。我给你五十美元。"

乔摇摇头，把手缩回去。

他不得不使劲一把把对方推开，夺门而出；他沿着白色大理石的台阶朝下奔，到了大街上。

差不多断黑了，乔匆匆向前走去。他浑身冒着汗。他边走边低声诅咒。他感到糟心和气愤，他真想看些来自家乡的报纸啊。

他在那天下午曾经坐过的好歹算是个公园的地方蹓跶了一会儿，然后向码头走去。还不如上床睡大觉去呢。小饭馆里飘来的阵阵油炸食品的香味使他想起他还饿着肚子呢。他正要走进一家小饭馆，才想起兜里没一个子儿。他随着一架自动钢琴的琴声，不觉来到了红灯区。在那些小棚屋的门洞子里站着肤色深浅不一、体态各异的黑人妓女、中国和印度的混血女人，还有几个肥胖的、姿色衰退的德国或法国女人；他走过时，有个纤小的黑白混血妓女伸手摸摸他的肩头，她可长得真他妈的俏。他停下脚步来跟她聊天，但他一说起他身无分文，她就哈哈大笑地说："离这儿远点儿吧，穷光蛋先生……这儿可不是穷光蛋寻乐子的地方。"

他回到了船上，没法找到厨师去要点儿东西吃，只得咬了一块烟草，就那么嚼嚼算了。船首的水手舱像个大烤炉。他只穿着条工装裤就走上甲板，和那值班水手来回踱了一会儿，那是个粉红脸的小伙子，来自多佛①，大伙儿都叫他小鬼。小鬼说，他听见老船长和麦格雷戈先生在船舱里谈话，轮船明天要驶往圣露西②去装运酸橙，然后回英国老家。难道见到那整洁的小岛③，离开这条倒霉透了的船，完完全全离开，不叫人高兴！乔说这对他有屁用，他家乡是在华盛顿哥伦比亚特区啊。"我想摆脱这种鬼生活，找份挣钱的活计。像眼下这模样，连个有一点儿钱的杂种游客都自以为出钱能雇你当娈童。"乔给小鬼讲了关于那自称为琼斯的人的事儿，小鬼捧腹哈哈大笑起来："五十美元，那等于十英镑。我倒有点儿心动，拿十个英镑，让那花花公子干上一次。"

夜晚风息全无。蚊子开始向乔赤裸的脖子和手臂袭来。码头周围呆滞的水面上升腾起一片可爱的、炎热的雾霭，使滨水区的灯火显得朦朦胧胧。他们转了几圈，两人都没再吱声。

"天啊，他到底想叫你干什么呀，美国佬？"小鬼终于问，吃吃地笑起来。

"让他见鬼去吧，"乔说，"我要摆脱这种生活了。不管发生什么，不管你在哪儿，水手总是受到亏待的。是不是这样，小鬼？"

"对极了……十英镑！嘿，这混账公子哥儿该为自个儿感到害臊。败坏道德，他干的就是这号事。应该带上几个船上的哥们儿到旅馆去找他，讹诈他拿钱出来。在多佛，有许多爷们儿干得还没他那么露骨，都给讹诈得拿钱出来。他们前来度假，追澡堂里的跑堂的……讹诈他，要是我，就那么干，美国佬。"

乔一句话也没说。过了一会儿，他说："天，我还是个孩子的时候，竟自以为巴不得到热带去呢。"

"这不是热带，这是该死的鬼地方，就是这么回事。"

他们又转了几圈。乔走过去，倚在船舷上，望着下面阴沉沉的黑水。这些蚊子真该死！他将烟蒂吐进海水，它在水中发出一丝轻微的响声。他回到下面的水手舱，爬上铺位，用毯子蒙住了头，躺在那儿出汗。"他妈的。我真想瞧瞧棒球比分。"

第二天他们给船加煤，次日，当"阿盖尔"号又穿过龙嘴，在长满灰绿

---

① 位于英吉利海峡边，和法国的加来遥遥相望。
② 特立尼达岛东北巴巴多斯岛一港口，当时也属于英国。
③ 指英国。

色蕨类植物的小岛间行驶时，他们让乔给高级船员的舱房刷漆。他心中闷闷不乐，因为他有一等水手的证件，可他们这儿仍然把他当一个普通水手对待。他就要去英国了，但还不知道到了那儿将干些什么，船上的伙伴们却说，因为他是外国人，没有护照在英国上岸，加上大战正在进行，到处有德国间谍等等，他们很可能会把他送进集中营。这时微风中带着咸味，透过舷窗，他可以瞥见一片蔚蓝的海洋，而不再是特立尼达岛边的混浊的水了，还有数百条飞鱼在船舷边一掠而过。

圣露西港十分洁净，被陆地包围着，椰树下有一座座朱瓦白墙的住宅。他们结果是来装运香蕉的；他们花了一天半时间将后舱用板壁隔开，支起挂香蕉的架子。等到船靠上香蕉码头，搁起两块跳板，架起摇臂吊杆，以便往后舱中朝下吊一串串香蕉。天已经断黑了。码头上挤满了有色人种的娘儿们，她们笑啊叫的，对船员们大声嚷嚷，有些身材魁伟的男性黑人却站在周围，什么事都不在干。娘儿们在干搬运香蕉上船的活儿。不一会儿，她们每人用脑袋和肩膀顶着一大串绿色的香蕉沿着一块跳板走上船来；其中有黑种老妇人，也有漂亮的黑白混血姑娘，她们脸上的汗水在大聚束灯的照耀下发着亮，你可以瞧见她们晃动着的乳房奄拉在褴褛的衣衫下，透过袖子上的裂缝看见棕色的肉体。每个女人走到跳板顶端，就有两个体格魁梧的男性黑人轻巧地将香蕉串从她肩上卸下来，工头给她一张票，她就从另一条跳板跑回码头上。除了那几名辅机轮机手，甲板水手都闲着没事儿干。他们站在周围，望着娘儿们，望着她们的闪亮的白牙齿和眸子、沉甸甸的乳房以及大腿一上一下的动作，显出焦躁难耐的样子。他们站在一旁，瞧着女人们，搔搔身上的痒处，一会儿斜倚在一条腿上，一会儿斜倚在另一条腿上；甚至脏话也很少听到。那是一个漆黑宁静的夜晚，香蕉的香味和黑娘儿们的汗臭热辣辣地弥漫在他们周围；码头上不时飘来一点儿堆放在那儿的几箱酸橙的清新的幽香。

乔瞥见小鬼在向他挥手，唤他到什么地方去。他跟随着小鬼躲进了阴影。小鬼把嘴凑在他耳边说："这儿有的是他妈的妓女，美国佬，跟我走。"他们走上船头，沿着一根缆绳滑落到码头上。缆绳把他们的手擦得火辣辣的。小鬼往手心啐口唾沫，使劲搓着双手。乔也跟着这样做。然后，他们钻进了堆栈。一只老鼠从他们脚下倏地窜了过去。那是座海鸟粪堆栈，弥漫着鸟粪肥的恶臭。堆栈后面一扇小门外一片漆黑，脚下是沙地。微弱的街灯光投射在堆栈的上部。有娘儿们的话声，还有几声笑声。小鬼不见了。乔一手搭上一个女人光溜溜的肩膀。"不过你得先给我一先令。"一个西印度群岛女人用甜甜的土英语说。他的声音变得沙嘎了:"当然,小妞儿,我当然给。"

等他的眼睛适应了黑暗,他发现不光是他们两人在那儿。周围是一片吃吃的笑声和沙哑的喘息声。从轮船那边断断续续地传来绞车的辘辘声和搬运香蕉的娘儿们混杂在一起的嚷嚷声。

这女人还在开口要钱:"来吧,白种小伙子,爱怎么干就怎么干吧。"

小鬼正站在他身边扣裤子纽扣:"一会儿就回来,姑娘们。"

"当然啦,我们的钱都在船上。"

他们穿过堆栈往回奔,姑娘们跟在后面,他们拉着不知谁在舷边放下的绳梯往上爬,登上甲板,上气不接下气,前俯后仰地纵声大笑起来。当他们从舷边望去,只见那些娘儿们在码头上奔来奔去,啐着唾沫,像野猫般咒骂他们。

"再见啦,小姐们!"小鬼摘下帽子,向她们喊道。他一把抓住乔的手臂,在甲板上往前拽;他们在跳板尽头处附近站了一会儿。

"喂,小鬼,你搞上的那娘儿们老得可以当你的奶奶了,要不是才怪。"乔小声道。

"奶奶个屁,我搞上的是个漂亮娘儿们。"

"去你的吧,你胡说些什么……她准有六十岁啦。"

"真是个弥天大谎……我搞上的是个漂亮娘儿们。"小鬼说,生气地走开了。

一轮红红的月亮从像有穗状缘饰的山峰背后升起来了。女人们沿着跳板搬上船的香蕉串儿在工作灯光的照射下活像一条蜷曲的绿蛇。乔突然感到一阵厌恶,阵阵睡意袭来。他走下甲板,回到船舱里,用肥皂仔细地洗了身子,才爬上铺位。他听着同船的伙计们用苏格兰和英国口音谈论堆栈背后的妓女们——他们玩了几个啦,干了多少次啦,和阿根廷、德班①或新加坡的娘儿们比较怎么样啦——渐渐入睡了。装船工作持续了整整一夜。

大副下令给炉子装足了煤,让船横渡大西洋开得快一点,中午时分,轮船结关起航往利物浦驶去,所有的水手都在谈论英国。一路上,他们想吃多少香蕉就可以吃多少;押货员每天把熟透的香蕉搬来,挂在厨房里。轮船没有配备武装,人人都在发牢骚,但老船长和麦格雷戈先生对香蕉的关心似乎更甚于对侵袭者的恐惧。他们老是从舱盖(它的顶上装了一架通风机)上的

---

① 南非东部一海港,濒印度洋。

帆布罩往下瞧，看看香蕉是不是熟得太快。在水手舱里，大伙儿净拿这该死的香蕉寻开心。

过了北回归线，他们遇到了连续刮了四天的可恶的北风，此后一路上天气都很糟。乔在舵手室干了四小时之后便没什么事可做了；大伙儿在水手舱里发牢骚，抱怨船没有用烟熏，把臭虫和蟑螂杀个精光，没有配备武装，也没有碰到护航舰队。后来盛传有德国潜艇在蜥蜴半岛①外海上游弋，从老船长到水手个个都非常暴躁。因为美国至今还没有参战，他们全开始将气出在乔的头上，他常常和小鬼以及一个来自格拉斯哥的人们管他叫黑格的老家伙进行冗长的辩论。乔说他压根儿看不出这场战争和美国有什么屁关系，这一来差一点引起一场殴斗。

他们见到锡利群岛②的灯塔的灯火后，船上的电报员说，他们已经和护航舰队联系上，会有一艘驱逐舰来专门护送轮船朝北穿过爱尔兰海，直到他们安全抵达默西河③才离开。英国人在蒙斯打了一场大胜仗。老船长请所有的人喝一小杯朗姆酒，人人都心情舒畅，只有乔一人闷闷不乐，担心身上没有护照，闯进英国会发生什么情况。他没有一件御寒的衣服，一直冻得瑟瑟发抖。

那天傍晚，在雾蒙蒙的暮霭中陡地显现一艘驱逐舰，在它船头边回旋的白花花的巨浪之上看上去像一座教堂一般高耸。他们在船桥上吓了一大跳，因为起初还以为是艘德国佬的船呢。驱逐舰扯起英国国旗，将速度降到和"阿盖尔"号的一样，渐渐向它靠拢，齐头并进。水手们全拥到甲板上来，向驱逐舰欢呼三声。有人想唱起《天佑吾王》④，但是那站在驱逐舰舰桥上的军官用话筒对着老船长大骂起来，责问他究竟为什么不他妈的走之字形行驶，他究竟知道不知道战时在商船上是不准这么他妈的瞎嚷嚷的。

八击钟⑤敲响，值班者轮换，乔和小鬼笑闹着走在甲板上，正好撞见麦格雷戈先生脸色通红地大踏步走来。他在乔的贴对面站住了，问乔什么事这么可乐？乔不回答他。麦格雷戈先生狠狠地逼视着乔，用刻薄的嗓音

---

① 位于英格兰西南端。
② 在蜥蜴半岛西的洋面上，由140个小岛组成。
③ 位于英格兰西部，流入爱尔兰海，利物浦即在它的河口湾之东北。
④ 英国国歌。
⑤ 海上习惯，每半小时击一下钟，其后每半小时递增一击，至4、8或12时击八下钟，值班者在那时换班。

慢吞吞地说，他也许压根儿就不是美国人，而是个可恶的德国间谍，命令他下一班到锅炉舱去报到。乔说他是作为一等水手订的合同，他们无权让他当火夫。麦格雷戈先生说，他在海上三十年从没揍过一个人，要是乔再吐露一个字，他就要他妈的揍他个半死。乔火冒三丈，但只是攥紧拳头，站在那儿一动也不动，什么话也没说。麦格雷戈先生直勾勾地盯了他好几秒钟，脸红得像只公火鸡。两名值班的刚好从甲板上走来。"把这小子送到水手长那儿去，戴上镣铐。他可能是个间谍……你还是少啰唆，要不会对你更糟。"

乔那天夜里脚上戴着镣铐，蜷缩在散发着船底污水臭的一个小间里。第二天早晨，水手长放他出来，相当和蔼地叫他找厨师去要点儿粥喝，但不要上甲板去。他说，船一到利物浦，他们就要将他送交外籍人员管理委员会。

当乔从甲板上走向厨房时——因为上过脚镣，踝关节仍然感到僵硬——他发现船已驶进默西河了。那是个微微红的阳光明媚的早晨。四面八方都停泊着船只，还有些树桩般的黑色帆船和巡逻艇劈开泛起波浪的浅绿色河水。头顶上，巨大的棕色烟幕在有些地方被一股股照着阳光的清新的白色蒸汽所刺透。

厨师给了他一点儿粥和一大杯苦味的几乎没一点儿热气的茶。等他走出厨房，船已驶到河的更上游了。你可以瞧见两岸的城镇，天空完全给棕色的烟和雾气所遮蔽了。一击钟敲响，"阿盖尔"号朝前行驶着。

乔走进下面的水手舱，翻身爬上铺位。伙伴们都盯视着他，默不作声；他跟下铺的小鬼说话，小鬼不搭腔。这比什么都更使乔伤心。他转身面向舱壁，拉起毯子蒙住脑袋就入睡了。

有人摇摇他，把他弄醒了。"跟我来，老弟。"一名身材高大的英国警察，戴着一顶蓝色的头盔，下巴上勒着一根光泽的盔带，拽着他的肩膀说。

"好吧。等一会儿，"乔说，"我得洗一洗。"

警察摇摇头："你越安静而麻利地走，对你就越好。"

乔把帽子压在眼睛上，从床垫下拿出雪茄盒，就跟着警察走上甲板。"阿盖尔"号已经系泊在码头上了。就这样，他没跟任何人道别，也没拿到工资，就走下跳板，警察跟在后面，保持半步的距离。警察紧紧攥住了他手臂上的肌肉。他们穿过铺着石板的码头，走出几道大铁门，走到有辆囚车等着的地方。有一小帮闲人，透过迷雾望去脸色红扑扑的，穿着肮脏的黑衣服。"瞧这下流的德国佬。"一个男子说道。有个女子发出嘘声，接着是几声"呸"和一阵嘘声，锃亮的黑门就在他身后砰地关上了；囚车平稳地起动，他感觉到车子穿过铺鹅卵石的街道飞速前进。

乔弓身坐在一片黑暗中。一个人待在车里，使他感到高兴。这给他一个考虑考虑自己处境的机会。他手脚冰冷。他竭力设法不让自己打战。他希望能穿得体面。然而，他身上只穿着沾满油漆的衬衫和长裤，还趿着一双肮脏的毡制拖鞋。囚车猛然停住，两名警察叫他下车，他被人推推搡搡，穿过一条粉刷得雪白的走廊，走进一间小房间，里面有个身材高大、长脸的英国巡官端坐在一张黄色的、涂着清漆的桌边。巡官跳起身来，双手捏紧拳头，朝乔走来，好像要揍他的样子，却猛然说了些乔以为是德语的话。乔摇摇头，这不免使他觉得有点滑稽，他不禁咧嘴笑了。"不懂。"他说。

"盒子里装的是什么？"巡官重新在书桌边坐下来，突然冲着警察吼道，"将这些坏蛋送来之前，你们应该好好搜查一下。"

一名警察把雪茄盒从乔腋下一把抢过来，打开盒子，一看里面没有藏着炸弹，显出松了一口气的样子，就将盒子里的东西一股脑儿倒在桌上。

"原来你装成个美国人？"巡官向乔叫道。

"我当然是美国人啰。"乔说。

"战时你到英国来到底想干什么？"

"我并不想来……"

"住嘴。"巡官叫道。

他向两名警察打了个手势，让他们走开，说："叫埃金斯下士来一下。""是，长官。"两名警察恭恭敬敬地齐声说。他们走后，他又攥紧拳头走到乔跟前："你还是最好全兜出来吧，小伙子……我们掌握了所有的必要情报。"

乔不得不咬紧牙关，免得牙齿打战。他吓坏了。

"我在布宜诺斯艾利斯没活儿干，你知道……不得不碰上第一艘船就接受个位置干活。难道你以为，要是有办法，有人会愿意登上一艘英国船吗？"乔越来越生气了；他又觉得热乎乎的。

这穿便衣的人拿起铅笔，在桌上威胁地敲打着："无礼帮不了你的忙，小伙子……你最好说话文雅些。"然后他开始察看从雪茄盒中倒出来的照片、邮票和剪报。两个穿卡其军装的人走了进来。"把他衣服剥光，搜。"端坐在桌边的那人脸也不抬地说。

乔疑惑不解地望着这两个人，他们有点像医院里的护理员。"别磨蹭了，"其中一个说，"我们不想动武。"乔脱去衬衫。他脸红了，这使他生气；他感到羞耻，因为什么内衣也没有穿。"好极了，下一步脱裤子。"乔赤

28

条条地站着，趿着拖鞋，那两个穿军装的人搜查他的衬衣和裤子。他们在一只口袋里找到一团干净的废纱头、一只内有一块嚼烟的破旧的艾伯特亲王牌烟听和一把刀刃破了个口子的小折刀。其中一个在检查皮带，指给另一个看皮带上重新缝上的线脚。他用刀挑开线脚，两人都急切地往里细瞧。乔咧嘴笑道："我在里面藏过钞票。"两人依旧绷紧着脸。

"张开嘴。"其中一个将手重重地抓住乔的下颚。"中士，要取出牙齿的填料吗？他口腔后部有两三颗牙齿补有填料？"坐在书桌后面的那人摇摇头。其中一人走出门去，回来时手上戴着一只涂了油的橡皮手套。"弯腰趴着。"另一个人说，一手按在乔的脖颈上，把他的脑袋使劲往下推，戴橡皮手套的人伸手抠进乔的肛门。"啊哟，我的天。"乔咬着牙哼哼道。

"行了，小伙子，眼下就检查到这儿。"按住他脑袋的那人说，放开了手，"对不起，我们不得不这么干……这是项规定手续。"

下士走到桌前，笔挺地立正："完毕，长官……犯人身上没搜出任何可疑的东西。"

乔冷得要命。他的牙齿不由自主地打着战。

"检查一下拖鞋，行不行？"巡官号叫道。乔不想交出他的拖鞋，因为他的脚很脏，但他也无可奈何。下士用小刀把拖鞋划得粉碎。然后两人都一个立正，等待巡官抬起眼睛来："完毕，长官……没什么可报告的。我给犯人拿条毯子来好吗，长官？他看上去觉得冷。"

坐在桌后的那人摇摇头，向乔招招手："过来。你如今准备如实回答我们的问题，不给我们找麻烦了吗？那最糟也不过是给关进战时集中营……但要是你给我们找麻烦，那我就说不好会有多么严重啰。我们正在执行'王国国防法'，别忘记这一点……你叫什么名字？"

等乔说了他的姓名、诞生地、父母的姓名、他工作过的那些船的名字之后，巡官突然用德语问了他一个问题。乔摇摇头："嘿，你以为我懂德语为的是什么？"

"让这混蛋闭上嘴……反正我们对他了如指掌。"

"要把他的东西归还他吗？"其中一个人胆怯地问。

"要是他不识相点儿，他没有必要要那些东西。"

下士拿上一大串钥匙，将房间一边的一扇沉重的木门打开。他们将乔一把推进一间小囚室，里面有一条长凳，没有窗户。门在他身后砰地关上了，他在黑暗中发抖。好呀，你可当真进了蠢猪的屁股眼儿了，乔·威廉斯，他出声地说。他发现可以靠做操、擦手臂和腿使自己暖和起来，但他的双脚还是麻木的。

过了一会儿，他听见钥匙在锁孔里转动的响声；穿卡其军装的那人扔进一条毯子，不等乔有机会开口说话，门便砰地关上了。

乔用毯子裹着身子，蜷缩在长凳上，竭力快点入睡。

他突然从噩梦中惊醒过来。觉得很冷。更钟已打过。他从凳上跳下来。漆黑一片。他一时还以为眼睛在黑夜里瞎掉了。他渐渐明白过来正在哪儿，记起了看见锡利群岛的灯塔光之后发生的一切。他胃里仿佛兜着一块冰。他在囚室的两墙之间来回踱了一会儿，然后又裹着毯子睡下。那是一条质地很好的干净毯子，发出来沙尔之类的药水气味。他睡着了。

再醒来时，他觉得饿极了，憋着一泡尿。他在这正方形的囚室里一步一拖地找了好一阵子，终于在凳子底下找到一只搪瓷桶。他拿来撒了尿，觉得好过些了。他很高兴，便桶上有一个盖子。他开始琢磨怎样打发时间。他开始回忆乔治城①、他跟亚历克和珍妮一起度过的美好时光、逗留在穆尔瓦尼弹子房一起玩的那帮朋友以及在月光下乘"查尔斯·麦卡利斯特"号游艇夜航时勾搭上的姑娘们，他在心中想起他曾经看到或读到的优秀投手，竭力回忆华盛顿各棒球队每个队员的击球率。

当他竭力回忆中学时代的一盘又一盘的棒球赛时，钥匙在锁孔里响了起来。那个搜查过他的下士打开门，递给他衬衫和裤子。"你可以去洗一洗，要是你想的话，"他说，"最好利索地洗洗干净。上面命令带你去见库珀—特拉斯克上尉。"

"天，难道你不能给我搞点东西来吃，或者给点水喝吗？我快饿死了……喂，我到底在这儿待了多久了？"从隔壁房间里射来的强烈的白光使乔眨巴着眼睛。他穿上衬衫和裤子。

"来吧，"下士说，"在你见到库珀—特拉斯克上尉以前，我无法回答你任何问题。"

"可是我的拖鞋呢？"

"你讲话有礼貌点，好好回答问你的所有问题，这只会对你有好处……走吧。"

当他跟随下士穿过来时曾经走过的走廊时，那儿所有的英国大兵都瞪大眼睛望着他那双赤足。在盥洗室里，有一只亮闪闪的铜制的冷水龙头和一大

---

① 在美国首都华盛顿市所属的哥伦比亚特区内，是乔的家乡。

块肥皂。乔先喝了个够。他感到头晕，两膝在打哆嗦。喝了冷水，洗涤了手、脸和脚，使他觉得好过些。唯一可以用来擦干脸和手脚的东西只是一条环状毛巾，已经肮脏不堪了。

"喂，我得刮个脸啊。"他说。

"现在你必须跟我走。"下士严厉地说。

"不过我在什么地方有一片吉列刀片……"

下士狠狠地瞪了他一眼。他们走进一间陈设讲究的房间，地上铺着一块厚厚的红棕两色的地毯。在一张桃花心木书桌边端坐着一位上了年纪的男子，银白的头发，一张圆圆的烤牛肉色的脸庞，军装上佩着好些领章和肩章之类的标志。

"这位是……?"乔说到这里，看见那下士脚后跟喀嚓一声响，敬了个礼，就站得笔直。

这上了年纪的男子抬起头，用一对慈父般的蓝眸子瞧着他们。"啊……正是这样……"他说，"把他带近一点儿，下士，让我好好瞧瞧他……他不是穿得太破烂了吗，下士? 你最好给这可怜的乞丐鞋子和袜子穿……"

"好极了，长官。"下士带着恶毒的声气说，重又僵硬地站得笔直。

"稍息，下士，稍息，"这上了年纪的男子说，戴上一副眼镜，瞧着桌上的文件，"这位是……呃……曾特纳……自称美国公民，呃?"

"他姓威廉斯，长官。"

"啊，是这样……乔·威廉斯，水手……"他极信任地将蓝眼睛盯在乔身上，"那是你的姓名吗，我的孩子?"

"是，先生。"

"嗯，你怎么在没有护照或其他证明文件的情况下在战时闯入英国呢?"

乔说他那时有一份美国一等水手的证件，在布·艾……布宜诺斯艾利斯失了业。

"那么你为什么……呃……在阿根廷会落难到这个地步?"

"嗯，先生，我一直在跑马洛里航海公司的船，可是我那条船不等我上船就开走了，那时我正在岸上寻欢作乐，先生，船长下令提前开船，我就给落下失了业。"

"啊……'今晚在这老城里风流一阵'①……那一类玩意儿，呃?"这上

_____

① 引自同名美国流行歌曲（1896），在美西战争期间极流行。

了年纪的男子大笑起来；他接着突然紧蹙眉头，"让我想想……呃……你搭乘马洛里航海公司的哪条船？"

"'巴塔戈尼亚'号，先生。我不是搭乘那条船旅游，我是那条船上的水手。"

这上了年纪的男子在一张纸上写了好长一阵子，然后从书桌的抽屉里取出乔的雪茄盒，开始翻阅那些剪报和照片。他抽出一张照片，向外一扬，让乔能看到它："好一个漂亮姑娘……这是你最爱的人吗，威廉斯？"

乔脸羞得绯红："那是我姐姐。"

"我说她瞧上去像个绝顶的好姑娘……下士，你不这么认为吗？"

"是这样，长官。"下士冷漠地说。

"现在，我的孩子，要是你知道德国间谍在南美洲的活动的话……他们中有许多是美国人或者是装扮成美国人的骗子手……对于你来说，最好把一切全兜出来。"

"说实话吧，先生，"乔说，"这种事我一点儿也不知道。我在布宜诺斯艾利斯只待了几天。"

"你父母还健在吗？"

"我父亲病得很厉害……我妈妈和妹妹们住在乔治城。"

"乔治城……乔治城……让我想想看……不是在英属圭亚那<sup>①</sup>吗？"

"是哥伦比亚特区华盛顿市的一部分。"

"是啊……原来你在海军里待过……"这上了年纪的男子抽出乔跟两名水兵拍的照片。

乔感觉双腿如此衰弱无力，以为快要倒在地上了："不，先生，那是海军预备队。"

这上了年纪的男子把所有的东西放回雪茄盒："你现在可以把这些东西拿去了，我的孩子……你最好给他吃点早饭，让他到院子里去透透空气。他看起来腿有点站不稳，下士。"

"好极了，长官。"下士敬个礼，他们就迈步走出去。

早饭吃的是稀薄的燕麦粥、隔宿的茶和两片涂着人造奶油的面包。吃完后，乔反而觉得比原来更饿了。虽然在下着毛毛细雨，沾着一薄层黑色脏垢

---

① 当时英属圭亚那有一个同名的城市，为该殖民地的首府，汉译为乔治敦。1966年起成为圭亚那合作共和国的首都。

的赤脚踩在他们给他放风的小院的石板地上就像踩在冰上一样，但是，能到外面透透空气还是好的。

院子里还有另外一名犯人，一个脸蛋胖胖的小个子男人，戴着顶常礼帽，穿着件棕色的大衣，他立即走到乔的跟前："喂，你是美国人吗？"

"当然。"乔说。

"我姓曾特纳……饭馆设备采购员……从芝加哥来的……这是最该死的暴行。我到这该死的国家来购买他们该死的货物，来花呱呱叫的美元……就在三天之前，我在谢菲尔德①订购了一批价值一万美元的货。他们倒把我当间谍抓了来，我在这儿已经待了整整一宿，今天上午他们才准我给领事馆打电话。这简直是无法无天，我有他们所需要的护照和签证。我可以上法庭去控告这种暴行。我要到华盛顿去打这场官司。我要以诽谤名誉罪控告英国政府，要求赔偿十万美元。我做了四十年美国公民，我父亲不是德国移民，而是波兰移民……而你，可怜的孩子，我看到你连鞋子也没得穿。人家谈到德寇的暴行，要是这不算暴行，什么才算呢？"

乔冷得发抖，绕着院子一路小跑，让身子暖和一点。曾特纳先生脱下棕色大衣，递给乔："给，小伙子，将大衣穿上。"

"不过，天啊，这大衣太高级了，你真好。"

"在患难中，我们必须互助。"

"老天，要是他们这儿的春天是这么样的，我真不愿去想他们的冬天会是什么样子……我进去时，我要把大衣还给你。天，我的脚真冷……喂，他们搜你的身子了吗？"

曾特纳先生的眼睛往上一翻。"蛮横无礼，"他喷溅着唾沫说，"对于来自一个中立、友好国家的采购员，这是什么样的侮辱啊。等着，我要把这告诉大使。我要起诉。我将要求赔偿损失。"

"我也要。"乔说，哈哈大笑起来。

下士出现在门口，大声喊道："威廉斯。"

乔将大衣还给曾特纳先生，握了一下他的手。"喂，看在上帝的分上，别忘了告诉领事这儿还有一个美国人。他们说要把我送到战时集中营去。"

"一定办到，别担心，孩子。我要把你弄出去。"曾特纳先生说，把胸膛鼓起。

---

① 位于英格兰中部，利物浦之东，以生产不锈钢刀具著称。

这一回，乔被送进一间常规的囚室，室内有点儿亮光，有地方可以踱踱步。下士给了他一双鞋子和几双布满洞眼的羊毛短袜。鞋子穿不上，袜子可使他的脚暖和了些。中午时分，看守给他拿来一碗炖什么的玩意儿，其中大部分是长了芽的土豆，并且又给了些面包和人造奶油。

第三天，当看守在中午送来炖菜时，他还带来一只用棕色纸包着的包，包已经给打开过。包里有一套衣服、衬衫、法兰绒内衣、短袜，甚至还有一条领带。

"包里还有一张字条，不过这是违禁的，"看守说，"这套行头可以使你成个十足的公子哥儿。"

当天下午过了些时候，看守来叫乔跟他走，乔就套上那条对于他脖子来说过于紧的干净硬领，系上领带，穿上腰围太肥的裤子，跟着看守穿过走廊和一个满是英国大兵的院子，走进一间小办公室，办公室门口站着个卫兵，有位中士坐在办公桌后边。有把椅子上坐着一个看上去性急慌忙的年轻人，膝盖上搁着一顶草帽。

"这就是你想找的人，先生，"中士说，瞧也没瞧乔一眼，"我让你自己问他问题。"

这个性急慌忙的年轻人站起来，走到乔跟前："嗯，你确实给我找了不少麻烦，不过我查阅了你的档案材料，看来你似乎就是你声称的那个人……你父亲叫什么名字？"

"和我的一样，约瑟夫·帕·威廉斯……喂，你是美国领事吗？"

"我是从领事馆来的……嘿，你没有护照就上岸来，到底想干什么？难道你认为我们除了操心那些连下雨都不知道进屋的该死的傻瓜蛋之外就没什么事可干了吗？见鬼，今天下午我有场高尔夫球，可为了把你弄出这监狱，我在这儿等了整整两个小时。"

"天哪，我又没有上岸。是他们上船来抓我的。"

"这对你应该是个教训，我希望……下次把证件办得妥妥帖帖的。"

"是，先生……当然这么办。"

半小时之后，乔出狱走上大街，腋下夹着雪茄盒和卷成一个团儿的旧衣服。那是个阳光明媚的下午。脸色红润的人们穿着深色服装，长脸的妇女们戴着廉价的帽子，大街上满是大型公共汽车和高高的有轨电车；一切看上去滑稽极了，他终于猛然想起，这是英格兰，而他从未来过这儿。

当那位性急慌忙的年轻人在签署一些文件时，乔不得不在一间空荡荡的领事馆办公室里等好长一阵子。他很饿，一个劲儿地想着牛排和炸土豆片。他终于被叫到办公桌边，那年轻人给了他一份证件，告诉他已在来自彭萨科拉①的美国轮船"坦帕"号上给他弄到一个职位，他最好马上去找那办事员，把它敲定了就上船，要是他们再在利物浦那一带逮住他，那对他来说就更糟了。

"喂，我在这儿有什么办法能搞到点儿东西吃吗，领事先生？"

"你以为这是什么地方，是饭馆吗？……不，我们没有施粥施饭的经费。你应该感谢我们已为你所做的一切。"

"'阿盖尔'号从来没付过我工钱，在那座监狱里我险些饿死，就这么回事。"

"嗯，给你一先令，这可绝对是我所能做的一切了。"

乔瞧着这枚硬币说："这上面是谁——乔治国王吗？嗯，谢谢你，领事先生。"

他沿着大街行走，一手拿着办事处的地址，一手捏着那枚先令。他感到痛心，孱弱不堪，胃里不舒服。他瞅见曾特纳先生在大街对面。他奔着穿过阻塞着的车辆之间，伸出一只手，走到曾特纳先生跟前。

"我收到衣服了，曾特纳先生。给我送衣服，你真是太好了。"曾特纳先生正和一个穿军官制服的小个子在一起走。他挥了一下胖胖的手，说了声"很高兴为同胞效劳"，就继续朝前走。

乔走进一家卖煎鱼的店，花了六便士吃煎鱼；在一家酒店里，他把另外的六便士花来喝了一大杯啤酒，他原希望这酒店供应免费午餐可以填饱肚子，但结果没有免费午餐。等他找到那办事处时，已经关门了，他只得在白茫茫、雾蒙蒙的暮色笼罩下的大街上踯躅，连个去处也没有。他在码头附近询问了几个人，他们是否知道"坦帕"号停泊在哪儿，但是谁也不知道，而且他们讲起话来那么滑稽可笑，他简直听不懂他们到底说了些什么。

正当街上亮起街灯、乔觉得心灰意懒的时候，他在一条僻静的小街上发现自己走在三个美国人的后面。他追了上去，问他们是否知道"坦帕"号停泊在哪儿。真要命，他们怎么会不知道，他们不就是从那条船上下来观光这见鬼的城市的吗？他最好还是跟着他们一块儿走。在英国佬的船上待了两个月，还蹲了班房什么的之后，他见到些来自美国的同胞，能不高兴吗？他们

---

① 在美国佛罗里达州东端，濒墨西哥湾。

走进一家酒吧，喝了些威士忌，他告诉他们他在监狱里所有的经历，那些该死的英国警察如何把他从"阿盖尔"号上押上岸，他一个子儿的工钱也没拿到，他们就请他喝酒，其中一个来自弗吉尼亚州诺福克的名叫威尔·斯特普的抽出一张五美元钞票，说拿着吧，等他有了钱再还。

　　碰上这样的朋友们，简直像是回到了天府之国①，于是他们每人都喝了一杯；这些美国人一起四个，在这糟透的英国佬城里，他们每人请了一巡酒，因为他们这四个美国人准备向全世界作战。奥拉夫原是瑞典人，但他持有申请加入美国国籍的初步申请书，所以也可算是个美国人，另一个家伙名叫马洛尼。面孔瘦削的酒吧女招待扣住了找头，他们从她手里硬要了回来；她把一英镑只算作十五先令，而不是二十先令，但他们逼她拿出那五先令。他们又走进一家煎鱼店；在这个国家，好像除了煎鱼之外就没有什么见鬼的东西可吃了，接着大家又喝了些酒，他们这四个美国人，在这糟透的英国佬城里感到相当舒坦。一个拉皮条的拉住了他们，因为战争的缘故，这是打烊的时候了，没有一家见鬼的店是开着的，亮着的街灯也没有几盏，灯上罩着防齐柏林飞艇②空袭的滑稽的小帽子。这拉皮条的是个苍白的、老鼠脸的小流氓，说他知道一处地方，他们可以在那儿喝点啤酒，和一些好姑娘安心地交际交际。在这幢房子的客厅里挂着一盏描绘着红玫瑰花的大灯，姑娘们骨瘦如柴，长着一嘴马齿，有几个该死的英国佬正搞得来劲儿呢，可他们四个是美国人。英国佬把奥拉夫当作该死的德国佬，开口惹他。奥拉夫说他是瑞典人，不过说起来，他宁愿当个该死的德国佬也不愿当英国佬。于是，有人推搡了别人一把，乔还没弄清是怎么回事，就跟一个比自己魁梧得多的人殴打起来，接着响起了警笛，他们一帮人全给塞进了囚车。

　　威尔·斯特普一个劲儿地说他们是四个美国人，不过在交际作乐罢了，压根儿用不着警察来插手干涉。但是他们全被揪到一张办公桌前，被审问了一番，于是这四个美国人被关进同一间牢房，那些英国佬则关在另一间牢房里。警察局里满是醉鬼，在吼叫着，哼着小调儿。马洛尼的鼻子血淋淋的。奥拉夫睡着了。乔可睡不着，他一个劲儿对威尔·斯特普说，他吓坏了，这次他们肯定要送他进集中营，关到战争结束了。而他每说一句，威尔·斯特普总是说，他们是四个美国人，难道他不是个生来就自由的美国公民，真他

---

① 美国人对其祖国的尊称。
② 硬式飞艇，第一次世界大战期间，德国人用它们来进行远程轰炸。

妈的，人家能拿他们怎么样！战时中立国船只的自由航海权，去他妈的。

第二天上午，他们被带上法庭，除了乔被吓得魂不附体之外，那情景真叫人笑破肚皮；审问像贵格会信徒的聚会一样肃穆，地方法官戴着小假发套，他们每人被罚三先令六便士，并支付讼费。大约合每人一美元。他妈的真福气，他们兜里还有点儿钱。

戴小假发套的法官对他们滔滔不绝说教了一通，说什么这是战争期间，他们无权在英国国土上喝得酩酊大醉，不守秩序，而应该和他们的英国兄弟们——和他们有着同样的血缘，而美国人的一切，甚至包括他们作为一个伟大国家的存在，都是应该归功于英国人的——为捍卫文明和自由制度而并肩作战，捍卫那勇敢的小国比利时，反对进犯的德国佬，他们正在那儿奸淫妇女、炸沉和平的商船。

等法官说完了，法庭上的人员还在压低了嗓门说"听着，听着"，他们全都瞧上去非常粗野而严肃，这些美国小伙子付了罚金，警官看了一遍各人的证件之后，就把他们释放了。他们放走了别人，却留下乔，因为他的证件是领事馆签发的，但没有有关警察局盖的章，但过了一会儿，他们也放乔走了，警告他别再上岸，要是他再登岸，对他会更糟。

等乔见到了船长，被允许登船，草草整理了一下铺位，再上岸去取回他存放在前晚去的第一家酒吧的一位好心的麻色头发女招待那儿的铺盖卷儿，之后，他松了一口气。他终于登上了一艘美国船。船身两边漆着美国国旗和"坦帕号，佛罗里达州彭萨科拉港"等白色字样。厨师是个有色人种的小伙子，他们在船上第一顿就吃到玉米糊和卡罗汁，还有咖啡，不再是那糟不堪言的茶了，而这种东西的味道美极了。自从乔离家以来，还没感觉这么痛快过。铺位很整洁，等到"坦帕"号鸣响汽笛，驶离码头，开始沿着铅灰色的默西河安然向大海驶去时，他心中充溢着一种美好的感觉。

轮船花了十五天驶进汉普顿水道①，一路上阳光灿烂，每天洋面都平静如镜，最后两天才刮起强劲的西北风，在弗吉尼亚海角外激起相当大的波涛。他们在诺福克的联合终点站卸下船上载的货物——几捆印花棉织品。当乔兜里揣着工资跟当地人威尔·斯特普一起上岸到城里去逛逛时，对他来

---

① 指美国弗吉尼亚州东南部詹姆斯河的河口湾，东通切萨皮克湾。水道北有纽波特纽斯港，水道南有诺福克和朴次茅斯两港，三港合称汉普顿水道港。

说，这真是一个重要的日子。

他们去见了威尔·斯特普的家人，看了一场棒球赛，然后和威尔·斯特普认识的几个姑娘一起跳上有轨电车到弗吉尼亚海滩去。其中有一位姑娘名叫苔拉，她肤色非常黝黑，乔迷上了她，有那么点儿吧。当他们在更衣处换上游泳裤时，他问威尔她可愿意……？威尔生起气来，说道："敢情你连良家少女和娼妇都分不清？"乔说，得了吧，当今你哪里说得准啊。

他们下水游泳，就穿着游泳裤在海滩上嬉戏，烧起了一堆篝火，在火上烤棉花糖，然后带着姑娘们回去。当苔拉和乔在晚上分手时，她让乔吻了她，他就像有那么回事儿似的盘算起来，要拿她当正式的女朋友。

他们回到城里不知干什么好。他们想喝点酒，找两个少女，但是又怕喝得烂醉，把钱全花光。他们上威尔熟悉的一家弹子房去，打了几盘台球，乔打得挺好，叫那些当地的小伙子全输光了。然后他们去了酒店，乔请客喝酒，但已经是打烊的时候了，他们不一会儿就出来，又到了大街上。他们找不到任何拉客的妓女；威尔说他知道一家妓院，但是她们竹杠敲得他妈的太厉害。正当他们想回去上床睡觉，他们碰上了两个肤色较浅的黑人，黑人对他们使了一下眼色。他们跟着黑人在街上走了好长一段路，拐上一条横街，那儿街灯不大多。姑娘们热辣辣的，但他们惊慌不安，神经紧张，生怕被人瞧见。他们找到一座有后门廊的空房子，那儿漆黑一片；他们把姑娘们带到那儿，事后回去睡在威尔·斯特普家人的屋里。

"坦帕"号在纽波特纽斯进了干船坞修理启动板。乔和威尔·斯特普结清了工钱，整天在诺福克闲逛，不知道拿自己怎么办好。星期六下午和星期日，乔和一个由海军造船厂工人临时拼凑成的棒球队打球，晚上则跟苔拉·马修斯一块儿外出。她在第一国家银行当速记员，老是说什么她永远不会嫁给出海的小伙子，你不能信赖他们，那是一种艰苦得够呛的生活，没有任何盼头。乔说，她说的倒是在理，不过人只年轻一次，管他妈的，反正也没什么大不了。她老是问他家人的情况，为什么他不到华盛顿去找他们，尤其是他爹病了，为什么还不去呢。他说，老头子咽不咽气，他才不管呢，他恨他，就是那么回事。她说她认为他太可怕了。当时，他们看了电影，他正请她喝汽水。她穿着件毛茸茸的粉红色衣服，一双黑色的小眼睛异常激动，闪烁着光，她瞧上去水灵而丰腴。乔说别再谈这种事了，那无关紧要，但她瞪着他，非常厌恶，简直气疯了，说她真想把他甩了，因为一切都事关紧要，说那种话真是太卑鄙了，他是个好小伙子，出身于有教养的家庭，受到过良好的教育，应该好好考虑在世界上如何上进，而不该当个无业游民、二流子。乔冒起火来，说了一声是这样吗？他把她送回她的家，没说一句话，便撇下她走了。自此之后，他有四五天没见她。

后来，有天傍晚，他顺道走过苔拉工作的地方，等着她出来。他一直在不由自主地想念她，一直在想她说过的话。起先，她想从他面前走过去，但他冲着她咧着嘴笑，她忍不住回笑了一下。那时他正穷得够呛，但还是带着她去买了一盒糖果。他们谈起天气多么炎热，他提出下星期去看球赛。他告诉她"坦帕"号将起航前往彭萨科拉去装运木材，然后驶往大洋彼岸去。

他们蹀来蹀去，驱赶扰人的蚊子，等候去弗吉尼亚海滩的有轨电车。当他说到要去大洋彼岸，她瞧上去烦恼极了。没等他自个儿明白过来，他就说不想再上"坦帕"号干了，他要在诺福克就地找一份工作。

那晚有一轮满月。他们穿着游泳衣，在沙滩上乔点燃的一堆用来驱赶蚊子的浓烟滚滚的小篝火旁嬉耍了好一阵子。他盘膝而坐，她将头枕在他膝盖上，躺在地上，他不断地抚摸她的头发，俯下身去吻她；她说他这样吻她时面孔颠倒着，看上去滑稽极了。她说只等他找到一个稳当的职业，他们就结婚，两个人在一起可以干点名堂出来。自从她以全班最优秀的成绩从中学毕业以来，她一直觉得应该努力干点名堂出来。"这一带地方的人们庸庸碌碌得要命。乔，他们一半时间过着浑浑噩噩的生活。"

"你可知道，苔尔①，你有点使我想起我姐姐珍妮，真的，你就使我想起她。天哪，她真的干出了点名堂呢……而且她漂亮极了……"

苔拉说希望有一天能见到她，乔说当然啦，她会的，他就把她拉着站起来，将她紧紧地往身边搂来，搂住她亲吻。天很晚了，在一轮偌大的圆月下，海滩上凉飕飕而冷清清的。苔拉打起冷战来，说她要穿上衣服，否则非冻死不可。他们不得不奔跑起来，免得错过末班车。

电车东倒西歪地穿过洒满月光、多的是飞虫和蟋蟀鼓鸣声的长着稀疏的松树的沙地行驶时，路轨发出铿锵的响声。苔拉突然把身子缩成一团，开始哭泣起来。乔死命问她是怎么回事，但她不肯回答，只顾哭啊哭的，哭个不停。将她送回她家人的屋子后，独自穿过空荡荡的风息全无的街道，走回他租了一间房间的寄膳宿舍，多少使他松了口气。

---

① 苔拉的昵称。

整个第二个星期，他在诺福克和朴次茅斯东跑西走，寻找一份有前途的工作。他甚至去了纽波特纽斯。在回来的渡船上，他没足够的钱买票，只得请求检票的那家伙让他干扫地的活儿来作抵。女房东开口要下星期的房租了。乔所申请的所有职位都要求有工作经验或受过训练，要不，要求你中学毕业，再说，反正就业的机会也并不多，所以到头来他不得不再度出海，上了一艘远航的驳船，它装满了煤，正等待拖轮来将它沿东海岸拉到罗克波特<sup>①</sup>去。

　　拖轮拖着一溜五艘驳船；航行生活不算太赖，只有他、一个名叫加斯金的老头儿和他的孩子在一起。那孩子大约十五岁光景，也叫乔。他们遇到的唯一麻烦是在科德角<sup>②</sup>外碰上了风暴，拖绳给刮断了，但拖轮船长机警极了，不等拖轮抛锚刹住，就把一根新的缆绳扔上驳船。

　　他们到了北边的罗克波特，把煤卸下，在港口抛下锚，等拖轮来把它拖到另一个码头去装运花岗石块，然后返航。一天夜里，加斯金父子上岸去了，乔正在值班，拖轮上一个脸蛋瘦削的名叫哈特的二级轮机手，驾着小快艇从船尾爬上驳船，轻声问乔想不想玩娘儿们。乔正躺在舱室里抽板烟，思念着苔拉。外面的山峦、港湾和怪石嶙峋的海岸渐渐隐没在一片暖洋洋的、粉红色的暮霭之中。哈特神情紧张，说话结结巴巴。乔起先想推掉，但过了一会儿他说："把她们带来吧。"

　　"有扑克牌吗？"哈特说。

　　"有，我有一副。"

　　乔下舱去打扫了一番。他想，他无非是和她们逢场作戏而已。既然他要娶苔拉，他就不该和姑娘们什么的胡搞了。他听见划桨的声音，就走上甲板。一片雾堤正从海面上涌过来。哈特和两个姑娘出现在船尾下。他扶着她们跨过船舷上船，她们跌跌绊绊，咯咯痴笑，直跌在他身上。她们带来了一些酒、两三磅汉堡牛排和一些饼干。她们长得并不怎么标致，但她们的手臂和肩膀粗壮结实，还相当动人，而且确实能喝酒。乔从未见过这样的姑娘。她们肯定是爱吃喝玩乐的人。她们两人一共带来四夸脱<sup>③</sup>酒，竟然用平底无脚大酒杯喝酒。

　　另外那两艘驳船每隔两分钟拉响一次电喇叭，但乔把这事忘个干净了。

---

①　美国缅因州南部港口城市。

②　在马萨诸塞州东部。

③　液量单位，一夸脱等于一加仑的四分之一。

白色的雾气像一大张帆布，蒙住了舷窗。他们玩脱衣扑克戏，但并没有玩到太过分的地步。他和哈特那晚交换了三次姑娘。这两个姑娘似醉如痴，似乎永远没个够，但到十二点左右时，她们变得一本正经起来，烤热了汉堡牛排，做了一顿便餐，把加斯金老头的面包和黄油吃个精光。

后来，哈特醉倒了，姑娘们为大雾什么的担忧起来，生怕回不了家。他们全像疯子般傻笑着，将哈特抬上甲板，往他身上倒了一大桶水。缅因州的水冷得够呛，他竟一下子就醒了过来，像只小狗般怒气冲冲，要和乔干架。姑娘们制止了他，把他弄上小船，唱着《蒂珀雷里》①，驶进雾中走了。

乔自己也觉得天旋地转。他将脑袋伸进一桶水中，把船舱打扫干净，将酒瓶扔进海中，开始准时拉响电喇叭。去他妈的，他一个劲儿对自己说，他才不愿为任何人当一个石膏圣人呢。他感觉好极了，他希望能做些比仅仅拉响那见鬼的电喇叭更有意思的事情。

加斯金老头快天亮时回到船上。乔看出他听到什么风声了，因为上船之后他除了发号施令之外，不愿跟乔说话，也不让他儿子跟乔说话；所以，等他们在东纽约卸完花岗石块后，乔就要了工资说不干。加斯金老头嘟嘟囔囔地说，没他才好呢，他的驳船上可不容许搞酗酒、宿娼的勾当。就这样，乔兜里揣着四十五美元，在雷德霍克②到处奔走，寻觅一处寄膳宿舍。

他花了两天工夫看招聘广告，在布鲁克林到处辗转找职业，此后就生病了。他按寄膳宿舍一位上了年纪的人的指点去找一个外科大夫瞧病。那人是个矮小的犹太人，蓄着一绺山羊胡须，跟他说他患的是淋病，他必须每天下午去治疗一次。大夫说，只要乔付五十美元——得预付半数——就担保把他治好，还劝乔验一次血，瞧瞧他是不是也患上了梅毒，这样要他另付十五美元。乔预付了二十五美元，说关于验血，他还得考虑考虑。他接受了一次治疗，然后走上大街。大夫告诉他得尽量少走路，但是他不愿回到那散发臭气的寄膳宿舍去，却只顾在布鲁克林的嘈杂聒噪的大街上漫无目的地踯躅徘徊。那是个炎热的下午。他一边走一边大汗淋漓。他一个劲儿对自己说，刚染上淋病一两天，还不会太糟。他来到一座大桥，大桥上面是高架铁路；这该是布鲁克林大桥③吧。

---

① 英国歌曲，创作于1912年，第一次世界大战期间在英军中极为流行。
② 在纽约市北，赫德森河左岸。
③ 连接纽约市中心曼哈顿岛和布鲁克林区的一座大桥。

在大桥上行走比较凉快。透过蜘蛛网般错综的那些钢缆，可以看见浮现在灯火闪烁的港中的船舶和高大楼群的黑影。乔在最靠近桥边的码头上拣了一条长椅坐下，将双腿直挺挺地伸在面前。他搞了女人，染上了花柳病。他觉得难受极了，如今该怎样跟苔尔写信呢？而且还得付膳宿费。要找一份职业，还要接受这些该死的治疗。天哪，他感到糟透了。

一个小孩拿着晚报走过。他买了一份《新闻报》，将报纸摊在膝盖上瞧着大字标题：**往墨国边境派遣更多部队**①。他到底能干些什么？他甚至不能参加国民警卫队到墨西哥去；要是你病病歪歪的，他们不会要你的，即使他们接受你，那还不是重新过一遍那该死的海军生活。他坐着看招聘广告，关于晚上在家愉快地工作两小时来增加收入的广告，佩尔曼记忆训练法②和函授课程的广告。他到底能干些什么？他闷坐在那儿，直到断黑。然后他乘车到大西洋大街，登上四段楼梯，走进窗下有一张小床的他的房间，就睡下了。

那天夜里来了一场雷暴雨。雷声隆隆，电光闪闪，他妈的近极了。乔仰面平躺在床上，望着闪电，电光如此明亮，竟然使隐现在天花板上的街灯光黯然失色。在另一张床上熟睡的那家伙每次翻身，床上的弹簧便格格作响。雨水开始溅进房来，但乔觉得孱弱不堪，病恹恹的，竟然隔了好长时间才提起精神坐起来，把窗扇拉下。

清晨，女房东，一个骨瘦如柴的大个子瑞典女人，瘦削的脸上垂着一绺绺浅黄色的头发，冲着他大嚷起来，说床给雨淋湿了。"天要下雨，我又有什么办法？"他嘟囔道，瞧着她的一双大脚。当他的目光与她的目光相遇，他才发现她原来在逗弄他，两人便哈哈大笑起来。

她是个满不错的女人，名叫奥尔森太太，她生了六个孩子，三个男孩已长大成人，出海去了。一个姑娘在圣保罗当教师。还有一对双胞胎都是女的。大约七八岁，总是淘气得很。"只等再过一年，我把她们送到密尔沃基的奥尔加家去。我知道水手是怎么回事。"老奥尔森多年来在南太平洋什么地方潦倒。"他还是待在那儿的好。在布鲁克林他老是蹲班房。每星期我都得花钱把他从监狱里保出来。"

乔开始帮她打扫屋子，做些油漆和木工的零活。他的钱用光了，她仍然

---

① 1913年2月18日，乌埃尔塔将军推翻墨西哥政府，美国拒绝承认，自此，美国和墨西哥之间开始了持续数年的危机。

② 佩尔曼记忆训练法是1898年在伦敦创立的佩尔曼学院所推广的一种训练记忆的方法。

让他住下去，当他告诉她他病了，她甚至借给他二十五美元付大夫的诊疗费。他开口谢她，她啪地拍了一下他的背脊。"凡是我借钱给他的小伙子，结果都是个二流子。"她说，哈哈大笑起来。她是个满不错的女人。

冬天，冷雨夹雪花，天气糟透了。每天上午，乔坐在水汽弥漫的厨房里研读他业已开始的亚历山大·汉崶尔顿学院的航海课程。每天下午，他坐立不安地待在散发着石炭酸味儿的肮脏的大夫诊所里，等着轮到他，翻阅一本本磨损的一九〇九年的《全国地理杂志》。在那儿候诊的人们都是一副沮丧的样子。谁也不大搭理谁。有几次，他在街上遇到在候诊室里曾经聊过几句的家伙，然而对方总是从他身边直走过去，仿佛没瞅见他似的。晚上，他有时过河到曼哈顿，在海员学会跟人下跳棋，或者到海员工会去转悠，打听海船消息，等大夫治好了他的病，他也许能在船上找个活儿干干。那段时期真是走投无路，但奥尔森太太却待他别提有多和善，他喜欢她，更甚于喜欢自己的母亲。

那该死的犹太大夫竭力想留住他，要他再付二十五美元看完整个疗程，但乔说见鬼去吧，就登上美孚石油公司一艘崭新的油轮"蒙大拿"号，当个一等水手，这空油轮将驶往坦皮科①，然后东航，有的伙计说将去亚丁，有的则说去孟买。他厌恶这阴冷的天气、雨夹雪、布鲁克林的肮脏的街道、航海课程中的对数表——他脑袋瓜里怎么也装不进去——以及奥尔森太太盛气凌人的、乐呵呵的口气；她开始显出一副仿佛要照管他一辈子生活的神气。她是个满不错的女人，但是该是离开这鬼地方的时候了。

"蒙大拿"号绕过桑迪霍克角时挨到了一阵从西北方狠狠地刮来的暴风雪的袭击，但是三天之后，他们驶进了哈塔勒斯角②南面的墨西哥湾流③，在一阵漫长的浪涌中摇晃，所有船员的工作裤和衬衫都晾晒在系在船桅的支索上的绳子上。又航行在蔚蓝色的大海上，真是太好了。

坦皮科是个活见鬼的地方。人们说要是你喝了过量的龙舌兰酒，会让你发疯；那儿有满是戴着帽子、股部佩着手枪在跳舞的墨西哥人的宽敞舞厅，每家酒吧里卖劲演奏的乐队和自动钢琴，殴斗以及从油井来的喝得酩酊大醉的得克萨斯人。所有的妓院都敞开着大门，人们因而能瞧见里面的放着白枕

---

① 墨西哥东部的一海港，濒墨西哥湾。
② 在美国北卡罗来纳州东端。
③ 由墨西哥湾向东流，然后顺着美国东海岸朝东北方向流动的强大暖流。

头的床、挂在床上方的圣母玛利亚像、罩着花式灯罩的台灯以及彩色的纸饰；那些宽脸膛、棕色皮肤的娘儿们，穿着花边套裙，坐在门前。但什么东西都他妈的那么昂贵，他们早把钱都花光了，还不到子夜，就不得不回到船上去。蚊子钻进水手舱，快近天亮时又飞来了白铃虫，天气这么炎热，谁也无法入睡。

等液体舱灌满了原油，"蒙大拿"号起航驶进墨西哥湾，遇到了北风，巨浪冲刷到甲板上，浪花溅上船桥。开航还不到两小时，有人从天桥上落下水去，还有个姓希金斯的小伙子在系好脱链的右舷锚时被砸伤了脚。水手们在下面水手舱内大发牢骚，埋怨船长不肯放下救生艇，尽管年长一点的人说像那样汹涌的海面上，救生艇非翻不可。结果，船长让油轮拐了一个大弯，船的一侧挨到了两三阵大浪的冲击，浪头简直像是要击穿钢甲板似的。

一路上再也没有发生什么别的事儿，只是有天夜里，乔正在掌舵，船上沉寂极了，只听见船头朝东劈开广袤的平静的海面时无规律的沙沙的海水声，这时他突然闻到了玫瑰花香，要不，也许是忍冬的香味。天空蓝幽幽的，像是一碗凝冻的牛乳，一弯下弦月时隐时现。那是忍冬，错不了，是施了肥的花畦，还有湿漉漉的叶片，就像在冬天走过花店敞开着的门前。这使他内心感到一片柔情，同时又觉得可笑，仿佛船桥上有个少女就站在他的身旁，仿佛苔尔就在那儿，头发上散发出一种香水的芬芳。真是古怪，那些黑皮肤姑娘头发上的香味。他从架子上拿下望远镜，但是水平线上什么也瞧不见，只有那团团流云在蒙蒙的月色中向西飞逝。他发觉他偏离了航向，幸亏大副当时并没有朝船尾看海上的航迹。他将轮船转回到东北偏东的航向，然后再半舵向东。他干完他这鬼把戏，翻身爬上他的铺位后，张眼躺了好长一阵子，思念着苔尔。上帝，他需要钱和一份好差事，还需要一个属于他自己的姑娘，而不是你进港后去找的那些该死的婊子。他应该做的事是去诺福克，定居下来，结婚。

第二天约莫中午时分，他们瞥见皮科岛①上灰蒙蒙的圆锥形高丘，有一缕白云飘浮在山巅下面；北边是形状不规则的蓝色的法亚尔岛。他们从两岛之间穿行过去。大海变得蓝极了，洋面上闻上去有一股芬芳，犹如在华盛顿郊外乡间小道上，当忍冬和月桂在水沟中怒放的时候。一块块蓝绿色和黄绿色的田野覆盖着陡峭的山坡，像一床老式的被子。那夜，他们驶近一些其他

---

① 位于葡萄牙以西的北大西洋中的亚速尔群岛的中部，属葡萄牙。

在东方的岛屿。

被海啸激烈地折腾了五天后，他们终于到达直布罗陀海峡。又经过了八天风浪和阴冷的滂沱大雨，他们驶近埃及海岸，那是个温暖的、阳光明媚的早晨，他们在一击钟时驶进亚历山大港，面前那片黄色雾霭渐渐显现出桅杆、码头、建筑物和椰子树。街道上散发出一股垃圾桶味儿，他们到曾经去过美国的希腊人开的酒吧喝亚力酒①，每人付一美元在酒吧里间看三个像是犹太人的姑娘光着身子跳肚皮舞。在亚历山大港，他们首次见到伪装的船只：三艘英国侦察巡洋舰刷着斑马纹，还有一艘运输舰漆满了蓝绿相间的水位标记。当他们瞧见它们时，甲板上的值班员全站在船栏边，捧腹大笑。

一个月后，他在纽约结清了工钱，心情非常舒畅，就到奥尔森太太那儿，将欠她的债全部还清。她在寄膳宿舍招了一个年轻的新房客，一个淡黄色头发的瑞典人，一句英文也不懂，所以她没怎么把乔放在心上。他在厨房里逗留了一会儿，询问她的近况，告诉她"蒙大拿"号上的哥们儿的情况，然后去宾夕法尼亚车站打听什么时候有火车可上华盛顿。他在一列普通客车的吸烟车里睡了半夜，回忆着乔治城、他小时候在学校里的情景、在四号半街弹子房一块儿玩的哥们儿，还有跟亚历克和珍妮在河上的旅行。

当他从联合车站的人群中挤身出来时，那是个阳光明媚的冬晨。他似乎下不了决心去乔治城见他的家人。他在联合车站周围徘徊，进理发店，刮了脸，擦了皮鞋，喝了杯咖啡，看了《华盛顿邮报》，数了一下他的钱；他还有五十多美元，对于像他那样的人，这是相当厚的一卷钞票了。然后他思忖还是先去找珍妮，他要溜达一会儿，也许当她中午从工作的地方走出来时，他能碰上她。他经过国会广场，沿着宾夕法尼亚大道一直走到白宫。在大道上，他瞧见他当年报名参加海军时的那个征兵站，还有点儿使他毛骨悚然的感觉。他走到拉斐特广场，坐在冬日的阳光下，瞅着那些在玩耍的打扮得漂漂亮亮的小孩、保姆，在草地上蹦蹦跳跳的肥胖的欧椋鸟和安德鲁·杰克逊②的雕像，直到他想该是去找珍妮的时候了。他的心怦怦直跳，他几乎无法正视前方。虽然他在里格斯大厦的门厅里等候了约莫一小时，但时间准是比他所想的更迟了，因为从电梯里走出来的姑娘没一个是她，直到有个混账的暗探什么的走到他跟前，问他到底在那儿闲逛干吗。

---

① 用椰子、大米、糖汁等酿成的烧酒。
② 安德鲁·杰克逊（1767—1845），美国第七任总统（1829—1837）。

这样，乔就不得不去乔治城，了解一下珍妮在哪儿。妈妈和两个小妹妹都在家，她们一直在议论如何用老爹留下的一万美元保险费改建屋子。她们希望他去橡树山上坟，但乔说了声那管什么用，便赶紧离开了家。她们问了他一大堆关于他的境况的问题，他简直不知道到底怎样跟她们说。她们告诉他珍妮住在哪儿，但不知道她什么时候下班。

他在贝拉斯科剧院门前停住，买了几张戏票，又踅回里格斯大厦。他到那儿时，正好珍妮从电梯里走出来。她穿戴得很讲究，翘起了下巴，微微带有一种前所未有的、讨人喜欢的独立不羁的神气。他见到她如此喜悦，竟然担心自己会情不自禁大哭起来。她的嗓音变了。她用一种急促而冷漠的声调说话，有一种玩世不恭的态度，这是她以前不曾有过的。他带她去吃晚饭，去剧院，她告诉他她在德赖弗斯与卡罗尔律师事务所工作得多么好，她认识了些什么有意思的人物。这使他觉得跟她一起玩，他简直像个流浪汉了。

他在珍妮和一位女友共住的公寓跟她告别，坐车回到车站。他安坐在一列普通客车的吸烟车里抽雪茄。他觉得心情非常阴郁。第二天在纽约，他去看望他认识的一个伙伴，他们出去喝了几杯酒，找了些娘儿们一起玩。第三天，他坐在联合广场的长椅上，脑袋发疼，裤袋里一个子儿都没有了。他找到那晚带珍妮去贝拉斯科剧院看戏的票根，小心地把它们放进雪茄盒，跟其他那些劳什子放在一起。

他跑的下一条船叫"北极星"号，它将驶往圣纳泽尔①，明码登记的货物是罐头食品，但谁都知道那是炮弹火帽，鉴于轮船通过的海域有危险性，船员有奖金可拿。这是一艘糟透了的龟甲甲板船，原是大湖区②的矿沙运输船，船渗水渗得厉害，他们不得不用一半时间开着水泵抽水，但乔喜欢那儿的哥们儿，而且伙食好极了。老船长佩里是一位你最喜欢与之共处的那种海上老江湖，他在大西洋高地城③住了两三年，这次回来重操旧业，是因为可赚大钱，为女儿弄一笔嫁妆；乔听见他呼哧呼哧地大笑着对大副说，反正她还能得到一笔保险费嘛。他们这次在冬季横渡大西洋，进行得非常顺利，一路上刮着顺风，一直将他们送到比斯开湾。当他们瞥见法国海岸上卢瓦尔河口那低洼的、沙质的三角洲时，天气极冷，海面平静极了。

---

① 位于法国西北部卢瓦尔河口。
② 指美国东北部的安大略湖、伊利湖、休伦湖、密执安湖和苏必利尔湖。
③ 位于新泽西州东部沿大西洋的高地上，在纽约市以南，为一旅游胜地。

他们挂起了国旗和标有船名的信号旗，船上的报务员加班收发报，因为担心水雷，他们当然心惊胆战，直到法国巡逻艇驶来，领着轮船顺着蜿蜒的航道穿过布雷区驶进卢瓦尔河。

当他们看见笼罩在烟雾迷茫的暮霭中的圣纳泽尔的教堂塔尖、一长排一长排灰色的屋宇和密密麻麻的小烟囱顶管时，小伙子们走来走去拍打彼此的脊背，说这晚上他们准得喝个酩酊大醉。

但接着发生的却是他们下锚将船停泊在河中央的水流里，船长佩里和大副乘小船上了岸，因为码头上没有空泊位，他们等了两天才靠上岸。等到他们能上岸去瞧一眼法国小姐们并喝上红葡萄酒时，他们不得不在离开码头时向一个红脸腔、穿一身镶红条边饰蓝制服、蓄着两撇两头尖的偌大黑胡子的男子出示海员护照。当布莱基·弗拉纳根弓着身子从他身后匍匐着爬过去、有人正想往他后背猛地一推时，轮机长在街对面冲着他们大声吼道："看在基督的分上，难道你们这些臭小子看不出这是个法国佬警察吗？你们不想在码头上就给抓进去吧，是不？"

乔和弗拉纳根跟大伙儿分了手，走到城里去瞧瞧。街道是用鹅卵石铺的，狭窄极了，滑稽得很。老年妇女们都头戴紧绷绷的白色花边帽子，一切看来都是一副破败相。连狗也瞧上去都像是法国种。他们最终来到一个挂着"美国酒吧"招牌的地方，但一点儿也不像他们在美国所见到过的那种酒吧。他们一上手先买了一瓶柯涅克白兰地。弗拉纳根说，这城像霍博肯①。乔则说它有点儿像维尔弗朗什②，他在海军服役时曾到过那里。要是你够聪明，不让人家来诈骗你，美元在这儿神通广大得很。

又有一个美国人走进这酒吧，他们开始聊起来，他说他在"奥斯威戈"号上就在这卢瓦尔河口遭到鱼雷袭击。他们请他喝了点柯涅克白兰地，他便神聊起那件事：德国潜水艇把那可怜的老"奥斯威戈"号炸飞出水面，等到烟雾消散，只见船被炸成了两截，像把折刀那样合了起来。他们为此又喝了一瓶柯涅克白兰地，后来这家伙带他们到据他说他熟悉的一个去处，在那里他们碰上了几个船上的哥们儿，在喝啤酒，和姑娘们跳舞。

乔跟其中一个姑娘学着讲法语，玩得挺欢。他指指什么，她就告诉他那在法语中怎么说，这时不知怎么着，有人打起架来，法国警察赶来了，这帮

---

① 在美国新泽西州东北部，和纽约市隔赫德森河相望，为很多航线和铁路线的终点站。
② 法国东南端海港城市，濒地中海。

人只得撒腿就逃。他们在法国警察之前赶回到船上，法国警察奔来站在码头上，咕咕哝哝地嚷了大约半个小时，直到老船长佩里坐着马车从城里归来，才把他们打发走。

返航速度放慢了，但还是相当顺利。他们在汉普顿水道只逗留了一星期，装了一船钢锭和炸药，便启程前往加的夫港①。这次航行真叫人提心吊胆。船长取道北线，遇上一大片浓雾。足足一星期天气刺骨地寒冷，巨浪在船后推涌着，他们终于瞥见了罗卡尔岛②。乔正在掌舵。桅楼守望台上的新手惊叫起来："前方出现军舰。"老船长佩里用望远镜眺望那礁石，站在船桥上哈哈大笑。

第二天上午，赫布里底群岛③在他们南面渐渐显现出来。当佩里船长正指着刘易斯岛④北端的山岬给大副看时，船首值班的惊呼起来。当真有一艘潜水艇。起先只见潜望镜在海面上拖着一道雪白的水沫，接着那淌着海水的指挥塔出现了。潜水艇艇身一露出水面，浪涛还在冲刷着它的甲板时，它就开始用德国佬操纵的一尊小炮开火，炮弹飞过"北极星"号的船首。乔赶紧奔到船尾升起国旗，尽管轮船两侧的中部都漆着国旗。佩里船长命令轮船全速倒退，轮机室的铃响了起来。德国佬停止了炮击，有四个德国人划着可折叠的方头平底船登上了轮船。当登船的德国军官用英语叫着说给他们五分钟时间弃船时，船上所有的人都穿上了救生衣，有些人正下舱去拿帆布水手袋。佩里船长交出了轮船证书，因为辘轳都上了油，一眨眼工夫救生船就都放下了水。乔想起了什么事，跑回到放救生船的甲板上，用他的折刀割断绑住救生筏的绳子，所以他、船长和船上的一只猫最后撤离"北极星"号。德国佬在轮机室里安放了炸弹，他们拼命划回潜水艇，活像有魔鬼在屁股后面追赶似的。载船长的救生船还没驶出多远，爆炸击中了船首的一侧。救生船下沉了，还没等他们弄明白是被什么击中的，他们已经在冰冷的海水中游了，周围漂浮着各种各样的船壳板和杂物。只有两艘救生船还漂浮在水面上。老"北极星"号正在一无声息地沉入海中，国旗依旧飘扬着，信号旗在微风中漂亮地吹拂着。他们在水中准该待了半小时或一个小时。轮船下沉后，他们设法爬上救生筏，大副和轮机长的那两条救生船拖曳着他们。佩里

---

① 英国西南部一港口。
② 北大西洋一无人居住的岩石小岛，在爱尔兰西北约250英里处。
③ 苏格兰西北部大西洋洋面的一个南北向的大群岛。
④ 赫布里底群岛最北的一个岛，是该群岛中最大的岛。

船长点起名来。一个人也不少。潜水艇已潜入水中，走了一会儿了。救生船上的人们开始往岸边划去。夜幕降临之前，强大的海潮将他们飞快地往彭特兰海峡①送去。在行将消逝的薄暮中，他们望见了奥克尼群岛②上高耸的山岬。但是，当海潮一变换方向，他们就无法在潮水中前行了。救生船中的人们和救生筏上的人们轮流划桨，但他们无法抵挡可怕的退潮。有人说那儿的潮水流速达每小时八海里。那一晚真糟透了。曙光初露的时分，他们瞥见一艘侦察巡洋舰直朝他们驶来。舰上的探照灯倏地射照在他们脸上，使一切瞧上去又是昏黑一片。英国人把他们救上巡洋舰，赶紧送他们到轮机室去暖和暖和。一名红脸膛的茶房带了一桶内加朗姆酒的热气腾腾的茶下来，用勺打给大伙儿喝。

侦察巡洋舰把他们送到格拉斯哥，他们被爱尔兰海的滔天波浪颠得够呛，当佩里船长前去拜访美国领事时，大伙儿全站在码头上，淋着毛毛细雨。因为一动不动地站得时间久了，乔觉得腿有些发麻，便想走到码头办事处对面的铁门边，睃一眼街道，但有个上了年纪的穿军服的人用刺刀顶了一下他的肚皮，他就停步了。他回到大伙儿中间，说他们看来被当作德国佬，成为俘虏了。天啊，这下子可叫大伙儿恼火了。弗拉纳根开始讲起他有一次在马赛一家酒吧内如何跟一个新教教徒干起架来，法国警察逮捕了他，并准备枪毙他，因为他们说爱尔兰人全都是亲德的货色。乔讲起英国佬如何在利物浦将他投进班房。大伙儿正在发牢骚说这全是混账的瞎胡闹时，大副本·塔贝尔陪着一个领事馆的老家伙来了，吩咐大伙儿跟着走。

他们不得不列队穿过半个城，穿过因为惧怕空袭而漆黑一片、因为下雨而变得泥泞不堪的街道，来到用铁丝网围起来的营地里的一座长长的油毡纸棚屋。本·塔贝尔跟大伙儿说，他很抱歉，他们眼下不得不在这儿住下，他正设法请领事帮帮忙，老船长已给船主发去电报争取给他们发点儿工资。几个红十字会来的姑娘给他们送来吃的——大部分是面包、橘子酱和肉糜，一点也没有你可以放怀大嚼的东西——还有几条薄毯子。他们在那见鬼的地方待了十二天，打打扑克，讲讲故事，看看旧报纸。晚上，有时会有个半醉的邋遢女人躲过了老卫兵，把脑袋探进棚子的门里，招呼个男人出去，到多雾的黑夜里厕所后面的什么地方去。有些伙计感到恶心，

---

① 位于苏格兰东北端与奥克尼群岛之间。
② 在苏格兰东北的大西洋洋面上。

不愿去。

他们在那儿被关禁了那么长时间，等到大副终于前来告诉他们将回美国去，他们竟然已没有足够的精神狂喊几声了。他们又穿过交通繁忙、雾中隐现着煤气灯光的城区，登上一艘新的六千吨货轮"维克斯堡"号，它刚卸完一船棉花。在回美国的旅程中，居然成了旅客，可以整天躺着无所事事，真让人觉得滑稽。

在旅程中遇到的第一个阳光灿烂的日子，乔正躺在舱口盖上，老船长佩里走到他跟前来了。乔一骨碌站起来。佩里船长说一直没有机会告诉乔他对他多么钦佩，因为乔当时那么镇静，割断了绑住救生筏的绳子，因此船上一半人的生命得救应该归功于乔。他说乔是个聪明的小伙子，应该开始考虑如何摆脱前甲板的水手活儿，因为由于战争，美国的商船业正在日益兴盛起来，像他那样的小伙子正是他们所需要的当高级海员的料。"等我们到了汉普顿水道，"他说，"请提醒我，孩子，我将考虑在我接手的下一艘船上能为你做些什么。只消在航海学校待上短短一阵子，你就马上能得到三副证书。"乔咧嘴笑笑，说他当然愿意。这使他在整个旅程中觉得兴高采烈。他巴不得马上去找苔尔，告诉她他不再干前甲板的水手活儿了。老天啊，他真腻味一辈子让人当个囚犯看待。

"维克斯堡"号在纽波特纽斯靠了码头。乔从没见过汉普顿水道停泊着这么多船只。码头上，人人都在议论那艘刚在巴尔的摩卸下一船染料的"德意志"号。当乔拿到了工资，他竟不愿跟同船的伙计一块儿去喝酒，却匆匆赶到渡口，搭渡轮去诺福克。天哪，这老掉了牙的渡轮似乎太慢了。等他到达诺福克，正是一个星期六下午五点钟光景。他走在大街上，心中担忧苔尔还没有回家。

苔尔正在家，似乎见到他挺高兴。她说晚上有个约会，但他逗她，让她把约会取消。不管怎么样，难道他们不是已订了婚吗？他们一起出去，在一家冰淇淋店里吃了客圣代，她一五一十地告诉他在杜邦公司有了新工作，每星期可以多挣十美元，她认识所有的小伙子，还有几个姑娘在兵工厂干活，其中有人每天挣十五美元，他们都在买汽车，跟她当晚有约会的那小伙子就有一辆派克牌汽车。乔等了好长时间才有机会告诉她老船长佩里说的话，她听说他遭到鱼雷袭击，异常激动，说为什么他不去纽波特纽斯造船厂找个活儿，挣实实在在的钱，想到他每时每刻都有遭到鱼雷袭击的危险，她受不了，但是乔说现在既然有上进的机会，他绝不愿离开大海。她问他当个货轮上的三副能挣多少，他说每月一百二十五美元，但老是有出入战区的补贴可拿，眼下正在建造许多新船，他认为航海挺有奔头。

苔尔滑稽地皱起了脸，说她真不明白怎么会要一个老是不待在家里的丈夫，但是她还是走进了电话间，给那小伙子打电话，把她跟他的约会取消了。他们回到苔尔的家里，她做了一顿简单的晚饭。她的家人去门罗堡①和她的一位姨母一起吃饭。瞧着她围着围裙，在厨房里忙来忙去，乔觉得高兴。她让他吻了她几次，但是当他走到她身后，搂住了她，将她的脸扭过来亲吻时，她说别这样，会使她气都透不过来的。她头发的幽香，她那像牛奶一般白的肌肤贴在他嘴唇上的感觉，使他觉得昏昏然。当他们在刺骨的西北风中又走上大街时，真使他觉得宽慰。他在一家杂货铺给她买了一盒周末糖果。他们前往殖民剧院观看杂耍表演和电影。比利时战场的影片惊险极了，苔尔说真太可怕了，乔就跟她讲起一个他认识的家伙告诉他的在伦敦遭遇空袭时的经历，但是她不听。

乔在门厅里跟她吻别时，感到一阵强烈的冲动，他将她紧紧挤进衣帽架边的角落里，试图将手伸进她的裙子，但她说在他们结婚前别这样，他就把嘴贴着她的嘴问他们什么时候结婚，她说等他一找到新的职业就结婚。

正在这时，他们听见就在他们身边钥匙开弹簧锁的声音，她一把把他拉进起居室，凑着他耳朵说眼下千万别提什么他们已经订婚了。进来的是苔尔的老父亲、妈妈和两个小妹妹，老头向乔投去厌恶的目光，小妹妹们吃吃痴笑，乔离去时，觉得烦恼极了。这时时间尚早，乔感觉太烦躁不安了，无法入睡，所以溜达了一会儿，后来顺便走到斯特普的家，打听威尔是否在城里。威尔正在巴尔的摩找工作，但老斯特普夫人说要是他无处可去，愿意睡在威尔的床上的话，她欢迎他留下，但是因为思念苔尔——她是多么的漂亮，她偎依在他怀中的感觉多么美妙，她发丝的香味如何使他神魂颠倒，他又是多么需要她——他无法入睡。

星期一上午他做的第一件事就是去纽波特纽斯找佩里船长。老头待他好极了，问起他上学的事和家人的情况。当乔说他是老船长乔·威廉斯的儿子时，佩里船长觉得无论为他做什么都是不够的了。他和乔的老爹在昔日快速大帆船时代曾经在"艾伯特与玛丽·史密斯"号上共事过。他说只等"亨利·勃·希金博特姆"号修葺一新，他就会为乔在船上谋一个助理高级船员

---

① 就在汉普顿水道口，诺福克的对面。

的职位，但乔必须到诺福克航海学校去一个时期，准备应付发证委员会的考核，来获得资格证书。他要在一些微妙的问题上亲自辅导他。乔临走时，老人说："我的孩子，要是你像你应该的那样干，无愧是你爹的儿子，而这场战争还打下去的话，我保证你在五年之内会当上你自己的船的主人。"

乔巴不得马上找到苔尔，把这一切告诉她。那晚他带她到电影院去看《四骑士》①。电影令人激动极了，他们自始至终手捏着手，他将一条腿始终紧贴在她那丰腴的娇小的腿上。跟她在一起看电影，看着银幕上闪现的战争啦什么的场景，听着跟在教堂里一样的音乐，她的柔发贴在他腮帮上，在这温暖的黑暗中跟她紧偎在一起，有点儿汗涔涔的——这一切使乔陶醉了。当电影放完了，他觉得要是不能马上占有她，他就要发疯了。看来她有点儿在跟他闹着玩，他生起气来，说真见鬼，他们要么立刻结婚，要么就吹。她欺骗他也够长的了。她哭起来，抬起泪水淋漓的脸瞅着他，说要是他真的爱她，他就不会这么说话，这可不是跟一位小姐讲话的样子，他为此觉得懊恼透了。等他们回到她家人的屋子，所有的人都已上床睡了，他们来到厨房后面的食品室，没有开灯，她让他对她亲热了一番。她坦率地说她如此爱他，她愿意让他干一切他想干的事，只是她知道要是真让他干了，他就不会尊敬她了。她说她腻味住在家里，老是让妈妈管头管脚，还说她一清早就要告诉家人他如何找到了一个高级船员的职位，在他离开之前，他们必须结婚，他必须马上去领取他的制服。

当乔离开这屋子去找一个过夜的地方时，他觉得自己好像在腾云驾雾似的。他没有打算那么快就结婚，但是去他妈的，一个人总得有个属于他自己的姑娘吧。他开始盘算关于这件婚事他将给珍妮写点什么，但是他想她不会乐意这件婚事，他还是不写的好。他希望珍妮没有变得多少染上了上层人士的傲气，但是她毕竟正在事业上大获成功。等到他成为他自己的船的船长时，她会以为这真是太了不起了。

那次，乔在岸上待了两个月。他每天去航海学校学习，住在基督教青年会，滴酒不沾，也不去打台球赌钱什么的。从"北极星"号两次航行节省下来的钱刚够应付他的日常生活。每隔一星期左右，他去纽波特纽斯跟老船长佩里谈一次，老船长告诉他考核委员会会问他些什么问题，他需要准备好什

---

① 该片全名为《启示录中的四骑士》，是根据西班牙名作家布拉斯科·伊巴涅斯（1867—1928）的同名小说（出版于1916年）改编的，就以第一次世界大战为背景。

么证件。乔对他原先的一等水手的证书很担心，但他现在又有了一份，还有他曾经工作过的轮船的船长们的推荐信。真见鬼，他在海上已干了四年，正是他懂得一些有关管理一条船的知识的时候了。对于考核，他担忧得要命，但是等他当真站在那儿面对考核委员会的那些老头，却并不像他所想象的那么糟糕。等他当真拿到了三份证书，并给苔尔看时，他们俩真高兴得不知怎么好了。

乔领到了预支的工资，便去买了一套制服。从那时起，他整天在干船坞给还没招足船员的老船长佩里干些零活。晚上，他则忙着油漆他租来供他回陆地时和苔尔同住的小巧的卧室、厨房和浴室。苔尔的家人坚持要在教堂里举行婚礼，正在巴的摩尔一家造船厂里每天挣十五美元的威尔·斯特普赶回来当男傧相。

在婚礼上，乔感到晕头转向，威尔·斯特普弄来了些威士忌，嘴里喷出来的酒气好像是酿酒厂的送货车发出的一样，另外几个小伙子喝得酩酊大醉，这使苔尔和她家人一肚子不高兴，在整个婚礼过程中，她看上去仿佛要给他脑袋上来一下子似的。等到婚礼结束，乔发现他的硬领给弄皱了，苔尔的爹开始讲笑话，讲了一大串，她妹妹们穿着白色蝉翼纱礼服，吃吃笑得这么欢，他恨不得一把掐死他们。他们回到马修斯家，人人都拘谨极了，除了威尔·斯特普和他的朋友们，他们带来一瓶威士忌，把马修斯老头给灌醉了。马修斯太太将他们全赶出了屋子，妇女自助会来的那批脾气暴躁的老婆子都翻起眼珠子，望着上方问："你能想象发生这种事吗？"乔和苔尔乘上一辆由乔认识的一个伙计驾驶的出租汽车，大伙儿朝他们身上扔大米，乔发现他上衣的下摆上别着一张小纸条，上面写着"新郎官"；苔尔哭个不停，等他们抵达他们的寓所，苔尔将自己反锁在浴室里，任凭他怎么喊，她也不应，他担心她晕厥过去了。

乔脱去崭新的哔叽上衣，解下硬领和领带，踱来踱去，不知怎么办才好。那时是晚上六点钟。他不得不半夜赶回船上，因为天一亮，他们就要启航驶往法国。他不知道该干些什么。他想她也许要吃点什么，所以就在炉子上煎了些熏猪肉和鸡蛋。等到这些东西冷掉了，乔正在来回踱步低声痛骂时，苔尔从浴室里出来了，看上去容光焕发，脸色红润，仿佛什么事也没发生似的。她说她吃不下什么东西，还是一起去看场电影吧……"但是，宝贝，"乔说，"我十二点就得动身啊。"她又哭起来了，他涨红了脸，心里觉得烦恼透了。她挨到他身上说："我们不看正片，按时回来。"他一把抓住她，动手拥抱她，但她用力将他推开，说："待会儿。"

　　乔实在没心思看什么电影。等他们回到寓所已经十点钟了。她让他脱光了衣服，但她一纵身跳上床去，将被子裹住了身子，呜咽地说她担心怀上孩子。她只让他隔着被子抚摸她，陡然间已是差十分钟就要十二点了，他不得不赶紧穿上衣服，奔上码头。一个年迈的黑人划船送他到船抛锚的地方。那是个没有一丝月色的芬芳馥郁的春夜。他听到头顶上的鸟叫声，眯起眼睛抬头看它们在苍白的星星前掠过。"这是野鹅，小老板。"老黑人用柔和的语调说。等他上了船，人人都开始逗他，说他瞧上去身子都被掏空了。乔不知道说什么好，所以胡吹了一通，并且反戈一击，逗起别人来，撒着天大的谎。

# 新闻短片XXI

> 再见，百老汇
> 　你好，法兰西
> 咱们人数达一千万

## 八岁孩童被持枪少年杀害

　　警察当局已经通知我们在巴黎的一切娱乐活动必须是简短而悄然地进行的，避开公众耳目，还说我们已经举行了比我们应该举行的多得多的舞会

　　投资扩大百分之一百零四而营业额增长百分之五百二十

## 夏威夷食糖价格管理被德国人破坏

　　布尔什维克政府试图通过停战谈判讨论美国和协约国部队从俄国撤退的问题的努力没有得到任何认真的反响

## 英国飞行员与六十名敌人搏斗

## 塞尔维亚部队前进十英里；攻占十城；威胁普里莱普①

> 早上好
> 　齐帕齐帕齐帕先生
> 你瞧上去气色真不差
> 早上好

---

① 在原南斯拉夫东南部。

齐帕齐帕齐帕先生
你的头发剃得就像我的
你的头发剃得就像我的
你的头发剃得就像我的一样短

## 据报道列宁仍然活着

### 在竞技场发奖大会上
### 观众感动得欢呼流泪

我收集到几份不同的、被充分确证的关于兴登堡①残暴行为的严重程度的报道；具体细节过于恐怖，无法诉诸印刷文字。这些材料涉及被蹂躏的妇女和少女、自杀和溅在兴登堡脚上的无辜者的鲜血

## 战争使结婚与出生率下降

啊，从灰到灰
从尘到尘
即使榴弹没把你毁
八八毫米炮弹准会叫你难活命

---

① 保罗·冯·兴登堡（1847—1934）为德国国务活动家和元帅，第一次世界大战初任东线总司令，1914年8月26—30日，在今波兰北部坦能堡附近的一次大战役中，大败俄军。俄军5万人战死，9万多人被俘虏。

# 摄影机眼 （29）<sup>①</sup>

凉亭上面欧洲七叶树上的雨珠一滴滴地掉下落在业已遗弃的花园啤酒店的桌上和有泥潭的砂砾地上和我留短发的脑袋上我的手指正轻柔地在脑袋上前后来回摩挲抚弄着那些长着茸毛的疖子和疮疤

春天我们刚在马恩河<sup>②</sup>中游过泳远处在地平线上浓云外的什么地方有人正在捶打白铁皮屋顶　　在雨中在春天在马恩河中游泳之后这在北方的捶打声将死亡之思击进我们的耳朵

那令人醺醉的死亡之思蜇刺着在被太阳晒黑的脖颈里搏动的春天的血液　　像柯涅克白兰地般在紧箍在皮带下面的肚皮上上下下快速流淌直流进我的脚指尖和我的耳垂我的手指抚摸着那毛茸茸的留短发的头颅

胆怯地震颤着的手指摸清这皮肉下坚硬的不朽的头颅的边缘一副骷髅头连骨骼戴着眼镜端坐在偶尔坠落的晶莹雨珠下面的凉亭里寄栖在一套新军服里在我那二十一岁的身子里这身子曾经穿着红白条纹游泳裤在马恩河中游泳就在夏龙<sup>③</sup>在春天里

---

① 这一段主要描述作者自己在欧洲参战时的一些感受。他于1917年6月20日乘"芝加哥"号赴法国，在诺顿–哈吉斯救护车队当司机。

② 在法国东北部。第一次世界大战中，在该河前线曾先后进行过两次大战役，协约国军队胜利地阻止了德军向巴黎进军。

③ 在马恩河畔。

# 理查德·埃尔斯沃思·萨维奇

在迪克①还是个小不点儿的岁月里，他从没听说过任何关于他爹的事，但当他晚上在顶楼的小房间里做家庭作业时，他有时会想起他来；他会扑到床上，朝天躺着，竭力回忆在妈妈变得忧愁不堪、搬到东部和比阿特丽斯姨母住在一起前爸爸是什么样的，回忆起橡树园镇②和一切。当时有股月桂发油和雪茄的味儿，他坐在装有软垫的沙发里，旁边是个戴巴拿马草帽的大个子男人，那人大声笑起来沙发都要颤动；他趴在爹的背上，用拳头猛击他的胳臂，臂上的肌肉硬邦邦的像椅子或桌子，当爹纵声大笑时，他能感觉到爹的肌肉在背上颤动。"迪基③，把你的脏脚丫子从我的棕榈滩④套装上挪开。"他正在一片从挂着网织窗帘的窗户泻进来的阳光中爬着，伸手把放在地毯上的紫色大玫瑰花捡起来；他们全站在一辆红色的轿车前，爹脸上红扑扑的，有一股狐臭味儿，白色蒸汽在四周扩散开来，人们在说保险阀出了毛病。爹爹和妈妈在楼下用晚餐，还有客人、葡萄酒和一个新雇的男仆，准是有什么事逗极了，因为他们笑得这么厉害，刀叉一直在叮当作响；爹发现他穿着睡袍躲在门帘后张望，就走出来，一副滑稽极了、激动极了的样子，带着一股酒气，猛地揍他一拳，妈妈走出来说："亨利，别打孩子!"他们站在门帘后，因为有客人的缘故，只能冲着彼此嘘嘘地争了一阵，妈妈抱起迪克上楼，她穿着件满是花边和卷结的有鼓起的丝质大袖子的晚礼服，在哭；一摸到绸衣，就使他牙齿发酥，叫他脊梁骨上下一阵战栗。他和哥哥亨利都穿着黄褐色大衣，上面有口袋，像成年人的大衣一样，还戴着黄褐色便帽，不过他把大衣领口的那颗纽扣给弄丢了。在往昔的时光里，有阳光灿烂和起风的日子；每当迪克竭力像那样回忆过去时，他便会感到困倦而腻烦，这样，他

---

① 理查德的昵称。
② 在芝加哥市西郊。
③ 也是理查德的昵称。
④ 商标名，为一种用安哥拉山羊毛和棉纱混纺的薄型料子，当时风行作夏季套装之用。

无心预习第二天的功课，便会从褥垫下面抽出一本《海底两万里》①来读，他把书藏在那里，因为凡是与课程无关的书籍，妈妈都要拿走；他只消看一会儿，便会只顾看下去，把一切都忘了，第二天上课时连课文都不记得了。

即使如此，他在学校混得很不错，老师们都喜欢他，尤其是英语老师蒂泽尔小姐，因为他举止温文尔雅，会说些并不冒失无礼而却令人绝倒的话。蒂泽尔小姐说，看样子他对英语作文真心爱好。有次圣诞节，他写了首关于圣婴和三位博士②的小诗送给她，她认为他很有才华。

他越喜欢学校生活，便越厌恶待在家里。比阿特丽斯姨母总是从早到晚唠叨个没完。好像他不知道他和妈妈正在吃她的饭，睡在她家里似的；他们是付伙食费的，难道不是吗？即使他们不像格伦少校夫妇和克思博士付得那么多，但不管怎么样，他们确实是干了足够的活来支付膳宿费用的。当阿特伍德博士来访时，比阿特丽斯姨母不在房间里，他听见格伦夫人说，真是耻辱呀，这可怜的萨维奇太太，这么一个可爱的女人，还是个虔诚的教徒，一位将军的女儿哪，不得不为她姐姐干得死去活来，她姐姐不过是个爱大惊小怪的老处女，而且向她索费也太多，尽管话得说回来，她的确把房子布置得漂漂亮亮，饭菜安排得好极了，压根儿不像一家寄膳宿舍，而更像一处可爱而高贵的私人宅邸，在特伦顿③这样一座充斥着工人和外国人的商业化城市里能找到这样的宅邸真是叫人欣慰；太糟糕了，埃尔斯沃思将军的女儿们竟潦倒到不得不招收付房租的房客的地步。迪克以为格伦夫人似乎提到了他倒炉灰、铲积雪之类的事。反正他认为一个中学生不应该花费他的学习时间去做家务琐事。

阿特伍德博士是圣加百列的圣公会教堂的教长，每星期日迪克得在那教堂的唱诗班里唱赞美诗，一共参加两次礼拜仪式，而妈妈和比他大三岁的哥哥亨利·S（他在费城一家制图社工作，只在每个周末回家）却舒舒服服地坐在教堂长椅上。妈妈喜爱这圣加百列的教堂，因为它属于高教会派④，举行宗教游行仪式，甚至还点燃熏香。迪克却不喜欢它，因为要在唱诗班练

---

① 法国科幻作家凡尔纳（1828—1905）的名作。
② 指耶稣降生的传说，见《圣经·马太福音》第二章。
③ 位于新泽西州西部。
④ 基督教新教圣公会中的一派，与"低教会派"对立，主张在教义、礼仪和规章上大量保持天主教的传统。

唱，并必须保持法衣整洁，因为他没有零用钱可以在法衣室的长椅后面掷骰子，而且他总是只有守在门口的份儿，要是有人来便低声说："快逃!"

一个星期日，他十三岁生日刚过，他跟妈妈和亨利从教堂走回家，感到饿了，一路上尽在琢磨吃饭时是否会有炸鸡。他们三人正走上门前的台阶——妈妈微微偎依在迪克的手臂上，她那宽边帽上的紫色和绿色的罂粟花在十月的阳光中轻轻地摇晃着——他瞥见比阿特丽斯姨母瘦削的脸在前门玻璃后面忧虑不堪地往外张望。

"利昂娜，"她用一种激动的嗔怪的口吻说，"他来了。"

"谁，亲爱的比阿特丽斯?"

"你清楚得很……我不知道该怎么办……他说他想见你。为了……呃……为了我们的朋友们的缘故，我让他在下面的门厅里等你。"

"唉，上帝啊，比阿特丽斯，难道我还没受够这男人的苦吗?"

妈妈颓然坐在门厅中鹿角衣架下的长椅上。迪克和亨利直勾勾地瞅着这两个女人惨白的脸。比阿特丽斯姨母噘起嘴，用带有恶意的语气说："你们小家伙最好出去，到这街区去溜一圈。两个像你们那样的大小伙子在屋子里东游西逛，真叫我受不了。一点半准时回来吃星期日正餐……现在走吧。"

"喂，比阿特丽斯姨母是怎么回事?"他们沿着大街溜达时，迪克问道。

"觉得烦嘛，我猜想……她真叫我讨厌。"亨利用一种优越的口吻说。

迪克一边走，一边用脚尖踢人行道。

"喂，我们绕过去喝杯汽水吧……德赖尔杂货店的汽水可棒呢。"

"有钱吗?"

迪克摇摇头。

"嘿，别以为我会请你客……我的老天哪，特伦顿这地方太差劲了……在费城，我见过一家杂货店，里面卖汽水的柜台有半个街区那么长。"

"去你的。"

"我敢打赌你不再记得我们住在橡树园镇的日子了，迪克……说起来，芝加哥这城市真是个好地方。"

"我当然记得……你和我上幼儿园，爹在那儿，什么都记得。"

"他妈的，我想抽烟。"

"妈妈会从你身上闻出烟味儿来的。"

"她闻出来，我也不在乎。"

等他们回到家，比阿特丽斯姨母在前门迎上他们，瞧上去很恼火的样子，她叫他们到地下室去。妈妈想见见他们。后楼梯上满是星期日正餐饭菜和塞在鸡肚子里的洋苏叶的香味。他们尽量磨蹭着，蹒跚地走下楼去，准是关于亨利抽烟的事。她在黑暗的地下室门厅里。单靠煤气壁灯的亮光，迪克无法看清那个男子是谁。妈妈走到他们跟前，他们看出她眼圈通红。"孩子们，这是你们的父亲。"她用微弱的声音说。泪珠从她脸上簌簌地淌下来。

这男子的脑袋是灰色的，形状不大匀称，头发剪得非常短，眼睑红红的，没有眼睫毛，眼睛和脸庞的颜色一样。迪克吓坏了。这是他幼时认识的一个什么人，这不可能是他的爹。

"看在上帝的分上，别再哭哭啼啼了，利昂娜。"这男子用一种发牢骚的声调说。当他伫立着紧盯着孩子们的脸时，他的身子有点晃动，好像他双膝软弱无力似的。"他们两个全长得很漂亮，利昂娜……我看他们也看不大起他们这可怜的老爹吧。"

他们全站在那黝黑的地下室门厅里，闻着从厨房里飘来的星期日正餐的叫人窒息的浓郁的香味，一句话也不说。迪克觉得他应该说话，但什么东西堵住了他的嗓子眼儿。他不由嗫嚅道："你，你，你一直在生病吗？"

这男子转身对着妈妈。"等我走了，你最好把一切都告诉他们……不要照顾我的情绪……没人照顾过我的情绪……别那样瞧我，好像我是个鬼魂似的，孩子们，我不会伤害你们的。"他脸庞的下部神经质地抽搐起来。"我这一辈子总是受到伤害……嗯，这儿离橡树园镇很远……我不过是想瞧瞧你们，再见了……我想，像我这样的人还是走出这地下室的门为妙……十一点整，我将在银行跟你见面，利昂娜，那将是你不得不为我所做的最后一件事。"

门打开时，阳光反射进这门厅，使煤气灯火变红了。迪克在发抖，生怕这男子会吻他，但他仅仅在他们俩每人肩膀上轻轻地、颤抖地拍了一下。他的衣服松松地挂在身子上，要抬起他那双穿着宽松的软鞋的脚走上通向大街的五级石阶，似乎也有困难。

妈妈砰地把门关上。

"他要到古巴去，"她说，"这是我们最后一次见他。我希望上帝能宽恕他这一切，你们的可怜的母亲可始终不能……他总算离开那可怕的地方了。"

"他在哪儿，妈？"亨利用一种干巴巴的口吻问。

"亚特兰大①。"

迪克跑了出去，奔上顶楼，冲进他的小房间，一头扑在床上啜泣起来。

他们谁也没有下楼去吃饭，虽然他们觉得饥饿，而楼梯上飘着浓浓的炸鸡香味。当珠儿在洗盘子时，迪克蹑手蹑脚地走进厨房，从她那儿哄骗到满满一大盘鸡、填馅和甜薯，她叫他快跑开，到后院去吃，因为她那天休息，但还有那么多盘子要洗。他坐在洗衣间里一架落满尘埃的四脚梯上吃起来。因为喉头发僵，很不舒服，他差一点无法把这炸鸡吃下去。等他吃完了，珠儿让他帮助她擦干盘子。

那年夏天，他们给他在贝海德②一家小旅馆里谋到一个小郎的差使，那是由一位太太经营的，她是阿特伍德博士教区的教民。在他临行前，深受比阿特丽斯姨母宠爱的房客格伦少校夫妇给他一张五美元的钞票当零用钱，还有一本让他在火车上阅读的《天国小牧童》③。在他最后一个星期日的圣经课后，阿特伍德博士请他留下，给他讲关于才干的比喻④，迪克对此已经十分熟悉了，因为阿特伍德博士每年要把它当作布道的题目宣讲四次。阿特伍德博士还给他看一封肯特⑤学校校长接受他作为第二年奖学金学生的信，吩咐他必须努力工作，因为上帝是按照我们的才干而对我们每一个人寄予期望的。他然后告诉他一些一个正在发育的男孩子应该知道的事，说他必须避开诱惑，始终以洁净的身子和洁净的心灵来为上帝效力，为他有朝一日要与之结婚的可爱而甜蜜的姑娘保持自己的纯洁，而其他的一切只会导致发疯和恶疾。迪克离开时，腮帮热辣辣地发烧。

在海景旅馆日子过得并不太赖，但客人和茶房全是上了年纪的人；跟他差不多年龄的只有另一个小郎"瘦个儿"默里，一个黄头发的高个子男孩，整日价是个闷葫芦。他比迪克大两三岁。他们睡在屋顶下一间不通风的小房间里的两张帆布床上，这屋顶被太阳晒得如此炙热，睡觉时他们仍几乎无法

---

① 佐治亚州的州府，在该州西北部，那里设有一座联邦大监狱。
② 位于新泽西州东部大西洋海岸上。
③ 这是美国小说家约翰·福克斯（1862—1919）的代表作，出版于1903年，写一青年牧童来到弗吉尼亚州西南部坎伯兰区的天国镇后的遭遇，他后来在南北战争中毅然参加北军，最后当上少校，和相爱的姑娘结婚。当时很受青年欢迎。
④ 见《圣经·马太福音》第25章第14到30节。
⑤ 在康涅狄格州西北部，该地有一所男子大学预科学校。

触摸它。通过一道薄薄的隔墙，他们可以听见隔壁女招待们上床时衣服的沙沙声和吃吃的笑声。迪克痛恨那种声响和透过墙上的缝隙飘过来的姑娘的廉价搽脸香粉的味儿。逢到最酷热的夜晚，他和瘦个儿卸下窗上的纱窗，沿着天沟爬到门廊上面一处平坦的屋顶上。在那儿有蚊子来搅扰他们，但比躺在小床上睡觉要舒坦多了。有一次，姑娘们正往窗外眺望，一眼看见他们正沿着天沟爬行，就大叫起来，说他们在偷看，她们要去禀报女经理。他们吓得要死，整整一夜商议要是被开除了怎么办，他们要到巴尼盖特①去，在捕鱼船上找活儿干。但第二天，姑娘们关于这件事什么也没说。迪克有点失望，因为他痛恨侍候人，奔上奔下应付铃声的召唤。

　　是瘦个儿想到他们也许可以卖巧克力奶糖来赚点外快，因为迪克收到了他妈妈寄来的一包奶油软糖，他以二角五分卖给了一位女招待。就这样，萨维奇太太每星期邮寄来一包裹新鲜的巧克力奶糖和红糖核桃奶糖，迪克和瘦个儿把它们分装成小盒卖给旅客们。瘦个儿出钱买盒子，大部分工作也都是他干的，但迪克使他相信要拿百分之十以上的利润是不公平的，因为迪克和他妈妈投入了原来的资本。

　　第二年夏天，他们从巧克力奶糖的买卖中赚了好大一笔钱。瘦个儿承担了比原来更多的工作，因为迪克进了一所私立学校，整个冬天跟父母都很有钱的富家子弟交往甚密。幸运得很，没有一位同学到贝海德来度夏。他给瘦个儿讲学校里的一切情况，背诵他创作的、登载在校办报纸上的关于圣约翰医院骑士团②和圣克利斯朵夫③的歌谣；他告诉瘦个儿他在圣坛助祭的情景和基督教信仰的美，还说他已当上了少年棒球队的外野手。迪克要瘦个儿每星期日跟他一起到一个名叫海滨圣玛丽的圣公会小礼拜堂去做礼拜。礼拜结束后，迪克总是留下来，跟年轻的牧师瑟洛先生讨论有关教旨和仪式的种种问题，终于被邀请到瑟洛先生家进餐，跟他的妻子见面。

　　瑟洛一家住在车站附近空旷沙地中央一幢没有油漆过的有尖屋顶的带有凉台的平房中。瑟洛太太是个肤色黝黑的姑娘，长着个瘦削的鹰钩鼻，留着前刘海，她抽烟，恨死了贝海德这地方。她谈起她真腻味死了，她怎样叫本教区的年老的太太们大吃一惊，迪克认为她真是了不起。她是《时髦人士》

---

① 就在贝海德南面不远的大西洋海岸上。

② 中世纪天主教的军事宗教修会，建于11世纪，起源于设立在耶路撒冷施洗约翰教堂附近为朝圣者服务的医院。

③ 早期基督教的殉道者，活动时期在3世纪，后被册封为圣徒。

和《黑猫》<sup>①</sup>的热心读者，爱读思想先进的书籍，取笑埃德温——正如她所说的——企图在木板步行道上恢复早期基督教<sup>②</sup>。埃德温·瑟洛便会用他无色眼睫毛底下的一双浅色的眼睛望着她，驯顺地耳语道："希尔达，你不该这样说话。"他然后温和地转身对着迪克说："你知道，她说话难听，可心地不坏。"他们成了极好的朋友，迪克只要一有可能从旅馆脱身，便喜欢跑到他们家去。他带瘦个儿去了两三次，但瘦个儿似乎觉得他们的谈话对他来说过于深奥，从来不肯多待，却托辞说他得去销售些巧克力奶糖，就一步一拖地走了。

翌年夏天，主要是想见到瑟洛夫妇的愿望使迪克不介意到海景旅馆去工作，由于他的举止像个绅士，希金斯太太提升他当登记房间的职员，增加了他的薪水。迪克十六岁了，他的嗓音在起变化；他做起和姑娘有关的梦，思考许多关于罪孽的问题，偷偷迷上了黄头发的棒球校队队长斯派克·卡伯特森。他痛恨他生活中的一切、他的姨母和她那寄膳宿舍里的气味，痛恨想到他的父亲和他妈妈的花园帽，痛恨没有足够的钱购买讲究的衣服或者像其他同学那样去时髦的避暑胜地。一切都使他异常地激动不安，以致很难使这种情绪不流露出来：女招待们在上菜时扭动的屁股和晃动的乳房、商店橱窗里陈列着的姑娘内衣、浴堂里的味儿、一条给弄湿的游泳裤的带有咸味的刺激以及穿着游泳衣躺在沙滩上的阳光中的小伙子和姑娘们的被阳光晒黑的皮肤。

整个冬季，他一直给埃德温和希尔达写一封封长信，谈的是他脑海中想到的一切，但是等他真的见到了他们，却觉得不舒服而拘谨了。希尔达搽着一种新品种的香水，使他的鼻子怪痒痒的；甚至当他和他们坐在桌边吃午餐，吃从熟食店买来的冷火腿和土豆色拉，讨论早期的启应祷文和格列高利颂歌<sup>③</sup>时，他不由自主地在心中想象他们脱去了衣服，赤身裸体地躺在床上的情景；他痛恨自己竟会这样想。

每星期日下午，埃德温前往埃尔伯伦一个夏季小礼拜堂去主持礼拜仪式。希尔达从来不去，却常常邀请迪克跟她一起出去散步或者到她家去喝

---

① 这是当时很流行的高级文艺杂志，《时髦人士》当时正由美国影响极大的文人亨·路·门肯（1880—1956）任主编。

② 在美国，旅游城市的滨海的木板步行道一般是犯罪分子与妓女出没的地方，在这里是指"企图在不道德的地方恢复早期基督教"。

③ 天主教弥撒仪式中所应用的单声部无伴奏齐唱曲，据说是罗马教皇（约540—604）格列高利一世主持编订的。

茶。他和希尔达开始有了一个属于他们两人的小天地，而埃德温却与之毫不相干，在那里，他们提到他时，只是为了嘲弄他。迪克开始在他那些奇异而可怕的梦里梦见希尔达。希尔达说什么他们实在是真正的弟弟和姐姐，那些毫无激情而从不真正希冀什么的人是无法理解像他们那样的人的。逢到这种时候，迪克没有多少机会说话。他和希尔达每每坐在后门台阶上，在阴影里抽埃及神祇牌香烟，直到感到有点儿头晕。希尔达说，她才不在乎那些该死的教区居民是否看见她，尽说什么她多么希望在生活中会发生些什么，她想要时髦的衣着，到外国去旅游，有钱可花，不必为家务事操劳，有时候会因为埃德温那没有火气而有点傻头傻脑的样子而恨不得宰了他。

埃德温经常乘十点五十三分到站的那班火车回来，由于迪克星期日晚上休息不去旅馆，他和希尔达会单独在一起吃了晚饭，然后沿着海滩去散步。希尔达会挽着他的手臂，紧贴着他走；他会在心中纳闷，每当他们大腿碰上大腿时，她是否感觉到他在颤抖。

整整一星期，他会回想那些星期日晚上的情景。有时候，他会对自己说下一次再也不去了。他将待在房间里看大仲马的小说或者同他认识的朋友们出去玩儿；跟希尔达那样单独相处，使他事后觉得太不像话了。后来，有个没有月亮的夜晚，他们沿着海滩散步，远离野餐者们的玫瑰色的篝火，肩挨着肩地坐在沙上谈论希尔达那天下午大声朗读过的印度爱情抒情诗，这时候，她突然扑到他身上，弄乱他的头发，把双膝顶在他肚子上，双手伸进他的衬衫，抚摸他的肉体。对于一个姑娘来说，她力气很大，他不得不抓住她的肩头，将她从自己身上拽下来，才好歹把她推开。他们两人都没有说什么，只顾躺在沙地上，重重地喘息着。她终于耳语道："迪克，我绝对不能生孩子……我们养不起……所以埃德温不愿和我睡觉。真该死，我需要你，迪克。难道你看不出来这一切有多么可怕吗？"她一面讲话，一面用发烫的双手抚摸着他，从胸部和肋骨一直朝下移到他的腹股沟。"别，希尔达，别。"蚊子围着他们的脑袋嗡嗡直叫。那悠长的、发出嘶嘶声的、看不见的浪潮几乎拍打到他们脚边。

那天夜里，迪克无法像往常那样去车站接埃德温。他回到海景旅馆，膝盖还在颤抖，就扑在那屋顶下闷热的小房间里的床上。他想自杀，但惧怕下地狱，他试着祈祷，至少想背一遍《主祷文》。当他发现自己竟连《主祷文》也记不起来时，不禁惊栗不已。也许他们俩所犯的罪孽触犯了圣灵。

他入睡时，天空已是灰蒙蒙的，鸟儿在外面啁啾了。第二天一整天，当他神情恍惚地坐在桌子后面，传递旅客要冰水和毛巾的要求，回答关于客房和火车时刻的询问时，他在心中反复推敲一首诗，写到象征我的罪孽的猩红色、象征你的罪孽的猩红色、黑色的鸟儿在汹涌的海涛上号叫、打入地狱的灵魂在充满激情地唏嘘。诗写成后，他拿给瑟洛夫妇看，埃德温想了解他从哪儿弄来这些腐朽的想法，但是他很高兴在诗的结束处信仰和教会得到了胜利。希尔达歇斯底里地狂笑不已，说他真是个可笑的小伙子，但有朝一日他也许会成为一位作家。

瘦个儿有两个星期的假期，前来旅馆接替一个生了病的小郎，迪克跟他大谈特谈女人和罪孽，说他怎么爱上了一个有夫之妇。瘦个儿说那可不好，因为周围正多的是轻佻女人，她们愿意满足一个小伙子的欲望。但是，迪克发现瘦个儿虽然比他大两岁，却从未和姑娘搞过，这就摆起一副神气活现的架子，大谈经验和罪孽，以致当他们有一晚到杂货铺去喝汽水时，瘦个儿竟然搭上了两个姑娘，跟她们一起到海滩去散步。她们十足满三十五岁了，迪克什么也没干，只跟他的女伴谈自己的不幸的恋爱，说他必须对他的爱人忠实，尽管他眼下这时正对他不忠实。她说，他太年轻了，把那种事情看得那么重，一个使他这样的好小伙不幸的姑娘应该感到羞愧。"老天，要是我有机会，我会使一个伙计幸福的。"她说，放声哭泣起来。

在走回海景旅馆的路上，瘦个儿因惧怕感染到什么病而忧心忡忡，但迪克说肉体的事儿无关紧要，而悔悟正是赎罪的关键。结果瘦个儿果然染上了花柳病，因为在那年夏天过了些日子，他给迪克写信说他每星期得付一位医生五美元治病，他觉得难受极了。在埃德温去埃尔伯伦主持礼拜仪式的星期日晚上，迪克和希尔达继续干违反教规的事，那年秋天，迪克回到学校时，觉得自己俨然是个通晓世故的大人了。

在圣诞节假期中，他到东奥林奇①瑟洛夫妇家小住，埃德温正在那里的使徒圣约翰教堂当教长助理。在那里，在教长家的茶会上，他遇到了泽西城的一位律师海勒姆·哈尔西·库珀，库珀还是个政治家，对高教会派和于斯曼②的初版本颇感兴趣，他请迪克去看他。当迪克去拜访时，库珀先生请他喝一杯雪利酒，给他看比尔兹利③、于斯曼和奥斯汀·多布森④的作品的初版本，

---

① 在新泽西州东北部。
② 于斯曼（1848—1907）为法国小说家，其早期作品大多写饮食男女之事，得到收藏家的喜爱。
③ 奥布里·比尔兹利（1872—1898），英国著名黑白插图画家。
④ 奥斯汀·多布森（1840—1921），美国诗人，批评家。

悲叹自己虚度的青春年华，并请迪克一毕业就到他的事务所去工作。结果发现，原来库珀先生的亡妻也姓埃尔斯沃思，是迪克妈妈的堂妹。迪克答应给他送去他所写的所有诗歌的抄本和他发表在学校报纸上的文章。

在他住在瑟洛夫妇家的整个星期中，他总设法与希尔达单独相见，但她千方百计躲开他。他听说有种叫避孕套的东西，想告诉她，但直到最后一天，当埃德温不得不外出走访教区时，他才得以遂愿。这次迪克成了主动的情人，而希尔达却企图阻挡他，但他终于使她脱光了衣服，他们一边享受床笫之欢，一边纵情大笑或吃吃傻笑。这次他们不再那么为罪孽担忧了，当埃德温回到家吃晚饭时，他问他们乐什么，因为他们瞧上去那么兴高采烈。迪克就开始讲关于比阿特丽斯姨母和她那些房客的纯属无稽之谈的故事，讲了好多，于是他们在火车边在一片哈哈大笑声中分手了。

那年夏天在巴的摩尔召开党的全国大会[①]。库珀先生在那儿租了一幢房子，经常宴请宾客。迪克的职务是待在外间办公室，对所有的人都以礼相待，把来宾的名字写下来。他穿着一身蓝哔叽套装，以他那鬈曲的黑发（希尔达常对他说真黑得像乌鸦的翅膀）、坦率的蓝眸子以及白里透红的脸色给每个人留下了美好的印象。对正在发生的一切他无法理解，但他很快就能辨别什么人是库珀先生真正想见的，而什么人是只消敷衍敷衍就行的。当他和库珀先生单独相处的时候，库珀先生会拿出一瓶西班牙白葡萄酒，给每人倒一杯，坐进一张偌大的皮椅，用手擦着前额，仿佛要将政务从他头脑中擦去似的，然后谈起文学和上世纪的九十年代，并说他多么希望能恢复青春。当然啦，他将给迪克预支一笔钱，以便读完哈佛大学。

第二年秋天，迪克作为中学最高年级的学生，刚回到学校，就收到一份妈妈拍来的电报：

速归亲亲你可怜的父亲死了

他并不觉得伤心，只是有点儿羞愧，担心遇到可能会问他问题的老师或同学。在火车站，看来似乎火车永远不会来了。那天是星期六，火车站上有两三个他的同班同学。在火车驶来之前，他除了琢磨怎样躲开他们之外什么也不想。他直挺挺地坐在这节空荡荡的普通客车的座位上，瞧着窗外黄褐色

———————————

① 美国民主党1912年6月25日—7月2日在巴的摩尔召开全国大会，决定威尔逊竞选总统。

的十月的山丘，心情紧张极了，生怕有人会来跟他说话。急匆匆地走出中央大火车站，踏上谁也不认识他、他也不认识任何人的熙熙攘攘的纽约街道，真是松了一口气。乘渡轮过河时，他觉得快慰，充满冒险感。他开始惧怕回家，故意错过了第一班去特伦顿的火车。他走进宾夕法尼亚车站那古老的餐厅，吃煎牡蛎和甜玉米当午饭，要了一杯雪利酒，怀着几分担心，怕黑种茶房会不肯来侍候他。他在那儿坐了好一阵子，看看《时髦人士》杂志，喝喝雪利酒，觉得自己像是个通晓世故的大人，一个独来独往的旅游者，但是心底深处还是忘不了那个男子①的苍白而痛苦的抽搐着的脸和那天走上地下室台阶的那副模样。餐厅渐渐变得空荡荡的了。那茶房一定在想，他呆坐在那儿这么长时间，真有点怪。他付了账，不由自主地上了开往特伦顿的火车。

在比阿特丽斯姨母的房子里，一切瞧上去和闻上去跟从前一模一样。他妈妈正躺在床上，窗帘都拉了下来，前额上敷着一块浸渍着科隆香水的手绢。她给迪克瞧他从哈瓦那寄来的一张照片，上面是一个形容枯槁的男子，对于他的棕榈滩套装和巴拿马草帽来说，他显得太小了。他一直在领事馆当一名职员，给她遗下一万美元人寿保险金。当他们在谈话的时候，亨利走了进来，瞧上去忧虑而烦躁。他和亨利两人走出房间到后院去一起抽烟。亨利说他将带妈妈到费城去跟他住在一起，使她摆脱比阿特丽斯姨母的唠叨和这该死的寄膳宿舍。他希望迪克也去，进宾州大学学习。迪克说不，他要进哈佛大学。亨利问他从哪儿去弄那笔钱。迪克说他已经安排好了，他才不想要那该死的保险金哪。亨利说他也绝不会去碰它，那是妈妈的，他们回屋上楼时，几乎想一拳往对方的牙床骨上揍去。不过，迪克觉得好受些了，他可以告诉学校里的同学们他父亲曾是驻哈瓦那的领事，死于热带热病。

那年夏天，迪克为库珀先生筹划在泽西城创办的一座美术博物馆撰写计划书，每星期拿二十五美元。他借助于现成的逐字译本翻译了贺拉斯②赞美米塞纳斯③的一首诗，献给库珀先生，使库珀先生如此高兴，竟送给他一千美元使他能上完大学，为了合乎手续，考虑到使迪克意识到他担负的责任，库珀先生为这笔钱写了一张为期五年的借据，利息为四厘。

他这两星期的假期是在贝海德瑟洛家度过的。在火车上他迫不及待地想

---

① 指他父亲。
② 贺拉斯（公元前65—公元前8），古罗马诗人。
③ 米塞纳斯（约公元前70—公元前8），罗马皇帝屋大维的主要政治顾问，他是贺拉斯在文学上的恩主，曾送给他一座山间农庄。

赶快下车去看看希尔达怎么样了，但一切都变了。埃德温不再像往常那样脸色苍白了；他在长岛一个富有的教堂里谋到了一份助理教长的圣职，那儿使他担忧的唯一的一件事是部分教众是低教会派的，不允许唱颂歌或点燃熏香。他自我安慰地想，他们总算还允许在祭坛上点蜡烛。希尔达也变了。迪克看到她和埃德温吃晚饭时手握着手，很是不安。等到他和她单独在一起时，她告诉他她和埃德温现在很幸福，她要生孩子了，必须让过去的事过去算了。迪克大踏步地踱来踱去，用手搔着头发，阴郁地说什么要去死，活在世上等于在地狱里，要尽快去过堕落生活等等，但希尔达只是哈哈大笑，叫他别冒傻气，他是个英俊的、有吸引力的青年，会发现有许许多多好姑娘会发疯似的爱上他的。在他走之前，他们三人就宗教进行了长谈，迪克沉痛地盯着希尔达，告诉他们俩他已丧失信仰，只相信古代那两位淫欲和酗酒的神，潘和巴克斯①。埃德温惊呆了，但希尔达说这纯粹是胡扯，只是发育期中感情上失去平衡而已。他离开后写了一首非常晦涩的诗，诗中援引了许多古典文学中的典故，他定名为《献给一个普通的妓女》，把它寄给希尔达，加上一段附言，写明他要把一生奉献给美和罪孽。

迪克需要补考他春季没考及格的几何，还要考为了获得额外学分而选修的高级拉丁语，所以学校开学前一星期他便动身前往坎布里奇②。他将大衣箱和手提箱在南站交给了托运公司，便去乘地下铁道。他穿着一身崭新的灰色套装，戴着顶崭新的灰色毡帽，生怕丢失藏在兜里的那张将存进坎布里奇银行的保付支票。当地下火车爬上地面过桥时，他瞥见石板色的查尔斯河彼岸波士顿的红砖建筑和金色圆顶的州议会大厦，它们瞧上去就像他和希尔达曾经谈过要去游览的异国地方。肯德尔广场……中央广场……哈佛广场。地下火车不再往前开了；他不得不下车。挂在旋转栅门上的一块写着"由此出站去大学校园"的牌子上有什么东西使他浑身战栗起来。他到坎布里奇不到两小时便发现他的毡帽不应该是崭新的，而应该是棕色而陈旧的，还发现对于一个一年级新生来说，在校园里找一个房间是一个严重的错误。

也许是住在校园里的缘故吧，他结识了不少不该结识的人：两三个法律系一年级的信奉社会主义的犹太学生，一个来自中西部、攻读哥特语博士学位的研究生，一个来自多尔切斯特③的、每天上午上教堂的基督教青年会有

<hr>

① 潘为希腊神话中人身羊足、头上生角的畜牧神；巴克斯为希腊酒神狄俄尼索斯的别名。
② 位于波士顿市北部，为哈佛大学所在地。
③ 在波士顿市南郊。

毒瘾的会员。他参加一年级新生划船队的选拔，但没有当成任何一支划船队的队员，于是他养成习惯，每星期有三个下午独自去划单人划艇。他在船库遇到的同学们对他着实客气，但他们大部分住在金色海岸[1]或贝克，除了跟他们说声你好和再见之外，从来没有更深的交往。他前往所有的橄榄球赛、男生的非正式集会和啤酒晚会，但如果不带上一个犹太朋友或一位研究生，他便永远去不了这些场合，所以他从没结识过任何重要的人物。

春天有个星期日的早晨，他在哈佛新生联谊大楼碰见了弗雷迪·威格尔斯沃思，当时他们俩正走进联谊大楼去吃早饭；他们在同一张餐桌边坐下来。弗雷迪是肯特学校的老校友，现在是三年级生。他问迪克正在干什么，认识些什么人，听迪克告诉了他，显得惊讶极了。

"我的好伙计，"他说，"如今也没有办法，只好去投给《每月评论》或者《鼓动》周刊了……我想《犯罪》杂志未必符合你的要求吧，是不？"

"我曾想过给人家看看我写的东西，但是没有勇气。"

"要是你去年秋天来找我就好了……天哪，我们真该感谢那所古老的学校，使你能很快适应新的环境。难道没有人告诉你，除了四年级生，谁也不住在校园里吗？"弗雷迪一边呷咖啡，一边不快地摇头。

后来，他们去了迪克的宿舍，他朗诵了几首诗。"啊，我看它们写得还不错嘛，"弗雷迪·威格尔斯沃思抽着香烟，抽一下说一声，"不过我得说，词藻过分华丽了……你把其中几首打出来，我来把它们送到理查德·吉尔德[2]那儿去……一个星期之后的星期一晚上八点在联谊大楼等我，我们一块儿去科贝教授家……好吧，再见，我得走了。"他离去之后，迪克在房间里踱来踱去，心激烈地跳着。他想跟一个什么人倾诉衷肠，但是他厌倦在坎布里奇认识的所有的人，所以就坐下来给希尔达和埃德温写了一封长信，信中插入一些诗句，告诉他们他在学院里过得多么快乐。

星期一晚上终于来临了。迪克在约定时间前整整一小时就动身往联谊大楼去，一路上心中已经在吩咐自己，万一弗雷迪·威格尔斯沃思把约会的事忘了，他也决不要失望。纪念堂[3]内带有瓷音的刀叉叮当声和食物的香味，他餐桌上那些傻瓜蛋讲的滑稽故事，还有在游廊上的铜管乐队上方上下浮动的坎里奇先生那汗涔涔的秃顶瓢儿，在那天晚上似乎都显得特别凄凉。

---

① 指哈佛广场附近奥本山路那一带，哈佛大学的富家子弟大都住在那里。

② 理查德·沃森·吉尔德（1844—1900），美国诗人、《世纪杂志》总编辑。

③ 哈佛学生在那里进餐。

在修剪齐整的坎布里奇花园里种着郁金香，风中还不时送来一阵丁香的香气。迪克身上穿的衣服使他着恼；当他在他业已极为熟悉的一个个由黄色木房和门前院子中的草地组成的街区徘徊时，他的腿是沉重的。他血管里奔流的血液似乎太快了，太热了，简直难以忍受。他必须离开坎布里奇，要不然就会发疯。当然啦，当他在八时整缓步走上联谊大楼前的台阶时，威格尔斯沃思还没有到。迪克上楼走进图书室，随手拿起一本书，但是他神情太紧张不安，竟连书名也没有看清。他又走下楼，站在大厅里。一个在物理一班做实验时坐在他旁边的同学走上前来，开口跟他聊起来，但迪克简直无法搭腔。那同学困惑不解地瞧了他一眼就走开了。这时已是八点二十分。当然啦，弗雷迪不会来了。让他见鬼去吧，他真傻，以为他会来，一个像威格尔斯沃思那样的自以为了不起的势利鬼是不会跟他这样的人践约的。

然而，弗雷迪·威格尔斯沃思双手插在口袋里，正站在他的面前。"嗯，我们要去科贝家陶冶一下吗？"他正在这么说。

他身边还有一个人，是个看上去在做幻梦的青年，留着蓬松的浅黄头发，长着双非常浅的蓝眼睛。迪克情不自禁地盯视着他，他太英俊了。"这是布莱克。他是我弟弟……你们在一个班。"

他们握手时，布莱克·威格尔斯沃思几乎没瞧迪克一眼，只把嘴角噘起来，歪嘴笑了一下。他们在初夏的暮霭中穿过校园，有些同学身子探出窗外高声喊着"莱因哈特，喂，莱因哈特"①，鹩哥在榆树林里大声啼啭，人们可以听见从马萨诸塞大道上传来的有轨电车轮子的叽叽嘎嘎声；但是，在那间天花板很低的、点燃着蜡烛的房间里，却是一片寂静，有个长相难看的小个子②正在朗读一篇小说，原来是吉卜林的《帝王之材》。人们全坐在地板上，听得十分专心。迪克心想他要当一个作家。

上二年级时，迪克和布莱克·威格尔斯沃思开始经常来往。迪克在里奇利堂有一个房间，布莱克经常去那里。迪克突然发现他喜欢起学院来了，而一星期一星期的时光飞也似的流逝。那年冬天，《鼓动》周刊和《每月评论》上各刊登了他的一首诗；他和内德——他惯于这样称呼布莱克·威格尔斯沃思了——常常在下午一块儿喝茶，讨论书籍和诗人，在房间里点上蜡烛。他们几乎不再去纪念堂吃饭了，虽然迪克在那儿包了伙食。迪克付了膳

---

① 据传说莱因哈特为一哈佛学生，他没有朋友，后来哈佛学生在春天夜晚感到激动不安时，常从宿舍窗口这样呼叫，招呼同学们来会晤。

② 指科贝，即科普兰教授。

费、学费和在里奇利堂的房租后就没有一点儿零用钱了，但内德却有相当充裕的经济来源，可供两个人花。威格尔斯沃思家很富有，他们常常邀请迪克在星期日到纳汉特①家中去吃饭。内德的父亲是一位已退休的艺术批评家，下巴上蓄着一部白色的尖髯；客厅里有一座意大利式的大理石壁炉，壁炉上方挂着一幅画有一位夫人、两个小天使和一些百合花的画，威格尔斯沃思家的人相信它是出自波提切利②的大手笔，尽管伯纳德·贝伦森③纯粹出于恶意——威格尔斯沃思先生解释道——坚持说这是另一位画家波提奇尼的作品。

每逢星期六晚上，迪克和内德喜欢在波士顿的桑代克酒家吃晚饭，喝冒气泡的香槟酒，喝得有点醉意。然后他们去剧院或者上老霍华德夜总会。

第二年夏季，海勒姆·哈尔西·库珀参加为威尔逊竞选总统的活动。尽管内德写信嘲弄他，迪克发现自己越来越热衷于"新自由""太自豪而不愿参战""在思想与行动上保持中立""产业界劳资协调关系"等口号④，一天工作十二小时，打新闻公报，巴结小城镇报纸的编辑们，要他们给库珀先生的讲话以更多的版面，谴责特权，攻击既得利益集团。回到哈佛校园正在死亡的榆树之间，听既不主张什么也不攻击什么的课，看《梦幻之山》以及吃午后茶点，都使人泄气。他获得了英语系的奖学金，他和内德在花园街一幢房子里同住一个房间。他们交了好大一帮对英语、美术和诸如此类的学科感兴趣的朋友，他们在后半晌聚集在迪克和内德的房间里，在烛光、香烟和熏香的烟雾中坐在一尊内德有一次喝醉了酒在唐人街购买的青铜佛像前，喝茶，吃糕点，聊天，一直搞到很晚。除非谈论到饮酒或驾帆船，内德从来不说什么；只要话题一转到政治或战争什么的，他便会闭上眼睛，把脑袋一仰，口中念念有词：胡扯胡扯胡扯胡扯。

美国总统及国会议员选举日那一天，迪克激动得竟然所有的课都不去上。下午，他和内德在北区漫步，一直走到"T"号码头的尽头。那是一个异常阴冷的灰蒙蒙的日子。他们在谈论一个从未在别人面前透露过的计划：等毕业后弄一艘小帆船或双桅船，沿着海岸朝南一直驶到佛罗里达州和西印度群岛，然后穿过巴拿马运河进入太平洋。内德买了一本航海书，开始研读

---

① 位于波士顿湾北部一小半岛上。
② 波提切利（1445—1510），意大利文艺复兴时期的绘画大师，其名作有《维纳斯的诞生》《春》等。
③ 伯纳德·贝伦森（1865—1959），美国艺术批评家，意大利文艺复兴时期艺术的权威。
④ 这些是威尔逊在1912年竞选总统的纲领中提出的口号。

起来。那天下午，内德很恼火，因为迪克似乎无法集中精力来谈航海的事，只顾出声琢磨着这个州和那个州将投谁的票。他们憋着一肚子气在威尼斯酒家吃晚饭，那儿这时倒例外地坐满了顾客，他们吃冷盘薄小牛肉片和意大利实心面；这酒家的服务糟透了。他们一喝完一瓶白奥尔维耶托酒①，内德就会再要一瓶；他们离开酒家时，步履僵硬而谨慎，彼此稍微把身子靠在一起。在汉诺威街上金红色的暮霭中，只见一张张脸庞飞旋过他们的身边。他们发现自己来到波士顿广场上的一个人群边，这些人正在看《波士顿先驱报》大楼前的布告牌。"谁得胜了？打垮了……我们这一方万岁！"内德不停地狂喊。"难道你这样不懂好歹，不知道这是选举总统之夜吗？"他们身后一个男子用嘴角嘟囔道。"胡扯胡扯胡扯胡扯。"内德冲着这人的脸叫道。

迪克不得不把他拉到旁边的树丛里，免得打起架来。"要是你这样干下去的话，我们准会给抓去，"迪克郑重其事地凑着他的耳朵说，"我想瞧瞧选举结果报告。威尔逊也许会赢。"

"我们到弗兰克·洛克酒家去喝酒吧。"

迪克想跟人群待在一起瞧选举结果；他情绪激动，不再想喝酒了。"这是说我们不会参战了。""我可情愿打仗，"内德口齿不清地说，"多好玩啊……但参战也好，不参战也好，我们去为战争喝一杯吧。"

弗兰克·洛克酒家的老板不肯卖酒给他们，尽管他以前常常侍候他们，他们气鼓鼓地顺着华盛顿大街一路上另一家酒吧。这时，有个男孩从他们身边奔过去，手里拿着一份用四英寸大的黑体字印的号外，上面是：**休士②当选。**"万岁！"内德高声叫道。迪克用手捂住他的嘴，他们就在大街上扭打起来，一群带有敌意的人在他们周围聚拢来。迪克听见直截了当的、不友好的声音在说："大学生……哈佛学生嘛。"他的帽子掉下来了。内德松开手，让他去捡帽子。一名警察正挤开人群向他们走来。他们两人挺起身来，冷静地走开，脸庞红红的。"这全是胡扯胡扯胡扯胡扯。"内德压低了嗓音小声道。他们往斯科莱广场走去。迪克心中郁闷得很。

他也不喜欢斯科莱广场上人们的神情，想回坎布里奇去，但内德却和一个瞧上去有点像流氓的家伙和一个双腿有点摇晃的水手聊上了天。"喂，得

---

① 意大利中部古城奥尔维耶托盛产的一种葡萄酒。
② 查尔斯·伊万斯·休士（1862—1948），1916 美国共和党总统候选人。

克萨斯佬，我们带他们上布莱妈妈店去吧。"那个像流氓的家伙用手肘戳了一下水手的肋骨说。"没事儿，伙计，没事儿。"水手一个劲儿口齿不清地嘟囔道。

"随便到哪儿去，只要不这么胡扯胡扯胡扯胡扯。"内德大声嚷嚷着，一忽儿把身子的重量放在这只脚上，一忽儿放在另一只脚上。

"喂，内德，你喝醉了，跟我回坎布里奇去吧，"迪克冲着他的耳朵不顾一切地嘀咕道，一边拉着他的手臂，"他们想把你灌醉，然后拿走你的钱。"

"他们没法再灌醉我，我已经醉了……胡扯胡扯胡扯胡扯。"内德发出像马嘶一般的声音，拿起水手的白帽子——却不是自己的帽子——往脑袋上戴。

"得，你他妈的爱干什么就干什么吧，我要走了。"迪克突然松开内德的手臂，尽可能快地走了。他翻过灯塔山，耳朵嗡嗡作响，脑袋发热，血管怦怦地跳着。他一直走到坎布里奇，走进他的卧室，浑身颤抖疲乏，快要哭出来了。他上了床，但无法入睡，整夜躺在那儿，即使把挂毯也压在被子上，还是觉得寒冷而沮丧，他谛听着街上每一个声响。

早晨起床，他觉得头痛，一种阴郁的、感到山穷水尽的心情攫住了他的整个身心。当他正在《讽刺》①杂志大楼楼下柜台前喝咖啡和吃烤面包卷时，内德走了进来，瞧上去精神焕发，脸色红润，他噘起嘴微微一笑说："嗯，我年轻的政客，威尔逊教授当选了，我们错过了获得佩剑与肩章的机会啰。"迪克咕哝了一声，继续吃东西。"我当时替你担心呢，"内德轻松愉快地说下去，"你到哪儿去了？"

"你以为我会到哪儿去？我回家就上床睡觉。"迪克厉声说。

"那小子原来是个非常讨人喜欢的家伙，是个拳击教师，要是他心脏并不虚弱，他会成为新英格兰次中量级拳击冠军。我们最后去洗土耳其浴……真是个挺稀罕的地方。"

迪克真想照准他的脸揍上去。"我有一堂实验课。"他嘶哑地说，离开了便餐柜台。

他回到里奇利堂时，已经是黄昏时分了。房间里有人。那是内德，正在蓝色的暮霭中在房间里走动着。"迪克，"房门在迪克身后一关上，他就开始喃喃道，"永远别生气。"他双手插在兜里，站在房间中央，摇晃着身子。"永远别生气，迪克，别为朋友们喝醉了所做的事情生气……永远别为朋友

---

① 哈佛大学的一种学生刊物。

们所做的事生气。做个好朋友吧，给我煮杯茶。"迪克把水壶灌满水，点燃了水壶下的酒精灯。"一个人免不了会做出许多该死的傻事儿的，迪克。"

"但是那号人……在斯科莱广场跟一个陌生水手交朋友……真他妈的危险。"他有气无力地说。

内德呼地转身朝着他，轻松而愉快地大笑着说："你呀，一向总是指责我是个该死的后湾①势利鬼。"

迪克不回答。他一屁股坐在桌旁的椅子里。他不再生气了。他竭力不让自己哭出来。内德已经躺在长沙发上了，把两条腿轮流地举到脑袋上方。迪克坐在那儿，凝视着酒精灯的蓝色火焰，聆听着壶水的咝咝声，直到最后一线暮色隐没进黑暗之中，街上的灰白色灯光开始透进房来。

那年冬天，内德每天晚上喝醉酒。迪克在《每月评论》和《鼓动》周刊上发表了作品，在《报刊文摘》周刊和《司令塔》上刊出了曾发表过的诗歌，参加波士顿诗社召开的会议，受艾米·洛厄尔②之邀和她共进晚餐。他和内德经常争论，因为迪克是个和平主义者，而内德却说，管他妈的，他要去参加海军，反正全都是胡扯。

在武装商船法案③通过后的复活节假期里，迪克和库珀先生进行了一次长谈，库珀先生想在华盛顿为他谋一个职位，因为他说像他这样才华横溢的青年不应该去参军来危害自己的前程，而且已经有人在谈关于征兵的事了。迪克得体地红起脸来，说他认为用任何方式帮助战争是违背自己的良心的。他们就对国家的义务、党的领导和最佳的上策讨论了好久，但没有任何结果。最后，库珀先生让他保证在没有与他磋商之前绝不采取任何轻率的行动。在坎布里奇，人人都在接受军训，听关于军事科学的讲课。迪克要将四年的课程在三年之内修毕，不得不用功读书，然而那些课程似乎不再有任何意义了。他设法挤出时间来修订一组题为《行将死亡的人们向您致敬》④的十四行诗，把它们寄给《报刊文摘》杂志，参加他们主办的有奖征文比赛。他这组诗得了奖，但编辑们在复信中说他们希望在最后六行诗中加进一点光明的调子。迪克加进了一点光明的调子，将一百美元奖金寄给他妈妈，作为她去大西洋城休养之用。他得悉如果参加战时工作，在那年春天他可以不用

---

① 波士顿上层社会住宅区。
② 艾米·洛厄尔（1874—1925）为美国意象派女诗人。
③ 1917年3月12—13日，美国宣布，凡在交战地带航行的商船均将予以武装。
④ 原文为拉丁语，是古罗马角斗士向罗马皇帝致意时说的话。

参加考试就获得学位，于是有一天，他没有对任何人说什么就去波士顿报名参加志愿救护车队。

那天晚上，他告诉内德他要到法国去了，他们在房间里喝奥尔维耶托酒，喝得酩酊大醉，大谈什么人要是早夭，那么，青春、美、爱情和友谊都将如何遭到被碾得粉碎的命运，而那帮肥胖而自负的老混蛋却将在他们的尸体旁作乐。在珍珠色的晨光中，他们走出房去，拿着最后一瓶酒，坐在哈佛广场角上墓园里的一块古老的墓碑上。他们在那冰冷的墓碑上坐了好长时间，缄默不语，只是一个劲儿喝酒，每喝一口，他们将脑袋往后一甩，轻声地齐声哀鸣：胡扯胡扯胡扯胡扯。


六月初乘"芝加哥"号去法国，无异于不得不突然放下一本他一直在读而尚未读完的书。内德、他妈妈、库珀先生以及那位比他年长好多的搞文学的夫人（他跟她曾在中央公园南街她那双层公寓套房里很不舒服地睡过几次），还有他的诗作、那些信奉和平主义的朋友以及那颤动地映照在查尔斯河里的河滨步行街上的灯火，都像一部没有读完而搁在一边的长篇小说的一些段落般在他头脑中消失了。他有一点晕船，对于那条船、那喧闹着的饮酒作乐的人群以及那些脸色忧郁的红十字会女工作人员（她们讲着关于被铁叉刺透身子的比利时婴孩、被钉上十字架的加拿大军官以及被强奸的上了年纪的嬷嬷的传闻，听得彼此都身上起鸡皮疙瘩），都存着一点戒心；在内心深处，他紧张得像一只发条上得过紧的钟，只顾琢磨在大洋彼岸会是什么样子。

波尔多①、红色的加龙河、那些有复斜屋顶的高耸的老房子的粉画色的街道、多么优美的黄色阳光和蓝色阴影、那些都出自莎士比亚诗剧的火车站站名、书摊上黄色封面的长篇小说、酒店里的一瓶瓶葡萄酒，都跟他原来想象的迥然不同。在去巴黎的一路上，浅蓝绿色的田野上缀着星星点点的殷红的罂粟花，宛若一首诗开头的几行诗句；这列小火车按扬抑抑格的韵律前行，一切似乎都变成了韵文。

他们到达巴黎时已很晚，来不及上诺顿—哈吉斯救护车队办公室去报到了。迪克将他的行李留在分配给他和另外两个伙计合住的塔鲍山旅馆的房间里，就一起上大街去溜达。天还没有断黑。街上几乎没有车辆来往，但是在

---

① 法国西南部比斯开湾边的一大港。

蓝幽幽的六月的暮色中，林荫大道上却满是在散步的行人。随着天渐渐黑下来，所有的树背后都有妇女们朝他们探出身来，姑娘们伸手来拽他们的手臂，时不时冒出一句用英语讲的脏话，在一片单调的带有鼻音的法语声中，活像一只扔过来的鸡蛋啪地爆裂开来。他们三人手挽着手散步，有点儿害怕却又非常冷漠，耳中依旧回响着在船上最后一晚一位军医关于染上梅毒和淋病的危险性所说的话。他们早早地回到旅馆。

因为曾在瑞士上过膳宿学校而会讲法语的埃德·斯凯勒在盥洗盆前刷牙，他摇摇头，咬着牙刷唾沫飞溅地说："这就是战争。"①"嗯，最初的五年将是最艰苦的岁月。"迪克说，哈哈大笑起来。弗雷德·萨默斯是个来自堪萨斯州的汽车修理工。他穿着羊毛内衣，正坐在床上。"伙计们，"他说，一本正经地望望这一个，再望望那一个，"这不是战争……这是该死的妓院。"

第二天早晨，他们很早便起床，匆匆喝了咖啡，吃了面包卷，因激动而感到一阵子热一阵子冷，直跑到弗朗西斯一世路去报到。工作人员告诉他们到什么地方去领军装，告诫他们不要喝酒并玩女人，要他们下午再去。下午，工作人员又叫他们第二天上午去拿身份证。又等了一天才领到身份证。在等待期间，他们坐马车游览布洛涅森林公园②，观光了巴黎圣母院、孔西埃热里监狱③和圣夏佩勒教堂④，乘有轨电车去马尔梅松⑤。迪克重温他在大学预科班时学的法语，常在和煦的阳光下坐在杜伊勒里公园那些破败的白色雕像之间阅读《诸神渴了》和《企鹅岛》⑥。他、埃德·斯凯勒和弗雷德老是待在一起，每天晚饭都吃得特别好，因为生怕这也许是他们在巴黎的最后一顿了，饭后，他们在地平线上泛着蓝光的暮色中在熙熙攘攘的林荫大道上漫步；他们这时已经达到跟姑娘们聊聊、逗笑一阵的程度。弗雷德·萨默斯给自己买了一套避孕用具和一套淫秽明信片。他说在出发的前一夜，他将放纵自己。等他到了前线，他也许会被打死，然后是什么呢？迪克说他喜欢跟姑娘们聊聊天，但这一套玩意儿太像生意买卖了，叫他恶心。外号叫法国佬、谈吐举止正变得非常欧洲化的埃德·斯凯勒说大街上的妓女们太天真了。

---

① 原文是法语。
② 在巴黎市的西部，占地两千多英亩。
③ 该地原为王宫看门官的住所，1392年后改成监狱。法国大革命的"恐怖时期"中，那里曾在一星期中处三百多人。
④ 法国国王路易九世时所建的教堂，1248年交付使用。
⑤ 在巴黎市西，有古城堡、拿破仑的皇后约瑟芬的府邸等古迹。
⑥ 两书均是法国小说家法朗士（1844—1924）的著名作品。

他们出发前的最后一夜月光皎洁，所以德国佬的飞机飞来了。他们正在蒙马特尔高地①一家小饭馆吃饭。当警报开始第二次拉响时，那位管出纳的太太和侍者要他们全下地下室去。在那里，他们结识了三个比较年轻的女人，名叫苏珊特、米内特和阿内特。当那辆小型的救火车鸣喇叭驶过宣布解除警报时，已经是打烊的时间了，他们不再能从酒吧买到酒喝；所以姑娘们就带他们到一幢百叶窗关得严严实实的妓院，他们被引进一间大房间，墙上糊着牛肝色的墙纸，墙纸上印着绿色的玫瑰花。一个系着绿色台面呢围兜的老人端来香槟，姑娘们坐到他们的膝盖上，弄乱他们的头发。萨默斯得到的姑娘最漂亮，他死命把她拖进旁边的凹室，里面有一张床，床的上方有一面跟床一样长的大镜子。然后他拉上了门帘。迪克发现自己跟其中最胖、最老的那个姑娘在一块儿，感到恶心。她的皮肤摸上去就像橡皮一样。他给了她十法郎就走了。

他匆匆走下黑黢黢的下坡街道，撞见了几个澳大利亚军官，他们请他就酒瓶喝了一口威士忌，带他到另一幢房子去。在那儿，他们希望看一场表演，但老鸨说姑娘们全忙着，然而澳大利亚人实在太醉了，全然无所顾忌，就动手捣毁这地方。等宪兵赶到时，迪克刚溜了出来。另一次空袭警报响起时，他正在往旅馆的大方向走，被一大帮比利时人硬拉进一条地道。在那儿有一个非常漂亮的姑娘，迪克正竭力对她解释说她应该陪他一起上一家旅馆去，跟她一起来的那个男子，一位穿镶金缨红斗篷的斯巴希兵团②的上校走上前来，涂蜡的小胡子因愤怒而根根竖了起来。迪克解释说这全是一场误会，大家彼此道了歉，他们毕竟全是勇敢的协约国军人啊。他们走了好几个街区，想找一个一起喝酒的地方，但所有的店都打烊了，他们只得在迪克下榻的旅馆门前不无遗憾地分手了。他兴高采烈地上楼走进房间；他发现另外那两个伙计正在房内沉着脸涂敷弱蛋白银和梅奇尼科夫药膏。迪克就他的奇遇胡编了一通。但那两人说，他真他妈是个糟糕家伙，竟撇下了那位小姐一走了事，伤害了她的脆弱的感情。"伙计们，"弗雷德·萨默斯开口说，瞪圆了眼睛瞧瞧这个人的脸，再瞧瞧另一个人的脸，"这不是战争，这是天杀的……"他找不到一个合适的词儿，所以迪克就把灯灭了。

---

① 巴黎北部一个区，区内有一座小山，上有圣心教堂，为全城最高点。
② 法国陆军中的阿尔及利亚特种骑兵团。

## 明年铁路业可望复苏

### 德布斯<sup>①</sup>被判三十年徒刑

漫长的小道蜿蜒向前
　　通往我梦寐以求的地方
夜莺在那里婉转歌唱
洁白的月亮射出光芒<sup>②</sup>

　　未来的一代代人将挺起身来，称那些由于具有信仰而富有勇气的、恰当地珍视生命价值而鄙薄物质利益的人为有福的人，他们充满了博爱精神，会抓住这伟大时机

## 买公债即等于买子弹　请购买公债

### 铜价受无法断定的前景所影响

### 妇女参加选举宛如老牌政治家

　　恢复久负盛名的肉类佳肴，如杂烩、土豆烧牛肉、肉饼和牛肝熏肉双拼。每一个德国兵口袋里都揣着一把小衣刷，当他走进牢房，做的第一件事便是拿出衣刷开始刷衣服

---

① 尤金·维克多·德布斯（1855—1928）为美国社会党领导人。1918年9月14日，他因"煽动叛乱罪"被判刑，1921年获释。
② 引自歌曲《漫长的小道》（1913）的第一节，由美国作家斯托达德·金（1889—1933）作词。

## 雇主必须证明被雇用者是必不可少的

> 漫漫长夜中一心期待
>> 直到我的梦全部实现①

## 鼓动者不能获得美国护照

在航途中，两个来自德兰士瓦地区②的人表达他们的意见说，英国和美国国旗没有任何意义，就他们而言，可以把它们扔到大西洋洋底去，他们承认他们是所谓的民族主义者，和这里的世界产联成员很相似。"我没有任何愿望，"赫斯特③写道，"想和史密斯州长④进行公开的或私下的、政治性的或社交性的会面，因为我并不满意

## 女子投海自杀；克劳德⑤在本城追捕逃避兵役者

> 啊，老山姆大叔
>> 他有的是步兵
> 他有的是骑兵
>> 他有的是炮兵
> 然后，老天，我们要一起开赴德国
> 愿上帝保佑比尔皇帝⑥！

---

① 引自《漫长的小道》第二节。
② 南非东北部的一个省，首都比勒陀利亚即在该省中部。
③ 威廉·伦道夫·赫斯特（1863—1951），美国报业大王。
④ 艾尔弗雷德·伊曼纽尔·史密斯（1873—1944），美国政治家，曾四度担任纽约州长。
⑤ 伊诺克·赫伯特·克劳德（1859—1932），美国将军，1911年—1923年任军法署长。
⑥ 即德国皇帝威廉二世（1859—1941），他挑起了第一次世界大战。比尔是威廉的昵称，在这里是反讥。

# 摄影机眼（30）

想起那些扭曲的灰色手指浓血从帆布上往下滴那些肺部受伤的病号呼吸时汩汩地响那些沾满污泥的破碎的肉体你抬进救护车时仍然活着但拖出救护车时已经死了

我们三人①坐在勒西库②一个粉红色墙垣围绕的小花园里没有水的水泥喷泉旁

不　总是有办法的　他们教导我们　自由之邦　良心　要么给我自由要么给我③　得他们就给我们死亡

阳光明媚的下午　在吸了芥子气后隐隐的恶心之中我闻到了黄杨白玫瑰和上面有一点大红色斑的白色草夹竹桃花　三只有棕白两色条纹的蜗牛万分轻巧地悬吊在头顶上的一根忍冬枝条上在蓝天上有只香肠形的气球像一头拴着的母牛般睡眼蒙眬地放牧在那里　每当附近的大炮喷射出重型炮弹轰隆隆地飞掠过长空时熟透了的梨子便震落下来摔个稀烂上面还附着醉醺醺的黄蜂

炮弹嗖的一声使你回想起在林间漫步时惊起一只山鹬的情景

富裕的乡民精心地建造起围墙和小巧的屋外厕所便池座擦洗得干干净净门做成新月形就像家乡古老的农舍　精心地在花园中种植花木品尝水果观赏花卉精心地策划这场战争

让他们见鬼去吧　身穿卡其军装的帕特里克·亨利接受性病检查并将他所有的钱币购买自由债券　要么给我

---

① 指作者的两位哈佛大学同学罗伯特·希利尔、弗雷德里克·范登阿伦德和作者本人。
② 在凡尔登前线。作者在这里将战争与恬静的田园生活作强烈对比。
③ "要么给我自由，要么给我死亡"（旧译"不自由，毋宁死"）是美国独立战争期间的政治家帕特里克·亨利（1736—1799）的名言。

飞来的炮弹①　　榴霰弹在一小团一小团的炸药烟雾之中发出拨动竖琴琴弦般的当当声微妙地邀请我们去光荣牺牲　　我们愉快地注视蜗牛在下午的阳光中小心翼翼地爬行低声谈论着

　　《自由比利时报》②　　朱尼厄斯信件③　　《论出版自由》④　　弥尔顿为争取言论自由而双目失明　　如果你说中了民主将懂得　　甚至银行家和牧师　　我　　你　　我们　　必须

三人团结如一人
王国就要少三个⑤

　　在下午的阳光下我们愉快地低声谈论战后的光景那时我们的手指我们的血我们的肺我们的肉体可能在这肮脏的土黄色的灰色的蓝色的地平线下继续成长变得香甜生长直到我们成熟像熟透了的梨子般从树上掉下来　　飞来的炮弹知道嗖哨的碎片咝咝飞过的毒气弹　　权力和光荣是属于他们的

要么给我死亡

---

① 原文为 arrivés，法语，意为"到达的人"。第一次世界大战中，德军将远程大炮部署在离巴黎130公里的地方，发射后需5分钟才抵达巴黎。法军用电话给巴黎发警报，称这种飞弹为 arrivé。
② 比利时的一张反德的地下报纸。
③ 1769—1772年在伦敦《公众广告者》报上有人用笔名发表一系列攻击英王及一些大臣的公开信，究竟是谁，至今仍不得知。
④ 这是英国诗人弥尔顿（1608—1674）于1644年出版的小册子。
⑤ 引自英国诗人斯温伯恩（1837—1909）的《治世之歌》。

# 伦道夫·伯恩

伦道夫·伯恩

作为这地球的居民来到人间

没有选择自己的住所或事业的福分。

他于1886年生在新泽西州的布卢姆菲尔德①，是个驼背②，公理会牧师的孙子；他在那里进初中和高中。

十七岁时，他到莫里斯城③给一个商人当秘书。

他在纽瓦克一家自动钢琴唱片工厂工作，当校对、钢琴调音师和卡内基音乐厅声乐室的伴奏者，来挣钱资助自己读完哥伦比亚大学。

在哥大，他就学于约翰·杜威④，

获得了一份旅行奖学金，他周游英国、巴黎、罗马、柏林和哥本哈根，

写了一本论述加里制学堂的书⑤。

在欧洲，他听音乐，听了许多瓦格纳和斯克里亚宾⑥的作品，

给自己买了一件黑斗篷。


这个像只麻雀的矮小人物，

披着黑斗篷的一小堆扭曲变形的皮肉，

总是处于痛苦和疾患之中，

他将一块圆石装进弹弓，

拿它击中歌利亚⑦的前额。

---

① 位于该州东北部纽瓦克市西北。
② 伯恩4岁时生脊柱结核，故发育迟缓，形成驼背。
③ 在布卢姆菲尔德的西面。
④ 约翰·杜威（1859—1952），美国实用主义哲学家。
⑤ 加里制学堂具体规定学生学习、手工劳动和游戏的时间，分别由专职教师进行辅导和监督。因首先在印第安纳州的加里试行，故名。伯恩于1916年出版《加里制学堂》一书。
⑥ 斯克里亚宾（1872—1915），俄国钢琴演奏家、作曲家。
⑦ 据《圣经·撒母耳记上》第17章，歌利亚为非利士人中的巨人，在作战中被大卫杀死。

战争，他写道，是国家生命力的表现。[①]

他是半个音乐家，半个教育理论家。（羸弱的身体、贫穷、佝偻的身躯以及和家人关系不好，都没有使伦道夫·伯恩不想在世界上有所建树；他是个幸福的人，爱听《纽伦堡的名歌手》[②]，用一双自如地揸开在琴键上的长手弹奏巴赫的作品，他爱漂亮的姑娘、精美的食品和傍晚的促膝长谈。当他行将死于肺炎之时[③]，有个朋友给他送来一杯蛋酒；瞧这黄色，多美啊，他不断地喃喃道，随着生命逐渐消逝，他陷进了昏迷和高烧之中。他是个幸福的人。）伯恩狂热地接受当时流行于哥大的种种思想，从约翰·杜威的浮夸而庞杂的教导中汲取其精华，通过这些教导，他清醒而敏锐地看到

革新的民主制度的辉煌无比的国会山，

威尔逊的"新自由"纲领；

但是他是个着实优秀的数学家，他必须把那些政治方案弄个明白；

结果是

在一九一七年那疯狂的春天他在赖以糊口的《新共和》上开始变得不得人心[④]，

因为新自由意味着征兵，民主制度意味着打赢这场战争，改革意味着保护摩根贷款

而进步文明教育事业

意味着购买一张自由公债，

去和德国佬拼杀，

将拒服兵役者监禁起来。

他辞去了在《新共和》周刊的职务，只有《七艺》有胆量刊登他的反战文章。但《七艺》月刊的那些赞助人把钱抽去用在别的地方了[⑤]；朋友们不

---

① 伯恩主张和平主义，曾在《战争与知识分子》一文中向支持战争的自由派人士发动进攻。此句含有嘲讽的意思。
② 此作品由瓦格纳作曲并编剧，1868年首演于慕尼黑。
③ 他于1918年逝世。
④ 《新共和》周刊自1911年创办以来，伯恩一直是长期撰稿人，他在上面发表了不少宣传和平主义的文章。
⑤ 《七艺》创刊于1916年11月，由一些有进步倾向的文人任编辑，多斯·帕索斯也曾为之撰文。由于刊出了和平主义色彩的文章，赞助人停发了津贴，因此于1917年10月即被迫停刊。

愿被人看见和伯恩待在一起，他父亲给他写信恳求他不要败坏家庭的名声。革新的民主制度的彩虹色的未来像被人戳破的肥皂泡般破灭了。

自由派人士匆匆赶往华盛顿；

有些朋友恳求他顺着威尔逊校长①的梯子往上攀登，这场战争是伟大的，是从克里尔先生②在华盛顿办公室里的那些转椅上打起来的。

他被人画在漫画里，谍报机关和反间谍机关严密监视他；和两个女朋友在伍兹霍尔③散步时，他被逮捕了，一整箱手稿和信札在康涅狄格州被偷窃。（极端的暴力，威尔逊校长愤怒地喝道）

他没能活着瞧见那大马戏表演式的凡尔赛和会或者俄亥俄帮④提倡的华而不实的正常化。

停战六星期后他与世长辞，临死前还计划撰写一篇论述美国未来激进主义的基础的杂文。


如果任何人死后都有一个鬼魂的话，

伯恩便有一个鬼魂，

一个披着黑斗篷的矮小、扭曲而无所畏惧的鬼魂，

在纽约市商业区仍然留下的那一条条两旁有砖和褐石建成的老房子的肮脏不堪的街道上蹦蹦跳跳，

带着一种尖厉却无声的痴笑叫道：

战争是国家生命力的表现。

---

① 威尔逊总统于1902—1910年曾任普林斯顿大学校长。
② 乔治·克里尔（1876—1953）为美国作家、新闻工作者。1917年，威尔逊总统任命他为美国"公众宣传委员会"负责人。
③ 位于马萨诸塞州东南部一小半岛上，马撒葡萄园岛之北。
④ 威尔逊总统的继任人沃伦·哈定主张使国家"回到正常化"，鼓励孤立主义。他重用一批俄亥俄州的跟他玩纸牌的老朋友，结果有的营私舞弊，引起一系列的丑闻。他们被称为"俄亥俄帮"。

# 新闻短片 XXIII

如果你不喜欢山姆大叔

不喜欢红白蓝的国旗

新泽西州埃塞克斯县的爱国人士将于明天下午在纽瓦克市的支流公园集中微笑，并用摄影机记录下来。大群人士将随着乐队演奏的战时流行的军歌和歌曲的节奏喜气洋洋地行进。集会者中间将有国家的好儿子们的母亲们；不少做妻子的（其中许多人将怀抱丈夫漂洋过海上前线后降生的婴儿）将在埃塞克斯县绚丽多彩的游行队伍中占有一席之地；还有正在发扬自由精神的英雄们的亲属和朋友们将从一排摄影机前列队走过，人人都将微笑，以传达一种消息，将收在纪录片《越过大洋的微笑》的第七辑中。这些人开始微笑的时间为二时三十分。

## 暴民抢劫城市

### 报人率众通过炮火

当全体居民每天黄昏时分撤离城市，到田野中一直睡到天明时，真是一幅可悲的图景。撤离的人们中有年迈的妇女和幼小的孩子，残废者坐在大车里或者手推车里，男子们用椅子抬着太屏弱和太年迈而无力行走的人

### 部队在泽西招收女枪手

骚乱起因于海运工人要求八小时工作日

如果你不喜欢国旗上的星星

那就回到大海彼岸的故乡

回到你出生的国度

不管它叫什么名字

### 共和党领袖被控征兵舞弊

如果你不喜欢红白蓝的国旗
那就别学那传说中的恶狗
不要张口咬那只喂你的手

# 伊夫琳·赫钦斯

小伊夫琳和阿吉特、莱德、戈戈一起住在北岸大道一幢黄砖房的最高层。阿吉特和莱德是小伊夫琳的姐姐。戈戈是她的弟弟，比伊夫琳小；他的一对眸子蓝得可爱极了，而马蒂尔达小姐的眼睛却蓝得吓人。屋子的下面一层是赫钦斯神学博士的书房，在那儿，你们的父亲一定不能被打扰，还有亲爱的妈妈的房间，一整个上午，她穿着一件淡紫色的罩衫待在里面画画。客厅和餐室在底层，那儿常有教民们前来，小孩子们只能让他们看见身影而不能让他们听见声音，每逢吃饭的时候，你能闻到好吃的东西的香味，听见刀叉的叮当声、众人营营的客套话和你们的父亲那声如洪钟的吓人的声音，当你们的父亲在说话时，所有的客套话都停下了。你们的父亲是赫钦斯博士，而我们的父亲却是在天上。当你们的父亲晚上站在床边看小姑娘们祈祷时，伊夫琳会紧紧闭上眼睛，害怕极了。要等到她跳上了床，直朝被窝里钻，被子盖没了鼻子，她才会感到舒坦。

乔治①是个可爱的孩子，虽然阿德莱德和玛格丽特②老是逗他，说他是她们的助手，就像布莱辛顿先生是父亲的助手一样。乔治总是第一个感染上疾病，然后大伙儿全感染上。当他们全一下子发麻疹和腮腺炎时，那才美哪。他们躺在床上，床边放着栽在花盆里的风信子，还有豚鼠，亲爱的妈妈常上楼来给他们念《丛林故事》③，画滑稽的画，而你们的父亲则上楼来在纸上

---

① 即戈戈，为乔治的小名。
② 即莱德和阿吉特，两者都是小名。
③ 这是英国作家吉卜林为儿童写的动物故事集，出版于1894年。

捅个洞做各种各样滑稽的鸟嘴，即席编故事给他们听，而亲爱的妈妈说他曾在教堂里为你们这些孩子祷告，这一来使他们觉得高兴，好像长大成人了。

等他们都起了床，在儿童室内玩耍时，乔治又染上了病，这一次是因为胸口着了凉而得了肺炎，你们的父亲态度非常严肃，说如果上帝要把小弟弟召去，大家不要难受。但是上帝又把小乔治送回给他们，只是在病后，他很衰弱，不得不戴上眼镜；因为马蒂尔达小姐也得了麻疹，亲爱的妈妈让伊夫琳给他洗澡，伊夫琳发现他胯下有一样东西很可笑，而她在那儿却没有。她问亲爱的妈妈那是不是就是腮腺，但亲爱的妈妈呵责了她，说她去瞧那儿，是个下流的小姑娘。"嘘，孩子，别问这种问题。"伊夫琳脸上涨得通红，哭起来了，阿德莱德和玛格丽特因为她是个下流的小姑娘，好几天不跟她讲话。

每逢夏天，他们全去缅因州，和马蒂尔达小姐同占一间特级专用车室。乔治和伊夫琳睡上铺，阿德莱德和玛格丽特睡下铺；马蒂尔达小姐晕车，一整夜坐在对面的沙发上没合眼。火车咯噔咯噔、嚓嘎嚓嘎地前进，树木和房子向后飞逝而去，离火车近的飞退得快，而远处的却异常地慢，在夜里，火车头嘶鸣着，孩子们无法理解为什么马蒂尔达小姐这么讨人厌，晕车又晕得很厉害，而那又强壮又漂亮又高大的车掌却待她那么好。缅因州到处是一片森林的气息，妈妈和父亲在那儿迎接他们，大家穿上了卡其连衫裤，跟父亲和向导们一起去野营。伊夫琳学游泳学得比谁都快。

回芝加哥时已是秋天了，妈妈喜欢那可爱的秋日的树叶（这却使马蒂尔达小姐感到惆怅，因为冬天就要来了），还喜欢早晨从车窗望车厢影子外覆盖在草地上的白霜。在家里，山姆在擦拭搪瓷火炉，菲比和马蒂尔达小姐在挂上窗帘，儿童室里有一股令人惆怅的樟脑丸味儿。有一年秋天，每天晚上他们上床之后，父亲给他们朗读几节《国王叙事诗》[①]。那年的整个冬天，阿德莱德和玛格丽特自以为就是亚瑟王和王后圭尼维尔。伊夫琳想当金发美女埃莱恩，但阿德莱德说她当不了，因为她的头发是鼠灰色的，脸蛋儿像馅儿饼，她只配当少女埃维莉娜。

当马蒂尔达小姐不在房间里时，这位少女埃维莉娜常常到她房间去，在镜子前瞧自己瞧好长时间。她的头发并不是鼠灰色的，要是他们允许她不梳辫子而卷头发的话，会是相当漂亮的，再说，即使她的眸子不像乔治的那么蓝，里面却有些小小的绿点子。她的前额有一副高贵相。有一天，她正那么

---

① 英国诗人丁尼生（1800—1892）所作，取材于英国民间关于亚瑟王及其圆桌骑士的传说。

往镜子里瞧时，被马蒂尔达小姐撞见了。

"瞧自个儿瞧得太多了，你会发现在对魔鬼瞧的。"马蒂尔达小姐用她那可厌的、僵硬的德国腔说。

伊夫琳十二岁时，全家搬进德雷克塞尔林荫大道上一幢大一些的房子。阿德莱德和玛格丽特到东部的纽霍普进一家寄宿学校，由于健康的原因，妈妈不得不去圣菲①和朋友们一起过冬。每天早晨，跟爸爸、乔治和马蒂尔达小姐一起吃早饭真逗，她年事渐高，更关心料理家务和阅读吉尔伯特·帕克爵士②的长篇小说，而不太关心孩子们了。伊夫琳不喜欢上学，却喜欢让爸爸在晚上帮她学拉丁语并为她解代数方程式。当他在讲经坛上布道时，他是那么慈祥和善良，她以为真是了不起，在星期日下午的圣经班上，她以是牧师的女儿而感到自豪。关于上帝的慈父般的爱、撒马利亚妇人③、亚利马太人约瑟④、美丽的鲍尔德尔⑤、人类的博爱精神以及耶稣热爱的那个门徒，她都想得很多。那年圣诞节，她拿了许多礼品篮送到穷苦人的家中。贫困是可怕的，穷人多么担惊受怕，为什么上帝不做点什么来解决芝加哥的种种问题和罪恶并改善一下穷人的条件呢？她会这么问父亲。他会微微一笑，说她年纪还小，无需对这些事情感到忧虑。她现在叫他爸爸，成为他的好伙伴了。

她生日时，妈妈给她寄来一本但丁·加布里耶尔·罗塞蒂作的《神女》⑥的精美插图本，上面有他本人和伯恩—琼斯画的彩色插图。她经常一遍一遍地小声念但丁·加布里耶尔·罗塞蒂这名字，就像她念叨她那么喜爱的德语词"惆怅"一样。她开始画画，并写作关于圣诞节时由天使和穷孩子们组成的唱诗班的小诗。她画的第一幅油画是金发美女埃莱恩的画像，把它寄给了妈妈作为圣诞礼物。人人都说这幅油画显示出她有很大的才能。当爸爸的朋友们来吃晚饭，她被介绍给他们时，他们说："原来这就是那个天才，是不?"

---

① 新墨西哥州首府。
② 吉尔伯特·帕克（1862—1932），加拿大作家，1898年移居英国。著有长篇小说、剧本及诗集多种。
③ 撒马利亚为古巴勒斯坦的中心地区，据《圣经·约翰福音》第4章，耶稣曾在井旁和来打水的一撒马利亚妇人谈上帝的道理。
④ 约瑟是个财主，是耶稣的门徒；耶稣在十字架上受难后，他请求将其遗体放在自己的新坟墓中。详见《圣经·马太福音》第27章第57节到59节。
⑤ 斯堪的纳维亚神话中之光神，美丽、聪颖，受诸神的爱戴，后被恶神洛基施计所杀。
⑥ 但丁·加布里耶尔·罗塞蒂（1828—1882），英国诗人、画家，"先拉斐尔兄弟会"的创始人之一。《神女》是他最著名的诗作，描写一登仙的少女眷念留在尘世的爱人。爱德华·伯恩—琼斯（1833—1898）也属于"先拉斐尔派"。

阿德莱德和玛格丽特从学校回到家，对这一切显出颇为不屑一顾的神气。她们说，这幢房子看上去太俗气，在芝加哥什么都没有一点气派，再说，难道当牧师的女儿不太糟糕吗？当然啦，爸爸不是个系白领带的普通牧师，他是个上帝一位论派①的牧师，知识非常渊博，更像一位著名的作家或者科学家。乔治渐渐成为一个阴郁的小孩，指甲里很脏，始终无法将领带弄得笔挺，老是把眼镜片摔破。伊夫琳在给他画一幅肖像，画的是他还是个长着蓝眼睛和金色鬈发的小孩时的形象。她常常望着她的油画颜料哭泣，因为她是这么爱他，爱她在大街上看见的那些穷孩子。人人都说她应该去学美术。

萨利·埃默森是阿德莱德最先结识的。有一年的复活节，他们要在教堂义演《阿格拉凡与赛莉塞特》②。格兰特博士学校的法语教师罗杰斯小姐将给他们以辅导，她说，关于布景和服装的问题，他们应该去请教曾经在国外看过原剧演出的菲利普·潘恩·埃默森夫人；再说，她对于这次义演的兴趣将对演出成功与否具有难以估量的意义，萨利·埃默森对什么感兴趣，什么就会成功。当赫钦斯博士给埃默森夫人打电话，询问能否让阿德莱德哪天上午前往她家，请教有关业余演出的一些问题时，赫钦斯姐妹们全都非常兴奋。等阿德莱德眼睛闪着光，回到家里，他们已经全坐下来吃午饭了。她不愿多说什么，只说菲利普·潘恩·埃默森夫人和梅特林克是亲密朋友，她要来家喝茶，并说"她是我见过的最有风度的女人"，还说了好几遍。

《阿格拉凡与赛莉塞特》结果并不像赫钦斯姐妹和罗杰斯小姐所希望的那样成功，虽然人人都说伊夫琳设计的布景和服装表现了真正的才能；演出一星期后的一个上午，伊夫琳收到埃默森夫人的来条，请她那天去吃午饭，只请她一个人。阿德莱德和玛格丽特气极了，竟然不肯和她说话。她出门走上寒风凛冽、阳光明媚、尘土飞扬的大街，身子抖索得厉害。阿德莱德在最后关头借给她一顶帽子，玛格丽特借给她一条裘皮围脖，她们说，这样可以不让她给她们丢脸。她抵达埃默森家时，感到浑身冷得入骨。她给带进一间小小的化妆室，里面摆着各种各样的刷子、梳子和放香粉的银罐，还有胭脂以及装在紫色、绿色和粉红色瓶子里的各种香水，那人撇下了她，她脱去了外套。她在镜子里瞧见自己的影子时，几乎惊呼起来，她瞧上去那么年幼，脸真像一张馅儿饼，她穿的衣服是那么可厌。只有那条狐皮围脖看上去还像

---

① 基督教中的一个派别，否定上帝是三位一体的，认为耶稣只是一个圣人而不是神。

② 这是比利时法语作家梅特林克（1862—1949）在1896年发表的剧本，作者在剧中探索道德的价值。

样，所以她仍然围着它，上楼走进那宽敞的起居室，室内铺着厚厚的灰色地毯，踩在脚下软绵绵的，阳光透过法国式落地长窗泻进来，照在五彩缤纷的陈设和一架锃亮的黑色三角钢琴上。每张桌上都摆着大盆的苍兰，还有装订成册的黄色和粉红色的法国和德国绘画复制品。透过黄色的网织窗帘上的大花图案望出去，连芝加哥的那些在狂风和正午的阳光中显得低矮的被煤灰弄脏的街屋也瞧上去有点儿令人激动并充满异国情调。在浓郁的苍兰香中飘散着一丝昂贵的香烟的烟雾。

萨利·埃默森抽着烟卷，走进房来，说："请原谅我，我亲爱的。"原来有个叫人讨厌的女人在电话上跟她缠了半个小时，就像把蝴蝶用大头针钉住了一般。一个上了年纪的黑种仆人把一张上面摆好了饭菜的小桌子搬进来，她们就坐在桌边吃午饭，伊夫琳受到完全像一个成年女人一样的对待，所以给她斟了一杯红葡萄酒。她只敢呷了一小口，但那味儿很可口，饭菜上撒了干牛酪的碎块，又脆又油，如果她不是感到羞答答的，会吃得很多的。萨利·埃默森谈到伊夫琳为演出设计的服装多么富有匠心，说她必须继续画她的画，还谈起在芝加哥，有艺术才能的人并不比世界上其他地方的来得少，所欠缺的只是适当的环境，我亲爱的，就是说气氛，而社交界的头面人物们全是帮阴险的笨蛋，极少数关心艺术的人们有责任团结起来，创造他们所需要的丰富多彩的美好环境，她还谈到巴黎、玛丽·加登①和德彪西。伊夫琳回家时，被那些人名和图画、歌剧中的一些小片断弄得头昏脑涨，而鼻子里仍然滞留着跟烤干牛酪香味和香烟雾混在一起的撩拨人的苍兰花香。她回到家，发现室内乱糟糟的，简直没什么陈设，仅有的也都很丑陋，她竟然痛哭起来，不愿回答姐姐们提出的任何问题，这使她们更加气得发疯了。

那年六月学校放假后，他们全去圣菲探望妈妈。在圣菲，她情绪异常沮丧，因为太阳这么炙热，被侵蚀的山丘这么干燥，尘土飞扬，妈妈看上去又是这么憔悴，她正在阅读通神学的书籍，谈论上帝、墨西哥人和印第安人的灵魂美，谈论的那种方式使孩子们觉得很不自在。那年夏天，伊夫琳看了许多书，痛恨到户外去。她看了司各特、萨克雷、威·约·洛克②和大仲马的作品，当她在屋子里发现一本旧版的《特莉尔比》，竟一口气读了三遍。这使她

---

① 玛丽·加登（1877—1967），美歌剧演员。

② 威廉·约翰·洛克（1863—1930），英国小说家，《被人热爱的流浪汉》（1906）是他的代表作。

开始根据杜莫里埃①作的插图来看待世界，而不再沉迷于骑士和佳人之中了。

她不看书的时候，常常仰躺着梦想，编造一些关于她和萨利·埃默森的很长的故事。在大部分时间中，她觉得不舒服，每每沉溺在一长串关于人们的身体的可怕的念头之中，这使她感到恶心。阿德莱德和玛格丽特告诉她遇到月事该怎么办，但她并没告诉她们这使她内心感到何等恐惧。她看《圣经》，在百科全书和词典中寻找"子宫"和诸如此类的词目。后来有天夜里，她决定不再忍受这一切了，就在浴室的药箱里搜索，终于找到一只标有"有毒"字样的瓶子，瓶里装着鸦片酊之类的合剂。但是，关于死亡，她有一种怪可爱而像音乐般美妙的惆怅感，所以想在临死之前写一首诗，但是她似乎找不到合适的韵律，最后脑袋垂在纸上睡着了。等她醒来已经是黎明了，她这时正弓着身子伏在窗前的桌子上，穿着薄薄的睡衣，全身麻木而寒冷。她打着冷战钻进被窝。不管怎么样，她打定主意要保存这只药瓶，只等一切显得污秽而可厌时，她就自杀。这使她觉得痛快些。

那年秋天，玛格丽特和阿德莱德进了瓦萨学院②。伊夫琳也很想到东部去，但人人都说她太年幼，尽管她已经通过了学院的大部分考试。她留在芝加哥，上美术课，听各种各样的讲座，做教会工作。那是一个令人烦闷的冬天。萨利·埃默森似乎把她遗忘了。教堂里的那些年轻人是那么沉闷乏味而俗气。伊夫琳渐渐对在德雷克塞尔林荫大道的家里过的那些晚上感到腻味，对她父亲用他那深厚的牧师的洪亮嗓音谈论艰涩的爱默生③的文章也感到腻味。她最喜欢的是在赫尔大楼学绘画。埃里克·埃格斯特洛姆晚上在那里讲授绘画课。她有时看见他在后面的过道里抽烟，身子靠在墙上，穿着一件沾满点点鲜亮而新鲜的油彩的灰色画师服，在她看来，活脱是个挪威人。她有时陪他一起抽一支烟，关于马奈或者克洛德·莫奈④所画的数不清的干草垛，交谈几句，但她一直感到很不自在，因为谈话不够有趣，不够机敏，还担心有人会来瞧见她在抽烟。

马蒂尔达小姐说，姑娘家这般耽迷于幻想很糟糕，希望她学缝纫。

---

① 乔治·杜莫里埃（1834—1896），英国小说家，曾为《笨拙》周刊作画，主要都是讽刺上流社会和中产阶级的。《特莉尔比》（1894）写巴黎一美术家的模特儿，受到一催眠术师的影响，成为出名的歌剧演员。但催眠术师一死，她就倒了嗓，终于憔悴而死。
② 在纽约州东南部的波基普西，为美国名牌女子学院之一。
③ 拉尔夫·沃尔多·爱默生（1830—1882），美国散文作家，思想家，诗人。
④ 爱德华·马奈（1832—1883），19世纪法国著名画家。克洛德·莫奈（1840—1926），法国印象主义绘画运动的发起人。马奈受其影响，一度曾改变画风。

而那年冬天伊夫琳一门心思想望的却是进美术学院，想画湖滨大道上的景色，色彩要像惠司勒①的作品，但要像米勒②的绘画一般浓郁而丰满。埃里克并不爱她，否则他就不会这般彬彬有礼而态度冷淡。她已经经历了她的伟大的恋爱，现在她的一生全完了，她必须献身于艺术。她开始在后脑勺上梳一个发髻，她的姐姐们说那样不合适，她回答说她就是要它不合适。正是在美术学院，她和埃莉诺·斯托德开始建立美好的友谊。伊夫琳当时戴着她那顶崭新的灰色帽子（她心想它看上去像是马奈作的肖像画上的东西），开始和这么一个有趣味的姑娘谈起来。当她回到家，她激动极了，竟然写信给住在寄宿学校的乔治，提到这回事，说埃莉诺是她遇见的第一个似乎能真正体会绘画的姑娘，是一个能真正与之交谈的人。而且，她在真正地从事事业，非常富有独立性，说话非常富有幽默感。总之，要是爱情将没有她的份儿，她大可以将她的生活建立在一份**美好的友谊**的基础上。

　　伊夫琳开始这么喜欢在芝加哥的生活，以致当全家要进行那年的出国旅行（那是赫钦斯博士多年来所筹划的）时，她真心感到失望。但是，到了纽约，填写了行李标签，登上了"波罗的海"号，闻到了特等舱内的怪味儿，使她把那一切都忘了。一路上风浪很大，轮船颠簸得很厉害，他们和船长坐在一桌，这船长是个爱开玩笑的英国人，不断地逗他们，所以他们几乎没有错掉过一餐。他们带了二十三件行李在利物浦上岸，但在去伦敦的路上将装药箱的手提网兜掉了，不得不花第一个上午到在圣潘克拉斯的失物招领处去把它领回来。伦敦白雾弥漫。乔治和伊夫琳去参观埃尔金雕塑品③和伦敦塔，上 ABC 饭店④去吃午饭，乘地铁过了一段快乐的时光。赫钦斯博士只让他们在巴黎待十天，而这十天的大部分时间又是专程去观光大教堂的。巴黎圣母院和里姆斯、博韦、夏尔特尔等地的大教堂，以它们那明亮的玻璃窗、在冰凉的石柱之间的熏香味儿以及那些刻着长脸的灰色的高大雕像几乎使伊夫琳变成一个天主教徒。在去佛罗伦萨的一路上，他们包了一个头等车厢的单间，带了一只装着冷鸡肉的大盖篮和许多瓶圣加尔米埃矿泉水，他们在一盏小酒精灯上煮茶。

---

① 詹姆斯·惠司勒（1834—1903），美国油画家和版画家。
② 让·弗朗索瓦·米勒（1814—1875），法国画家，以擅画法国农民形象著称。
③ 伦敦不列颠博物馆收藏的古希腊雕刻和建筑物的残部由埃尔金男爵于 1801—1803 年间从雅典运来，故名。
④ ABC 为"无酵母面包公司"的缩写首字母，该公司在伦敦开设不少小饭店。

那年冬天，阴雨连绵，别墅里冷气袭人，姐妹们之间经常恶声相向，佛罗伦萨似乎除了多的是英国老太太之外，什么也没有。伊夫琳仍然坚持作写生画，读戈登·克雷格[①]的作品。她不认识任何年轻男子。她讨厌那些以但丁作品中的人物命名的意大利青年，他们老在阿德莱德和玛格丽特的周围打转，误以为她们是富有的女继承人。她和妈妈要比其他人早一点回国，而其他人还要到希腊去，这总的说来使她很高兴。她们在安特卫普乘上"克隆兰"号。当轮船驶离码头，伊夫琳感觉到甲板在她脚下颤动、长长的汽笛声在她耳际回响时，她想这是她一生最幸福的时刻了。

出航的第一夜，妈妈没有下来到餐厅用膳，所以伊夫琳独自走向餐桌时有一点儿窘，她坐下了，开始喝汤，这才发现坐在对面的那个青年是个美国人，而且长得很英俊。他长着一双蓝眼睛和一头凌乱的亚麻色鬈发。原来他也是芝加哥人，这真是太好了。他名叫德克·麦克阿瑟。他在慕尼黑读了一年书，但说不等他们开除他，他就离开那儿。他和伊夫琳立刻成了好朋友；在那之后，轮船成了他们两人的天下了。对于四月来说，这是一次气候相当温和的横渡大西洋的航行。他们玩推盘游戏，在甲板上打网球，在船头待很长时间观望柔滑的大西洋水卷起波浪，在船头的冲击下弄得粉碎。

一个月色皎洁的夜晚，当月亮像"克隆兰"号穿过不安的浪涛行驶一样朝西穿过飞逝的浪花般的浮云时，他们爬上了瞭望台。这无疑是一次冒险；伊夫琳不想显露出她吓坏了。没有人在值班，只有他们两人，待在那带着一点儿水手抽的板烟的味儿的舒适温暖的帆布小窝里，令人觉得有点眩晕。当德克伸手搂住她的肩膀时，她感到头脑开始发晕。她不应该让他这么做。"咦，你真是个有劲儿的姑娘，伊夫琳，"他气喘吁吁地说，"我从来不知道一个良家姑娘竟会这么有劲儿。"她不知不觉地将脸转向他的脸。脸颊碰上了脸颊，他的嘴溜过来，使劲地吻她的嘴。她抖索一下，将他猛地推开。

"嗨，你想把我推下大海，是不？"他大笑着说，"听着，伊夫琳，你能给我那么轻轻的一吻，表明你没有生气吗？今晚在整个广阔的大西洋上就只有你和我两人。"

她战战兢兢地吻了一下他的下巴。"喂，伊夫琳，我真喜欢你。你是个最最好的姑娘。"她对他莞尔一笑，他一下子紧紧地搂住她，两腿僵直地使劲顶住她的两腿，双手平摊在她背上，用嘴唇企图把她的嘴唇扒开。她把嘴

---

① 戈登·克雷格（1872—1966），英国演员、舞台设计家、导演。

从他面前挪开了。"不，不，请别这样。"她听见自己在叽叽地小声说。

"好吧，对不起……不再来穴居野人的那一套了，说真格的，伊夫琳。不过你不要忘记你是这船上最吸引人的姑娘……我是说这世界上，你知道你给了人怎么样的感受。"

他先爬下去。她通过瞭望台底上的方孔往下爬，感到眩晕起来。她摔下去了。他用双臂紧紧地抱住了她。

"没事儿，小姑娘，你的脚打滑了，"他凑着她耳朵声音粗哑地说，"我抱住了你。"

她头脑里在天旋地转，她似乎无法叫自己的手臂和腿听话，她听见自己轻微地呻吟道："别放开我，德克，别放开我。"

等他们终于爬下楼梯到了甲板上，德克背靠在桅杆上，长长地吁了一口气："咦……你真让我吓了一大跳，年轻的小姐。"

"对不起，"她说，"我真傻，突然变得那么小姑娘气……我准是一时晕过去了。"

"天哪，我真不该带你到那上面去。"

"我很高兴你带我上去了。"伊夫琳说。她发现自己脸红了，便匆匆跨过主甲板，跑到头等舱入口处，走进特等舱，进了舱，她不得不胡编一个故事，给妈妈解释她怎么会撕破了长统袜。

那天夜里，她无法入睡，只顾张着眼睛躺在铺上，倾听从敞开着的舷窗传进来的引擎的遥远而有节奏的声响、轮船上的叽叽嘎嘎声和被搅动的海水的翻腾声。她仍然能感到他脸颊的柔软的摩擦和他搂住她肩膀时的倏然绷紧的肌肉。她这时明白自己多么狂热地爱着德克，希望他会向她求婚。但是，第二天上午，当甘契法官，一个高大的一头白发的来自盐湖城的律师，脸色红润而显得很年轻，举止轻松活泼，坐在她的帆布躺椅的另一端，一连一个钟点跟她讲他早年在西部的生活、不幸的婚姻、政治、特迪·罗斯福[1]和进步党[2]时，她真是受宠若惊了。她情愿和德克待在一起，但当她在聆听甘契法官讲往事时，瞧见德克带着一副失宠的表情从面前走过，却觉得又愉快又兴奋。她希望这次航程永远不要完结。

回到了芝加哥，她和德克·麦克阿瑟经常会面。他每次送她回家，总是

---

[1] 特迪是西奥多的爱称。西奥多·罗斯福（1858—1919），美国第二十六任总统（1901—1909）。

[2] 1912年，当塔夫脱当选为共和党的总统候选人时，有一批较开明的党员拥戴西奥多·罗斯福，另立进步党，但1916年大多重回共和党。

吻她，跟她跳舞时，将她搂得紧紧的，有时候握住了她的手，对她说她真是个可爱的姑娘，但是从不提到要结婚的话。有一次，在她同德克一起去的舞会上见到萨利·埃默森，她不得不承认她已不再画画了，萨利·埃默森露出一副失望的神色，这使伊夫琳感到十分羞愧，就急急地讲起戈登·克雷格和她在巴黎参观过的马蒂斯的一次画展来。萨利·埃默森正要离去。有个青年正等着要和伊夫琳跳舞。萨利·埃默森抓住了她的手，说："但是，伊夫琳，你一定不能忘记我们对你期望很高啊！"当伊夫琳在翩翩起舞时，脑海里兜起了萨利·埃默森所主张的一切，想到自己一向把她看成是多么了不起；然而，当她和德克一起驾车回家时，这些思绪，在他的车前灯的光亮中，在加速的汽车强烈的前冲中，在发动机的扑扑声中，在拐弯时那股使她倒在他身上的离心力中，全都变得迷乱起来。

那是一个热气袭人的夜晚，他往西穿过没完没了的单调的郊区，驶到草原上。伊夫琳明知道他们应该就回家去，如今家人全从欧洲回来了，他们会发现她回家有多晚，但她什么也不说。直到他停下了车，她才发觉他喝得着实醉了。他拿出一只扁酒瓶，请她喝一口。她摇摇头。他们正好把车停在一座白色的谷仓前。在前车灯的反光中，他的衬衫前胸、他的脸庞和他的蓬乱的头发都看上去一片雪白。"你不爱我，德克。"她说。"我当然是爱你的，爱你甚于爱任何别人……除了我自己……我的毛病就在这里……我最爱我自己。"她用指关节在他头发里擦了一下说："你真愚蠢，你知道吗？""哎唷。"他说。天开始下起雨来，所以他掉转车头，往芝加哥驶去。

伊夫琳一点儿也想不起他们到底在哪儿撞的车，她只知道她从车座下爬出来，衣服给撕烂了，但她没有伤着，只见雨水顺着停在他们前后大路上的汽车的前灯上往下淌。德克正坐在停下来的第一辆车的挡泥板上。"你没事儿吧，伊夫琳？"他声音发抖地问道。"只是衣服撕破了。"她说。他前额上拉了一道口子，正在出血，他把手臂抱着身子，似乎觉得冷。接下来发生的事真像一场梦魇：给爹打电话，把德克送进医院，躲避记者，给麦克阿瑟先生打电话，请他设法别让早报登载这条消息。当她在那个阿热的春天早晨，在撕破的晚礼服上套着一个护士借给她的雨衣回到家时，已经是八点钟了。

全家人正在吃早饭。谁也不说一句话。爸爸站起来，手里拿着餐巾，迎上前来说："我亲爱的，我现在不想就你的行为说什么，更不想说你给我们大家带来的痛苦和羞辱……我只想说，假若在这样一个越轨行为中你受了重伤的话，那对你也是活该。上楼去休息吧，如果你做得到的话。"伊夫琳走上了楼，把房门上了两道锁，扑到床上啜泣起来。

妈妈和姐姐们尽可能早地把她匆匆送到圣菲去。那儿既酷热又尘土飞扬，她讨厌那地方。她无法抑制自己不去想德克。她开始告诉人们她相信自由恋爱①，一连几个小时躺在她房内的床上读斯温伯恩和劳伦斯·霍普②写的诗，幻想着德克就在身边。她沉溺于这样的幻想，竟然几乎感觉到他的手指在执拗地抚摸她的腰部，就像那夜在"克隆兰"号的瞭望台上感觉到他的嘴的存在一样。她后来得了猩红热，不得不在医院的隔离病房中卧床八个星期，这对她倒是一种宽慰。人人都给她送鲜花来，她看了许多关于设计和室内装饰的书籍，并画了些水彩画。

她在十月中返回芝加哥参加阿德莱德的婚礼，看上去很苍白，显得成熟了。埃莉诺亲吻她时，不由惊呼起来："我亲爱的，你变得惊人的美了。"她有一件心事：要跟德克见面，将问题谈开。因为爸爸给德克打了电话，禁止他到家里来，他们俩在电话里吵了一场，所以过了好几天才安排好见面。他们在德雷克饭店的休息室里会面。她一眼就能看出自从他们分手以来，德克一直在过放荡的生活。他这时带着点儿醉意。他那副忸怩的男童般的神色，真叫她忍不住要哭出来。

"喂，你怎么样了？"她说，哈哈大笑起来。

"糟透了，啊唷，你瞧上去漂亮极了，伊夫琳……听着，《一九一四年歌舞杂剧》③来本地演出了，是纽约的卖座戏……我有票，我们去看，好吗？"

"好啊，太棒了。"

他点了菜单上所有最昂贵的菜肴，要了香槟酒。她嗓子眼里哽着几句话，吃东西咽不下去。她必须趁他还没有大醉就说出来。

"德克……我要说的话也许听起来不像一个淑女所说的，但像这样下去，未免太差劲了……春天里你对待我的那副样子使我相信你是喜欢我的……嗯，你现在到底喜欢我到什么程度？我想知道。"

德克放下酒杯，脸涨红了。他深深吸了一口气才说："伊夫琳，你知道

---

① 只和人发生关系而不结婚，当时在文艺界中很流行这种做法。

② 英国女诗人阿德拉·弗洛伦斯·科里·尼科尔森（1865—1904）的笔名，她以富有异国情调的抒情诗受人欢迎。

③ 美国演出家齐格飞（1867—1932）首创的舞台节目，从1907年起，每年推出一台，以豪华的布景服装、美丽的歌舞女郎作号召，演出中穿插杂要表演及讽刺时事的喜剧小品。

我不是那种想结婚成家的人……爱过就抛弃，这是更合我胃口的。我拿自己也没有办法。"

"我并不是说要你娶我。"她的嗓音无法控制地变得尖厉了。她咯咯地笑起来。"我并不是说因为我们已发生过关系而要你和我正式结婚。反正也没有理由要这样做。"她这时能更自然地笑了。"让我们忘掉它吧……我不再跟你逗了。"

"你真是个好姑娘，伊夫琳。我一直明白你是个好姑娘。"

他醉得厉害，他们顺着剧场中的过道向前走时，她不得不用手扶着他的手肘，免得他摇摇晃晃。剧中的音乐、俗艳的彩色衣饰和布景以及群舞女郎们微微摇曳着的身体似乎都触动了她内心的某种痛处，以致她所观看的一切像糖果粘在摇摇欲坠的牙齿上一样令人难受。

德克一直在唠叨："瞧那姑娘……后排左边第二个，那是奎尼·弗罗辛厄姆……你知道，伊夫琳。但我要告诉你一件事，我从来不让一个姑娘在我身上第一次失足……对这个，我是问心无愧的。"

领座员走过来，请他别大声说话，他在妨碍别人欣赏演出了。他给了她一美元，说他要像一只老鼠一般安静，像一只哑巴小老鼠，说罢马上就睡着了。

第一幕结束时，伊夫琳说她必须回家了，医生曾劝她要有充足的睡眠。他坚持要叫出租汽车送她到她家门口，然后回到剧场，回去欣赏奎尼。伊夫琳一夜没合眼，只顾盯望着窗户。第二天早晨，她第一个下楼去吃早饭。等爸爸下楼来，她告诉他她必须开始去工作，要他借给她一千美元开一爿室内装饰公司。


她和埃莉诺·斯托达德在芝加哥合开的室内装饰公司并不像她原先希望的那样赚钱，总的说来，埃莉诺相当令人难以忍受；但是她们毕竟能结识许多有意思的人士，去参加晚会、首夜演出和美术展览会的开幕式，而萨利·埃默森竭力做到尽量让她们投身在芝加哥社会上的先锋潮流之中。埃莉诺老是抱怨伊夫琳收罗的那些年轻人都太穷困，对于她们的事业来说，与其说他们是财富，还不如说他们是一笔债务负担。伊夫琳深信他们都会靠奋斗成名，以致当那个令人极为讨厌的、向她们借了好几次钱的弗雷迪·西尔金特在纽约上演《德伯家的苔丝》获得成功时，伊夫琳欣喜若狂，竟然差一点儿爱上了他。弗雷迪非常爱她，伊夫琳简直不知道该拿他怎么办。他很可爱，她也很喜欢他，但是要嫁给他却是不可想象的，这将是她的初恋，而弗雷迪似乎还没有使她爱到发狂的程度。

她所喜欢的是和他一起坐在多的是满有意思的人士的布雷武特旅馆的咖啡室里，喝着莱茵葡萄酒和塞尔查矿泉水，一直聊到很晚。伊夫琳每每坐在那儿，透过缭绕的香烟雾瞅着他，心中在琢磨要不要热恋一场。他是个又高又瘦的三十岁左右的男子，浓密的黑发中夹着几缕白发，一张长脸肤色苍白。他有一副轩昂非凡的仪态，颇有点文人气，他把"a"念成开音节的长音，所以人们常常以为他是波士顿人，是后湾区西尔金特家族的一员。

　　有天夜里，他们着手为他们自己的前途和美国戏剧界作起规划来。要是他们能得到后援，他们要创办一家定期换演剧目的剧场，上演地道的美国戏剧。他将成为美国的斯坦尼斯拉夫斯基，而她将是美国的格雷戈里夫人①，也许也将是美国的巴克斯特②。咖啡室打烊后，她让他走另一道楼梯上楼，到她的房间去。想到跟一个年轻男人一起单独待在旅馆房间里，她感到激动，心想要是埃莉诺知道了这事，将会如何震惊。他们抽着香烟，有点儿心不在焉地谈谈戏剧，后来，弗雷迪伸手搂住了她的腰，吻她，问她他能不能在她房间里过夜。她让他吻她，但是心里只想着德克，就对他说这次请不要这样做，他非常后悔，噙着眼泪求她宽恕，因为他糟蹋了这么一个美好的时刻。她说她并不是这个意思，要他再来陪她吃早饭。

　　等他走了，她倒有几分懊悔刚才没有把他留下来。她的整个身子就像德克刚才搂着她的腰时一样地震颤起来，她多么想体会一下做爱是怎么回事。她洗了一个冷水澡，就上了床。等她醒来，再看见德克时，她要决定究竟爱不爱他。但是第二天上午她收到一份电报，叫她速回。爸爸患了糖尿病，病得很重。弗雷迪送她上了火车。她曾经期望这次离别会叫她激动得发狂，但不知怎的，她却没有。

　　赫钦斯博士的病情好转了一些，伊夫琳送他到圣菲去疗养。她妈妈也经常闹病，由于玛格丽特和阿德莱德都已结婚，乔治在胡佛的比利时救济团③里找到一份工作，去了国外，看来得由她来照料老人了。尽管有宏伟的嶙峋的景色、骑马出游、给墨西哥人和印第安的忏悔者画水彩肖像画，她在那儿度过的一年是耽于梦幻而不愉快的。她给仆人规定做什么饭菜，料理家务，

---

① 格雷戈里夫人（1852—1932），爱尔兰剧作家，曾参与创建民族剧团及剧院的活动，对爱尔兰民族戏剧的发展做出巨大贡献。

② 列昂·巴克斯特（1866—1924），俄国画家，1906年起定居于巴黎，于1909年当上俄罗斯芭蕾团的布景服装设计师，获得国际声誉。

③ 赫伯特·胡佛（1874—1964），美国第三十一任总统（1920—1933）。他于1914年任美国救济委员会主席，设立了比利时救济团，兼任主席。该团在4年中为1000万难民做了大量工作。

被女仆的愚蠢弄得恼火不堪，并开列洗涤衣物的清单，满屋子奔忙。

她在那儿只结识了一个使她似乎显得还有生气的人：何塞·奥里利。尽管他有个爱尔兰姓，他却是西班牙人，是个细长的年轻人，烟草色的脸，深绿色的眼睛，他不知怎么搞的竟和一个壮实的墨西哥女人结了婚，那女人每九个月生一个咿呀哭闹的棕色婴儿。他是个画家，靠做点木工零活和有时当模特儿为生。一天，他在油漆汽车间的门，伊夫琳跟他谈上了，请他为她当模特儿。他一个劲儿瞧着她用彩色粉笔在给他画的肖像，跟她说画得太糟了，弄得她终于按捺不住，放声哭了起来。他用生硬的英语表示抱歉，说她绝对不要难受，她有才能，他将亲自教她绘画。他带她到他的家，那是在城里墨西哥区的一间杂乱的小棚屋，在那里，他把她介绍给他那正用一双受惊而猜疑的黑眼睛打量着她的妻子洛拉，他给她瞧他的画，画在石膏上的大尺寸的祭坛装饰屏，画风像意大利原始派①。"你瞧，我画的是殉道者，"他说，"不是基督徒。我画被剥削的工人阶级的殉道者。洛拉不懂。她希望我画像你那样的有钱的太太小姐，挣很多很多钱。你觉得哪一幅最好？"伊夫琳脸红了；她不喜欢和有钱的太太小姐归在一个阶级。然而那些画使她惊叹不已，她说要在朋友中间广为宣传；她断定她发现了一个天才。

从那之后，奥里利对她感激不尽，给她做模特儿或者评论她的绘画，都不肯拿钱，只是有时候像朋友般向她借点数目不大的钱。甚至在他开始和她做爱之前，她已决定这一次该是真正的恋爱。要是在她生活中不马上发生点什么，她就要发疯了。

最大的困难是他们得找一个可去的地方。她的画室就在屋子后面，如果父亲、妈妈或者朋友们来看她，那么随时都有可能撞见他们的危险。而且圣菲是个小地方，人们已注意到他常常到她的画室去。

有一夜，赫钦斯家的司机出去了，他们爬到他在汽车间上面的房间里。里面一片漆黑，有股陈板烟味和脏衣服的气息。伊夫琳吃惊地发现自己已丧失了自制的能力，就像上了麻药一样。他惊奇地发现她竟是个处女，就非常亲切温柔地对待她，几乎带着歉意。然而，躺在司机的床上，偎依在他的怀里，她却一点儿也没有感到她期望过的那种极度的快感，似乎一切早就发生过了。事后，他们躺在床上，用压低的、亲热的嗓音谈了好长时间。他的态度变了，他待她既严肃而又纵容，像对待孩子似的。他说，他讨厌把事情搞

---

① 指1450年以前的意大利早期绘画。

得这么秘密，见不得人，现在这样，把他们俩都变成禽兽了。他要找一个地方，他们可以公开地、在光天化日之下会面，而不是这样像两个罪犯似的。他想画她，她那美丽而苗条的肉体将激发起他作画的灵感，还有她那一对可爱的滚圆的小乳房。然后，他小心翼翼地把她从头到脚看了一遍，瞧瞧衣服是否有揉绉的地方，叫她奔回屋子，上床去睡；还叫她采取预防措施，要是她不想生孩子的话，尽管如果她能给他生一个孩子，他会感到骄傲，尤其是像她那么有钱，是有力量抚养一个孩子的。这种想法使她震惊，她觉得他用那么轻巧的口气谈论这种事，未免太粗俗而缺乏感情了。

那年整个冬天，他们在镇子后边一道狭小的岩石嶙峋的峡谷中小道边的一座被人丢弃的小木屋里一星期见上两三次面。她骑马到那儿，他则从另一条路步行而去。他们称它为他们俩的无人荒岛。有一天，洛拉翻他的文件包，发现几百张画同一个姑娘的裸体画；她浑身颤抖着来到赫钦斯家，脸上披散着头发，尖叫着要找伊夫琳，哭喊着说要杀死她。赫钦斯博士大吃一惊，虽然伊夫琳内心害怕极了，但竭力保持镇静，对她父亲说她让奥里利画她，不过他们之间并没有任何不轨的事儿，可他的妻子是个愚蠢无知的墨西哥人，无法想象一个男人和一个女人单独待在一间画室里而不去联想到那令人恶心的事。虽然爸爸责备她这么不加检点，却相信了她，他们竭力设法将这整个事儿瞒着妈妈；此后她设法又见了何塞一次。他耸耸肩，说他有什么办法，他不能遗弃老婆和孩子，让他们挨饿，虽然他穷，他还得和他们住在一起，一个男人总得有个为他干活和做饭的女人嘛；他不能靠教浪漫的人体写生课来生活，他得吃饭，洛拉是个好女人，只是愚蠢而邋遢，她已经叫他发誓不再见伊夫琳了。伊夫琳不等他讲完便转身走了。她庆幸自己有一匹马，可以跳上马背，飞奔而去。

## 摄影机眼（31）

在女摄影师的工作室里有只长沙发是把一块床垫上面包着从旺坦百货店买来的什么料子做成的　　我们坐在长沙发和放在地板上的一些软垫上那长脖子的英国男演员抑扬顿挫地朗诵《雅歌》　　那女摄影师佩着胸甲穿着丝

质灯笼裤按着《雅歌》的韵律翩翩起舞

那个穿粉红衣的小姑娘是一位古典舞蹈家随着牧神笙的伴奏跳舞但是这位棕红色头发的女摄影师却按着《雅歌》的韵律起舞肚脐像眼睛般眨着胸甲叮当作响更富有东方味

**求你们给我葡萄干增补我力给我苹果畅快我心**

**因我思爱成病**

**他的左手在我头下他的右手将我抱住**①

住在楼上的那个半退休的女演员发出一声声的惊叫　那些窃贼住在二楼上的人们　老天啊她正遭受到袭击

我们这些男子奔上楼去可怜的女人她已陷于歇斯底里中　我们跑错了一套公寓房间楼梯上满是侦探外面人们正在将巡逻警车打倒车　好吧男的站在一边姑娘们站在另一边这到底是个什么鬼地方啊? 侦探从所有的窗户跳进屋里侦探从小厨房走出来

棕红色头发的女摄影师披着门帘挥舞着电话挡住了他们　是威克沙姆先生的办公室吗?　地方检察官　令人难堪的经历　有几个朋友

搞一场以最野蛮的方式进行的小规模独舞会　有名的女演员在楼上发歇斯底里　好吧警官跟地方检察官说话吧他会告诉你我是谁我的朋友们是些什么人

侦探行动诡秘地走了警车拉着刺耳的警笛开到另一条街上那个英国男演员在说话　我以最大的自制力才克制住我的愤怒蠢猪我发起火来可不得了叫人胆战心惊

且说那位土耳其领事和他那隐姓埋名地来到那里的朋友　交战国司法部侦查司追捕激进分子亲德分子悄悄地溜走了我们两人奔下楼去匆匆赶往市中心乘渡船去威霍肯②

这是个大雾之夜轮船的巨大而无光的身影横冲直撞地穿过浓雾从下湾传来汽笛声

我们在渡船船首呼吸带着恶臭的河上微风高谈阔论恣情言笑

从威霍肯静谧的街头延伸出令人难以置信的倾斜的架空铁桥一直隐没进浓雾深处

---

① 《圣经·雅歌》第2章第5到6节。
② 位于新泽西州东北部,与纽约隔赫德森河相望。

# 伊夫琳·赫钦斯

在她登上火车回东部之前，她觉得一直处于半疯狂的状态中。妈妈和爸爸都不希望她走，但是她给他们瞧一份她预先打电报让埃莉诺发来的电报，说埃莉诺经营的装饰公司给她提供一个高薪水的职位。她说，这是一个机会，错过了就不可能再有了，她必须接受，而且，反正乔治要回来度假，他们不会完全孤单的。她走的那天夜里，她张着眼躺在下铺，听着呼呼的风声和车轮在铁轨上飞奔的轧轧声，觉得高兴极了。但是，火车过了圣路易斯，她开始担忧起来：她断定她怀孕了。

她感到十分惊惧。她随着拎着她行李的"红帽子"走出中央大车站时，觉得这车站显得偌大无比，充满了没有表情的陌生脸庞，都在盯视着她。她担心还没走到出租汽车前，就会晕过去。在去市中心的一路上，汽车的颠簸和在耳中喧闹的来往车辆的刺耳轰鸣声使她头晕目眩，直想呕吐。在布雷武特旅馆的餐室内，她喝了点咖啡。红彤彤的阳光穿过高大的窗户射进来，这地方有一股暖融融的餐室气味；她开始觉得好过些了。她走到电话前，给埃莉诺打电话。一名法国女仆回答说，小姐还在睡觉，只等小姐一醒，她会告诉她谁打来了电话。然后她给弗雷迪挂电话，听上去他非常激动，他说要从布鲁克林尽快赶到她那儿来。

她见到了弗雷迪，仿佛压根儿没有离开过这城似的。他差不多快为玛雅芭蕾舞团找到一个后台老板，并参与一部新的音乐剧的演出事务，他希望伊夫琳为这音乐剧设计服装。但他对可能要和德国打仗一事感到非常忧郁，说他是个和平主义者，除非发生一场革命，他很可能要去蹲监狱。伊夫琳告诉他她和何塞·奥里利的谈话，说他是个多么伟大的画家，而她想她也许是个无政府主义者。弗雷德瞧上去有点发愁，问她是不是肯定她没有爱上他，她脸红了，微微一笑，说没有，弗雷迪就说她比去年漂亮多了，足有一百倍。

他们一起去看埃莉诺，她的房子优雅而高贵，坐落在东三十街到三十九街之间。埃莉诺正坐在床上写回信。她小心地梳好了头发，穿着一件镶花边和貂皮的粉红色缎子晨衣。他们俩和她一起喝咖啡，吃马提尼克①女仆自己烤制的热面包卷。埃莉诺见到伊夫琳非常高兴，说她瞧上去多么漂亮，对自己的事业什么的却讳莫如深。埃莉诺说她快要成为一个戏剧演出人了，谈起"我那位财务顾问"什么什么的，弄得伊夫琳不知怎么想才好；然而，有一点是明显的，她日子过得满得意。伊夫琳想问她关于节育她知道些什么，但她怎么也扯不到这话题上去；也许她还是谈论这个话题的好，因为只要他们一扯到战争这话题，马上就争吵起来。

　　那天下午，弗雷迪带她一块儿到一位中年的夫人家去喝茶，她住在西八街，是个激烈的和平主义者。屋子里满是争论不休的人们，年轻的男子和年轻的女子们在煞有介事的低声絮语中晃动着脑袋。在那儿，她和一个面容憔悴、眸子却明亮逼人的名叫唐·史蒂文斯的年轻人聊上了。弗雷迪不得不去参加一次排练，她留下和唐·史蒂文斯谈话。后来，他们突然间发现所有的人都走了，只剩下他们俩和女主人在一起，这女主人是个壮实、肥胖而热情洋溢的人，伊夫琳认为实在令人生厌。她道了晚安就走了。她还没走下大门前的台阶，走上大街，史蒂文斯就迈开细长的两腿，拖曳着大衣，追了上来："您到哪儿去吃晚饭，伊夫琳·赫钦斯?"伊夫琳说她还没想好，结果还没等她明白过来，她已经和他一起在三街一家意大利饭馆里吃饭了。他吃了许多实心面条，吃得很快，还喝了不少红葡萄酒，将她介绍给一个名叫乔瓦尼的侍者。"他是最高纲领主义者②，我也是，"他说，"这位年轻妇女看来是个有哲人风度的无政府主义者，但是我们要叫她改变过来。"

　　唐·史蒂文斯来自南达科他州，自从高中时代起，一直为小镇的报馆工作。在家乡，他还当过农忙短工，参加过世界产联的一些斗争。他以相当自豪的神情将他的红色证件给伊夫琳瞧。他来纽约是为了进《呼声报》工作，但是刚刚辞职不干了，因为他们该死的太谨小慎微了，他说。他还为《大都会杂志》和《群众》周刊撰稿，在反战的集会上发表演说。他说，美国不参战的可能性很小；德国人正在打胜仗，全欧洲的工人阶级正处于造反的前夕，俄国革命是全世界范围的社会革命的开始，银行家了解这一点，威尔逊也了解这一点；唯一的问题是东部的产业工人、中西部和西部的农夫和季节工是否支持战争。所有的报纸都被收买，闭口不言。摩根家族之流要么参

───────────────

①　法国海外省，位于加勒比海东部，为向风群岛的一个岛。
②　主张用革命手段一举夺取政权的社会主义者。

战，要么破产。"这是历史上最大的阴谋。"

乔瓦尼和伊夫琳屏息听着，乔瓦尼有时神情紧张地往房间四周望一眼，看看坐在其他桌旁的顾客中有没有看上去像侦探的人。"他妈的，乔瓦尼，我们再来喝一瓶葡萄酒吧。"在对库恩与洛布公司[①]国外保有股份做冗长的分析时，唐讲到一半，会这么叫道。然后他突然转向伊夫琳，给她斟满了酒说："这些年你一直在哪儿？我一直想找一个像你这样可爱的姑娘。我们今儿晚上来乐一下吧，也许这是我们能吃到的最后一顿像样的晚餐了，一个月之后，我们也许会蹲监狱或者站在墙前被枪决，是不是，乔瓦尼？"

乔瓦尼忘了侍候其他桌上的顾客，被老板痛骂了一阵。伊夫琳一个劲儿大笑。唐问她为什么笑，她说她也说不上来，不过他真是滑稽死了。

"这可真是哈米吉多顿[②]，他妈的。"他然后摇摇头说，"再讲也没有用，世上就从来没有一个女人能理解政治思想的。"

"我当然是能够的……我认为这太可怕了。我不知道该做些什么。"

"我不知道该做些什么，"他狠狠地说，"我不知道是去打仗还是去蹲监狱，或者去找一个战地记者的差使，去瞧瞧那该死的场面。要是你能找到个什么人做靠山，那可是另外一件事了……嘿，真见鬼，我们离开这儿吧。"

他将账单记在他名下，问伊夫琳借了半块钱给乔瓦尼，说他裤兜里一分钱也没有。她发现自己跟他在帕钦旅社三道肮脏的木头楼梯上面一间阴冷而杂乱不堪的房间里一起喝最后一杯葡萄酒。他开始向她求爱，她拒绝了，说她还只认识了他七个小时，他便说这又是一个她必须摆脱的愚蠢的资产阶级观念。她问起节育的事，他便在她身边坐下来，滔滔不绝地讲了半个小时：玛格丽特·桑格[③]是一个多么伟大的女性，而节育是自从发明用火以来造福于人类的最伟大的福音。当他再一次一本正经地向她求爱时，她咯咯笑了，脸都涨红了，让他脱她的衣服。她感到乏力，觉得内疚，衣冠不整地回到布雷武特旅馆的房间时，已经是三点钟了。她喝了许多蓖麻油，上了床，躺在床上一直到天亮还未能入寐，尽盘算着她能对弗雷迪说些什么。她早跟他约好，等他排练后，十一点钟一起去吃晚饭。她惧怕怀孕的念头烟消云散了，就像从一场噩梦中醒来一样。

---

① 美国的一家大银行。詹姆斯·洛布（1867—1933）曾是该银行的董事（1888—1901）。
② 《圣经·启示录》第16章第16节中最后审判日众王决战之处，喻指第一次世界大战这样的国际性大决战。
③ 玛格丽特·桑格（1883—1966），美国计划生育宣传家，旧译"山额夫人"。

那年春天，埃莉诺和弗雷迪有许许多多关于演出和装饰住宅的计划，但一个也没有成功，过了不久，由于宣战，街上满是旗帜和穿军装的人，伊夫琳周围的人们个个都变得疯狂般地爱国，以为到处潜伏着间谍和和平主义者，这使她无法专心待在纽约了。埃莉诺在红十字会给自己找到了一份工作。唐·史蒂文斯报名参加"教友救济会"①。弗雷迪每天宣布一项新的决定，但最后说在他被召入伍前将不再决定干什么。阿德莱德的丈夫在华盛顿新设立的航务局找到了一份差使。爸爸每隔几天就给她写一封信，说威尔逊是继林肯以来最伟大的总统。有几天，她觉得她该是神经错乱了，她周围的人们似乎都发疯了。她跟埃莉诺谈起这事，埃莉诺带着一副优越的神气莞尔一笑，说她已经打申请让伊夫琳在她巴黎的办事处当助手。

"你在巴黎的办事处，亲爱的？"埃莉诺点点头。"我并不在乎干什么工作，我会高兴地干的。"伊夫琳说。埃莉诺在一个星期六乘"罗尚博"号出发了，两星期后，伊夫琳本人搭"都兰"号赴欧。

那是个白雾弥漫的夏日的傍晚。她打断了玛格丽特、阿德莱德和玛格丽特的丈夫比尔（这时他已是一位少校，在长岛教优秀射击手射击）临别时说的话，态度简直可说是粗暴的，因为她急于和这个使她十分厌恶的美国割断关系。轮船迟了两个小时起航。乐队不停地演奏着《蒂珀雷里》《在我的金发美人身旁》和《马德隆姑娘》②。周围有许多穿军装的年轻人，都喝得醉醺醺的。帽子上饰着红色绒球，一脸孩子气的法国小个子水手们用卷舌的、带有鼻音的波尔多口音高声喊来喊去。伊夫琳在甲板上踱来踱去，直到双脚感到疲乏。这轮船好像永远不会开航了。迟到的弗雷德在码头上一个劲儿向她挥手，她担心唐·史蒂文斯会来，她腻味透了她这最后几年的生活。

她下到她的房舱，开始看唐给她的巴比塞③的《炮火》。她睡着了，等到她的同舱乘客，一位头发灰白、瘦骨嶙峋的妇人，走来走去把她吵醒时，她感觉到的第一件事便是轮船发动机的震颤。"啊，您错过吃饭时间了。"这头发灰白的妇人说。

她名叫伊丽莎·费尔顿小姐，是一位为儿童图书画插图的画家。她到法

---

① 由美国教友派信徒于1917年在费城创办的救济组织，开展对战争受害者的救济工作，后扩大到其他国家，定名为"教友派国际救济会"。
② 第一次世界大战后期在法国流行的一支歌曲，为广大的法国士兵所喜爱。
③ 亨利·巴比塞（1873—1936），法国作家，共产党员。《炮火》（1916）写一个步兵班在大战中的经历，深刻揭露帝国主义战争的本质。

国去开卡车。开始时，伊夫琳以为她太令人生厌了，然而，随着温暖而宁静的横渡大洋的日子一天天地消逝，她喜欢起她来了。费尔顿小姐迷恋上了伊夫琳，真叫人讨厌，但她喜欢喝葡萄酒，她在法国居住过多年，对法国非常了解。实际上，在从前印象派盛行的年代里，她在枫丹白露学过绘画。因为里姆斯和卢万两城毁于炮火，因为那些可怜的比利时婴孩双手被割去，她十分痛恨德国佬，但是对于任何由男人掌权的政府，她也不喜欢，她称威尔逊为胆小鬼，克列孟梭为暴徒，劳合·乔治为一个鬼鬼祟祟的人。她嘲讽预防潜水艇袭击的措施，说她知道法国轮船公司的航线非常安全，因为所有的德国间谍都搭它的轮船。她们到波尔多上岸，她给伊夫琳极大的帮助。

她们没有就随所有其他红十字会和救济会的人员去巴黎，而是多待了一天，以便游览这个城市。那一排排十八世纪的灰色房屋，在夏日的望不到头的玫瑰色暮霭中，实在是太可爱了，还有那出售的鲜花、商店里彬彬有礼的人们、精致的铁制栅栏和花窗以及她们在美味阉鸡酒家吃的那顿美餐。

和伊丽莎·费尔顿一起活动的唯一麻烦是她使任何男子都不敢上来。第二天，她们乘普通客车去巴黎，瞧着那美丽的田野、房屋、葡萄园和一排排高大的白杨树，伊夫琳激动得几乎忍不住要哭出来。每一个车站上都有穿浅蓝色军装的小个子士兵，而那个上了点年纪、待人恭恭敬敬的车掌看上去简直像是位大学教授。火车终于平稳地穿过隧道，驶进了奥尔良车站，这时，她嗓子眼儿哽住了，几乎说不出话来。仿佛她从来没来过巴黎似的。

"现在你要上哪儿，亲爱的？你知道，我们得自己拿随身行李。"伊丽莎·费尔顿用一种讲究实际的口气说。

"嗯，我想得去红十字会报到。"

"今晚太迟了，你听我说。"

"嗯，那么我可以给埃莉诺挂个电话。"

"在战时要想在巴黎打电话，就像叫死人醒过来一般难……你最好，亲爱的，还是跟我到塞纳河边一家我认识的小客栈去，明天上午去红十字会报到；我就打算这么干。"

"我怕送我回美国去。"

"你在这儿待上几个星期，他们也不会知道……我了解这帮笨蛋。"

就这样，伊夫琳守望着行李物品，伊丽莎·费尔顿去找一辆小手推车来。她们把行李堆在手推车上，推着它走出车站，穿过映照着最后一抹红紫色暮霭的空荡荡的街道到旅馆去。街灯寥寥无几，灯光蓝幽幽的，灯上罩着铁皮罩，这样从空中就瞧不见了。那塞纳河、那些古老的桥梁以及对岸的又长又大的卢浮宫瞧上去影影绰绰，虚无缥缈；这无异像是在惠司勒的画中穿行一般。

"在所有餐馆打烊以前，我们必须赶紧去吃点儿东西……我带你到艾德里安娜餐馆去。"费尔顿小姐说。

她们在凯伏尔泰旅馆放下行李，让小郎送到楼上的房间去，而她们则匆匆穿过无数纵横交错的、正在迅速暗下来的小街行走。正当有人在拉下那家小饭馆的沉甸甸的铁卷门帘时，她们钻了进去。"啊，伊丽莎小姐来了。"在这间陈设过于富丽的小房间后部有个女人的声音喊道。一个矮小的法国女人，长着非常大的脑袋和非常大的水泡眼，奔上前来，抱住了费尔顿小姐，吻了她好几次。"这位是赫钦斯小姐。"费尔顿小姐用干巴巴的声音说。"很高兴……她多漂亮啊……美丽的眼睛，嗯？"这女人瞧人的神气、她那抹着粉的大脸盘像杯中的鸡蛋一样安在有褶边的高领衬衫上的那副样子，让伊夫琳觉得很不自在。她拿来一些汤、冷牛肉和面包，因为没有黄油或者糖而连声道歉，用平淡无味的声调抱怨警察是多么严厉，投机商如何囤积食品，而军事形势是多么糟糕。然后，她突然住了口，她们大家的眼睛同时落在墙上的一条标语上：

MEFIEZ VOUS LES OREILLES ENNEMIS
VOUS ECOUTENT[①]

"毕竟是在打仗啊。"艾德里安娜说。她坐在费尔顿小姐身旁，用她那双戴满人造宝石戒指的肥手轻轻拍着费尔顿小姐瘦骨嶙峋的手。她给她们煮了咖啡。她们正喝着小杯的克万特罗牌利久酒。她俯下身子，拍拍伊夫琳的脖子。"别担心，嗯？"她把脑袋往后一甩，发出一阵尖厉的歇斯底里的笑声。她一个劲儿往小杯里斟利久酒，斟了一杯又一杯，费尔顿小姐看来有点儿醉了。艾德里安娜还是一个劲儿地拍她的手。伊夫琳在这令人窒息的、幽暗而紧闭的小房间里也觉得脑袋发晕了。她站起身来，说她要回旅馆去，她头痛，困得要命。她们竭力哄她留下，但是她从卷门帘下钻了出去。

外面的街道有一半沐浴在月光中，另一半隐没在漆黑的阴影里。伊夫琳一下子想起她不知道回旅馆的路，然而她不能回餐馆去，那女人让她打冷战，所以她就急匆匆地一路走去，靠有月光的一边走，害怕那一片死寂、不

---

① 法语，意为"谨请注意：敌人的耳朵在窃听"。

多的几个人影和那些有宽阔的墨黑门道的荒凉的老房子。她终于走上了一条大道，那儿有男女在散步，有人声，偶尔还有一辆汽车，亮着蓝色灯光，静静地在柏油路面上驶过。陡然间，远处响起一声警报器的噩梦般的尖叫，跟着是一声又一声。在天空的什么地方，有一阵像蜜蜂叫一般微弱的嘤嘤声，一忽儿响，一忽儿轻，然后又变得响了。伊夫琳瞧瞧她周围的人们。没有人显出惊吓的样子，也都没有加快他们悠闲散步的步伐。

"飞机……德国佬……"她听见人们用毫不慌张的口吻说。她发现自己正站在镶边石上，抬头瞧着很快被一道道探照灯光划破的半明不暗的天空。她身边站着一位慈父般的法国军官，圆平顶的军帽上缀着各种各样的饰带，两撇小胡子尖端下垂着。头顶上的天空开始像云母片般闪亮起来；光景真美，遥远得就像七月四日隔湖观看焰火一样。她不由自主地大声问道："那是什么？""那是榴霰弹，小姐。那是我们的高射炮打的。"他用英语小心地说①，然后将手臂伸给她，表示愿意送她回家。她闻到了他身上散发的相当强烈的柯涅克白兰地味儿，但他态度非常和善，像父亲似的，他打手势表示有什么东西纷纷落到他们头顶上来了，样子很滑稽，还说他们必须躲起来。她说她迷了路，请送她到凯伏尔泰旅馆去。

"啊，好极了，好极了。"这上了年纪的法国军官说。他们站在那儿交谈时，街上所有的人都消失了踪影。这时四面八方都响起了隆隆的炮声。他们又在狭窄的小街上行走，紧贴着墙根走。有一次，他突然把她一把拉进一个门道，有什么东西砰地落在对面人行道上。"那是榴霰弹的弹片，中了可不行啊。"他说，用手拍拍军帽顶。他哈哈大笑起来，伊夫琳也跟着笑起来，两人感情融洽了。他们已经走到了河岸边。根据某种理由，似乎在浓荫下较安全。在旅馆门口，他突然指指天空说："瞧，这些德国佬，他们才不管我们的死活呢。"他正说话的当儿，德国飞机在头顶上转变了方向，它们的机翼给月光照上了。一刹那间，它们真像七只银色的小蜻蜓，然后就消失了。在同一个时刻，河对岸什么地方传来一颗炸弹震天响的爆裂声。"劳驾，小姐。"他们走进旅馆的漆黑一片的门厅，一路摸索着走到地下室。他扶伊夫琳走下积满尘土的木头扶梯的最后一级，向聚集在两三支蜡烛周围的身穿浴衣或者在睡衣外面套着大衣的混杂的人群严肃地敬了一个礼。那儿有一名侍者，军官想要一杯酒喝，但侍者说："啊，我的上校，这是不允许的。"上校

①　这位军官在这前后讲的话都是法语。

做了一个苦脸。伊夫琳坐在一张桌子般的玩意儿上。她瞧着人们，听着遥远的炸弹的轰响，情绪是这般激动，竟然没有觉得上校在有点儿不必要地挤捏着她的膝盖。上校的双手成为问题了。等空袭结束了，街上有个不知什么东西走过，传来一阵介于鸭子的嘎嘎声和驴子的叫声之间的滑稽的声音。这使伊夫琳觉得非常可笑，她笑啊笑的，笑个不停，以致上校似乎一时不知拿她怎么办好。她对他道晚安，要上楼到自己的房间去睡觉，他也说想上楼去。她不知道该怎么办。他一直是那么和善而彬彬有礼，她不想对他不客气，但是她似乎无法使他明白她真的想上床去睡觉；他会回答说，那也正是他所想的。她给他解释，说她房间里还有一位朋友，他便问那朋友是不是跟小姐一样的可爱，如果这样的话，他会挺高兴的。伊夫琳的法语完全不管用了。她多么盼望费尔顿小姐能到身边来，她无法使门房听懂她要拿房门的钥匙，而"这位上校"不上楼去。正当她快要哭出来时，从阴影中的什么地方走出来一个穿便服的年轻美国人，长着一张红扑扑的脸和一只翘鼻子，他用十分蹩脚的法语炫耀地说："先生，我是这位小姐的哥哥，难道你看不出来这位小姑娘很疲倦，想跟你说再会吗？"他将手臂勾住了上校的手臂说："法国万岁……到我楼上的房间喝酒去。"上校挺起胸脯，显出大怒的样子。不等后来会发生什么，伊夫琳奔上楼去，冲进自己的房间，把房门上了两道锁。

# 新闻短片 XXIV

人们难以意识到欧洲需要筹借多少巨额的款项才能医治战争创伤

## 孤胆英雄擒拿德寇二十八名

和谈开始影响南方市场

## 本地男孩智逮军官

## 战争拨款三分之一纯系骗局

有的微笑惹人心花怒放
有的微笑叫人郁郁寡欢

我们现在且再来探讨运费率的问题；假设美国正在经营总数达3000艘的在美国和外国海港之间航行的货轮和客轮

## 黑帮头子在街头被杀

有的微笑能抹去点点泪珠
犹如阳光晒干粒粒露珠
有的微笑脉脉含情
只有情人的眼睛才能看清

## 士兵投票使选举获胜

现在且假定在这经济规律的微妙的领域中出现了一位拥有全世界吨位数三分之一的资本家的节制性因素的干扰，他对于盈亏都安之若素，他并不把投下的资本的利息看作经营成本中的一种因素，他造船而又不顾增加了船只是否有利可图，收运费而又完全不管是否符合供求规律；这样长此下去，全世界海运业彻底破产之日还会久远吗？

## 王储逃亡

但这使我心中充满阳光的微笑
　　是
　　　您
　　　　给
　　　　　我
　　　　　　的
　　　　　　　微
　　　　　　　　笑

旷日持久的和谈尚在未定之天，而流行性感冒却使农村买主不敢造访更大的贸易市场

## 摄影机眼（32）

十四时整德国佬以其著称于世的在时间与地点上的精确性开始每日对那座桥梁的炮轰　　十四时正戴着单片眼镜的迪克·诺顿[①]在离桥不远的地方叫他的小分队站好队以便移交给美国红十字会

红十字会的那些少校穿着崭新的军装系着擦亮的武装带紧裹着擦亮的皮绑腿看上去肉墩墩的而又白皙　　原来这就是海外的情景　　原来这就是前线　　好啊　　好啊

迪克·诺顿按按紧单片眼镜开口讲他曾把我们当作富有君子风度的志愿者来聘请而现在又把我们当作富有君子风度的志愿者来送别　　嘭第一颗炮弹杏仁气味大路上没有来往车辆一片星期日的气氛不见一个法国大兵　　迪

---

① 这一段主要描述1917年9月诺顿—哈吉斯救护车队在法国阿尔贡区的勒米库尔村解散、移交给美国红十字会的情景。迪克·诺顿，即理查德·诺顿，为波士顿的一位故作风雅的富豪，是救护车队的主要组织者之一。

克·诺顿按按紧单片眼镜　　红十字会的那些少校感到泥土像阵雨般落下来　　嗅到苦味酸炸药的气味　　急速飘来一阵厕所和龟缩一团的士兵们的臭味儿

嘭嘭嘭像七月四日的光景　　弹片在鸣唱我们的耳朵在回响

大桥依然屹立迪克·诺顿站着按按紧单片眼镜滔滔不绝地谈论富有君子风度的志愿者和救护车队和 la belle France①

空无一人的军官座车停在那儿

但前来接管的那些少校到哪里去了

由谁来代表红十字会发表演说呢？那些少校中动作最迟缓的最肥胖的最白皙的一位绑腿上沾满了泥土仍旧趴在地上正在爬进掩蔽所这是我们瞅见的最后一位红十字会少校

也是最后一次听说君子风度

或志愿者

# 快乐战士②

罗斯福家族整整七代正人君子都住在曼哈顿岛；他们在二十街有一幢砖砌大房子，在北面的多布斯渡有座宅邸，在本城有许多地产，在荷兰改革派教堂里有一家人专用包厢式座位，还有投资、股票和债券，他们认为曼哈顿岛是他们家所有，他们认为美国也是他们家所有。他们的子弟，

西奥多，

是个羸弱多病的少年，患着气喘，近视得相当厉害；他的手脚长得这么小，以致难以学习拳击；他的手臂非常短；

他父亲算得上是个人道主义者，圣诞节请报童们吃晚饭，为生活条件

---

① 法语：美丽的法兰西。

② 这是美国第二十六任总统西奥多·罗斯福众多外号之一。

差、贫民窟、东区<sup>①</sup>、地狱的厨房<sup>②</sup>感到惋惜。

年轻的西奥多有一些矮种马，家人鼓励他到森林中去散步，去野营，教他拳击和击剑（一位美国绅士应该知道怎样保护自己），给他上《圣经》课，做教会工作（一位美国绅士应该竭尽全力改善比他不幸的人们的处境）；

他生来就是个正人君子；

他爱好研究大自然，阅读有关鸟类和野兽的书籍，出去打猎；尽管他戴了眼镜，他成为一个好枪手；尽管他脚小腿短，他成为一个善于步行的人；尽管他胳臂短，他成为一个高超的骑手和咄咄逼人的拳击家；尽管他是纽约一个有产业的荷兰家庭的子弟，他成为一个呱呱叫的政治家。

一八七六年，他，一个富有、健谈而乖僻的年轻人，蓄着络腮胡子，对世界上的一切事物都怀有明确的看法，来到北方的坎布里奇，进哈佛大学念书。

在哈佛大学，他驾单马双轮马车周游，收集剥制的鸟类，将在阿迪龙达克山间旅行时枪杀的动物做成标本；尽管他滴酒不沾，多少有点像个过分虔诚的基督徒，对改革和纠正弊端怀有些古怪的想法，但作为纽约一个有产业的荷兰家庭的子弟，他有权参加波塞利安学会、迪基和那些俱乐部。

他告诉朋友们他要将他的一生奉献于为社会服务：我不希望宣扬不光彩的贪图安逸的原则，而希望宣扬"奋发图强的生活"这一原则，那种充满艰辛、努力、劳动和奋斗的生活的原则。

从十一岁开始，他大量地写作，用一种被激情所驱使的潦草的大号字体在日记本、笔记本和活页册里记满了他所做的、所想的和所说的一切；

当然啦，他攻读了法律<sup>③</sup>。

他结婚得很早，到瑞士去攀登马特峰；第一个妻子的早亡<sup>④</sup>使他伤心万分。他前往达科他地区西部的荒漠，成为小密苏里河上的一个牧场主；

他回到曼哈顿岛时，大家管他叫"特迪"，西部来的神枪手，麋鹿狩猎者，是个头戴斯特森宽边帽、用绳索套公牛、徒手与灰熊搏斗、当过县行政司法副长官的人，

（罗斯福家族的一员对国家负有责任；罗斯福家族的一员的责任就是去

---

① 曼哈顿岛东部沿东河的部分，为贫民窟所在地，尤其是其南部。
② 曼哈顿岛西南部十马路南段那一带地区的俗称，当时为黑社会人士经常出没之地。
③ 他于1880年哈佛大学毕业后，即进哥伦比亚大学法学院。
④ 他于1880年结婚，妻子于1884年生下女儿爱丽丝后的第三天就逝世。

改善比他不幸的人们、那些最近移居到北美大陆的人们的处境）

在西部，县行政司法副长官罗斯福感觉到白人责任重大，帮助逮捕犯罪分子、歹徒；服务是第一流的。

在这段时期中，他一直在写作，给杂志撰写不少关于他的狩猎和冒险的故事，在政治界集会上慷慨陈述他的观点，痛斥政敌，运用一些背得烂熟的话语："奋发图强的生活""可实现的理想""公正的政府"，倘若男子畏惧工作或正义的战争，倘若女子惧怕生育，他们就无异于在毁灭的边缘上颤抖，是的，正是他们应该从地球上消灭，理应成为坚强、勇敢而有崇高理想的男女所蔑视的适当对象。

西·罗和一位有钱的女人①结了婚，在萨加摩希尔②正正当当地生儿育女。

他在纽约州议会当了一任议员，被格罗弗·克利夫兰③任命为无报酬的文官制度改革委员会主席，

担任过纽约市政改革局警察处长，追捕犯罪分子，坚决主张白人就是白人，黑人就是黑人，

撰写了《1812年海战史》，

被任命为海军部部长助理，

当"缅因"号被炸④，他辞了职去组织粗犷骑士团，

当上了中校。

这就是破釜沉舟、战斗、美国国旗、正义的事业。美国公众并不是没有被告知当子弹呼啸时中校的骁勇，他如何在没有战友的陪同下冲上圣胡安山，然后不得不折回来叫他们，还有他如何一枪射中一个溃逃的西班牙鬼子的屁股。

太糟糕了，正规军早已从另一边冲上了圣胡安山巅，实在根本没有冲上圣胡安山的必要。圣地亚哥⑤被迫投降。这是一次胜利的战役。西·罗冲上圣胡安山，一直冲进帝国州⑥州长的办公室；

但是，经过了战斗之后，志愿兵、战地记者、杂志撰稿人开始要求回国了；

---

① 他于1886年12月与伊迪丝·克米特·卡罗结婚。后生四子一女。
② 位于纽约市东长岛的西北部。
③ 格罗弗·克利夫兰（1837—1908），美国第二十二和二十四任总统（1885—1889）（1893—1897）。
④ 美军军舰"缅因"号于1898年2月15日在哈瓦那被炸沉，成为美国向西班牙宣战的导火线。
⑤ 古巴东部圣地亚哥省省会，在西美战争中为双方争夺的重点。
⑥ 帝国州为纽约州的别名，罗斯福于1899年1月成为该州州长。

在热带暴雨中挤在楔形小帐篷内，或者在干燥的古巴山区的朝阳下炙烤，被疟疾弄得大量减员，时时惧怕染上痢疾和黄热病，这可不是闹着玩的。

西·奥搞了份签名请愿书，送给总统，请求将业余战士送回国内，让正规军去干那艰苦的工作，

正规军正在挖壕沟，铲土盖上粪便，和疟疾、痢疾和黄热病苦斗，

使古巴成为糖业托拉斯

和花旗银行的乐土。

他一回到国内，最早去访问的人之一便是勒缪尔·奎格，此人为将纽约州北部的选票全掌握在手心中的党魁普拉特①的使者；

他也见到了党魁普拉特，但就此遗忘得一干二净。一切干得极其漂亮。他撰写了一部奥利弗·克伦威尔的传记，人们说他与克伦威尔很相像。作为州长，他曾作弄普拉特政治机器（一个正人君子也许会是健忘的），而党魁普拉特自以为他提名罗斯福当一九〇〇年副总统候选人达到了架空他的目的；

乔尔戈许②却帮他成了总统。

西·罗冒着狂风暴雨，发疯似的驾一辆四轮马车在泥路上急驶，从阿迪龙达克山区的马西山赶去乘驶往麦金莱正在生命垂危中的布法罗的火车。

当上了总统，

他将他那健康、幸福而正规的美国家庭从萨加摩希尔搬到白宫，邀请外国外交官和肥胖的陆军军官们到岩溪公园散步，在公园里，他带他们穿过可怕的荆棘丛，蹦跳着跨过小溪上的过河石，涉水走过浅滩，爬上用石板铺砌的河岸，

并挥舞大棒对准犯罪的巨富。

一切干得极其漂亮。

他策划了颠覆巴拿马政府的活动，在新政府的卵翼下，变了个著称于世的戏法，让新的巴拿马运河公司替换了老的，这一来，四千万美元落进了国

---

① 托马斯·普拉特（1833—1910），美国政客。曾任美国国会议员，1894年起，成为纽约州共和党的党魁。罗斯福任州长期间，和他若即若离。

② 美国无政府主义者利昂·乔尔戈许于1901年9月6日在布法罗暗杀麦金莱总统（1843—1901）。麦金莱死于9月14日，同日，罗斯福宣誓就职。

际银行家的腰包，

但美国国旗在运河区上空飘扬，

而运河凿通了。

他使一些托拉斯破了产，

在白宫与布克·华盛顿①共进午餐，

并号召保护野生动物。

他斡旋使《朴次茅斯和约》②得以签订，结束了俄日战争，因而荣获了诺贝尔和平奖金，

并派遣大西洋舰队到全世界各大洋去游弋，让所有的人明白美国是个头等强国。在第二任后，他将总统的职位交给塔夫脱③，将那用法制的油脂去滋润财阀们受伤的感情这一惬意的任务留给这位身躯笨重的律师

径自去非洲狩猎巨兽。

狩猎干得极为漂亮。

每一次，在一颗落点极佳的给打扁成蘑菇形的子弹的冲击下，一头狮子或大象砰的一声栽进森林的灌木丛中，

各报均以大字标题加以报道；

当他骑在马背上与德皇交谈时

或者当他在开罗给民族主义者讲话，鼓吹这是一个白人的世界时，全世界绝不会不知道他说了些什么。

他去巴西，乘独木舟穿过马托格罗索州④，河水中多的是细小的食人肉的鱼，红囊鱼，

用枪打貘、

美洲虎、

种种白色嘴唇的西貒⑤。

他在蛊惑之河⑥的湍流中穿行

---

① 布克·华盛顿（1856—1916），美国黑人教育家，其自传《出身奴隶》（1900）闻名国内外。

② 该和约结束了1904—1905年的俄日战争，于1905年9月5日在美国新罕布什尔州东南部朴次茅斯港附近的基特里签订。

③ 威廉·塔夫脱（1857—1930），美国第二十七任总统（1909—1913）。

④ 巴西中西部一州，是世界最大的热带牧场之一。

⑤ 美洲的一种野猪。

⑥ 蛊惑之河在马托格罗索州北部，罗斯福于1914年溯河而上去探险时发现，后被命名为罗斯福河。

直抵亚马孙河流域的边缘地区，他驶抵那里时，生病了，那是一条腿上的脓肿感染，只得躺在独木舟的天篷之下，身边有一只驯顺的喇叭鸟作伴。

回到了美国，他进行一生最后的拼搏，于1912年作为进步党人，"公平交易"①的鼓吹者，为普通老百姓而战的十字军骑士，争取当上共和党总统候选人；"大角麋"从塔夫脱的高压政策机器下蹿了出来，在芝加哥圆形剧场以正义的名义成立了进步党②，而那些致力于恢复民主政府的人们噙着眼泪一边摇晃着身子一边唱道

信——徒如同——精——兵
奋——勇——向——前——行③

也许是因为蛊惑之河对于他那样年龄的人来说影响太深了；也许是因为一切不再那么美妙了；西·罗在三方的竞选活动④中丧失了声音。一个疯子在德卢思向他的胸部开了一枪，他的生命仅仅靠他行将作报告的厚厚一沓底稿而得到了拯救。尽管中了子弹，西·罗还是作完了报告，听到了惊慌的群众的鼓掌，感觉到普通老百姓为祝愿他早日康复而做的祈祷，然而他的魔力多少被打消了。

民主党人席卷了一切，世界大战以苦味酸炸药的爆炸声淹没了这位"快乐战士"的正义的呼声。

威尔逊不愿让西·罗率领一个师，这可不是业余者的战争啊（也许正规军还记得在圣地亚哥的那份联合签名的请愿书）。他所能做的只是给杂志撰写抨击德国佬的文章，送儿子们上战场；昆廷⑤阵亡了。

这不再是呱呱叫的业余者的世界了。没有人知道，在停战日⑥那天，西奥多·罗斯福，这位露齿而笑的、挥动食指的快乐的业余战士，大自然的爱好者，探险家，杂志撰稿人，主日学校教师，牧牛者，道德家，政治家，健

---

① 罗斯福基于他本人的处世哲学提出这个通俗的口号，被纳入进步党的纲领。
② 该党党徽上有一只大角麋的形象。
③ 这是基督教的赞美诗《信徒精兵歌》的头一句。
④ 他的得票数比共和党的塔夫脱多，但不及民主党的威尔逊。结果威尔逊当选为总统。
⑤ 昆廷是西奥多·罗斯福四个儿子中最小的一个，他参加了空军，1918年在德军防线上空执行巡逻任务时被击落而死亡。
⑥ 1918年11月11日。

忘的、喜欢谴责说谎者（亚拿尼亚俱乐部①），喜欢和孩子们临睡前用枕头打闹的正直的演说家，因为染上严重的炎症性风湿病而被送进罗斯福医院。

事情不再能干得漂漂亮亮的了；

西·罗有勇气；

他忍受了痛苦，甘于默默无闻，感受到被人遗忘，正像他当年勘探蛊惑之河时忍受那严酷的折磨、那炎热、那丛林中恶臭的腐土和腿上脓肿的感染一样，

1919年1月6日

在萨加摩希尔，

他在睡眠中安然与世长辞

将白人的重担

放在他儿子们的肩上。

## 摄影机眼（33）②

有一万一千名有执照的妓女据红十字会宣传员③说出没于马赛的街头

福特车在里沃利街上抛锚三次　　在枫丹白露我们在床上喝牛奶咖啡

在淡紫色的细雨中森林④这般撩人心绪地显现出红色黄色和十一月才有的棕色　　在公路另一边翻过鸽羽色的群山　　空气中弥漫着苹果香

内韦尔⑤（大仲马真他妈的）阿多斯和波尔朵斯和达尔大尼央⑥在小客

---

① 罗斯福把那些对政治事务（包括总统的言论）报道失实的报纸记者称之为一个假想的"亚拿尼亚俱乐部"的成员。据《圣经·使徒行传》第5章第1到5节，亚拿尼亚把卖田地的钱的一部分献给使徒。彼得责备他欺哄上帝，亚拿尼亚当场扑倒断了气。

② 本段写作者离开诺顿—哈吉斯救护车队后，参加美国红十字会救护车队第一小分队，于1917年11月14日从巴黎出发，南行至意大利。

③ 指作者在哈佛大学时的同学约翰·霍华德·劳森（1894—1977），他后来成为著名的剧作家。他们当时同在第一小分队服役。劳森成为红十字会宣传员。

④ 指法国东北部的阿尔贡森林。

⑤ 位于法国中部，为涅夫勒省省会。

⑥ 作者在此把第一小分队的哈佛同学罗伯特·希利尔和弗雷德里克·范登阿伦德以及作者本人比喻为大仲马的著名小说《三个火枪手》中的两个火枪手及主人公。

栈要了贝鸟汤①　我们缓缓驶进散发出一阵阵酒渣和陈酿香味的红色的马孔②　干你想干的吧　驶过罗讷河③流域中的布尔吉尼翁第一道干草色的阳光将骸骨似的白杨的影子一条条洒在白色路面上　每到一站我们喝的葡萄酒味道像牛排一般浓烈像弗兰西斯一世的宫殿④一般美好带着被雨夹雪袭击过的最后的玫瑰花的香味　我们没有过河到里昂去在那儿让·雅克·卢梭⑤在少年时代患过萎黄病　普罗旺斯⑥的自然景色全像是高卢战争⑦时的场景城镇的名字来自拉丁词根多得可编成词典奥朗日塔拉斯孔和凡·高在那儿割去自己一只耳朵的阿尔　车队纪律变得松弛了　我们停下车在一家小餐馆掷双骰子　伙计们我们往南方开　去喝教皇最喜欢喝的红葡萄酒

　去吃用橄榄油和大蒜烹调的丰盛的饭菜　往南方去　普罗旺斯的牛肝菌北风呼啸着吹过卡马尔格平原催促我们赶快进马赛城在那儿一万一千名妓女在阿波罗剧院室内散步场蒙着水汽的镜子前颤动着身子卖弄风骚

　牡蛎和黑茶藨子酒小姑娘这么棕色的圆脑袋她喜爱冬季运动　她们原来都是一台台吃角子老虎脱光了衣服就像一个个竖立在这最古老的海港肮脏的城边的劈开大腿的弗凯亚⑧小雕像

　里维埃拉⑨令人失望过了圣雷莫⑩每座山上都耸立着一座有尖塔的棒糖色的教堂　毛里齐奥港⑪几只蓝色的塞尔查矿泉水瓶搁在一杯**都灵味美思酒**旁边沐浴在那味美思酒色的阳光中　维罗尼斯把萨沃纳⑫作为《威尼斯商人画像》的背景　蓬特德西莫镇⑬　在蓬特德西莫镇救护车队在周围是劳动人民的凄凉的石头房子的月光如水的广场上停下了　白霜覆盖着一

---

① 用贝类、鸡煮成的浓羹。
② 位于法国东部罗讷河上游的索恩河畔。为葡萄酒业中心。
③ 流经瑞士和法国东南部的大河，在马赛西注入地中海。
④ 法国国王弗朗西斯一世（1494—1547）的宫殿在枫丹白露。
⑤ 让·雅克·卢梭（1712—1778），法国哲学家与作家，著有《忏悔录》。
⑥ 法国古地区名，位于东南部阿尔卑斯山和罗讷河之间的地中海滨。
⑦ 高卢战争（公元前58—前50）为罗马总督恺撒征服西欧的历次战役的总称。
⑧ 马赛最早由古希腊的弗凯亚人所创建，名为马西利亚。
⑨ 地中海沿海地区，从法国东南部一直到意大利西北部，在法国的部分名叫蓝色海岸，多的是风光如画的避暑胜地。
⑩ 位于意大利西北部地中海海岸上，离法国国境不远。
⑪ 位于圣雷莫东，现名因佩里亚。
⑫ 位于毛里齐奥港东北，也是地中海边的一个海港。保罗·维罗尼斯（1528—1588）为意大利威尼斯派油画家。
⑬ 意大利西北部港口城市热那亚北郊的一个小镇。

切　　在小酒馆里那位功成名就的小说家①教我们兑半喝柯涅克白兰地和野樱桃酒

再来一杯吧

原来他在写的并不是他自己喜欢写的东西关于战争你能把什么告诉国内的人们呢？原来他不喜欢自己所写的东西　　他喜欢去感受　柯涅克白兰地和野樱桃酒　　不再年轻了　　（这使我们伤心极了我们渴望得到我们所感受到的我们想把一切都告诉他们他们说了谎什么去观光那些没到过的城镇赶到热那亚去）　　再来一杯？　　原来他希望成为一个赤身裸体的棕色皮肤的牧童坐在山坡上在阳光下吹奏笛子

赶到热那亚去太容易了有轨电车一直开到那儿热那亚这个我们从没去过的城市多的是大理石雕的执政长官像和危险至极的台阶大理石雕的狮子沐浴在月光中　　热那亚　　难道这座古老的大公的城廓在燃烧吗？所有的大理石官殿和方方正正的石头房子和山丘顶上的钟楼都有一面大理石墙着火了

月光下的祝火

酒吧里满是英国人穿得过分讲究的市民们在有圆柱的门廊中散步在港口外在热那亚的月光下大海着火了那个国王陛下的情报部成员说那是一条美国佬的油轮触了水雷了？被鱼雷击中了？他们为什么不凿沉它呢？

热那亚　　眼眸中闪烁着油轮燃烧的火光　　热那亚　　你在寻找什么？半夜大街上月光下映射在小伙子和姑娘们脸颊中的鲜血般的火光　　热那亚　　眼睛在他们眼睛里的疑问

在热那亚的月光下穿过碎裂的石铺院子在危险至极的台阶上走上走下眼睛在月光下燃烧转过下一个街角海上祝火的火光劈面映射在你脸上

红十字会宣传员说有一万一千名有执照的妓女出没于马赛的街头。

---

①　指美国小说家古弗奴·莫里斯，他作为战地记者跟随小分队南下意大利。他生于1876年，比作者年长20岁。

# 乔·威廉斯

　　这真是一次糟糕的航程。乔一直在为苔尔、为自己得不到成功而担忧，而船上的水手是帮脾气暴躁的牢骚鬼。引擎老是出毛病。"希金博特姆"号造得像一个干酪盒，速度如此缓慢，以致有好几天，顶着七级风，竟然一天前行不超过三四十海里。他唯一快乐的时光是跟一个名叫格伦·哈德威克的二等轮机工学拳击的时候。轮机工是个短小精悍的人，虽然准该有四十岁了，却是个相当出色的业余拳击师。等到轮船抵达波尔多，乔在锻炼时已能跟他很好地较量了。乔体格较魁梧，手臂较长，格伦说乔有一手本色的直逼对方的右手拳，这将使他成为一个有成就的轻量级拳击手。

　　在波尔多，第一个上船的港口官员试着亲吻佩里船长的两颊。威尔逊总统刚刚对德宣战。全城的人对美国人好得没法再好了。每晚下了班，乔和格伦·哈德威克就一起出去逛逛。波尔多的姑娘们真他妈的漂亮。一天下午，他们在公园里结识了两个姑娘，她们可绝对不是拉客的妓女。她们穿戴得很讲究，瞧上去像是出身于有教养的家庭。真见鬼，这是战争时期嘛。乔起先想他现在既然已经结婚，就应该不搞这一套，但是该死，难道苔尔不也瞒着他的吗？她把他当成什么人，一个石膏圣人吗？他们结果和姑娘们一起到一家她们熟悉的小旅馆去吃晚饭，喝了不少葡萄酒和香槟酒，玩得很痛快。乔一生中还从来没有跟一个姑娘一起度过这么快乐的时光。这姑娘名叫玛塞琳，等他们在早晨醒过来，旅馆的茶房端来咖啡和面包卷，他们吃早饭，两人都坐在床上，乔开始练习听懂法语，并学会了怎么说"这是战争""就会有的"和"我不在乎"。玛塞琳说，只要他在波尔多，她就是他的情人，并唤他为小兔儿①。

　　他们等待了四天才轮到把船靠上码头卸货，他们在波尔多也就待了这四天，但他们每天痛饮葡萄酒和柯涅克白兰地，食品好极了，因为美国参了战，人们无论为他们做什么都觉得不够。这四天真过得棒极了。

---

① 原文为 petit lapin，法语。

在回国的路上，"希金博特姆"号渗漏得那么厉害，老船长竟全然不再担心潜艇来袭击了。如果船要驶抵哈利法克斯①的话，他们必须渗进多少水便排出多少水。船轻飘飘的，像一根圆木般左右摇摆着，虽然用了防备食器滚落的框子，餐盘还是要从餐桌上摔下去。一个糟透了的大雾弥漫的夜里，在雷斯角②南什么地方，乔把下巴埋在粗呢水手上装里，正在轮船中部的甲板上值班时，被猛然摔倒在地。谁也弄不清楚是什么袭击了轮船，是水雷呢还是鱼雷。只知道救生船都安然无恙，海面也很平静，他们才得以离船。结果四条救生船分散了。"希金博特姆"号隐没在浓雾之中，尽管他们最后一瞥瞧见海水漫上了主甲板，却没有见到船下沉。

他们又冷又湿。在乔所在的救生船里，人们都不怎么吭声。划桨的水手们迎着袭来的一个个小浪，不得不使劲地划，才能把握住船头的方向。浪头一个比一个高上一点儿，浪花把他们溅得透湿。他们穿着毛衣和救生衣，但阵阵寒意直往身子里钻。雾终于稀薄了些，天亮了。乔坐的救生船设法和船长的靠拢在一起，直到后半晌，一艘大型渔轮，驶往波士顿的捕鳕船，救起了他们。

他们被救起时，老船长佩里情况很糟糕。渔轮船长为他做了一切可能做的事，但是等到他们四天后抵达波士顿时，他已经不省人事，在去医院的路上就死了。医生说他患的是肺炎。

第二天上午，乔和大副前往船主珀金斯与埃勒曼轮船公司的代理人办公室，去打听能不能付清他们和水手们的工资。发生了一桩该死的骗人把戏：船还在大西洋中时，竟换了船主，一个姓罗森堡的人打算碰碰运气，把船买下了，可眼下已不知去向，而大通银行则声称拥有该船的所有权，水险商人正在大吵大闹。代理人说他肯定他们一定能拿到工资，因为罗森堡存有担保金，但是得等一阵子。"他们到底期望我们在这一阵子中干什么呢，去吃草吗？"这位职员说他很抱歉，但他们必须跟罗森堡先生直接提出这个问题。

乔和大副并肩站在办公室外面的人行道上，咒骂了一阵，然后大副到南波士顿去把这消息告诉住在那儿的轮机长。

那是个暖洋洋的六月的下午。乔开始在那些航运办公室之间奔波，去打听能不能在船上找到个活儿干。他跑得腻味死了，就走到波士顿广场，坐在

---

① 加拿大东南部新斯科舍省的省会。
② 位于加拿大东部纽芬兰岛的东南端，临太平洋。

一张长椅上，瞅着麻雀、闲逛着的水兵和下班回家的女店员们，她们小巧的鞋跟踩在柏油路面上，发出橐橐的响声。

乔潦倒不堪，在波士顿逗留了两三个星期。救世军照管着那些幸存的水手，给他们吃豆子和清汤，唱了许多走调儿的赞美诗。乔当时心情不好，对这些赞美诗没有一点兴趣。他想弄到足够的钱去诺福克找苔尔，想得都快发疯了。他每天给她写信，但是他从邮局待领邮件处拿到的回信却写得有那么点儿冷淡。她正在为付不出房租担忧，想买几件春装，担心要是办公室的人发现她已经结婚，会不喜欢她这样做的。

乔到波士顿广场上的长椅上坐坐，到波士顿公园的花坛间溜达，并经常到代理人办公室去询问有无船上的职位，但最后对荡来荡去感到腻味了，便前去跟联合果品公司签了个合同，到"卡劳"号上当勤务员。他以为那只是一次短途航程，等两三星期后回来时，可以拿到他所需要的钱。

返航途中，他们在多米尼加岛的罗佐港<sup>①</sup>外锚地抛锚，不得不等上好几天，因为装运上船的酸橙要先用板条箱装箱。人人都在埋怨港务当局，埋怨那许多该死的英籍黑鬼，因为检疫很麻烦，酸橙还没装好箱，运货的驳船离岸这么慢。船停在港口的最后一晚，乔和另一个名叫拉里的勤务员和船尾下一条卖水果和酒的小卖艇上的黑姑娘们打闹；他们不一会儿就每人给她们一美元，要求把他们送上岸，送到头儿看不见的海滩去。城里散发着黑鬼的味儿。街上没有灯影。一个像煤一般黑的小个子少年奔上前来，问他们要不要些山鸡。"我看这是指'野鸡'吧，没错，"乔说。"今晚上什么都不管了。"那小黑鬼带他们到一个壮实的黑白混血女人经营的酒吧，他用岛上的方言跟她说了几句他们听不懂的话，她说得等上几分钟，他们便坐下，要了两杯威士忌。"我看她准是老鸨，"拉里说。"要是她们不是俊妞儿，那让她们见鬼去吧，我才不管呢。我可不大喜欢黑皮肤的娘儿们。"从后屋传来咝咝的响声和油煎什么东西的香味。"老天啊，我真想吃点什么，"乔说。"喂，小伙子，跟她说我们想吃点儿东西。""一会儿你们就能吃到山鸡。""那就来吧。"他们刚喝完了酒，那女人端着一大盘油煎的什么玩意儿回来了。"这是什么？"乔问。"这是山鸡，先生；我们在这一带把蛙腿叫作山鸡，它们可跟你们美国的青蛙不一样。我去过美国，我知道。我们这里不吃青蛙。这些是干干净净的青蛙，就像小鸡一样。你吃上就会发现味道真是美极了。"他们

---

① 西印度群岛东部的多米尼加岛的首府，位于该岛南部。当时为英属。

狂笑起来。"天哪，我们喝醉了。"拉里说，擦去眼睛里的泪水。

接着他们想还是得去找些姑娘玩玩。他们瞧见两个女人离开一座响着音乐声的屋子，就沿着黝黑的街道尾随在她们后面。他们跟她们搭话，姑娘们露出了牙齿，在衣服里扭着腰肢，咯咯地痴笑起来。但是有三四个黑汉子怒气冲冲地跑上前来，用当地方言叽里咕噜地说开了。"天哪，拉里，我们还是留神点好，"乔从牙齿缝里说。"这些汉子带着剃刀片。"正当一群高声嚷嚷的魁梧的黑汉子把他们围在中间的时候，他们听见一个美国人的声音在他们背后喊道："别再说了，伙计们，我来对付他们。"一个穿卡其马裤、戴巴拿马草帽的小个子男人一边从人群中挤过来，一边一直在用岛上的方言说着话。他是个长着张灰色的三角脸、蓄着一绺山羊胡须的小个子。"我姓亨德森，德布克·亨德森，康涅狄克州布里奇波特人。"他和两人都握了手。

"哎，遇到什么麻烦了，伙计们？现在没事了，这里大家都认识我。在这岛上你们可得提防着点儿，伙计们，这些人很暴躁，非常暴躁……你们俩还是跟着我走，去喝一杯吧……"他一手挽一个，急匆匆沿着街道走去。"嗯，我也年轻过……我现在还年轻呐……当然啦，得观光观光这个岛……千真万确，这是整个加勒比海地区最有趣的岛，只是太寂寞了……从来见不到一张白人脸。"

他们到达他的家，他陪他们穿过一间粉刷得雪白的大房间，走上一座散发着香草花香味的平台。他们可以看到下面灯火阑珊的城市、黑黝黝的山丘、"卡劳"号雪白的船体，由作业灯照亮的一些驳船正围在它周围。每隔一段时间，吱吱嘎嘎的绞盘声传到他们耳中，还有不知什么地方飘来的如痴如狂的捷格舞曲①声。

老家伙给他们每人倒了一杯朗姆酒；接着又斟了一杯。他养着一只鹦鹉，它在鸟架上叽叽喳喳直嚷嚷。陆上的微风吹来，从山间带来浓郁的鲜花香，将老头儿的丝丝银发吹拂进眼睛里。他指指被周围的驳船照得雪亮的"卡劳"号。"联合果品公司……联合窃贼公司……那是个垄断组织……要是你不按他们的价格卖，他们就让你的酸橙烂在码头上；那是个垄断组织。你们这些伙计正在为一帮窃贼干活，但我知道这不是你们的错。来干杯吧。"

拉里和乔突然情不自禁地唱起歌来。老头儿聊起纺棉纱机和榨甘蔗机，拿着一瓶朗姆酒给大家斟酒。他们喝得酩酊大醉。他们简直不知道是怎样回

---

① 一种轻松、快速的三拍子舞曲。

船的了。乔只记得黑魆魆的前甲板和从打旋转的铺位上传来的鼾声，然后睡意就像沙袋一般向他袭来，嘴里冒出一股甜丝丝的、叫人恶心的朗姆酒味儿。

两天后，乔发烧病倒了，关节疼得要命。等他们到了圣托马斯岛①把他抬上岸时，他已神志不清。他患的是登革热，病了整整两个月才有力气给苔尔写信告诉她他在哪儿。医院护理员告诉他，他整整昏迷了五天，他们曾认为他医治无望了。医生们一肚子的不悦，因为这是驻地医院；但他毕竟是个白人，而且昏迷不醒，他们总不能送他去喂鲨鱼吧。

乔恢复了健康，能到镇上陡峭的碎珊瑚铺的街上走走时，已经是七月了。要不是海军陆战队营房里的一位厨师为他留心，在大楼闲置不用的部分为他找了一个落脚的地方，他早就不得不离开医院去遭罪了。天气很热，天上没有一丝云彩，他瞧着那些黑鬼、光秃秃的山丘和这蔚蓝色的封闭的海港，感到腻味死了。他花很多时间坐在旧煤炭码头的一座瓦楞铁皮棚下，越过跳板，眺望那澄澈、深邃的蓝绿色海水，瞧在木桩周围逐食的鲷鱼群。他想起了苔尔、波尔多的那个法国姑娘、战争以及联合果品公司如何是帮窃贼，于是这些思绪就会在他脑子里打起转来，就像在木桩边摇曳的海草周围漫游的那些银灰色和蓝黄色的小鱼一般，于是他会不由自主地打起盹来。

有一艘北行的运水果的轮船驶进了港口，他在码头上抓住船上的一位高级船员，向他倾诉他的悲惨遭遇。他们让他搭船一直到纽约。他干的第一件事就是设法找到珍妮；也许如果她认为他应该这样做的话，他就会放弃这猪狗般的生活，在陆地上找一个固定的职业。他给珍妮任职的约·华德·摩尔豪斯广告公司打电话，但接电话的姑娘告诉他她是老板的秘书，正出差到西部去了。

他去雷德霍克，在奥尔森太太的宿舍里弄到一个铺位。那儿人人都在议论征兵，说要是人家在大街上发现你没有登记卡，就会把你当逃避兵役者逮起来。果然，一天上午乔刚走出华尔街的地铁的大门，一名警察走上前来，要看他的登记卡。乔说他是商船船员，刚出海回国，还没来得及去登记，还说他是属于免征之列的，但警察说他必须去向法官陈述这一切。有好一帮人正被迫在百老汇大街上列队走着；在沿街那群职员和店员中有些自作聪明的家伙冲着他们叫"逃避兵役者"，姑娘们则发出嘘声和"呸"声。

---

① 在多米尼加岛西北，为美属维尔京群岛中的一个大岛。

到了海关，他们被赶进几间地下室房间。那是八月中一个炎热的日子。乔从冒着汗水、口出怨言的人群中挤到窗边。大部分人是外国人，有码头工和港边的游手好闲者；这群人中有许多人在胡吹神聊，但乔想起了在海军中的情况，便一声不吭，只是听着。他在那儿待了整整一天。警察们不让任何人给外面打电话，而且只有一个厕所，他们上厕所也得有卫兵监视。乔感觉腿脚异常绵软，他还没有从登革热的影响中完全恢复过来。他正要昏厥过去，瞧见了一张熟悉的脸。见鬼，那不是格伦·哈德威克吗！

格伦被一条英国船救起，送到了哈利法克斯。他签了合同在"切芒"号上当二副，即将运骡子到波尔多，然后把一批一般货物送到热那亚，这条船将以一尊三英寸口径的钢炮和海军炮手武装起来，乔应该跟他一块儿去。"老天，难道你以为我能上这条船吗？"乔问道。"那当然，他们缺导航高级船员，缺得要命，即使没有执照，他们照样会收你的。"波尔多听上去相当吸引人，还记得那儿的姑娘们吗？他们盘算好，格伦一出去，就给奥尔森太太打电话，请她把乔放在床头雪茄盒里的证件送来。他们终于被带到桌前审问了，那家伙让格伦马上就走，并说只等乔的证件一送来，他就能走，可是，即使他们有资格被免征，也必须马上登记。"不管怎么着，你们这些伙计应该记住正在打仗。"坐在桌后的巡长说。"嗯，我们当然应该记住的。"乔说。

奥尔森太太慌慌张张送来乔的证件，乔赶紧跑到东纽约的办公室，他们录用他当水手长。船长是曾当过"希金博特姆"号大副的本·塔贝尔。乔真想南行到诺福克去看望苔尔，但是真该死，这可不是待在陆地上的时候啊。结果他向格伦借了五十美元寄给她。反正他也没有时间为了这个发愁，因为他们第二天就开航了，船上带着火漆封口的指令，上面指定到什么地点去和护航舰队会合。

和护航舰队一起航行并不太赖。那些驱逐舰和指挥舰"塞勒姆"号上的海军军官们发布命令，但商船上的船长们来回打旗语信号跟他们开玩笑。大西洋洋面上满是一长列一长列的货轮，伪装技师们在船身上涂上灰白相间的水线标记，仿佛理发店门前的圆桶招牌一样，真是一幅十分壮观的景象。护航舰队里有些旧船，即使在和平时期当作到斯塔腾岛①去的摆渡船也让人信赖不过，而美国船务局的崭新的木船中有一条用新木料偷工减料地建

---

① 位于纽约市的西南部，在纽约港南口。

成的——一定有人因此而赚了钱——漏水漏得真厉害，不得不在横渡大西洋的半途上被抛弃，凿孔沉没。

乔和格伦一起在格伦的船舱里抽板烟，聊了很久。他们得出结论，陆上的一切都是骗人的，对他们来说，唯一合适的地方就是蔚蓝的大海。乔对他手下的那帮二流子水手骂骂咧咧，弄得自己也腻烦透了。他们一进入德国潜艇出没区，所有的船只都开始按一条之字形的航线行驶，人人开始显得脸色煞白。乔一生中从未咒骂得这么厉害过。每隔几小时，就有一次潜艇来袭的假警报，水上飞机扔下深水炸弹，激动的炮手们对准旧木桶和一簇簇海藻开炮，被水上的火光弄得眼花缭乱。轮船在夜间驶进纪龙德河口湾①，只见探照灯光在空中交错扫射着，还有闪光信号灯和在周围逡巡的巡逻艇，他们确实放下了心来。

从船上卸下肮脏不堪的乱蹬乱踩的骡子，把它们的恶臭从所有的地方一扫而光，再也听不见骡夫们的吆喝声和咒骂声，真是一种宽慰。格伦和乔上岸只待了几个小时，没找到玛塞琳和萝萝。加龙河上新添许多美国人建造的钢筋混凝土码头，看上去有点像特拉华河②了。船驶离港口时，他们不得不抛锚好几个小时来修一根渗漏的蒸汽管道，看见一艘巡逻艇驶过，拖着五条救生艇，救生艇上人都挤到舷边上了，所以，他们猜想德国佬在外海一定活动得非常频繁。

这一次没有护航舰队。在一个浓雾弥漫的午夜，船偷偷溜出了港口。当一个甲板水手嘴角上叼着一支烟从水手舱走上来时，大副一拳将他击倒在地，说他一回美国，就要把他当作该死的德国间谍逮起来。他们沿着西班牙海岸箍行，一直到菲尼斯特雷角③。船长刚把船转弯向南，他们就瞥见船尾出现一个肯定是潜望镜的东西。船长亲手一把抓住舵轮，对着通机房的话筒叫嚷添上他们所有的燃料——说实在的，燃料也不多了——而炮手们开始开起炮来。

潜望镜消失了，几小时后，他们追上一条桶状的双桅船，那准是艘西班牙渔船，正在回陆地的路上，也许是驶往维哥④的，双桅船两面都扯起了风帆，正顺着每小时十五到三十英里的西北偏西风疾驶。他们刚驶过双桅船船

---

① 在法国西南部，流入比斯开湾，由加龙河的下游组成，波尔多就位于该河的左岸。
② 美国东部河流，由特拉华州东部的特拉华湾流入大西洋。
③ 在西班牙西北端，面临大西洋。
④ 西班牙西北部港口，在菲尼斯特雷角南。

尾的尾波时，只听得轰隆一声，轮船晃动起来，一股水柱直往空中冲去，把所有在船桥上的人浇得浑身湿透。一切都准确无误地发生了。只有一号隔水舱进满了水。幸亏所有水手都已走出了水手舱，穿上了救生衣站在船中部的甲板上了。"切芒"号船头有点儿朝前倾，别的没有什么。炮手们断定那是那条驶过他们船头的黑色旧双桅船上抛下的一枚水雷，它还朝轮船发了两三枚，但是轮船正在波浪滔天的海中颠簸得厉害，所以都打歪了。不管怎么样，双桅船驶到挡住维哥港锚地口的小岛后，不见踪影了。一击钟的时候，"切芒"号徐徐驶进港口。

等到船驶进维哥城对面的航道，涌进来的水超过了两号隔水舱抽水泵的抽水量，机房里的积水足有四英尺深。他们不得不把轮船停泊在城右面的硬沙滩上。

就这样，他们拿着行李卷儿又上了岸，站在领事馆外面，等待领事给他们在哪儿找个栖身的地方。领事是西班牙人，说的英语并没有他应该会说的那么多，但他待他们挺好。维哥的自由党邀请高级船员和全体水手去观看那天下午将要举行的斗牛赛。又耍了一次骗人的把戏：船长收到一份电报，要他把轮船移交给毕尔巴鄂港①戈梅斯轮船公司的代理人，该公司就照轮船目前的状况把它买下了，正在办理交换登记手续。

他们到达斗牛场，一半观众向他们欢呼，高喊"协约国万岁"，其余的观众则发出嘘声，高呼"莫拉②万岁"。他们以为就在那儿会发生一场搏斗，但公牛一出场，大家就都安静了下来。斗牛真是残酷，但穿着闪光服饰的年轻斗牛士们的步态真是出色，坐在周围的人们一直请他们喝装在小黑皮酒囊里的葡萄酒，把一瓶瓶柯涅克白兰地递来递去，因而全体水手都喝得醉醺醺的，乔把大部分时间都花来让小伙子们安分下来。后来，当地亲协约国的团体请高级船员出席一次宴会，不少留小胡子的家伙做了激烈的、谁也听不懂的讲话，美国人欢呼，唱起了《美国佬来了》《让家中的炉火永不灭》和《我们去汉堡决战》③。轮机长，一个姓麦吉利卡迪的老头，用纸牌变了几套戏法，晚会获得巨大的成功。乔和格伦在旅馆里同睡在一张床上。那里的侍女漂亮极了，但不让他们撒野干任何傻事儿。

"得了，乔，"格伦在他们上床睡觉之前说，"这简直像是一场大战。"

---

① 位于西班牙北部。
② 安东尼奥·莫拉（1853—1925）为西班牙自由党领袖，曾几度出任首相。
③ 这三首均为第一次世界大战时流行的英国歌曲。

"嗯，我看这是三击不中①吧。"乔说。

"这不是没击中，这是投的一次坏球。"格伦说。

他们在维哥等了两个星期，而官员们为他们的地位问题争论不休，大伙儿对这腻烦极了。他们后来全被装上火车送到直布罗陀，在那儿他们将搭乘美国船务局的一条船回美国。他们在火车上待了三天，除了硬板凳之外，没有个睡觉的地方。西班牙仅仅是一条又一条灰尘飞扬的大山脉。他们在马德里和塞维利亚换车，每次都有个从领事馆来的家伙来照料他们。他们到了塞维利亚，发现原来他们要去的地方是阿尔赫西拉斯②，而不是直布罗陀。

他们抵达阿尔赫西拉斯，发现谁也没有听说他要来。他们在领事馆搭帐篷睡觉，领事则往各处打电报，终于租到两辆卡车，送他们到加的斯③。西班牙这国家可不赖，多的是岩石、葡萄酒、胸脯丰满的黑眼睛妇女和橄榄树。他们到达加的斯时，领事馆办事员已经手中拿着一份电报在那儿等他们了。"金贝壳"号油轮正停泊在阿尔赫西拉斯等他们上船，所以他们又被装上卡车往回送，他们坐在硬板凳上一路颠簸，脸上沾满尘土，嘴里也是这样，紧身裤兜里没有买口酒喝的钱。等他们在月色皎洁的半夜三点左右登上"金贝壳"号时，有些小伙子疲乏极了，竟然一头倒在甲板上，头枕在水手旅行袋上便呼呼睡着了。

"金贝壳"号十月下旬将他们送到珀思安博伊④。乔领取了拖欠他的工资，搭乘他能赶上的第一班联运火车前往诺福克。他腻味对水手舱里的那帮搞男色的家伙臭骂了。真讨厌，他和大海的缘分算是完了；他要定居下来，过一点儿结婚生活。

他在查尔斯角⑤开出的渡轮上，驶过防波堤，离开白浪滚滚的海湾，进入泊着无数船只的、平静而棕色的汉普顿水道，感到快乐极了；那儿停泊着四艘大型战舰，有一些猎潜艇在来回游弋，还有一艘白色的海关缉私船、涂着迷彩的货轮、运煤船以及一长溜红色的军火驳船各自单独停泊在那里。那是个光辉灿烂的秋日。他觉得高兴；他兜里有三百五十美元。他穿着一身漂

---

① 棒球用语：击球手三击不中即出局。
② 位于西班牙南端，直布罗陀的西面。
③ 在阿尔赫西拉斯西北约70公里处，为大西洋边的海港。
④ 美国新泽西州东部一港口城市，在纽约市西南约20英里处。
⑤ 位于弗吉尼亚州东部特拉华半岛切萨皮克湾入口处，和诺福克隔海湾相望。

亮的套装，觉得被太阳晒黑了，而且刚吃过一顿美餐。妈的，他眼下正需要一点儿爱情。没准儿他们要生一个孩子。

情况在诺福克确乎不同了。人人都穿着新军服，在大马路和格兰比街的交叉路口，人们发表两分钟演说，张贴着劝购自由债券的宣传画，还有乐队在演奏。从渡口走进市内，他几乎辨认不出这个城市了。他给苔尔写过信，告诉她要回家，但他担心见不到她，因为近来没有收到过她的任何信件。他还有一把开公寓房门弹簧锁的钥匙，但他在开门前先敲了一下。屋里没有人。

他一向想象着她奔到门口来迎接他的情景。话得说回来，这时还只四点，她一定还在上班。准有一位姑娘跟她住在一起，房间弄得不那么整洁……内衣挂在绳上晾干，所有椅子上都放着零星衣物，桌上有一盒糖果，里面有些糖果给咬掉了一半……天哪，她们昨晚准举行了一次晚会。那儿有半只蛋糕、一些里面还剩有酒的酒杯、满满一碟烟蒂，里面甚至还有一个雪茄烟蒂。哦，是啊，她也许在家请过客。他走进浴室，刮了脸，洗濯了一下。是啊，苔尔一直是讨人喜欢的，她也许常常有许多朋友来家里玩牌什么的。浴室里有一盒胭脂和几支唇膏，水龙头上撒了些搽脸香粉。置身于这些妇女用品之间刮脸，让乔觉得古怪。

他听见她在楼梯上的笑声和一个男子的讲话声；钥匙在锁孔里咔嚓一响。乔盖上衣箱，站了起来。苔尔把头发剪短了。她飞奔到他跟前，双手搂住他的脖子。"啊，原来这是我丈夫。"乔尝到了她嘴唇上的口红。"哎呀，你瞧上去瘦了，乔。可怜的孩子，你一定生过大病……要是我有钱，我早就乘上船一路赶来了……这是威尔默·泰洛……我是说泰洛中尉，他昨天刚得到任命。"

乔犹豫了一下，然后伸出手去。对方一头红发，剪得很短，还有张雀斑脸。他穿着一身上面缀着鞭绳的军装，系着亮光光的武装带，打着绑腿。他每个肩头上都有一根银色军阶线，脚上套着马刺。

"他明天就要到海外去。他来带我出去吃饭。哦，乔，我有许多话要告诉你，亲爱的。"

当苔尔忙忙碌碌走来走去整理房间，一边一直对乔说着话时，乔和泰洛中尉站在那里，彼此尴尬地瞅着。"真可怕，我从来没机会干家务，希尔达也没……你还记得希尔达·汤普森吗，乔？嗯，她一直跟我住在一起，分担付房租，可我们俩每晚都在红十字会食堂做时工作，再说，我还兜售自由债券……难道你不恨德国佬吗，乔！哦，我恨死他们了，希尔达也恨……她正在考虑改名，因为那是个德国名字。我答应叫她格洛里亚，但我老是忘了……你知道，威尔默，乔遭到过两次鱼雷袭击。"

"哦，我想头六次是最困难的。"泰洛中尉啜嚅道。

乔嘟哝了一声。

苔尔走进浴室，关上了门。"你们男子汉自得其乐吧。我很快就换好衣服。"

他们两人都不吭声。泰洛中尉把身子的重量一会儿放在一条腿上，一会儿放在另一条腿上，弄得皮鞋吱吱作响。他终于从兜里拿出一只扁酒瓶。"喝一口吧，"他说，"我那支部队今天子夜之后就要开往海外。""我想还是喝一口吧。"乔说，没有一丝笑容。苔尔全打扮好了，从浴室走出来，瞧上去确实很帅。她比乔上次见到时漂亮多了。他一直在琢磨他是否应该跑上前去揍这该死的新任职的陆军军官，直到苔尔叫这小子以后去红十字会食堂找她，他总算走了。

他离开之后，她跑过来坐在乔的膝盖上，问了他一连串的问题：他是否已获得二副证书，他是否想念她，她多么希望他能多挣一点钱，因为她腻味像这样跟另一个姑娘合住在一起，但这是她能支付房租的唯一办法。她喝了一点中尉遗忘在桌上的威士忌，弄乱他的头发，跟他亲热一番。乔问她希尔达是否很快就会回来，她说不，希尔达有个约会，她将跟希尔达在食堂会面。不管怎么样，乔就去闩上了门，他们第一次真正幸福地在床上拥抱在一起。

乔不知道在诺福克干些什么好。苔尔白天整天待在办公室里，整个晚上在红十字会食堂里帮忙。她回家时，他一般已经上床睡觉。通常总有个该死的军官什么的送她回家，他听见他们在门外说笑，躺在床上想象那家伙在吻她或者跟她调情。等她走进房间，他往往想揍她，大声骂她，他们就会吵起架来，冲着彼此叫嚷，她最后总会说他并不理解她，并且她认为他干预她的战时工作是不爱国的行为；有时候他们会和好起来，他会觉得爱她爱得发狂，她就会娇小玲珑地躺在他的怀里，给他连连亲吻，叫他几乎要喊出来这使他觉得如此幸福。她瞧上去一天比一天漂亮，她确实是个挺帅的时髦女人。

星期日早晨，她总疲乏得不愿起床，他往往为她做早餐，他们就一起坐在床上吃早饭，就像那一回他在波尔多和玛塞琳一起时一样。然后她会告诉他她爱他爱得发狂，他是个多么伶俐的小伙子，她多么希望他能在陆上找到一份好工作，赚很多钱，那样她就不用再工作。还说有个巴恩斯上尉（他家的财产值一百万美元）怎样希望她跟乔离婚，嫁给他；而在杜邦公司办公室有一位坎菲尔德先生，他一年实足挣五万美元，想送她一串珍珠项链，但她没有收下，因为她觉得这样做不合适。这种话让乔觉得挺不痛快。有时他谈起要是他们有了孩子该怎么办，但苔尔总是做个滑稽的鬼脸，叫他别这么说。

乔到处奔走寻找职业，在纽波特纽斯造船厂一个维修车间中几乎谋到一个工头的职位，但末了却杀出个棒小子，抢先把它夺走了。有两三次，乔和苔尔、希尔达·汤普森、几个陆军军官和一个来自驱逐舰的海军军官候补生出去玩儿，但他们全在他面前摆出一副自命不凡的样子，而且苔尔竟让任何想亲她嘴的小子亲她，跟结识的任何人，只要他身上有一套军装，躲进电话小间去，因此他的日子过得糟透了。他找到一家弹子房，他有个相熟的伙计在那儿闲逛，他在那儿能喝到玉米酒，开始灌个饱。苔尔回家见到他喝醉了，大为生气，但他再也不在乎了。

后来有一晚，乔和几个伙计去看了一场拳击赛，后来喝得有点醉了，碰见苔尔正和另一个该死的新任职的陆军军官在大街上散步。那时街上很暗，周围行人不多，他们在每一个黑魆魆的门道前停下脚步，军官亲吻她，拥抱她。他趁他们走到一盏街灯下的当儿，认准正是苔尔，便走到他们面前，责问他们这到底算怎么回事。苔尔一定喝了点酒，因为她尖声尖气地傻笑起来，这使他气得发疯，他缩回手臂，让那军官在下颌上挨到一下标准的左手拳。马刺叮当一响，这军官竟晕了过去，平躺在街灯下的一小片草地上。这使乔开始觉得有点儿滑稽，但是苔尔生气极了，说她要因为他污辱军官、犯了威胁和殴打罪而叫人逮捕他，他不过是个没骨气的、装出一副可怜相的逃避兵役者，当所有的小伙子都在前方和德国佬打仗时，他却闲待在家里。乔从醉酒中醒了过来，把那家伙一把拖了起来，冲着他们两人说见鬼去吧。没等这一定是相当醉了的军官除了嘟嘟囔囔以外有时间干出些什么来，他就走开了，径直回到家，收拾好衣箱就走。

威尔·斯特普正在城里，乔就走到他家，把他从床上拉起来，说他跟老婆闹翻了，威尔能不能借给他二十五美元作为去纽约的路费。威尔说这他妈的好极了，对于像他们那样的家伙，只能搞爱过就走的玩意儿。他们聊这聊那一直扯到快天亮。然后乔睡着了，到晚半晌时分才醒来。他爬起床来，正好赶上去华盛顿的船。他没有买卧铺票，在甲板上踯躅了一夜。他跟船上一位高级船员聊上了，坐到驾驶舱里，那里还散发着令人惬意的上一年的板烟味。听着船头传来的哗哗的水声，瞧着那摇摆不定的、白色手指般的探照灯光照出一个个浮标和灯塔，他开始振作起来。他说要去纽约看望姐姐，设法弄一张船务局的二副证书。他讲的关于挨到鱼雷袭击的经过引起轰动，因为这艘"自治城"号上的船员没有一个横渡过大西洋。

在寒冷的十一月的清晨伫立在船头，闻着波托马克河河水那熟悉的略带咸味的气息，驶过亚历山德里亚和安纳科斯蒂亚①的红砖房屋、兵工厂、海军造船厂，看到那纪念碑②耸立在黎明的晨霭中，呈一片粉红色，他好像回到了旧日的美好时光之中。码头瞧上去还跟昔日一样，对岸停泊着游艇和摩托艇，来自巴的摩尔的班船正驶进来，还有些破旧不堪的跑短途的游览汽船，码头上铺着蠔壳，在周围闲站着一些黑种码头工人。他跳上去乔治城的电车，很快就在红砖楼房的大街上走了。他按门铃的时候，心中纳闷为什么要回家来。

妈妈瞧上去苍老些了，身子可很硬朗，整天操心着房客的事儿，说姑娘们③都订婚了。她们说珍妮在工作中干得好极了，只是在纽约生活使她变了。乔说他正要到纽约去设法弄一份二副证书，他当然要去找她的。她们问起战争和潜艇什么的，他简直不知道该怎么对她们说，所以就有那么点儿乱说一气。虽然她们待他好极了，似乎认为这么年轻就能当上二副真了不起，但是等到去华盛顿赶火车的时刻来到时，他很是高兴。他没有告诉她们他结婚的事。

乔坐在驶往纽约的火车的吸烟车里，瞧着窗外的农场、车站、广告牌和新泽西州那些工业城镇在大雨中的肮脏不堪的街道，他所看见的一切似乎都使他想起苔尔、诺福克郊外的那些地方和他小时候的美好时光。他一到纽约的宾夕法尼亚车站，做的第一件事便是把行李寄存起来，然后沿着给雨水弄得亮光光的八马路走到珍妮居住的那条街的转角上。他想最好还是先给她打个电话，于是到一家雪茄店里给她挂电话。她的声音听上去有点儿僵硬；她说她很忙，要明天才能见他。他从电话间出来，在街上徘徊，不知道可以到哪儿去。他腋下夹着一个包，里面是在最近一次出航时为她和苔尔买的两条西班牙披肩。他心情这么忧郁，竟想将披肩什么的一股脑儿塞进阴沟里算了，但他改变了主意，走回到车站行李寄存处，把它们放进衣箱。然后他走到候车室，抽了一会儿板烟。

真他妈的，他多想喝点酒啊。他走到百老汇大街，再往南走到联盟广

---

① 前者位于华盛顿所在地哥伦比亚特区南6英里处，后者位于哥伦比亚特区南部。
② 即华盛顿纪念碑，是哥伦比亚特区华盛顿市的象征，于1885年落成。
③ 指乔的妹妹埃伦和弗兰西。

场，在每一处他觉得像酒馆的地方停下来，但没有一家愿意卖酒给他。联盟广场上灯火辉煌，贴满了海军招募新兵的宣传画。整个广场一侧摆着一只巨大的木制列舰模型。有一群人聚集在周围，一个穿着像水手的年轻姑娘正在做关于爱国主义的演说。又下起冷雨来了，人群散开去。乔走上一条街，走进一家名叫"老农场"的下等酒馆。他一定是长得很像酒店老板认识的什么人，因为老板说了声你好，就给他倒了一杯裸麦威士忌。

乔跟两个来自芝加哥的伙计聊了起来，他们正在喝威士忌，还有啤酒供酒后饮用。他们说这一套关于战争的报道不过是些废话连篇的宣传，要是工人伙计们在兵工厂内停止生产将拿来炸掉别的工人伙计脑袋的炮弹，就不会有该死的战争了。乔说他们说的倒真他妈的有道理，但瞧瞧你们赚的大钱吧。这两个来自芝加哥的伙计说他们自己一向在兵工厂干活，但现在不干了，真他妈的，而且要是工人伙计们能挣到来得容易的几美元，那就意味着发战争横财的奸商们能捞进来得容易的几百万美元。人家说俄国人倒是想对了，发动革命，把那些该死的奸商全毙了，要是他们不留神的话，这也会在这个国家发生的，这倒真他妈是桩好事。酒店老板身子探过柜台说，他们不该那么说话，人家会把他们当德国间谍的。

"嘿，你自己就是个德国人，乔治。"其中一个伙计说。

酒店老板涨红了脸说："姓名并不说明什么……咱可是个爱国的美国人。咱这么说，是为你们好啊。要是你们小子想蹲班房，关咱个屁事。"但是他请他们喝酒，不收钱，在乔看来他是同意他们的观点的。

他们又喝了一巡酒，说这一切都在理，但你到底对这有什么办法呢？那两个伙计说，你为此能做的就是加入世界产联，拿上张红派司，做个有阶级觉悟的工人。乔说这一套玩意儿只适合外国人，但要是有人组织一个白人的政党来反对奸商和该死的银行家们，他就和他们站在一起。来自芝加哥的伙计们生起气来，说世界产联会员跟他一样是白人，政党不过是骗人的鬼把戏，而所有的南方佬都是工贼。乔往后退去，盯着他们俩，想决定究竟先揍哪一个，正在这时，酒店老板绕过柜台的一头，走到他们中间。他胖墩墩的，肩膀宽阔，长着一双阴险的蓝眼睛。

"听着，你们这帮酒鬼，"他说，"听我说，咱是德国人，但咱拥护德皇吗？不，他是无赖，咱可是社会主义者，咱在尤尼恩城①住了三十个年头，

---

①  位于新泽西州东北部，和纽约市的曼哈顿岛隔赫德森河相望。

咱有自个儿的家，付税，咱是个守法的美国人，但这并不是说咱会去为银行家摩根打仗，一次也不。咱认识社会党内的美国工人三十年了，可他们只会互相勾心斗角。每个婊子养的都自以为比另一个婊子养的高明。你们这帮流浪汉，给我滚出去……是打烊的时候了……咱要打烊回家了。"

一个从芝加哥来的伙计笑起来了："嘿，我看这酒钱要由我们来付了，奥斯卡……革命后可就不同了。"

乔还想干架，但他拿出仅剩的一张美钞买了一巡酒请客，那老板因为讲了话还是涨红着脸，将一杯啤酒送到嘴边。他把泡沫吹掉，说："要是咱也这样说话，会丢掉饭碗的。"

他们彼此一一握了手，乔跨出酒店，走进东北风狂吹的阴雨之中。他觉得醉了，但心里并不好过。他又走到联盟广场。没人再在做招兵演说了。战列舰模型黑魆魆的。两个瞧上去一副穷相的小伙子龟缩在征兵帐篷背风的一面。乔觉得糟透了。他朝下走到地铁车站，等待开往布鲁克林的车子。

奥尔森太太家里灯火全熄灭了。乔按按铃，不一会儿，她披着一件粉红色的棉晨衣走下楼来，开了门。她因为被吵醒而一肚子不高兴，痛骂他喝了酒，但她还是给了他一个床位，第二天上午，还借给他十五美元熬过这难关，直到他在船务局的一条船上找到份工作。奥尔森太太瞧上去很疲惫，衰老多了，她说她背痛，干不成她这活儿了。

第二天上午，乔帮她在食品贮藏室里搭起了一些搁板，清理掉不少垃圾，这才前往船务局招工处报名进培养高级船员的学校读书。坐在办公桌后面的矮小犹太人从未出过海，问了他一大堆傻透了的问题，叫他下星期再来瞧瞧对他的申请作出什么决定。乔生起气来，对他说操他妈，就走了出去。

他请珍妮出外吃晚饭，还看了戏，但是她说的跟别人的一模一样，痛责他讲话太粗鲁，使他很不痛快。但她倒是很喜欢那两条披肩，他呢，很高兴她在纽约混得这么好。他没有跟她谈起苔尔的事。

送她回家后，他简直不知道到底该干些什么了。他想喝酒，但带珍妮出来玩儿什么的使他花光了从奥尔森太太那儿借的十五美元。他往西走到十马路上他知道的一家酒店，但酒店关门了：战时的禁酒措施。然后他朝联盟广场走回去，也许他和珍妮漫步穿过广场时看见的那伙计特克斯还坐在那儿，他就可以跟他闲聊一会儿。他在硬纸板战列舰对面的长凳上坐下来，对它打量起来：做得还不赖。该死，我真希望我从没踏上过一条真的战列舰就好了。他正在这样想时，特克斯溜到他身边坐下来，将手放在他膝盖上。他一碰到乔，乔就明白他从没喜欢过这小子，他的眼珠子生得太近了。"乔，干吗瞧上去这么不快？告诉我，你就要拿到证书了吧？"

乔点点头，身子向前倾，小心翼翼地在两腿间吐了口唾沫。

"你看那战列舰模型做得怎么样，很棒，是不？老天，我们这些伙计没有到海外去蹲壕沟跟德国佬打仗算是万幸了。"

"嘿，我倒想赶快去呢，"乔吼叫道，"我才不在乎。"

"听着，乔，我有份活计可以到手。我想是不应该跟人乱说的，可你是可靠的。我知道你什么也不会讲出去。我整整两个星期不舒服，胃出了毛病。老兄，我病了，说真格的。我不能再干什么重活了。我认识的有个小子，正为白色阵线工作，他在供给我吃食，明白吗？嗯，我正坐在这广场的一条长椅上，有个穿戴相当讲究的伙计坐下来，想跟我交朋友。依我看，他像是个找下流事干的相公，明白吗？我一琢磨我可以趁他不备时偷点儿钱，真该死，要是你病病歪歪，又不能干活，那么有什么法儿呢？"

乔坐着，身子往后仰，双腿伸出，双手插在裤兜里，紧盯着以建筑物为背景的战列舰模型的轮廓。特克斯讲得很快，将脸凑到乔的脸前："原来这婊子养的是个暗探。他妈的，我吓得撒不出尿来。情报机构的特务。伯恩斯①是他的大老板……但他要找的是赤色分子、逃避兵役者、德国特务、那些嘴巴没闸门的小子……他一翻手给了我一份差使，二十五美元一星期，只要小威利干得不赖。我只消到处闲逛，偷听别人聊天，懂吗？要是我听到任何一点不是百分之百忠诚的话，我就偷偷打报告给老板，由他去调查。一星期二十五美元，再说，这也算是为国家服务，要是我陷入任何困境，伯恩斯会帮我解脱出来……你对这挣外快的活计怎么看，乔？"

乔站了起来："我想回布鲁克林去了。"

"别走……听着，你总把我当成是白色阵线的……你属于……我知道那个，乔……要是你愿意的话，我可以把你介绍给这家伙。他可是个好侦探，受过教育什么的，他知道哪儿可以搞到不少酒，还有女人，要是你需要的话。"

"去他妈的，我要出海去，摆脱这一套劳什子。"乔说罢，转身向地铁车站走去。

---

① 威廉·约翰·伯恩斯（1861—1932），美国国际侦探所的创始人，1921—1924年任美国司法部调查局局长。

# 摄影机眼（34）

　　他的声音像是在三千英里以外他一直想爬下床来①　　他的脸颊烧得通红呼吸起来像要窒息似的　　不孩子你最好安静地躺在那儿我们不希望你再着凉因此他们才叫我到这儿来陪你不让你爬下床来

　　桶形穹顶的病房里满是发高烧病人和石炭酸石灰水的味儿还有患病的意大利佬外面空袭警报造成一种噩梦般的气氛

　　（梅斯特雷是铁路的枢纽站它的月光普照在布伦塔河和基地医院和军火库上

　　石炭酸湛蓝的月光）

　　他一直想爬下床来　　乖孩子你最好安静地躺在那儿　　他的声音远在明尼苏达州②可是你懂吗人总得站起来啊　　我有个约会有桩重要的事得费心去干那些家伙绝对不该在床上睡得这么迟　　我要丢掉我的存款了　　看在基督的分上难道你不以为照现在这样我已经穷得够呛了吗？

　　乖孩子你必须安静地躺着　　我们正在梅斯特雷的医院里你有点儿发烧这光景真有点儿滑稽

　　难道你不能不打扰一个人吗？　　你跟他们是共谋问题就在这里我知道他们想敲我竹杠　　他们以为我是个他妈的笨蛋竟把钱存进去我要让他们瞧瞧我要把你那该死的脑袋揿下来

　　在那阴冷的冬夜在满是石炭酸味的医院里一支毕剥爆响发出红光的蜡烛把我魁梧而笨重的摇摇晃晃的影子投向穹顶凌驾于那病床上的身影之上不得不把他的肩膀往病床上按科利③是壮实的尽管

　　（你听得见他们的发动机声高射炮队在发射了在月光下在那闻不到石炭

---

① 多斯·帕索斯于1918年1月初在威尼斯市西北郊区梅斯特雷的战地医院里住了两天，陪伴一位名叫科尔斯·西莱的红十字会救护车司机。西莱患肺炎正躺在医院里。这一段描述作者在医院中的感受。
② 位于美国中北部。
③ 科尔斯的昵称。

酸和厕所和患病的意大利佬的味儿的地方战斗准是非常激烈）

坐着朝后靠去在烛火上点燃一支马其顿香烟他似乎睡着了他的呼吸是这么沉重这是肺炎病患者的呼吸　我听得见自己的呼吸　和水龙头水的滴答声　医师和勤杂工们都躲到防空洞去了甚至也听不见一个病重的意大利佬的呻吟声

天啊这家伙快死了吗？

他们已经关掉他们的发动机　我耳中回响着轻轻的鼓声是呀所以他们才称它们为耳鼓　（在上空幽蓝色的月光中奥地利机上观测员正伸手去拉叫苹果车倾翻的拉线）　烛火静止不动了

不是那一次但是砰的一声砸在脑袋一边使科利醒过来楼上的玻璃窗一阵丁零当啷烛光摇曳了一下但并没有熄灭圆穹顶带着我的影子和科利的影子震颤了一下他妈的他真是壮实脑袋上满是发烧而冒出的热气　乖孩子你必须待在床上（他们倾翻了苹果车没错儿）弹片在外面呼啸乖孩子你必须回到床上去

但是我有个约会基督啊亲爱的耶稣啊难道你没法告诉我怎样才能回到部队吗　发发慈悲吧爹我当初没有任何恶意啊只是那些家伙

声音渐渐变弱成了呜咽　我将盖被又拉到了他的颏下又点燃了蜡烛又抽起了马其顿香烟又瞧了一眼手表该是快天亮了吧十点钟　明天八点之后他们才会来换我

在远方一个声音渐渐响起来越来越响突然袭来像空袭警报啊啊**呜呜呜嘟**

# 新闻短片XXV

　　潘兴将军①的部队今天攻占了贝尔茹瓦约斯农场和洛日森林南端边沿地区。美国人只遭遇到很少的机关枪的反击。这次挺进是为了将战线拉直。除此之外，今天前线的军事行动主要只是炮击和轰炸。巡逻部队在协约国大批部队潮水般涌过格拉帕山②地区的奎罗隘口之前已经在贝卢诺附近执行任务了

## 哗变水兵反抗协约国部队

　　　　日安，我亲爱的
　　　　　　你好？
　　　　日安，我亲爱的
　　　　　　你好？

　　威尔逊总统在与国防部部长和国务卿进行了长时间的磋商后于今天下午回到白宫对局势正按照他原先的估计一步步在发展感到非常满意

　　　　你有未婚夫吗　　那没有关系
　　　　你愿意今晚和我睡觉吗？
　　　　行，行，多少钱？③

---

①　约翰·潘兴（1860—1948）为第一次世界大战期间美国远征军总司令。
②　意大利东北部威尼托区山峰，高5823英尺。
③　原文为法语。

## 请揭发发战争财的奸商以协助食品管理局

罗伯茨勋爵，外交大臣贝尔福①的得力助手，接着说："胜利之后，将不再是政治家而是人民该对美国和大不列颠负责。"在我们的通衢上飘扬红旗似乎象征着放浪不羁的放纵，是仇视法律和无政府主义的标志，就像黑旗代表着一切令人憎恶的东西一样

## 列宁逃亡芬兰

在这十月三日，我在这里极为安乐，像甲虫藏在地毯里一样。那是星期日，我出去，膝盖上部大腿上中了一颗机关枪子弹。我现在正住在基地医院里，很是舒适。我现在正用左手给你写信，因为右手枕在脑袋下面。

## 证券市场坚挺但呆滞

总有一天我要宰掉这司号手
　　总有一天他们会发现他的尸首
　　　我要摧毁他的起床号
　　　　重重踩上一脚
　　　　　在床上
　　　　　　一直睡到死

---

① 阿瑟·贝尔福（1848—1930），英国保守党政治家，1916—1919年任外交大臣。

# 印第安纳州的吉诃德

帕克斯顿·希本，记者，1880年12月5日生于印第安纳州印第安纳波利斯；托马斯·恩特里金·希本和珍妮·梅里尔（凯查姆）之子；1903年普林斯顿大学文学士，1904年哈佛大学文科硕士

在希本在中西部长大的岁月里，那里的有头脑的人们感到担忧，美国这个共和国出了一些毛病，是金本位吗？特权吗？既得利益吗？华尔街吗？

富裕的愈益富裕，穷困的愈益穷困，小农场主正在被排挤掉，工人们一天干十二小时刚够糊口；利润是被富人占有的，法律是为富人制定的，警察是为富人服务的；

难道移居美洲的英国清教徒当年顶着风暴，用旧式大口径短枪向逃窜的印第安人射击，

在新英格兰多石的土地上耕作，为的就是这个吗？

难道拓荒者们当年瘦骨嶙峋的肩上扛着打松鼠的长枪，

在鹿皮背心的口袋里只揣着一把玉米，

跋涉翻过阿巴拉契亚山脉，为的就是这个吗？

难道印第安纳州的农家小伙子们出动射死约翰尼·雷伯[1]，解放黑人，为的就是这个吗？

帕克斯顿·希本是个爱哭闹的小孩，出身于一个上等家庭（希本家在印第安纳波利斯经营绸缎呢绒批发买卖）；在学校里，纨绔子弟不屑与之为伍，因为他和穷家孩子来往，而穷家孩子却嫌弃他，因为他家很富有，

然而他是肖特·里奇中学的一颗明星，

编学生报纸，

在所有的辩论中获胜。

---

① 美国内战时对南方士兵的蔑称。

在普林斯顿，他是个年轻的大学生，《虎报》编辑，酒喝得很多，并不否认追逐姑娘，学业成绩优异，是善男信女们的眼中钉。对于出身于他那种阶级和地位的聪明青年的自然道路是攻读法律，但希本却希冀

照拜伦和缪塞①的方式出门旅行，过浪漫的生活，衣冠楚楚地到异国去探险，

这样，

由于他家是印第安纳州的望族，和参议员贝弗里奇友好，他在外交界获得了一个职位：

1905 —1906年，美国驻圣彼得堡和墨西哥城使馆三秘、二秘；1908 —1909年，驻哥伦比亚波哥大公使馆秘书、代办；1909 —1912年，驻海牙和卢森堡，1912年，驻智利圣地亚哥（同年退出外交界）。

于是普希金取代了缪塞；圣彼得堡成为一个年轻的纨绔子弟的浪漫天地：

白金色净空下矗立着那些鎏金的尖塔，

冰灰色的涅瓦河迅速地流过回响着雪橇铃声的桥下，河水深沉；

和大公的情妇，那个极其漂亮、极其多情的唱那不勒斯街头小调的歌女，一起从小岛驱车回家；

在一间闪烁着枝形吊灯、单片眼镜、雪白的肩膀上挂着的钻石的高敞的房间里押下一大摞卢布；

洁白的雪、洁白的桌布、洁白的床单，

卡赫季亚酒、新割下的草一般清新的伏特加、阿斯特拉罕鱼子酱、鲟鱼、芬兰鲑鱼、拉普兰雷鸟和世界上最美丽的女人；

但是，在一九○五年的有个夜晚，希本离开使馆，看见涅瓦大街被踩的雪地上闪动着一片红光

和红旗，

车辙里凝冻着鲜血，马车道上鲜血在流淌；

他看见冬宫阳台上的机关枪，哥萨克士兵正冲向手无寸铁的人群，他们要求和平、食品和一点自由，

听到沙哑地大声唱着的俄语《马赛曲》；

于是，传统的美国血中的某些执拗的气质燃起了反叛的烈火，他和革命

---

① 缪塞（1810 —1857）为法国浪漫主义诗人。

者们一起彻夜在街头奔走，但得罪了使馆，

于是被调往墨西哥城，那儿当时还没有爆发革命，只有雇农、神父和大火山爆发前的宁静。

科学家派①使他成为赛马总会的会员，

在那儿的由蓝色普埃布拉瓷砖砌的富丽堂皇的建筑里，他玩轮盘赌，输掉了所有的金钱，帮助他们喝掉科尔特斯的掠夺物中剩下的最后几箱香槟酒。

在哥伦比亚任代办时（他永远不会忘记他这事业全靠贝弗里奇的提携；他狂热地信仰罗斯福、正直和改革、反托拉斯法、吓唬巨富中的贪官污吏和犯罪作恶者并给普通老百姓分享应得的一份的大棒政策），他帮助策划从波哥大主教手中夺得运河区的起事，后来，在普利策毁谤诉讼案中，他坚决支持罗斯福；他是个进步党人，信仰运河和西·罗。

他被调到海牙，在国际法庭审议模棱两可的案件时，他闭目养起神来。

一九一二年，他退出外交界，回国为罗斯福竞选活动，

赶到芝加哥圆形剧场，正逢党代表大会代表们在高唱《信徒精兵歌》；在这些紧挤在一起的人们的歌声和欢呼声中，他听到了俄语《马赛曲》的噌噌噌的节拍、墨西哥雇农的阴沉的缄默、等待来个拯救者的哥伦比亚的印第安人，在这赞美诗的回响中，他听见了《独立宣言》的抑扬顿挫的音律。

关于社会正义的言论逐渐销声匿迹了，西·罗和其他人一样夸夸其谈，进步党和共和党一样填塞了一肚子无用的木屑。

帕克斯顿·希本在印第安纳州作为进步党人竞选议员，然而欧战爆发，人们已无暇顾及社会正义了。

1914—1915年，《科里尔周刊》随军记者；1915—1917年，美联社驻欧洲记者；1921年6月至12月，《莱斯利周刊》驻近东随军记者，近东救济委员会驻俄委员会秘书

在这些年月里，他全然忘却了外交官的绛紫色绸浴衣、象牙盥洗用具以

---

① 指19世纪90年代初起在墨西哥的迪亚斯政府（1876—1911）中任职的一批官员，他们崇尚实证主义哲学，主张以社会科学的方法来解决国家的一些实际问题。

及与大公夫人们的促膝谈心，

他以贝弗里奇的秘书的身份前往德国，亲眼看到德国士兵迈正步穿过布鲁塞尔，

目睹普恩加来①视察凡尔登前线长期处于厄运中的地道里那些穿蓝色军衣的牢骚满腹的处于半哗变状态的士兵，

看见生疮的伤口、霍乱、斑疹伤寒、因饥馑而大腹便便的小孩、塞尔维亚撤退中长满蛆虫的尸体、喝得醉醺醺的协约国军官在萨洛尼卡妓院楼上追逐有病的裸体女郎、抢掠商店和教堂的大兵、在酒吧中用啤酒瓶打架的法国和英国水兵；

在雅典遭受轰炸的日子里，他和国王康士坦丁②在平台上踱来踱去，和一个在大布列塔尼饭店餐厅看见一个德国人来坐下就餐便起身离去的法国委员会事务官决斗；在他的朋友们全都开始戴上大礼帽之前，希本还以为这场决斗不过是开开玩笑而已；他站起身，让法国人对准他开了两枪，然后往地上开了一枪；在雅典，就像在其他地方一样，这个蛮横的瘦子常常陷于困境，总是为朋友、为遭不幸的人们、为某种思想而仗义执言，但毕竟太鲁莽了，以致始终未能为自己小心地铺下获得一份高尚事业的垫脚石。

1917年11月27日，野炮部队中尉指挥官；1919年5月31日升为上尉；在格兰特战时集合营地服役；在法国，参加332工兵部队；后勤部财务局；美国远征军总司令部监察长办公室；1919年8月21日退役；1920年2月7日，军官后备役部队上尉；1925年2月7日，再服役

在欧洲的战争是血腥、肮脏而沉闷的，但是在纽约的战争却暴露出如此污秽的卑鄙与虚伪，任何目睹它的人不会再像过去那样来感受了；但在部队的训练营地，情况就不同了，小伙子们都信仰一个对民主来说是安全的世界；希本信仰十四点原则③，他相信以战争消灭战争。

1919年8月至12月，随军事代表团赴亚美尼亚；《芝加哥论坛报》驻欧

---

① 雷蒙·普恩加来（1860—1934）为当时的法国总统（1913—1920）。
② 康士坦丁一世（1868—1922）为当时的希腊国王（1913—1917，1920—1922）。
③ 美国总统威尔逊于1918年1月8日发表演说，阐明协约国方面关于战后建立和平的目标，提出著名的十四点原则。

记者；1920—1922年，参加近东救济委员会工作；1922年，俄国红十字会驻美委员会秘书；1923年，美国南森救济团副团长；1922年4月，俄国儿童救济会美国委员会秘书

在饥馑、霍乱、斑疹伤寒肆虐的那一年，帕克斯顿·希本随救济团前往莫斯科。

在巴黎，他们还在为鲜血的代价讨价还价，为在立体地图上插小旗、以河划界，为诸民族的历史命运争论不休，而在幕后，善于摆弄制订契约的人们，德特丁①、扎哈罗夫②和施廷内斯③之流正静静地坐在那儿，把原材料占为已有。

而在莫斯科，有的是秩序，

在莫斯科，有的是工作，

在莫斯科，有的是希望；

1905年的《马赛曲》，1912年的《信徒精兵歌》，美国印第安人和在前线等待着死亡的步兵战士的阴沉的被动性是马克思主义的《国际歌》的雄浑的呐喊中的一部分。

希本信仰一个崭新的世界。

在美国，

有人弄到了一张帕克斯顿·希本上尉在约翰·里德墓前献花圈的照片；人们企图把他赶出军官后备役部队；

在普林斯顿大学，在他那一班毕业生的第二十周年校友联欢会上，他的同学们要动手把他私刑处死；他们喝得醉醺醺的，也许这无非是迟发生了二十年的大学生的恶作剧，但他们当真将一个绳圈套上了他的脖子，

把这该死的赤色分子私刑处死，

在美国，不复再有改革的地盘，不复再有这些老骗局——社会正义、进步主义、反压迫、民主——的地盘；叫赤色分子走上下坡路，

别给他们钱，

别给他们工作。

---

① 亨利·德特丁（1866—1939）为国际石油大王，荷兰人。
② 巴锡尔·扎哈罗夫（1849—1936）为国际军火商兼金融家，被称为"死亡掮客"。生于土耳其，父母系希腊人。1913年入法国籍。
③ 雨果·施廷内斯（1870—1924）为德国工业家，煤炭业巨子，为第一次世界大战期间德国军用物资的主要供应商。

美国著作家联盟、殖民战争研究会、海外退伍军人协会成员；美国军团成员，皇家学会和美国地理学会会员。荣获圣·斯坦尼斯拉斯骑士勋章（俄国）、救世主军官团勋章（希腊）、神圣宝藏勋章（日本）。普林斯顿、报业、市民（纽约）等俱乐部成员。

著有：《康士坦丁与希腊人民》（1920）、《俄国的饥馑》（1922）、《亨利·沃德·比彻①，一个美国人的画像》（1927）。

殁于1929年。

---

① 亨利·沃德·比彻（1813—1887）为美国基督教公理会自由派牧师，反对蓄奴，主张妇女参政，提倡进化论。

### 欧洲危在旦夕

沿着那泰晤士河滨
散步的只我们两人
领略这绝妙的时辰。①

在这种情况下司法部竟以一种明确的好感看待那些拒服兵役者，以宽大的态度看待被判刑的无政府主义者并且以一种无异是无动于衷的态度看待绝大多数仍然逍遥法外或者多年来尚未被驱逐出境的人们难道还值得奇怪吗美国钢铁公司成立以后华尔街忙于测量在资产中注入了多少立方码的水分

### 钢制成品颇为日见畅销

伙计们，咱们从这儿到哪儿去，
咱们从这儿到哪儿去？

### 野鸭群飞越巴黎上空

### 战争刺激肥料工业

从哈莱姆②的任何地方
到泽西城码头

战争的胜利既有赖于士兵，也有赖于产业工人。在独立日我们将一百条

---

① 原文是法语。
② 纽约曼哈顿岛北部的黑人聚居区。

船只下水这一辉煌的纪录表明在爱国主义的激励下我们齐心协力能完成何等
样的业绩

## 撒玛利亚大浴场被塞纳河水暴涨所淹

对于战争是什么
　我也许绝不知情
但是你尽可以肯定
　我很快就会知道究竟
所以我的亲人儿啊
　你千万不用害怕
我给你抓个国王来
　当作一份纪念品
我还要给你个土耳其人
　再搭上个德国皇帝
一个人能干到的事
　就这么些差不离

## 氨达纳炸药①战后生产计划

### 古城一片悲哀甚至教堂大钟
### 星期日也没敲响

伙计们，咱们从这儿到哪儿去，
咱们从这儿到哪儿去？

---

① 一种低密度炸药，以取代硝化甘油。

# 理查德·埃尔斯沃思·萨维奇

　　他们在枫丹白露第一次看见他们行将驾驶的大型灰色菲亚特救护车排列在弗朗西斯一世的宫殿前的广场上。斯凯勒和移交救护车的法国司机们聊了一会儿，走回来说他们生气极了，因为这意味着他们将不得不回前线去。他们问美国人究竟为什么不能待在国内，管他们自己的事儿，却非要来这儿，把所有可以远离火线的美差全都包去。那晚，小分队住宿在香槟区①一个小镇上的油毡顶营房内，那里散发出一股石炭酸的气味。那天正巧是七月四日②，所以晚餐时中士给大家喝香槟酒，有位蓄着白色海象式络腮胡子的将军前来致辞，说有了英勇的美国的援助，胜利是必然能获得的，他提议为威尔逊总统干杯。小分队队长比尔·尼克博克神情有点紧张地站起来，为英勇的法国、英勇的第五军和圣诞节时获得胜利干杯。焰火由德国佬提供，他们前来空袭，这一来使人人都慌张地躲进防空洞去。

　　他们一下了防空洞，弗雷德·萨默斯便说里面气味太难闻了，不管怎么样，他想喝点酒，于是他和迪克爬出去找一家小咖啡馆，他们紧挨着房檐下走，免得被偶尔飞来的高射炮弹片打中。他们找到一家小酒吧，里面满是香烟雾和高唱《马德隆姑娘》的法国大兵。他们一走进去，人人都欢呼起来，一下子递给他们十几杯酒。他们第一次抽起法国普通粗烟丝来，人人都请他们喝酒，以致到酒吧打烊时，军号吹起法国的熄灯号，他们发现自己跟两个答应送他们回营地的法国大兵手挽着手，有点儿歪歪扭扭地走在漆黑的街上。法国大兵说，战争是个肮脏的勾当，而胜利也不过是场恶作剧，他热切地问美国人是不是知道在俄国发生的革命。迪克说他是个和平主义者，对任何使战争停止的步骤都赞成，他们彼此含有深意地握手，谈起了世界革命。等他们在折叠床上睡下时，弗雷德·萨默斯猛然间坐得笔直，身上裹着毯子，用一种他固有的又严肃又滑稽的调儿说："伙计们，这不是战争。这是

---

① 法国东北部历史上一地区名，曾建为一行省。
② 美国独立日。

他妈的疯人院。"

在小分队里还有两个喜欢喝葡萄酒并用蹩脚法语聊天的伙计:史蒂夫·沃纳,在哈佛大学做过选科生,里普利,哥伦比亚大学一年级生。他们五人一起出去玩儿,到可以徒步走到的村子里寻找能吃到煎蛋卷和油炸苹果的地方,每晚跑遍所有的小酒馆;人们给他们起了一个绰号叫"石榴汁卫士"①。当小分队开拔到凡尔登后面的"神圣大道"、一连三个淫雨的星期驻扎在一座名叫小艾丽丝的给击毁的村子里时,他们在分派给他们做临时营地的一座破败的旧谷仓的同一个角落里搭起了床铺。雨整日整夜地下个不停;军用卡车整日整夜碾过道路上深深的泥浆潭驶过去,往凡尔登运送兵员和弹药。迪克总是坐在行军床上,望着门外微微晃动着的一张张溅满泥浆的年轻法国士兵的脸,他们正开往前线参加进攻,醉醺醺的,十分绝望,高喊着:打倒战争,打死那帮混蛋,打倒战争!有一次,史蒂夫突然跑进来,只见滴着雨水的军用披风上方一张惨白的脸,双眼眨巴着,他低声说道:"现在我可明白恐怖时期②的死刑犯押送车是怎么回事了,这些运兵车就是死刑犯押送车。"

迪克感到宽慰地发现,等他们终于推进到大炮射程的范围内时,他不再比任何人更害怕。第一次出勤时,他和弗雷德在被炮弹炸得稀巴烂的森林里迷了路,他们正企图在一个像月亮一样光秃秃的小山包上掉头,从一门奥地利的八八毫米炮打来的三发炮弹从他们身边掠过,犹如三声响鞭声。他们压根儿不清楚是怎样钻出救护车爬进地沟里去的,但是等到那一片稀疏的带着杏仁香味的蓝色硝烟消散后,两人都直挺挺地趴在泥地里。弗雷德沮丧极了,迪克不得不将手臂搂住他,一个劲儿在他耳边低声说:"来吧,伙计,我们必须赶回去。来吧,弗雷德,我们能骗过他们。"这一切使他觉得滑稽,在回到森林较为宁静的那一角的路上,迪克一个劲儿地哈哈大笑,原来战地包扎处很巧妙地设在那儿,就在一支405炮炮队的正前方,以致每一次开炮,冲击波几乎把伤员从担架上震下来。他们送了一批伤员到治疗类选站③后回到小分队,指给人看救护车一侧被弹片打出了三个锯齿形的洞。

第二天,进攻开始,掩护炮火和反掩护炮火和猛烈的毒气弹轰炸不断地一阵接着一阵;小分队连续三天二十四小时执勤,到最后人人都得了痢疾和

---

① 因为他们爱喝兑石榴汁的白葡萄酒。
② 指法国大革命中从1793年9月5日至翌年7月27日止的那个历史时期,那时许许多多人被送上断头台处死。
③ 根据紧迫性和救治的可能性在战场上决定哪些人该优先治疗的战地医院。

神经衰弱。有一个伙计虽然因太惊惧不安而无法出勤，却得了炮弹休克，不得不送回巴黎去。有两三个人不得不因为生痢疾而撤回后方。那几名"石榴汁卫士"除了史蒂夫和里普利有天夜间在二号站多吸了一点芥子气，以致一吃东西就吐之外，却相当安全地度过了这场进攻。

　　他们每逢可以休息二十四小时的时候，在小分队所在的基地雷西库的一座小花园里会面。似乎没有别人知晓这个。花园原先是一座粉红色别墅的一部分，但别墅业已被毁得不成样子了，仿佛被一只巨大的脚践踏过。但花园却无恙，只是因为无人照管而长了一点儿杂草，那儿有玫瑰花在怒放，在阳光明媚的下午，还有蝴蝶和蜜蜂在花丛间嗡嗡地转。起先，他们把蜜蜂当作从远方来袭的飞机，一听到营营声就一骨碌趴在地上。花园的中央有一座水泥喷泉，当德国人劲儿上来炮轰道路和附近的桥梁时，他们每每坐在喷泉边。每天有三次按时的炮轰，在按时的炮轰之间还有一些小规模的零星炮击。他们每每派遣一个人到墙盖下去站队，购买法国南部种西瓜和四法郎五十分一瓶的香槟酒。如果是阳光灿烂的日子，他们就脱去衬衫，晒烤脊背和肩膀，坐在业已干涸的喷泉池内吃西瓜，喝暖烘烘的苹果香槟酒，谈论他们要怎样回美国去，创办一份像《自由比利时报》那样的地下报纸，告诉老百姓战争的真实情况。

　　花园里最讨迪克喜欢的是那间屋外小厕所，就像新英格兰农舍后面的屋外厕所一样，有擦洗得干干净净的马桶圈，门上有个半月形的洞，每当阳光明媚的日子，在天花板上筑巢的黄蜂忙忙碌碌地从这洞里嗡嗡地飞出飞进。他有时蹲在那儿，肚子隐隐作疼，谛听他的朋友们在干涸的喷泉池里低声聊天。他站起身来，从仍然挂在钉子上的一份1914年《小日报》上撕下几小块发黄的旧纸擦屁股，这时候，他们的谈话声使他觉得愉快，犹如回到家里一般。有一次，他走回来，一边扣紧裤带，一边说："你们知道吗？我在想，要是你能重新组合你全身的细胞，变成另一种生物，该有多好……做人太他妈的糟糕了……我愿成为一只猫，一只蹲在壁炉前的又乖又舒服的家猫。"

　　"真他妈太糟了。"史蒂夫说，伸手拿衬衫穿上。一片云彩遮住了太阳，突然寒冷起来。炮声听上去是微弱而遥远的。迪克陡然间感到阴冷而孤单。"你不得不因你属于你自己的物种而感到羞耻，这真他妈太糟了。可我发誓我感到羞耻，我发誓因为做了人而感到羞耻……只有像革命那样的巨大的希望之浪才能使我觉得自尊又回到了自己身上……上帝，我们真是一种糟糕、残暴、阴险而沉默的无尾猿啊！"

"得，要是你想赢得你的自尊，史蒂夫，还有我们这些其他猿的尊敬，那么，既然人家不再打炮了，为什么你不去给我们买瓶香槟酒来呢？"里普利说。

在进攻304高地之后，全师开拔到巴勒杜克①后面休整了两三个星期，然后开进阿尔贡森林区一个称作"巴黎火炉"的宁静的地段，在那里，法国人和德国佬在前线下棋，一方在引发埋在一段战壕里的地雷前总要预先警告对方。他们休息时可以去有居民居住的没有遭到破坏的圣梅内荷尔镇去吃新鲜的糕点、南瓜汤和烤鸡。当小分队解散、所有人员全遣返巴黎时，迪克真不愿意离开这温馨的秋日中的阿尔贡森林。美国陆军将接管这支隶属于法国人的救护车队。每个人都得到一份小分队的嘉奖书；迪克·诺顿冒着炮火对他们做了一次演讲，单片眼镜始终没有从眼睛上掉下来，将他们这些富有君子风度的志愿者解散，小分队的工作就此结束。

除了偶尔有伯莎远程大炮②打来一发炮弹外，那年十一月的巴黎是宁静而令人愉快的。对于空袭来说，雾太浓了。迪克和史蒂夫·沃纳在先贤祠③后面租了一间非常便宜的房间；白天，他们学法语，晚上则去咖啡馆和喝酒的场所闲逛。他们到巴黎的第二天，弗雷德·萨默斯便在红十字会给自己找到一份一星期二十五美元的工作和一个固定的女朋友。里普利和埃德·斯凯勒在亨利酒吧楼上弄到相当阔绰的住处。每天晚上他们在一起吃饭，就应该干些什么争论得大家腻烦起来。史蒂夫说他要回国去，做拒服兵役者，别的什么都不管；里普利和斯凯勒说，只要能不参加美国陆军，他们干什么都无所谓，还说要参加外籍军团④或拉斐特飞行小队⑤。

弗雷德·萨默斯说："伙计们，这场战争是本世纪最大规模的荒谬绝伦的赚钱勾当，我喜欢它，还喜欢那些板着红扑扑脸蛋⑥的护士。"到第一个星期的周末，他谋到了两份红十字会的工作，每份工作一星期二十五美元，还弄到 一个在纳伊⑦有 一幢大房子的法国中年妇女来供养他。迪克的钱花光了，弗雷德从这妇女处借了钱给他，但从来不愿让别人见到她。"我不希望

---

① 在凡尔登西南，为默兹省的省会。
② 德军在第一次世界大战时期中用来轰击巴黎的远射程大炮。
③ 法国新古典主义建筑风格的代表作，位于巴黎东南部。
④ 主要由外国雇佣兵组成的法西驻北非殖民地的军团，成立于1831年。
⑤ 由美国志愿兵组成的空军部队，在法国参加作战，成立于1916年。
⑥ 弗雷德在这里有意把Red Cross（红十字会）倒过来，说成为cross red，就变成这个意思了。
⑦ 在巴黎西北郊。

你们这些伙计知道我在干什么。"他会这样说。

一天午餐时，弗雷德·萨默斯跑来说一切都已安排定当，他为所有的人找到了职业。他解释说，卡波雷托战役①之后，意大利佬差不多给打垮了，无法摆脱撤退溃逃的习惯。有人以为，派遣一支美国红十字会救护车小分队去将会帮助提高他们的士气。他眼下负责招募人员，已经将他们的名字都写上了。迪克即刻说他会讲意大利语，自以为对于鼓舞意大利人的士气将会有很大帮助，所以第二天上午红十字会办公室开始办公时，他们就都到了那儿，被正式编进美国红十字会驻意大利第一分队。又等了两三个星期，在这期间，弗雷德·萨默斯在圣米歇尔广场后面一家咖啡馆里勾搭上了一个神秘的塞尔维亚女人，她企图教会他们怎样抽大麻，而迪克跟一个在纽约开过酒吧的门的内哥罗②酒鬼交上了朋友，他答应争取门的内哥罗国王尼古拉给他们全都颁发勋章。但是，他们预定去纳伊被接见并受勋的那一天，小分队却出发了。

由十二辆菲亚特车和八辆福特车组成的车队沿着平坦的碎石路南行，穿过枫丹白露森林，向东驶过法国中部葡萄酒色的山峦。迪克单独驾驶一辆福特车，如此忙于记住脚的动作，简直无法领略这些景色了。第二天，他们翻过山脉，朝下驶进罗讷河河谷，进入一片盛产葡萄酒的耸立着梧桐树和杉树的富饶的土地，那儿散发着一种美酒、晚秋的玫瑰花和南方的馥香。到了蒙特利马尔③，什么战争啦、担心身陷图圄啦、抗议啦、叛乱啦，似乎都是另一个世纪的噩梦了。

在这静谧的粉红色和白色的城市里，他们吃了一顿有牛肝菌、大蒜和烈性红葡萄酒的丰盛晚餐。"伙计们，"弗雷德·萨默斯一个劲儿地说，"这不是战争，这是他妈的库克旅游社组织的旅游。"他们满有气派地睡在旅馆内挂着锦缎床帘的大床上，等到早上离开时，一个小学生追着迪克的车，大喊美国万岁，还递给他一盒当地特产的奶油牛轧糖；这真是梦寐以求的安乐乡。

开进马赛的那一天，车队垮下来了；纪律松弛了；司机们在阳光灿烂的大路边所有的酒馆前都停下车来喝酒，掷双骰子。那个红十字会宣传员和

---

① 卡波雷托在原南斯拉夫西北端。1917年10月，意大利军队在那里被德奥联军击溃，开始大撤退。

② 门的内哥罗（意为黑山）在原南斯拉夫西南部。1910年，统治该地的尼古拉一世自立为门的内哥罗国王。第一次世界大战期间，被奥匈帝国所占领。

③ 位于法国东南部罗讷河的东岸，为果品及酒业中心。

《星期六晚邮报》的记者、著名作家蒙哥马利·埃利斯喝得烂醉如泥，人们可以听见他们在军官座车的后座上狂喊乱叫，而那个矮胖的上尉在每次停车时都沿着车队前后奔忙，脸色通红，歇斯底里地直喘。他们终于都给找到了，就一起按着队列驶进马赛。他们把救护车一溜儿停放在中央广场上，伙计们刚在广场周围的酒吧和咖啡馆中坐定下来，一个姓福特的小子灵机一动，竟点上火柴往汽油箱里瞧，结果把他的车给炸了。当地的消防队开车浩浩荡荡赶来，等到第八号车焚烧殆尽了，他们将高压水管对准其他的车辆，于是人们不得不去将小分队内法语讲得最好的、正在街角咖啡馆跟一个卖香烟的姑娘聊天的斯凯勒拽来，由他来请求消防队队长看在上帝分上别再喷水了。

"石榴汁卫士"增加了一个叫谢尔德雷克的家伙，他是个民间舞蹈的行家，在著名的第七分队服过役，他们六人在布里斯托尔酒家堂皇地吃了一顿饭。他们到阿波罗剧院散步厅继续玩儿，那里多的是小姑娘，好像全世界的都在这里了，弄得他们竟然始终没有去看演出。一切都像是发了疯一样，到处是女人：咖啡馆和餐馆林立的富有刺激性的灯火辉煌的通衢、海港后面那些散发着汗臭的黑洞洞的地道般的街道，那里多的是揉皱的床铺、水手、黑皮肤、棕色皮肤、扭动着的肚皮、颤动着的紫白色乳房和扭摆着的大腿。

天色很晚了，史蒂夫和迪克发现小餐馆里只剩下他们两人在吃火腿蛋和咖啡了。他们喝醉了，睡意蒙眬，昏昏欲睡地吵着嘴。他们付账时，那个中年女招待叫他们将小费放在桌角上，然后不慌不忙地撩起裙子用大腿夹起了硬币，把他们两人笑得几乎从椅子上摔下来。

"这是勾引，该死的勾引……女人是架吃角子老虎。"史蒂夫一个劲儿地说，这话似乎滑稽极了，这么滑稽可笑，以致他们走进一家清早就开门的酒吧，把这句话告诉柜台后面那个人，但他听不懂他们说的话，就在一张纸上写上一个地址，他们可以在那儿搞那玩意儿，一家妓院，像样，体面，非常高尚。他们爬着无穷的阶梯，哈哈狂笑起来，发现自己脚步蹒跚，跌跌撞撞。风冷得要命。他们到了一座模样很古怪的大教堂面前，它鸟瞰着港口、汽艇、三面被灰色山峦环绕的广阔的银白色海洋。"上帝呵，那是地中海。"

他们在冷飕飕的急风和一大片金属般闪烁的晨曦中从醉酒中清醒过来，及时回到旅馆把其他人从醉酒的昏睡中摇醒，第一批赶到停车的地方去报到。迪克昏昏欲睡，竟忘却了双脚的动作，将他的福特车往前面的车上撞去，撞烂了车前灯。那个胖中尉朝他尖着嗓子臭骂，不让他开车，叫他坐上谢尔德雷克的菲亚特车，这样，他整天无所事事，只顾迷迷糊糊地瞧着那条悬崖盘旋公路、地中海、红瓦顶的城镇和因为怕德国潜艇而紧贴着海岸航行的长长的汽轮队，汽轮队有时由一艘烟囱全装错了位置的法国驱逐舰来护航。

跨过了意大利边界，他们受到一群群拿着棕榈叶和一篮篮橘子的学生和一名电影摄影师的欢迎。谢尔德雷克一个劲儿地用手摸着胡子，向美国人万岁的欢呼声鞠躬、敬礼，直到"啊哟"一声，一只橘子打中了他两眼之间，差一点弄得他鼻子出血。车队另一头有个人一只眼睛险些被文蒂米利亚①一个发狂的市民扔过来的棕榈枝刮掉。这真是个伟大的欢迎场面。那天夜里，在圣雷莫，热情洋溢的意大利佬在大街上不断地奔到小伙子们面前，跟他们握手，祝贺他们的威尔逊总统；有人将一辆小军用卡车里的所有备用轮胎和红十字会宣传员放在军官座车里的手提箱偷走了。在酒吧里，他们受到热情奔放的欢迎，老板故意少给找头。协约国万岁。

小分队里人人都开始诅咒意大利、橡皮筋般的实心面条和带醋味的葡萄酒，只有迪克和史蒂夫却突然成了意大利迷，给自己买了语法书学意大利语。迪克已经能相当像样地模仿着讲意大利语了，尤其是在那些红十字会军官面前，原来他在他知道的所有的法文词后面都加上一个"o"音。他对一切都不再在乎了。阳光灿烂，味美思真是美酒佳酿，这些城镇、小山顶上像玩具般的教堂、葡萄园、柏树和蔚蓝色的大海，都好像是古装歌剧中的一幕幕布景。建筑物都像是戏台上的东西，令人发笑的雄伟壮丽；在每一堵空白的墙上，该死的意大利佬都画上窗户、列柱和阳台，有些丰腴的金发美女俯身在阳台上，还有云彩和露出肚脐的爱神的群像。

那天夜里，他们将车队停放在热那亚郊区一个凄凉的小镇的主要广场上。他们两人和谢尔德雷克一起到一家酒吧去喝酒，碰到了《星期六晚邮报》的记者，便一起共饮，记者很快就醉了，说他多么羡慕他们的英俊的容貌、充满活力的青春和理想主义。史蒂夫不同意他所说的一切，怏怏地争辩道，青春是一个人一生中最糟糕的岁月，这记者真该高兴他已经四十岁了，能不参加打仗而写战争。埃利斯善意地指出他们也不在打仗。史蒂夫脱口而出地说："不，当然不，我们是他妈的逃避兵役者。"这使谢尔德雷克着恼。迪克和史蒂夫离开了酒吧，像鹿一般飞跑而去，想让谢尔德雷克看不见他们，没法跟他们走。在街角，他们看见一辆标有"热那亚"字样的有轨电车，史蒂夫一句话也没说，就跳了上去。迪克只好跟着。

---

① 意大利东北部一城市，位于法国边界上。

电车绕过一段有房屋的街区，来到海滨。"老天爷哪，迪克，"史蒂夫说，"这见鬼的镇子着火啦。"在拖曳在岸上的那些黑黝黝的船体的另一面，有一团像巨大的灯火一般的玫瑰色火焰越过水面向它们甩来一大片闪光。"天哪，史蒂夫，你看奥地利军队在那边吗？"

电车叮叮当当往前驶去；售票员前来给他们售了票，瞧上去镇静极了。"英国人？"他问。"美国人。"史蒂夫说。他微笑起来，拍拍他们的背脊，说了些他们无法听懂的关于威尔逊总统的话。

他们在一个大广场下了车，广场周围有巨大的拱廊，一股股既苦涩又甜润的冷风强劲地从拱廊中吹过。穿着大衣的盛装打扮的人们在干净的马赛克人行道上散步。这城是全由大理石筑成的。所有面海的建筑物的门面都映着火光而变成粉红色的了。"在这里，男高音、男中音和女高音都准备好了，等待演出开始。"迪克说。史蒂夫哼了一声，"合唱队说不定是由天杀的奥地利人组成的。"

他们觉得冷，就走进一家用亮闪闪的镀镍材料和平板玻璃装饰门面的咖啡馆去喝掺水的烈酒。侍者操着蹩脚英语告诉他们，那团火是一艘触到水雷的美国油轮上发出的，已经烧了整整三天了。一个长脸的英国军官从酒吧走到他们身边，跟他们讲起他正在如何执行一项秘密任务；溃退糟糕透了；还没停止呢；在米兰，人们在议论要后撤到波河①一线；该死的奥地利人之所以没有席卷那该死的伦巴第大区②的全部的唯一原因是因为推进太快，弄得他们的队伍处于一片混乱之中，几乎跟该死的意大利人一样乱了阵脚。那些天杀的意大利军官一直在谈论四方会议，但如果不是有法、英军队在意大利防线后面的话，他们早就出卖自己了。说起来，法军的士气也相当不稳。迪克告诉他只要他们眼睛一离开汽车，工具便会被偷走。英国人说，在这一带地方偷窃行为尤为严重；那正是他的秘密使命所要调查的；他正在追踪在文蒂米利亚和圣拉斐尔之间失踪的一整车靴子："整整一行李车的货，过了一夜空空如也……真不得了……瞧那边那张桌旁的那帮混蛋，他们每个人都是该死的奥地利人的间谍……但是，尽管我使足了劲，我仍然无法把他们给逮起来……真不得了。这是一场该死的闹剧，正是那样，就像德鲁里巷③上演的那一套。你们美国人来参战真是桩了不起的好事。要是你们不来，你们这

---

① 　意大利北部一大河，从西向东流，注入亚得里亚海。

② 　位于意大利北部，大部分在波河以北。

③ 　德鲁里巷皇家剧场是伦敦历史最悠久的剧院之一。

时就会看到该死的德国国旗飘扬在热那亚上空了。"他突然瞧了一眼手表，劝他们到柜台上去买一瓶威士忌，要是他们再想喝的话，因为已是打烊的时候了。他说了声再会便挤了出去。

他们又走进了这空荡荡的大理石城，顺着有石头台阶的黑黝黝的街巷走，头顶上突出的墙垣上总是反映着火光，随着他们离海滨越来越近，这反光就越来越亮、越来越红。他们好几次迷了路；终于走出巷子，来到码头上，只见许多双桨小帆船挤在一起，桅樯林立，在港湾中那些深红色的浪尖外是那道防波堤，防波堤外则是燃烧着的油轮的一片火海。他们心情激动，带着醉意，在城里一路走去。"上帝啊，这些城镇似乎比这世界还要古老。"迪克不断地说。

他们正在瞧一座竖立在一道台阶底部的大理石狮子像，它样子像一条狗，由于几世纪来被人用手抚摸而变得像玻璃般光滑。这时，有一个美国口音的人招呼他们，问他们是否认识这该死的城市中的路。那是个小伙子，是装运一船骡子来的一条美国船上的水手。他们说，当然啦，他们认识路，就把他们买的一瓶柯涅克白兰地给他喝了一口。他们在那看上去像狗的狮子像旁边的石栏杆上坐下来，口对着酒瓶子大口大口地喝柯涅克白兰地，并聊起天来。水手给他们瞧他从着火的油船上抢救到的几双长统丝袜，告诉他们他怎样跟一个意大利姑娘做爱，只是她一睡着，他就感到厌恶，撇下她走了。"这场战争是活地狱，难道这不是事实吗？"他说。他们全纵声大笑起来。

"你们两个看来是一对非常之好的人。"水手说。他们递给他酒瓶子，他喝了一大口。"你们这些伙计是大好人，"他接着说，飞溅着唾沫，"我要告诉你们我是怎么想的，明白吗？……这整整一场该死的战争是一块金砖，它是见不得人的，它完全是不正当的勾当。不管战争的结果如何，像我们这样的伙计不会捞到什么好处，明白吗？嘿，我想说的是什么都完了……每个人以自己的方式走进地狱……三击不中就出局，明白吗？"他们喝完了那瓶柯涅克白兰地。

水手一边狂野地大声叫"我说，叫他们见鬼去吧"，一边使出全部力量将酒瓶朝石狮的脑袋扔去。这座热那亚石狮继续以它那呆滞的狗一样的眼睛向前凝视着。

脸色愠怒的游手好闲的人们开始聚集到周围来瞧瞧出了什么事儿，他们三人继续往前走去，水手一边走，一边挥舞长统丝袜。他们给他找到了系泊在码头上的轮船，在跳板前一遍又一遍地握手。

现在迪克和史蒂夫该走十英里路回到蓬特德西莫镇去了。他们又冷又困，走得腿脚发酸，余下的那段路，他们搭上了一辆意大利佬开的卡车。等他们到达那儿，广场上铺的卵石和救护车车顶上全蒙上了一层白霜。迪克爬上谢尔德雷克身边的担架时，发出一声响声，谢尔德雷克醒来了。"究竟怎么回事？"他说。"住嘴，"迪克说，"难道你不知道你要把别人吵醒吗？"

第二天，他们抵达米兰，这座寒冷的大城市，有着过于高耸的针插般的大教堂和游廊，到处是人，还有不少餐馆和种种报纸和妓女和钦扎诺和坎帕里苦啤酒。他们又等待了一段时间，在这期间，小分队的大部分人在科瓦餐馆的里间内无休无歇地掷双骰子玩；他们然后开拔到威尼斯平原某处一条冰冻的运河边一个叫多洛的地方。要到达他们行将栖身的那座雅致的精雕细刻而色彩鲜明的别墅，他们必须跨过布伦塔河①。有一连英国工兵在桥上处处埋了地雷，要是再撤退的话，他们就准备将桥炸毁。他们答应等第一分队过了桥再爆破。在多洛没什么事儿可干；冬日的天气是阴冷的；当小分队大部分人围坐在炉边打扑克赌钱时，"石榴汁卫士"们却在汽油炉上给自己调制滚烫的朗姆五味酒，读卜伽丘的意大利文原版本，和史蒂夫辩论无政府主义。

迪克花了不少时间琢磨怎样能去一趟威尼斯。小分队没有可可粉了，米兰的红十字会军人售货店也没有给小分队送早餐食品来，那位胖中尉正在为此发愁呢。迪克提议说，威尼斯是世界上巨大的可可市场之一，应该派一个会讲意大利语的人去买；就这样，一个霜冻的早晨，迪克携带着必要的证件和印章，在梅斯特雷登上小汽船。

环礁湖上覆盖着一层薄冰，冰在狭窄的船头两侧碎裂，发出丝绸般的窸窣声，迪克就俯身站在船头的栏杆旁，冷风吹得他眼睛里嘬着眼泪，他凝视着一长溜一长溜的木桩，朦朦胧胧地矗立在绿水中、上有水泡般的圆顶的浅红色建筑物以及在灰色天空的衬托下越来越清晰的尖顶方塔。那些弓形桥、黏滑泛绿的台阶、宫殿和大理石码头，全都空空荡荡。唯一的生命迹象在一群抛锚在大运河②中的鱼雷艇上。这座伟大而死寂的城市，躺在那环礁湖畔，脆弱而又空虚，像一张被丢弃的蛇皮。迪克在它那些精雕细刻的广场、湫隘的街巷和满是冰凌的运河边的埠头上漫步，把买可可粉的事全忘了。他可以听见在北方十五英里外皮亚韦河上大炮的隆隆声。在回去的路上，天下

---

① 在意大利东北部，全长约100英里，从西北流向东南，注入威尼斯环礁湖。
② 威尼斯市的主要水道，全长3公里。

起雪来了。

几天后，他们开拔到格拉帕山后面的巴萨诺①，住进一座文艺复兴后期的别墅，别墅里画满了爱神和天使，挂着精心制作的帷幕。别墅后面，布伦塔河在一座有顶的桥下日夜咆哮。在那儿，他们花时间将冻伤脚的病号撤到后方去，在基地医院和妓院所在的奇塔德拉喝滚烫的朗姆五味酒，在吃像橡皮筋般的意大利实心面条时唱《雾蒙蒙的露珠儿》和《小黑公牛下山来》。里普利和史蒂夫决定学画画，把休息的日子都用来描绘建筑物的细部或那座有顶的桥梁。斯凯勒跟那意大利中尉聊关于尼采的事儿来练习意大利口语。弗雷德·萨默斯从米兰的一位夫人那里染上了淋病，他说她准是出身于名门望族，因为她坐在马车里挑上他跟他交朋友，而不是他挑上她的，于是他花费大部分休息时间根据民间处方给自己在开水里熬一种像樱桃梗般的东西。迪克开始觉得孤独而忧郁，需要一个人待着，就给国内写了许多信。然而，他收到的回信使他比没收到信时心情更为恶劣。

"你必须懂得这是怎么回事，"他在给瑟洛夫妇的信中写道，回复希尔达的一封谈到用"战争结束战争"这一论点的热情洋溢的长信，"我不再信仰基督教，所以已不能从这个立场上来辩论，但是你们是信仰的，或者至少埃德温是这样，所以他应该意识到，当他鼓动年轻人来到这荒唐透顶的战争疯人院时，他无异正在竭力破坏他最虔诚的信仰的原则和理想。正如有天夜间我们在热那亚与之谈话的那个年轻人所说的，战争是见不得人的，它是各国政府和政客们为了自己的私利而耍的玩金砖的肮脏把戏，它完全是不正当的勾当。要不是有书信检查，我可以告诉你们不少会使你们恶心的事情。"

然后，他突然摆脱了他那巴不得辩论一番的心情，觉得从他头脑里冒出来的所有关于自由和文明的语句似乎都愚蠢极了，他就点燃了汽油炉，调制好了朗姆五味酒，振作起来跟史蒂夫聊聊书籍，或者绘画，或者建筑。在月色皎洁的晚上，奥地利人派轰炸机来，使一切显得活跃起来。有些夜晚，迪克发现站在地下掩蔽部外面，给他们提供一个打死他的机会，会给他一种苦涩的乐趣，何况反正如果直接命中的话，地下掩蔽部也谈不上什么保护。

二月里有一天，史蒂夫在报上看到阿比西尼亚②的泰图皇后逝世的消息。他们为之守夜。他们喝光了所有的朗姆酒，为哀悼死者恸哭，弄得小分

---

① 威尼斯西北一古城。

② 即今埃塞俄比亚，当时为一小帝国。

队其他人员以为他们疯了。他们裹着毯子，在黑暗中围坐在敞开的照着月光的窗户前，喝着热的消食甜酒。几架一直在他们头顶上嗡嗡响的奥地利飞机猛然关掉引擎，将所有的炸弹就扔在他们面前。高射炮已经啪啪地打了一会儿了，榴霰弹在头顶上月色凄迷的空中爆出火花，但是，他们醉得太厉害了，竟没有注意到。有一颗炸弹砰的一声落在布伦塔河里，其他几颗使窗前的空间满是一片血红的跳动的火光，只听得三声巨吼，震撼了别墅。灰泥从天花板上剥落下来。他们听得见头顶上瓦片从屋顶上纷纷坠落下来的声音。

"老天哪，差一点道晚安再见啦。"萨默斯说。史蒂夫开始唱起"离开那扇窗户吧，我的光和我的生命"，但其他人却唱起了走了调的《德意志，德意志高于一切》①，压倒了史蒂夫的歌声。他们一下子都觉得醉得胡天胡地了。

埃德·斯凯勒正站在一把椅子上朗诵《魔王》②时，费尔德曼，一家瑞士旅馆老板的儿子，眼下是小分队的队长，从门口伸进头来，责问他们到底在干些什么名堂。"你们最好还是下防空洞去，一名意大利机修工被炸死了，一名在大路上走的士兵的腿给炸掉了……这不是瞎胡闹的时候啊。"他们请他喝酒，他气呼呼地走开了。后来，他们喝起马沙拉酒③来。在黎明晨光熹微之中，迪克爬起床，跟跟跄跄走到窗前呕吐起来；外面下着瓢泼大雨，透过闪闪发亮的雨帘，布伦塔河泛着泡沫的湍流看上去雪白雪白的。

第二天，轮到迪克和史蒂夫出勤去罗瓦。当他们清晨六点将车开出车场时，脑袋像火气球一般，心中可高兴极了，因为能远远离开行将在小分队发生的大丑闻。在罗瓦，前线是平静的，只有几个肺炎或性病病号要撤走，还有两三个可怜的小子开枪打伤了自己的脚，将要在卫兵的陪同下被送往医院；但在他们用膳的军官食堂里，却是非常人心惶惶。萨迪纳利亚中尉因为对上校说了冒昧的话被软禁在住处，他在那儿已经待了两天，用他的曼陀林创作了一首短小的进行曲，他称之为《上校军医进行曲》。他们在等待其他军官来进餐时，塞拉蒂捂着嘴把这告诉他们，咯咯地笑个不停。事情全是由咖啡壶引起的。整个食堂一共只有三把咖啡壶，一把供上校用，一把供少校用，另一把由低级军官们轮流使用；且说上星期有一天，他们跟住处的农户的侄女，一个漂亮的姑娘逗乐；她没有让任何军官吻她，当他们在她屁股上

---

① 又名《德意志之歌》，歌词为德国诗人奥古斯特·霍夫曼（1798—1874）于1841年所写，曲调则采用海顿于1797年创作的作为奥地利国歌的《皇帝颂歌》。
② 德国诗人歌德（1749—1832）写的叙事歌谣。
③ 意大利西西里岛酿制的一种白葡萄酒。

捏一把时，她撒野得简直像个疯女人，上校为此很生气，等到萨迪纳利亚跟他赌五里拉，说他能吻她时，上校就更加生气了，还说他曾在她耳边轻声说了几句，而她便让他亲吻，这使上校气得一脸紫红，他吩咐传令官，轮到中尉用咖啡壶时，别给他；于是萨迪纳利亚揍了传令官一记耳光，两人吵了起来，结果萨迪纳利亚给关禁在住处，那些美国人看出这简直像是一个马戏场。他们全赶紧收敛起笑容，因为那时上校、少校和两位上尉正丁零当啷地走进来。

传令官走来，敬了一个礼，用欢快的语调说了声实心面条马上送来，大家就都坐下来。有一阵子，军官们默默地吮食一根根油腻的、沾着番茄酱的实心长面条，葡萄酒分发给了大家；正当上校清了一下嗓子开始讲每个人不得不笑的滑稽故事时，楼上传来了曼陀林的叮咚声。上校涨红了脸，什么话也没说，只叉了一叉实心面条往嘴里塞。因为这是星期日，这顿饭拖得不同寻常地长。吃甜食时，咖啡壶递到了迪克手里，作为对美国人表示好意，还有个人拿出一瓶斯特雷加酒来。上校叫传令官去叫那漂亮的姑娘前来，跟他一起喝一杯斯特雷加酒；迪克思忖，这传令官瞧上去气极了；但他还是去把她找了来。她原来是个俊俏、强壮、橄榄肤色的农村姑娘。她两颊发烫，怯生生地走到上校跟前说，非常感谢您，可是对不起她从来不喝烈酒。上校一把抓住她，把她按在他膝头上，竭力要她喝他那杯斯特雷加酒，但是她咬紧了一副象牙般漂亮的牙齿，还是不肯喝。结果，几个军官抓住了她，搔她痒痒，上校将酒倒在她下巴上。人人恣意狂笑起来，除了那传令官，他脸色变得像白垩般白，而史蒂夫和迪克则不知道该往哪儿瞧。当这些高级军官逗弄她、搔她痒痒、将手摸进她的衬衣里时，低级军官们则抓住了她的双脚，伸手顺着大腿摸上去。上校终于从大笑中缓过气来，说道："够了，她现在得让我亲亲她的嘴了。"但姑娘挣脱身子，奔出房去。

"去把她带来。"上校对传令官说。过了一会儿，传令官回来，一个立正说，他找不到她。"他干得好。"史蒂夫对迪克耳语道。迪克注意到传令官的腿在颤抖。"你找不到，是不?"上校吼道，推了传令官一把；一个中尉一伸腿，传令官绊在腿上，摔倒在地上。人人都哈哈大笑起来，上校对准他就是一脚；他正用双手双膝爬起来时，上校朝他屁股上踢了一脚，使他又躺倒在地板上。军官们全哄笑起来，传令官爬到门口，上校在后面追着他，朝他身子左边踢一脚，又朝右边踢一脚，像足球运动员对付一只足球似的。这使人人都兴高采烈，大家又喝了一巡斯特雷加酒。等他们走出去了，一直跟大伙儿一起狂笑的塞拉蒂一把攥住迪克的手臂，在他耳边嘶嘶地说："野兽……他们全是野兽。"

等别的军官们走了，塞拉蒂带他们几个去看萨迪纳利亚，他是个高大、长脸的年轻人，喜欢称自己为未来主义者。塞拉蒂告诉他刚才发生的事，说他唯恐这些美国人会感到厌恶。"一个未来主义者除了对懦弱和愚蠢以外不能对其他任何事物感到厌恶。"萨迪纳利亚说教式地讲道。然后他告诉他们他发现了这漂亮姑娘真正在跟谁睡觉……跟那传令官！他说，这叫他恶心，这说明女人全是猪猡。他请他们坐在他床上，给他们演奏《上校军医进行曲》。他们声称曲子很好。"一个未来主义者必须是坚强的，对任何事物都不厌恶，"他说，一边还在曼陀林上拨出颤音来，"那就是为什么我钦佩德国人和美国的百万富翁。"他们全都大笑起来。

迪克和史蒂夫到外面去找些伤兵，以便撤离到医院去。在谷仓后面他们停车的地方，他们发现传令官坐在一块石头上，双手托着脑袋，泪水在他脸上的尘垢上淌出了一长条一长条的水痕。史蒂夫走到他面前，拍拍他的背，给他一包基督教青年会发给他们的麦加牌香烟。传令官紧紧握住史蒂夫的手，瞧上去似乎要吻他这手的样子。他说战争结束后他要去美国，那儿的人们文明，不像这里都是野兽。迪克问他姑娘到哪儿去了。"走了，"他说，"上路走了。"

他们回到小分队，发现大事不好了。有命令传来，要萨维奇、沃纳、里普利和斯凯勒到罗马总部去报到，以便遣送回美国。费尔德曼不愿告诉他们问题出在哪儿。他们立刻注意到小分队的其他人员以怀疑的眼光瞧着他们，神情紧张，不愿跟他们说话，只有弗雷德·萨默斯说，他简直不明白，但反正这整个儿他妈的玩意儿就像是疯人院。谢尔德雷克早已将行李袋和床铺搬到了别墅的另一个房间里，这时跑来，带着一副"我早跟你们这么说过了"的神气，说他听见提到了"煽动性言论"这句话，还来过一个意大利情报官，问起他们的情况。他祝他们交上好运，说这真是太糟了。他们离开小分队时，没有向任何人道别。费尔德曼开一辆小卡车把他们和他们的行李袋以及铺盖卷儿送到维琴察①。到了火车站，他递给他们转移到罗马的调令，说这真是太糟了，并祝他们走运，连手也没握，便匆匆走了。

"这帮婊子养的，"史蒂夫嘟囔道，"真好像我们都生了麻风病似的。"

---

① 位于威尼斯西北约40英里处，为维琴察省省会。

埃德·斯凯勒正在看军用通行证，脸上神采飞扬。"骨肉兄弟们，"他说，"我太感动了，要发表演说了……这是迄今为止最大的卑鄙勾当……你们先生们是否意识到现在的情况是红十字会，又名下金蛋的鹅，给我们提供了一次免费旅游意大利的机会？一年之内，我们可以不必赶到罗马。"

"在革命发生之前别去罗马。"迪克建议道。

"跟奥地利人一起进罗马。"里普利说。

一列火车驶进站来。他们挤进一节头等车厢；车掌来了，竭力对他们解释说他们的调令上写明乘二等车厢，但他们听不懂意大利语，他最终也只好让他们留在那儿了。到了维罗纳①，他们挤下车去，将行李袋和行军床托运到罗马。这是晚餐时分，他们决定到城里去逛逛，消磨这个晚上。第二天早上，他们去游览那古代的圆形剧场和庞大的桃红色大理石砌的圣泽诺教堂。然后他们闲坐在车站的咖啡馆里，直到有一班开往罗马的火车驶来。车厢里满是身穿浅蓝和浅绿斗篷的军官；到了波洛尼亚②，他们在过道的地板上坐得腻味了，决定一定得去观光斜塔。后来，他们去游览了皮斯托亚、卢卡、比萨③，在佛罗伦萨回到铁道干线上。当车掌拿着调令摇头时，他们解释说他们听到的消息不正确，由于不懂意大利语而乘错了车。在佛罗伦萨，天下着雨，很冷，建筑物全都像他们在国内见过的复制品那样，车站站长强迫他们乘上驶往罗马的快车，但等车启动后，他们从另一边溜了下来，乘上开往阿西西的普通列车。从那儿，他们当天租了一辆出租马车，经过像纽约一样多的是塔楼的圣吉米纳诺到达锡耶纳，在一个美好的春天的上午，他们结果来到奥尔维耶托，一头扎进那儿的绘画、建筑、橄榄油、大蒜和美景之中，参观了大教堂中西纽雷利④的壁画。他们在那儿流连了一整天，欣赏壁画杰作《末日审判》，喝美极了的葡萄酒，在室外阳光灿烂的广场上晒太阳。等他们到达了罗马，在戴克里先⑤大浴场隔壁的车站上，眼看就要交通行证，他们觉得非常难受；但当那个办事员只在通行证上盖了戳儿，就还给他们，并说"可作回程"时，他们真是惊奇不已。

---

① 维琴察西南一古城，为维罗纳省省会。
② 在意大利中北部，维罗纳南，为波洛尼亚省省会，有阿西内里斜塔和加里森达斜塔。
③ 意大利中部托斯卡纳大区三城市。
④ 西纽雷利（1441—1523）为意大利文艺复兴时期画家，其壁画杰作《世界末日》及《末日审判》受米开朗基罗极大影响。
⑤ 戴克里先（约247—约316），罗马皇帝（284—305在位）。

他们去到一家旅馆，盥洗了一番，然后将他们最后剩下的钱凑在一起，出去好好儿乐一乐；先吃了一顿高级美餐，喝了弗拉斯卡蒂葡萄酒，饭后甜食吃了阿斯蒂千层冰淇淋，随后去看一场杂耍剧，去罗马大道一家酒馆喝酒，在那里结识了一位人家称之为伯爵夫人的美国姑娘，她答应带他们去城里逛逛。当晚弄到最后，谁也没有足够的钱请伯爵夫人或她的任何一个富有魅力的女朋友回去睡觉了，所以他们干脆用最后剩下的十里拉雇了一辆马车去观光月光下的椭圆形竞技场①。那一堆堆巨大的废墟，那些雕刻的石头，上面刻着的名字，那些堂皇的罗马名字，那个头戴油布大礼帽、留着两撇泛绿的小胡子、在残破的下弦月月光下给人介绍妓院的老马车夫，那一大堆一大堆随处可见的隐没在夜色中的多的是拱廊和柱子的石头废墟，在堂皇的和弦中逐渐消逝的罗马这个响亮的名字，这一切在他们上床时萦绕在心头，使他们感到头晕，而罗马依然在他们的耳际搏动，使他们无法成寐。

第二天上午，当其他人还在死死沉睡时，迪克爬起床来，去到红十字会；他突然感到神经紧张，忧心忡忡，无心吃早饭。在办事处，迪克见到一位少校，他是个身材有点发胖的波士顿人，似乎在管事儿，迪克就直截了当地问他到底出了什么岔儿。少校支支吾吾，闪烁其词，竭力使谈话保持一种令人愉快的调子，犹如哈佛大学学生间的聊天一样。他谈到轻率的行为和意大利人的过于敏感。实情是，检查官不喜欢某些信件中的语气，等等，等等。迪克说，他认为应该解释一下他的立场，如果红十字会认为他没有履行他的职责，他们应该把他送交军事法庭，他说他认为有许多人跟他持同一立场，具有和平主义的观点，但是，既然美国已经参战，他们就愿意竭尽全力来帮忙，然而那并不意味着他相信战争，他认为应该允许他阐明自己的立场。少校说，是啊，他完全理解，等等，等等，但是年轻人应该懂得谨慎的重要性，等等，等等，还说整个事件已令人满意地解释为一桩轻率的行为；事实上，这事件已了结了。迪克却一个劲儿说应该允许他阐明自己的立场，而少校一个劲儿说这事件已了结了，等等，等等，直到这场谈话似乎显得有点傻气，他就离开了办事处。少校答应送他到巴黎去，如果他愿意服从巴黎办事处的调遣的话。迪克回到旅馆，感到困惑而恼怒。

其他两个人出去了，所以他和史蒂夫到城里去兜兜，瞧瞧阳光灿烂的带着在煎的橄榄油、葡萄酒和陈年的石头气味的街道，巴罗克式圆顶教堂，石

---

① 古罗马遗迹，公元82年建成。

柱，万神殿和台伯河。他们兜里没有一个子儿可供吃午饭或喝酒。他们一下午饥肠辘辘，在平契亚山①山坡暖融融的草地上闷闷不乐地打盹儿，回到旅馆房间时饥饿难耐，心灰意懒，却发现斯凯勒和里普利在痛饮味美思和苏打水，兴致非常高。原来斯凯勒撞见了他父亲的一位老朋友安德森上校，他正在执行一项调查红十字会工作的使命，斯凯勒向他诉说了一通烦恼，并告诉他一些关于米兰办事处小规模贪污的内部情况。安德森上校请他在俄罗斯旅馆吃午饭，喝掺有苏打水和姜汁酒的威士忌，并借给他一百美元，给他在宣传部门谋了一份工作。"所以父老兄弟们，意大利万岁，协约国见鬼去吧，我们都安顿好了。""档案怎么办？"史蒂夫粗野地问道。"啊，忘了它吧，反正全写的是意大利文……谁现在还是失败主义者？"

斯凯勒请他们大家吃饭，用军官座车送他们到蒂沃利②和内米湖③去，最后送他们登上开往巴黎的火车，他们的旅行证件上注明上尉军衔。

到达巴黎的第一天，史蒂夫就去红十字会办事处，要求坐船回国。他仅仅说了一句："去他妈的，我要当个拒服兵役者。"里普利进了在枫丹白露的法国炮兵学校。迪克在圣路易岛④一家小客栈内弄到一间廉价的房间，整天找红十字会一个又一个上司谈话；原来他在罗马时，曾给海勒姆·哈尔西·库珀发过一份电报，那人在措词十分谨慎的复电中提到了一些他建议迪克可以去找的人的名字。这些上司都把他推来推去。"年轻人，"一个秃顶的官员在克里永旅馆一间豪华的办公室里说，"你的看法表明了你思想上既愚蠢又胆怯，但是无关紧要。美国人存心要来制服德皇。我们正竭尽全力为实现这个目的而奋斗；任何人企图阻碍一亿爱国者正在不遗余力地建造的、以从德国佬手中拯救文明为纯洁目的的伟大机器的运转，必然会像苍蝇一样被碾得粉身碎骨。我很惊异地发现，像你这样一位受过大学教育的人却是这样的愚蠢。别火中取栗。"

他最终被派遣到陆军情报部，在那里发现一个在大学中认识的姓斯波尔丁的小伙子，斯波尔丁用忸怩的微笑跟他打招呼。"老兄，"他说，"像现在这样的时刻，我们怎么能屈从于我们个人的感情呢，是不是……？我认为，允许自己享有个人见解这一奢望是完完全全有罪的，完完全全有罪的。这是

① 在罗马北部，风景绝佳。
② 罗马东约15英里处的旅游胜地，有罗马古迹及大教堂等。
③ 罗马东南约17英里处一小火山口湖，风景绝佳。
④ 在巴黎市中心塞纳河中。

战争时期，我们大家必须履行我们的职责，正是像你这样的人在鼓励德国人打下去，像你这样的人和俄国人。"斯波尔丁的上司是一名上尉，脚上佩着马刺，皮绑腿擦得锃亮；他是个看上去神情严肃的年轻人，脸部的侧影很清秀。他大踏步走到迪克跟前，凑近他的脸，大声吼道："要是有两个德国佬强奸你的妹妹，你怎么办？你会跟他们斗，不是吗？……要是你还不是一条可恶的没骨气的狗的话……"迪克竭力指出，他渴望继续干他一直在从事的工作，他在设法跟红十字会一起到前线去，他希望有一个阐明他的立场的机会。上尉大踏步踱来踱去，冲着他骂骂咧咧，嚷嚷道，在总统宣战之后，任何还坚持和平主义观点的人就是白痴，或许更糟，是个智力衰退者，他们可不愿让这种人待在美国远征军里，他要让人将迪克遣送回美国去，绝不允许以任何身份再回来。"美国远征军绝不是逃避兵役者待的地方。"

迪克放弃了一切努力，到红十字会办事处去领他的船票；他们给了他一张"都兰"号的订票单，这船将于两星期后从波尔多起航。在巴黎这最后的两星期中，他去布洛涅森林大道美国医院当志愿担架员。那时是六月。遇到月色清明的夜晚就有空袭，要是顺风的话，你能听到前线大炮的隆隆声。德军正在发动进攻，前线离巴黎这么近，救护车竟直接从基地医院撤离伤员。一整夜，重伤员一溜排在医院门前长出新叶的树下的宽阔的人行道上；迪克帮着将他们抬上大理石台阶，抬进候诊室。一天夜里，他们让他在手术室外面值班，一连十二小时，他端走一桶桶血和纱布，从这些纱布堆里有时候戳出一块击碎的骨头，或一段手臂，或一截腿。他下班时感到酸痛、疲乏，在散发着草莓香味的巴黎的清晨走回去，思量着那些脸庞、眼睛、汗水淋漓的头发、沾满血迹和污垢的捏紧的拳头，那些逗乐的人们、哀求要烟的人们以及肺部受伤者呼噜呼噜的呻吟声。

一天，他在里沃利街一家首饰店的橱窗里看见一只袖珍罗盘。他走进去把它买下了；他脑海里突然闪过一个完整的计划：买一套便服，将他的军装揉成一团丢在波尔多的码头上，朝西班牙边境进发。靠运气和揣在上衣里面的兜里的所有旧调令单，他肯定能实现这个计划；越过边界，一旦进了一个没有梦魇的国家，再决定干什么。他甚至写好了一封寄给妈妈的信。

当他将书籍和其他杂物放进帆布袋，背着它沿塞纳河一直走到奥尔良车站时，头脑里不断响起斯温伯恩的《治世之歌》：

三人团结如一人

王国就要少三个

　　他向天起誓一定要写一些诗：人们所需要的是激动人心的诗句来激励他们去反抗他们的吃人政府。他坐在二等车厢里，沉湎在白日梦中，幻想自己生活在一座被太阳烤炙着的西班牙城市中，散发热情如火的诗篇和宣言，号召年轻人起来反抗屠杀他们的人们，这些诗歌将由秘密出版社在全世界发行，他想得竟然几乎没有看到巴黎的郊区或者蓝绿色的夏日的农田在眼前飞逝而过了。

　　　　　　让我们的旗帜在风中招展
　　　　　　那旧日的红旗将再度飞扬
　　　　　　那时稀少的队伍将更为稀少
　　　　　　那时二十个名字只剩下十个

　　甚至法国火车车辆嘎噔嘎噔的声音似乎也在吟唱，仿佛这词句是由一群行进的人们低低地齐声吟唱出来的：

　　　　　　　三人团结如一人
　　　　　　　王国就要少三个

　　中午时，迪克觉得饿了，就走进餐车去吃最后一顿豪华的美餐。他坐在一张桌边，对面是一位穿法国军官制服的英俊的年轻人。"老天，内德，原来是你？"

　　布莱克·威格尔斯沃思以他特有的滑稽姿势将脑袋往后一甩，哈哈大笑起来。"茶房，"他喊道，"给这位先生一只酒杯。"

　　"可你在拉斐特飞行小队待了多久？"迪克嗫嚅道。

　　"不长……他们不愿要我。"

　　"那么海军呢？"

　　"也把我撵了出来，那帮该死的傻瓜蛋以为我得了肺结核……茶房，拿瓶香槟酒来……你上哪儿去？"

　　"我将解释给你听。"

　　"嗯，我将搭'都兰'号回美国。"内德将脑袋往后一甩，又哈哈一笑，嘴唇里发出一阵声音：胡扯胡扯胡扯胡扯。迪克注意到，虽然他脸容非常苍白和瘦削，但眼睛底下一直到太阳穴处的皮肤却泛着红晕，两眼看上去似乎有一点太明亮。

"嗯，我也是。"他听见自己说。

"我陷入困境了。"内德说。

"我也是，"迪克说，"非常糟糕。"

他们举起酒杯，注视着彼此的眼睛，哈哈大笑起来。他们在餐车里坐了一下午，聊天，喝酒，等到抵达波尔多时，都喝得烂醉了。内德在巴黎花光了他所有的钱，迪克也所剩无几，所以他们只好把铺盖卷儿和装备都卖给在波尔多咖啡馆结识的两名刚抵达的美国中尉。这简直像是往昔在波士顿过的岁月，从一家酒吧走到另一家酒吧，打烊之后还到处寻找有酒喝的地方。他们夜里大部分时间待在一家墙上和家具上都蒙着粉红色锦缎的妓院里，跟那鸨母聊天，那是个干瘪的妇人，上嘴唇很长，犹如美洲驼一般，身穿一件缀着亮片的黑色夜礼服，她喜欢上他们，要他们留下，跟她一起喝洋葱汤。他们聊得那么起劲，竟忘了要叫姑娘。她曾在布尔战争①期间待在德兰士瓦，讲一口古怪的南非英语。"你们知道，我们那时的顾客可好啦，全都是军官小伙子，非常文雅，正派。那帮大草原上来的家伙嘛……都给我滚出去……严格得要命，你们明白吗？我们那时有两间客厅，一间接待英国军官，一间接待布尔军官，非常严格，整个战争期间从没发生过争吵和打架……你们的同胞美国人却跟他们不一样，我的朋友们。全都是婊子养的，喝得烂醉，大吵大闹，叫人恶心，当然啦，也有像你们这样文质彬彬的小伙子，我的宝贝儿，货真价实的绅士们。"她说罢用长着老茧、戴着戒指的手拍拍他们俩的腮帮。他们走时，她要吻他们，陪他们一起走到门口，说："晚安，我快乐而年轻的先生们。"

在整个横渡大西洋期间，上午十一点钟之后他们就不清醒了；风浪很小，天气雾蒙蒙的；他们非常快乐。一天夜里，迪克独自伫立在船尾的小炮旁边，手伸进口袋去摸一支香烟，手指摸到了大衣衬里中一件硬邦邦的东西。这是他买来帮助他偷越西班牙国境的那只小罗盘。他怀着负疚的心情将罗盘掏出来，扔到海中。

---

① 布尔人为荷兰人在南非移民的后裔，1880年12月，在德兰士瓦地区成立德兰士瓦共和国，1889—1902年和英国交战，最后失败。

# 新闻短片 XXVII

### 妻子在诉讼中揭露
### 她战争中受伤的英雄丈夫纯系假冒

在这万恶的战场上
　　站着那位红十字会护士
　　她是无人地带的玫瑰花

据数千名前往观看下水典礼并目睹这场灾难的人们说，那船台简直像一只巨大的海龟般掀翻过来，将船台上的人们摔进二十五英尺深的水中。事故发生在规定下水时间前整四分钟

那场巴黎之战啊
　　我因此而成了流浪汉

### 英军在阿富汗边境开始出击

美国现在正满怀信心地要在世界贸易中占有的主要地位将在很大程度上取决于明智而成功地使用并发展它的那些海港

我要回家，我要回家
子弹嗖嗖，炮声隆隆
我再也不想去战壕
哦，送我过海回家
让德国佬碰不到我一根毫毛

你们已经开始发动一场对玩具的讨伐，但是即使没收并毁了所有的德制玩具，要结束从德国进口商品还是不能就做到

## 劫持二十名咖啡馆顾客

### 在可能发生社会骚乱的关键时刻
### 严禁仇视法律的集会

天哪　　我太年轻不能去死
　　我要回家


虽有空袭南希①照样沉醉于夜生活


## 警方追捕一刺花女性
## 疑与蓄水槽谋杀案有关
## 军人之妻被追求者乱砍致死

一青年被怀疑盗用钱财去资助一后备军官的擢升。看来这些人是来自伊尔库次克、赤塔②等地的中国商人，他们携带着从买进的新发行股票中所赚的钱正回哈尔滨去


那场巴黎之战啊
　　我因此而成了流浪汉
　老是女人，多少钱


## 布尔什维克杀死三十万俄国贵族

英国、法国和我国的银行家将保护外国投资者
这三位姑娘于十三个月前来到法国，是第一支在前线慰问演出的乐队。

---

① 法国东北部一城市，第一次世界大战中曾遭到炮击轰炸。
② 分别在苏联南部贝加尔湖西及东。

就在美军傍晚发动向蒂耶里堡<sup>①</sup>进攻的那一天的白天，她们在离前线三公里处的一尊海军大炮的平板底座上为美军演出了一场。后来，她们被派遣到埃克斯累班<sup>②</sup>度假区，白天在食堂工作，晚上演奏、表演舞蹈

你从未见过一个地方男子这么稀少
多的是朗姆酒　多的是乐趣儿
连妈也认不出她亲爱的儿子
哦，要是你还想　把自由之神见
请远远离开那场巴黎之战


# 摄影机眼（35）<sup>③</sup>


　　我们在圣热纳维耶夫山一家小奶制品店里吃早饭对面洗衣店橱窗里总是有两只像掺了一点咖啡的热牛奶的颜色的猫它们的眼睛海蓝色脸庞像煤灰一般黑这家奶制品店蜷缩在拉丁区那些紧挤在一起的蓝灰色老房子之间俯瞰着在雾中显得很舒适的陡峭的小街　　湫隘的小街上有各种不同色彩的粉墙而显得生色挤满了极其小的酒吧饭馆漆店还有旧图片床铺坐浴盆失去香味的香水和极轻微的煎黄油的唑唑声

　　在奥斯卡·王尔德逝世的旅馆附近伯莎远程大炮的炮弹啪地爆炸开来声音并不比大型鞭炮响我们都奔到楼上去瞧瞧房子着火了没有但是那老太太的猪油烧着了气得要命

　　凯旋门附近所有大的新居住区都已撤空但在像一本翻旧了的黄色封面的法国廉价小说般的巴黎我们在卡马尼奥拉、圣安托尼郊区和康缪恩三夜总会放声歌唱

---

<sup>①</sup>　位于巴黎东北约50英里处的马恩河畔。1918年5月底至6月初，美军在那里拦阻了德军的攻势并发动反攻，使德军终于无法向巴黎进犯。

<sup>②</sup>　法国东部一冬夏旅游胜地。

<sup>③</sup>　1918年七八月间，多斯·帕索斯因为在信件中写有反战的内容，不得不离开红十字会，从罗马来到巴黎，等待澄清事实。在此期间，他住在圣路易岛的凯唐茹街一家饭馆的楼上。饭馆的主人姓勒孔特，是作家的朋友。这段描写作家在这段时期的感受。

我在那射线

我在那射线

我在那大炮射线之内①

当伯莎远程大炮的炮弹落入塞纳河时那些长着络腮胡子的老渔夫划着翠绿色的小船争相撒网捕捉被炮弹震晕的鲦鱼

# 伊夫琳·赫钦斯

埃莉诺在图尔内勒河滨马路上好歹搞到一套雅致的公寓，伊夫琳去和她住在一起。那是一幢在黎塞留②时代建成、在路易十五③在位时重新装修过的门面上的灰泥业已剥落的灰色房屋，她们占用的是复斜屋顶下的那一层。伊夫琳总是看不厌窗外的景色，她透过阳台上花样精美的熟铁栏杆眺望塞纳河，只见像玩具般的汽船在河上迎着波浪前进，拖着漆水闪着亮的驳船，漆成红绿色的舱面船室的窗户上挂着网织窗帘，摆着天竺葵，对面小岛上，一些曲线形的扶壁拱架从一个小公园的树丛后面令人眼花缭乱地向上托起了巴黎圣母院东端的半圆室。白天，她们在里沃利街的办公室里往贴报簿上粘贴法国农场废墟、孤儿、饥馑的战时婴儿的照片，以便寄回国内去，供红十字会动员活动中使用，而几乎每晚回家后，总要坐在窗前一张镶嵌着龟壳和金属片的小桌旁喝茶。

茶后，她走进厨房去看女仆伊冯娜做菜。伊冯娜用她们从红十字会供销店领来的食品和糖去进行物物交换，所以她们的食品几乎没花什么钱。起初，伊夫琳曾企图阻止她这样做，但她滔滔不绝地争辩说，难道小姐以为普恩加来总统、将军们、内阁部长们、那帮该死的奸商、那些躲在后方的该死

---

① 原文为法语。

② 黎塞留（1585—1642），法国红衣主教，曾长期担任法王路易十三手下的主要大臣，为17世纪法国强大的缔造者。

③ 路易十五（1710—1774），法国国王（1715—1774年在位）。

的家伙都不吃面包吗？这叫随机应变，他们不把老百姓放在眼里，不管穷人死活……好吧，她的女主人们应该和任何老骆驼般的将军吃得一样好，要是她能为所欲为的话，她要叫所有的将军，还有那帮躲在后方的部长和机关职员，统统站在行刑队前一个个毙了。埃莉诺说苦难使这个年迈的法国女人精神有点失常，但杰里·伯纳姆说精神失常的是世界上其他的人们。

杰里·伯纳姆就是伊夫琳到巴黎的第一个晚上将她从那个上校的纠缠中解救出来的那个红脸的小个子美国人。他们事后常常哈哈大笑地说起这件事。他正在为合众社工作，每隔几天便到她的办公室来采访红十字会活动。他熟悉巴黎所有的餐馆，带伊夫琳到银塔饭店吃晚饭，或者上尼古拉·费拉默酒家吃中饭，午后，他们常常到马雷区那些古老的街道去散步，很晚才一起去办公室。晚上，他们在咖啡馆一张适宜的安静的桌边安坐下来，那里没人能听见他们说话（他说，所有的侍者都是间谍），他便痛饮掺苏打水的柯涅克白兰地，将心中的苦闷一股脑儿倾吐出来。他的工作怎么使他厌恶啦，当记者什么也不再能见到啦，有三四个审查机关审阅他的稿子啦，他不得不拍发预先炮制好的每个字都是肮脏谎言的新闻啦，一个人成年累月干那种工作会失去自尊啦，一个报人在战前简直就是个臭名昭彰的卑劣家伙，而现在你随便用什么卑俗的称呼来称他们也不为过。伊夫琳总是设法使他快乐起来，告诉他，等战争结束了，他应该写一部类似《炮火》的作品，真实地写出战争的真相。"但是战争绝不会结束……这该死的玩意儿太容易赚钱了，你懂我的意思吗？在国内，他们正在大发其财，英国人在发大财，甚至法国人，瞧瞧波尔多、图卢兹和马赛吧，也在发横财，这帮该死的政客，他们在阿姆斯特丹或巴塞罗那银行里都存了钱，这些婊子养的。"说完，他会一把握住她的手，大哭一场，说要是战争真的结束了，他要恢复他的自尊，写一部他觉得有能力写的伟大的长篇小说。

那年深秋的一个晚上，伊夫琳拖着沉重的脚步穿过泥水，穿过多雾的薄暮回到家，发现埃莉诺正和一个法国士兵在喝茶。她很高兴见到他，因为她一直在抱怨她没有结识任何法国人，除了太令人乏味的职业的救济人员和红十字会女工作人员之外；隔了一些时候，她才意识到原来这人就是莫里斯·米勒①，她在心中思忖，当她还是个小姑娘时，怎么会迷恋上他，他如今穿着一件沾满污垢的蓝军装，看上去多像个地地道道的中年人，脸色这般苍

---

① 此人曾在芝加哥任法语教师，伊夫琳当时就对他有好感。

174

白，有点像老处女的样子。一双大眼睛睫毛很长，像个小姑娘，眼睛周围有一圈浓重的深紫色。很显然，埃莉诺仍然认为他非常妙，凝神细听他讲什么牺牲的最高冲动和死亡的神秘的和谐。他正在南希的一家基地医院当担架手，变得笃信宗教，几乎把英语全忘了。她们问起他的绘画，他只耸耸肩膀，不肯作答。在吃晚饭时，他吃得很少，只喝清水。他待到很晚才走，跟她们讲异教徒神奇地改信基督教，火线上施临终膏礼，在一次毒气袭击中，他幻见到年轻的基督在包扎站伤兵中巡礼的情景。战后，他要进修道院去。也许当个苦修会修士。他走后，埃莉诺说这是她一生中所度过的最令人鼓舞的一个晚上；伊夫琳没有和她争论。

莫里斯在假期结束之前有一天下午又来了，带来一个在凯道赛①工作的年轻作家，一个高大的年轻法国人，脸颊粉红色，看上去像个英国公立学校的学生，他的姓名叫拉乌尔·勒莫尼耶。他似乎不喜欢讲法语，而更喜欢讲英语。他曾参加阿尔卑斯山猎步兵②，在前线待过两年，因为患了肺病或者他那当部长的叔叔的缘故，他也说不清因为哪一个，他提前退役了。他说，一切真是无聊极了。然而他认为打网球却是很有意思，每天下午还去圣克卢③划船。埃莉诺发现她整整一个秋季所希冀的就是打一场网球。他说他喜欢英国女人和美国女人，因为她们喜欢运动。在这里，每一个女人都以为你想马上跟她上床睡觉；"爱情是非常无聊的。"他说。他和伊夫琳站在窗前谈论鸡尾酒（他喜欢美国饮料），眺望着最后一抹紫色的暮霭降落在巴黎圣母院和塞纳河上，而埃莉诺和莫里斯坐在黑暗的小客厅里谈论阿西西的圣方济各④。她请他吃晚饭。

第二天上午，埃莉诺说她想要皈依天主教了。在去办公室的路上，她让伊夫琳陪她走进巴黎圣母院听弥撒布道，在正门旁一尊伊夫琳觉得太令人生厌的圣母像前，她们俩都为莫里斯在前线的安全点燃了蜡烛。但是，不管怎么样，那神甫的喃喃祈祷声、那些烛光和那冷丝丝的熏香的烟味都给人留下深刻的印象。她确实祈望可怜的莫里斯不会被打死。

伊夫琳邀请杰里·伯纳姆、刚从亚眠归来的费尔顿小姐和正在巴黎办理与坦克有关事项的阿普尔顿少校当晚来吃晚饭。虽然因为伊夫琳和勒莫尼耶

---

① 法国外交部所在地。
② 法国陆军轻装兵部队，第一次世界大战爆发时，有30个猎步兵营，其中12个叫阿尔卑斯山猎步兵营。
③ 在巴黎西南郊，塞纳河畔。
④ 圣方济各（约1181—1226）为天主教方济各会和方济各女修会的创始人。他出生在意大利中部翁布利亚大区的阿西西。

聊得挺热乎而暗暗生气的杰里喝得酩酊大醉，说了许多脏话，谈起卡波雷托的撤退，说协约国的处境糟透了，但那是一顿精美的晚餐，吃了用橘子做配菜的烤鸭。阿普尔顿少校说，即使那是真实情况，他也不应该讲出来，说着说着，脸上涨得通红。埃莉诺也相当生气，说他发表这种言论，应该给逮捕起来，等客人走了之后，她和伊夫琳吵了一架。"那位年轻的法国人会怎么想我们？你是个讨人喜欢的人儿，亲爱的伊夫琳，可你结交的朋友却是最庸俗不堪的。我真不知道你是从哪儿找来的，而那个姓费尔顿的女人喝了四杯鸡尾酒，一夸脱博若莱葡萄酒，还加上三杯柯涅克白兰地。我亲自给她算着呢。"伊夫琳扑哧一笑，两人都哈哈大笑起来。埃莉诺说她们的生活正变得太放浪不羁，由于战争正在进行，意大利和俄国的形势这么糟糕，想到在壕沟里的可怜的士兵们，等等，这样生活是不应该的。

那年冬天，巴黎渐渐多起穿军装的美国人、军官座车和红十字会供给站发放的食品；摩尔豪斯少校——他原来是埃莉诺的老朋友——这次直接从华盛顿来负责红十字会宣传工作。他来到之前，人人都在谈论他，因为他战前是纽约最有名的宣传专家之一。没有人没听说过约·华德·摩尔豪斯。等消息传来，他实际上已经抵达了布雷斯特港，办公室里就一阵忙乱，人人都紧张不安，担忧他的三把火究竟会往哪儿烧。

他到达的那天上午，伊夫琳注意到的第一件事是埃莉诺卷了发。中午之前不久，整个宣传部门的人被召到伍德少校的办公室与摩尔豪斯少校见面。他是一个较为魁梧的人，蓝眼睛，发色浅得几乎像是白的了。他的军装很合身，武装带和绑腿像玻璃一般锃亮。伊夫琳立刻意识到他身上有一种诚恳和吸引人的气质，就像她父亲的一样，她喜欢这种气质。而且，他瞧上去也很年轻，尽管他有一个宽厚的下颌，讲话时带一点儿南方口音。他做了一个简短的讲话，谈到红十字会的工作在激发市民和战士斗志方面的重要性，他们的宣传工作应该有双重目的，即激励国内人士捐献并使人们了解工作的进程。现在的问题是人们对红十字会工作人员正在从事的极有价值的工作不甚了然，而极容易被用和平主义伪装起来的亲德分子的批评所迷惑，而吹毛求疵的人和逃避兵役的人们总是动不动就挑剔和指责；应该使美国人民和遭受战争蹂躏的协约国国家的人民了解红十字会工作人员所作出的辉煌的牺牲，这种牺牲和壕沟里的亲爱的士兵们所作出的牺牲无疑是一样的辉煌。

"即使在现在，我的朋友们，我们正处在炮火下，准备为了使文明不至于从地球上灭亡而作出最大的牺牲。"伍德少校朝后靠在转椅上，发出一声嘎吱声，使人人都惊惧地抬起头来，有几个人往窗外瞧，仿佛料想看到有颗伯莎远程大炮炮弹正在飞来，就要掉在他们脑袋上似的。"你们瞧，"摩尔豪斯少校急切地说，蓝眼睛眨巴着，"这正是我们要致力使人们感觉到的……喉咙中的哽咽，镇定神经的扭动，勇往直前的那种决心。"

伊夫琳情不自禁地被激励起来。她迅速斜瞥了一眼埃莉诺，埃莉诺瞧上去冷静而纯洁，就像她在聆听莫里斯讲述在毒气袭击中幻见年轻的基督时一样。伊夫琳对自己说，然而你永远也捉摸不透她在想些什么。

那天下午，约·华——埃莉诺这么称呼摩尔豪斯少校——前来跟她们一起喝茶，伊夫琳感觉到她被密切地注视着，便尽量出言小心谨慎；原来他是个财务顾问；她在心中暗暗发笑。他看上去有点憔悴，没有说多少话，当她们谈起月夜的空袭、普恩加来总统如何每天上午亲自去视察被炸地点并慰问幸存者时，他竟明显地身子畏缩起来。他没有待很长时间，就坐上军官座车到某处地方去跟某一个高级官员商谈了。伊夫琳看出他神情不安，很愿意跟她们再待下去。埃莉诺送他到楼梯平台上，在外面待了一会儿。等她回进房间时，伊夫琳仔细观察她，然而她那五官像精雕细刻出的脸上还是往常的那副镇定自若的表情。伊夫琳的话已经到了舌尖上，要问她摩尔豪斯少校是不是她的……她的……但她不知如何问起。

有好一阵埃莉诺什么话也不说；然后，她摇摇头，说："可怜的葛屈鲁德。"

"那是谁呀？"

埃莉诺的声音变得有点儿细弱无力："约·华的妻子……她精神崩溃，正在一家疗养院里疗养……由于精神过度紧张，亲爱的，这可怕的战争。"

摩尔豪斯少校前往意大利重组美国红十字会在那儿的宣传部门，两星期后，埃莉诺接到华盛顿来的调令，去参加罗马办事处的工作。这样便撇下伊夫琳一个人和伊冯娜待在公寓里了。

那是一个寒冷、孤独的冬季，和这些救济人员在一起工作，真叫人腻味透了，但是伊夫琳好歹坚持了下去，晚上有时和拉乌尔在一块找点乐趣，拉乌尔每每来带她上这家或那家小酒馆，但他总是说这些小酒馆无聊极了。他带她到夜游神酒家去，在那儿，有时过了法定时间还能喝到酒；或者朝北到蒙马特尔高地的一家小餐馆去，有一个月明凄清的一月之夜，他们在那里站在圣心教堂的门廊上，看到齐柏林飞艇飞来。巴黎展现在面前，寒冷而死寂，仿佛所有的一排排屋顶和教堂圆顶是从白雪中雕刻出来的，这时榴霰弹在头顶上闪着冷光，探照灯光犹如巨大的昆虫的触角在混沌一片的黑暗之中移动着。每隔一段时间，闪现出燃烧弹发出隆隆声时的红色闪光。只有一次，他们瞥见上空有两个银色的、雪茄形的小东西。它们似乎比月亮还要遥远。

伊夫琳发觉拉乌尔搂着她腰肢的那条胳臂往上移动，一只手按到了她的胸脯上。"太傻了，您知道……太傻了，您知道①。"他用一种平淡无味的声调说，他似乎已经忘却了英语。从那之后，他们就用法语谈话，伊夫琳心想自己真是太爱他了。在街上响起击鼓声之后，他们穿过黑暗而静谧的巴黎走回家去。在一个街角，一名宪兵走上前来，要瞧勒莫尼耶的证件。就着一盏路灯的微弱的蓝色灯光，他费了好大劲儿把他的证件从头看到底，而伊夫琳屏息站在一边，感到心扑通扑通地跳。宪兵交回证件，敬了一个礼，连声道了歉，就走。关于这回事，他们两人什么也没说，但是拉乌尔却似乎认为去她寓所和她一起睡觉是天经地义的事。他们穿过寒冷、黑暗的街道，急步走回家去，脚步在鹅卵石上发出清脆的橐橐声。她偎依在他胳臂上；他们走路时，屁股偶尔碰着屁股，引起一种紧张的、触电般的、令人不安的感觉。

她住的楼房是巴黎极少的没有设门房的楼房之一。她用钥匙开了门，他们打着哆嗦一起爬上冰冷的石头楼梯。她小声叫他别弄出声音来，免得让女仆听见。"这太无聊了。"他低声说道；他的嘴唇暖烘烘地贴在她的耳朵上。"我希望你不会认为这太无聊吧。"

他在梳妆台前梳理头发，像鉴赏家般轻轻地闻闻她的一瓶瓶香水，一边慢悠悠地、毫无羞色地打扮着自己，一边说道："可爱的伊夫琳，您愿意做我的妻子吗？这是可以安排的，难道您不知道。我的叔叔，他是一家之主，非常喜欢美国人。当然啦，这将是非常无聊的，要订婚约那一套。"

"哦，不，我压根儿不想这样做。"她小声说，吃吃笑着，在床上冷得瑟瑟发抖。拉乌尔狠狠地、生气地瞧了她一眼，恭恭敬敬道了声晚安就走了。

等到她窗外的树上萌发出绿芽，市场上的卖花女人开始叫卖水仙时，对于春天来临的感觉使她在巴黎独个儿过的漫长的月份比任何时候更显得凄清。杰里·伯纳姆到巴勒斯坦去了；拉乌尔·勒莫尼耶再也没有来看望她；只要阿普尔顿少校来城，他就来，对她着实过分地献殷勤，但是他太令人生厌了。伊丽莎·费尔顿小姐正在为布洛涅森林大道上一家美国的基地医院驾驶救护车，星期日每当她休息，她就来，唠唠叨叨地说，伊夫琳并不像她起

---

① 原文为法语。

178

先想象的是个思想自由的异教徒，这使伊夫琳的生活痛苦极了。她说谁也不爱她，她正在祈求一颗上面写着她的号码的伯莎远程大炮炮弹来结束这一切。情景变得这么糟糕，伊夫琳在星期日竟然根本在家里待不住，常常在办公室读阿纳托尔·法朗士的作品度过下午的时光。

再说，伊冯娜的怪癖也相当令人难以忍受；她竭力用她难得发表的评论来支配伊夫琳的生活。当唐·史蒂文斯趁休假前来时（他穿着贵格会支队的灰色制服，显得比以前更憔悴了），那简直是上帝送来的福音，伊夫琳想她也许早就爱上他了。她告诉伊冯娜他是她的表哥，他们像亲兄妹一样一起长大，吩咐把他安置在埃莉诺的卧房里。

唐由于俄国布尔什维克革命成功而兴奋万分，吃得很多，把屋子里所有的葡萄酒全喝光了，言谈间动不动就神秘地提到与他有接触的地下力量。他说，所有的部队都想发动兵变，在卡波雷托发生的事情会蔓延到整个战线；德国士兵也准备反叛，那将是世界革命的开始。他告诉她在凡尔登发生的那几次哗变，看见过一长列一长列火车中开赴前线的士兵大叫着"打倒战争"，一路上对准宪兵开枪射击。

"伊夫琳，我们正处在发生重大事件的前夕……全世界的工人阶级不会再忍受这样胡闹下去了……该死，如果我们能从战争中产生一个崭新的社会主义文明，这场战争就几乎可以算是值得的了。"他从桌子上俯过身去，当着正端来浇了滚烫的白兰地的烙饼的伊冯娜那瘦削的鼻子，吻了一下伊夫琳。他向伊冯娜挥挥手指，说："但等战争结束之后。"他那副说话的样子几乎引得她微笑起来。

那年春夏，局势确乎显得动荡不安，这几乎说明唐说对了。在夜里，她能听到从崩溃的前线传来大炮接连不断地猛轰时的一阵阵隆隆声。办公室里多的是种种稀奇古怪的流言：英国第五军已经撤退，逃之夭夭，加拿大部队发生哗变，占领了亚眠，间谍活动正在使所有的美国飞机无法起飞，奥地利军队再次突破意大利防线。红十字会办公室接到了三次命令，将所有材料打包，准备撤出巴黎。面对这一切，宣传部门在它所发的新闻稿中很难保持一种应有的乐观调子，但巴黎却令人宽心地出现了更多的美国面孔、美国宪兵的面孔、武装带和罐头食品；七月中，刚从美国回来的摩尔豪斯少校来到办公室，带来关于蒂耶里堡战线的第一手信息，说战争可望在一年之内结束。

那天晚上，他请伊夫琳到和平咖啡馆跟他一起吃饭，为此，她不得不回绝了和刚从近东和巴尔干半岛回来、有许多关于霍乱和灾难的故事要说的杰里·伯纳姆的一个约会。约·华叫了一顿丰盛的晚餐；他说，埃莉诺曾嘱咐他去看看伊夫琳是否需要鼓鼓劲儿。他谈到战后，对于美国来说，将要出现一个规模浩大的扩张时期。乐善好施的美国将要医治被战争蹂躏的欧洲的创伤。他仿佛是在演习一篇演讲，讲到末了，他瞧着伊夫琳，露出一丝滑稽的、请求宽恕的笑容说："可笑的是，这一切全是真的。"伊夫琳哈哈大笑起来，突然发觉自己非常喜欢约·华。

她穿着一件用她父亲代替生日礼物而寄来的钱在帕坎时装公司买的新衣服，脱下军装穿上它真是一种宽慰。他们要到吃完了饭才有机会开始认真的交谈。伊夫琳想引他谈谈自己。晚餐后，他们去了马克西姆餐厅，但那里坐满了喧闹的醉醺醺的飞行员，那股子闹劲儿似乎叫约·华害怕，所以伊夫琳建议他们还不如上她家去喝杯葡萄酒。等他们到达图尔内勒河滨马路，刚刚跨下约·华的军官座车，她瞥见了唐·史蒂文斯正从街上走过去。一刹那间，她真盼望他别瞧见他们，但他又趱身奔回来。有一个穿士兵军装的年轻人跟他在一起，那年轻人姓约翰逊。他们一起上楼，阴郁地在她客厅里坐着。她和约·华除了谈埃莉诺之外似乎也没什么好聊，其他那两位则阴沉地坐在椅子里，瞧上去很尴尬，直到最后，约·华站起身来，下楼坐进他的军官座车，开走了。

"他妈的，如果我痛恨什么的话，那就是红十字会少校。"门在约·华身后一关上，唐就冒出这句话。

伊夫琳生气了。"哼，这可并不比当个假贵格教徒坏。"她冷冷地说。

"请原谅我们的打扰，赫钦斯小姐。"那个美国大兵喃喃道，他一头金发，看上去像是瑞典人。

"我们本想约你出去到一家咖啡馆什么的地方去，但现在太晚了。"唐不悦地开腔道。

美国大兵打断了他的话："我希望，赫钦斯小姐，您不会介意我们的打扰，我是说我的打扰……是我请求唐带我来的。他跟我讲了许多关于您的话，而我已经有一年没有见到一位地道的美国好姑娘了。"

他讲话时样子十分恭敬，带着一点呜咽般的明尼苏达州的口音，这使伊夫琳起先觉得讨厌，可是等到他表示歉意而告辞时，她却喜欢上了他，当唐说"他是个特别可爱的小伙子，只是带着点感情脆弱的样子。我怕你不会喜欢他"时，她还为他辩护。她不肯让唐留下跟她一起过夜，这大出他之所料，他离去时，一脸阴沉的神色。

十月中，埃莉诺回来了，带回来许多她非常便宜地买到的画在板上的意大利古画。红十字会办事处人浮于事，她、埃莉诺和约·华乘上军官座车到法国东部各红十字会食堂去巡视了一周。那是一次美妙的旅行，天气意想不到的好，几乎和美国的十月差不多，他们在各处地方的团、军团和师的司令部吃午饭和晚饭，所有的年轻军官都待他们好极了，约·华心情很好，一直逗大家笑，他们看到了野炮队射击、一场空战和不少腊肠形观测气球，听见了德国远程大炮炮弹的嗖哨声。就是在这次旅程中，伊夫琳第一次开始注意到在埃莉诺的举止中有几分冷漠，这伤了她的心；埃莉诺刚从罗马回来的第一个星期中，她们曾经是多么亲密的朋友啊！

回到巴黎后，一切突然变得十分令人兴奋，那么许多他们认识的人都露面了：伊夫琳的弟弟乔治，正在后勤部总部当译员，一个叫罗宾斯先生的人，是约·华的朋友，总是喝得醉醺醺的，讲起话来样子可笑极了，还有杰里·伯纳姆和许多记者和这时已晋升为上校的阿普尔顿少校。他们举行小型宴会和聚会，而主要的困难是区别各人的级别，拉一些善于与人相处的人来参加。幸亏他们的朋友都是军官或有军官衔的记者。只是有一次，他们正要请阿普尔顿上校和宾准将入席时，唐·史蒂文斯突然露面了，伊夫琳请他留下，使当时的情景非常尴尬，因为这位将军认为贵格教徒是最糟糕的逃避兵役者，于是唐发起火来，说和平主义者可比占着个无所事事的职位的参谋部军官更加爱国，而且不管怎么说，爱国主义是反人类的罪行。要不是因为阿普尔顿上校喝了许多鸡尾酒，把他坐的那把镀金小椅子压塌了，弄得准将哈哈大笑起来，用一句很糟糕的双关语 avoir du poise① 来取笑上校，使大家把刚才的争执忘得一干二净，那情景会是够让人不愉快的。埃莉诺对唐恼火透了，等客人都走了，她和伊夫琳站着恶声相向。第二天早晨，埃莉诺不愿跟她说话，而伊夫琳则出去另找一所寓处。

---

① 在法文中，poise 既可作倒霉解，又可作生活放荡的人解，所以这句话既可作"倒霉"又可作"找妓女"解，一语双关。

苍鹰啊，飞得高
在莫比尔，在莫比尔①

美国人游过宽阔的河面，爬上陡直的运河坡岸，一举攻取邓城，战绩辉煌。横渡大西洋邮船总公司，通称法国邮船公司，在整个战争期间，在经常性的客运服务中没有损失一条船只，这真是个异乎寻常的事实

## 红旗在波罗的海飘扬

"我飞越埃及去参加艾伦比②的部队，"他说，"这段使以色列的儿女们走了四十年的路程，我乘一架飞机只花了两小时。这使人不得不想到现代科学的进步。"

别飞跑，幸运的母牛
在莫比尔，在莫比尔

## 潘兴迫使敌人继续后撤

## 为伤兵们歌唱；没有被当作间谍而枪决

我将奉献凡尔赛

---

① 位于美国亚拉巴马州西南部，为墨西哥湾边一大海港。
② 艾伦比（1861—1936）为英国陆军元帅，1917年6月指挥埃及远征军，于12月9日攻克耶路撒冷。

巴黎和圣但尼①

巴黎圣母院的塔楼

我的国家的钟楼

## 请揭发发战争财的奸商以协助食品管理局

会商各方在大部分问题上所取得的完全一致使与会者满意并甚至有点惊奇

## 赤色分子迫使商船逃离

## 德国佬溃逃

在我金发美人儿身边

好极了，好极了，好极了

在我金发美人儿身边

让我睡上个好觉

## 在社会党人那儿瞎子称王

德国政府谨请美利坚合众国总统采取步骤恢复和平，通知与此请求有关的所有交战国，敦请它们派遣全权代表来进行谈判。德国政府接受美国总统在其后来所作的声明，特别是1918年9月27日的讲演中所阐述的纲领作为和平谈判的基础。为了避免进一步流血，德国政府谨请美国总统立即促成陆、海、空的全面停战。

---

① 巴黎北郊一小城。

# 乔·威廉斯

　　乔在纽约和布鲁克林转悠了一阵子，向奥尔逊太太借钱，总是喝得醉醺醺的。有一天，她采取行动了，把他赶了出去。天气冷得要命，有几夜他不得不去找贫民救济会。他唯恐因逃避征兵给逮起来，他对该死的一切都腻味了；结果他还是登上驶往波尔多和热那亚的一艘名叫"阿巴拉契亚"号的崭新的大货轮，当一名普通水手。他受到那样的待遇使他觉得好像又成了囚犯，又得用拖把擦洗甲板，铲刮旧漆。在水手舱里，大多数是一些从未见过海洋的乡下小伙子和一些派不了什么用场的老酒鬼。出航四天之后，船碰上了恶劣的狂风，一阵小浪潮打进船来，击破了两条右舷救生艇，护航船队给打散了，他们还发现甲板上的缝隙没有好好填塞麻丝，海水不断地往水手舱里灌。原来乔竟是船上大副能信赖的唯一能掌舵的人，所以他们把他从刮漆活儿上撤下来，于是在他当舵手的四小时班上，他有充分时间去想一切是多么的糟糕。到了波尔多，他原想去找玛塞琳，但水手一律都轮不到上岸。

　　水手长上了岸，和两三个大兵喝得醉醺醺的，回来时带了一瓶柯涅克白兰地送给他特别喜爱的乔，于是对他私下讲了不少流言，什么法国佬给打垮了，英国佬给打垮了，意大利佬给打得屁滚尿流，要不是有了咱们，德皇随时会骑马进花都巴黎，但事实上，双方正相持不下。天气冷得要命。乔和水手长走进厨房，和厨师一起喝这瓶柯涅克白兰地。厨师是个见过世面的人，参加过克朗代克淘金热①。船上就只有他们这三个人，因为高级船员全上岸去瞧法国小姐，而其他人全睡了。水手长说这是文明的末日；厨师说他才他妈的不在乎呢；乔说，他也他妈的不在乎；水手长说他们是两个该死的布尔什维克，便烂醉如泥了。

　　这次绕过西班牙、穿过直布罗陀海峡、往北沿着法国的海岸驶往热那亚的航行真是一次滑稽的航程。一路上，涂着迷彩的希腊、英国、挪威和美国

---

① 克朗代克在加拿大西北部育空地区的西部，19世纪末在该地发现黄金，因而掀起了北美洲历史上的第二次"淘金热"。

货船全排成一长溜，紧贴着海岸慢慢航行，甲板上堆放着救生衣，救生艇挑出在吊艇柱上。另一长溜回程的空船，驶过他们身边，那是些从意大利和萨洛尼卡来的运输船和运煤船，白色的医疗船，从七大洋来的各种各样的旧船，锈迹斑斑的货船，它们的螺旋桨露出水面这么多，以致当它们驶到只见船桅不见船身并消失了踪影之后两三小时，你仍然可以听见螺旋桨击水的哗哗声。他们一驶入地中海，就一直看见大海上有法国和英国战舰，还有样子很滑稽的驱逐舰，拖着长长的浓烟，它们会向你用信号打招呼，并派人上船来检查船舶证书。岸上看上去没有一点在打仗的迹象。他们驶过直布罗陀之后，天气一直晴朗。西班牙海岸一片碧绿，海岸后面是光秃秃的粉红色和橘黄色的山峦，海岸上散布着一座座白色小屋，像方糖似的，在有些地方簇拥在一起，成为城镇。船在蒙蒙细雨、浓雾弥漫、浊浪滔天之中横渡利翁湾①，他们差一点撞沉一艘装满一桶桶葡萄酒的大型的三桅帆船。然后他们在一片怒号的西北风中沿着法国的里维埃拉前行，只见一个个满是红屋顶的城镇在灿烂的阳光下光彩夺目，后面高耸着干燥而多石的山冈，雪山清晰地兀立于一切之上。他们驶过蒙特卡洛②后，出现一个环形地带，房屋全是粉红色、蓝色和黄色的，那儿有高大的白杨树，在所有山沟里有高耸的教堂尖塔。

那天夜里，他们正在寻找在海图上标志为热那亚所在的那座大灯塔时，却发现前方红光一片。有流言说德国佬攻占了热那亚，正在焚烧全城。二副就在船桥上对船长说，如果他们再向前行，就会全部被逮住，所以还是最好折回去，进马赛港抛锚，但船长对他说，这不关他的屁事，吩咐他闭上嘴，等到问他时再发表意见。他们越往前驶，火光就越亮。原来是一艘油轮在防波堤外着火了。那是美孚石油公司的一艘崭新的大油轮，船头有点前倾，船上不断往外喷吐火舌，在水面上燃烧。人们望得见防波堤、灯塔和远处傍山而建的城市，那儿所有的窗子都映照着红光，挤在港内的船只都被火光照得红彤彤的。

他们抛锚后，水手长带领乔和两个年轻人乘上小船，一起划过去，看看在油轮上还能做点什么。船尾高高地翘出水面。就他们所见，油轮上一个人也没有。几个意大利佬驾着一艘摩托艇驶来，对他们叽里咕噜讲了一通，但他们装作不懂他们的意思的样子。旁边也有一艘救火船，但是帮不了什么忙。"他们到底为什么不凿沉它呢？"水手长不断地说。

---

① 在法国东南部地中海岸，西起西班牙边界，东至马赛东的土伦。
② 位于法国东南部地中海海岸上一小国摩纳哥公国中，为著名的赌城。

乔瞥见一条绳梯一直垂进水中，就将小船划到绳梯前。当别人开始冲着他大喊大叫别上去时，他已爬到半梯了。他跨过栏杆，跳上甲板，心中在纳闷他到底到船上去干什么。该死，我真希望这油轮爆炸啊，他自言自语地说。在船上一切亮如白昼。油轮的前部和它周围的水域像一盏灯一般在燃烧。他猜想油轮触着了水雷或者挨到了鱼雷。显然，船员们是在一片慌乱中撤离的，因为在船尾救生艇的吊艇柱附近撒满了各种各样的衣物和几只水手袋。乔给自己挑了一件质地很好的新毛线衫，然后下去走进船舱。他在桌上发现一包哈瓦那雪茄。他抽出一支，点上了。那些该死的储油舱随时都可能将他炸进地狱，而他却站在那儿点上一支雪茄抽，这使他觉得很舒坦。那真是一支很好的雪茄。在桌上有个绉纸包，里面有七双女人的长统丝袜。他脑海里首先闪过的念头是：好极了，拿回家去送给苔尔吧。可是，他又想起他跟这一切算是玩完了。不管怎样，他还是将长统丝袜塞进裤兜里，走回到甲板上。

水手长从小船上对他直嚷嚷，看在基督分上，快回来吧，否则要撇下他不管了。他抓紧时间从升降口扶梯上捡起一只钱包。"这不是汽油，这是原油。它会烧上一个星期的，"他向小船里的伙计们喊道，一边抽着雪茄慢慢地从绳梯上爬下去，越过船桅、烟囱、起货桅林立的港口，眺望沐浴在一片红光之中的大理石大房子、古老的塔楼、门廊和远处的山峦。"船员到底都到哪儿去了？"

"也许眼下正在岸上——我也很想去呢——喝得酩酊大醉了。"水手长说。乔将雪茄平分给大伙儿，将长统丝袜留给自己。那只钱包里什么也没有。"真他妈糟透了，"水手长嘟囔道，"难道他们没有化学灭火剂吗？"

"这帮该死的意大利佬即使有了也不知道怎么使。"有一个年轻人说。

他们划回"阿巴拉契亚"号，报告船长油轮已被抛弃，怎么处置它该由港务当局来管了。

第二天一整天，油轮还在防波堤外燃烧。傍晚时分，油轮的另一个储油舱爆炸了，就像手持燃放的焰火筒一般，火舌开始向越来越宽的海面上蔓延。"阿巴拉契亚"号起了锚，停靠到码头边。

那夜，乔和水手长一起进城瞧瞧。街道很窄，街上有一级级台阶，通向山上宽阔的大道，大道柱廊下有咖啡馆和散放在外面的小桌子，人行道上铺满了磨光的大理石，镶成各种图案。天气相当寒冷，他们走进一间酒吧，喝掺有朗姆酒的粉红色热酒。

他们在那儿结识了一个名叫查利的意大利佬，他在布鲁克林住过十二年，他带他们到一家下等餐馆，吃了许多实心面条和煎小牛肉，喝了白葡萄酒。查利诉说在意大利陆军部队里人家怎么把你当一条狗对待，饷金一天五分钱，而且你连这个也拿不到。查利衷心拥护威尔逊总统和十四点原则，说不用打赢，他们就很快可以获得和平，在意大利发动大革命，对法国发动大进攻，而英国佬视意大利人如草芥。查利带来两个姑娘，内达和多拉，说是他的表妹，其中一个坐在乔的膝上。哇，她多能吃实心面条啊。他们全喝葡萄酒。乔付这顿晚餐，花光了他所有的钱。

他带内达沿院子里的屋外楼梯上楼去睡觉时，看见在港外燃烧的那条油轮的火光照在房屋的光秃秃的墙上和瓦屋顶上。

内达不愿脱光衣服，却想瞧瞧乔的钱。乔没有一个钱了，所以就把长统丝袜拿出来。她看上去很不放心，摇摇头，但她标致极了，长着一对乌黑的大眸子，乔想干那事儿想得要命，便高声喊查利，查利爬上楼梯，用意大利语跟姑娘讲话，说她当然愿意收下这长统丝袜，难道美国不是世界上最伟大的国家吗，都是协约国嘛，对于意大利来说，威尔逊总统是一位伟人。但是，姑娘仍然不愿意干，直到他们从厨房里找来一个老太婆，她呼哧呼哧喘着气爬上楼来，用手摸了摸袜子，准是说了句它们是真丝的，很值钱，因为那姑娘用手搂住了乔的脖子，于是查利说：“行啦，伙计，她跟你睡整整一夜，好好干吧。”

但是到了约莫子夜时分，姑娘睡着了，乔不耐烦再躺在那儿。他闻得到楼下院子里厕所的臭味，有只公鸡拼命地不断高声啼鸣，好像就在耳边似的。他起床穿上衣服，踮着脚走出去。长统丝袜挂在一把椅子上。他撸起丝袜，又往兜里一塞。他的皮鞋叽叽嘎嘎响得要命。通大街的门拴上了，插上了门闩，他花了好长时间才把门打开。他刚踏上大街，一只狗在什么地方狂吠起来，他赶紧奔跑。在这数不清的狭窄的石板铺的小街上，他迷路了，但他琢磨要是继续往山下走，他早晚总可以走到港口的。跟着，他又看到了映在有些房屋墙壁上的燃烧的油轮的粉红色火光，便随着火光前行。

在几级陡峭的台阶上，他撞见了两个穿军装的美国人，就向他们问路，他们请他就着一只柯涅克白兰地瓶喝了一口酒，说他们正在前往意大利前线的途中，还说发生了意军大撤退，一切都糟透了，他们不知道该死的前线在哪儿，所以他们就在那儿等着，直到该死的前线退到他们面前。他跟他们讲起关于长统丝袜的事，他们认为这真他妈的滑稽，并给他指点了去"阿巴拉契亚"号停泊的码头的路。他们互道晚安时，不知握了多少遍手，他们还说意大利佬全是蠢猪，他就说他们给他指路真是好人，他们说他才是好人，大家一起喝光了那瓶柯涅克白兰地，他就回到船上，一头栽进铺位。

"阿巴拉契亚"号起航回国时，那油轮还在港外燃烧。在回国的航程中，他发花柳病睡倒了，好几个月不能喝一滴酒，等他到达布鲁克林时，病情才多少稳定下来。他去船舶局在普拉特学院①办的航海学校学习，获得二副证书，那一整年在一艘西雅图建造的新木船"奥旺达"号上来回跑纽约和圣纳泽尔。这船碰到了不少麻烦。

他和珍妮彼此经常通信。她随红十字会到海外去了，充满爱国之情。乔开始想，她也许是对的。不管怎样，如果你还相信报纸的话，德国佬正在节节败退，只要你没被指控为亲德分子、布尔什维克或者他妈的什么其他的名堂而去蹲冤狱，对一个年轻人来说，这是一个大好的机会。正如珍妮在信中不断陈述的，毕竟文明必须得到拯救，而要拯救文明则有赖于我们的努力。乔开了一个储蓄户头，买了一张自由债券。

停战日的那天夜里，乔正在圣纳泽尔。全城欢腾起来。所有的船员都上了岸，所有的美国大兵都离开了营地，所有的法国兵都走出兵营，人人彼此拍着背脊，打开酒瓶，相互请喝酒，把香槟酒瓶摇得啪地冲掉了瓶塞，吻遍所有的漂亮姑娘，被年老的妇女亲吻，被双颊长着络腮胡子的法国老兵亲吻。大副、二副、三副、船长、轮机长以及两三个他们从未见过的海军军官一起开始在一家咖啡馆大吃一顿，但是喝了汤之后就再也没什么菜肴端上来了，因为人们全在厨房里跳舞，他们给厨师倒了那么多杯酒，他就此醉倒了，他们大家就全坐在那儿唱歌，用大玻璃酒杯喝香槟酒，向举着协约国国旗穿过人群的姑娘们欢呼。

乔到处转悠寻找让内特，那是他每次到圣纳泽尔都与之同居的姑娘。他想在还没喝得两脚拌蒜之前找到她。她答应过在后来被称作停战日的那天晚上跟他睡觉。她说，自从"奥旺达"号进港以来，她还没跟别人睡过觉，他待她挺好，从美国带了好多礼品给她，好多口香糖和好多咖啡。乔觉得很痛快，兜里揣着好大一叠钞票，而且真见鬼，这些日子美元可值钱哪，他雨衣口袋里装的那两三磅白糖，对法国小姐来说，可比金钱还要贵重哪。

---

① 1887年创建于布鲁克林的私立学院。

他走到后面，那儿有一间全用红丝绒和镜子装饰起来的有舞池的餐馆，乐队正在演奏《星条旗》，人人都高呼"美国万岁"，在他进去时，纷纷将酒杯递到他面前，然后他和一个胖墩墩的姑娘跳舞，乐队正在奏某一支该死的狐步舞曲什么的。他推开胖姑娘，因为瞅见了让内特。她衣服外面披着一面美国国旗。她正在和一个魁梧的身高六英尺的塞内加尔黑人跳舞。乔生气极了。他把让内特从那黑鬼——他是个法国军官，身上挂满了金色鞭绳——手里一把拉过来，她说："怎么回事，亲爱的？"乔缩回手臂，使出浑身力气，重重的一拳正揍在他下颏尖上，但黑鬼一动也不动。黑鬼脸上堆起黑色的惶惑的笑容，仿佛他就要提一个问题似的。一名侍者和两三名法国士兵走上前来，企图把乔拖开。人人都在叫喊着，嘟囔着。让内特正想站到乔和侍者之间，下巴上挨到了一拳，就一头栽倒在地上。乔揍倒了两三个法国佬，正在往后退到门边时，瞥见镜子里有个身材魁伟的穿着短上装的家伙双手抓着一只瓶直往他脑袋上砸来。他想躲闪开，但已来不及了。瓶子击破了他的头颅，他晕了过去。

# 新闻短片XXIX

消息①传来引起全市电话线路满负荷

不该
　不该
　　真不该去去去去


## 在汉堡使用大炮

在港口征收员拜伦·勒·牛顿的指挥下，人们在海关唱起《星条旗》


## 摩根站在窗台上
## 一边向人群头上扔彩色纸带
## 一边向后踢腿


　　一传来停战的消息，炮台附近的"纽约"号消防船便拉响一声汽笛，人们还没来得及惊呼一声，整个河滨便充满了到处乱跑、欢跳的人群


　　喂，你可瞧见晨曦初露光芒②


## 王储亲吻女裁缝，受到妇女们的围攻


---

① 指1918年11月11日协约国和德国签订停战协定的消息。
② 美国国歌《星条旗》歌词中的第一句，该歌词由弗朗西斯·基于1814年被扣押在一艘英国军舰上时写成。

前进，祖国的儿郎
　　光荣的时刻已来临①

不该把玛丽这么搔痒
　　不该去到那个地方②

"我们一直在跟魔鬼作战，由此而产生的一切苦难都是值得的。"威廉·霍华德·塔夫脱昨晚在这里庆祝胜利的集会上说

凯—凯—凯蒂，美丽的凯蒂
　　她是我爱慕的唯一女—女—女郎
　　当月明天清之际

合众社，纽约

巴黎急电布雷斯特海军上将威尔逊下午四时对布雷斯特报纸宣布停战协定已签后来又通知尚无法证实然而在此期间布雷斯特已是一片欢腾的庆祝活动

## 持枪歹徒劫持昆斯③ 两辆无轨电车

在牛棚楼上
　　我将等候在厨—厨—厨房门前

## 特别大陪审团被请求对
## 布尔什维克分子起诉

士兵和水兵给庆祝集会带来唯一的一点动人色彩。他们一心想前来寻欢作乐一番，尽管身穿军装，但还是喝到了不少酒。有些归国的战士几乎酿成骚乱，他们怀里揣满了石块，企图砸碎百老汇大街和四十二街转角上的电灯标语，上面标着：

---

① 法国歌曲《马赛曲》歌词中的一句。
② 这两句是当时有人为流行歌曲《蒂珀雷里》杜撰的戏谑歌词。
③ 纽约市东部的一个区。

### 欢迎英雄荣归

喂，你可瞧见晨曦初露光芒
我们纵情欢呼破晓的微光
通宵有空中爆炸的火炮的红光
证明我们的旗帜依然在飘荡①


# 摄影机眼（36）②


　　每天夜里在最后一次检查后我们将酸气冲天的垃圾桶在舷边顺风倒尽之后我们每每停下来吸一口十一月的狂风海水打在你的耳背后为了瞧一眼从奔腾的浪涛和掉在水里的人们和淹死的人们身上激起的白沫（在一大片紫色中漂浮的水雷缓缓地浮沉着潜艇就在它们下面平稳地游弋）为了瞅一眼布满流云的天空把我们的手从盛满了他们无法下咽的大锅菜的罐子的油腻的柄上移开（九顿饭倒掉九次吃剩的食物跟那企图将炖杏子藏起来的讲一口伦敦土音的茶房吵九次架来检查啦立正　　咔嚓一声　　稍息　　打着手电往白铁平锅的每一个角落照一照那些晕船的被大海吓坏了的大兵手里拿着餐具在颠簸不堪的令人窒息的过道里排上九次队）
　　嗨士兵告诉我他们已经签了停战协定　　告诉我战争结束了　　他们要把我们送回国内　　谣言吧你胡说些什么　　我来讲一桩　　我们已经将空的垃圾桶拖下了三段铁梯拖进那摇晃不堪的令人恶心的底层舱动手把满桶搬上去轮船每摇晃一下一点儿大锅菜就从桶边上溢出来

---

①　《星条旗》歌词中的第一节。
②　此段描述作者随同美国救护车小分队在前往欧洲途中的感受。他当时在小分队内负责伙食事宜。

# 威尔逊先生

布坎南①被选上总统的那年，托马斯·伍德罗·威尔逊

在弗吉尼亚州一个河谷城市斯汤顿的一座牧师住宅内降生

母亲是长老会牧师的女儿；他们是古老的苏格兰—爱尔兰血统；父亲也是一位长老会牧师，在神学院教授修辞学；威尔逊一家生活在由两个世纪的加尔文教派②圣职人员所讲的道所构成的一片颠扑不破的苍穹的宇宙之中。

上帝是道，

道就是上帝。③

威尔逊博士是一位有地位的人物，热爱家庭、子女、好的书籍、妻子和正确无误的句法，每天在家庭祈祷会上跟上帝交谈；

他用《圣经》和词典

教养着自己的儿子们。

在内战的岁月中

在那些充满着横笛和军鼓声、步兵射击和宣言的年代，

威尔逊一家住在佐治亚州的奥古斯塔；托米④是个智力迟钝的孩子，到九岁才开始读书识字，但他学会了阅读后，最爱读的书籍是威姆斯牧师⑤写的

《华盛顿传》。

1870年，威尔逊博士应聘前往南卡罗来纳州哥伦比亚的神学院任教，托米进戴维森学院深造，

在那里，他练就一口漂亮的男高音；

然后他去普林斯顿大学，成为辩论家和《普林斯顿人》杂志的编辑。他

---

① 詹姆斯·布坎南（1791—1868），美国第十五任总统（1857—1861）。

② 法国新教改革家约翰·加尔文（1509—1564）创立的教派。

③ 参见《圣经·约翰福音》第1章第1节："太初有道，道与上帝同在，道就是上帝。"

④ 托马斯的爱称。

⑤ 梅森·洛克·威姆斯（1759—1825），美国牧师、传记作家。1800年出版的《华盛顿传》多年畅销不衰。

在拿骚《文学杂志》上发表第一篇文章，赞赏俾斯麦①。

后来，他进弗吉尼亚大学专攻法律；年轻的威尔逊憧憬当个伟人，像格莱斯顿②和十八世纪的英国议会党人一样；他希冀在为真理奋斗的事业中使坐满一大厅的人为他所震慑；但是律师事务却让他感到厌烦；他置身于图书馆的书香气息、教室和大学小教堂中，反而觉得更自在；他抛弃在亚特兰大的律师事务，前往约翰斯·霍普金斯大学从事历史学研究；在那里他撰写了《国会政府》一书。

二十九岁时，他和一位醉心于绘画的姑娘③结婚（他追求她时，教她如何发开音节的"a"音），在布林马尔女子学院弄到一个教女生历史和政治经济学的职位。他在约翰斯·霍普金斯大学获得博士学位后，进卫斯理大学当教授，撰写文章，开了《美国史》课程，

在讲台上为真理、改革、负责的政府和民主大声疾呼，在辉煌的大学生涯中一直爬到阶梯的顶端；1901年，普林斯顿大学理事会聘请他当校长；

他一心投身于改革大学，交上了一些支持他的朋友，树立了不少竭力反对他的敌人，使校园里的人们相斗，

而美国人民开始在报纸的头版上看到

伍德罗·威尔逊的名字。

1909年，他做了关于林肯和罗伯特·爱·李④的演讲，

在1910年，

新泽西州的民主党的一些头头，迫于揭发丑事者和改革者的压力，想出一个好主意，把这位一贯清白的大学校长提名竞选州长，因为他公开拥护右翼势力

而吸引了大量听众。

当威尔逊先生对提名他当州长的特伦顿年会演讲时，他坦率陈述了他对普通人的信念（小城市的党魁和选区政客的走卒们面面相觑，搔首挠耳）；他继续讲下去，声调越发坚定了：

---

① 俾斯麦（1815—1898），普鲁士政治家，以"铁血宰相"之称闻名于世。
② 威廉·格莱斯顿（1809—1898），英国政治家，曾四次担任首相。
③ 指威尔逊的第一位夫人爱伦·路易丝·阿克逊，两人于1885年成婚。
④ 罗伯特·爱·李（1807—1870），美国南北战争期间的南军总司令。

那就是说，我个人希望能受这种普通人的意见所指引，这样，当任务越来越多，在所有的人感到迷惑和灰心的日子来临时，我们能抬起自己的眼睛，从黑暗的幽谷——在那里，特权的巉岩遮掩、弄暗了我们的路——望向峰巅，望向太阳穿过峰峦间隙的小道闪闪发光的地方，这上帝的太阳，

这太阳意味着使人们重新焕发青春，

这太阳意味着将他们从激情和绝望中解放出来，将我们抬向每一个希冀自由和成就的人的高原福地。

小城市的党魁和选区政客的走卒们面面相觑，搔首挠耳；然后他们欢呼起来；威尔逊愚弄了那些自作聪明的人们，欺瞒了党魁们，以压倒多数当选；

所以，他离开普林斯顿大学去当新泽西州州长时，是个半改革派，
在杰克逊节①的宴会上

他和布赖恩②言归于好了；当布赖恩说"我当然明白在货币问题上你并不和我站在同一立场上"，威尔逊答道："我所能说的是，布赖恩先生，您是一位伟大的大人物。"

他被介绍给豪斯"上校"③，
那位正在戈塞姆饭店编织他的罗网的业余政治魔术师，

于是，在翌年七月巴的摩尔大会上，赫斯特和豪斯在幕后操纵，加上发皱的硬领上塞了一条手绢的布赖恩在走廊里大声疾呼，为大汗淋漓的代表们搬演了一台木偶戏，其结果是伍德罗·威尔逊被提名竞选总统。

进步党人在芝加哥和塔夫脱分裂而倒向西·罗，促成了威尔逊的当选；
于是，半改良派的他离开了新泽西州
（影子草地运动的口号是无情的宣传）

而去了白宫
成了美国第二十八任总统。

当伍德罗·威尔逊和塔夫脱——这位伟大的胖子，当总统时一直在稳健地抵制西·罗将工商业置于政府控制之下的那些反动措施——并肩驱车顺着宾夕法尼亚大道行驶时，

约·皮尔庞特·摩根正坐在华尔街办公室的里间中玩单人纸牌游戏，每天抽上二十支黑雪茄，诅咒民主制度干下的蠢事。

---

① 1月8日，纪念安德鲁·杰克逊1815年在新奥尔良大败英军一事，当时他担任陆军少将。
② 威廉·布赖恩（1860—1925），美国律师，政治家，1913—1915年任国务卿。
③ 爱德华·豪斯（1858—1938），美国外交家，1919年巴黎和会时，任美国代表团团员。

威尔逊痛斥利益集团，攻击特权，拒绝承认乌埃尔塔政权，向格朗德河①派遣民兵，

采取一种严阵以待的政策。他发表了《新自由》，亲自向国会阐明他的观点，就像大学校长在向全校师生做演说。在莫比尔，他说：

我想借此机会声明美国将永远不再靠征服来掠取别国的一寸土地；

而他命令海军陆战队在维拉克鲁斯②登陆。

我们正在目睹公众精神在复兴，严肃的舆论在复苏，人民的权力在复活，一个深思熟虑的重新建设的时代在开始……

但是世界开始围着萨拉热窝③旋转起来。

开始是在思想上和行动上都严守中立，后来，当"卢西塔尼亚"号被击沉、"摩根借款"有可能遭到危险以及英法宣传家们的报道使东部所有的金融中心大叫大闹要求参战时，吸收战鼓声和炮声的力量毕竟太强了，所以这时仍然是我们太自尊了不愿参战；精英之辈从巴黎得到时髦的东西，从伦敦、西·罗和摩根家族那里学到发开音节"a"。

威尔逊以"他使我们免于战争"的口号而重新当选总统之后五个月，力促国会通过《武装商船法案》，并宣布美国和同盟国之间存在战争状态。

毫不吝惜或毫无节制地诉诸武力，最大限度地诉诸武力。

威尔逊成为国家的象征（战争是国家健康的表现），华盛顿成了他的凡尔赛，他招纳了来自大公司的领取象征性薪水的人们来配备他那社会化的政府并指挥这场大检阅④，

将人员、军火、食品、骡子和卡车运往法国。每天日落奏起《星条旗》时，五百万士兵在油毛毡营房外立正。

战争带来了八小时工作日、妇女选举权、禁酒法⑤、强迫仲裁权⑥、高工

---

① 在美国和墨西哥边境。
② 墨西哥东部港口城市，临墨西哥湾。
③ 萨拉热窝，在南斯拉夫。1914年6月28日奥匈帝国皇储斐迪南在那里被刺，成为第一次世界大战的导火线。
④ 指第一次世界大战。
⑤ 指战时通过的临时性的战时禁酒法案。
⑥ 指劳资之间出现任何纠纷，政府可以依法进行裁决。

资、高利率、定利合同①，还有当金星妈妈②的优惠条件。

如果你反对使世界对于定利民主来说更加安全③，你就会像德布斯一样身陷图圄。

这场戏结束得几乎太快了，巴登的马克斯亲王恳求接受"十四点原则"，福煦④占领了莱茵河上的桥头堡，德皇戴着大礼帽，有人说还装了假络腮胡子，在波茨坦的月台上气喘吁吁地奔上火车。

借助于万能的上帝、权利、真理、公正、自由、民主、民族自决、不要战争赔款、没有任何附带条件，

加上古巴的糖、高加索的锰、西北部的小麦、迪克西⑤的棉花、英国的海上封锁、潘兴将军、巴黎的出租汽车和七十五毫米口径的大炮，

我们打赢了这场战争。


1918年12月4日，伍德罗·威尔逊，作为第一个离开美国国土出国访问的任职总统，登上"乔治·华盛顿"号前往法国。

他是世界上最强有力的人。


在欧洲，人们知道毒气的气味是什么，闻到过埋得太浅的尸体所发出的甜滋滋而令人作呕的恶臭，看到过饥饿的孩子的灰黑色皮肤；他们从报上看到威尔逊先生赞成和平与自由，主张分发罐头食品、黄油和糖；

乘着"乔治·华盛顿"号，驶过了颠簸不堪的航程，他和他手下的专家和宣传家们在布雷斯特登岸。

"英雄的法国"这个词儿在演讲词中、在唱着歌的学生和佩戴红绶带的市长们的嘴里出现。（威尔逊先生可曾瞥见在布雷斯特的宪兵队用棍棒赶散高举红旗前来迎接他的码头工人示威者吗？）

在巴黎车站，他走下火车，踏上宽阔的红地毯，一直穿过一行行盆栽的棕榈、大礼帽、仪仗队、挂满勋章的军装前胸、大礼服、玫瑰花形徽章、插

---

① 指产品的卖价，包括成本和一定的利润都预先在合同中明确规定下来。这是威尔逊政府用以刺激战时生产的一种手法。
② 指阵亡者的母亲。
③ 引申自威尔逊的名言："使世界对于民主来说更加安全。"定利民主是作家杜撰的一个名词，源自定利合同。
④ 福煦（1851—1929），法国将军，1918年任协约国驻法总司令。
⑤ 美国南方各州的俗称。

在纽孔中的花朵，迈向一辆罗尔斯·罗伊斯牌大轿车。（威尔逊先生可曾瞥见沿街伫立的身穿黑色丧服的女人、坐在小轮椅里的残疾军人，还有那些充满忧虑的苍白的脸庞吗？当人们护送他和他的新婚妻子匆匆走进缪拉旅馆为他们准备的满是锦缎帷幕、镀金时钟、镶嵌精细的玻璃柜以及镀金的爱神像的总统套房时，他可曾听见那隐藏在欢呼声背后的极度的痛苦吗？）

当专家们在制订和平会议的日程，在桌上铺上绿呢，安排礼宾手续时，

威尔逊伉俪却出外去观光一番：圣诞节后的翌日，他们在白金汉宫受到款待；元旦，他们拜谒教皇并觐见在季里纳尔山①的那位五短身材的意大利国王。（威尔逊先生可知道在布伦塔河和皮亚韦河畔的农民们的被战争摧残的屋子里，人们在从画报上剪下的他的画像前点燃蜡烛吗？）（威尔逊先生可知道欧洲的人民从十四点原则中悟到了对压迫的挑战，正如几世纪前他们从马丁·路德②钉在维滕贝格教堂大门上的九十五条论纲中悟到了对压迫的挑战一样吗？）

1919年1月18日，在排列密集的军人、高翘的礼帽、金缨、奖章、肩章、殊勋勋章和骑士勋章的包围中，谈判双方（协约国和同盟国）的最高级代表在凯道赛的钟厅聚首主持和谈，

但是和平会议的大会太公开了，无法制订和约，

于是谈判双方的最高级代表

组成了一个十人委员会，走进戈伯兰厅，在鲁本斯③所作的《玛丽·德·美第奇的一生》组画④的包围中，

开始制订和约。

但是十人委员会会议太公开了，无法制订和约，于是他们组成了一个四人委员会。

奥兰多⑤一气之下回了国，

于是只剩下了三个：

---

① 罗马七山之一，原有教皇殿堂，1871年改为意大利王宫。
② 马丁·路德（1483—1546）为16世纪德国宗教改革家。1517年10月31日，他公布了题为《关于赎罪券效能》的九十五条论纲，和罗马教廷决裂，开创新教路德教。
③ 鲁本斯（1577—1640），比利时弗兰德画家。
④ 玛丽·德·美第奇（1573—1642），法国国王亨利四世的王后，于1610到1617年间为路易十三摄政，路易十三掌权后，与她发生冲突。1831年，她被红衣主教黎塞留所放逐。鲁本斯根据她的不平凡的一生，为巴黎的卢森堡宫画了21幅大幅油画，现在收藏在卢浮宫中。
⑤ 奥兰多（1860—1952），意大利政治家，1917年起任总理，以意大利首席代表的身份参加巴黎和会四巨头会议，和威尔逊发生冲突。

克列孟梭、

劳合·乔治、

伍德罗·威尔逊。

三个老人洗了纸牌，

分发一张张纸牌：

莱茵兰①、但泽②、波兰走廊、鲁尔区、小国自决、萨尔③、国际联盟、委任统治权、美索不达米亚、公海自由航行权、外约旦④、山东、阜姆⑤以及雅浦岛⑥；

机关枪火力和纵火

饥馑、虱子、霍乱、伤寒；

石油是手中的王牌。


伍德罗·威尔逊信仰他父亲的上帝，

他在苏格兰的卡莱尔⑦他祖父曾经布过道的劳瑟街公理会小教堂内对教民们这么说，那天天气阴冷极了，坐在古旧的条椅上的记者们都不得不穿上了大衣。


4月7日，他命令"乔治·华盛顿"号停泊在布雷斯特，准备起航送美国代表团回国；

但他没有走。

在4月19日，更为狡猾的克列孟梭和更为狡猾的劳合·乔治使他参加打一场小规模的他们称之为"四人委员会"的惬意的三人牌戏。


6月28日，《凡尔赛和约》准备就绪，

威尔逊不得不回国向在此期间在参议院和众议院结帮反对他的政治家

---

① 历史上有争议的地区，在今德国西部莱茵河下游的两岸，与法国、卢森堡、比利时和荷兰接壤。

② 即今波兰之格但斯克港，位于波罗的海但泽湾西南岸。

③ 即萨尔兰，在今德国西南部，莱茵兰南，和法国接壤，为历史上两国之间有争议的地区。

④ 今约旦王国的过去名称。

⑤ 即原南斯拉夫西北部的里耶卡。第一次世界大战后，意大利和南斯拉夫为控制这个亚得里亚海海港进行过一场纷争。

⑥ 西太平洋加罗林群岛西部的雅浦群岛中的主要岛屿。

⑦ 该城实际上是在英格兰北部坎伯兰郡内，为该郡首府，与芬格兰毗邻。

们、清醒的舆论以及他父亲的上帝解释，他怎样受了骗和他已经使世界对于民主和新自由

安全到什么程度。

从他在霍博肯登陆的那一天起，他发表演说来拯救他对条文的信念、对国际联盟的信念以及对他自己并对他父亲的上帝的信念而在白宫陷于困境之中。

他聚精会神，绞尽脑汁，充分利用他控制之下的每一个政府机构（要是有任何人表示异议，此人就是个恶棍或者赤色分子；对德布斯，毫无宽恕可言）。

在西雅图，世界产联的一些领导人被捕下狱，受私刑对待，像狗一般被枪杀；在西雅图，当威尔逊经过时，产联成员们站在四段街区的路边；当他坐在车里，蜷缩在大衣里，因困倦而显得憔悴，半边脸在抽搐着而匆匆驶过时，产联成员们默默地站着，双手交叉在胸前，紧瞪着这位伟大的自由派人士。在经过了另一些回响着鼓掌声和爱国的欢呼声的街区之后，这些穿工装的人们，这些工人们，却让他在一片静寂之中驶过去。

到科罗拉多州的普韦布洛，他成了个几乎站立不稳的头发灰白的人，半边脸在抽搐着：

既然这个事关重大的问题像迷雾般已经消逝，我相信人们将能真正面对面地看到真理。美国人民有一样始终愿意起来追求的东西，那就是公正、自由和和平的真理。我们接受了这个真理，我们将沿着它指引的道路前进，它将引导我们，并通过我们，引导整个世界抵达世界从未梦想到过的宁静与和平的绿原。

这是他的最后一次演讲；

在前往威奇塔①的火车上，他中风了。他放弃了为了宣传国际联盟而走遍全国的演说旅行。从那之后，他成了一个垮掉的瘫痪的人，几乎不能讲话；

他把总统职位让给哈定的那一天，参议院和众议院联合委员会请他的终身敌人亨利·卡伯特·洛奇②到国会山总统办公室对他做正式访问，正式问他，总统对联席开会的国会是否还有话要讲；

威尔逊双手痛苦地支在椅子的扶手上，好歹站起身来。"洛奇参议员，我不再有什么话要说了，谢谢您……早安。"他说。

他于1924年2月3日逝世。

---

① 位于堪萨斯州东南部，为该州最大城市。
② 亨利·卡伯特·洛奇（1850—1924），美国共和党参议员、作家，反对威尔逊的外交政策。

## 新闻短片XXX

### 巨炮撤走了？

长发传教士每夜来讲道
对你说什么是坏什么是好
但等问他为什么吃不饱
传教士甜蜜声音开腔道①

### 总统在海上稍受风寒

从比尔特摩饭店征用来的特级厨师、侍者和厨房助手
提供一切舒适条件
管弦乐队演奏助餐，海军造船厂军乐团在甲板上演奏②

你早晚总有一天能到
那天上的荣耀之邦去进餐

这座城市呈现出一幅受到最疯狂的破坏的图景，尤其是在邮政总局附近，它全部被焚毁，只剩下一片废墟

干活又祷告
睡的是干草

---

① 这首歌原是一首宗教歌曲，名为《天上的糕饼》，经工人领袖乔·希尔改写歌词，题为《传教士和奴隶》，成为影响极大的工人歌曲。在此辑中，歌词共出现四处。
② 威尔逊总统于1918年12月4日乘坐"乔治·华盛顿"号去法国参加和平会议。这里是描写轮船上的情景。

这里收集了整整三卡车资料

埃·伊·杜邦火药公司①一家雷管工厂的引火药车间里雷酸汞发生爆炸，造成十一人丧生，二十三人受伤，其中有些人伤势严重；晚上，威尔逊夫人放出一些信鸽……在整个战争过程中，表明美国的民族精神是多么美好，在它的力量的辉煌表现和执着地争取的成就中，始终贯穿着如此一致的目的性、如此不屈不挠的热情、如此崇高的目标。我曾经说过，我们这些留在国内从事组织和供应工作的人始终希望当初我们能同用我们的劳动来支持的人们在一起战斗，但我们绝对不应感到羞耻……在餐厅里四位水兵演奏四重奏

你死后
上天堂
吃个饱

## 戈加斯②建议让士兵住上营房

## 八百名战士向布尔什维克致敬

一切都安排得井然有序，但群众被阻挡在一定距离之外。当载着总统的游艇驶来时，站立在码头附近山丘上的人群发出响亮的欢呼声。总统的轿车从爱丽舍田园大道出发，绕了一个弯，驶上亚历山大三世③大桥，跨过塞纳河，这座大桥使人们回忆起另一幕壮观的历史场面——巴黎竭尽全力向沙皇，一个专制统治者致意。

## 在宫廷阳台上向一千四百名市长讲话

## 丘吉尔宣称，英国海军将最最强大

---

① 埃勒泰尔·伊雷内·杜邦（1771—1834）于1799年全家从法国移居美国，1801年在德拉华州创办以他自己的姓名为名的火药公司，靠和政府做交易而发迹，成为美国最大的火药商。
② 威廉·克劳福德·戈加斯（1854—1920），美国军医局局长，卫生专家。
③ 亚历山大三世（1845—1894），俄国沙皇（1881—1894年在位）。

# 摄影机眼（37）<sup>①</sup>

按军衔级别的首字母排列用两个冰冷的食指在连队的科罗纳打字机上轻轻打出从月饷中扣除的费用甲类与乙类保险费丙类与丁类

立——正啪地扣上我喉咙前的风纪扣收紧喉结<sup>②</sup>将US和双蛇杖<sup>③</sup>并在一起

稍息

在外面他们在冬日下午紫色的潇潇细雨之中在由克洛维<sup>④</sup>在我主耶稣基督先生的三位门徒的骨骼上建造的费里埃—加蒂耐<sup>⑤</sup>修道院操练第三自由债券财务秘书阿尔蒂恩波利蒂恩和埃尔马蒂恩<sup>⑥</sup>第四自由债券财务秘书准是在第三十八陆军军需兵部队第五货车运输品表格五或其他表格上现在正大雨滂沱檐槽里雨水汩汩地响所有玻璃般浅绿的小溪里传来叮咚声　　阿尔昆<sup>⑦</sup>一度担任过修道院院长　　磨坊的水车轮子在长满青苔的石墙后面轧辘辘地转在这里埋葬着克洛提尔达<sup>⑧</sup>和克洛多梅尔<sup>⑨</sup>

擢升只在收益类标出除了管殡葬事务的那人躺在床铺上装病以及那军医从来不够清醒无法检查的患痨病的伙计的干咳声之外在奥莱利巡回马戏团<sup>⑩</sup>里只有睡意蒙眬地敲打锈迹斑斑的科罗纳打字机的嗒嗒声

---

① 多斯·帕索斯随美国志愿救护小分队抵达法国后，被分配到卢瓦尔地区的费里埃—加蒂耐的美军基地。他所属的连队居住在一座古老的修道院里。他担任代理军需中士，在训练时曾使士兵们齐步撞向一堵石墙，被人引为笑话。

② 作者曾多次表示高领的军服令人不适。

③ 古希腊神话中诸神使者赫耳墨斯所持的有翼双蛇杖。美国陆军军医部队以此为标志。此处指扣上风纪扣后，领子两端的US字样及双蛇杖标志并在一起了。

④ 指法兰克王国国王克洛维一世（约466—511）。

⑤ 在巴黎南面八十公里处。

⑥ 这是当地的三位耶稣门徒的名字。

⑦ 阿尔昆（约732—804），英国教士、学者。曾应查理大帝邀请赴法，担任费里埃修道院院长等职，并主持宗教教育。

⑧ 克洛提尔达，勃艮第王国的信奉天主教的公主，在493年左右嫁与克洛维一世。

⑨ 克洛多梅尔（约496？—524），法兰克王国墨洛温王朝奥尔良国王，为克洛维一世的长子。

⑩ 这是作者给上士奥莱利所率领的小分队起的外号。

碘酒能叫你快乐

　　碘酒能让你康复

　　四点半　　通行证①放在我口袋里的硫卡巴脚药片中间有了活力

　　代理军需中士②和上士③穿着油布雨衣在映着街灯灯光的雨中走出美军陆军航空兵基地大门他们在草绿色军服兜里没一个子儿一路往白马旅店④跑去仅仅凭山形袖章和一点儿蹩脚法语就能骗到美酒煎蛋饼和油炸土豆并且跟脸颊像苹果般的马德莱调笑行啊

　　在通往内室的黑过道里士兵们排着队等待进去和外乡来的穿黑衣服的姑娘睡觉丢下十法郎赶紧前往性病预防站紫药水不是致死剂量到41号14室去**送到军纪法庭**

　　外面正在下雨落在镇上鹅卵石铺的路上在酒馆里我们喝红葡萄酒和法国姑娘用法语交谈我们可以跟你睡一觉吗邻座上那个喝非法的法国绿茴香酒的年迈的本土士兵说　　照你们美国人的方式这一切都很好

　　但等战争结束

　　我要回到美国

　　死亡没什么可怕的　　人临死时会匆匆想起一切的⑤

　　那年的第一天点名后退役⑥我和一位来自费城的伙计沿着在树木的紧密交错的枝叶的紫色浓荫笼罩下的印着冬天时压出的车辙的紫色道路前行树上

---

① 指出入美军基地的通行证。

② 指作者自己。

③ 指小分队的上士奥莱利。

④ 在费里埃的一家旅店，基地美国士兵常去寻欢作乐，去找妓女。

⑤ 此段原文均为法语，写作者在饮酒作乐的环境中与一位法国中士的关于死亡的严肃的谈话。作者不同意他的观点，认为战争中的死亡总是可怕的。

⑥ 1919年3月多斯·帕索斯获准去巴黎大学学习人类学，过了一段悠闲的写作的日子，但学期一结束，他必须回部队去。于是他申请退役，但由于部队组织上的混乱，一直未能获准。在此期间，他被编进一个暂编人员的连队，6月底被派往吉埃夫尔，在铁道边搬运烂铁块。他终于偷偷溜往图尔，找到一位军士长，军士长批准了他的退役。他赶回营地，正巧遇上点名，点完名后，他就退役了，按他自己的说法是"解放了"，本篇的下半部分以及"摄影机眼（38）"都描写这段时期的经历和体验。

栖满了白嘴鸦在头顶上嘎嘎叫唤我们越过更为绯红的山丘向一座村庄走去

我们要走很长的路才能弄到全用墨洛温王朝①时期的名字命名的美酒磨坊水车轮子玻璃般浅绿的小溪那儿雨水从古老的怪物形石头滴水嘴里汩汩流出马德莱的红苹果山毛榉叶的清香我们要去喝葡萄酒来自费城的那伙计有好多钱　　冰凉的更红的葡萄酒　　那年的第一天太阳从云层中露出脸来

走到第一座村庄

我们停下步来

瞧一座蜡像

那老人用枪打死了那个漂亮的农家姑娘她长得很像马德莱不过更年轻她左胸饮弹躺在路上车辙的血泊之中美丽而丰腴像一只小鹌鹑

老人然后脱去一只鞋子将猎枪口顶着颏下用脚趾扣动扳机将自己的天灵盖炸飞　　我们伫立着凝视那只光脚和那只鞋子和穿着鞋子的另一只脚和那被枪杀的姑娘和那脑袋上盖着一只麻袋的老人和那只他用来扣动扳机的肮脏的光溜溜的脚趾　　别碰等警长来做笔录

在那年的

第一天

阳光灿烂

---

① 墨洛温王朝于431年到751年统治法兰克王国。

## 新闻短片 XXXI

他们匆匆洗了脸，穿好衣服，在政委们粗鲁的叫喊声中来到底层，被集合在这幢房子地下室的后室内。在这里，他们成半圆形站在墙跟前，年轻的大公爵夫人们因为命令在天还未明之时以这种非同寻常的方式下达而浑身打颤。他们多少猜出了政委们这次来要执行什么任务。雅罗茨基丝毫不想软化他的语气，对沙皇说，他们必须全部去死，并且立即去死。他说，革命正处于危险之中，而皇室人员依然活着，加剧了这种危险性。因此，处决他们正是所有俄国爱国者的职责。"所以，这是你们生命的末日。"他下结论地说。

"我准备好了。"沙皇简单地回答，而一直紧紧抱住沙皇的皇后，一时松开手在胸前画了个十字，奥尔加大公爵夫人和博特金医生也跟着画起十字来。

皇太子惊呆了，茫然地站在皇后身边，没有说任何话来哀求或抗议，而他的三个姐妹和其他的大公爵夫人则无力地瘫在地上，瑟瑟发抖。

耶鲁茨基拔出左轮手枪，开了第一枪。接着是一阵枪声，囚犯们摇摇晃晃倒在地上。枪弹未打中的，则用刺刀来结果他们的性命。死者的血混在一起，不但沾满了执行枪决的房间的地板，而且汇流成河一直流淌到过道上。①

---

① 沙皇尼古拉二世全家于1918年7月17日在叶卡捷琳堡被处死，当时高尔察克率领的白军正威胁该城。

# 陶特尔

特伦特一家住在达拉斯①最好的街道，欢乐大道上的一幢房子里，达拉斯是得克萨斯州最大而发展最迅速的城市，得克萨斯州是美国最大的州。有最黑的土地和最白的居民，美国是世界上最伟大的国家，而陶特尔正是她爸爸唯一的最可爱的小女儿。她的真名为安妮·伊丽莎白·特伦特，取的是那可怜的亲爱的妈妈的名字，当她还是个小不点儿时，妈妈就离开了人间，但是爸爸和兄弟们全叫她陶特尔，意为小妞。巴迪的真名为威廉·德莱尼·特伦特，和爸爸的名字一样，而爸爸是位著名的律师，巴斯特的真名则为斯潘塞·安德森·特伦特。

冬季，他们上学，夏季则在祖父拓荒时开辟的牧场上到处奔走。他们很小的时候，还没有围栏，在溪边低地上还有一些无畜主烙印的公牛，但是，等到陶特尔上中学时，所有地方都围上了栅栏，从达拉斯还修了一条碎石路通来，爸爸到哪儿都开福特牌汽车，不再骑那匹阿拉伯良种公马"毛拉"了，那是一个破产的牧场主因无力支付律师费而在韦科城的食用家畜交易会上送给爸爸的。陶特尔有一匹奶油色的小马，名叫"咖啡"，它想吃一块方糖时，会点点头，用蹄子抓抓土，但是有些她认识的姑娘有汽车，所以陶特尔和兄弟们老是缠住了爸爸要买一辆，买一辆真正的汽车，而不是他在牧场上开来开去的那种可怜巴巴的破旧的廉价小车。

当爸爸在陶特尔中学毕业的那个春天买了一辆皮尔斯阿罗牌游览车时，她成了世界上最幸福的姑娘。毕业典礼的那天早上，她穿着一件毛茸茸的白色礼服，坐在汽车驾驶座上等爸爸——他刚从办公室回家，正在换衣服——她多么想看见自己在一个不太热的六月的上午坐在一辆显赫而锃亮的黑色汽车里，坐在亮闪闪的铜和镍制的装置之间，在阳光灿烂的辽阔的浅蓝色天空下，置身在那向四面八方伸展两百英里的富饶的得克萨斯大平原的中央。她

---

① 位于得克萨斯州东北部，为小麦、石油中心。

可以在挡泥板上的椭圆形小镜子里瞅见自己脸部的一半。在她黄褐色的头发下，脸颊红扑扑的，被太阳晒黑了。要是她有一头红发和牛奶般白的皮肤，跟苏姗·吉莱斯皮一样，那该有多好，她正在这么思忖时，瞥见乔·沃什伯恩，肤色黝黑，一脸严肃的神色，戴着一顶巴拿马草帽，正在街上走过来。

她刚堆起一种羞答答的微笑来，就听见他说："你瞧上去多可爱啊，陶特尔，你一定得原谅我这么说。"

"我正在等爸爸和兄弟们去参加毕业典礼。唉，乔，我们要迟到了，我激动极了……我觉得要惹人笑话了。"

"得，好好乐一番吧。"他匆匆地走了，一边走，一边将帽子戴回到头上。从乔的漆黑的眼睛里射出一种比六月的阳光更炽热的光，把一阵红晕抹上她的脸庞，顺着她薄薄的礼服下的脖颈往下溜，然后溜下她胸膛的中部，在那儿，她一直试图根本不去想自己的那一对小乳房正刚刚在变得显眼起来。爸爸和兄弟们终于出来了，都长着一头金发，穿戴整齐，被太阳晒得很黑。爸爸让她跟巴德①一起坐在后座上，巴德像一根拨火棍般直挺挺地坐着。

刮起的大风把砂砾打在他们脸上。等她见到了中学的那些砖砌大楼、人群、浅色的礼服、看台和迎着天空飘扬的那面偌大的星条旗，她万分激动，以至事后无法想起发生了什么事。

那天晚上，她第一次穿上晚礼服参加舞会，在薄纱、香粉和人群的感受中——小伙子们穿着黑色礼服，全显得僵硬而胆怯，姑娘们挤在化装室里，互相品评各自的服饰——她才清醒过来。在翩翩起舞时，她一句话也不说，只顾微笑着，将脑袋稍微甩向一边，希望有人会插进来抢着跟她跳舞。在舞会的一半时间中，她压根儿不知道谁在跳舞，只是在粉红色的薄纱和彩灯组成的一片云雾中微笑着移动双脚；小伙子们的脸在她面前急速地摆动着，竭力想说一些带点勾引意味的俏皮话，要不，就是羞怯得难以启口，在这些同样僵直的身子上方浮现出不同肤色的脸蛋来。当她们去拿大衣准备回家时，苏姗·吉莱斯皮走到她跟前，吃吃痴笑道："我亲爱的，你是舞会的皇后啊。"她听了确实惊讶不已。巴德和巴斯特第二天早上也这么说，还有他们的妈妈逝世后一手把他们带大的老黑人埃玛，从厨房走进来，说："天啊，安妮小姐，全城的人都在说你昨晚怎么成了舞会的皇后！"她听了感到乐得浑身发热。埃玛说她是从那个不足道的送牛奶的黄种人那儿听来的，他

---

① 为巴迪的简称。

的姑妈在沃什伯恩夫人家干活，然后她放下空心松饼，咧开大嘴，露出一副像钢琴琴键般的牙齿，笑着走出去了。

"啊，陶特尔，"爸爸用他那深沉而平静的声音说，一边轻轻拍着她的手背，"我自己也这么想，但是我想我也许是有偏见的。"

在那年夏季，刚从奥斯汀①的法学院毕业、秋天将进她爸爸的事务所工作的乔·沃什伯恩来到牧场，和他们一起过了两个星期。陶特尔待他真是可恶：让老希尔德雷思给他一匹糟糕而可怜的独眼小马骑，将角蟾放在他床上，在餐桌上递他辣椒酱而不是番茄酱，或者逗他往咖啡里放盐而不是放糖。兄弟们十分不赞成她，竟然不愿跟她说话，而爸爸说她快变成个十足的假小子了，但是她似乎一发而不可收。

后来有一天，他们一起骑马到清溪边去吃晚饭，并在月光下在峭壁下的深水潭里游泳。过了一会儿，陶特尔来了疯劲儿，竟跑上峭壁，说她要从边上往下跳水。潭水瞧上去美极了，一轮明月在水面上颤动着。他们全冲着她喊，叫她别跳，但是她从悬崖边纵身一跳，满漂亮地跳入水中。可是出了事啦。她碰伤了脑袋，疼极了。她正在吸进水去，在和一个压在身上的重物搏斗，那是乔。在一阵晕眩中，月光消失了，成为一片漆黑，只有她的两条胳臂紧紧抱住乔的脖子，手指死死抠进他胳臂上起棱的肌肉。她苏醒过来时，只见他的脸俯视着自己的脸，天空中又出现了明月，有什么暖烘烘的东西浇在前额上。她竭力想说"乔，我要，乔，我要"，但是又陷进了一片暖烘烘、黏糊糊的漆黑之中，只听见他那深邃而又深邃的声音……"差一点让我也淹死了……"还有爸爸那尖厉、愤怒的声音，像在法庭上似的："我告诉过她别在那儿跳水的。"

她躺在床上又一次苏醒过来，脑袋疼得厉害极了，看见温斯洛医生在那儿，她第一个念头是乔在哪儿，她有没有像一个傻小姑娘那样对他说了她迷恋上了他？但是谁也不提那件事，大家都对她和蔼极了，除了爸爸，他来了，讲起话来仍然用那种愤怒的法庭上的声音，训斥她蛮干，是个假小子，当他们把她和乔两个从水中拖上岸时，她死死地勒住乔的脖子，几乎要了他的命。她颅骨骨折，整个夏季不得不躺在床上，虽然乔第一次到她房间里，用锐利的黑眸子瞅着她时，表情有点儿怪，但他待她好极了。他待在牧场的这段时间里，午饭后总到她这儿来读书给她听。他给她朗读了整部《洛娜·杜

---

① 得克萨斯州的州府。

恩》①和半部《尼古拉斯·尼克尔贝》②，她呢，发着烧躺在床上，又热又舒适，疼痛的脑袋感受着他那深沉的嗓音，在内心深处一直在克制自己，别像个傻小姑娘那样喊叫说，她迷恋上了他，而他为什么一点儿也不喜欢她呢？等他走了，生病就不再有任何乐趣了。有时候，爸爸或者巴德来朗读给她听，但是在大部分时间里她情愿自己看书。她看了狄更斯所有的著作，读了两遍《洛娜·杜恩》，还看了普尔③的《海港》，这本书使她向往去纽约。

第二年秋天，爸爸带她到北方宾夕法尼亚州的兰开斯特一所女子进修学校④去上一年学。坐在火车里北行，她激动极了，喜欢旅途上的一切，但是廷小姐太可恶了，姑娘们又全是北方人，非常卑鄙，竟取笑她的穿着，尽聊些什么新港、南安普敦⑤以及她从未看见的女观众崇拜的男演员；她腻味这一切。她每夜上床后就哭，想着她多么痛恨这学校，而乔·沃什伯恩再也不会喜欢她了。当圣诞假期来临、她不得不和两位廷小姐以及有几位因为家住得太远而无法回家的教师留在学校里时，她断然决定不愿再忍受这一切了，于是有一天早晨，趁别人还没有起床，她溜出宿舍，一直走到车站，给自己买了一张到华盛顿的车票，然后跳上第一班西行的火车，除了手提包里的一把牙刷和一件睡衣之外，其他什么也没有。起先，她孑然一身在火车上有点惊惧，但在哈佛德格雷斯不得不换车时，有个满英俊的年轻的弗吉尼亚州人、西点军校的士官生上了车；他们在一起笑啊，聊天啊，过得舒畅极了。到了华盛顿，他以最谦恭的方式请求允许当她的陪同，带她去观光国会山、白宫和史密森协会，在新威拉德饭店请她吃午饭，当天夜里把她送上驶往圣路易的火车。他名叫保罗·英格利希。她答应今后一生中将每天给他写信。她激动极了，躺在普尔曼卧车的铺位上，眺望着窗外笼罩在暗淡的积雪的反光中的树林和旋转着的山丘以及不时在眼前飞逝而去的灯火，竟然无法入睡；她仍然清晰地记得他的相貌，他的头发分梳的模样，还有在他们道别时，他充满自信地握住了她的手，握了好一会儿。她起先有点儿紧张，但是一谈上，他们就像老朋友了，他是多么彬彬有礼，富有绅士风度啊！他是她一生中第一个偶然结识的男人。

---

① 英国小说家理查德·布莱克默（1825—1900）的代表作（1869）。
② 英国作家狄更斯于1836—1839年发表的长篇小说。
③ 欧内斯特·普尔（1880—1950），美国小说家，《海港》（1915）以纽约港为背景，是他的代表作。
④ 美国青年妇女在受了普通教育后，往往进这种学校，以便适应社会生活。
⑤ 这两地都是美国的避暑胜地，前者在罗得岛州东南部，后者在纽约市东的长岛东部。

两天后，一个阳光明媚的冬日的早晨，当爸爸和兄弟们正在吃早餐时，她走进屋去。天哪，他们能不大吃一惊吗！爸爸开口责骂她，但陶特尔看得出来，他跟她一样的高兴。反正她并不在乎，回到家有多好啊。

圣诞节后，她和爸爸以及兄弟们一起到科珀斯克里斯蒂港附近打了一星期猎，大家都玩得快活极了，而陶特尔第一次射中了一头鹿。等他们回到了达拉斯，陶特尔说她不想修完进修学校的课程，倒是想去纽约，跟正在哥伦比亚大学念书的艾达·沃什伯恩待在一起，在那里能真正学到一点知识。艾达是乔·沃什伯恩的姐姐，一个老处女，但非常聪明，正在攻读教育学博士学位。结果争论了许久，因为爸爸决意要让她修完进修学校的课程，但她终于说服了他，又离家前往纽约了。

在火车上，她一路看着《悲惨世界》，并眺望窗外带点灰棕色的冬景，由于她刚离开得克萨斯州覆盖着嫩绿的冬小麦和紫花苜蓿的广阔山野，这些景色看来似乎毫无生气，随着火车一小时一小时地驶近纽约，她越来越觉得激动而恐惧。在小石城，有个壮实的慈母般的妇女上了车，她的丈夫已经过世，她没完没了地念叨着一个年轻女子在大城市里的生活道路上会碰到多少危险和陷阱。她一直严格地监督着陶特尔，以致她竟然无法找到机会跟一个看上去很有意思的年轻人交谈，此人长着一双敏锐的黑眼睛，是在圣路易上的车，一直在翻阅装在一只棕色公文皮包里的什么文件。她以为他瞧上去有点儿像乔·沃什伯恩。等到他们穿过新泽西州，出现越来越多的工厂和肮脏的工业城镇时，陶特尔的心终于跳得激烈异常，使她无法安静地坐在那儿，而不得不时常走出车室，到通廊上凛冽的寒风中去跺着脚来回溜达。那个头发花白的胖车掌笑呵呵地逗弄她，问她是不是车站上有个情郎在等她，才这么巴不得想下车。这时他们正穿过纽瓦克市。再过一站就到了。铅灰色的天空笼罩着满是汽车的湿漉漉的街道，霏霏的雨滴打在一摊摊积雪上，留下灰色的斑点。火车开始穿越广阔而荒凉的盐碱沼地，沼地上时而出现一簇簇参差不齐的工厂建筑，或者一条黑色的河流，河面上驶着汽轮。看上去没有什么人影；这些沼地看上去寒气逼人，陶特尔瞧上一眼，就感到恐惧而孤单，希望自己依旧在家里。跟着，火车突然钻进了隧道，茶房将所有的行李都堆放到车厢的前端去。她穿上爸爸给她买来当圣诞礼物的裘皮大衣，戴上手套，她的手因为激动而变得冰凉，她担心艾达·沃什伯恩没有收到她的电报，或者不能到车站来接她。

但是她正在月台上，戴着夹鼻眼镜，披着雨衣，看上去还是一副老处女的神气，她身边还有个年纪较轻一点的姑娘——她原来来自韦科，正在学美术。她们乘上出租汽车，坐了好长一阵子，汽车穿过雪水满地的人头济济的街道，人行道边堆着一堆堆灰黄色的雪。

"要是你一星期前就到这儿，安妮·伊丽莎白，说真的，你会见到一场地道的暴风雪。"

"我以前总以为雪景是像圣诞节卡片上的那副模样，"埃丝特·威尔逊说，她是个看上去很有意思的姑娘，眼睛乌黑，长着一张长脸，嗓音低沉而悲切，"但是跟许多事物一样，那仅仅只是一种幻想。"

"纽约绝不是供人幻想的地方。"艾达尖锐地说。

"对我说来，这一切看上去都有点儿像幻景。"陶特尔说，往出租汽车窗外望去。

艾达和埃丝特在大学高地有一套可爱的大公寓套房，她们将套房的餐间改成陶特尔的卧室。她不喜欢纽约，但是纽约却是令人兴奋的；一切都是灰色而肮脏，所有的人看上去都像是外国人，谁也不来理睬你，除了时不时有个男子在大街上想跟你搭讪，或者在地下铁道里把身子挨着你，这都叫人讨厌极了。她在大学注册当选科生，去听经济学、英国文学和美术课，偶尔和坐在旁边的男学生谈上几句，但她比所有她接触到的学生都年轻得多，所以她似乎没有合适的话题可以引起他们的兴趣。有时候和艾达一起去看日场戏，或者在星期日下午和埃丝特一起穿得鼓鼓囊囊地乘双层公共汽车的顶座去美术博物馆，这些都很有劲，但是她们两人这么沉着，这么老成，总是对她所说的和所做的感到震惊。

一个星期六，保罗·英格利希打电话来邀请她一起去看日场戏，她快乐极了。两人之间曾通过几封信，但是自从在华盛顿分手之后没有再见过面。整个上午，她一忽儿穿上这一件衣服，一忽儿又换上另一件，做了好几种不同的发式，等他来到时，她还在洗热水澡，以致艾达不得不花很长很长的时间来招待他。等她见到了他，她的满腔激情便渐渐消逝了，原来他穿着一身军装，看上去那么僵硬而自命不凡。她一开始就拿他开玩笑，在乘地铁去市中心时，行动傻里傻气的，所以，等他们到达阿斯特饭店——他请她到那儿去吃午饭——他看上去气得要命。她把他撇在餐桌边，走进女子盥洗室，瞧瞧能否将发式梳理得更美观一点，她跟一个掉了钱包的戴钻石首饰的上了年纪的犹太女人聊上了，等她回到餐桌边，搁在桌上的饭菜全凉了，而保罗·英格利希正在不安地瞧手表。她不喜欢那出戏，虽然还是大白天，但是当出租汽车顺着河滨大道行驶时，他企图对她动手动脚，她就打了他一下耳光。他说她是他结识的姑娘中最恶劣的，她说她就喜欢做恶劣的人，如果他不喜欢，他该知道怎么办。在说这话之前，她就决心在她的朋友名单上将他除名。

她走进房间啜泣起来，不愿吃晚饭。保罗·英格利希原来是这么一个讨厌鬼，这使她真心感到难受。真寂寞啊，没有任何人来请她出去玩，而且由于走东走西都不得不跟这两位老处女在一起，就没有机会结识任何人了。她像孩提时代那样仰躺在地板上，从下面朝上瞧着那些家具，想念着乔·沃什伯恩。艾达走进来，发现她躺在地板上，双腿翘在空中，一副傻样；她一骨碌爬起来，吻遍了艾达的脸，搂住了她，说自己是个小傻瓜，可是现在都已过去了，还问冰箱里有什么东西可吃的。

她在艾达的一次星期日晚会上结识了埃德温·维纳尔——她一般不参加这种晚会，因为人们一本正经地坐着，喝喝可可茶，吃吃糕点，谈的话题又严肃又深奥——一切就发生了变化，她开始喜欢起纽约来了。他是那种瘦骨嶙峋的年轻人，正在攻读社会学。他坐在一把直挺挺的椅子上，好不自在地端着可可杯，似乎有点手足无措的样子。整个晚上他没说一句话，但是等到他快走的时候，却捡起了艾达谈起的关于价值的话题，就此滔滔不绝地讲起来，老是引用一个名叫凡勃伦①的话。陶特尔感到他有点儿吸引她，问他凡勃伦是谁，他就跟她谈起来。她对他谈论的话题并不熟悉，但他那么直接地跟她说话使她内心深处感到活跃起来。他长着浅色的头发，颜色极浅的灰色眸子里有些金色的小斑点，眼睛上长着黑眉毛和黑睫毛。她喜欢他那双长腿来回走动时的尴尬相。第二天晚上，他来找她，给她带来一本《有闲阶级论》，并问她愿不愿意陪他一块儿到圣尼古拉斯溜冰场去溜冰。她走进自己的房间去做准备，开始往脸上施粉，朝镜子里左顾右盼，磨蹭了好一会儿。"嗨，安妮，看在上帝的分上，我们不能把一晚上就这么浪费掉呀。"他从门缝里喊道。她从来没穿过溜冰鞋，但是她会溜旱冰，所以由埃德温扶着她，她总算能在乐队的演奏声中在楼座上闪着层层灯光和人脸的大场子里转起圈儿来。这是她离家以来最快乐的时刻了。

埃德温·维纳尔曾经是个社会福利工作者，住在一座贫民区社会改良组织的房子里，现在正靠奖学金在哥伦比亚大学就读，但他说那些教授过于理

---

① 索尔斯坦·凡勃伦（1857—1929），美国经济学家和社会学家。1899年发表的《有闲阶级论》一书使他一举成名，他在书中用进化论来研究现代经济生活，当时非常受人欢迎。

论化，似乎从来没有意识到他们所讨论的正是像你和我那样的活生生的人。陶特尔曾为教会做过工作，圣诞节时给贫困的白人家庭送过礼品篮，说她愿意就在纽约当地做一点社会服务性的工作。他们脱下溜冰鞋时，他问她是不是真有这个意思，她抬起头来对着他微笑道："要不是真的，我就去死。"

所以，第二天晚上，他带她乘了三刻钟的地铁到了市中心，然后乘横贯全城的电车，赶了好一程路，来到格兰德街上一幢贫民区社会改良组织的房子，在他给一群看上去油渍麻花的年轻的拉脱维亚人，或者波兰人什么的上一节英语课时，她不得不等着。然后他们到街上去转了一圈，埃德温指点她看那里的生活环境。真像圣安东尼奥或休斯敦①的墨西哥人聚居区，不过这里却有各种各样的外国人。他们中没有一个看上去像是曾经洗过澡的，而街头散发出一股垃圾的味儿。到处挂着晾晒的衣物，还有写着各种各样滑稽的外文的招牌。埃德温指给她看一些用俄文和意第绪文写的招牌，还有一块是用亚美尼亚文写的，两块用阿拉伯文写的。街上人头济济，沿着人行道边停着不少手推车，到处是小摊贩，还有从饭铺里飘出来的奇突的烹调味儿，以及留声机上放着的异国情调的乐曲。埃德温指给她看两个脸色疲惫的浓妆艳抹的姑娘，他说她们是野鸡，还有些从酒馆里踉踉跄跄走出来的醉汉和一个戴格子呢鸭舌帽的年轻人，他说这年轻人是个拉皮条的，正在为一家妓院招徕生意，还有几个面带菜色的小伙子，他说他们是带枪的歹徒和贩毒者。等他们又走出地铁车站、来到高级住宅区时，才叫人松了一口气，在那里，一股带有春天气息和赫德森河河水气味的风正顺着空荡荡的宽阔的街道吹去。

"哦，安妮，到下层社会去转了一下，你觉得怎么样？"

"没什么，"她顿了一下说，"下一次，我想我可要在手提包里带上一支枪……但是所有那些人，埃德温，你到底怎样能让他们成为好公民呢？我们不应该让这些外国人来，把我们的国家搞得乱七八糟。"

"你完全错了，"埃德温对她喝道，"要是他们有机会的话，他们全会成为正派人的。要是我们不是有幸降生在繁荣的美国小城镇的正派家庭里的话，我们也会跟他们完全一样的。"

"哦，你怎么讲出这种傻话来，埃德温；他们不是白人，他们永远也不会是。他们就是像墨西哥人什么的一样，或者黑鬼。"她打住自己的话，把最后两个字咽下去了。开电梯的那个黑小伙正坐在她背后的长椅上打瞌睡。

---

① 两者都是得克萨斯州南部的大城市，有很多墨西哥移民。

"你可不会是我见到过的最愚昧无知的小异教徒吧，"埃德温逗她说，"你是个基督徒，是不是，那好吧，你可曾想起过基督是个犹太人吗？"

"得，我困得要命，不能再跟你辩论了，但是我明白你错了。"她走进电梯间，开电梯的黑小伙站起来，又是打哈欠，又是伸胳膊伸腿的。在电梯地板和走廊天花板之间那摊迅即缩小的亮光中，她最后瞥见埃德温在朝她挥拳头。她并不真心实意地向他甩了一个飞吻。

她走进寓所，正在起居室内看书的艾达嗔怪她回家太迟，但是她辩解说，她太疲乏，太困了，别斥责她可好。"你认为埃德温·维纳尔怎么样，艾达？"

"哦，我亲爱的，我认为他是个出色的年轻人，也许有点儿浮躁，但是会沉静下来的……你为什么问？"

"哦，我不知道，"陶特尔说，打了一个哈欠，"晚安，艾达，亲爱的。"

她洗了个热水澡，洒上了不少香水才上床，但是她无法入睡。由于在油污的人行道上走了好久，她双腿作疼，她还能感觉到那些公共租房的墙上在渗发出情欲与污秽，人们挤在一起的身体发出的气味在向她袭来；尽管她洒了香水，她鼻子里仍然闻到垃圾般的恶臭，而令人目眩的街灯和人脸刺痛着她的眼睛。她睡着后，梦见自己嘴唇上抹了口红，手提包里放了一支枪，在蹀来蹀去，蹀来蹀去；乔·沃什伯恩走过她的身边，她不断伸手去抓他的手臂，让他停下步来，但是他连瞧也不瞧她一眼就径直继续走去，爸爸也是这样，而且当一个留着胡子的大个子犹太人一个劲儿朝她挨过来时，他们也不屑一顾，那犹太人散发出一股可怕的东区、大蒜和厕所的恶臭，她竭力从手提包里拿出手枪来向他射击，但他用双臂搂住了她，死劲把她的脸往自己的脸前拽。她无法从手提包里拿出枪来，而在地铁的轧轧巨响中，她耳际响起了埃德温·维纳尔的声音："你是个基督徒，是不是？你完全错了……是个基督徒，是不是？你可曾想过，要是基督不是有幸降生在正派家庭里，他也会跟他们完全一样的……是个基督徒，是不是……"

艾达穿着睡衣站在她跟前，将她摇醒："怎么啦，小妞？"

"我做了一个噩梦……真傻，是不？"陶特尔说，直挺挺地在床上坐起来，"我大叫谋杀了吗？"

"我敢打赌你们这些孩子到外面去吃了'威尔士兔'①，所以这么晚才回

---

① 涂有溶化干酪的烤面包。

来。"艾达说罢，哈哈大笑，走回她的房间。

那年春天，陶特尔在布朗克斯给基督教女青年会一个女子篮球队当教练，和埃德温·维纳尔订了婚。她告诉他，在两三年之内，她还不想跟任何人结婚，他说他并不在乎肉体结合的婚姻，但对于他们来说，重要的是一起计划如何终生为人服务。星期日傍晚，逢到天气好时，他们去岩壁公园，一起煎牛排，坐在那儿，透过树林眺望着城市广阔的锯齿形边缘灯火一盏盏亮起来，谈论什么是善，什么是恶，什么是真正的爱情。在回家的路上，他们手挽着手站在渡船船首，处身于一群童子军、徒步旅游者和野餐者之间，望着北河河边一长溜灯火辉煌的大楼渐渐隐没进红色的暮霭之中，谈论起城里所有的可怕的生活条件。埃德温在道别时，会吻吻她的前额，在上升的电梯里，她觉得这一吻无异是一种奉献。

六月底，她回家在牧场度过了三个月，但那年夏天她非常痛苦。不知怎的，她无法告诉爸爸她已经订婚。当乔·沃什伯恩来住上一星期时，她的兄弟们拿他来取笑她，告诉她他已和俄克拉何马城一个姑娘订了婚，这使她气愤极了，她竟然生气得不愿跟哥哥们说话，而对乔几乎失礼了。她偏要骑一匹刁极了的小黑白斑马，它猛然弓背跳起，将她摔下了一两次。一天夜里，她开汽车直冲进一道院门，把两只车灯都弄得粉碎。当爸爸呵斥她任性时，她对爸爸说，他可以不必再操心，因为她要回东部去挣钱养活自己，他可以摆脱她了。乔·沃什伯恩像往常一样以一种严肃的善意对待她，有时候她干了傻事，她从他敏锐的眼睛里可以瞥见一线异样的理解而戏谑的光，这使她内心突然间感到孱弱而愚蠢。他离别的前夜，兄弟们在畜栏后的石堆上堵住了一条响尾蛇的去路，陶特尔怂恿乔把它捡起来，摘掉它的脑袋。乔奔去操起一根有叉的棍子，猛地一下子戳在蛇脑袋的后面，使出全身力气将它往小熏肉贮藏室的墙上甩去。蛇给摔断了脊背，在草地上扭动着，巴德拿起一把锄，砍下了它的脑袋。这条响尾蛇尾巴上有六节响环和一个尾节。

"陶特尔，"乔慢条斯理地说，用他那带笑意的眼睛一眼不眨地直视她的脸，"你有时候讲起话来好像一点儿也不懂事似的。"

"你是个胆小鬼，你的毛病就在这里。"她说。

"陶特尔，你疯了……向乔道歉。"巴德号叫起来，手里拿着死蛇，跑上前来，脸涨得通红。

她转身走进牧场内的住房，扑倒在床上。直到乔在早上离开之后，她才走出她的房间。

在她行将出发回到哥伦比亚大学前的那个星期中，她乖极了，为爸爸和兄弟们烤蛋糕，料理家务，为她整个夏天干了那么多恶劣而疯癫的事赎罪。她在达拉斯和艾达会面，一起预订了同一个卧车单间的车票。她指望乔会到车站来给她们送行，但是他因为石油买卖去了俄克拉何马城。在北行的路上，她给他写了一封长信说，那天关于响尾蛇的事，她不知道自己是怎么搞的，能不能请他宽恕她。

那年秋天，陶特尔特别用功。尽管埃德温反对，她设法考进了新闻学院。他希望她学成了可以当教师或者社会福利工作者，但她说新闻能提供更多的机会。为了这个问题，他们或多或少反目了；虽然还常常见面，但他们不再常常提起他们是订了婚的。有个学新闻的学生，名叫韦布·克鲁塞斯，陶特尔跟他成了好朋友，尽管艾达说这人不行，不让她带他到屋子里来。他比她矮，长着一头黑发，瞧上去像十五岁光景，虽然他说他已二十一岁。他肤色像奶油一般白皙，这使人们称他为"娃娃脸"，他讲起话来带着一副滑稽而机密的样子，仿佛对自己说的话也并不完全放在心上。他说他是个无政府主义者，老是侃侃而谈政治和战争。他也常常带她到东区去，但比和埃德温同去有趣多了。韦布总是想走进什么地方去喝上一杯酒，和人们聊聊。他带她到酒馆、罗马尼亚式地下餐厅和阿拉伯式饭馆去，到另外一些她从来没有想到过的地方去。他到处有熟人，有办法让人们相信他的支票，因为他兜里从来不带现钱，等他们花完了她身上所带的钱，韦布就将余下的款额记在他的账上。陶特尔只偶尔喝一杯葡萄酒，逢到他变得过于难以驾驭时，她就让他送她到最近的地铁车站，径自回家去。第二天，他会有点儿身子发软，两腿发抖，告诉她他宿醉的情况，跟她讲他喝醉时所发生的趣事。他兜里总是放着些关于社会主义和工团主义的小册子和《大地母亲》或者《群众》杂志。

圣诞节后，韦布全身心卷进了河对面新泽西州的一个小城中正在进行的纺织工人罢工。一个星期日，他们过河去看看罢工的情况怎么样。他们在一个空荡荡的商业区中央一个肮脏不堪的砖结构车站下了车，有一些人站在便餐柜台前，因为是星期日，空无一人的商店都关着门；直到他们走出车站，走到一长溜纺织厂低矮的正方形砖房，小城中好像没有什么特别的地方。一小群一小群穿蓝制服的警察散立在铁丝网门外泥泞的宽阔车道上，铁丝网门内则站着些穿卡其制服的魁梧的年轻人。"这些是特别代表，婊子养的。"韦布咬紧牙关咕哝道。他们到罢工总部去找一个韦布认识的、正在为罢工工人做宣传工作的姑娘。走上一道站满了穿着看上去像是灰色的褪色衣服的脸色发灰的外国男女的肮脏不堪的楼梯口，他们找到一间充满谈话声和嘀嘀嗒嗒的打字机声的办公室。过道里堆着一捆捆传单，有个看上去疲乏不堪的年轻人正在分发给一些穿破旧运动衫的男孩子。韦布找到了西尔维亚·达尔哈特，一个长鼻子、戴眼镜的姑娘，她正在一张堆满了报纸和剪报的桌子上发疯似的打字。她挥挥手说："韦布，在外面等我。我要带一些记者去参观，你最好也一起去。"

在外面门廊里，他们撞见了一个韦布认识的人，本·康普顿，一个颀长的年轻人，长着只瘦削的长鼻子和眼圈发红的眼睛，他说他就要在集会上发表演说，问韦布是否愿意去讲一讲。"天哪，跟这帮家伙我能说些什么呢？我只是个半吊子大学生，跟你一样，本。""对大伙说工人们必须赢得整个世界，对大伙说这场斗争是一场伟大的历史性斗争的一部分。演讲是整个运动中最容易的部分。真理是相当简单的。"他讲起话来是爆发性的，每讲一句就停顿一下，仿佛这句子是从内心深处的什么地方十分费时才冒出来似的。陶特尔估量了一下，认为他很有吸引力，尽管他可能是个犹太人。"行，我就好歹结结巴巴地讲讲产业民主吧。"韦布说。

西尔维亚·达尔哈特已经在催他们下楼了。有个脸色苍白的年轻人跟她在一起，他身穿雨衣，头戴黑色呢帽，嘴里叼着半截业已熄灭的雪茄。"工友们，这位是《环球报》来的乔·比奇洛，"她说，话音中带着西部的粗喉音，使陶特尔感到亲热，"我们来带他去看看。"

他们走遍了全城，到罢工者家里去访问，在那里，有些看上去疲乏不堪的妇女，穿着肘部已破的毛线衫，正在做清苦的星期日正餐，那是咸牛肉加卷心菜，或者土豆炖肉，在有些家庭里，却只有卷心菜和面包，或者光是土豆。然后他们去车站附近的一家便餐馆，吃了些午饭。陶特尔付了账，因为所有的人似乎都没有钱，这时是该去参加集会的时候了。

有轨电车上挤满了罢工工人和他们的妻子和孩子。集会在另一个小城里举行，因为在这个小城里的一切都归纺织厂老板们所有，无法租到一间大厅。天下起雨夹雪来，他们涉过融化的雪水，弄湿了脚，来到一幢破旧的木结构房子，集会将在那里举行。他们走到门口时，门前有些骑警在那儿。"大厅已坐满了一半人，"一名警察在街角对他们说，"任何人不再允许进入。"

他们站在雨夹雪中，等某个主持此事的人来。那儿有几千名罢工者，有男人和女人，男孩和姑娘，年纪稍大的人们彼此用外国语低声说着话。韦布不断地说："天啊，这太残暴了。总该有人出面来干涉一下吧。"陶特尔的脚冷极了，她想回家。

本·康普顿从木房的后面绕过来。人们开始向他周围拥去。"本来了……康普顿来了，好小子，本尼。"她听见人们在说。有些年轻人在人群中低声说道："这是增设的分会场……坚持下去，伙计们。"

他一手抱住灯柱，悬在那儿开始演讲。"同志们，这是给工人阶级的又一次当面的侮辱。在大厅里，人数还不到四十，而他们却关闭了大门，对我们说大厅满了……"人群开始前后挤动，帽子和雨伞在雨夹雪中摆动。然后她瞧见两名警察正在把康普顿拉下来，听见巡逻车发出刺耳的叫声。"耻辱，耻辱！"人们喊道。他们开始在警察面前往后退；人群朝大厅的反方向拥去。人们默默无言而垂头丧气地向电车路轨那儿走去，一长溜骑警队驱赶着他们。突然间，韦布在她耳际小声说了声"让我趴在你的肩膀上"，就一纵身跳上了街边的救火龙头。

"这太残暴了！"他叫喊道，"你们有使用这大厅的许可证，把它租了下来，所以世界上没有任何力量有权利把你们从大厅里赶走。让骑警见鬼去吧。"

两名骑警拍马朝他奔跑过来，在人群中开出了一条小道。韦布已经跳下了救火龙头，一把抓住陶特尔的手。"我们快跑。"他低声说罢，就拔脚跑了，在惊慌飞逃的人群中一忽儿往前，一忽儿向后跑。她哈哈大笑，跟在他后面跑，弄得上气不接下气。一辆有轨电车正沿着大街开来。韦布趁它还在行驶时就跳了上去，但她来不及了，只得等下一辆电车。这时候，警察骑着马在人群中慢慢地走来走去，将他们驱散。

陶特尔在融化的雪水中走了一下午，弄得双脚作痛，她心想，应该赶回家去，免得着凉致死。在车站等火车的时候，她看见了韦布。他看上去吓得要命。他将鸭舌帽拉下压在眼睛上，拉起围巾遮住了下巴，当陶特尔走到他跟前时，他还假装不认识她呢。他们一登上了暖气放得过热的火车，他就沿着过道溜到她身边坐下来。

"我担心车站上会有个侦探认出我来，"他小声说，"嗯，你对这是怎么想的？"

"我以为太可怕了……大伙儿全都是胆小鬼……依我看，只有那些护卫纺织厂的小伙子才是好样的，他们才瞧上去像是地道的白人……至于你，韦布·克鲁塞斯，你逃得好快啊。"

"别讲得这么响……难道你认为我应该等在那儿，像本那样给逮去吗？"

"当然啦，这也不关我的事。"

"你不理解革命策略，安妮。"

乘渡轮过河时，他们两人都又冷又饿。韦布说他有个朋友在八街上有间房，他有钥匙，他们还是去那儿暖暖脚，煮点茶喝，再回住宅区。从渡口到那幢房子，两人绷着脸走了很长的路，谁也没说什么。那个很杂乱的房间散发出一股松节油味儿，原来是间由煤气炉取暖的大画室。房间里像在格陵兰一样寒冷，所以他们用毛毯裹住了身子，脱下鞋袜，将脚放在煤气炉前烘。陶特尔在毛毯里脱下裙子，把它挂在煤气炉上。"啊，说实在的，"她说，"要是你朋友回来，我们肯定会被认为有失体面的。"

"他不会回来，"韦布说，"他到冷泉村①去度周末了。"韦布赤着脚走来走去，在炉子上煮水，烤面包片。

"你还是把裤子脱了，韦布，我从这里都能瞧见水从裤子上往下滴。"韦布涨红了脸，脱下裤子，用毯子裹在身上，像个古罗马元老院议员。

两人好长一阵子没有说一句话，除了远处的来往车辆声外，他们只听得见煤气火焰的咝咝声和快要沸腾的壶水的时断时续的卜卜声。然后，韦布突然间用一种神经质的口吻唾沫四溅地讲起话来。"原来你以为我是胆小鬼，是不是？嗯，你也许是对的，安妮……并不是说我计较这一点……我是说，你得明白，一个人在有些时候是应该怯懦的，有些时候却应该摆出男子汉气概的那一套。现在你暂时别说话，听我来讲……你非常、非常吸引我……以前我太怯懦了，不敢把这告诉你，明白吗？我并不相信爱情那一套，全是资产阶级的扯淡；但是我认为，当人们互相吸引时，那我就认为，要是他们不……就太怯懦了……你知道我指的是什么。"

"不，我不知道，韦布。"陶特尔顿了一下说。

韦布给她端来一杯茶和上面放着一片干酪的涂黄油的烤面包片，迷惑地瞧着她。他们默默地吃了一会儿；周围是这么宁静，他们能听清彼此轻轻的呷茶声。

"嘿，以耶稣基督的名义，你这么说究竟是什么意思？"韦布突然叫道。

陶特尔裹在毯子里，热茶下了肚，发燥的煤气炉火烘着脚心，感到温暖而颇有睡意。"你说，一个人说的话一定有什么意思吗？"她睡意绵绵地喂嚅道。

韦布放下茶杯，开始在房间里踱来踱去，毯子拖在他身后。"他妈

---

① 在纽约市北，赫德森河左岸。

的。"他一只脚踩上一只图钉，突然说道。他用一只脚站着，抬起另一只脚瞧脚底板，脚底板被地板上的污垢弄成黑色了。"但是，耶稣基督，安妮……人们在性事上应该是自由而愉快的……来吧，让我们……"他脸颊粉红，黑发蓬乱不堪，需要理发了。他一直用一只脚站着，瞧着另一只脚的脚底板。

陶特尔哈哈大笑起来。"你那副样子真滑稽死了，韦布。"她感到全身热乎乎的，"再给我一杯茶，再烤些面包片。"

她喝了茶，吃了烤面包片后说："哦，该是我们回住宅区的时候了吧?"

"但是，天啊，安妮，我正在向你提出不正当的要求，"他尖声说，带着半笑半哭的样子。"看在上帝分上，请注意……该死，我要迫使你注意，你这小母狗。"他甩下毯子，朝她冲去。她看出他简直疯了。他把她从椅子里拉起来，亲她的嘴。她跟他扭打了好一阵子，因为他身子结实，孔武有力，但是，她设法将一条前臂伸到他下巴下，将他的脸使劲推开，对准他的鼻子就是一拳。他的鼻子开始流血。

"别傻了，韦布，"她说，重重地喘着气，"我不想干那种事，反正现在还不想……去洗洗脸吧。"

他走到盥洗盆前，将脸用水弄湿。陶特尔匆匆穿上裙子和鞋袜，走到他正在洗脸的盥洗盆旁。

"我打你太卑鄙了，韦布，我非常抱歉。总是有什么东西驱使我对我喜欢的人使坏。"

韦布好长时间不愿说话。他的鼻子还在流血。

"回家去吧，"他说，"我要留在这儿……没事儿……是我不对。"

她穿上还在滴水的雨衣，走到黄昏中的亮闪闪的街上。在乘地铁的快车回家的一路上，她感到对韦布的一片温暖的柔情，就像对爸爸或兄弟们那样。

她有好几天没有见到他;后来，有一天晚上，他来了，问她是否愿意第二天上午去参加纠察队值班。当她在渡口跟他会面时，天还没亮。两人都又冷又困，乘上了火车，都没说什么。一下了火车，他们不得不奔着穿过泥泞的街道，及时赶到纺织厂去参加纠察队。在蓝幽幽的晨曦中，人们的脸庞看上去又冷又萎缩。妇女们头上裹着头巾，那些男人和少年几乎没有一个穿大衣的。年轻姑娘们穿着毫不暖和的廉价的花哨外套，都在瑟瑟发抖。警察已开始驱散纠察线开头的地方的那些人。有些罢工工人在唱《团结就是力量》，还有的在怒骂"工贼，工贼"，并且发出滑稽而冗长的嘲讽的嘘声。陶特尔感到困惑，激动不已。

她周围的人突然都散开，逃跑，只留下她一个人站在一段空荡荡的街上，面对着纺织厂外面的铁丝网。她前面十英尺的地方，有个年轻的女人绊了一下，摔倒了。陶特尔瞥见她那圆圆的黑眼睛里的恐惧的神色。陶特尔正想走上前去把她扶起来，两名警察抢先上前，挥舞着夜勤警棍。陶特尔还以为他们是前去帮助那女人爬起来的。她停顿了一会儿，看见一名警察抬脚就踢，不禁愣住了。他直踢在女人的脸上。陶特尔根本记不得接下来发生了什么，只记得自己真想有一支枪，自己正对准那警察的大红脸、纽扣和厚实的料子做的大衣猛揍。什么东西从背后啪地砸在她后脑勺上；她头昏目眩，一阵恶心，被人推进警车。她面前是那姑娘的脸，被踢得凹陷下去，在流血。黑暗的车厢里还有些男女在诅咒和狂笑。但是陶特尔和她对面的女人茫然地望着彼此，没说什么话。跟着门在她们背后关上了，她们陷在黑暗之中。

他们被提审时，她被指控犯有骚乱、重罪性殴打、阻碍警官执行任务和煽动叛乱罪。县监狱里的情况并不很糟。女犯部挤满了罢工工人；所有的牢房关满了姑娘们，她们哈哈大笑、聊天、唱歌，对彼此讲自己是怎样被捕的，在监狱里已待了多久，她们将怎样赢得这场罢工的胜利。在陶特尔的那间牢房里，姑娘们都聚集到她周围，想知道她是怎样进来的。她开始觉得自己着实是一名英雄。快近傍晚的时候，她听见有人喊她的名字，她发现韦布、艾达和一位律师正围在一位警官的写字台边。艾达气极了："看看这个吧，小娘儿们，你看家里人会怎么想。"她说，将一份下午版的报纸戳到她鼻子底下。

**得克萨斯美女殴打警察**，一条标题这么写着。下面是一篇报道，记述她如何用左手一拳把一名警察击倒在地。她以一千元被保释出狱；出了监狱，本·康普顿从一群麇集在他周围的记者中脱身出来，冲到她的跟前。"祝贺你，特伦特小姐，"他说，"你干了桩挺大胆的事……给报界留下了非常好的印象。"

西尔维亚·达尔哈特也跟他一起来了。她张开双臂抱住她，吻她："你干得勇敢极了。听着，我们要派一个代表团到华盛顿去见威尔逊总统，向他提交一份请愿书，我们希望你也参加。总统会拒绝会见代表团，你就可以有机会在白宫前拉开纠察线，再被逮捕了。"

"啊，说真的，"当他们安全登上驶往纽约的火车时，艾达说，"我想你是神经错乱了。"

"你也会这么干的，亲爱的艾达，要是你见到了我见到的事的话……要是我把这事告诉了爸爸和兄弟们，他们会火冒三丈的。这是我从未听说过的残暴行为。"她痛哭起来。

她们回到艾达的寓所，发现有封她爸爸拍来的电报，上面写道：

即来我抵达前别发表声明

后半夜又来了一封电报，电报说：

爸病重速归请艾达聘请可找到的最好律师

早晨，陶特尔心怀惧怕，身子发抖，乘上了头班南行的列车。到了圣路易，她接到一份电报说：

别担忧情况良好双肺肺炎

虽然她心中烦乱不堪，但见到了得克萨斯州的广阔无垠的原野、正在萌发的春天的庄稼和一些盛开的羽扇豆花，对她的确大有好处。巴斯特在车站迎接她。"啊，陶特尔，"他拿起她的手提包后说，"你几乎把爸爸害死了。"

巴斯特十六岁，是中学棒球队队长。在驾着崭新的施图茨牌汽车回家的路上，他告诉她他们的近况。巴德在大学里乱来，差一点要给开除，还跟加尔维斯顿一个姑娘胡搞，那姑娘企图敲诈他。爸爸一直十分忧虑，因为他在石油生意这玩意儿中陷得太深了，看到陶特尔击倒警察的消息在报纸的头版上大登特登，几乎要了他的命；老埃玛已经太老，无法再为他们管家了，所以陶特尔应该放弃她那些疯疯癫癫的念头，留在家里为他们管家。"瞧见这辆车了？挺漂亮，是不是？……我自己买的……我自个儿在北边的阿马里洛城附近做了一点儿期货交易，只是为了好玩而已，结果赚了五千元。"

"嘿，你这聪明小子。我对你说吧，巴斯特，回家来真是不错。关于那警察的事儿嘛，你也会那么干的，要不你就不是我的弟弟了。以后我会全告诉你的。真的，看够了那些卑俗的鼬鼠脸的东部人之后，再见到得克萨斯州人的脸，真叫我高兴。"

他们走进家门，温斯洛医生正在门厅里。他跟她热情地握手，对她说她气色很好，叫她别担忧，因为他无论如何要使她爸爸度过危险期，恢复健康。那间病室和爸爸的焦躁不安的泛着红晕的脸叫她觉得难受极了，而且她不喜欢让一个训练有素的护士来照料家中的一切事务。

爸爸多少能走动后，他们两人到阿瑟港①爸爸一位老朋友家里待了两三个星期，换换环境。爸爸说，要是她留下，他就给她买一辆汽车，他要使她摆脱掉她在北方所陷进去的那件傻事儿。

她又开始常常打网球和高尔夫球，还参加不少社交活动。乔·沃什伯恩结婚了，住在俄克拉何马州，靠石油买卖在富起来。他不在达拉斯，使她觉得自在些；见到了他实在使她心烦意乱。下一个秋天，陶特尔到奥斯汀去修完新闻学课程，主要是因为她考虑到，她待在那儿可以约束一下巴德。每星期五下午，两人一起驾她的别克牌轿车回家度周末。爸爸在远郊买了一幢新的都铎王朝式的房子，她把所有的空闲时间都花来挑选家具、挂窗帘和布置房间。有许多向她献殷勤的男子常常前来带她出游，她不得不备上一本约会簿。尤其是宣战之后，社交生活变得如火如荼。她每分钟都在活动，很少睡眠。人人都在收到任命，或者离家前往军官训练营地。陶特尔参加红十字会工作，组织了一个食堂，但这还不能满足她，她还一个劲儿申请到国外去工作。巴德去圣安东尼奥学飞行，而已参加国民警卫队的巴斯特谎报了年龄，当上了列兵，被送往杰斐逊营地。在食堂，她生活在一片忙乱之中，每星期有一两个人向她求婚，但她总是对他们说，她无意当一名战时新娘。

跟着，有一天上午来了一份国防部拍来的电报。爸爸为了业务上的事去奥斯汀了，所以她拆开了电报。巴德飞机失事，机毁人亡。陶特尔心中闪过的第一个念头是这对爸爸是一个多么沉重的打击。电话铃响了，是从圣安东尼奥打来的长途电话，听上去像是乔·沃什伯恩的声音。

"是你吗，乔?"她有气无力地说。

"陶特尔，我要跟你父亲说话。"传来他严肃的慢声慢气的声音。

"我知道了……乔啊。"

"这是他第一次单独飞行。他是个了不起的小伙子。谁也不清楚是怎么发生的。一定是飞机本身有毛病。我将给奥斯汀挂电话。我知道在哪儿能找到他。……我有电话号码……再见，陶特尔。"

乔挂上了电话。陶特尔走进房间，把脸埋进还没重新铺好的被褥里。一

---

① 位于得克萨斯州东南部。

刹那间，她竭力想象自己还没有起床，是在梦中听见了电话铃声和乔的嗓音。然后她想起了巴德，想得活龙活现，似乎他走进了房来，想起他的笑声，想起上一次他休假完毕，她用汽车送他，在拐弯驶进圣安东尼奥时，车轮一个打滑，他突然一把抓住驾驶盘，他那瘦长的手重重地按在她的手上，还想起他卡其军装硬领上的那张干净、不安而清瘦的脸上的神色。于是她又听见乔的声音：**一定是飞机本身有毛病。**

她走下楼，跳上了汽车。在她去加汽油和润滑油的加油站，汽车库工人问她兄弟们在部队里可满意。她这时不可能停下来向他细说。"好极了，他们挺喜欢部队生活。"她说，咧嘴笑笑，但这无异像挨了一记耳光，使她觉得痛楚。她给爸爸法律事务所合伙人的办公室拍去电报，说她就去，便出城驶往奥斯汀。路面很糟糕，车碾过泥泞的车辙向前进，倒使她觉得好受了些，当她以每小时五十英里的速度冲过一个水潭时，一阵阵水花向两边飞溅开来。

她一路上平均车速达每小时四十五英里，天黑前便抵达奥斯汀。爸爸已经乘火车去圣安东尼奥了。她疲乏得要命，又开车上路了。轮胎爆裂了一次，她花了很长时间才换好轮胎；她到达孟杰尔旅馆时，已是子夜时分。在走进旅馆前，她下意识地往一面小镜子里瞧了一下自己。脸上有一条条泥垢，眼睛里布满了血丝。

在休息厅里，她发现爸爸和乔·沃什伯恩肩并肩坐在那儿，嘴里的雪茄都熄灭了。他们的脸瞧上去有点相像。准是因为灰色的脸都绷紧着，他们才看上去很相像。她吻了他们两人。

"爸爸，你该上床去睡，"她干脆地说，"你瞧上去累极了。"

"我看是该这样做……也没什么可干的了。"他说。

"请等我一下，乔，我把爸爸安顿好就来。"她走过乔身边时，轻声对他说。

她和爸爸一起上楼走进房间，给自己订了一间相邻的房间，弄乱他的头发，非常温柔地吻了他一下，让他自己上床睡觉。

她下楼回到休息厅时，乔还是坐在原来的地方，脸上仍然带着那副表情。见到他这样子，使她火冒三丈。

她开口说话的清脆的嗓音叫她自己都感到诧异。"到外面去一会儿，乔，我想散一会儿步。"雨使空气清新了。那是个清澈的初夏之夜。"听着，乔，谁该对飞机的状况负责？我必须知道。"

"陶特尔，你讲话真逗……你该做的事是好好睡一觉，你神经过分兴奋了。"

"乔，你回答我的问题。"

"但是，陶特尔，难道你不明白谁对此都不能负责吗？军队是个庞大的机构。错误是难免的。各种各样的承包人赚了许多许多钱。不管怎么说，航空事业正处在初级阶段……在报名参加空军之前，我们都明白其中的危险性。"

"要是巴德是在法国战死的，我就不会有这样的感受了……然而正是在这里……乔，一定有人对我哥哥的死负有直接的责任。我想去找他谈一谈，就那么回事。我不会干傻事。你们全以为我是个疯子，我知道，但我想到的是其他有兄弟在接受飞行员训练的姑娘们。那个检查飞机的人是国家的叛徒，应该像一条狗一般被枪毙。"

"听着，陶特尔，"乔把她送回旅馆，说，"我们正在打仗。个人的生命无关紧要，这不是放纵个人情感或者用指责来使当局为难的时候。等我们打垮了德国佬，我们将有许多时间来对付无能者和坏人……这就是我的看法。"

"好吧，晚安，乔……你自己也该千万小心。你什么时候能得到飞行员的资格？"

"哦，再隔两三个星期吧。"

"葛蕾迪丝和邦尼①怎么样？"

"哦，他们挺好，"乔说；他嗓音中带有一种奇怪的压抑的声调，而且他脸红了，"他们和希金斯夫人一起到塔尔萨②去了。"

她上了床，一动不动地躺在那儿，感到极度安宁而冷静；她太困乏了，无法入睡。到了早晨，她走到车库，找到自己的汽车。她把手伸进车门兜里，摸摸她的手提包是不是在那儿，在手提包里，她总是放着一支螺钿镶柄的小左轮手枪。她开车前往空军基地。在大门口，门岗不让她进去，于是她送了一张条子给莫里西上校——他爸爸的一位朋友——说她必须立即见他。那下士很和气，在大门口的小办公室里端来一把椅子让她坐下，过了几分钟，他说已接通了莫里西上校的电话。她开始跟他谈起来，但是竟想不起该怎么说。那办公桌、办公室和下士开始叫人目眩地晃动起来，她昏厥了过去。

她苏醒过来时，正躺在一辆军官座车里，和乔·沃什伯恩在一起，他正在把她送回旅馆。他轻轻拍着她的手，说："没事儿，陶特尔。"她正紧倚在他身上，像个小女孩似的哭着。他们到了旅馆，把她放在床上，给她服了溴

---

① 指乔的妻子和儿子。
② 俄克拉何马州东北部一大城市。

化物镇静剂，医生吩咐要等葬礼完毕才能让她起床。

自此之后，她赢得了"有点儿疯疯癫癫"的名声。她继续留在圣安东尼奥。生活非常愉快而紧张。整个白天，她在一家食堂工作，晚上，出外吃晚饭、跳舞，每晚换一名空军军官。人人都爱上了酗酒。这就像当年参加中学舞会时的情况一样，她感到自己在一片灯光明亮而令人目眩的由晚餐、灯光、跳舞、香槟酒、不同肤色的脸庞以及同舞的男子那千篇一律的僵硬身体所组成的氛围中移动着，只是现在她会打趣调情了，并且让他们在出租汽车、电话间和人家的后院里拥抱她、吻她。

一天晚上，在艾达·奥尔森为几个即将到海外去的小伙子举行的晚会上，她碰到了乔·沃什伯恩。这是她第一次瞧见乔喝酒。他并没有喝醉，但她看得出他已喝了很多酒。他们走到厨房后面的台阶上，在黑暗中肩并肩地坐下来。那是个清澈而炎热的夜晚，多的是蚊蚋，有股强劲热风将树上干燥的小树枝吹得沙沙作响。她突然一把抓住了乔的手："乔啊，这太可怕了。"

乔开始讲他跟妻子在一起是多么痛苦，他怎么通过经营石油租借权在赚大钱，但丝毫不把这放在心上，他怎样腻味部队生活。他们让他当教官，不让他到海外去，但待在营地里，他差不多要发疯了。

"乔啊，我也想到海外去。我在这儿过的生活太傻了。"

"自从巴德死后，你一直有点疯疯癫癫。"传来乔的轻柔而低沉的慢声慢气的声音。

"乔啊，我希望我还是死了好。"她说，将脑袋挨在他膝盖上，开始啜泣起来。

"别哭，陶特尔，别哭。"他说到这里，突然亲吻起她来。他的吻有力而疯狂，使她全身发软，贴在他身上。

"除了你，我谁也不爱，乔。"她突然平静地说。

但是他已恢复了自制。"陶特尔，请原谅我，"他用一种平静的律师口吻说，"我不知道刚才在想些什么，我一定是疯了……这场战争使我们所有的人都变疯了……晚安……听着……把……把这一切全忘掉吧，好吗?"

那一夜，她没法合眼。清晨六点，她钻进灌满汽油和润滑油的汽车，往达拉斯开去。那是个秋高气爽的早晨，山谷间积聚着蓝色的薄雾。在那因为秋天而染成红色和黄色的长长的山坡上，干燥的玉米秆哗哗作响。回到家已经很晚了。爸爸穿着睡衣和浴袍，正坐在那儿读战争新闻。"哦，战争不会持续多久了，陶特尔，"他说，"兴登堡防线①正在崩溃。我早知道，只要我们的小伙子一出动，就能打垮它。"爸爸脸上的皱纹比她记忆中的更多了，头发也更花白了。她热了一听坎贝尔羹汤②，因为路上她没有花时间吃饭。他们一起舒适地吃简单的晚餐，看一封巴斯特从梅里特岛营地寄来的滑稽可笑的信，他的部队正在那儿待命开赴海外。她回自己的卧室上床睡觉时，感到好像又成为一个小姑娘了；她一向怀恋有机会和爸爸单独舒适地聊聊的时光； 她脑袋一触到枕头就睡着了。

她继续留在达拉斯照顾爸爸；只是有时候想起了乔·沃什伯恩，她才感到无法再忍受这种生活了。开始是谣传停战，然后真的停战了；整整一星期，人人像过新奥尔良"食肉火曜日"③一样地狂欢。陶特尔断定她要成为一个老处女，为爸爸照料家务。巴斯特回到家，看上去被太阳晒得非常黑，满口是部队俚语。她开始去听南方监理会教堂的讲道，做教会工作，从巡回图书馆借书，做蛋白松糕；当巴斯特的年轻女朋友们来家玩时，她当监护少女的年长女伴。

感恩节时，乔·沃什伯恩偕同妻子一起到他们家来吃饭。老埃玛病了，所以陶特尔亲自动手烤火鸡。等到大家都在桌边坐下了，插在银烛座上的黄色蜡烛给点燃了，放着咸坚果的小银盘子和粉红与紫色枫叶做的装饰品都搁在桌面上了，她想起了巴德。她突然感到晕眩，就奔回卧室里去。她和衣睡在床上，聆听他们严肃的声音。乔来到门口瞧瞧到底是怎么回事。她一下子跳起身来，哈哈大笑，对着乔的嘴就亲吻，这简直把乔吓坏了。"我没事儿，乔，"她说，"你怎么样？"

然后她奔到餐桌边，开始说笑话，让他们都高兴起来，这样大家都吃得津津有味。等到他们在另一间房内喝咖啡时，她告诉他们她已报名参加近东救济团，将到海外去工作六个月，这个救济团一直在南方监理会教堂招募人员。爸爸生气了，巴斯特说既然战争已经结束，她应该待在家里，但陶特尔说，既然别人为了从德国人手里拯救世界牺牲了生命，她当然可以奉献六个月做救济工作。她这样一说，大家都想起了巴德，就不做声了。

她说已报名，其实并不确实，但她第二天上午就去报了名，并且说服了正在安排这一工作的弗雷泽小姐，一个从中国回来的传教士，就这样，他们

---

① 第一次世界大战期间，德军在西线构筑的一道防线，于1918年下半年被突破。
② 美国坎贝尔羹汤公司生产的名牌听装羹汤。
③ 天主教节日，为四旬斋前的狂欢节的最后一天。

在那个星期中就送她到纽约，命令她立即出航前往罗马办事处作为她的第一站。她在办理护照和使军装裁剪得更加合身的过程中，一直激动不已，以致竟没有注意到爸爸和巴斯特的神色有多么阴郁。她在纽约只能待一天。当轮船拉起尖厉的汽笛，倒退着驶离码头，然后沿着北河前行时，她伫立在前甲板上，发丝在风中飘拂，闻着轮船和港口和海外异乡的怪味儿，觉得自己简直像一个两岁的女孩。

# 新闻短片 XXXII

## 卡鲁索①的金嗓子高歌凯旋曲

## 在街头为市民演唱

哦，哦，哦，这是场可爱的战争

唷，咱可不想当军人，唉

从温布赖尔峰②到斯泰尔维奥山隘③的北面，它将顺着雷蒂亚阿尔卑斯山脉的山脊通向阿迪杰河④和埃莎河的源头，从那里再经过雷申山和布伦内罗山隘⑤以及奥茨和勃阿勒高地；再从那里折向南方跨过托勃拉契山

起床号刚刚吹

咱们的心便沉重如铅锤

只等中士把茶往床前端

咱们才起床把衣穿

## 为同居女子所迷

今日部队伤亡318人，使总数激增至64305人；11760人已在战斗中做

---

① 卡鲁索（1873—1921），20世纪初最受爱戴的意大利歌剧男高音歌唱家。从1903至1920年主要在纽约市大都会歌剧院演出。
② 在瑞士和意大利交界处。
③ 阿尔卑斯山脉的最高山隘，在意大利北部。
④ 意大利第二大河，源出北部阿尔卑斯山麓，注入亚得里亚海北部。
⑤ 位于奥、意边境的阿尔卑斯山脉，为阿尔卑斯山最低的山隘。

出最崇高的牺牲，6193人身受重伤

> 哦，哦，哦，这是场可爱的战争
> 唷，咱可不想当军人，唉
> 哦，领军饷真叫人羞愧

在乡村的农舍里，美国人受到贵宾般的接待，被安置在最好的房间里，由家庭主妇恭恭敬敬地献上最好的擦得锃亮的俄国式茶炊或茶壶

车站站长戴绿帽子<sup>①</sup>

在人口稠密的地区，一群群外国人穿着民族服饰给节日庆祝活动增添了绚丽的色彩，狂欢气氛笼罩全城

## 英国镇压苏维埃人

> 车站站长戴绿帽子
> 谁戴绿帽子？车站站长
> 站长老婆骗了他

没有理由能令人相信，向全国报纸供稿的这样一个颇有地位的新闻机构的这些高级职员在这对全国人民生命攸关的时刻竟然会无视自己的责任。在这样的时刻，即使对这一事件进行一下预测也是一种严重的强奸民意，为此，那些对此负有责任的人们必须受到谴责

> 今天早晨，有点啥意见？
> 咱们埋怨了吗？咱们没有
> 茶上漂着洋葱片
> 到底是什么来由？

---

① 原文为法语。引自法国民歌，下面还有一段。

### 和平鸽形的首饰敬献威尔逊夫人

还有库尔斯·蒂·波尔勃多、波特拉尼斯卡姆和伊德里亚三河的分水岭。从这一处起，该线路折向东南流向施内山，避开了整个萨夫河流域和它的诸支流。从施内山，它直通海边，沿途囊括了卡斯特那、马都利亚和伏鲁斯卡

## 摄影机眼（38）

盖了章签上名送到了　　在整个图尔城①你可以闻到鲜花盛开的菩提树的清香　　天太热了我的军装黏在身上草绿色军服的硬领擦痛下巴

仅仅四天前还是个开小差的在圣皮埃尔德科车站上货车车厢下匍匐爬行

在小酒店内等在门口值勤的宪兵转过头去这样我就能嘴里叼上一支烟（和我的心）溜出去　　然后在那小小的旅馆房间里将旧的调令单上的日期涂改

但是今天

我的退役书已经盖了章签了名送到了像一支手持燃放的焰火筒在我口袋里迸发出火星

我走过后勤部的总部嗨大兵你的军上装没扣上（我操你伙计）沿着菩提树成荫的大街走进一家院子中央种着花草的澡堂

绿色的热水从天鹅形的黄铜水龙头里迸发出来流进这只搪瓷浴盆　　我脱光衣服用带酸性的粉红色香皂擦遍全身　　溜进那暖融融的深绿色浴盆

透过窗上的白窗帘射进一束下午的阳光在天花板上越来越长　　毛巾既干又温暖带着水蒸气的气息　　在手提箱里我有一套从一位我认识的朋友②那里借来的便装　　这大兵在山姆大叔的军医部队的后方机关工作（番

---

① 法国西部一大城市。
② 指汤姆·科帕，作者在救护车队时代的老朋友。科帕当时正在"战争受害者之友救济会"工作。

号……反正我对番号是怎么也记不住的我把它丢在卢瓦尔河里了）水从排水管流走发出咕咕声和唑唑声

给了那收毛巾的肥婆娘好多小费她对我抛了个媚眼之后

我步入弥漫在七月午后空气中的菩提树芬芳之中漫步走到咖啡馆在那儿放在外面的一张张小桌边只有军官才能安下他们的肌肉发达的屁股　要了一杯不卖给军人的柯涅克白兰地等着去巴黎的火车穿着长裤稳坐在铁椅子上

一个无名的平民

# 新闻短片 XXXIII

### 记不起自己杀死了妹妹；声称

我得了忧郁症
我得了忧郁症
我得了喝醉而引起的忧郁症

### 肥皂危机迫在眉睫

由于喜气洋洋的阳光和恢复了赛马，巴黎恢复了正常生活。成千上万面各国国旗挂在桅杆和桅杆之间的几十条绳子上，给人一种童话世界的印象，令人叹为观止

### 恐吓信被披露

我爱我的祖国真是这样
但这场战争使我悲哀沮丧
我喜欢战斗我就名叫战斗
但这场战斗真正不像样

警方发现一间前房内放满了看上去极为神秘的包裹，打开一看，包裹里塞满了用意第绪文、俄文和英文写的小册子以及一些世界产业工人联盟的盟员证

### 狂风增加了人们面临的危险

## 当和谈正在议论之时
## 世界范围的战争愈益激烈

　　办案者说逮捕令是由国务院下达的。拘留行动采取得如此突兀，两人都来不及回船取行李。然后在吕尔①的两名商人寄来一封告状信；托运货物已抵达，麻袋已被打开检查，里面装的只是普通的建筑用灰泥。那辆大汽车翻了个儿悬挂在几棵树上，乘客们被甩进了下面二十英尺处的湍流之中

主啊主，战争真是该死
因为它切断了咱的老酒来源

## 汉城②发生暴行

我得了喝醉醉醉而引起的忧郁症

据帕尔默部长说，司法部已在打包商人那里发现罪证
不幸的磨炼使我们成为乐现主义者
各自由民族的团结将防止巴黎和会产生任何不公正的结果
万分明显，国际联盟这一设想正在克里永旅馆的地板上被砸得粉碎，而那个可能有效地取代它的位置的折中的同盟尚只是一幅模糊的草图而已

## 如何对付布尔什维克分子？
## 枪毙他们！按波兰人的方式！

汉堡市民争相一睹福特的风采

## 暗示大规模合资开发亚洲

当胡佛先生号召勒紧裤带

---

① 法国东部一古城。
② 韩国首都，现名首尔。

235

咱照办，咱没蹙一点儿眉

然后他呼吁我们节约用煤

这可是一刀扎进了咱的心扉

难道要我们目睹傻瓜蛋们的恐慌吗？[①]

石块啪啪地打在屋顶上砸穿了窗子疯狂的人们对着钥匙孔尖声号叫而那些重大问题有赖于他们以镇静和慎重的态度去解决不管怎么样总统没有对民主运动的领袖们讲话

## 李卜克内西[②]在解往监狱途中被杀


# 伊夫琳·赫钦斯


伊夫琳搬到了比西路上的一幢小房子里，那儿街头每天有集市。埃莉诺为了表示对她并无恶意，送了她两幅意大利油画来装饰她那光线暗淡的客厅。十一月初，关于停战的流言开始传布，然后，一个下午伍德少校突然跑进埃莉诺和伊夫琳合用的办公室，把她们两人从办公桌边拉开，吻了她们两人，高喊道："终于来临了。"还没等她明白过来，伊夫琳发现自己正亲吻着摩尔豪斯少校的嘴。红十字会办事处变得简直像橄榄球赛获胜之夜的大学生宿舍：原来停战了。

人人手里似乎突然都拿着一瓶瓶柯涅克白兰地，大家都唱着"漫长的小道蜿蜒向前"[③]或者"玛德隆姑娘对我们并不严厉"[④]。

她、埃莉诺、约·华和伍德少校乘上出租汽车去和平咖啡馆。

---

① 原文为法语。
② 德国共产党创始人之一卡尔·李卜克内西（1871—1919）于1919年1月15日和罗莎·卢森堡同时被害。
③ 美国歌曲《漫长的小道》的第一句。
④ 原文为法语，是法国歌曲《玛德隆姑娘》中的歌词。

因为某种原因，他们不断地从一辆辆出租汽车里钻出来，而其他的人们不断地钻进去。他们必须赶到和平咖啡馆去，但不管他们什么时候钻进一辆出租汽车，它总是被人群所挡住，司机也就此不见了。等他们终于赶到了那儿，他们发现所有的餐桌边都坐满了人，一队队唱着歌和跳着舞的人从所有的门口川流不息地进进出出。他们中有希腊人、波兰军团的士兵、俄国人、塞尔维亚人、穿白色褶迭短裙的阿尔巴尼亚人、一个吹奏风笛的苏格兰高地人，以及许多穿阿尔萨斯民族服装的姑娘们。没法找到一张空桌确实让人气恼。埃莉诺说，他们也许应该到别的地方去。约·华心事重重，一心想去打电话。

只有伍德少校显得自得其乐。他头发花白，留着灰白色的小胡子，一个劲儿说："啊，今天可都显原形啦。"他和伊夫琳上楼去瞧瞧能否在那儿找到坐的地方，却撞见了两名"安扎克"①军人，他们坐在一张台球台上，身边放着十几瓶香槟酒。不一会儿，他们就和安扎克军人一起喝起香槟酒来。虽然埃莉诺说她饿极了，但他们找不到任何可吃的东西；约·华正想走进电话间，却发现里面有个意大利军官和一个姑娘紧紧搂抱在一起。安扎克军人已经相当醉了，其中一个说停战很可能是又一次该死的骗人的宣传；于是埃莉诺建议他们设法回到她的寓所去吃点儿什么。约·华说行，他们可以在证券交易所停一下，让他发几份电报。他必须和他的经纪人联系上。安扎克军人不愿让他们离去，态度显得相当粗鲁。

在歌剧院前面打着转的人群中，他们伫立了好一阵子。街上华灯初上；歌剧院屋檐边用闪烁的煤气灯点缀起来，衬托出它那灰色的轮廓。他们被人群推来推去。没有公共汽车，也没有汽车；他们偶尔经过一辆出租汽车，只见它像小溪中的岩石般在人流中搁浅了。他们终于在一条小街上发现身边有一辆红十字会长官座车，里面没有人。那司机已经不太清醒了，说他正设法将车开回车库去，不过他可以先送他们到图尔内勒河滨马路。

伊夫琳正想上车，不知怎的，竟觉得这样太乏味，她不想去了。不一会儿，她便和一个小个子法国水手手挽着手行进在一群大部分穿波兰军装的人之中，他们跟随在一面希腊国旗后面，高唱着《布拉邦特之歌》②。

过了一会儿，她发觉那汽车和她的朋友们都不见了，不由感到恐慌。

---

① 安扎克（ANZAC）为"澳大利亚和新西兰陆军部队"的简称。

② 比利时国歌。

在这多的是弧光灯、旗帜、乐队和醉醺醺的人们的面目一新的巴黎,她甚至无从辨认那些街道了。她发现自己在一座有两个尖塔的教堂前的沥青广场上和这小个子水手在跳舞,然后和一个穿红大氅的法国的殖民地军官跳,接着又和一个会讲一点英语、曾在新泽西州纽瓦克居住过的波兰军团士兵跳起来,陡然间,几个年轻的法国士兵手拉着手,在她身边围成一圈,跳起舞来。这游戏是这样的:你必须吻了他们中间的一个,才能从圈子中走出来。等她弄明白了,她吻了他们中的一个,于是大家鼓掌,欢呼起来,高呼:美国万岁。又有一群人围了上来,不断地跳啊跳的,弄得她感到害怕起来。她头脑开始发晕,这时瞥见了人群边上有个穿美国军装的人。她撞倒一个肥胖的小个子法国人,冲出了舞圈,扑在那美国大兵的脖子上,亲吻他,于是大家大笑,欢呼,高喊再来一次。他显得很窘;跟他在一起的那人是保罗·约翰逊,唐·史蒂文斯的朋友。"你瞧,我必须找一个人吻一下才能脱身啊。"伊夫琳说,涨红了脸。这美国大兵哈哈大笑起来,瞧上去很得意。

"哦,我希望你不要在意,赫钦斯小姐,我希望你不要在意这人群什么的。"保罗·约翰逊抱歉地说。

人们围住了他们跳舞,一面高喊着,她必须也吻了保罗·约翰逊,他们才放他走。他又严肃地道了歉,然后说:"要是你不在意这人群什么的,在巴黎见到停战什么的,难道不美妙吗?……不过说实话吧,赫钦斯小姐,他们的脾气好极了。没有殴斗,什么也没有……听着,唐正在这家咖啡馆里。"

唐正在咖啡馆门内一个白铁皮小酒吧柜后面为一大群加拿大和安扎克军官调制鸡尾酒,他们都喝得着实醉了。"我无法把他从那儿拉走,"保罗轻声说,"他喝得过量了。"

他们把唐从酒吧柜后面拖了出来。那儿似乎谁也不付酒钱。走到门口,他摘下灰色帽子,大叫"贵格教徒万岁……打倒战争",人人都欢呼起来。他们漫无目的地走了一会儿;时不时被跳舞的人们围住,只好止步,而唐便吻她。他醉了,唠叨个不休,她可不乐意他把她当他情人看待。他们到达协和广场时,她开始觉得疲惫,建议大家过河,设法赶到她家去,她还有些冷小牛肉和色拉。

保罗困窘地说也许他最好不去,而这时唐跟在一群往爱丽舍田园大道跳跳蹦蹦而去的阿尔萨斯姑娘的后面跑了。

"现在你不得不去了，"她说，"别让陌生男人来连连吻我吧。"

"但是，赫钦斯小姐，你千万不要以为唐这样跑掉有什么用意。他是很容易激动的，尤其是喝了酒。"她哈哈大笑，他们就朝前走去，没有再说什么。

等他们到达她的寓所，那年迈的门房蹒跚地走出她的小间，跟他们两人握手。"啊，夫人，胜利了，"她说，"但是也无法使我战死的儿子复活，是不是？"为了某种理由，伊夫琳一时不知怎么办才好，便塞了五法郎给她，她走回去时，用平淡乏味的声调喃喃道："谢谢，先生，夫人。"

走进了伊夫琳在楼上的小房间，保罗似乎困窘极了。他们把所有的食品，连隔宿的面包，也吃个精光，交谈时有点儿含糊其词。保罗坐在椅子边上，对她讲述他来回送急件的经历。他说，对于他来说，能到外国来，看看陆军部队、欧洲城市，结识像她和唐·史蒂文斯那样的人，真是太有意思了，还说如果他对她和唐谈论的那些事不太了然的话，希望她不要在意。

"要是这真是和平的开端的话，我寻思我们大家将干些什么，赫钦斯小姐。"

"哦，请叫我伊夫琳，保罗。"

"根据威尔逊的十四点原则，我相信和平真的来到了，伊夫琳。不管唐怎么说，我个人认为威尔逊是个伟人，我知道唐比我聪明得多，不过话得说回来……也许这是历史上最后一场战争了。天哪，想想吧……"

她巴望他离去时会吻她，但他仅仅尴尬地和她握握手，一口气地说："下次我来巴黎时，要来看你，我希望你不会介意。"


为了开巴黎和会，约·华在克里永旅馆租了一套房间，金发秘书威廉斯小姐坐在一间小前室内的一张办公桌前，而他的英籍仆人莫顿则在傍晚时分侍候他们喝茶。伊夫琳喜欢在傍晚从办公室沿着里沃利街上的拱廊走，顺便到克里永旅馆去坐坐。古色古香的旅馆走廊里满是来来往往的美国人。在约·华的大客厅里，莫顿每每蹑手蹑脚地给客人送茶，人们中有穿军装的，也有穿礼服的，香烟缭绕的空气中多的是尚未讲完的轶闻逸事。约·华使她着了迷，他穿一套灰色的苏格兰粗花呢西装，裤腿上的烫迹线总是笔挺（他已不穿红十字会少校的军服了），态度十分超脱而和蔼，像一个日理万机的人那样，一副分专注的样子，他总是忙着接电话，从秘书手里接下电报或者便条，跟人一起走到一扇能眺望协和广场的窗户前的漏斗状斜面墙边密谈，或者被叫去见一下豪斯上校；有些晚上，他不必去参加什么官方宴会或仪式，他们就一起出去吃夜饭，在出去之前，他往往会递给她一杯香槟鸡尾酒，或者问她是否想再喝一杯茶，在这一刹那间，她会感到一双孩子气的蓝眼睛直视着自己的眼睛，带着一种滑稽、坦率而带几分幽默感的神色，这使她乐了。她希望更进一步地了解他；她还感到，埃莉诺像猫监视老鼠般监视着他们的行动。伊夫琳不禁不断地对自己说，不管怎么样，她没有这个权利。他们俩之间实在并没有发生什么暧昧情事啊。

逢到约·华忙碌的日子，她们常常和埃德加·罗宾斯一起出游，罗宾斯现在似乎成了约·华的某种助手了。埃莉诺对他已忍无可忍，说他的冷讽热嘲里带着些侮辱人的意味；但伊夫琳却喜欢听他侃侃而谈。他说，和平时期将比战争时期更糟糕，还说幸而没人来问他对于一切事情的看法，因为他一说出来，就肯定会给抓去蹲监狱。罗宾斯最爱去的地方就是蒙马特尔高地后面的弗雷迪酒家。他们每每整个晚上坐在那烟雾腾腾、坐满酒客的小酒店里，弗雷迪呢，蓄着一大部像沃尔特·惠特曼般的白胡子，边弹吉他边唱歌。他有时喝醉了，请酒馆里所有的人免费喝酒。这时，他的妻子，一个像吉卜赛人的脾气暴躁的妇人，便会骂骂咧咧地从里屋冲出来，对他大声嚷嚷。桌子边的酒客们就会站起来，朗诵关于大路、苦难、谋杀的长诗，或者唱古老的法国歌曲《南特的姑娘们》。等风波过去了，在场的所有的人便齐声鼓起掌来。他们称之为"叫好"。弗雷迪跟他们渐渐熟识了，他们一到，便慌忙张罗，说："啊，漂亮的美国人来了。"①罗宾斯每每阴郁地坐在那儿，一杯接着一杯喝卡尔瓦多斯酒，偶尔说出一句关于巴黎和会当天会议情况的俏皮话。他说这酒家是家冒牌店，这卡尔瓦多斯酒糟透了，而弗雷迪是个卑鄙的老混蛋，但是为了某种理由，他总是想再去这酒家。

约·华去了两三次，他们有时还带一位巴黎和会的代表到那里去，他们对于巴黎生活的内幕的了解给代表留下了深刻的印象。约·华迷上了那些古老的法国歌曲，但是他说那地方使他感到身上发痒，他认为那儿有跳蚤。伊夫琳喜欢瞧他倾听歌声时的那副神态：半闭着眼睛，脑袋甩向后边。她觉得罗宾斯并不欣赏他性格中的丰富潜力，每当他以嘲讽的口吻说起"大块干牛酪"②——他是这么称呼约·华的——总是不让他说下去。遇到这种情况，

---

① 原文为法语。
② 美国俚语，意为"大笨蛋"。

埃莉诺每每哈哈大笑，伊夫琳觉得很讨厌，尤其是在约·华对她似乎非常爱戴的情况下。

当杰里·伯纳姆从亚美尼亚归来，发现伊夫琳成天价围着约·华德·摩尔豪斯转，他恼怒极了。他带她到塞纳河左岸的梅迪西斯烤肉店吃午饭，老是提起这事，说个没完没了。

"嘿，伊夫琳，我原以为你这样的人是不会受他那样的大脓包的骗的。这家伙不过是一个该死的传声筒……老实说，伊夫琳，这倒不是因为我希望你爱上我，我很明白，你根本没把我放在眼里，再说，为什么你应该呢？……可是，老天，却找了个该死的宣传家。"

"听着，杰里，"伊夫琳嘴里塞满了餐前小吃说，"你很清楚我喜欢你……可你这样说话，太让人扫兴了。"

"你并没有像我指望的那样喜欢我……见鬼，别谈它了……喝葡萄酒还是啤酒？"

"你选一种上好的勃艮第葡萄酒吧，杰里，让我们暖暖身子……但是你自己也写过一篇关于约·华的文章……我看见在《先驱报》那个栏目里转载了。"

"说吧，揭伤疤吧……天哪，伊夫琳，我要坚决离开这该死的行业……这全是老一套的胡扯淡，我原以为，你这样聪明，应该看得出来。乖乖，这板鱼味道真不错。"

"很好吃……但是，杰里，你才应该放得更聪明些啊。"

"我不知道……我原以为你跟其他的上层阶级的妇女不一样，你是自食其力什么的。"

"我们别争吵了，杰里，我们来乐一下吧；我们正在巴黎，战争结束了，这是个美好的冬日，大家都在这儿……"

"战争结束了，我的天。"杰里粗鲁地说。

伊夫琳以为他实在太令人生厌了，便举目眺望窗外红色的冬日的阳光、古老的梅迪西喷泉以及卢森堡公园高高的铁栅栏里光秃秃的树枝所组成的细巧的紫色的网织状图案。然后她瞥了一眼杰里的那张绷紧的红脸，他鼻子高翘，一头孩子般的松松的鬈发，开始变得有点儿灰白了；她俯过身去，轻轻拍打了两下他的手背。

"我理解，杰里，你曾目睹一些我简直无法想象的情景……我看是红十字会把人给败坏了。"

他微微一笑，给她又斟了一些葡萄酒，唏嘘一声说：

"你是我见过的最吸引人的女人，伊夫琳……但是，你像所有的女人一样，崇拜的是权力，当首要的东西是金钱时，你就崇拜金钱，是名声时，你就崇拜名声，是艺术时，你就做个该死的艺术爱好者……我想我也是这么回事，只是我更玩世不恭罢了。"

伊夫琳紧抿着嘴，没说什么。她陡然间感到寒冷、恐惧而孤独，想不出有什么话好说。杰里一口喝下一杯葡萄酒，开始谈到要辞职不干，到西班牙去写一部书。他说，他绝对不想佯装有什么自尊心，但如今当个报社记者太叫人受不了啦。伊夫琳说她从没想过要回美国去，她以为那里的生活在战后会更令人生厌。

喝完咖啡，他们到公园里去散步。在上议院附近，有几个年迈的绅士在下午最后一抹紫色的阳光里玩槌球游戏。"哦，我看法国人真是妙。"伊夫琳说。"返老还童嘛。"杰里嘟囔道。他们漫无目的地在大街上溜达，看贴在广告亭上的浅绿色、黄色和粉红色的剧院海报，浏览古玩店的橱窗。

"我们两人都该回办公室去。"杰里说。

"我不回去了，"伊夫琳说，"我要打个电话去，说我得了感冒，已经回家躺在床上了……我想反正我要这么干的。"

"别回去睡觉，我们逃了学去乐一下吧。"

他们来到圣日耳曼德帕莱教堂对面的咖啡馆。等伊夫琳打完电话回来，杰里已经买了一束紫丁香送她，并且叫了柯涅克白兰地和矿泉水。

"伊夫琳，我们来庆祝一下吧，"他说，"我想我要给那些狗娘养的拍一份电报，告诉他们我辞职不干了。"

"你认为应该这样做吗，杰里？这毕竟是个绝妙的观察巴黎和会和一切的机会啊。"

过了一会儿，她和他分手，走回家去。她不愿让他陪她一起去。她走过大玻璃窗往他们刚才坐的地方望去，瞧见他又叫了一杯酒。

比西路上的集市在煤气灯下正人声鼎沸。空气中一片新鲜蔬菜、黄油和干牛酪的香味。她买了几个当早餐吃的面包卷和一些小蛋糕，以备万一有人来用茶点。她那小巧玲珑的粉红和白色的客厅里，壁炉炉栅上燃着煤砖，叫人感到舒适。伊夫琳用一条甲板躺椅上用的毛毯裹住了身子，躺在长沙发上。

当铃声丁零零响时，她正熟睡着。来的是埃莉诺和约·华，他们来探望她。约·华今晚没事，希望她们陪他一起上歌剧院去看《卡斯托与波鲁克思》①。伊夫琳说她感到难受极了，但是她想还是去吧。她为他们煮了点茶，便到卧房去穿装打扮。她觉得如此愉快，坐在梳妆台前瞧着镜子里自己的倩影时，竟然情不自禁地哼起歌来。她的皮肤瞧上去异常白皙，脸上流露出一种安详而神秘的神色，她喜欢这种神色。她小心翼翼地涂上极少的一点儿口红，将秀发朝后梳，打成一个发髻；她的头发使她发愁，因为并不鬈曲，说不出是什么特定的颜色；有那么一刹那，她想不去了。这时，埃莉诺手里端着一杯茶走进来催促她，因为他们还得下楼去等她穿戴停当，而歌剧开场很早。伊夫琳没有一件像样的晚上出客用的长大衣，所以只能在晚礼服外面套上一件旧的兔皮短大衣。到了埃莉诺的家，他们发现罗宾斯正等在那儿；他穿着一套有点穿旧了的常礼服。约·华穿着红十字会的少校军装。伊夫琳思忖他一定一直在锻炼身体，因为他那在又紧又高的硬领上的下颏不像原先那样松垂成弯形了。

他们在波卡第饭店匆匆吃了晚饭，喝了许多调制得很糟的马丁尼酒。罗宾斯和约·华兴致勃勃，一直引得大家大笑。伊夫琳现在才明白为什么他们俩合作得这么默契。他们到歌剧院时已开演了，但这场子出色极了，枝形吊灯熠熠发光，坐满了穿军装的人。约·华的秘书威廉斯小姐已经在包厢里了。伊夫琳心想，为他工作一定是满惬意的，她不禁一时深深地忌妒起威廉斯小姐来，甚至她那用双氧水漂成黄色的头发和讲话时的那种尖刻而矜持的语调也引起她的醋意。威廉斯小姐背倚在椅背上，说他们错过了好机会，因为威尔逊总统和夫人刚刚到场，赢得全场热烈鼓掌、欢呼，福煦元帅也来了，她想还有普恩加来总统。

在幕间休息时，他们尽力挤进站满了人的休息厅。伊夫琳发现自己和罗宾斯在漫步；她不时瞥见埃莉诺和约·华在一起，心中有点儿忌妒。

"人们在这儿表演得比在台上更精彩。"罗宾斯说。

"难道你不喜欢这演出吗？……我认为演出得太美了。"

"哦，我认为，从职业演出的角度来看……"

伊夫琳瞥见埃莉诺正在被介绍给一位穿红色军裤的法国将军；她今晚态度冷漠而矜持，瞧上去很俊。罗宾斯想在人群中开一条路，带他们到一间小酒吧去，但他们前面的人太多了，不得不放弃这个打算。罗宾斯突然聊起巴

---

① 18世纪法国著名作曲家让-菲利浦·拉莫（1683—1764）于1737年所创作的五幕歌剧。

库和石油业来了。"太可笑了，"他一个劲儿地说，"当我们在威尔逊校长的主持下正坐在这儿争吵时，约翰牛①正伸手去抓世界上所有的未来的石油产地……仅仅是为了不让布尔什维克分子抢去。他们已经占有了波斯和美索不达米亚，要是他们不想要巴库，我就该死。"伊夫琳觉得无聊，心想罗宾斯酒又喝多了，这时铃声响了。

他们回到包厢，见到一个面孔瘦削的、没有穿晚礼服的人坐在后面跟约·华在低声说话。埃莉诺向伊夫琳俯过身来，在她耳边轻轻说道："那位是古罗将军②。"灯熄灭了；伊夫琳发现自己忘情于那深沉而堂皇的音乐声中。在第二次幕间休息时，她向约·华俯过身去，问他喜欢不喜欢这部歌剧。"出色极了。"他说，她惊奇地发现他眼睛里竟噙着泪水。她跟约·华和这个没有穿晚礼服的姓拉斯穆森的人谈起音乐来。

在那高敞的装修得过分华丽的休息厅里挤满了人，很热。拉斯穆森先生设法打开一扇长窗，他们走到阳台上，眺望一行行密集的街灯沿着大道渐渐隐没在雾霭之中，变成一片微红的光。

"我真巴不得生活在那个时代。"约·华有点神往地说。

"那太阳王③的宫廷吗？"拉斯穆森先生问道，"不，在冬季的月份里那儿准是寒风凛冽，我敢打赌下水管道一定糟透了。"

"啊，那是一个光荣的时代。"约·华说，仿佛他没有听见那句话似的。然后他转身对伊夫琳说："你肯定不会着凉吗……你应该有件大衣，你知道。"

"但是，正如我所说的，摩尔豪斯，"拉斯穆森换了一种口吻说，"我有确切的情报，如果没有强大的增援部队，他们无法守住巴库，而且除了从我们这儿得到增援部队之外，他们从谁那儿也得不到。"铃声又响了，他们匆匆走进包厢。

歌剧散场之后，除了罗宾斯离去送威廉斯小姐回旅馆之外，大家都去和平咖啡馆喝香槟酒。伊夫琳和埃莉诺在有座垫的长椅上分坐在约·华的两边，拉斯穆森则坐在对面的椅子里。大部分时间只他一个人在侃侃而谈，讲几句就神经质地喝一口香槟酒，或者用手指梳一下他那直挺挺的黑发。他是

---

① 英国或英国人的绰号。
② 亨利·古罗（1867—1946），法国将军，在第一次世界大战中战功卓著。1920年被任命为法国驻近东部队的司令。
③ 指法国国王路易十四。巴黎歌剧院的内部装饰使约·华留恋那个时代。

美孚石油公司的工程师。他一个劲儿谈论巴库、穆霍姆默拉①和摩苏尔②，说英国波斯石油公司和荷兰皇家石油公司如何在近东走在美国前面，它们企图将亚美尼亚作为托管地硬塞给我们，而亚美尼亚早让土耳其人抢掠一空，什么也没剩下，只留下一大群嗷嗷待哺的饥民了。

"不管怎么样，我们也许将不得不给他们饭吃。"约·华说。

"但是，我的天，老兄，办法还是有的；即使总统已把美国利益忘得一干二净，在所有的问题上受到英国人的压制，我们还是可以唤起舆论的啊。我们眼看在世界石油生产中坐失称霸的良机。"

"哦，得了，托管的问题还没有定下来呢。"

"现在眼看会发生的事是英国人要把一桩既成事实拿到和会上来……调查书啦，保留地啦……嘿，对我们来说，还不如让法国人占有巴库的好。"

"那么俄国人呢?"伊夫琳问。

"根据民族自决的原则，俄国人没有权利占有它。那儿的居民大多数是土耳其人和亚美尼亚人，"拉斯穆森说，"但是，老天啊，与其让英国人占有它，我宁可让赤色分子占有它；当然啦，我并不认为他们的日子能长得了。"

"不会，我得到可靠情报，列宁和托洛茨基闹分裂了，三个月之内俄国将恢复帝制。"

他们喝完了头一瓶香槟酒，拉斯穆森先生又叫了一瓶。等到咖啡馆关门时，伊夫琳的耳朵里嗡嗡直响。"我们今晚玩个通宵吧。"拉斯穆森先生说。

他们乘上出租汽车到蒙马特尔高地的阿贝饭店去，在那里人们跳啊，唱啊，到处是穿军装的人，到处挂着协约国国旗。约·华先邀请伊夫琳跟他一起跳舞，当埃莉诺不得不投进那跳舞跳得很糟的拉斯穆森的怀抱时，她瞧上去有点儿酸溜溜的。伊夫琳和约·华谈起拉莫的音乐，约·华又说起他巴不得生活在凡尔赛宫廷的时代。但伊夫琳说，有什么能比眼下待在巴黎，眼看欧洲国家的疆域就当着他们的面重新划分更令人激动的呢，约·华说她也许说得不错。他们都认为伴奏的乐队太糟糕了。

下一支舞曲，伊夫琳和拉斯穆森先生同跳，他对她说她长得真俊，还说他在生活中需要一个贤惠的女人；他一生都花来在灌木林中苦苦寻找金矿或者测试油页岩标本，他已经腻味这种生活，倘若威尔逊在我们为英国人赢得

---

① 现名霍拉姆沙尔，位于今伊朗西南部，为波斯湾北端的港口城市。

② 今伊拉克北部一城市。

这场战争的情况下被英国人强迫交出世界上未来的石油资源的话，他就要不干了。

"可是，难道你不能为此采取些什么行动，难道你不能把你的想法公之于众吗，拉斯穆森先生?"伊夫琳说着，朝他身上微微靠去;她脑海里有一杯香槟酒在疯狂地旋转。

"那是摩尔豪斯的任务，不是我的，再说，自从战争开始以来已无公众可言了。公众甘心听人家的命令而行动，而且跟全能的上帝一样，他们离我们远得很哪……我们必须做到的是让一些关键人物了解这种形势。摩尔豪斯正是影响这些关键人物的关键人物。"

"那么谁是影响摩尔豪斯的关键人物呢?"伊夫琳不顾一切地问道。音乐声停了。

"但愿我知道就谢天谢地了，"拉斯穆森冷静地轻声说，"不是你吗，嗯?"

伊夫琳摇摇头，像埃莉诺一样，抿紧了嘴笑笑。

他们喝完洋葱汤并吃了一些冷肉之后，约·华说:"我们到山顶上去，请弗雷迪给我们唱几支歌。"

"我原以为你不喜欢山顶上的那个地方呢。"埃莉诺说。

"我是不喜欢，亲爱的，"约·华说，"但是我喜欢那些古老的法国歌曲。"

埃莉诺瞧上去心情烦躁而带着睡意。伊夫琳巴望她和拉斯穆森先生就回家去;她觉得要是她能单独和约·华谈谈就好了，他是这么有趣。

弗雷迪酒家几乎是空无一人;里面阴冷得很。他们没有叫香槟酒，却叫了利久酒，但谁也不喝。拉斯穆森先生说弗雷迪很像他在桑格雷德克里斯托山区①认识的一个年老的勘探者，并滔滔不绝地讲起一段关于死谷②的故事来，但是谁也没在听他讲。他们都感到又冷又困，坐在一辆带着霉味儿的旧双缸出租汽车里穿过巴黎回去，谁也不吭声。约·华想喝一杯咖啡，但是找不到一家咖啡馆开着门可以买到咖啡。

第二天，拉斯穆森先生打电话到伊夫琳的办公室，邀请她共进午餐，她很难找一个理由推托。从那以后，拉斯穆森先生似乎和她形影不离了，给她

---

① 美国落基山脉南段之一部，从科罗拉多州中部延伸至新墨西哥州北部。该山脉名为西班牙语，意为"基督的血"。
② 美国一荒漠地区，位于加利福尼亚州和内华达州的交界处，其最低处达海平面下280英尺。

送鲜花和戏票，开了汽车来带她出去兜风，给她寄来内容情意绵绵的气压传递的蓝色短简。埃莉诺跟她开玩笑，说她又找到了个罗密欧。

后来保罗·约翰逊在巴黎露面了，他已进了巴黎大学分遣队，常常在傍晚时分来到她在比西路的住处，默默地坐着，故意装出一副阴郁的样子望着她。他和拉斯穆森坐着聊小麦和牲畜围场，而伊夫琳则打扮好了跟别人出去游玩，一般是跟埃莉诺和约·华出去的。伊夫琳看得出来，约·华晚上出外时总喜欢把她和埃莉诺都带上；她对自己说，这只是因为那时在巴黎穿戴时髦的美国姑娘太少了，而约·华喜欢让人瞧见自己跟她们在一起，并且每逢在外面宴请重要人物时，喜欢让她们陪席。现在，她和埃莉诺彼此用一种生硬而神经质的嘲讽态度相待，只有在偶尔单独相处时，她们才像旧日那样交谈，一起嘲笑人们和发生的事情。埃莉诺从来不轻易错过机会来拿她那几位罗密欧开玩笑。

一天，她的弟弟乔治出现在她的办公室里，肩上佩着两条银色杠杠的上尉级肩章。他的马裤呢军装合身极了，皮绑腿擦得锃亮，靴子上还装有马刺。他一直在隶属于英军的情报部工作，刚从德国来，在那里当麦克安德鲁斯将军参谋部内的译员。他春季学期要去剑桥大学，把别人不是称作混蛋就是废物，说伊夫琳带他去吃午餐的那家饭馆的菜肴简直妙极了。他说她的那些想法不够公正，等他走了，她放声痛哭起来。那天下午，她离开了办公室，穿过里沃利街上的连拱廊走着，正郁郁不乐地寻思着乔治如何会长成为一个可怕的自命不凡的军官，遇见了拉斯穆森先生；他手里正提着一只机械金丝雀。那是一头剥制的金丝雀，你只消旋紧笼下的发条，金丝雀便会扇动翅膀，唱起歌来。他请她在街角停下来，让金丝雀唱歌给她听。"我要把它捎回家去给孩子们，"他说，"我妻子和我分手了，但我很喜欢孩子们；他们正住在帕萨迪纳①……我的生活非常不幸。"他邀请伊夫琳走进里茨饭店的酒吧，陪他喝一杯鸡尾酒。罗宾斯和一个来自旧金山的红发女记者也在那儿。大家一起坐在一张柳条桌边，喝亚历山大鸡尾酒。酒吧内坐满了人。

"要是国际联盟被英国和它那些殖民地所控制，那它有什么用呀？"拉斯穆森先生不悦地说。

"难道你不认为有了一个什么联盟总比没有好吗？"伊夫琳说。

"重要的并不是你给予事物以什么名称，而是谁能在私下捞到好处。"罗

---

① 加利福尼亚州洛杉矶市东北郊一住宅区。

宾斯说。

"这是种十足玩世不恭的论调，"那个来自加利福尼亚州的女人说，"这可不是该玩世不恭的时候啊。"

"这种时候啊，"罗宾斯说，"如果不玩世不恭，我们就会开枪自杀的。"

在三月，伊夫琳的两星期休假来临了。埃莉诺将前往罗马，帮助料理驻罗马办事处的结束事务，所以她们决定一起乘火车去，在尼斯①待上几天。她们需要把骨头里在巴黎受的潮气去晒一晒。那天下午，她们整理好了行装，准备上路，并早已预订了卧铺票，签了旅行证明，这时，伊夫琳像小孩一般兴奋起来。

拉斯穆森先生坚持要送她，在利昂车站的饭店里订了一桌丰盛的筵席为她饯行，然而伊夫琳太激动了，加上煤烟的味儿，并且想到一觉醒来将会在一个阳光灿烂、温暖怡人的地方，她竟然吃不下去。他们吃到一半时，保罗·约翰逊来了，说他来帮她们拿行李。他军装上掉了一颗纽扣，瞧上去脸色阴沉，衣冠不整。他说他不想吃什么，但神情紧张地一连喝了好几杯葡萄酒。当杰里·伯纳姆手捧一大束玫瑰花，酩酊大醉地出现时，他和拉斯穆森先生脸色一下子沉了下来。

"难道这不等于'运煤到纽卡斯尔去'②吗，杰里?"伊夫琳说。

"你不熟悉尼斯的天气……你也许能到那儿去溜冰……在冰上划出美丽的8字形。"

"杰里，"埃莉诺用她那矜持的细声说，"你是在说圣莫里茨③吧。"

"等你挨到了冷风的袭击，"杰里说，"你也会想到那地方的。"

这时，保罗和拉斯穆森先生拎起了她们的行李。"说实话，我们还是动身吧，"保罗说，神经质地将伊夫琳的手提箱弄得丁当响，"火车快开了。"他们全一路小跑穿过火车站。杰里·伯纳姆忘了买站台票，不能进月台，他们撇下他一个人，让他去跟站上的管理员争论，在口袋里摸出他的记者证。保罗将行李放在车厢单间里，匆匆和埃莉诺握了手。伊夫琳发现他用眼睛望着她，带着严肃而受伤害的神色，像狗的眼睛一样。

---

① 法国东南部沿地中海的避暑胜地。
② 成语，意为"多此一举"。纽卡斯尔为英格兰北部的煤输出的中心，此处指她们正要去鲜花盛开的地方，不必送花。
③ 瑞士东南部一旅游胜地，为冬季运动的中心。

"你不会待很长时间吧,是不是?剩下的时间不多了。"他说。伊夫琳不由想吻他一下,然而火车开动了。保罗纵身跳了下去。拉斯穆森只来得及从车窗外塞进几份报纸和杰里的玫瑰花,然后站在月台上忧郁地挥挥他的帽子。火车终于开了,这叫人松了一口气。埃莉诺背靠在靠垫上笑啊笑的,笑个不停。

"听我说,伊夫琳。你对待你那些罗密欧的样子太可笑了。"

伊夫琳自己也忍不住哈哈大笑起来。她俯过身来,拍拍埃莉诺的肩膀。"我们好好玩一玩吧。"她说。

第二天清晨,当伊夫琳醒过来往外瞧时,已经在马赛车站上了。这给她一种可笑的感觉,因为她曾经想在那儿下车,逛逛马赛城,但埃莉诺坚持要直接去尼斯,她说她讨厌海港的肮脏相。后来,她们到餐车去喝咖啡,眺望窗外的松树、干燥的山丘和将地中海的一片蔚蓝色分割成片片美景的那些山岬,这时,伊夫琳可又觉得激动而愉快了。

她们在一家旅馆租了一间很好的房间,在阴冷的阳光下到大街上去溜达,街上有许多各协约国的受伤的士兵和军官,她们在英国人步行街灰蒙蒙的椰树树荫下漫步,一股叫人发冷的失望情绪渐渐地兜上伊夫琳的心头。她开始度两星期的休假,可是眼看就要将它在尼斯虚度啦。埃莉诺却一直保持精神焕发,兴致勃勃,建议她们去广场上一家有铜管乐队演奏的大咖啡馆坐下来,在午餐前喝一点儿迪博内开胃酒。她们在那儿坐了一阵,瞧着穿军装的人们和许许多多穿戴过于时髦、而却并没有因而显得更漂亮的女人。伊夫琳朝后靠在椅背上说:"我们终于到了这里,亲爱的,那么到底干些什么呢?"

第二天早晨,伊夫琳醒得很迟;由于她想不出该怎样度过这一整天的时光,她简直不想起床。她躺在那儿,瞧着透过百叶窗照射在墙上的一条条阳光,听见邻室埃莉诺的房间里传来一个男人的声音。伊大琳凝神屏息细听,那是约·华的声音。她起床穿衣服时,发现自己的心在怦怦直跳。当埃莉诺走进房间来时,她正在穿上她那双最好的透明黑丝袜。"你知道谁来了?约·华刚开汽车来,要给我去意大利送行……他说,围着巴黎和会转叫人憋得慌了,他需要换换空气……过来吧,伊夫琳,亲爱的,陪我们一块儿喝点咖啡吧。"

她无法掩饰话音中的那份得意劲儿,伊夫琳不禁想,女人可真傻啊。"好极了,我马上就来,亲爱的。"她用她最动听的声调说。

约·华穿着一套浅灰色的法兰绒西装,系着一条鲜蓝色的领带,由于长时间开了车，脸颊红扑扑的。他兴致很好。他从巴黎开车来，花了十五个小时，只在晚饭后在里昂睡了四个小时，他们一起喝了许多加热牛奶的苦咖啡，计划乘车出去兜风。

那是个晴朗的日子。派克牌大轿车载着他们平稳地行驶在那悬崖盘旋公路上。他们在蒙特卡洛吃午饭，下午去赌场看了一眼，然后继续驱车前行，到芒通①一家英国茶室喝了茶。翌日，他们西行到格拉斯，参观那些香水厂，然后在第二天将埃莉诺送上驶往罗马的特快列车。约·华马上就要回巴黎去。伊夫琳心想，埃莉诺从卧车车窗里瞧着他们时，清瘦的白脸上带着点儿孤独凄凉之色。火车驶出车站时，伊夫琳和约·华站在空荡荡的月台上，煤烟在头顶上的玻璃棚下的阳光中盘绕，一片雾蒙蒙的样子；两人都带着一定的克制态度望着对方。

"她是个了不起的小姑娘。"约·华说。

"我很喜欢她，"伊夫琳说，她的声音在她耳朵里听来很虚假，"我真想跟她一块儿去。"

他们走回到汽车边。"在我走之前，送你到哪儿呢，伊夫琳，回旅馆吗？"

伊夫琳的心又怦怦地跳起来。"在你走之前，我们去吃点东西怎么样，我想请你吃午饭。"

"你太好了……哦，我想还是在这儿吃的好，反正我得找个地方去吃午饭，因为从这儿到里昂的路上，没一家饭馆对一个白人来说是合适的。"

他们在一家水上娱乐场吃午餐。海蔚蓝蔚蓝的。在港外，有三艘三角帆帆船正往港口入口处驶来。天气暖洋洋的，令人愉快，在这围着玻璃窗的餐厅里有股葡萄酒和在热牛油中咝咝地响的食品的香味。伊夫琳喜欢起在尼斯的生活来了。

约·华喝了不少葡萄酒，比他平时喝得多。他开始谈起他在家乡威尔明顿度过的童年，甚至哼了一点儿他早先写的一支歌曲。伊夫琳着迷了。他接着跟她谈起在匹兹堡的经历和他关于劳资关系的看法。他们吃加朗姆酒的火烧蜜桃作为饭后甜点心，伊夫琳无所顾忌地要了一瓶香槟酒，两人相处得好极了。

他们谈起了埃莉诺。伊夫琳讲起她怎样在美术学院结识埃莉诺，在芝加哥时，埃莉诺对她有多重要，是她结识的唯一与她志趣相投的姑娘，还说埃

————————

① 位于蒙特卡洛以东，靠近意大利边境。

莉诺如何才能出众，经营的能力又如何高超。约·华谈起他在纽约和他的第二个妻子葛屈鲁德一起生活的那些痛苦的岁月中，埃莉诺对他有多重要，而人们又是怎样误解他们之间的与肉欲以及堕落无缘的美丽的友谊。

"说真的，"伊夫琳说，突然直视着约·华的眼睛，"我还一直当你们是一对情人哪。"

约·华脸红了。伊夫琳一时担心自己使他大吃了一惊。他皱起眼角边的皮肤，样子很滑稽，像小孩子那样。"不，老实说，不……我一直忙于工作，根本无暇让自己的天性朝那方面发展……在这些事情中，人们所想的跟过去不同了。"伊夫琳点点头。他脸上深深的羞红仿佛使她自己的脸颊也发烧起来。"而现在，"约·华继续说，忧郁地摇摇头，"我四十出头了，已经太迟了。"

"为什么太迟呢?"

伊夫琳坐着瞧着他，嘴唇微微张开，腮帮发着烧。

"也许发生了战争才教会我们该怎样生活，"他说，"我们一向过分注重金钱和物质利益了，而法国人向我们显示了该怎样生活。在美国国内，你打哪儿去找这样美丽的气氛啊?"约·华挥舞一下手臂，将大海、那些坐满了穿着鲜艳服装的女人和最好的军装的男子的桌子、玻璃器皿和银制餐具上闪烁着的明亮的蓝光全部包括了进去。侍者误会了他的手势，偷偷地将香槟桶里的空瓶换上了一个满瓶。

"天哪，伊夫琳，你是这般富有魅力，竟使我忘了时间，忘了回巴黎，忘了一切。这正是在我结识你和埃莉诺之前所一直想望的……当然啦，和埃莉诺，那是处于一种更高的高度……我们来为埃莉诺……美丽而富有才能的埃莉诺干杯……伊夫琳，在我一生中，女人，可爱而富有魅力的娇柔的女人，一直是我灵感的伟大源泉。我有许多最出色的想法都来自女人，当然不是直接的，你知道，而是通过心灵的触发……人们并不理解我，伊夫琳，尤其是有些记者，他们写了一些关于我的很不好的报道……说起来，我自己就是个老报人啊……伊夫琳，请允许我说你看上去非常富有魅力，非常理解人……我妻子害了那种病……可怜的葛屈鲁德……我担心她将永远恢复不了健康了……你瞧，这将使我处于十分不愉快的境地，要是她家里的人被指定为她的监护人，那就可能意味着斯坦普尔家在我的事业中投下的一大笔资金将被抽回……这将使我处于非常严重的窘境之中……这样我将不得不放弃在墨西哥的业务……那边的石油业所需要的是要有个人来向墨西哥公众、向美国公众解释它的观点，而我的目标是让大财团理解公众……"伊夫琳给他斟满了酒。她头脑有点儿晕，但是感觉好极了。她想俯过身子去吻他，让他感受到她是多么钦佩并理解他。他手中拿着酒杯，继续讲下去，几乎像是在向扶轮社①俱乐部的全体人员演讲一般。"……把公众当作知心人……但是当我感到我的祖国的政府需要我……我就不得不放弃那一切。我在巴黎的处境是非常困难的，伊夫琳……他们在总统周围筑起了一堵厚实的墙……我担心他的那些顾问还没有意识到宣传的重要性，每走一步都得把公众当作知心人的重要性。这是一个伟大的历史时刻，美国正站在十字路口……没有我们的话，大战也许会以德国获胜而告终，或者双方议和……而现在我们的那些盟国却企图背着我们去垄断全世界的自然资源……你还记得拉斯穆森说过的话吧……是啊，他说得很对。总统被险恶的阴谋所包围。说起来，即使大企业的总裁们也没有意识到现在正是该花钱，像流水般花钱的时候。如果给了我适当的财力，我可以在一星期之内将法国报界装在我的兜里，即使在英国，我认为如果处理得当的话，也是有办法的。再说，到处的人民都全力支持我们，他们厌恶独裁统治和秘密外交，他们准备衷心欢迎美国式的民主制度，美国式的民主经营方式。对于我们来说，要确保从世界和平中获得的好处的唯一办法就是我们去统治世界。威尔逊先生并没有意识到用科学方法的现代宣传运动的威力……嘿，我三个星期来一直在设法对他做一次新闻采访，而在华盛顿时，我是简直直呼他的名字伍德罗的……正是顺应了他个人的请求，我才抛弃了我在纽约的一切，做出了巨大的个人牺牲，将我的大部分办公室人员都带到了这儿……而现在……但是，伊夫琳，我亲爱的姑娘，恐怕我说得让你腻烦死了吧。"

伊夫琳俯过身去，轻轻拍拍他放在桌边的手，她的眼睛闪着光。"哦，讲得太美，"她说，"这不是挺有劲儿吗，约·华？"

"啊，伊夫琳，要是我能自由地爱上你就好了。"

"难道我们还不够自由吗，约·华？这是战争时期啊……我认为，所有那一套关于婚姻等等的世俗的废话太叫人生厌了，是不是？"

"啊，伊夫琳，要是我有自由就好了……我们到外面去走走，呼吸一下新鲜空气吧……乖乖，我们在这儿待了一下午啦。"

伊夫琳坚持要付账，尽管这一来花掉了她身上带的所有的钱。他们离开

---

① 美国最有影响的工商界人士及专业人员的社团。1905年创建于芝加哥。

餐厅时，都有点摇摇晃晃了，伊夫琳觉得头昏目眩，把身子靠在约·华的肩膀上。他不断轻轻地拍她的手，说："得，得，我们坐车去兜一阵吧。"

快近落日时分，他们绕过海湾的尽头处驶进戛纳。"得，得，我们得恢复一下精神，"约·华说，"你不想一个人待在这儿吧，是不是，小姑娘？你跟我一块驱车回巴黎去怎么样？我们可以在一些风景如画的村镇停下来，玩上一阵子。我们在这儿不太可能遇见熟人。我让公车开回去，租一辆法国汽车……犯不着冒险啊。"

"好吧，反正尼斯也太叫人生厌了。"

约·华叫司机开回尼斯。他把她送到旅馆，说第二天上午九点半来接她，叫她晚上必须睡一个好觉。等他走了，她有一种强烈的失落感；叫人送一杯茶到房里来，但茶是凉的，带着股肥皂味儿；她喝了就上床。她躺在床上，心想自己的所作所为活像个下流的小娼妇；但是，现在要回头已经太晚了。她无法入寐，心烦意乱，整个身子在抽搐。这样下去，明天她看上去准会是一副鬼样子，她就爬起床，在手提包里翻了一会儿，终于找到了一些阿司匹林。她服用了许多片阿司匹林，又回到床上，一动不动地躺着，但是不断地瞧见一张张人脸，它们在蒙眬的半幻觉中渐渐显现出来，然后隐没，她耳中闹哄哄地响着毫无意义的谈话的拖长的余音。有时候，那是杰里·伯纳姆的脸庞，从雾霭中浮现出来，然后渐渐地变成拉斯穆森先生或埃德加·罗宾斯或保罗·约翰逊或弗雷迪·西尔金特的脸。她爬起床，瑟瑟发抖地在房间里踱来踱去，踱了好长时间。然后又上床，总算睡着了，直到卧房女仆来敲门，说有一位先生在等她，她才醒来。

她走下楼时，约·华正在旅馆门外阳光下走来走去。一辆车身又长又低的意大利制的汽车正停放在天竺葵花坛旁的棕榈树下。他们在旅馆外面一张小铁桌边一块喝咖啡，没有多说什么话。约·华只说什么他下榻的旅馆房间糟透了，服务也很差劲。

伊夫琳把行李一拿下来，他们就以每小时六十英里的速度疾驶起来。那司机像着了魔似的在一股咆哮的北风中驾着车，到了海边，风更大了。他们到达马赛时，浑身僵硬，风尘仆仆，虽然迟了，还来得及在旧港口边一家鱼味馆里吃上午餐。由于汽车开得飞快，风和尘土迎面袭来，葡萄树、油橄榄树和灰色的石山迅速往后飞逝，时不时还显露出来一片锯齿形的灰蓝色海面，这一切使伊夫琳的头脑又天昏地转起来。

"约·华，战争毕竟是可怕的，"伊夫琳说，"但是生逢盛时也挺有意思。

事情终于在起变化了。"

约·华从牙齿缝里喃喃说了几句关于理想主义在高涨的话，继续喝他的普鲁旺斯鱼汤。今天他似乎话语不多。"现在在国内，"他说，"人家可不会像这样煮鱼，竟留下这么多鱼骨。"

"嗯，你认为石油的形势会发生什么变化?"伊夫琳又开言道。

"鬼才知道，"约·华说，"要是我们想在天黑前赶到那地方，我们还是就动身吧。"

约·华曾叫司机又去买了一条毯子，他们两人就坐在小车篷下的后座上，用毯子紧紧裹住了身子。约·华伸出手臂搂住伊夫琳，把她卷紧在毯子里。"我们现在可舒服极了。"他说。他们俩舒适地痴笑起来。

在汽车开始爬上通往莱博的盘旋的大路前，干燥寒冷的地中海北风越刮越猛，在那尘土飞扬的平原上的白杨树都被吹得弯下腰来。顶着狂风，车速不得不降下来。等他们到达那废墟一片的小镇时，天已经黑了。

他们是那旅店里的唯一的旅客，那里很冷，壁炉铁栅上燃烧着油橄榄树节瘤，没有一点儿热气，只有在一股狂风从烟囱中倒灌下来时，才冒出一股股灰色烟来，但他们吃了一顿烹调得非常好的晚饭，喝了加了香料的热酒，觉得好受多了。他们不得不穿上了大衣，才能上楼到卧房去。在爬楼梯时，约·华吻了一下她的耳根，细声说道："伊夫琳，亲爱的小姑娘，你让我觉得又成为一个小伙子了。"

在约·华熟睡之后许久，伊夫琳仍然醒着躺在他身边，听着狂风吹打百叶窗，在屋顶的角上呼号，在山下荒漠上嘶叫。屋子里有股干燥的尘土气息，很冷，不管她怎样蜷缩在他身边，她仍然无法感觉暖和。同样的那些人脸、计划和片言只语又像吱吱叫的旋转木马那样在她脑海里回转起来，使她无法连贯地思想，使她无法入睡。

第二天早晨，约·华发现他只得用一只脸盆来洗身子时，做了一个鬼脸说："希望你不要在意条件这么糟糕，亲爱的小姑娘。"

他们驱车跨过罗讷河到尼姆吃了午饭，一路驶过阿尔和阿维尼翁，再越过罗讷河，深夜才抵达里昂。他们叫茶房将晚餐送进旅馆的卧房，洗了热水澡，又喝了不少热葡萄酒。茶房拿走餐盘后，伊夫琳一下子扑到约·华的膝盖上，开始吻他。过了好长时间她才让他入睡。

第二天早上大雨滂沱。他们等待了两三个小时，希望雨会停下来。约·华心事重重，想给巴黎挂电话，但是没有成功。伊夫琳坐在凄清的旅馆客厅里看过期的《画报》。她也希望快点回巴黎去。最后，他们决定出发。

大雨变成了毛毛细雨，但道路的情况很糟糕，等到天断黑时，他们才到达内韦尔。约·华不断地打喷嚏，开始服奎宁片以驱除感冒，他在内韦尔旅馆要了两间毗连的卧房，卧房之间有间浴室，所以那天夜里他们分睡在两张床上。在晚餐时，伊夫琳竭力要他谈谈和会的情况，但是他说："为什么要谈业务呢？我们很快就要回到那儿去的嘛。为什么不谈谈我们自己、谈谈我们彼此的事儿呢？"

他们快驶近巴黎时，约·华显得神情不安起来。他鼻子开始流鼻涕，他们在枫丹白露吃了一顿精美的午餐。约·华在那儿乘上火车进巴黎，让司机送伊夫琳到比西路的家中，然后将他的行李送到克里永旅馆。伊夫琳孑然一身坐在车里，驶过巴黎郊区时，觉得怪孤单的。她回忆起几天前大家在利昂车站给她送行时，她曾是多么兴奋，得出结论：她实在是个非常不幸的女人。

第二天下午，她按惯常的时间去克里永旅馆。在约·华的前室里，除了他的秘书威廉斯小姐之外没有别人。她用一种如此冷漠而敌视的眼光直视伊夫琳的脸，使伊夫琳立刻意识到她一定风闻到什么了。她说摩尔豪斯先生得了重感冒，在发烧，谁也不见。

"那我给他写一张小条儿吧，"伊夫琳说，"不，我还是过一会儿给他打电话吧。您看这样行吗，威廉斯小姐？"威廉斯小姐冷冰冰地点点头。"好极了。"她说。

伊夫琳逗留着不就走。"您知道，我刚休假回来……我早回来了两三天，因为在巴黎附近有那么多名胜古迹我想去游览。可是天气不是太糟吗？"

威廉斯小姐若有所思地皱起眉头，朝她走了一步。"非常糟……很不幸，在这个时候摩尔豪斯先生却得了感冒，赫钦斯小姐。我们有许多重要事务等着要办。而且，和会上的形势每时每刻都在变化，亟需时刻密切注视……无论从哪方面来看，我们认为这是一个极为重要的时刻……而摩尔豪斯先生却在这种时候病倒了，真是糟糕。我们所有的人都为此觉得非常难受。他也很不好受。"

"真遗憾，"伊夫琳说，"我衷心希望他明天会好起来。"

"医生说他会的……但还是非常不幸的。"

伊夫琳站着迟疑了一会儿。她不知道该说什么好。她瞥见威廉斯小姐别着的胸针上有一颗小金星。伊夫琳想表示友好。"啊，威廉斯小姐，"她说，"我可不知道您有一位亲人牺牲了。"

威廉斯小姐脸上的表情比任何时候都更冷峻而苦恼了。她似乎在寻思该讲什么话。"呃……我的弟弟曾参加过海军。"她说着，走到她的写字台前，开始飞快地打起字来。伊夫琳在原地伫立了一会儿，瞧着威廉斯小姐的手指在键盘上飞跳。然后，她轻声说了声"哦，我很抱歉"，就转身走了出去。

当埃莉诺在衣箱里带了不少意大利古锦缎回来，约·华已经起床，又在到处活动了。伊夫琳似乎感到在埃莉诺讲话时带着一种以前从没有过的冷漠和嘲讽的口气。当她去克里永旅馆喝茶时，威廉斯小姐几乎不跟她说话，而对埃莉诺却竭力做得彬彬有礼。甚至男仆莫顿似乎也同样区别待人。约·华时不时偷偷地捏一下她的手，但他们已无法单独外出了。伊夫琳开始起意回美国的老家去，但一想到回到圣菲或者回到她曾经生活过的那种方式，却使她觉得可怕。她每天给约·华写一封流露出不安情绪的长信，告诉他她是多么不幸，但是跟他会面时，他却从不提及这些信。当她有一次问他为什么从不给她写封短简时，他马上说了句"我从不写私人信件"，便换个话题了。

四月底，唐·史蒂文斯在巴黎露面了。因为他已从战后重建部队退下了，所以穿着便服。由于他身无分文，他请求伊夫琳让他留宿。伊夫琳担心门房会发现，担心要是埃莉诺或约·华发现了会怎么说，但是她绝望至极，满腔怨气，反正也顾不得会发生什么事了；所以，她说好吧，他可以住下来，但是不能告诉任何人他住在哪儿。唐揶揄了一番她的资产阶级思想，说等到革命之后这种事情就根本无所谓了，而第一次力量的较量将在五月一日发生。他让她读《人道报》，带她到新月路去看饶勒斯在那里被杀的那家小饭馆。

一天，一个长着一张长脸的穿着某种制服的高个子年轻人来到办公室，原来是弗雷迪·西尔金特，他刚在近东救济团找到一个职位，即将去君士坦丁堡，神情激动极了。伊夫琳很高兴见到他，但是和他待了整个下午之后，她开始感到那一套关于戏剧、装饰、图案、色彩和形式的老生常谈对于她已毫无意义了。弗雷迪对于回到巴黎，在杜伊勒里公园里看到小孩子们在池塘里驾着小帆船，经过里沃利街时正巧见到头戴帽盔的共和国警卫队在向过路的比利时国王和王后致礼，都感到着迷。伊夫琳觉得不悦，便取笑他经历了这场战争也没当上指挥官；他解释说一个朋友在他还没有明白过来前就把他弄进了伪装工事部队，但反正他对政治也毫无兴趣，还说没等他干出一番事业来，战争便结束，他也就退伍了。他们开口请埃莉诺一起出去吃饭，但是她已跟约·华和法国外交部的一些人神秘地相约在一起进餐，她无法去。伊夫琳和弗雷迪一起去歌剧院看《佩利亚斯与梅丽桑德》①，但是在整场演出中她一直心绪不宁，当她见到他看到末了竟哭泣起来时，几乎要打他耳光。后来，在拿破仑咖啡馆吃了橘子冰淇淋后，她竟说德彪西是个老古董，这使弗雷迪恼怒得要命，他板着脸叫了一辆出租汽车送她回家。临分手时，她动了恻隐之心，竭力待他和气一点；她答应下一个星期天陪他一起到夏尔特尔去游览。

弗雷迪在星期日早晨来时，天还没亮。他们出了屋，在对面门道里一位老太太摆的小摊上睡眼惺忪地喝了咖啡。离火车开车的时间还有一小时，弗雷迪建议他们去把埃莉诺叫起来。他说，他一直期望和她们两人一起去夏尔特尔，这样就好像昔日的时光又回来了，他真不喜欢生活把他们彼此拆开啊。因此他们跳上了一辆出租汽车，前往图尔内勒河滨马路。由于临街的楼门锁着，又没有门房，最大的问题是如何走进这楼房。弗雷迪一次次地按了门铃，总算才有一位住在较低楼层的穿着浴衣的法国人怒冲冲地走来，让他们进了楼。

他们砰砰地敲埃莉诺的房门。弗雷迪一个劲儿喊着："埃莉诺·斯托达德，快快起床和我们一起去夏尔特尔。"过了一会儿，门缝里露出埃莉诺冷静、白皙而泰然自若的脸，她身穿一件极漂亮的蓝色长睡衣。

"埃莉诺，要赶上去夏尔特尔的火车，只有半小时了，出租汽车没有熄火，等在外面，要是你不去，我们会一直遗憾到死的。"

"但是我还没穿好衣服……还这么早啊。"

"就这样走吧，你瞧上去就够可爱的了。"弗雷迪推门进去，把她搂在怀里，"埃莉诺，你不能不去……我明晚就要去近东了。"

伊夫琳跟随他们走进客厅。走过半掩着门的卧房时，她往里瞥了一眼，和约·华打了个照面。他正直挺挺地坐在床上，穿着一套鲜蓝色条纹的睡衣。他那双蓝眼睛好像直看透了她的身子。凭着某种冲动，伊夫琳将

---

① 法国作曲家德彪西创作的五幕歌剧，剧本根据比利时戏剧家梅特林克所作同名悲剧改编。

257

门拉上了。

埃莉诺注意到她的动作。"谢谢你，亲爱的，"她冷冷地说，"里头太乱了。"

"啊，去吧，埃莉诺……你毕竟总不能像心肠冷酷的哈拿①那样把过去的好时光全忘却吧。"弗雷迪用一种花言巧语的口吻说。

"让我想一想，"埃莉诺说，用一只白皙的手指的尖指甲扣了一下下巴。"我来告诉你们怎么办吧，亲爱的，你们俩还按原来的计划去乘那窄小的旧火车，我呢，一穿好衣服就赶到克里永旅馆去叫上约·华，看看他能不能开车送我去。然后我们一块儿回来。怎么样？"

"好极了，埃莉诺亲爱的，"伊夫琳用一种平淡的声音说，"妙极了，啊，我知道你会去的……好吧，我们得走了。要是我们彼此找不着，我们中午会在大教堂门口等的……这样行吗？"

伊夫琳恍恍惚惚地走下楼去。在去夏尔特尔的路上，弗雷迪一直尖刻地责怪她心不在焉，不再喜爱她那些老朋友了。

等他们到达夏尔特尔，天正下着大雨。那一天过得很沉闷。在大战期间为了安全的缘故而取下的彩色玻璃窗还没有安上。在滂沱大雨中，那些高大的十二世纪的圣徒雕像看上去又湿又脏。弗雷迪说，对他来说，看到了大教堂地下室里四周点满了蜡烛的黑圣母像，就算不虚此行了，但是，对伊夫琳却不是这样。埃莉诺和约·华没来。"下这么大的雨，当然不会来了。"弗雷迪说。伊夫琳发觉自己着了凉，将不得不一回到家就上床，这倒使她多少感到松了一口气。弗雷迪用出租汽车送她到门口，但她不让他送上楼，唯恐他会遇见唐。

唐果然在那儿，见她着了凉，十分关怀，让她躺在床上用被子裹紧，调了一杯加柯涅克白兰地的热柠檬水给她喝。他新近拿到了几篇文章的稿酬，还弄到了一份工作，将被伦敦《每日先驱报》派驻维也纳，所以口袋里装满了钱。过了五月一日，他将尽快动身……"除非这儿发生什么事。"他令人印象深刻地说。那天夜里，他搬到一家旅馆去住，感谢她像对待一位好同志那样让他留宿，尽管她已不再爱他了。等他走了，屋子里显得空荡荡的。她甚至希望她刚才应该挽留他。她躺在床上，觉得无限的悲惨，最后入睡时感到懊丧、恐惧而孤独。

---

① 哈拿（公元前11世纪），犹太人的士师撒母耳之母，见《圣经·撒母耳记上》第1章。

五月一日早晨，她还没起床，保罗·约翰逊就来了。他穿着便服，一头浅发，瞧上去年轻、清瘦、和蔼而英俊。他说，唐·史蒂文斯跟他讲，由于总罢工什么的，即将发生大事了，这使他万分激动；要是伊夫琳不介意的话，他要在这儿待一阵子。"我想还是不穿军装的好，所以从一个伙计那儿借了这套西装。"他说。

"我想我也要罢工不干了，"伊夫琳说，"我对那红十字会办事处腻味死了，几乎要大喊大叫啦。"

"啊哼，那好极了，伊夫琳。我们出去走走，看看那激动人心的场面吧……只要有你陪着我，我就没事儿……我是说，要是发生什么麻烦，我知道你就在身边，我就安心一点了……你可真是天不怕地不怕啊，伊夫琳。"

"天，你穿着这套西装，瞧上去帅极了，保罗……我从没见过你穿便服的样子。"

保罗脸红了，把双手不安地插进口袋。"老天，我乐意永远穿便服，"他严肃地说，"即使这意味着我得回去工作……从巴黎大学的那些讲课中我什么也学不到……我看人人都太不安定了……而且我腻味老是听说什么德国佬怎么混蛋，那似乎是这批法国佬教授所能谈的唯一的话题。"

"得了，出去拿本书看看吧，我要起床了……你可留意到对门那老太太的咖啡摊摆出来了没有？"

保罗撤退到了客厅里，叫道："是的，摆出来了。"这时伊夫琳将她的脚趾从被子里伸出来。"要我去买点回来吗？"

"你太乖了，去吧……我这里有圆球蛋糕和黄油……到厨房去拿搪瓷牛奶罐来。"

伊夫琳穿衣前，在镜子里顾影自盼。她眼睛下有黑圈，眼角开始出现淡淡的鱼尾纹。想到自己正在变老，这比湿冷的巴黎的房间更令人寒栗。这是如此可怕地真实，她竟突然哇地哭起来。镜子里，一张老女巫般的沾满泪水的脸正痛苦地瞅着她。她将手心紧紧地捂在眼睛上。"唉，我过的真是一种愚蠢的生活啊。"她小声地自言自语道。

保罗回来了。她听见他在客厅里尴尬地走动着。"我忘了告诉你了……唐说阿纳托尔·法朗士将和残疾军人一起游行……我已经买来了牛奶咖啡，你随时可以喝。"

"等一会儿。"她一边用脸盆里的冷水泼洗脸庞，一面喊道。"你多大了，保罗？"她问他，这时她已打扮好了，正带着微笑从卧室走出来，自以为模样十分美。

"单身、白种、二十一岁……我们最好趁咖啡还没凉就把它喝了。"

"你瞧上去没那么大。"

"哦，我够大了，懂得好歹了。"保罗说，脸红极了。

"我比你大五岁，"伊夫琳说，"唉，我多么恨变老呵。"

"大五岁算不了什么。"保罗嗫嚅道。

他紧张极了，竟将许多咖啡泼洒在裤腿上。"嘿，真该死，这么笨手笨脚的。"他吆喝道。

"我马上来擦掉它。"伊夫琳说，奔着去拿毛巾，她让他坐在椅子上，蹲在他面前，用毛巾擦拭他大腿的内侧。保罗直僵僵地坐着，满脸通红，嘴唇紧紧地抿着。她还没擦好，他就跳起身来。"得了，我们出去瞧瞧发生了些什么吧。我真希望对一切情况有更多的了解。"

"喂，你至少得说一声谢谢啊。"伊夫琳说，抬起头来瞧他。

"谢谢；天，你真好，伊夫琳。"

在外面，情况就像星期日一样。小街上有几家商店开着门，但它们的铁卷帘门拉下了一半。那天天色灰蒙蒙的；他们沿着圣日耳曼林荫大道往前走，路上有许多穿着节日盛装的人在散步。要等到有一中队头戴亮晃晃的帽盔、上面插着三色羽毛的共和国警卫队橐橐走过去时，他们才微微感到气氛的紧张。

跨过了塞纳河，人更多了，有一小队一小队的宪兵在放哨。

在几条街的交叉处，他们看见有一群穿工装的老年人高举着一面红旗和一块标语牌，上面写着：**为了世界和平，劳动者团结起来**。排成一条警戒线的警卫队士兵拔出了马刀，拍马向他们冲去，阳光在他们的帽盔上闪烁发亮。老人们拔脚奔逃，有的紧趴在门道里。

有几条林荫大道上，一连连头戴白铁帽、身穿肮脏的蓝军装的法国大兵站立在一簇簇架起的步枪周围。街上的人群往前走时向他们欢呼，人们似乎都显得心平气和而喜气洋洋。伊夫琳和保罗开始觉得疲惫；他们已经走了一上午了。他们开始寻思到哪儿去吃午饭。而且，天也开始下起雨来。

他们经过证券交易所时，遇见了刚从电报局走出来的唐·史蒂文斯。他气恼而又疲乏。他五点钟就起床了。"要是他们想举行暴动，究竟为什么不快一点，让人好来得及发电报稿呢？……啊，我瞧见阿纳托尔·法朗士在阿尔马广场被驱散。要是没有该死的新闻检查，这该是条好新闻啊。在德国局势相当严重……我认为那儿会出事。"

"在这儿巴黎会出事吗，唐？"保罗问道。

"见鬼，我怎么知道……有些小伙子把大树周围的铁栅栏拔起，在马让塔大道上往警察身上扔……伯纳姆说在巴士底广场的尽头处已经垒起了路障，但是在我搞到一点东西吃之前，我决不会到那儿去……反正我也不信……我快垮下来啦。你们这两位布尔乔亚在今天这种日子出来干什么？"

"嗨，工人弟兄，别开枪，"保罗说，举起了双手。"等我们弄点儿东西吃了再说吧。"伊夫琳大笑着说。她心想，她喜欢保罗更甚于喜欢唐。

他们在细雨中穿过许多小街，终于找到一家小饭馆，里面传出人声和饭菜的香味。他们从铁卷门帘下钻了进去。饭馆里黑黝黝的，坐满了出租汽车司机和工人。他们挤到一张大理石桌边，坐了下来，有两个老头儿正在那儿下棋。伊夫琳的腿紧挨着保罗的腿。她没有挪开；接着他脸红起来，将椅子移开了一点儿。"对不起。"他说。

他们全吃牛肝和洋葱，唐用他那滔滔不绝的蹩脚法语跟两个老头儿聊上了。他们说如今的年轻人都是窝囊废。想当年，他们拥上了街头，挖起铺路石，抓住警察的大腿，将他们从马背上拽下来。今天还算是大罢工，可他们干了什么名堂呀？……什么也没干……几个小淘气扔了几块石头，一家咖啡馆的橱窗给砸碎了。再不像当年了，那时人们挺身出来保卫自由和劳动的尊严。两个老头又下起棋来。唐请他们喝一瓶酒。

伊夫琳靠在椅背上，半心半意地听着，心中在思忖那天下午要不要去见约·华。自从那个星期日清晨以来，她还没见到过他或者埃莉诺；反正她也觉得无所谓。她纳闷保罗是不是愿意娶她，有许多像他那样带着一副稚嫩、活泼而迷惑的表情的小婴孩是怎样一种光景。她喜欢待在这带着饭菜、葡萄酒和普通烟草味儿的黑黝黝的小饭馆里，靠在椅背上，让唐对保罗去制订关于革命的规律。

"等我回了国，我想到全国去流浪一下子，干收获季节短工之类的活儿，去弄明白这些事情，"保罗终于说，"而现在我什么都不懂，只知道人家怎么说。"

他们吃完饭，正坐着喝葡萄酒时，听见一个美国声音。两名美国宪兵走进来了，正在白铁皮酒吧柜边喝酒。

"别说英语。"保罗轻声说。他们直挺挺地坐在那儿，竭力装得像法国人的样子，直到那两个穿卡其军装的离开，保罗然后说："乖乖，吓死我了……要是他们发现我没穿军装，他们肯定会把我逮起来……然后就是送圣安妮路，拜拜巴黎。"

"不，你这可怜的孩子，人家会在日出时枪毙你的，"伊夫琳说，"你马上回家去，立即换上军服……反正我要去红十字会办事处待一会儿。"

唐送她走到里沃利街。保罗向另一条街奔去，要赶到寝室去换上军装。

"我以为保罗·约翰逊是个非常之好的青年，你在哪儿结识他的，唐？"伊夫琳以一种随意的口气问。

"他相当单纯……还是个乳臭未干的孩子呢……我想他是挺好的……我是在马恩河战线认识他的，那时他所在的运输小分队正驻扎在我们的营地附近……后来他在邮政急件传递局找到了一份拿薪水的工作，现在他正在巴黎大学学习……老天，他正需要学习啊……没有社会思想……保罗仍然认为那只是骗骗小孩的。"

"他的家乡一定离你的老家不远……我是说在美国。"

"是啊，他爹在某个铁路边的小镇上拥有一座起卸机谷仓……小资产阶级……糟糕的环境……尽管这样，他可不是个坏孩子……太丢人啦，他没读过可以使他的思想坚强起来的马克思的著作。"唐扮了一个鬼脸。"这对你也适用，伊夫琳，不过我早就对你绝望了。卖相满好，却毫无用处。"

他们停住了脚步，在街角的拱廊下交谈。

"哦，唐，我认为你的思想实在太令人生厌了。"她开言道。

他打断了她的话："得，再见吧，公共汽车来了……我不应该乘一辆工贼开的公共汽车，但是要一直走到巴士底广场，实在太远了。"他吻了她一下。"别生我的气。"

伊夫琳挥挥手。"祝你在维也纳愉快，唐。"公共汽车隆隆驶过，他纵身跳上了车厢平台。伊夫琳最后瞥见他时，那女售票员正在使劲推他下车，因为车内已经挤满了乘客。

她上楼走进办公室，竭力装出一副整天待在那儿的样子。快近六点钟时，她走上大街去克里永旅馆找约·华。那儿一切如旧，威廉斯小姐坐在写字台前，头发金黄，瞧上去冷冰冰的，莫顿蹑手蹑脚地分送着茶和花色糕点，约·华正在窗前漏斗状斜面墙边和一个穿常礼服的人深谈，厚厚的香槟酒色帷帘半掩着他们的身影，埃莉诺穿着一件伊夫琳从未见过的珠灰色的下午服，正在壁炉前和三位年轻军官欢快地交谈。伊夫琳喝了一杯茶，和埃莉诺寒暄了几句，然后说她有事，便告辞了。

她穿过前室时，和威廉斯小姐的目光相接。她在她的办公桌边停了一会儿。"还像以前那么忙，威廉斯小姐。"她说。

"还是忙一点好，"她说，"忙可以让人别淘气……依我看，人们在巴黎浪费的时间太多了……我从没想到居然还有一处地方，人们可以花那么多时间坐在那儿无所事事。"

"法国人比什么都更看重享受闲暇。"

"要是你有闲暇，倒也无妨……但是这种社交生活浪费了我们这么多的时间……人仍到这儿来吃午饭，就此待上整整一个下午。我真不知道该怎么办……这造成了一种非常难以应付的局面。"威廉斯小姐紧紧地盯着伊夫琳。"我想你在红十字会再没多少事干了吧，是不是，赫钦斯小姐？"

伊夫琳甜甜地一笑。"没多少事儿了，我们就像法国人一样正在为我们的闲暇而活下去。"

她在协和广场的宽阔的柏油路面上走着，不知道自己要干些什么，便拐上了欧洲七叶树正在开花的爱丽舍田园大道。总罢工似乎快结束了，因为街上又有了几辆出租汽车。她在一条长椅上坐下来，有个穿长礼服的形容枯槁的家伙在她身边坐下，企图跟她搭讪。她站起来，尽快地跑开了。走到隆帕瓦，她不得不等一队装好炮架的法国炮队和两门七十五毫米口径的大炮过去了才穿马路。那个形容枯槁的家伙还在她身边，他转身伸出手来，脱帽向她打招呼，仿佛是个老朋友似的。她嘟囔了一句"唉，这太令人生厌了"，就跳上一辆停在人行道边的马车。她几乎以为这男子也会跳上马车来，然而他只是站在那儿瞧着她，一脸怒容，看马车跟在大炮后面奔驰而去，仿佛它是这一团士兵的一部分似的。一回到家，她就在煤气炉上给自己煮了可可茶，拿着一本书孤零零地上了床。

第二天晚上，她回到寓所，保罗已经在那儿等她了，穿着一套崭新的军装，圆头皮鞋擦得锃亮锃亮的。"啊，保罗，你看上去好像刚从洗衣机里钻出来似的。"

"我有一个朋友是军需仓库的中士……硬叫他拿出了一套新行头。"

"你瞧上去太漂亮了，简直没说的。"

"你是说你真这么想，伊夫琳。"

他们走上大街，到诺埃尔彼得酒家去，坐在庞贝①风格的柱子间的橙红色的长毛绒椅子上吃饭，有小提琴流畅地奏着乐。保罗兜里装着月饷和口粮折算而得的钱，觉得心满意足。他们谈论回到美国后要干些什么。保罗说他爹希望他进明尼阿波利斯一个粮食经纪人的办事处工作，但他想在纽约碰碰运气。他认为年轻人在从事一项固定职业之前应该先试着干各种各样的工作，这样他才能发现什么工作最适合他。伊夫琳说她不知道她想做什么。她不想干她以前干过的工作，她明白这一点，也许她喜欢在巴黎生活。

"我以前并不太喜欢巴黎，"保罗说，"但是，像现在这样跟你出来玩，我就挺喜欢巴黎了。"

伊夫琳逗他说："哦，我可不认为你非常喜欢我，你的所作所为从来没有显示出你喜欢我。"

"但是，老天，伊夫琳，你知道的东西那么多，见过那么多的世面。你让我跟你一块儿出来玩，你真是太好了，说句心里话，我要一辈子记住这个。"

"啊，我希望你别这样……我讨厌人们过分谦虚。"伊夫琳气恼地叫道。

他们继续默默地吃饭。他们正在吃涂有揉碎的干酪的芦笋。保罗连喝了几大口葡萄酒，用一种她痛恨的受辱的、木讷的神情瞧着她。

"啊，今晚我才觉得像个人了，"她过了一会儿说，"我一整天来痛苦极了，保罗……过些时候我会告诉你的……你知道，就是那种当你抓住了你所希冀的一切，它们却在你手指间变得粉碎时的心情。"

"好了，伊夫琳。"保罗说，用拳头往桌上砰地一捶，"我们振奋起来，好好乐一乐吧。"

他们在喝咖啡的时候，乐队开始演奏波尔卡舞曲，在小提琴手"啊，波尔卡，啊"的喊声的鼓动下，人们开始在桌间翩翩起舞。瞧着这些中年顾客在似乎为这轻快情调终于重返巴黎而高兴的魁梧的意大利侍者领班眉飞色舞的目光注视下旋转起舞，真是一幅令人赏心悦目的图景。保罗和伊夫琳忘乎所以，也跳起舞来。保罗显得很尴尬，但是，有他的手臂搂着她，使她多少觉得好受一些，使她忘却了她感到的令人悚惧的孤独感。

等波尔卡乐曲声平静下去一点儿了，保罗付了数目不小的饭钱，两人手

---

① 位于意大利那不勒斯市东南23公里的古城，公元79年因维苏威火山爆发而被毁。大部分现已被发掘。

挽手地走出酒家，彼此紧挨在一起，像巴黎所有的情人一样，在这五月中散发着葡萄酒、热面包卷和野草莓香气的夜晚，沿着林荫大道散步。他们觉得有点头昏目眩。伊夫琳一直在微笑。

"来，我们好好乐乐吧。"保罗时不时耳语道，似乎要给自己壮胆似的。

"我正在寻思，要是我的朋友们看见我和一个喝得醉醺醺的大兵手挽手地在大道上散步，他们会怎么想。"伊夫琳说。

"不，说实在的，我没醉，"保罗说，"我的酒量比你想象的要大得多。而且，我在部队里也不会再待很久，要是和约签订，就不会再待很久了。"

"嘿，我才不管呢，"伊夫琳说，"不管发生什么事，我都不在乎。"

他们听见另一家咖啡馆里传出的音乐声，瞧见楼上窗户上掠过的舞侣们的影子。"我们上去吧。"伊夫琳说。他们走进去，上了楼，走进舞厅，那是一间多得是镜子的长房间。伊夫琳说想喝一些莱茵葡萄酒。他们仔细看酒菜单，看了好长一阵子，她终于斜眼滑稽地瞥了一下保罗，建议喝圣母酒①。

保罗脸红了。"但愿我有个处女做朋友。"他说。

"什么，你说不定……每个码头有一个哪。"伊夫琳说。他摇摇头。

下一次跳舞时，他把她搂得紧紧的。他不像原先那样尴尬了。

"这些日子我觉得特别孤独。"当他们又坐下时，伊夫琳说。

"你，孤独……可是跟和平会议有关的人员都在追你，还有美国远征军……说起来，唐告诉过我，说你是个危险的女人。"

她耸耸肩："唐什么时候发现的？也许你也是个危险人物，保罗。"

他们下一次跳舞时，她把脸颊贴在他脸颊上。音乐停下来时，他看来似乎想吻她，但是没有。

"这是我一生中过得最美妙的夜晚，"他说，"我希望我正是那种你真正乐意让他带你出去玩的人。"

"也许你会成为这样的一个人，保罗……你似乎学得很快……不，我们的行为可太傻了……我腻味眉来眼去，到处调情……我想我渴望得到我得不到的东西……也许我想结婚，生个孩子。"

保罗发窘了。他们默默地坐在那儿，看别人跳舞。伊夫琳瞧见一个年轻

---

① 圣母酒，原文为德语，也可解作处女酒，一语双关。

的法国士兵正俯下身去，吻一个和他一起跳舞的小姑娘的嘴唇；他们一边亲吻着，一边继续跳舞。伊夫琳想要是她是那个小姑娘就好了。

"我们再喝点儿酒吧。"她对保罗说。

"你看我们是不是不要再喝了？得了，见鬼，我们不是正在找乐子吗？"

他们上出租汽车时，保罗已经相当醉了，哈哈笑着，紧紧搂住了她。他们一坐进车后座的阴影之中，就开始接吻起来。

伊夫琳将保罗推开了一会儿。"我们到你的住处去吧，不要到我那里去，"她说，"我怕那门房。"

"好吧……那是小事一桩，"保罗说，咯咯直笑，"我可不担心[1]，我们该操心想个好主意出来。"

他们在管保罗下榻的那家旅馆的钥匙的老人的严厉的注视下走进去，摇摇晃晃地爬上一长道阴冷的蜿蜒曲折的楼梯，走进一个面向院子的小房间。"要是你不示弱，这生活可就了不起啊。"保罗在锁上门、插上门栓之后，挥舞一下手臂说。天又开始下起雨来，雨打在院子里的玻璃顶棚上，发出瀑布般的哗哗声。保罗把帽子和军上装往房间一角一扔，朝她走去，眼睛里闪着亮。

他们刚爬上床，他就将脑袋枕在她肩膀上睡着了。她抽身下床把灯灭了，打开窗户，然后瑟瑟发抖地挨在他暖和的身子上，像小孩般全身放松了。在外面，滂沱大雨直泻在玻璃顶棚上。在楼里不知什么地方关着一只小狗，声嘶力竭地悲号和狂吠个不停。伊夫琳无法入寐。她内心深锁着的一种东西也像小狗那样在悲号。透过窗户，她渐渐看清在逐渐变淡的紫色天空衬托下的一段黑魆魆的屋脊和一些烟囱管帽。她终于睡着了。

第二天，他们待在一起。她像往常一样给红十字会打电话说她病了，而保罗把巴黎大学压根儿忘了。在淡淡的阳光下，他们整个上午都坐在马德伦教堂附近的一家咖啡馆里，计划将来要干些什么。他们将争取尽早被送回国内去，在纽约找一份职业，然后结婚。保罗将在业余时间念工程学。在泽西城有一家粮食和饲料商行，老板都是他父亲的朋友，他知道他可以在那儿找到一份职业。伊夫琳可以重新开办她的装饰业务。保罗感到愉快而富有自信，不再带有那副谦卑的神色了。伊夫琳不断地对自己说，保罗有优良的品质，她爱保罗，能使保罗有所成就的。

---

[1]　原文为意第绪语。

在五月份其余的日子里，他们两人都经常有点儿头脑发热。他们在头几天里就把所有的收入全花完了，以致不得不上一家挤满学生、工人和穷职员的卖客饭的小饭馆去用膳，在那里，他们买了一本饭票，使他们花两法郎或者两个半法郎就能吃一顿饭。六月中的一个星期日，他们出外到圣日耳曼去，在森林里漫游。有好几次，伊夫琳感到一阵恶心，身子发软，不得不躺在草地上。保罗看上去忧虑极了。他们终于走到塞纳河边的一个小居民点。塞纳河水飞速流过，在下午的阳光中河面上泛着一摊摊绿色和淡紫色，水漫到种着一排排高大白杨树的低低的岸边。他们乘上一艘小摆渡船，划船的是一个老人，伊夫琳称他为时间老人。

在摆渡的半路上，她对保罗说："你知道我是怎么回事吗，保罗？我怀孕了。"

保罗吹了一声口哨："啊，我可还没这么计划呢……我看自己真是个混蛋，没有在这之前就要你跟我结婚……我们马上结婚吧。我要去了解一下，美国远征军的人员要得到结婚的许可该做些什么。我想不会有什么问题的，伊夫琳，但是，啊唷，这一来可改变了我的计划。"

他们到达彼岸，上坡穿过康福朗镇到火车站搭乘回巴黎的火车。保罗看上去忧心忡忡。

"哦，难道你不认为这同样改变了我的计划吗？"伊夫琳干巴巴地说，"这正像待在木桶里从尼亚加拉瀑布泻下去，就这么回事。"

"伊夫琳，"保罗严肃地说，眼中噙着泪，"我能做些什么来补救呢？……说实在话，我要尽力来补救。"

火车鸣叫着，隆隆开进月台，停在他们面前。他们全神贯注地在想心事，竟然没有看见火车。他们上了车，走进三等车厢的小间，默默无言，直僵僵地面对面坐在那儿，膝盖碰着膝盖，瞧着窗外，对巴黎郊外的景色视而不见，什么话也不说。

伊夫琳终于带着哽咽开口说："我想要生下这个小孩，保罗，我们必须经受生活中的一切啊。"保罗点点头。然后，她无法看到他的脸了。火车驶进了隧道。

## 新闻短片 XXXIV

### 全世界白金奇缺

忽视法国在巴尔干半岛的利益等于是犯罪的行为

### 在囚室自杀

联合雪茄公司本月行情为每股167美元这意味着老股每股为501美元，这样，今日的股东们每股可比原来的每股增收百分之二十七。在和平时期和战争时期中，公司始终保持并增发它的红利

### 六人被困于较高楼层

既然他们见识过巴黎

你如何能使他们留在乡里

倘若华尔街需要签署这个和约，也就是说倘若本国的那些商业财团理所当然希望了解我们在与我们毫无关系的事务中承担义务到什么程度的话，那么为什么华尔街还要费神去贿赂组成威尔逊先生在巴黎的随从班子的那帮乌合之众呢？

### 协约国敦促马扎尔人推翻贝拉·库恩①政权

### 蓝胡子②疑案中有十一名妇女失踪

---

① 贝拉·库恩（1885—1939）于1918年12月创建匈牙利共产党。1919年，任匈牙利苏维埃共和国总理。马扎尔人为匈牙利的主要民族。

② 蓝胡子为法国传说中一位先后谋杀许多妻子的富翁。此处指当时发生的类似案件。

法国最终买下美国股票

你如何能不让他们去百老汇
跳爵士舞一回回
寻欢作乐把酒醉

午后的林荫大道上呈现出一幅不常见到的景象。大多数咖啡馆室外茶座已被废弃,搬走了桌子和椅子。在有些咖啡馆前,顾客被一个一个地放进去,由忠于职守的但已不围围裙的侍者侍候

## 约曼内特在汽车公寓企图自杀时
## 尖声叫唤前求爱者的名字

### 汉志①人的愿望震动巴黎批评家

为了避免过早暴露他们的真面目,一些兵团被假装解散;而实际上,这些部队正在被全部送往高尔察克②麾下

### 世界产联阴谋杀害威尔逊

### 发现一万袋腐烂的洋葱

### 一位富翁在楼梯上摔死

天色薄雾弥漫,炮舰驶离码头后,迅即隐没,不见踪影,但在炮舰驶往"乔治·华盛顿"号的途中,总统一直在挥舞礼帽,脸带微笑。

### 推翻苏维埃统治定能成功

---

① 今沙特阿拉伯西部红海边一地区。1926年前为一独立王国。
② 亚历山大·高尔察克(1874—1920),俄国海军军官。十月革命后,于1918年年末发动叛乱,于第二年被红军击垮。

# 摩根家族

　　我谨把我的灵魂交到救世主的手中，约翰·皮尔庞特·摩根在遗嘱中写道，我深深地相信，他在用他最珍贵的血液赎取并洗涤我的灵魂之后，将把它完美无缺地奉献于我的天父之前，我并且恳求我的孩子们不畏艰难险阻、不惜一切个人牺牲地保持并捍卫这一神圣的信条：通过一度奉献出来的耶稣基督的血、而且也只有通过耶稣基督的血才能完全赎清罪孽。

　　当他在1913年在罗马撒手人寰时，

　　他将摩根财团在纽约、巴黎和伦敦的控制权，四家全国性银行，三家信托公司，三家人寿保险公司，十条铁路线，三家有轨电车公司，一家捷运公司，国际航运公司，

　　通过连锁董事会，根据悬臂梁的原则

　　对十八条其他铁路线，美国钢铁公司，通用电气公司，美国电话电报公司，五个主要工业部门

的控制权

　　全部交到

　　以他的儿子为代表的摩根家族的手中；

　　摩根—斯蒂尔曼—贝克联合财团像悬索桥的交织在一起的钢缆般支持着信贷，全世界百分之十三的银行资本。

　　第一个捞到一票钱的摩根是约瑟夫·摩根，康涅狄格州哈特福德的一个旅馆老板，他经营驿站马车，趁十九世纪三十年代纽约一次大火灾所造成的恐慌，买下了伊塔那人寿保险公司的股份；

　　他的儿子朱尼厄斯继承了他的衣钵，开始经营纺织品生意，后来又和马萨诸塞州的银行家乔治·皮博迪合伙，乔治·皮博迪在伦敦创办了大规模的水险和海运业务，成为维多利亚女王的朋友；

　　朱尼厄斯娶了约翰·皮尔庞特的女儿为妻，约翰·皮尔庞特是波士顿的

牧师、诗人、怪人和黑奴制度废除论者；他们的长子，

约翰·皮尔庞特·摩根，

在英国受了训练、去韦维①上学、在格廷根大学证明他是一个出类拔萃的数学家之后，

来到纽约，准备创业发财，

他是个瘦长、乖僻的二十岁的青年，

正赶上1857年的经济恐慌

（对于摩根家族来说，战争、证券市场的恐慌、企业破产和战时借款，都是大展宏图的好时机）。


当萨姆特堡②炮声隆隆时，年轻的摩根转手倒卖被认为不适用的滑膛枪给美国陆军队，赚了一票钱，使人们开始感觉到他在纽约市商业区证券交易所的黄金交易室内的存在；做黄金买卖比倒卖滑膛枪更有利；在内战时期就干了这些活动。

在普法战争期间，朱尼厄斯·摩根在图尔为法国政府发行了一笔数目巨大的债券。

同时，年轻的摩根在法兰克福就资助美国偿还战争借款的问题与杰伊·库克③和德籍犹太银行家们斗尽心智（他从来没有喜欢过德国人或者犹太人）。

1873年的经济恐慌使杰伊·库克破了产，使约·皮尔庞特·摩根成为华尔街管钱的老板；他与费城的德雷克塞尔家族合伙，建造了德雷克塞尔大楼，在那里的落地玻璃窗办公室里，他坐了三十年，脸色红扑扑的，一副傲慢的样子，在书桌前写字，抽着大号黑雪茄，碰到重要问题时，退到里面的办公室去打单人牌戏；他以言简意赅闻名，常说是或者不，他还以在来访者面前突然发火和他那意思是说"我这一来能捞到些什么呢？"的特有的手势而闻名。

1877年，朱尼厄斯·摩根退休了；约·皮尔庞特使自己成为纽约中央铁路公司董事会的一名董事，将他的第一艘"海盗"号游艇下水。他喜欢乘游艇出游，喜欢让漂亮的女演员称他为"游艇俱乐部会长"。

他在施托伊弗桑特广场上创建了产科医院，喜欢走进圣乔治教堂，在下午的寂静中一个人唱赞美诗。

---

① 位于瑞士西南部日内瓦湖畔。
② 位于美国南卡罗来纳州东南部查尔斯顿市港湾中的一个小岛上。1861年4月12日南部邦联的军队向驻守该要塞的部队发动进攻，从而挑起了美国内战。
③ 杰伊·库克（1821—1905），美国大银行家、金融家，在内战期间为北方大力推销债券。

在1893年的经济恐慌中，

他拯救了美国财政部，

但本人也获得了一笔相当可观的利润；黄金储备枯竭了，国家垮了，农民们大声疾呼要实行银本位制，格罗弗·克利夫兰总统和内阁在白宫的蓝室里踱来踱去，无法作出任何决定，他们在国会发表演说，而国库各分库内的黄金储备正在锐减；穷人在挨饿，考克西失业请愿军①正在开往华盛顿；格罗弗·克利夫兰很长时间未能断然下决心召见这位华尔街金融巨头的代表；摩根坐在阿林顿旅馆的套房内抽雪茄，静静地打单人牌戏，直到总统终于派人来找他去；

他早已准备好一个旨在中止黄金流失的计划。

自那之后，摩根所说的一切都起作用；当卡内基②为清偿债务而出卖钢铁公司时，他买了下来，建立了钢铁托拉斯。

约·皮尔庞特·摩根是个脖颈粗大、性情暴躁的人，长着一双黑色的喜鹊般的小眼睛，鼻子上长着个小疱；他让合伙人办理银行业务的日常细节事务，累得要死，而他则端坐在他的内办公室里抽黑雪茄；当有事需要作出决定时，他说是或者不，或者干脆转过身去，继续打他的单人牌戏。

每年圣诞节，他的图书管理员拿着狄更斯的《圣诞颂歌》手稿真迹给他朗读。

他喜爱金丝雀和小狮子狗，喜欢带上漂亮的女演员去驾游艇出游。"海盗"号游艇建得一艘比一艘精美。

当他和爱德华国王③一起用膳时，他坐在陛下的右侧；他和德皇面对面地进餐；他喜欢和红衣主教或罗马教皇交谈，从来没有缺席过圣公会主教们的会议；

罗马是他倾心爱慕的城市。

他喜欢珍馐佳肴、陈年名酒、标致女人和驾游艇出游，喜欢浏览他收藏的珍品，时不时捡起一只镶嵌宝石的鼻烟盒，瞪着喜鹊般的眼睛端详着它。

他收集法国统治者的签名，在他的玻璃柜中摆满了巴比伦书板，玺印，图章，小雕像，半身雕像，

高卢-罗马时代的青铜器，

---

① 雅各布·考克西（1854—1951）为俄亥俄州商人，曾于1894年率领失业工人前往华盛顿请愿。
② 安德鲁·卡内基（1835—1919），美国钢铁大王。
③ 指英国国王爱德华七世（1841—1910），1901年即位。

墨洛温王朝的珠宝首饰，纤细画，表，挂毯，瓷器，楔形文字的书板，所有古代大师的画，荷兰的、意大利的、佛兰芒的、西班牙的，

福音书和启示录的手抄本，

让—雅克·卢梭的作品集

和小普林尼[①]的信函。

他派出的收购人员购买一切昂贵的、稀有的或带有王朝色彩的文物，他命人把它们拿到他面前，用一双喜鹊般的眼睛死死盯着它们。然后，它们便被放进玻璃柜中。

在他生命的最后一年，他乘舫式渡船沿尼罗河上溯，久久凝视着卡纳克神庙高大的柱子。

1907年的经济恐慌和他在铁路投资方面的大对头哈里曼在1909年的去世使他成为华尔街毋庸置疑的统治者，全世界最强有力的公民；

他厌倦显贵的地位，痛风缠身，在金融托拉斯调查的时期中，屈尊前往华盛顿回答普若委员会[②]提出的问题：是的，我做了我自以为最符合这个国家的利益的事情。

他的帝国建立在如此美妙的基础上，以致他在1913年逝世一事简直没有在世界证券交易市场上引起任何波动，帝位传给了他的儿子，小约·皮·摩根，他在格罗顿学校[③]和哈佛大学受的教育，靠了与英国统治阶级的联系，

成为一个更接近于君主立宪制度的君主：约·皮·摩根建议……

截至1917年，各协约国通过摩根财团共借了十九亿美元——为了民主制度和星条旗，我们漂洋过海；

等到巴黎和会结束时，约·皮·摩根建议这一短语对七百四十亿美元这一笔财富具有强制性的力量。

约·皮·摩根是个沉默寡言的人，没有作公开演讲的癖好，但是在钢铁工人大罢工时，他给加里[④]的信中写道：鉴于您在雇用非工会会员问题上所

① 小普林尼（62—113），罗马作家、行政官，死后留下一批富有文学魅力的私人信札。

② 指以美国参议员阿尔塞纳·普若（1861—1939）为首的于1912—1913年对华尔街金融业做调查的组织。

③ 美国马萨诸塞州东北部格罗顿城的一所大学预备学校。

④ 埃尔伯特·亨利·加里（1846—1927），美国法学家、工业家。1901年摩根任命他为美国钢铁公司董事长。由于他坚持自由招工，不愿同工会协商，酿成1919—1920年的钢铁工人大罢工。

持的立场，谨致衷心的祝贺，正如您所明鉴的，我的主张与这种立场绝对吻合。我相信，这深切地涉及美国的自由原则，只要我们坚持，是必将胜利的。

（战争和证券交易市场的经济恐慌、

机关枪射击和纵火、

企业破产、战时借款、

饥馑、虱子、霍乱和斑疹伤寒——

对于摩根家族来说，都是大展宏图的好时机。）

# 新闻短片 XXXV

昨天的第五十二届胜利大奖赛是一个重大事件，将长久留在出席观看者的记忆中，因为在朗香①举行的传统赛马的历史中还没有过一次赛马是如此的光彩夺目

让家中的炉火永不灭
等着战士们把家回

## 巨型远洋轮无法离港出海

## 布尔什维克取缔邮票

## 纽黑文②艺术家开煤气自尽

## 在一张一美元钞票上发现血迹

当我们的心儿充满渴望

## 钾碱成为谈判中断的原因

## 少校中毒死亡

## 误服蟑螂药

骚乱与抢劫发展成骇人听闻的万分恐怖的大屠杀。在两三天之内，伦贝

---

① 巴黎西郊布洛涅森林西南部的著名赛马场，每年在那里举行大奖赛。
② 美国康涅狄格州中南部港口城市。

格①犹太人聚居区便成了一片冒着烟的瓦砾场。据目击者估计，波兰士兵杀戮了一千多名犹太男女和孩子

## 在一场醉后争吵中托洛茨基开枪射击列宁

布里斯班②寻求支持，说，你知道我在啤酒问题上的立场

虽然战士们身在远方
他们也把家乡想
天上有一线银色的光芒
透过乌云露出光亮

## 总统唤起死者呐喊

### 信件提供侦查炸弹暴行的线索

埃米尔·迪恩在他的连载访问记的前三部分描写荷兰皇家石油公司与美孚石油公司双方发动旨在控制世界市场的斗争的形势，这场斗争只是由于大战而暂时中止。"其基本因素是，"他写道，"妒忌、不满与猜疑。"我国在内战后的非同寻常的工业发展、新疆土的开拓、资源的开发、人口的激增，所有这一切结果形成了许多暴发的巨富。华尔街将H.P.戴维森贡献给红十字会，难道在国外作战的两百万战士中会有任何人的母亲、父亲、情人、亲戚或者朋友不因此而感谢上帝吗？

## 债券窃贼被谋杀

把炉火拨得更旺
等着战士们把家回

---

① 现名利沃夫，位于乌克兰西部，第二次世界大战前属波兰。
② 阿瑟·布里斯班（1864—1936），美国报纸编辑和作家。

# 摄影机眼（39）

日光从一片血红的静寂中扩散开来非常轻微地颤动着消隐在我的黑甜乡里通过那热血扩大成殷红一片使眼皮暖烘烘而甜滋滋地变得沉重然后倏然张开见到

无边无际的蓝黄粉红

今天是在巴黎①　　以一摊摊绿蓝色的天空为背景粉红色的日光雾蒙蒙地洒照在云朵上　　一只小警报器尖厉地响起　　来往的车辆没精打采地隆隆而行在鹅卵石路上发出橐橐声出租汽车粗厉地叫　　黄色的是那条盖被敞开的窗外灰色和粉红色石头筑成的卢浮宫在塞纳河与苍天之间突出着它安详的风貌

还有巴黎的自信

一条闪亮的绿红两色的拖轮轧轧地溯急流而上拖着三艘黑色和赤褐色的驳船它们的甲板舱的窗子上装有绿色的百叶窗和网织窗帘放着盛开的盆栽天竺葵　　为了从桥下驶过去一个穿蓝衣的胖子不得不将一根黑色的小烟囱垂倒平放在甲板上

女佣的眼神灰色连衣裙里的那对饱鼓鼓暖烘烘的乳房将巴黎活生生地带进了房间　　咖啡里菊苣的清香滚烫的牛奶和上面放着小块非常甜的无盐黄油的羊角面包上的光泽

在那半掩着我那朋友②可爱的面庞的黄色纸面本书中

1919年的巴黎

巴黎互助保险公司

在埃菲尔铁塔周围旋转的轮盘赌的轮盘红色广场白色广场一百万美元十亿马克一万亿卢布要么法郎贬值要么国际托管蒙马特尔高地

梅德拉诺马戏场障碍赛马大提琴低沉的声音在加沃音乐厅的台上响起几支双簧管和一只三角铁　　亲爱的侯爵夫人一身珠宝叮当作响在演奏斯特拉

---

① 多斯·帕索斯于1919年7月14日抵达巴黎。

② 指吉尔曼·卢卡·肖皮奥尼埃尔，作者在此期间认识的一位女友，他对她很好。

文斯基的乐曲时半途离场说我与这音乐无缘①　　但是那匹枣红小马在跳栏时向后倒退我们押下的钱就全输掉了

在马德伦教堂对面展出的绘画　　塞尚毕加索莫迪利亚尼②

新雅典

书报亭上总是有新印上的宣言性的诗歌小便池上用粉笔涂写着口号**劳动者团结起来实现世界和平**

革命就在旋转的埃菲尔铁塔周围

将我们去年的图表全部焚毁日期在日历上飞逝而去我们将把一切更新今天是新纪元的第一年　　今天是春天第一天的阳光灿烂的早晨　　我们大口喝下咖啡往身上泼水匆匆穿上衣服奔下楼去头脑清醒地走进这第一年的第一天的第一个早晨

---

①　多斯·帕索斯在巴黎期间迷上了德彪西的《佩利亚斯与梅丽桑德》和斯特拉文斯基的作品。亲爱的侯爵夫人指吉尔曼·卢卡·肖皮奥尼埃尔。
②　莫迪利亚尼（1884—1920），意大利画家，其作品主要为人像画。

## 祝光荣归于永恒的法国

哦，德国军官跨过莱茵河
　　操起洋泾浜法语来胡扯

德军在里加①被击溃，感恩戴德的巴黎市民向法国诸元帅欢呼

哦，德国军官跨过莱茵河
　　他喜欢这里的美酒和女色
　　操起洋泾浜法语来胡扯

## 可怜的妻子的诉状历数情敌的种种诡计

　　威尔逊一抵达华盛顿便开始引起麻烦。巴黎的罢工者在野餐会上聆听慷慨激昂的长篇演说。阜姆的一些街上发生咖啡馆被砸和投扔炸弹的事件。巴黎肉价上涨。食品涨价是危险的。贝特曼·霍尔威格②勃然大怒。一些神秘部队制止了反布尔什维克游行。

## 发现德国人幕后操纵阴谋

哦，从阿尔芒蒂埃尔③来的小姐

---

① 原苏联拉脱维亚加盟共和国首都。
② 贝特曼·霍尔威格（1856—1921），曾任普鲁士首相。
③ 在法国北部，靠近比利时边界，第一次世界大战后期毁于德军炮火。

操起法语

哦，从阿尔芒蒂埃尔来的小姐

操起法语

已有四十年——没来了

操起洋泾浜法语来胡扯


在拉博勒①的最后一天，失事船只上的货物漂到岸上；参加工团组织的工资劳动者抓紧时机威胁对变化毫无准备的雇主。**在拉斐特墓前献上花圈**。最富有的黑人女士逝世。愤怒的士兵捣毁耶鲁大学学生宿舍。金矿处于困境中。


## 对柏林加紧施加压力

哦，他带她上楼，爬上床去啊

当场把她的处女膜戳破

操起洋泾浜法语来胡扯


## 商界说和平后物价不会下跌

### 在办公室办公桌前自杀

#### 现代蓝胡子得忧郁症


他原来就是原帝俄总参谋部的米努斯将军，在克伦斯基执政时期曾任明斯克军区司令。巴黎警察威胁要加入罢工运动，允许罢工者将标着"Mistelles"②这一神秘字样的酒桶运入法国。据说一名投机商由此在一星期内净挣近五百万法郎。


哦，前三个月玩得真痛快

---

① 位于法国西部大西洋岸，靠近卢瓦尔河河口，为一海滨旅游胜地。
② 法语，意为"掺酒精的未发酵葡萄汁"。

但后三个月她肚子渐渐大了
操起洋泾浜法语来胡扯

　　美国应该以其雄厚的财力、高级的器械和丰富的原材料来帮助法国的能人致力于恢复并增强法国的工业力量，合作利用绮丽的风景，建造令人惊叹不已的道路和高级旅馆，并供应美味佳馔，使处于北纬四十五度的里昂成为一座美丽的城市。由于蕴藏着巨大的矿产资源，它的前途是无可限量的。市长奥勒·汉森宣布，任何企图篡夺市政府权力的人将被立刻枪决。他是一个矮小的人，但具有宏伟的设想、宏伟的头脑和宏伟的期望。人们第一次见到他，一定会因他酷似马克·吐温而惊讶不已。

# 理查德·埃尔斯沃思·萨维奇

　　迪克和内德在瞥见火岛①灯塔船的那天早上，心里觉得前途困难重重。迪克并不期望回到天府之国时身无分文，而且要去应付征兵局，他担忧妈妈将怎样过活。内德所抱怨不已的是战时禁酒。回国的航程中喝的柯涅克白兰地使他们两人都有点神经质。他们已经到了长岛南面暗绿灰色的浅海海域；如今已没法挽回了。西边弥漫着浓雾，然后是那些看上去像淹没在水中的盒子般的矮房子，然后是那道白色的罗卡威海滩；康尼岛游乐场的观光小铁道；斯塔腾岛上夏日的繁茂的绿色树林和镶白边的灰色木结构房屋；这一切故土风光多令人心碎。当移民局的拖轮与轮船并排靠拢，迪克惊异地看见海勒姆·哈尔西·库珀穿着身卡其军装，裹着绑腿，爬上舷梯。迪克点燃了一支烟，竭力装得瞧上去清醒些。

　　"我的孩子，见到你真让人感到宽慰……你母亲和我曾经……呃……"迪克打断他的话，把他介绍给内德。

　　库珀先生穿着一身少校军服，拽着他的衣袖，把他在甲板上拉到一旁。"你登岸时最好穿上军装。"

---

①　位于纽约市东长岛南。

"好吧，长官，我原想那身军装看上去太破旧了。"

"这样更好……我说，那边战场上糟透了吧……没机会去追求缪斯诗神了吧，呢？……今晚你跟我一起去华盛顿。我们一直在为你非常担心，但现在一切都过去了……这使我明白我是个多么孤独的老头。听着，我的孩子，你母亲是埃尔斯沃思少将的女儿，是不是？"迪克点点头。"当然啦，她准该是的，因为我那已过世的爱妻是他的侄女……嗯，快去穿上军装，记住了……一切谈话都让我来对付。"

他在换上那套诺顿—哈吉斯救护车队的旧军装时，想起库珀先生老得多快，心中盘算着该怎样问他借十五元付酒吧的欠账。

在夏天的午后阳光下，纽约显得可笑、寂静而空荡荡的；是啊，在这儿，他算回到了家了。在宾夕法尼亚车站，所有的进口处都驻有警察和便衣人员，要求所有不穿军装的年轻人出示登记证。他和库珀先生奔着去赶火车时，他瞥见一群垂头丧气的人被一行大汗淋漓的警察围在一个角落里。

他们在"国会"号快车的客厅车厢里落了座，库珀先生拿一条手绢擦脸。"现在你明白我为什么要你穿上军装了吧。嗯，我想那边糟透了吧？"

"有些方面相当糟，"迪克漫不经心地说，"然而我当时还不想回国呢。"

"我知道你不想，我的孩子……你当时没想到你这年迈的导师穿上了少校军服吧……嗯，我们大家都必须发奋工作。我正在军械部采购局工作。你知道，我们的人事局长是赛克斯将军；他原先和你的外祖父一起服过役。我跟他谈起过你，你在两条战线上的经历，你的语言知识和……嗯……他自然非常感兴趣……我想我们很快就可以给你弄到一份委任令。"

"库珀先生，这真是……"迪克嗫嚅道，"你为我这么操心，真是太好了……真待我太好了。"

"我的孩子，直到你走了之后……我才意识到我是多么想念你……想起了我们当初关于缪斯诗神和古人的谈话。"库珀先生的声音被淹没在火车的隆隆声中了。迪克脑海中一直有个声音在不断地对他说，好了，现在我回国了。

火车在西费拉德尔菲亚车站停下了，这时只听得见电扇轻微的嗡嗡声；库珀先生俯过身来，拍拍迪克的膝盖说："只是有一件事，你必须答应……在我们赢得战争之前别再侈谈和平。等和平真的来临了，我们才能在诗歌里吟上几句……那时我们大家才能为持久和平而奋斗……至于在意大利发生的那桩小事……无关紧要……忘了它……没有人听说过它。"迪克点点头，他感到脸颊涨得通红，这使他很不痛快。他们两人都缄默不语，直到茶房在过道上走过，一面喊道："前面餐车现在供应正餐。"

在华盛顿（迪克脑海中一直有个声音在不断地说，现在你回国了），库珀先生在威拉德旅馆有一个房间，他让迪克睡在长沙发上，因为旅馆客满了，已不可能再租到一间客房。迪克睡进被窝后，听见库珀先生蹑手蹑脚走过来，站在长沙发边，沉重地喘着气。他睁开眼睛，咧嘴一笑。

"嗯，我的孩子，"库珀先生说，"你终于回国，这太好了……好好睡吧。"他回到自己的床上去了。

第二天上午，他被介绍给赛克斯将军。"这就是那位想为国服务的年轻人，"库珀先生挥舞一下手臂说，"像他的外祖父那样为国服务……事实上，他巴不得参战，以致在他的祖国参战之前就报名参加了志愿救护车队，先到法国，后来到了意大利。"

赛克斯将军是一位矮小的老人，长着一双明亮的眼睛和一只鹰钩鼻，耳朵非常聋。"是的，埃尔斯沃思是个伟大的人；我们一起跟杰洛尼莫①打过仗……啊，那古老的西部……在葛底斯堡②时，我还只十四岁，该死，我想他根本没在那儿。内战后，我们在西点军校同班毕业，可怜的老埃尔斯沃思……这么说，你闻过火药味了，我的的孩子？"迪克脸红了起来，点点头。

"你瞧，将军，"库珀先生大声说，"他觉得他想做比……呃……救护车队所能提供的责任更重大的工作。"

"是啊，那可不是个适合于一个虎虎有生气的小伙子的地方……你认识安德鲁斯吧，少校……"将军在拍纸簿上草草写着。"拿上这张便条，带他去见安德鲁斯上校，他会安排的，得按资格什么的来决定嘛……你知道……祝你走运，我的孩子。"

迪克敬了一个还算过得去的礼，他们就出来到了走廊上；库珀先生满脸堆着笑。"得，办好了。我得回办公室去。你去把表格填好，进行体格检查……那也许要到了营地才进行……不管怎样，一点钟到威拉德旅馆来陪我一起吃中饭。到楼上房间里来。"迪克带着微笑，敬了一个礼。

在上午剩下的时间里，他填好了表格。午饭后，他去大西洋城看望妈妈。她瞧上去跟原先一模一样。她住在切尔西郊区一家寄膳公寓里，深深担

---

① 杰洛尼莫（1829—1909），美国印第安人领袖，阿巴契部落酋长。
② 在宾夕法尼亚州南部，1863年7月1—3日，北军在该地击败南军，成为美国内战的转折点。

忧着密探。亨利参军当了一名步兵，正驻在法国某处地方。妈妈说，一想到埃尔斯沃思将军的外孙只当一名小兵，就叫她冒火，但她满有信心，他很快就会从行伍中升上去的。迪克小时候常常听她谈起她的父亲，后来就再没听到过，这时便向她问起有关他的情况。原来将军去世时她还很小，考虑到他们的身份，他撒手留下的家产不好算富裕。她只记得他是个高个儿，穿着蓝衣服，戴一顶软呢帽，一边的帽檐往上卷起来，还蓄着一部白色山羊胡子；她第一次见到山姆大叔的漫画像时，竟以为那就是她的父亲。他口袋里总放着一只内装咳嗽糖的银制小糖果盒，举行军事葬礼时，有位和蔼可亲的陆军军官将他的手绢给她用，这叫她激动不已。她将那只糖果盒保存了好多年，然而当你那可怜的父亲……呃……潦倒不堪时，它就随同一切变卖掉了。

　　一星期后，迪克收到一封陆军部寄来的信，信封上写着"萨维奇，理查德·埃尔斯沃思，军械部少尉"，信封内装着给他的委任令，命令他在二十四小时内前往新泽西州梅里特岛营地。迪克发现自己在梅里特岛营地负责带一连暂编人员，要不是有一名中士帮助，他压根儿不知道该怎么干。等他们上了运输船，情况就好多了；他跟另外两名少尉和一名少校共住在一个原先是头等舱的房间里；因为他上过前线，他比他们大家都强。运输船名叫"利维坦"号；他瞧着桑迪霍克角最后从视线中消失，觉得自在起来；他写一首很长的打油诗，寄给内德，它是这样开始的：

　　　　老子囚犯，娘是穷光蛋
　　　　他嗜酒成性，拎着酒桶儿灌
　　　　当上了少尉，由国家管饭
　　　　一身漂亮军装，步态轩昂
　　　　对于一位少将的外孙郎
　　　　这真是了不起的如愿以偿。

　　船舱里那另外两名陆军少尉是两个来自利兰·斯坦福大学难以归类的小伙子，而汤普森少校是西点军校的毕业生，像火药枪通条一样生硬。他是个中年人，长着一张黄色的圆脸和薄薄的嘴唇，戴一副夹鼻眼镜。船出海两天后，他晕起船来，迪克通过他手下那名跟侍者们关系搞得相当好的中士为他弄了一品脱威士忌，这使他态度和缓了一点。迪克发现他狂热地崇拜吉卜林，曾经听科普兰教授朗诵过《丹尼·迪弗》①，留下非常深刻的印象。而且，他是一位研究骡子和马肉的专家，撰写过一本专著《论西班牙马》。迪克说明他曾是科普兰的学生，不知怎么一来说出了自己是已故的埃尔斯沃思将军的外孙。汤普森少校开始对他感兴趣，问了他许多关于法国人用来在壕沟里运送弹药的驴子、意大利骑兵队的马和拉迪亚德·吉卜林的作品的问题。他们抵达布雷斯特港的前一晚，因为进入了德国潜艇出没的区域，人人都惊惶不安，甲板上漆黑一片，寂静无声，迪克走进厕所，重读一遍他出海头一天给内德写的那封开玩笑的长信。他将信撕成小片，将它们扔进马桶，小心翼翼地抽水冲走。他再也不写信了。

在布雷斯特，迪克带了三位少校到市中心，在旅馆里请他们吃了一顿饭，喝了好酒；晚上，汤普森少校讲起菲律宾和美西战争时期的故事；喝完了第四瓶酒，迪克教他们所有的人唱《从阿尔芒蒂埃尔来的小姐》。几天后，他被调离暂编人员连，被派遣到图尔；汤普森少校觉得需要有一个为他讲法语并能与之谈吉卜林的人，所以把他调到自己的办公室工作。能不再看到布雷斯特——那儿人人都在不断抱怨蒙蒙细雨、泥浆、纪律、敬礼和编队问题，还得担心和高级军官搞坏关系——真叫人感到松了一口气。

图尔多的是可爱的奶油色石头建筑物，掩蔽在晚夏的浓密的蓝绿色树丛间。迪克管理军粮的转运工作，住在一位讨人喜欢的老妇人家里，每天早晨她将牛奶咖啡送到他的床前。他结识了人事局的一个家伙，通过这家伙，他开始活动将亨利调出步兵部队。他常常和汤普森少校、老埃奇库姆上校以及另外几名军官一起吃饭，以至他们竟然到了没有迪克就不成的地步，因为他懂得怎样得体地点菜，叫合适的美酒佳酿，能和法国姑娘们讲法语，编五行打油诗，而且还是已故的埃尔斯沃思将军的外孙哪。

当埃奇库姆上校领导的军邮部被编为一个独立单位时，上校把他从汤普森少校和他那帮马贩子手里调走；迪克成为他的一名上尉衔副官。他立即设法将亨利从军官学校调来图尔。然而要给他弄个中尉以上的军衔已经来不及了。

当萨维奇中尉到萨维奇上尉的办公室来报到时，他瞧上去晒黑了，很瘦，一脸愠怒的样子。当天晚上，两人在迪克的房间里一起喝一瓶白葡萄酒。他们把房门一关上，亨利劈口就说："哼，这一套肮脏的鬼把戏真该

---

① 英国作家吉卜林的一首长诗，写一个英国兵枪杀自己的同伴，后被绞死。

死……我不知道我该为我弟弟感到骄傲，还是朝他的眼睛揍上一拳。"

迪克给他斟了杯酒。"准是妈妈搞的，"他说，"老实说，我忘了外公是一位将军啦。"

"你要是知道伙计们在前线是怎么说后勤部门的就好了。"

"但是总得有人去管供应和军械和……"

"还有法国小姐和白葡萄酒吧。"亨利插嘴说。

"当然，但我一直非常循规蹈矩……你这小弟弟可一直小心谨慎的啊，而且老实说，我一直干得很苦。"

"为军械部少校们写情书吧，我说得准……该死，你真拿他没办法。他每次都捞到好处的……不管怎么着，我很高兴家里有个飞黄腾达的人给那已故的埃尔斯沃思将军的名字增添光彩。"

"在阿尔贡前线日子过得很糟吧？"

"糟透了……后来他们总算把我送进了军官学校。"

"一九一七年我们救护车队在那儿倒过了一段好时光。"

"哦，你当然会这样的。"

亨利又喝了点酒，变得温和了一点。他不时环视一下这间挂着网织窗帘、铺着擦洗得干干净净的花砖并放着张四柱大床的大房间，嘴里不由发出啧啧声，咕哝道："够舒服的。"迪克带他出去，在他最喜爱的那家小酒馆里请亨利吃了一顿美餐，然后去帕图太太开的妓院，给亨利找了个最漂亮的姑娘米内特。

等亨利上了楼，迪克在客厅里跟一个他们叫她为"邋遢"格蒂的姑娘一起坐了一会儿，这姑娘染了一头红发，一张松弛的大嘴涂得血红，他喝着蹩脚的柯涅克白兰地，觉得闷闷不乐。"你很忧愁吗？"她问，把一只黏糊糊的手按在他前额上。他点点头。"在发烧……想得太多……想得太多没好处……我也这样。"她接着说她想自杀，但她害怕，这倒并不是因为她信仰天主，而是因为担心死后会多么的寂静。迪克要她高兴起来，就说："战争很快就要结束。人人都高高兴兴地回家去。"姑娘放声哭了起来，帕图太太尖声叫着奔进来，像海鸥一样伸出爪子想抓人。她是个身量很大的女人，下巴难看得很。她一把抓住姑娘的头发，开始摇她。迪克慌张起来。他设法叫这女人让姑娘回她自己的房间去，就留下了一些钱，走出妓院。他觉得难受极了。他回到家里，想写点诗。他竭力捕捉他过去坐下写诗时心中常有的那股舒畅而沉重的感情波动。但是他现在所能做到的只是觉得痛苦而已，所以就上床睡觉了。整个夜里，他一半在思索，一半在做梦，他无法将"邋遢"格蒂的面容从他脑海中驱赶出去。然后他回忆起和希尔达在贝海德度过的时光，和自己进行了一场关于爱情的很长的对话：一切如此可憎的污秽……我腻味嫖妓和保持贞洁，我希望跟人搞恋爱。他开始盘算战后要干些什么，也许回家，在泽西城的政界找份工作；这前景是够悲惨的。

他听见亨利在外面街上喊他名字的时候，正仰面躺在床上，凝视着被晨曦照成青灰色的天花板；他踮着脚走下冰凉的铺着花砖的台阶，放亨利进屋。

"你到底为什么要让我跟那姑娘去睡觉，迪克？我感觉糟透了……天哪……我占用这半张床行吗，迪克？上午，我要去找一间房间。"

迪克给他找来一套睡衣裤，自己蜷缩在床的一边。"你的问题是，亨利，"他说，打了一个哈欠，"你是个老派的清教徒……你应该更多一点欧洲大陆派头。"

"我注意到你自己倒没跟哪个婊子去睡。"

"我没有道德观念，可是我很挑剔，我亲爱的，是'伊壁鸠鲁的嫡传'①啊。"迪克睡意蒙眬地拉长声调说。

"真该死，我觉得像一块脏抹布。"亨利耳语道。

迪克闭上了眼睛，睡着了。

十月初，迪克被派遣前往布雷斯特送一个公文急件箱，上校说这任务太重要了，不能托付给一名士兵。到了雷恩②，他得等两小时才能登上火车，当他坐在餐厅里吃饭时，一个用悬带吊着一条手臂的美国大兵走到他跟前说："你好，迪克，真想不到。"原来是瘦个儿默里。

"天哪，瘦个儿，很高兴见到你……准有五六年没见面啦……哎呀，我们都老了。听着，坐下吧……不，我不能叫你坐下。"

"我想我应该向你敬个礼吧，长官。"瘦个儿僵硬地说。

"算了吧，瘦个儿……但我们必须找个谈话的地方……上火车之前还有时间吗？你知道，宪兵要抓的是我，要是他们瞧见我跟一名士兵在一起吃喝的话……请等我吃完了午饭，我们到车站对面去找一家酒馆。我情愿冒风险。"

"我还有一小时……我要去格勒诺布尔③休假区。"

---

① 伊壁鸠鲁（公元前342？—前270），古希腊唯物主义哲学家，讲究饮食享乐。此短句引自英国乔叟的《坎特伯雷故事集》"总引"第336行。
② 法国西部一城市，位于布雷斯特到巴黎的铁路干线上。
③ 法国东南部阿尔卑斯山区一古城。

"你这交好运的杂种……伤很重吗，瘦个儿？"

"胳臂上中了一块榴霰弹片，"瘦个儿说，这时有名宪兵中士僵硬地昂首阔步穿过车站餐厅，他立刻一个立正，"这些家伙叫我心惊肉跳。"

迪克匆匆吃完午饭，付了钱，穿过车站外的广场。一家咖啡馆有一间内室，看上去幽暗而安静。他们刚刚要了两杯啤酒坐下谈心，迪克想起了他的公文急件箱。他把它留在饭桌下了。他紧张得透不过气来，轻轻说了声就回来，便奔着跨过广场，冲进车站餐厅。那张桌旁坐着三名法国军官。"对不起，先生们。"箱子仍然在桌子底下他原来放的老地方。"要是我把这个弄丢了，我就只好开枪自尽了。"他对瘦个儿说。他们谈到特伦顿、费城、贝海德和阿特伍德博士。瘦个儿结婚了，在费城一家银行里有一个很好的职位。他志愿参加坦克部队，在进攻前，手臂被榴霰弹弹片击中，这对他来说真他妈的运气，因为他那一帮人会被一颗黑烟榴弹要了命。他今天刚出医院，腿脚还软弱无力。迪克记下了他的部队番号，说要将他调到图尔去；他们正需要这样的信使。瘦个儿不得不去赶火车了，迪克将公文急件箱紧紧地挟在腋下，走出咖啡馆，在那秋日蒙蒙细雨下的色彩雅致的带着点欢乐气氛的城市中漫步。

关于停火的流言使图尔城像一窝蜂似的沸腾起来；少不了饮酒作乐，彼此拍打背脊，军官和士兵们排成一字长蛇阵，跳起舞来，从办公楼里出出进进。等到结果发现原来是一场空欢喜，迪克觉得几乎松了一口气。在后来的那段日子里，在军邮部总部的每个人脸上都带着一种他们知道不少情况但不愿意披露的神秘表情。真正停战的那晚，迪克跟埃奇库姆上校以及其他军官们一起吃晚饭，有点儿乐极忘形的样子。饭后，迪克凑巧在屋后的院子里碰到了上校。上校的脸红彤彤的，小胡子翘了起来。

"嗯，萨维奇，对于这个种类来说，这是个伟大的日子。"他哈哈大笑地说，笑了好一阵子。

"什么种类？"迪克羞涩地问。

"人类呗。"上校吃喝道。

接着他把迪克拉到一边说："你愿意去巴黎吗，我的孩子？看来在巴黎要举行和会，威尔逊总统要亲自前来参加……似乎难以置信吧……我已奉命将军邮部置于很快就要前来主持和谈的美国代表团的支配之下，所以我们将成为和会的信使。当然啦，我想，要是你觉得你必须回国的话，也是可以安排的。"

"哦，不，长官，"迪克急忙打断他的话，"我正在为不得不回国找工作

288

而发愁呢……和会这台戏将会搞得满热闹，而有机会到欧洲各地去走走正合我意。"

上校眯细眼睛打量他："我可不愿这么说……我们应该首先想到服务……当然啦，我说的这一切是严格保密的。"

"哦，严格保密。"迪克说，但等他回到饭桌边其他人那儿时，脸上不由露出一丝笑容来。


又回到了巴黎；这一回，穿着一套崭新的饰有鞭绳和银肩章的军装，兜里揣着钱。他做的第一件事是去瞧瞧一年前他和史蒂夫·沃纳一起居住过的万神殿后面的那条小街。那些高耸的浅灰色的房子、商店、小酒吧、穿黑罩衫的大眼睛孩子、头戴鸭舌帽颈围丝巾的少年、巴黎人讲行话时的拖腔，这一切都使他隐隐感到不悦；他正在纳闷史蒂夫遇到了什么样的命运。回到办公室，看到士兵们正在将刚运到的美国式拉盖写字台和黄漆的卡片索引箱搬进去，他感到松了口气。

这时巴黎的中枢是协和广场上的克里永旅馆，皇家路是它的大动脉，在那里，到达的显贵要人——威尔逊总统、劳合·乔治、比利时国王和王后——在头戴装饰着羽毛的头盔的保安警察队的护卫下，不断招摇过市；迪克开始了狂热的生活，乘夜快车前往布鲁塞尔，坐在拉吕酒家红色长毛绒靠背椅上吃深红色的龙虾，佐以博纳葡萄酒，到里茨酒吧去喝香槟鸡尾酒，在韦伯咖啡馆喝上一杯啤酒大谈内幕新闻；又像是昔日的巴的摩尔大会①的光景了，只是他对一切都无所谓了；这所有的一切使他觉得愚蠢得可笑。

圣诞节后不久的一个晚上，埃奇库姆上校带迪克到瓦赞酒家去吃晚饭，会见一位著名的纽约宣传专家，据说他与豪斯上校非常接近。他们先在酒家外面的人行道上站了一会儿，瞧对面那座像圆桶般的圆顶教堂。"你知道，萨维奇，我有个亲戚是匹兹堡斯坦普尔家族的成员，这人是她的丈夫……在我看来……善于待人接物。你好好估量他一番吧。对于一个年轻人来说，你似乎具有非常敏锐的判断性格的眼光。"

那人原来是摩尔豪斯先生，是个身材魁梧、说话文静、眼睛碧蓝、下颏宽厚的人，讲话时偶尔流露出南方参议员的那种腔调。和他一起来的有一个

---

① 指民主党1912年6月25日至7月2日在巴的摩尔召开的大会，在这次年会上决定威尔逊为总统竞选人。

姓罗宾斯的男子和一位斯托达德小姐，她看上去身材纤弱，皮肤像非常透明的雪花石膏，话音尖厉而欢快；迪克注意到她穿戴得令人惊异的讲究。这酒家看上去太有点儿像圣公会教堂了；迪克讲得很少，对斯托达德小姐彬彬有礼，张大了眼睛，竖起了耳朵，又是观察又是聆听，吃着大公才配享用的珍馐，细细品味似乎谁都不加注意的芳醇的葡萄酒。斯托达德小姐让每个人都参加到谈话中来，但大家似乎都不想主动谈起和会。斯托达德小姐怀着相当的恶意谈到缪拉旅馆的陈设、威尔逊夫妇的黑种侍女和总统夫人——她坚持称她为高尔特夫人①——穿什么衣服。当这顿饭终于到了抽雪茄和喝利久酒的时候，大家松了一口气。饭后，埃奇库姆上校的军官座车来接他了，他提议顺便送摩尔豪斯先生到克里永旅馆。迪克和罗宾斯先生雇出租汽车送斯托达德小姐到巴黎圣母院对面塞纳河左岸的寓所。他们和她在门口分手。"也许哪天下午您愿意来用茶吧，萨维奇上尉。"她说。

出租汽车司机不愿再送他们，说时间太晚了，他要回在努瓦西勒塞克的家，便开车走了。

罗宾斯挽上迪克的手臂。"现在，看在基督的分上，我们去好好喝上一杯吧……伙计，我腻味大人物。"

"好吧，"迪克说，"到哪儿去呢？"

他们沿着雾霭凄迷的塞纳河畔漫步，走过蒙在阴影里的庞大的巴黎圣母院，东拉西扯地谈论巴黎，说到这时的气候是多么阴冷。罗宾斯是个小小个子，红扑扑的脸上一副冒失、专横的神气。咖啡馆里只比大街上稍微暖和一点儿。

"这天气简直要我的命。"罗宾斯说，将下巴舒舒服服地缩进大衣领子里。

"穿羊毛内衣是唯一的办法；这是我在部队里学到的一件事。"迪克说着，哈哈大笑。

他们坐在这弥漫着雪茄烟雾的镀金装饰的房间最里端火炉边的一张长毛绒长椅上。罗宾斯要了一瓶苏格兰威士忌、两只酒杯、柠檬、糖和许多热水②。等了好久热水还不送来，罗宾斯只好给两人的平底玻璃酒杯各斟了四分之一的纯威士忌。等他喝干了他的酒，皮肤松垂而神色疲乏的脸变得光洁些了，以致他竟然看上去年轻了十岁。

"在这该死的城里要想暖和一点的唯一办法就是喝得烂醉。"

---

① 伊迪丝·博林·高尔特（1872—1961）威尔逊总统的第二个妻子。
② 供兑威士忌之用。

"不过我还是高兴回到这古老的好巴黎来。"迪克说，微微一笑，将腿伸直在桌子底下。

"目前世界上唯一健全的地方，"罗宾斯说，"巴黎是世界的中枢……如果不是莫斯科的话。"

一听到"莫斯科"，有个在邻桌下跳棋的法国人从棋盘上抬起头来，凝视着这两个美国人。迪克无法弄明白这凝视中包含着什么意思；这使他局促不安。侍者送来了热水。水不够热，以致罗宾斯竟然吵起架来，将水退了回去。在等待热水的当儿，他往两只平底玻璃酒杯里斟了足有半杯的纯威士忌喝。

"总统会承认苏维埃吗？"迪克不觉低声问道。

"我正要谈起这个……我听说他就要派遣一个非官方的代表团去。这多少靠石油和锰的力量……以前是煤炭称王，而现在是石油皇帝、锰小姐、钢铁王后。这些在有点左倾的格鲁吉亚共和国都兼而有之……我希望很快能到那儿去，人家说他们有世界上最出色的葡萄酒和最漂亮的女人。上帝啊，我必须到那儿去……但是石油……该死，它正是这该死的理想主义者威尔逊所无法理解的，当他们在白金汉宫盛宴款待他的时候，兴高采烈的英国军队正在攻占摩苏尔、卡隆河①和波斯……有小道消息说他们已经进入了巴库……世界未来的石油中心。"

"我原以为巴库的油田已经干涸了呢。"

"别信这一套……我刚跟一个到过那儿的人谈过……一个很有趣的家伙，拉斯穆森，你应该见见他。"

迪克说难道我们美国不有的是石油！罗宾斯嘭的一拳捶在桌上。

"对任何东西，你永远不会有个够的……这是热力学的第一定律。威士忌，我就永远不会有个够。……你是个年轻人，难道你对女人会有个够吗？嗯，无论美孚石油公司还是荷兰皇家壳牌石油公司，对原油也永远不会有个够。"

迪克涨红了脸，勉强干笑了几声。他不喜欢罗宾斯这家伙。

侍者终于送来了滚烫的水，罗宾斯给每人调了一杯托蒂热饮料②。有一阵子，两人都什么话也不说。下跳棋的已经走了。

---

① 伊朗西南部河流，在波斯湾北端注入阿拉伯河。
② 用柠檬、砂糖、开水调成的甜酒。

罗宾斯突然转身对着迪克，用他那蒙眬的醉鬼似的蓝眼睛直瞪着迪克的脸："嗯，你们这些伙计对这一切是怎么想的？在壕沟里的弟兄们又是怎么想的？"

"你这是什么意思？"

"哼，该死，我没什么意思……但是，要是他们认为战争糟糕透了，那就等着瞧和平吧……嘿，伙计，那就等着瞧和平吧。"

"在图尔，我认为谁也不大去考虑什么战争或者和平……然而，我并不认为任何目睹过这场战争的人会相信战争是解决国际争端的最好办法……我并不认为'皮棍棒'潘兴本人会这么想。"

"嗨，听他说呀……他至多不过二十五岁，可是讲出的话就像是从伍德罗·威尔逊写的一本书里摘来的……我是个婊子养的，我知道，但我喝醉了就要说我他妈愿意说的话。"

"我看不出夸夸其谈有什么好处。这是一场规模宏大的悲剧性的演出……巴黎的雾带着股傻瓜蛋的味儿……天神们并不爱我们，但我们照样要年纪轻轻就去死……谁说我头脑还清醒着？"

他们喝完了一瓶酒。迪克教罗宾斯一首法文诗：

> 小木偶啊转转转
> 转上三小圈就迅窜

等到咖啡馆打烊时，他们手挽手走出去。罗宾斯在哼唱：

> 高兴起来吧，拿破仑，你很快就会死亡
> 你生命短促，但快乐情长

他站住了，跟在米歇尔大道上遇见的所有的小姑娘聊天。当他在圣米歇尔广场喷泉前跟一个戴顶边檐垂下的帽子、样子像头母牛的女人说话时，迪克终于撇下了他，开始他漫长的路程，走回圣拉扎尔车站对面的旅馆去。

在粉红色的弧光灯灯光下，宽阔的柏油马路上阒无一人，但是在沿河马路的长椅上，在塞纳河岸光秃秃的滴着露水的树丛下，还是零零落落地坐着一对对情人，无视夜凉空气，在爱的热情中，像摔跤运动员般紧紧拥抱在一起。在塞瓦斯托波尔林荫大道的街角上，一个脸色白皙的年轻人迎面走来，傑地瞧了一眼他的脸，就停下步来。迪克一时放慢了脚步，然后继续朝前走，走过在里沃利街上隆隆驶过的一长溜运菜大车，深深吸着气，来清除头脑里的威士忌臭味。这长长的通向歌剧院的灯火辉煌的大道空荡荡的。在歌剧院前面有几个人，其中有个皮肤娇嫩的姑娘，正紧挽着一名法国大兵的手臂，对他微笑了好久。快到他的旅馆时，他和一个看上去特别标致的姑娘撞了个满怀；没等他自己明白过来，就问她这么晚还在外面干什么。她哈哈大笑起来——他想，她笑得真可爱——说她正在干他干的事。他带她到他旅馆后面一条陋巷中的一家小客栈里。他们被引进一间带着一股家具上涂的清漆味的阴冷的房间。房内有一张大床、一只洗身用的脚盆和许多厚实的紫红色的帷幕。姑娘比他原来想的要老一些，已经非常困顿，但她身段漂亮，皮肤非常白；他很高兴见到她的内衣多么干净，缀着好看的花边。他们在床沿上坐了一会儿，轻声谈话。

他问起她叫什么名字，她摇摇头，微微一笑："你问这个干什么？"

"一个无名的男子和一个无名的女子在一家无名的客栈里做爱。"他说。

"哦，这个人呀，真逗，"她窃窃笑起来，"喂，你没病吧？"他摇摇头。"我也没病。"她说着，像只小猫般把身子贴在他身上摩擦起来。

他们离开客栈后，在黑魆魆的街上走来走去，终于找到了一家很早就开门的小酒吧。他们站在酒吧柜前，紧紧偎依在一起，睡眼惺忪，亲热而默默地喝咖啡，吃羊角面包。她要离开他，向蒙马特尔高地的山上走去。他问她能不能什么时候再见她。她耸耸肩。他给她三十法郎，吻了她，把自己写的那节诗改动了一下，在她耳边念道：

小木偶啊转转转
春风一度便分手

她哈哈笑起来，捏了一把他的腮帮，他走时最后听见她粗哑地吃吃笑着，并说了一声"哦，这个人呀，真逗"。

他回到自己的房间，感到愉快而睡意蒙眬，心中暗想：我生活中最大的问题是没有一个属于我自己的女人。他的时间刚好还来得及盥洗一下，刮了脸，穿上一件干净衬衫，奔到总部去，以便在埃奇库姆上校——一个该死的早起者——前面赶到办公室。那天夜里他得到前往罗马的命令。

等他上火车时，他昏昏欲睡，弄得眼睛发疼。他和同行的那名中士在标着"巴黎—布林迪西①"字样的一节头等车厢的最末端预订了一个单间。在他们的单间外面,车厢里挤满了乘客,中央过道上都站满了人。

迪克脱掉了上衣和军官武装带,正在解绑腿,打算不等火车启动就在椅子上躺下睡觉,却瞥见单间门口出现一张瘦削的美国人的脸。"对不起,这位是萨维奇上——上——上尉吗?"迪克坐起来,一边点头一边打哈欠。"萨维奇上尉,我姓巴罗,乔·亨·巴罗,是美国代表团的属员……今晚我必须去罗马,但车上已没有座位了。车站上的运输军官非常友好,他说……呃……呃……虽然这不是按规则非这样不可,但也许您能通融一下,允许我们和您一起乘车……有一位近东救济团的非常富有魅力的年轻小姐跟我同行……"

"萨维奇上尉,你肯让我们跟您一起乘车,真是太好了。"随着这一句用拖长调儿的得克萨斯州口音讲的话,一个粉红脸蛋、身穿深灰色制服的姑娘擦过那个自称姓巴罗的人的身边,登上了车厢。巴罗先生身子像一条豇豆,喉结突出,不断抽搐着,还长着双水泡眼。他动手往上扔小提包和衣箱。

迪克着恼了,生硬地开口说:"我想你们也知道这是完全违反我的命令所规定的……"但是他只是在心里这么对自己说,却陡然间咧嘴一笑说:"好吧,也许日出时威尔逊中士和我就要被枪毙的,反正来吧。"这时火车开动了。

迪克勉勉强强地将他的东西归置在一个角落里,在那儿安顿下来,马上闭上了眼睛。他太困了,无心跟任何该死的救济工作者聊天。中士坐在另一角,巴罗先生和那姑娘占用了另一个座位。迪克打着盹,依稀听见巴罗先生的喃喃讲话声,它时不时被特快列车的轧轧声所淹没。他讲话时有点结巴,像一架运转不良的摩托艇引擎。姑娘除了不时说一声"哦,我的天"和"说真的"之外,很少说话。讲话都是有关欧洲形势的:威尔逊总统说……新外交……新欧洲……没有吞并或赔款的持久和平。威尔逊总统说……劳资间的新的谅解……威尔逊总统向……呼吁……产业民主……全世界的普通人都支持总统。盟约。国际联盟……迪克在熟睡中梦见一个姑娘将乳房贴在他身上蹭,像小猫一样发出咕噜咕噜声,梦见一个水泡眼男子在演讲,梦见威廉·詹宁斯·威尔逊在巴的摩尔大火前穿着条纹游泳裤在马恩河畔的一家浴堂里侈谈产业民主,和一个得克萨斯州的脸颊粉红的想干……的小伙子……像一条豇豆……抽搐着的喉结……②

---

① 意大利东南部城市,濒亚得里亚海。
② 这一段写迪克在梦中的所见,所以杂乱无章,竟把威廉·詹宁斯·布赖恩和伍德罗·威尔逊的姓名混在一起了。巴的摩尔大火发生在1904年2月7日。

他觉得在噩梦中似乎有人要扼死他，就惊醒过来。火车停了。单间里空气憋闷得很。头顶上的灯的蓝灯罩拉下了。他跨过每个人的脚，走到过道上，打开一扇窗。凛冽的山风直往他鼻子里灌。山峦在月光下白雪皑皑。火车轨道边有个法国哨兵睡意蒙眬地靠在步枪上。迪克拼命打了个呵欠。

近东救济团的姑娘正站在他旁边，笑吟吟地瞅着他："我们到哪儿了，萨维奇上尉？……到意大利了吗？"

"我想这是瑞士边界……我们得等很长时间，我想……在这些边界总要等很久很久。"

"哦，老天，"姑娘说，欢蹦乱跳起来，"这是我平生第一次跨越一条国界。"

迪克大笑起来，又坐回到座位上去。火车驶进一个样子像谷仓的孤零零的车站，站上灯光非常黯淡，于是平民旅客们开始拿着行李挤出车厢。迪克让中士将证件送军事检查站，自己又入睡了。

他睡得很香，直到塞尼山①才醒来。然后是意大利前线。又是凛冽的空气，白雪皑皑的山峰，人人都下车走进像谷仓的空荡荡的车站。

他在睡意蒙眬中不无伤感地回忆起上一回跟谢尔德雷克同乘菲亚特汽车开进意大利的情景，瑟瑟发抖地走进车站上的酒吧，喝了一瓶矿泉水和一杯葡萄酒。他带了两瓶矿泉水和一瓶基安蒂红葡萄酒回到单间，当巴罗先生和那姑娘一脸怒气和睡意从海关和警察局回来时，他请他们喝。姑娘说她不能喝葡萄酒，因为她参加近东救济团时签过既不喝酒也不抽烟的保证，但是她喝了些矿泉水，抱怨说它的味儿直冲鼻子。然后，他们又都在自己的角落里蜷缩起来，想再睡上一会儿。等火车驶进罗马的泰尔米车站时，他们已经彼此直呼其名了。那位得克萨斯州姑娘名叫安妮·伊丽莎白②。白天里，她和迪克一直站在车厢走廊上眺望窗外蕃红花色屋顶的城镇和农民的房舍，在每座房舍的门上面的葡萄藤后面，拉毛水泥墙上都涂有一摊蓝漆，还望着那些油橄榄树和红土梯田上扭扭弯弯的葡萄藤；在苍白的起伏的意大利田野上，尖尖的杉树如此黑黝黝地矗立着，竟然像一幅油画上的深长的裂痕。她告诉他，在整个战争期间，她一直在争取到海外来，她哥哥怎么在圣安东尼奥学开飞机时摔死了，还说巴罗先生在船上和在巴黎待她怎么好，但他竭力想向她求爱，一副傻样，这就很不方便了，迪克说，嗯，也许并不傻样吧。他看

---

① 法国和意大利之间阿尔卑斯山脉的一个山隘，有隧道通火车。

② 即陶特尔·特伦特。

得出来，安妮·伊丽莎白因为同一位到过前线、能讲意大利语等等的地道的军官一起去罗马，喜形于色。

他不得不从车站匆匆赶到使馆送交公文急件箱，但是他先跟特伦特小姐约好了要打电话到近东救济团去找她。巴罗也热情地跟他握手，说他希望他们能再见见面，他热切地期望同真正了解内情的人士建立联系。

那天晚上，迪克只想把一切事情办完了就上床睡觉。第二天上午，他给在红十字会的埃德·斯凯勒打电话。他们在平乔花园附近一家高级饭店吃了一顿丰盛、芬芳的午餐。埃德一直在过着一种今朝有酒今朝醉的生活；他在西班牙大楼有一套房间，常常出差。他变胖了。可是他现在遇到了麻烦。一个一直跟他偷情的意大利女人的丈夫正威胁要跟他决斗，他担心会闹出事来，弄丢在红十字会的工作。"战时没问题，和平了倒真叫你为难。"他说。反正他已腻味了意大利和红十字会，想回美国去。只是意大利就要发生革命，他想留下来目睹这场革命。"嗯，迪克，作为一名'石榴汁卫士'，你似乎混得不错啊。"

"一系列偶然事件凑在一块儿罢了，"迪克说，皱起鼻子，"这世道挺滑稽，你知道吗？"

"我怎么会不知道……我在纳闷可怜的史蒂夫不知怎么样了？我关于弗雷德·萨默斯的最后消息是他正想参加波兰军团。"

"史蒂夫可能在蹲监狱，"迪克说，"我们其实也应该蹲在那儿。"

"但是你不可能天天有机会看到像这样的一场戏的。"

他们离开饭店时，已是四点钟了。他们去到埃德的房间，坐在窗前喝柯涅克白兰地，眺望窗外罗马城中黄色和铜绿色的屋顶和在最后一抹阳光下闪闪发亮的巴罗克式圆顶建筑，回忆起他们上次一起来时曾经对罗马感触至深，谈起现在战争结束了，他们将干些什么。埃德·斯凯勒说，他想找一个可以使他去东方的驻外记者的工作；他简直难以想象再回纽约州北部的老家去；他必须去看看波斯和阿富汗。谈论起将干什么却使迪克感到十分痛苦。他开始在花砖地上踱来踱去。

门铃响了，斯凯勒走到外面门厅里。迪克听见一阵耳语声，有个女人用尖细的声音在讲意大利语。过了一会儿，埃德将一个长着一只长鼻子和一双黑色的大眼睛的小个子女人推进房来。"这是马格达，"他说，"斯库尔比太太，见见萨维奇上尉。"

这一来，他们不得不间杂着用法语和意大利语讲话了。"我想天不会下雨，"埃德说，"假如我去给你找一个姑娘，我们乘马车到恺撒宫去吃晚饭怎么样……也许天不会太冷。"

迪克想起了安妮·伊丽莎白，便给近东救济团打电话。这得克萨斯州口音的女人听了满高兴，说救济团的成员们可怕极了，她和巴罗先生已经有一个约会，但她会取消它的。是的，要是他们半小时后去接她，她一切都会准备好。斯库尔比太太和马车夫讨价还价了好一阵子后，他们雇了一辆双马分顶式四轮马车，这马车相当优雅，但已破旧了。安妮·伊丽莎白正在门口等他们。

"那些老太婆让我腻味死了，"她一边说，一边跳进马车，"叫他快走，要不巴罗先生就要追上我们了……那些老太婆说我必须九点之前回去。说真的，这比主日学校还要糟……请我出来和你的朋友们见见面，你真是太好了，萨维奇上尉……我正想出来看看这城，想得要命啊……这有多么美妙！喂，教皇住在哪儿呀？"

太阳下山了，天气开始变得凛冽起来。恺撒宫空荡荡的，寒气袭人，所以他们只在那儿喝了一杯味美思酒，便回到城里吃晚饭。饭后，他们去阿波罗剧场看戏。

"天哪，我要挨骂了，"安妮·伊丽莎白说，"但我不在乎。我想看看这城。"

她挽着迪克的手臂走进剧场。"你知道吗，迪克……这些外国人让我觉得有点孤独……我很高兴找到一个白人跟我在一起……我在纽约读书的时候，常常过河到泽西城去看纺织工人罢工……我过去对这一类事情感兴趣。我那时的感觉就跟我现在的感觉一样。我不愿错过任何一次机会。也许当你过着真正有趣的时光时，你就会这么感觉的。"

迪克感到有一点儿醉意，心中充溢着温情。他捏了一把她的手臂，身子偎依在她身上。"不许坏人来伤害得克萨斯州小姑娘。"他低声哼道。

"我看你以为我是个没头脑的姑娘吧，"安妮·伊丽莎白说，突然改变了她的语调，"但是，我的天啊，我怎么能和我不得不与之住在一起的监理会戒酒与公共道德委员会的人员相处得好呢！我并不是说，我不认为她们的工作是出色的……想到贫穷的小孩在到处挨饿，让人觉得难受……我们已经打赢了战争，现在该由我们来按照总统的指示来帮助欧洲复兴。"幕布升起来了，周围的意大利人全都开始喊：嘘，别响。安妮·伊丽莎白沉默了。当迪克试图去握住她的手时，她挪开了，用手指弹了一下他的手背。"嗨，我还以为你不再念中学了哪。"她说。

戏并不怎么样，安妮·伊丽莎白一句话也听不懂，不断地将脑袋枕在迪克的肩上，终于睡着了。幕间休息时，他们全去酒吧喝酒，安妮·伊丽莎白却安分守己地要了柠檬水。他们上楼回座位时，突然发生了一场扭打。一个戴眼镜的秃顶意大利小个子朝埃德·斯凯勒冲来，尖声叫着："奸夫。"他冲向埃德，用力过猛，以致两人失去平衡，沿着铺红地毯的楼梯往下滚，那意大利小个子拳打脚踢，而埃德却竭力伸直手臂把他推开。迪克和安妮·伊丽莎白——她原来非常有力气——一把抓住意大利小个子，把他从地上拎起来，将他的双手反剪在背后，这时斯库尔比太太扑在他脖子上啜泣起来。此人正是她的丈夫。

埃德这时爬起身来，脸色通红，有点害臊的样子。等意大利警察赶到时，一切都已平静下来，经理正在神经质地掸去埃德军装上的尘土。安妮·伊丽莎白找到了这意大利小个子的摔坏得很厉害的眼镜，他就拉着在哭泣的妻子走出去。他在门口站住了，弯折的眼镜在鼻端颤动着，向埃德挥挥拳头，瞧上去那么滑稽可笑，使迪克情不自禁地哈哈大笑起来。埃德一叠声地向那似乎站他这一边的经理道歉，对戴着明晃晃的头盔的警察解释说那丈夫是个疯子。铃响了，他们全走回座位。

"安妮·伊丽莎白，原来你是个柔道大师。"迪克细声说道，嘴唇贴着她的耳根。他们吃吃地痴笑起来，以致无心看戏，不得不干脆走出去进了一家咖啡馆。

"我看，要是我不跟那小混蛋决斗的话，所有的意大利佬都会把我看作胆小鬼啦。"

"当然啦，如今该用火药纸玩具手枪隔三十步开火啰……或者隔五码扔茄子。"迪克笑得那么厉害，竟然在淌眼泪了。

埃德生起气来。"这没什么可笑的，"他说，"这码事发生得糟糕透了……看来一个家伙不叫别人痛苦是永远得不到乐趣的……可怜的马格达……这对她太糟糕了……特伦特小姐。我希望你原谅这幕滑稽表演。"埃德站起来，就回家去了。

"嗯，这到底是怎么回事，迪克？"安妮·伊丽莎白问，这时他们已走出咖啡馆，到了大街上，正朝近东救济团的寄膳宿舍走去。

"噢，我看是因为埃德跟马格达偷情，那位丈夫先生吃醋了……要不，这是一小出讹诈的把戏……可怜的埃德伤心极了。"

"人们在这儿确实干下了些他们决不会在国内干的事儿……我认为这很怪。"

"嘿，埃德到哪儿都会遇上麻烦事的……他就是有这种特别的本领。"

"我看这是由于战争和欧洲大陆的标准所造成的，一切都使人们的道德观念松弛了……我从来不是个古板的人，但是，我的老天啊，我们上岸的第一天，巴罗先生就请我到他旅馆去，真叫我吃惊……我在船上只跟他讲过三四次话嘛……要是现在在国内，他就不会这样做，绝对不会。"

迪克探询地紧盯着安妮·伊丽莎白的脸。"在罗马，就得像罗马人那样行事。"他说，滑稽地嬉笑起来。

她哈哈大笑，盯视着他的眼睛，仿佛想猜透他说话的意思。"哦，是啊，我想这是生活的一部分吧。"她说。在门洞子的阴影里，他企图狂热地吻她一番，但她只匆匆嘬了一下他的嘴巴，就摇摇头。接着她一把抓住他的手，紧紧捏了一下说："我们做好朋友吧。"迪克走回家去，头脑里仍然萦绕着她那沙色美发的馥香。

迪克要在罗马等上三四天。总统将于一月三日抵达，有几名信使要留下供他差遣。在这段时间里，他无所事事，只是在城里逛逛，听乐队练习演奏《星条旗》，瞧升旗和搭讲台。

一月一日是假日，迪克、埃德、巴罗先生和安妮·伊丽莎白雇了一辆汽车去哈德良宫①，然后驱车进蒂沃利城吃午餐。那天时不时下阵雨，道路上泥泞不堪。安妮·伊丽莎白说，这起伏不平的罗马平原，因为冬天而变成一片金黄和棕色，使她想起在米德尔布斯特河边的家乡。他们在瀑布上的饭店里吃杂拌油炸食品，喝了许多上等的金色弗拉斯卡蒂葡萄酒。埃德和巴罗先生在关于罗马帝国的问题上意见一致，认为古代人懂得人生的艺术。在迪克看来，安妮·伊丽莎白似乎在跟巴罗先生调情。当他们后来坐在平台上喝咖啡，眺望下面那弥漫着从瀑布飞溅出来的水雾的深深的峡谷时，她让他将椅子移到她身边，那副样子真叫迪克生气。迪克坐着喝咖啡，什么话也不说。

喝完了杯里的咖啡，安妮·伊丽莎白跳起身来，说她想爬上对面的山坡，去参观那座圆形小庙，它很像古老的铜版画上的景色。埃德说，刚吃完午饭就去爬山，这山路太陡了。巴罗先生毫无热情地说——呃，那就去吧。安妮·伊丽莎白拔脚就奔，跨过小桥，顺着小路走，迪克在她后面追着，在路面上松散的砂砾和水潭间跌跌绊绊地奔跑着。当他们到达山脚下时，水雾蒙在脸上濡湿而阴冷。瀑布就悬在他们头顶上。他们的耳朵里充满了瀑布的哗哗声。迪克回过头去，瞧瞧巴罗先生是不是正在走来。

---

① 哈德良宫是罗马皇帝哈德良（76—138）的行宫，位于罗马东郊的蒂沃利。

"他准是往回走了。"他压过瀑布的吼声叫道。

"哼，我就讨厌那种哪儿都不想去的人。"安妮·伊丽莎白大声叫道。她抓住了他的手。"我们奔上山到庙里去吧。"

他们到达圆庙时上气不接下气。他们看见埃德和巴罗先生仍然坐在峡谷另一边的饭店平台上。安妮·伊丽莎白对他们嗤之以鼻，然后招起手来。"不是挺美妙吗？"她唾沫飞溅地说。"啊，对于遗迹和风景点，我真是爱得发疯……我真想走遍意大利，什么都瞧瞧……今天下午我们还能上哪儿去玩？……我们别回去听他们聊什么罗马帝国吧。"

"我们也许可以去内米湖……你知道卡利古拉①曾陈放他的战船的这个湖吗？……但是我想不乘汽车我们是不可能去那儿的。"

"那样他们就要一起去了……不，我们散散步吧。"

"我们也许会淋上雨。"

"嘿，淋上雨又怎么样？我们不要奔跑。"

他们顺着一条小路，翻越俯瞰城市的小山，不久就在湿漉漉的草场和栎树林之间穿行，只见浅棕色的罗马平原伸展在下面，蒂沃利的一片片房顶衬托着黑魆魆的杉树丛，像一个个感叹号。那是个不时下阵雨的给人一种春天感觉的下午：他们可以看见一片片深灰色和白茫茫的阵雨掠过罗马平原。脚下盛开着绛紫色的小仙客来花。安妮·伊丽莎白不断采撷仙客来花，将花朵送到他脸前让他闻。她脸颊红扑扑的，头发散乱，她似乎觉得这散步太令人愉快了，一路上跑啊跳的。一小阵雨把他们打湿了，使发丝粘在她的前额上。然后露出一线冷飕飕的阳光来。他们在一棵山毛榉的树根上坐下来，抬头仰望那些红棕色的又长又尖的萌芽在苍穹的衬托下微微闪亮。他们鼻子里灌满了小仙客来花的香气。因为喝过酒，爬了山，闻着湿漉漉的灌木丛和小仙客来花的馨香，迪克觉得心里热乎乎的。他转过身子，紧盯着她的眼睛。"嗯。"他说。她双手抓住他的两只耳朵，一遍遍地吻他。"说你爱我。"她不断用让人感到窒息的声音说。他闻到她的沙黄色头发和温暖的肉体的香气，还有小仙客来花的甜香。他把她拉起身来，将她紧贴在自己身上，吻她的嘴，双方的舌尖贴在一起。他把她通过树篱上的一个缺口，拖到另一块田野上。地上太潮湿了。在田野的另一端有一座用灌木杆做成的小屋。他们搂着

---

① 卡利古拉（12—41），罗马皇帝盖约·恺撒的外号，意为"小靴子"，在位期间残酷暴虐，后被臣属所杀。

彼此的腰肢，踉踉跄跄地向农舍走去，大腿直挺挺地擦着大腿。小屋里堆满了做饲料的干玉米秆。他们躺在噼啪作响的干玉米秆堆上，身子扭在一起。她仰面躺着，眼睛闭着，嘴唇紧紧地缩拢。他一只手放在她脑袋下，另一只手设法解开她的衣裳；他的手扯破了什么东西。她动手把他推开。

"不，不，迪克，不能在这儿……我们必须回去了。"

"亲爱的姑娘……我必须……你是这么富有魅力。"

她从他手中挣脱开来，奔出小屋。他在地上坐起来，心中恼恨，将军装上的碎屑拂掉。

外面雨下得很大。"我们回去吧；迪克，我爱你爱得发疯了，但你不应该扯破我的衬裤……哦，你多么气恼啊。"她大笑起来。

"你不愿意干到底，就不应该当初挑逗我，"迪克说，"唉，我看哪，女人真是要不得……除非是妓女……在她们身上，你知道能得到什么。"

她走到他跟前，吻他："可怜的小乖乖……他多么生气啊。我真抱歉……我愿意跟你在一起，迪克……我答应要这样做。你瞧，现在不方便……我们到罗马什么地方去找间房吧。"

"你是处女吗？"他的嗓音不自然而生硬。

她点点头："挺逗的，是不是？……在战时……你们这帮小伙子曾经冒过生命危险。我想我也能冒那种险。"

"我琢磨可以借用埃德的套间。我知道他明天要去那不勒斯。"

"你真的爱我，迪克？"

"当然啦……只是这使我感到可怕……做爱真是了不起的事儿。"

"我想正是这样……唉，我真希望我死了拉倒。"

他们在滂沱大雨中艰难地一路下山，后来大雨渐渐减缓势头，成为冷冷的细雨。迪克感到疲惫不堪，浑身湿透；雨水开始顺着他的脖子朝下淌。安妮·伊丽莎白已经扔掉了那束仙客来花。

他们回到饭店，老板说其他人已去埃斯特别墅了，但很快就会回来。他们喝掺水的热朗姆酒，就着厨房里的一盆炭火烤干身上的衣服。

"我们多像两只在水里淹过的老鼠啊！"安妮·伊丽莎白吃吃地笑道。

迪克咆哮道："一对宝贝白痴。"

等其他人回来时，他们已暖和起来，但身子还是湿漉漉的。巴罗正在说，倘若今天的统治者像那些古代意大利人一样懂得人生的艺术，他就不会当社会主义者了。跟他辩论辩论倒也可以使人宽宽心。

"我并不认为你还是个社会主义者，"安妮·伊丽莎白插嘴说，"我很清楚我不是；瞧瞧德国社会主义者在大战中干了些什么吧，而他们现在却哭哭啼啼，说他们一直想望着和平。"

"当一个社会主义者和对我们的总统以及……呃……民主制度的信念……是可能调……调和起来的，"巴罗结结巴巴地说，朝她靠近了些，"我们将不得不就此进行一次长谈，安妮·伊丽莎白。"

迪克注意到，当巴罗瞧她时，他瞪圆了眼珠子。他对自己说，我看他在动手追求她了。他们坐进汽车时，他根本不在乎巴罗是否坐在她旁边。他们冒着雨径直驶回罗马。

接下来的三天中，大家为威尔逊总统访问罗马的事大忙了一番。迪克收到参加各种各样官方集会的请柬，听了许许多多用意大利语、法语和英语做的演讲，看到不少大礼帽和勋章，敬了无数的礼，因为要保持笔挺的军人姿势而弄得腰疼。在古罗马广场，他站得很靠近总统一行，能听清一个留黑色小胡子的矮个子指着罗慕路斯庙的废墟，用生硬的英语说："这里的一切都和伟大的战争事件联系在一起。"待在外圈的贵宾全竖起了耳朵，屏息细听威尔逊先生会怎么说，广场上一片寂静。

"说得很对，"威尔逊先生用一种抑扬有致的语调说，"我们决不能把这些废墟仅仅看成是一堆石头，而应看成是不朽的象征。"人群里发出一阵轻微的表示赞许的啧啧声。

那意大利人再开口时，讲得声音比较响些。当贵宾们等着听意大利人回答时，所有的大礼帽都歪向一边。"在美国，"他说，微微鞠了一躬，"你们有些更伟大的东西，而它们是深深埋藏在你们心中的。"

威尔逊先生的大礼帽直挺挺地耸立在所有那些被岁月所摧残的石柱和望不到头的用凿得光溜溜的石头所铺成的道路之前。

"诚然，"威尔逊先生回答说，"美国人曾把他们心中怀着的对全人类的无限的爱显示出来，这正是美国人的最大骄傲。"

总统在讲话时，迪克穿过几位意大利将军头戴的公鸡羽毛之间瞥见了他的脸。那是一张灰色的石头般冷峻的脸，像石柱上的纹道一样布满了皱纹，在大礼帽下显得很长。嘴角的一抹笑影看上去就像后来画上去的。这群人继续向前走，谈话声听不见了。

当天傍晚五点，他在埃德的寓所和安妮·伊丽莎白相会，不得不把官方接待的全部情况都讲给她听。他说，当总统被授予罗马公民称号时，他所见的一切简直像是朱庇特神殿中那尊母狼在哺育罗慕路斯和雷慕斯①的铜像的金质复制品，他还描述了总统的脸容。"一张令人悚栗的脸，我发誓那是一张爬行动物的脸，不是热血动物的，或者可以说是阿皮亚大道边一座坟墓上那些古罗马政治家的雕像中的一张脸……你知道我们是什么吗，安妮·伊丽莎白？我们是二十世纪的罗马人，"他突然爆发出一阵笑声，"而我总想当个希腊人。"

安妮·伊丽莎白是狂热地崇拜威尔逊的，对他说的话起先感到很是恼怒。他神情紧张而激动，只顾滔滔不绝地讲下去。由于房间里阴冷极了，她这一回违反了自己的保证，陪他一起喝了些热朗姆酒。他们从西班牙大楼埃德的窗户朝外望，可以望见在那个小街角的街灯下有黑压压的人群在熙来攘往。

"上帝啊，安妮·伊丽莎白，想到这些真让人觉得可怕……你不知道人们在怎么想，人们正在农舍里为他祈祷啊……唉，我们什么都不知道，可我们却正把他们所有的人都踩在脚下碾压……这是对科林斯②的劫掠……他们以为他会给他们带来和平，恢复那舒适的战前世界。听那一套讲话，真让人腻味……基督啊，我们该尽量保持人的身份……不要长出爬行动物的眼睛和石头般的脸，让鲜血在我们的血管里奔流，而不要乌贼的墨液……如果我是个罗马人，我就该死。"

"我明白你的意思，"安妮·伊丽莎白说，弄乱他的头发，"你是位艺术家，迪克，我非常爱你……你是我的诗人，迪克。"

"让这一切见鬼去吧。"迪克说，双手抱住了她。

尽管喝了热朗姆酒，但当迪克脱去衣服时，他仍然十分紧张。他上床和她同睡，她身子在颤抖。一切进行得挺好，只是她出了不少血，两人并不觉得十分愉快。后来吃晚饭时，他们似乎找不到什么可彼此聊聊的事儿。她很早就回家了，迪克呢，孤零零地在街上激动的人群、旗帜、灯饰和军装之间漫步。科尔索酒家满是顾客；迪克走进一家咖啡馆，一群意大利军官向他打招呼，执意要请他喝酒。一个皮肤青褐色、黑睫毛很长的年轻军官，名叫卡洛·乌戈博尼，成了对他特别友好的朋友和款待者，带着他走遍所有的餐桌，将他介绍为萨尔瓦奇奥·里卡尔多上尉。只听见一片请来一杯阿斯蒂葡萄汽酒、美国人万岁、意大利决不屈服、威尔逊先生拯救了文明、和平万岁的喊

---

① 罗慕路斯和雷慕斯是传说中的罗马城建立者。他们是战神马尔斯和一位公主的孪生子。由于公主未婚先孕，被处死，兄弟俩由雌狼以狼奶喂大。兄弟俩后来在台伯河畔建造了罗马城（公元前754—前753年）。

② 又译哥林多，希腊古城，位于今希腊南部。公元前146年被罗马军队攻占、劫掠并焚毁。

声，最后，他们带迪克去找漂亮姑娘。叫他感到大大宽慰的是，他们带他去的那家妓院的姑娘们全都已有了客人，迪克才能溜了出来，回旅馆上床睡觉。

第二天早晨，他下楼喝咖啡时，卡洛已经在旅馆休息室里等他了。卡洛瞌睡极了；他直到早晨五点才等到一个姑娘，但现在他要听候他这位可爱的朋友调遣，带他到城里去逛逛。虽然他竭力企图以不伤害卡洛的感情的方式来摆脱他，但还是跟他周旋了一天。当迪克去军事代表团听取命令时，他等着，后来和迪克、埃德·斯凯勒一起吃午饭；结果还是埃德竭力把他支使走了，这样，迪克才能去埃德的房间跟安妮·伊丽莎白会面。埃德关于这事讲得非常滑稽，他说，既然他已失去了马格达，他本人在自己的房间里已不能做任何有价值的事情了，所以很高兴迪克能用它来为满足他的性欲服务。说罢，他伸手紧紧挽住卡洛的手臂，把他拉到一家咖啡馆去。

迪克和安妮·伊丽莎白含情脉脉，默然无语。这是他们最后一个下午待在一起。迪克当天夜里就要去巴黎，而安妮·伊丽莎白任何一天都有可能被派往君士坦丁堡。迪克答应想法上那儿去找她。当晚，安妮·伊丽莎白送他到车站。他们发现卡洛正拿着一根用银纸包着的意大利大香肠和一瓶基安蒂红葡萄酒在那儿等他了。跟他同行的那人已经把公文递送箱拿来了，所以迪克无事可做，只要登上火车便行了。他似乎无话可说，等到火车开出车站时，他松了一口气。

他到埃奇库姆上校那儿一报到，便又被派往华沙。所有的火车通过德国时都误点了，人们瞧上去脸色惨白，人人都在议论布尔什维克起义。在东普鲁士一个车站没完没了地等待时，迪克在白雪覆盖的月台上踱来踱去，跺着脚让双脚暖和一点，忽然碰见了弗雷德·萨默斯。弗雷德在一节红十字会供应车上当护送员，他邀请迪克到他车厢里一起乘两三站路。迪克拿上他的公文箱，跟着他走。弗雷德乘的守车里摆着一只煤油炉，安着一张小床，还藏有许多葡萄酒、柯涅克白兰地和贝克牌巧克力。当火车缓慢地行驶在一片无边的冰雪封冻的灰色平原上时，他们整整一天待在车厢里聊天。

"这不是和平，"弗雷德·萨默斯说，"这是荒诞不经的屠杀！天哪，你应该去瞧瞧对犹太人的大屠杀。"

迪克笑啊笑的，笑个不停。"啊哟，听你说话真让人觉得高兴，我的好老弟，弗雷德……真像又回到了当年'石榴汁卫士'的时期。"

"天哪，当年真像是在看马戏，"弗雷德说，"在这儿，可他妈的太像地狱了，叫人乐不起来……人人都在挨饿，变得疯狂起来。"

"你实在太敏感了，因此当不上军官……你说话做事都必须万分小心，这样你就不可能有任何舒心的日子了。"

"天哪，我可从没想到你竟然会成为一名上尉。"

"全靠战争嘛。"迪克说。

他们喝喝聊聊，聊聊喝喝，喝了那么多酒，以致迪克几乎无法拿着他的公文箱走回自己的单间。他们开进了华沙车站，弗雷德拿着一包巧克力糖奔来。"这是一点儿救济品，迪克，"他说，"用它来找女人睡觉挺管用。为了一根巧克力糖，没有一个华沙女人会不跟你睡上一晚。"

迪克回到巴黎后，和埃奇库姆上校一起到斯托达德小姐家去喝茶。她的客厅高敞而气派，墙上挂着意大利油画，还有黄色和橘红色的锦缎帷帷，透过窗上的厚网织窗帘，你可以瞧见塞纳河边树木的紫色枝叶、绿玉色的塞纳河以及巴黎圣母院东端的半圆室的石头饰边。

"你为自己布置了一个多么美轮美奂的环境啊，斯托达德小姐，"埃奇库姆上校说，"倘若你原谅我的恭维的话，我想说你这位受人喜爱的人儿和这环境可谓相得益彰。"

"这些是很好的老房间，"斯托达德小姐说，"对这些老房子，你只消给它们一个机会来好好装修就行了。"她转身对迪克说："年轻人，我们在一起吃晚饭的那天夜里，你跟罗宾斯做了什么？他一个劲儿说你是一个多么聪明的人。"

迪克脸红了："我们后来一起去喝了一杯好得异乎寻常的苏格兰威士忌……一定是因为这个他才这么说的。"

"嗯，我得密切注意着你……我信不过这些聪明的年轻人。"

他们围坐在一只古老的熟铁炉周围喝茶。一位肥胖的少校和一位下巴突出的姓拉斯穆森的美孚石油公司的人员来了，后来又来了一位赫钦斯小姐，她看上去非常苗条，穿着裁制精良的红十字会制服。他们谈起夏尔特尔城和那些被战火破坏的地区，谈起民众到处给予威尔逊先生热烈欢迎，谈起为什么克列孟梭老是戴着灰色的莱尔棉线①手套。赫钦斯说，那是因为他实际上长着的是爪子，而不是手，这就是为什么人们称他为"老虎"②。

斯托达德小姐走到窗前迪克身边说："我听说你刚从罗马回来，萨维奇上尉……自从战争开始以来，我在罗马待过很长的时间……告诉你你看到了些什么……把什么都告诉我……在城市中，我最喜欢罗马。"

---

① 法国北部莱尔城生产的一种坚牢的棉线。

② 这是法国总理克列孟梭（1841—1929）的外号。

"你喜欢蒂沃利吗?"

"喜欢,我想是的;那可是个旅游胜地,你说呢?"

迪克给她讲了在阿波罗剧场的那场殴斗,但没有提埃德的名字,她听得乐不可支。他们在窗前相处得很融洽,一边聊天,一边瞧着沿河的街灯一盏盏亮起来,发出微绿的幽光;迪克在心中纳闷她有多大:是个"三十岁的女人"①?

他和上校离去时,在门厅里遇到摩尔豪斯先生。他热情地跟迪克握手,说他很高兴再跟他会面,请他哪天傍晚时分去找他,他就住在克里永旅馆,那儿经常有些有趣的来客。说来也怪,这次茶会使迪克兴高采烈,他原以为会是沉闷乏味的。他开始考虑该是离开部队的时候了,在回办公室的路上——那儿还有些事务要清理——他问上校在法国退役需要采取些什么步骤。他想他也许能在巴黎找到一个什么职位。

"噢,要是你想找工作的话,摩尔豪斯这家伙正是对你有用的人……我相信他将主持美孚石油公司的某种宣传广告业务……你认为你能当个公共关系顾问吗,萨维奇?"上校哈哈大笑起来。

"嗯,我还要考虑到妈妈的问题。"迪克严肃地说。

迪克在办公室看到有两封信。一封是威格尔斯沃思先生写来的,说布莱克上星期在萨拉纳克②死于肺结核,另一封是安妮·伊丽莎白写来的。

亲爱的:

　　我正坐在这可怜的地方一张办公桌前工作,这里除了一群叫我腻味透了的脾气暴躁的老太太之外,什么也没有。亲爱的,我是多么爱你。我们必须尽快见面。我正在纳闷,倘若我从海外带一个英俊的丈夫回家,爸爸和哥哥巴斯特会说什么。开始时,他们会暴跳如雷,但是我想他们到底会原谅的。该死,我不想坐在办公桌前工作。我想到欧洲各地去观光,看看名胜古迹。在这里,我喜欢的唯一东西是放在我办公桌上的一小束仙客来花。你还记得那逗人喜爱的粉红色小仙客来花吗?我得了重感冒,我真孤独极了。这帮监理会戒酒与公共道德委员会的老太婆是我见过的最卑鄙的人了。你曾想家吗,迪克?我相

---

① "三十岁的女人"原文为法语,此处引用的是巴尔扎克的一部小说名。
② 美国纽约州东北部一小城,为四季游览胜地,是著名的结核病户外治疗中心。

信你是从来不会想家的。请设法让他们把你送回罗马来。我真希望，在仙客来花盛开的那山地上，我没有显得像是个那么古板的愚蠢的小姑娘。做一个女人是艰难的，迪克。你爱干什么就干什么，但别忘了我。我多么爱你啊。

安妮·伊丽莎白

迪克将这两封信揣在制服上衣里面的口袋里，回到旅馆房间，扑倒在床上，躺了好半晌，凝视着天花板。

午夜前不久，他哥哥亨利来敲门。他刚从布鲁塞尔来。"嗨，怎么啦，迪克，你脸色这么灰白……你是病了还是怎么的？"

迪克站起来，到脸盆前去洗脸。"没什么，"他在洗脸，嘴里溅着水说，"我看是对这山姆大叔的陆军部队腻味了吧。"

"你瞧上去好像哭过。"

"哭也无济于事。"迪克说，轻轻干笑了一声来清清嗓子。

"听着，迪克，我遇到麻烦事了；你得帮我解脱出来……你可记得那个叫奥尔加的姑娘，就是朝我扔茶壶的那个？"迪克点点头，"嗯，她说她怀孕了，而我就是那值得自豪的父亲……真是可笑。"

"噢，这种事常有。"迪克不悦地说。

"不，可是天哪，我并不想跟这婊子结婚……或者抚养后代……太愚蠢了。即使她已怀孕，我也不一定就是孩子的父亲……她说她要写信给潘兴将军告发我。他们将一些可怜的士兵小子以强奸罪判上二十年徒刑呢……这是同样的情况。"

"他们还毙了几个呢……感谢上帝，我没在军事法庭工作。"

"可是想想看这会使妈妈多么难受……听着，你法语比我讲得好……我要你去跟奥尔加说说。"

"好吧……但我疲倦死了，心情很糟……"迪克穿上制服外套，"喂，亨利，你手头钱多不多？法郎一直在贬值。我们也许能给她一点儿钱，好在我们很快就要回国，离得那么远，她没法敲诈了。"

亨利显得情绪低落。"跟自己的小弟弟说实话真是太糟糕了，"他说，"但有天夜里我打扑克，把钱输了个精光……我倒足了霉。"

他们来到蒙马特尔高地一家夜总会，奥尔加在那儿当衣帽间服务员。这时还没有顾客，所以她能出来跟他们一起到酒吧喝酒。迪克挺喜欢她。她是个头发漂白的金发姑娘，长着一张小巧玲珑的坚毅而冒失的脸和一双棕色的大眼睛。迪克竭力从各方面对她进行劝说，说他哥哥由于家庭关系和没有正当职业无法娶一个外国人做妻子，他很快就要离开部队，回到制图桌边去……她可知道在美国一家建筑师办公室里当制图员能挣多少钱吗？简直什么钱也挣不到，生活费用这么大，法郎贬值，也许接着就该轮到美元了，而且世界革命就要发生，她最好当一个安分守己的姑娘，别把这孩子生下来。她哭起来了……她真巴不得结婚、生孩子，至于流产……不，决不。她跺跺脚，回到了衣帽间。迪克跟随着她，安慰她，拍拍她的脸颊，说她想怎么着呢，这就是生活呀，她愿意考虑接受五百法郎吗？她摇摇头，但等他提出一千法郎时，她脸上开始露出喜色，承认说她还能怎么着呢，这就是生活呀。迪克让亨利和她兴高采烈地约好等夜总会打烊后一同回家。

"哦，我攒下了两三百美元。我看只得拿它来……尽量悠着她点儿，直到兑换率对我们更合算……亨利，下一次再打扑克，看在老天的分上，留点儿神。"

在巴黎和会举行第一次全体会议的前一天，迪克奔进克里永旅馆，准备上楼去找答应为他和埃奇库姆上校弄请柬的摩尔豪斯先生，这时瞧见一个熟悉的人，穿着法国军装。那是里普利，刚被枫丹白露的炮兵学校遣散。他说他到那儿是想找一位他父亲的老朋友，瞧瞧能不能弄到一份与和会代表团有关的工作。他身无分文，玛丽安娜①第三共和国不愿再养他，除非他参加外籍军团，而这是他最不愿意干的。迪克给埃奇库姆上校打电话，告诉他摩尔豪斯先生未能为他们弄到入场请柬，他们必须通过军方途径再试试看能不能弄到，他随后跟里普利一起到里茨酒吧喝酒。

"高档的玩意儿。"里普利说，环视四周那些军装上的勋章和妇女们身上的首饰。

"既然他们见识过巴黎……你如何能使他们留在农场里？"迪克咕哝道，"我真想知道我从这山姆大叔的陆军部队退役之后将干些什么。"

"问我一点轻松的事儿吧……啊，我看是能在什么地方找到一份职业的……万一发生最坏的情况，我将不得不回哥伦比亚大学去修完课程……我希望发生革命。我不想回美国去……该死，我真不知道我想干些什么。"

这种话让迪克觉得不安。"谨请注意，"他引用当时的宣传用语道，"敌

---

① 法兰西共和国的拟人化，其形象为一个身穿长裙、头戴自由帽的女人。

人的耳朵在听着你。"

"我话还没讲完一半哪。"

"哦,你收到过史蒂夫·沃纳的信吗?"迪克低声问道。

"我收到一封寄自波士顿的信……我知道他因为拒绝登记入伍,被判刑一年……他还是幸运的……许多这类可怜的小伙子被判二十年呢。"

"嘿,这是玩火的结果啊。"迪克大声地说。里普利眯细着眼睛狠狠地瞧了他一下,然后他们继续聊起别的事情来。

那天下午,迪克请斯托达德小姐在伦佩尔迈尔咖啡厅喝茶,然后和她一起走到克里永旅馆去拜访摩尔豪斯先生。克里永旅馆的走廊里像蚁冢一般忙碌,满是来去奔忙的军人、海军陆战队文书军士、传递信函的小郎和平民;每扇敞开的门里传出一阵阵打字机的嗒嗒声。每一层楼梯平台上都有穿便服的专家三五成群地站着低声交谈,和走过身边的人交换一下眼色,在便笺簿上草草记下什么。

斯托达德小姐用她那又尖又白的手指一把抓住迪克的手臂:"听着……这好像是一台发电机……你知道这意味着什么吗?"

"绝不是意味着和平。"迪克说。

在摩尔豪斯先生套间的门厅里,她把他介绍给摩尔豪斯先生的秘书威廉斯小姐,一个带着倦容、脸蛋尖削的金发女人。"她是一个宝贝,"他们走进客厅时,斯托达德小姐在他耳边低声说道,"她在这整个地方干的工作比谁都多。"

从长窗外透进来的蓝幽幽的光中站着许许多多人。一名侍者托着一盘酒杯在人群之间穿行,还有个仆人模样的男子拿着一瓶红葡萄酒蹑手蹑脚地走来走去。有的人手里拿着茶杯,还有的拿着酒杯,但是任何人都不大注意他们。迪克从斯托达德小姐走进客厅的神态和摩尔豪斯先生微微趋上前去迎接她的样子,立刻意识到她习惯于主持这客厅里的活动。他被介绍给不少人,然后在一旁站了一会儿,闭上了嘴,只是侧耳倾听着。摩尔豪斯先生跟他说话,还记得他的名字,但正在那时有人来传话说豪斯上校打电话来了,迪克也就失去和他继续深谈的机会。

他正要离去时,秘书威廉斯小姐说:"萨维奇上尉,对不起,请您等一会儿……您是罗宾斯先生的朋友,是吗?"

迪克对她微微一笑:"哦,我该说仅仅是个相识而已。他似乎是个非常有意思的角色。"

"他是个卓越的人,"威廉斯小姐说,"但我担心他正在放纵自己……在

309

我看来，对男人来说……这是个能使人道德极度败坏的地方。要是人们都花上三个小时吃午餐，然后没完没了地泡在那些可悲的咖啡馆里，你怎样能指望人做好自己的工作呢？"

"您不喜欢巴黎，威廉斯小姐？"

"我应该说不喜欢。"

"罗宾斯却喜欢。"迪克怀有恶意地说。

"喜欢得过头了，"威廉斯小姐说，"我在想，如果您是他的朋友，也许您能帮助我们让他振作起来。我们非常为他担忧。在这样一个极为重要的时刻，有极其重要的联系工作要做，他却已有两天没有露脸了。约·华在拼命工作。我真担心，他会紧张得垮下来的……而且简直找不到一名可靠的速记员或再招一名打字员……除了秘书工作之外，我还得做所有的打字工作。"

"唉，对我们所有的人来说，这是个忙碌的时刻，"迪克说，"再见了，威廉斯小姐。"他离去时即对他莞尔一笑。

二月下旬，他从一次漫长的、阴郁的维也纳之行回来，发现安妮·伊丽莎白又寄来了一封信。

> 亲爱的迪克：
>
> 感谢你寄来精美的明信片。我仍然在做文书工作，非常孤独。想方设法到罗马来吧。即将发生一件将大大改变我们生活的事情。为此，我非常忧虑，但我对你有充分的信心。我知道你是正直的，迪基①，我的好孩子。哦，我必须见到你。假如你一两天内不回来的话，我就要甩掉一切到巴黎来了。你的姑娘，
>
> 安妮·伊丽莎白

迪克坐在韦伯酒店读这封信时——当时他正和一个在巴黎大学念书的、名叫斯汤顿·威尔斯的炮兵少尉在喝啤酒——感到周身发冷。然后他看妈妈的来信，信中抱怨孤寂的晚年，还看了一封库珀先生向他提供一份职业的信。威尔斯谈起他在科马丹剧院遇见的一个姑娘，他很想跟她结识，既然迪克是这方面的行家，他便请教他该怎样进行。迪克一边竭力不停地说什么通过女引座员给她送一张条子，他就肯定可以跟她会面，一边不断地瞧着皇家

---

① 迪基是迪克的爱称。

路上熙熙攘攘的打着雨伞的行人、湿漉漉的出租汽车和锃亮的军官座车，但心里却惊慌不堪；她已怀孕了；她期望他会娶她；要是我娶她，我才见鬼呢。他和威尔斯喝完啤酒，沿着塞纳河左岸散步，在旧书摊上看旧书和铜版画，结果走到埃莉诺·斯托达德家去喝茶。

"你为什么这么愁眉不展，理查德？"埃莉诺问道。他们端着茶杯走到了窗前。威尔斯正坐在茶桌旁跟伊夫琳·赫钦斯和一名报人交谈。

迪克喝了一大口茶。"跟你聊天真是桩十分令人愉快的事，埃莉诺。"他说。

"哦，这么说，可不是为了这个才使你这么一脸愁容的啰？"

"你知道……有些日子你会感觉到好像变得麻木了……我想我是军装穿腻了……我想换一下身份，当一个属于我自己的人。"

"你不想回国，是不？"

"哦，不。我看我必须回国，去安排一下妈妈的生活，这是说，要是亨利不回去的话……埃奇库姆上校说他能让我就在这里退役，就是说，要是我放弃公费遣送回国的权利的话。天知道，我真巴不得这样呢。"

"为什么不留在这儿呢？……我们也许能让约·华给你做些安排……你愿意成为他手下的一名聪明的年轻助手吗？"

"这比在泽西城搞选区政务要好得多……我愿意干能经常出差的工作……说来也很滑稽，因为在部队里我一直在火车上过日子，然而我还没有腻味旅行。"

她轻轻拍拍他的手背："那正是我喜欢你的地方，理查德，你对一切怀着渴望……约·华多次谈到你的机灵相……他也是那样，他从没丧失他的渴望，所以他正在成为世界上的一个重要人物……你知道豪斯上校经常征询他的意见……你瞧，我已丧失了那种渴望。"他们走回到茶桌旁。

第二天下达了命令，要派一个人到罗马去；迪克赶紧承担了下来。他在电话上听见安妮·伊丽莎白的声音时，一阵冷战又向他袭来，但他竭力使自己的声音尽可能的和蔼可亲。"啊，你回来了，真好啊，迪基好孩子。"她说。他在威尼斯广场一角的一家咖啡馆里跟她见面。她朝他奔去，双手搂住他的脖子，吻他，一副无拘无束的样子，使他感到窘迫。"没关系，"她笑呵呵地说，"他们只会以为我们是两个疯狂的美国人……嗨，迪克，让我瞧瞧你……唉，迪基好孩子，我真感到孤单，多么想你啊。"

迪克的喉咙哽住了。"我们今晚可以一起吃晚饭了，对不？"他好歹开口说，"我想我们还可以去把埃德·斯凯勒找来。"

她已经为他们两人在一条僻静的小街上找了一家小客栈。迪克让自己听任她摆布；不管怎么说，她双颊绯红，今天可相当妩媚动人，而且她的发香使他想起蒂沃利附近小山上小仙客来花的芬芳；他汗�涔涔地伏在她的怀抱中，紧张地跟她做爱，这整段时间里，思潮在他头脑里像轮子般旋转着：我该怎么办，该怎么办，该怎么办？

　　他们很晚才到达埃德的寓所，他还以为他们不会来了。他已整好行装，准备离开罗马到巴黎去，然后下一天回美国。

　　"好极了，"迪克说，"我们同车回巴黎去吧。"

　　"女士们，先生们，这是我在罗马的最后一夜，"埃德说，"我们去吃一顿顶呱呱的晚饭，让红十字会见鬼去吧。"

　　他们在图拉真圆柱①前的一家饭馆里吃了一顿丰盛铺张的晚餐，喝了头等上好的葡萄酒，但迪克什么也吃不下。他自己的声音在他听来很是细弱无力。埃德要了一瓶又一瓶酒，和侍者开玩笑，大讲关于他和罗马娘儿们搞关系失风的种种趣事，迪克看出，他正在使劲儿想让大家快乐起来。安妮·伊丽莎白喝了不少葡萄酒，说近东救济团的那些凶狠的女监护人并不像她原来描述的那么坏，当她告诉她她的未婚夫在罗马只待一个晚上，她们便把大门上的弹簧锁钥匙给了她。她一个劲儿在桌子底下用膝盖擦迪克的膝盖，要求大家唱《友谊地久天长》。晚餐后，他们乘马车去兜风，在特雷维喷泉停下来，往泉水里扔硬币。他们最后回到埃德的寓所，坐在捆扎好的箱子上，喝干了一瓶埃德突然想起来的香槟酒，唱起《在我的金发美人儿身边》。

　　迪克在内心深处一直是清醒而冷静的。等到埃德醉醺醺地宣布他要最后再去找他认识的某些可爱的罗马娘儿们，这一晚把他的房间让给这对"约婚夫妇"②时，他松了一口气。他一走，安妮·伊丽莎白便伸手搂住迪克说："吻我一下吧，迪基好孩子，然后你必须送我回监理会戒酒与公共道德委员会去……重要的毕竟还是个人道德啊。哦，我喜爱我们的个人道德。"

　　迪克吻了她，然后走到窗前往外眺望。天又开始下雨了。他可以从房屋之间望见西班牙大楼所在的那个街角，那儿有盏街灯的细弱的一道道光照在石头的台阶上。她走过来将脑袋枕在他的肩膀上。

　　"你在想什么，迪基好孩子？"

---

① 罗马皇帝图拉真（53—117）在106—113年间修建的纪念碑。
② "约婚夫妇"原文为意大利语，借用意大利小说家曼佐尼（1785—1873）写的杰作的书名。

"听着，安妮·伊丽莎白，我一直想谈谈这个问题……你真以为……"

"已经两个多月了……不可能是别的，我还时常早上有点儿恶心。今天，我一直觉得难受极了，不过跟你说实话吧，见到了你就让我把这事全忘了。"

"但你必须意识到……这事让我担忧极了。一定还有什么办法你可以做的吧。"

"我试服了蓖麻油和奎宁……我只知道这些办法……你瞧我只是个不懂事的乡下姑娘啊。"

"啊，请正经对待这回事儿……你必须做点儿什么。有许多医生会处理这类问题……我可以想办法凑钱……糟糕透了，我明天非回去不可……我真巴不得能脱去这该死的军装。"

"但是我看我的确有点想要一个丈夫和一个孩子……如果你就是丈夫，而这孩子是你的的话。"

"我不能这样做……我没条件这样做……在部队里，他们决不会让你结婚的。"

"实在并不是这样，迪克。"她缓缓地说。

他们并排伫立在那儿好长一阵子，谁也不瞧谁，只顾凝视着黑乎乎的屋顶上的雨和街头一道道暗淡的磷光。她用一种颤抖而微弱的声音问道："你是说你不再爱我了。"

"我当然爱你，可我不知道爱情是什么……我想我会爱上任何可爱的姑娘的……尤其是你，亲人儿。"迪克听着自己的话，觉得好像是另一个人的声音在他耳际回响。"我们在一起度过了一些美好的时光。"她吻遍了他硬邦邦的军装领子上的脖子。"但是，亲爱的，难道你不懂得在我的事业确立之前，我不可能养活一个孩子，而且我还必须赡养妈妈，亨利太不负责任了，我一点儿也没法指望他。但我现在必须送你回家；天色晚了。"

他们走上街道，雨又变小了。所有的水落管在汩汩作响，水沟中的水在街灯下闪着亮。她猛然间啪地打了他一下，喊了一声你真帅，便在街上奔跑起来。他不得不去追她，一边低声咒骂着。跑到一片小广场上，他看不见她了，正准备丢下她管自回去，她从喷泉边一座石雕凤凰像背后跳出来，扑在他身上。他一把抓住她的手臂。"该死，别像个顽皮姑娘那样，"他生气地说，"难道你没见我愁得要命吗？"她哭起来了。

他们到达她的门口时，她倏地转过身子来对着他，严肃地说："听着，迪克，也许我们不要这孩子算了……我要试试骑马。人人都说那管用。我将给你写信……老实说，我可绝对不愿妨碍你的前程……我还知道你应该有空闲的时间来写诗……你前程远大，好孩子，我知道……要是我们结了婚，我也要去工作的。"

"安妮·伊丽莎白，你是个了不起的姑娘，如果我们不要这孩子，也许可以有办法摆脱这个困境。"他抓住她的肩膀，吻她的前额。

她突然蹦蹦跳跳起来，像小孩般吟唱着："好啊，好啊，好啊，我们要结婚啦。"

"嗨，严肃点儿，小妞。"

"我是……至死方休，"她缓慢地说，"听着，明天别来看我……我有许多供应物资要检查。我会给你写信到巴黎去的。"

他回到客栈，穿上睡衣，独自爬上他和安妮·伊丽莎白那天下午春风一度的床，心头漾起一种奇异的感觉。房间里有臭虫，散发出一股股臭味，他过了凄凉的一夜。

他们乘火车去巴黎的一路上，埃德一个劲儿劝他喝酒，谈论革命，说他从权威人士处获悉，意大利的工团主义者将于五月一日夺取各工厂。匈牙利已经赤化了，还有巴伐利亚，下一步就该轮到奥地利，然后是意大利，再然后是普鲁士和法国；派往阿尔汉格尔①和俄国人打仗的美国部队发生哗变，他接着说："这就是世界革命，一个值得为之活着的挺好的时代，要是我们能安然无恙地活下来，就要算上上大吉了。"

迪克粗暴地说他并不这么看；协约国牢牢地控制着局势。

"但是，迪克，我原以为你是全力支持革命的，那是结束这场愚蠢的战争的唯一可行的方法。"

"战争已经结束了，所有这些革命不过是战争的翻版而已……你不能枪毙你所有的反对者，用这办法来结束战争。那只是战争的延续而已。"

他们都生起气来，狠狠地争辩着。车上的单间里只有他们两人，迪克很高兴："不过我原以为你是个保皇派，埃德。"

"我曾经是过……但自从看见了意大利国王，我就改变主意了……我想我赞成来一个独裁者，骑着白马的人物。"

他们气鼓鼓，醉醺醺，在单间的两边安顿睡觉。清晨，他们带着头痛，跌跌撞撞地下车，走进一个意大利边境车站的冷峭的空气中，喝一个容光焕

---

① 即现在的阿尔汉格尔斯克，位于俄罗斯欧洲部分的北部，濒白海。

发的法国女人往白色大杯里倒的热气腾腾的可可茶。一切都蒙上了白霜。太阳正在升起，一抹鲜亮的朱红色。埃德·斯凯勒谈起那美丽温柔的法兰西，他们的关系开始缓和了一些。等到火车抵达巴黎市郊的住宅区时，他们说当晚要去看斯皮内利主演的《变化多端》。

到了办公室，处理了杂事，并不得不在中士们面前摆出一副硬邦邦的军人气派之后，他们感到松了一口气，便沿着塞纳河左岸漫步，那儿枝头正在萌发粉红和浅绿色的嫩芽，旧书摊正在愈来愈浓的紫色暮霭中打烊。他们走上一切保持着两世纪前的模样的图尔内勒河滨马路，缓缓迈上冰冷的石级到埃莉诺的寓所，看见她穿着一件象牙色的礼服，脖子上挂着一串大珍珠，正坐在茶桌边倒茶，用她那怀有恶意的轻柔的声音，把从克里永旅馆和巴黎和会听到的最新的小道消息一五一十地讲出来。正当迪克告辞时，她说由于她要去罗马到那里的红十字会办事处去处理一些事务，他们彼此之间要有两三个星期不能见面，这给了他一种古怪的感觉。

"多遗憾啊，我们不能一起待在罗马。"迪克说。

"我也盼望能这样，"她说，"再见吧，理查德。"

对于迪克来说，三月是一个痛苦难耐的月份。他似乎不再有任何朋友了，对军邮部里所有的人都腻味死了。他下班回家，觉得旅馆的房间阴冷极了，不得不出外到咖啡馆去看书。他怀念埃莉诺，怀念下午时分到她那惬意的寓所去的光景。他不断收到安妮·伊丽莎白寄来的令人忧虑的信；他无法从信中弄明白到底发生了什么事；她神秘地提到她在红十字会遇到过他的一位富有魅力的朋友，此人起着极其重大的作用。再说，由于不得不不断借钱给亨利去疏通奥尔加，他给弄得短钱花了。

四月初，他从科布伦茨①（那是他经常得去的）回来，在旅馆里发现埃莉诺寄给他的一封气压传递的快信。她邀请他下一个星期日跟她和约·华一起到尚蒂伊②去野餐。

他们在十一点钟乘上约·华的崭新的菲亚特汽车离开克里永旅馆。同行的有穿着一套腰身合体的灰色衣服的埃莉诺，一位上了点年纪的仪态万方的威尔伯福斯夫人——她是美孚石油公司一位副总裁的妻子，还有长着一张马脸的拉斯穆森先生。那是个晴朗的日子，大家都嗅到了空气中的春天气息。到了尚蒂伊，他们穿过古堡，给护城河里的肥大的鲤鱼扔饵料。他们坐在橡

---

① 在德国西部，莱茵河左岸。
② 巴黎北42公里处一古城。

皮座垫上，在森林中吃午餐。约·华不断地逗大家哈哈大笑，解释说他多么腻味野餐，问大家究竟怎么搞的，连那些聪明绝顶的妇女也老是要拉别人去野餐。午餐后，他们驱车去桑利，看德国枪骑兵在马恩河之战中摧毁的房屋。

他们在那倾颓的城堡的花园中穿行时，埃莉诺和迪克落在别人的后面。"关于他们要在什么时候签订和约，你难道一点儿也不知道吗，埃莉诺?"迪克问道。

"哦，现在看来好像谁也不愿签……意大利人当然不愿意;你看到邓南遮①说的话吗?"

"和约签订的第二天，我就要脱去山姆大叔的制服……在我一生中，只有在我参加军队之后的日子里，时间才那么难熬。"

"我在罗马遇见了你的一个朋友。"埃莉诺说，斜睇着他。

迪克感到浑身一阵寒战。"谁呀?"他问。他好不容易使自己的声音显得平静。

"那个得克萨斯州的小姑娘……她真是个娇滴滴的小姐儿。她说你们订婚了!"埃莉诺的声音是冷峻的，像牙科医师手中的探棒一般，探拨着他的心灵。

"她稍微夸大了一点儿，"——他轻轻干笑了声——"正如马克·吐温在人家误报他的死讯时所说的。"迪克感到脸上涨得通红。

"但愿如此……你听着，理查德……我比你年纪大得多……嗯，至少能当你的未婚姑母了。她可是个可爱的小姐儿……但是你眼前还不应该结婚，当然啦，这与我无关……婚配不当曾经断送了许多前途无量的年轻人的前程……我不该说这些。"

"但是我乐意你这样关心这件事，老实说，这对我说来意义非常重大……我懂得'草率结婚事后悔恨'的道理。事实上，不管怎么样，我对于婚姻并无多少兴趣……但是……我说不上……唉，这整个事情非常棘手。"

"永远别做任何棘手的事……这是永远不值得的。"埃莉诺严厉地说。迪克没有吭声。她加快了步子去追上其他的人。和她并肩走着，他瞥见她那冷峻的轮廓分明的侧影随着她踩在卵石路面上的高跟鞋的起落而微微跳动。她突然转身向着他，哈哈大笑道:"得了，我不会再责怪你了，理查德，永远

——————————

① 邓南遮（1863—1938），意大利小说家，诗人。第一次世界大战爆发时，从法国返意大利，投笔从戎，在战斗中失去一目。后来成为一个狂热的法西斯分子。

不会。"

又要下阵雨了。他们几乎刚刚坐进汽车,雨便下来了。回家的路上,浮华的巴黎近郊区在雨中显得灰暗而阴沉。他们在克里永旅馆门厅里分手时,约·华让迪克明白,只等他一退役,他办公室里就有一份工作等着他。迪克回到家,兴高采烈地把这事写信告诉妈妈:

……我不是说巴黎的一切并不异常有趣,也不是说我在这儿接近不了真正了解内情的人士,只是穿着军装,总得考虑到军规和敬礼什么的,这多少使我的心无法好好思考。在我再次穿上便服之前,我内心深处将一直处于忧郁之中。约·华德·摩尔豪斯答应在他的巴黎办事处给我一个职位;他是一位只领象征性薪金的专家,但是,只要和约一签订,他就要重新开办他的广告业务。他是美孚石油公司等大企业的公共关系和广告宣传顾问。这种工作将允许我同时继续搞我的真心喜欢的工作。人人都告诉我,这是一生难逢的好机会……

他下一次见到威廉斯小姐时,她堆起一脸的微笑,径直走到他跟前,伸出一只手来。"啊,我非常高兴,萨维奇上尉。听约·华说你将来跟我们一起工作……我相信,对所有各方面的人来说,这将是一次叫人愉快而有益的经历。"

"哦,我想我不应该蛋未孵出就先数鸡吧。"迪克说。

"啊,蛋会孵出来的,没错儿。"威廉斯小姐说,对他莞尔一笑。

五月中旬,迪克带着宿醉从科隆回来,因为上一晚跟两三个飞行员和几个德国姑娘宴饮了一次。同德国姑娘外出是严重违反总司令部的命令的,所以他神经有点紧张,唯恐他们被人看见有不符合军官和绅士的风度的行为。他在北站下车时,嘴里仍然带着放有蜜桃片的香槟酒的味儿。到了办公室,埃奇库姆上校看出他脸色非常苍白,站立不稳,就和他开玩笑,说在占领区他们准是够受的了。他就让他回家好好休息一下。他到达旅馆,发现有封安妮·伊丽莎白寄来的气压传递快信:

我耽搁在大陆旅馆必须立即见你。

他洗了一个热水澡,上床睡了几个小时。等他醒来时,天已经黑了。过了好一会儿他才想起安妮·伊丽莎白的来信。他正闷闷不乐地坐在床沿上扣上绑腿准备去找她时，有人来敲门了。原来是开电梯的，来告诉他楼下有位女士在等他。开电梯的还没说完，安妮·伊丽莎白就在走廊上奔过来了。她脸色苍白，一边腮帮上有一块红色的伤痕。她跑来时的那副气势汹汹的样子立刻使迪克心烦意乱。"我跟他们说我是你的妹妹，就奔上楼来了。"她说，上气不接下气地吻他。

迪克给了开电梯的两三个法郎，轻声对她说："进来吧。出了什么事?"他让房门半开着。

"我遇到麻烦事儿了……近东救济团要送我回国。"

"怎么会的?"

"旷工太多了吧，我猜想……我倒也满高兴;她们让我腻味死了。"

"你怎么受伤的?"

"在奥斯蒂亚①骑马时摔了下来……我一直在骑意大利骑兵队的马，快乐极了……这些马会要人命的。"

迪克盯视着她的脸，竭力想看透她心里在想什么。"哦，"他说，"你没事吗?……我必须知道……为这事，我愁死了。"

她全身扑倒在床上。迪克踮起脚走过去，轻轻关上了房门。她将脑袋埋在臂弯里，正在啜泣。他在床沿上坐下来，竭力想使她瞧着他。她倏地站起来，开始在房间里踱来踱去。"什么都不管用……我要生下这孩子……唉，我真为爸爸担忧。要是他发现了，我怕会要他的命的……唉，你多么卑鄙……你多么卑鄙啊。"

"但是，安妮·伊丽莎白，请务必讲点道理……难道我们不能继续做好朋友吗? 刚有人答应，我一退役，就给我提供一份极好的工作，但是在这场游戏的这个阶段，我还不能有妻室儿女，你必须懂得这一个……要是你想结婚，那么多的是愿意奉献自己最宝贵的东西来娶你的男子哪……你知道你多么受人欢迎……不管怎么说，我认为结婚毫无意思。"

她坐进一把椅子，又立刻站起来。她哈哈大笑起来："要是爸爸或者巴斯特在这儿，他们将强迫你跟我结婚，我猜想……但那样也没多大用处。"她那歇斯底里的狂笑使他心烦意乱;由于他竭力控制自己，有理智地说话，他周身在颤抖。

---

① 意大利古城，在罗马西南台伯河河口处。

318

"为什么不嫁给乔·亨·巴罗呢？他是一位显要人士，而且有钱……他爱你爱得发疯，有一天我在克里永旅馆碰到他，他就是这么对我说的……我们毕竟得理智一些啊……我的过错也不比你的过错大……要是你预先采取措施的话……"

她脱下帽子，对着镜子把头发捋捋平。接着她在他脸盆里倒了些水，洗了脸，又捋捋平头发。迪克巴望她走开，她做的一切都要叫他发疯。她走到他跟前时，眼中噙着泪水。"吻我一下吧，迪克……别为我担心……我好歹会解决这问题的。"

"我相信动手术还不太迟，"迪克说，"明天我去设法打听个地址，给你写张条儿送到大陆旅馆……安妮·伊丽莎白……你真是好极了，对这事的态度这么好。"

她摇摇头，在他耳边轻声说了一声再见，就匆匆走出房去。

"得，事情就这么着啦。"迪克出声地对自己说。他为安妮·伊丽莎白感到万分遗憾。哎呀，我真高兴自己不是个姑娘，他不断地这么想着。他感到头痛欲裂。他锁上房门，脱去衣服，关掉了灯。他打开了窗户，一股带着雨丝的阴冷的风吹进房来，使他觉得好受些。这一切正像埃德讲的，不让别人痛苦，你就什么也干不成。这该死的腐败的世界。圣拉扎尔车站前的那些街道反映着街灯的灯光，像一条条运河般熠熠发亮。人行道上还有行人，一个男子喊了一声"决不让步"，出租汽车发出响亮的喇叭声。他想起安妮·伊丽莎白孑然一人乘出租汽车驶过湿漉漉的街道回家的情景。他希望能活许许多多次，这样他就可以把其中的一次和安妮·伊丽莎白一起过。也许能就此写一首诗来送给她。还有小仙客来的芳香。在对面的咖啡馆里，侍者们正在将椅子倒翻过来放在餐桌上。他希望能活许许多多次，这样他也许能当上一名咖啡馆侍者，将椅子倒翻过来。铁栅门拉下来时发出铿锵的声音。现在该是妓女们出来走上街头的时候了，她们来回徘徊，停步，游荡，再来回徘徊，还有那些蘑菇肤色的年轻的恶棍。他打起寒战来。他上了床，被子的表面上好像有一层冰冷黏湿的东西。话得说回来，巴黎可不是个孑然一人上床的地方，也不是个孑然一人乘坐按响喇叭的出租汽车、在按响喇叭的出租汽车里的伤心气氛中回家的地方。可怜的安妮·伊丽莎白。可怜的迪克。他躺在冰冷黏湿的被褥间打着冷战，眼皮像是用别针别着一般张开着。

他渐渐感到暖和些了。明天。七点半：刮脸，扣上绑腿……牛奶咖啡，奶油小圆蛋糕，黄油。他会觉得很饿的，晚饭一点儿也没吃嘛……盘子里两个煎蛋。早安，先生们，太太们。当嘟嘟响着马刺到办公室去，阿姆中士稍息。穿着卡其军装混上一天；薄暮时分上埃莉诺家，让她去跟摩尔豪斯求情，和约一签订，就能把工作弄到手，还跟她聊聊有关已故的埃尔斯沃思将军的事儿，他们会一起为此而哈哈大笑的。穿着卡其军装一天天混日子，直到和约签订的时候。暗褐色、黄褐色和卡其色的军装。等到和约签订之后，可怜的迪克不得不去工作啦。可怜的汤姆①觉得冷了。可怜的迪基好孩子……理查德……他抬起脚来，伸手摩擦着。可怜的理查德的脚。等到和约签订之后。

　　等到双脚暖和了，他就睡着了。

---

① 汤姆在美国口语中指普通人。

# 新闻短片 XXXVII

## 苏联卫兵被撤换

美军总司令向阵亡将士及受伤者致敬，祈请士兵们为胜利而感谢上帝，他宣称，一种对上帝和国家的新的责任已经降临在大家的肩上。当歌声昂扬之时，人们发现默·阿·奥蒙的那匹齐姆齐齐米并没有随之号叫。这匹小马早上突然咳嗽不止，因此在开场前的最后关头被牵走。

## 共和党人准备回答威尔逊的诘问

### 将在芝加哥对前德皇提出起诉

约翰尼，拿起你的枪

拿起你的枪

拿起你的枪

咱们去追缉他们

我们将眼看在这个伟大国家的社会结构中将发生巨大的变化，施瓦布先生[①]说，在未来时代中成为贵族的人，将不是由于其出身高贵或腰缠万贯，而是由于他对国家做出了某种贡献

## 发动无情的战争来镇压赤色分子

---

[①] 查尔斯·施瓦布（1862—1939），美国早期钢铁工业企业家，伯利恒钢铁公司的创办人，在第一次世界大战中大发战争财，被人称为"死亡的掮客"。

去追缉他们

去追缉他们

同时有几纵队士兵和水兵出现在首相府的门前。德国的局势发展成为美国救济食品和布尔什维主义之间的一场不分上下的竞争。发现劳合·乔治在和会的辩论中采取骑墙派态度。

啊，那文身的法国女郎

花纹从脖子一直刺到膝盖上

她的模样真够你瞧的

## 邮电业巨子麦凯①指责伯利森②为布尔什维克

总统和大不列颠以及比利时的首脑们将受到一系列宴会的款待，公众将以游行示威来欢迎他们的访问。具有讽刺意味的是，社会民主党人所鼓吹的言论和出版自由结果却成了对新政府的主要威胁

她下颏上横陈着

皇家航空队的人员

她背脊上是英国国旗

你还能指望看到更多吗？

国防部今天决定发布一份措辞谨慎的公报，有关在阿尔汉格尔地区有些美国部队发生近乎兵变的事件，他们拒绝执行命令开往前线；尽管有警方命令，相对来说局势还相当平静，但是当游行队伍经过马拉科夫、亨利·马丹、维克多·雨果和特洛卡丹洛等大道并穿过饶勒斯曾居住过的巴黎贵族区时，人们有一种犹如走在布满地雷的道路上的感觉，那儿乱子有可能一触即发

## 援兵赶来消除造成不安的因素

---

① 克拉伦斯·麦凯（1874—1938），美国通讯企业家，曾任邮政电报电缆公司总经理。
② 艾伯特·伯利森（1863—1937），美国议员，1913—1921年任美国邮电部部长。

在她的脊梁上下
　列队站着国王卫队
在她的臀部周围
　一长列战舰在开航

　　巴伐利亚的工人们已经克服了他们之间的党派分歧，组成一个强大的组织，反对一切统治和剥削的行为；他们已经接管了各工人、士兵、农民委员会的全部公共权力

在她肾脏的上方
　画着一幅悉尼的全景
可是我最爱的却是她的胸膛
　上面有田纳西——我的故乡

## 西蒙斯博士①说，前拥护东方派应对
## 布尔什维主义兴起负主要责任

### 发出工人住进皇宫的命令

### 乌克兰人向协约国代表团开火

　　现在有一种看法，似乎朗德吕②不仅应对十年来，而且要对好几十年来在法国失踪的妇女的死亡负责

---

① 瓦尔特·西蒙斯（1861—1928），德国法官，1911—1921年在外交部任职，为德国派往巴黎和会的代表。1925年担任临时总统。
② 亨利·朗德吕（1869—1922），法国谋杀犯，曾谋杀10名妇女和1名儿童。1919年4月被捕，后被处死刑。

# 摄影机眼（40）

　　我跑遍了全城总罢工① 没有公共汽车没有出租汽车　　地下铁道车站的大门关得紧紧的　　我看见叶娜广场上飘扬着红旗蓄着白胡子的阿纳托尔·法朗士标语牌**残废军人**还有保安人员胡桃夹子般的脸蛋

　　见鬼去吧

　　在协和广场上保安警察队戴着圣诞树般的钢盔骑着马在人群中冲刺用他们佩刀的刀背抽打巴黎人断断续续的《国际歌》歌声满脸忧愁的戴钢盔的士兵们放下武器沿着那些林荫大道徜徉

　　法国兵万岁

　　在共和广场　　打倒战争**见鬼去吧**反对杀人犯的和平　　他们砸破了树丛周围的铁栅正向穿得花里胡哨的保安警察队扔石头和碎铁块发出嘘声和嗯哨声用伞把戳马　　断断续续的《国际歌》歌声

　　在东站他们正在从头至尾唱《国际歌》　　国民宪兵队正在马让塔街上迎着石头嗯哨声碎铁块和《国际歌》歌声缓缓前进　　见鬼去吧　　路障我们必须竖起路障　　一群小孩子正在动手砸碎一家武器商店的护窗板　　左轮手枪枪声在一扇窗内有个老妇人给打中了（鹅卵石上的血是谁的？）我们大家正在一条小街上奔跑躲进院子那些门房正使劲关上外边的门对付骑兵队十二人一排的冲锋爆竹般红色的一张张人脸　　在他们圣诞树般的钢盔下粗大的唇须后面是惊惶和卑俗的神色

　　在巷角我撞见一个也正在逃跑的朋友　　留神啦　　他们正在开枪屠杀天下起滂沱大雨来所以我们便一起钻进一家正要拉下卷帘门打烊的小咖啡馆　　里面黝黑而宁静有几个已过中年的工人正在酒吧边嘟嘟囔囔地喝酒

　　嘿这帮下流胚　　没有报纸　　有人说革命已经在马赛和莱尔成功

---

① 这段"摄影机眼"的时间往回拉了一些，作者描述的是他1919年春获准去巴黎大学上学后的心情和感受。当时和会进展迟缓，作者和他的朋友们对一切都产生了疑问，同时希望发生一次革命，而当时巴黎的气氛却真带着一幅革命的景象。这次总罢工发生于那年5月前后。

真是个沉重的打击    我们喝美国掺水烈酒    我们的脚湿了    邻桌上有两位上了年纪的人正在一边喝白葡萄酒一边下棋

后来我们从店门上已被拉下的滑动卷帘门下面往外瞧大雨在寂寥的街上在干净的石头街沟里并排躺着一把砸烂的伞和一顶旧方格花呢鸭舌帽还有一张撕破的传单**劳动者的团结将**

# 新闻短片 XXXVIII

这是最后的斗争
团结起来到明天
英特纳雄耐尔
就一定要实现

## 议会中一连串激烈的批评

### 基督教青年会职员们因贪污公款被捕

宣称只有人民的智慧才能在这样的事业中指引国家 **说美国必须拥有世界上最强大的舰队** 我在意大利时，有一小群跛行的意大利伤兵想要找我谈话。我想象不出他们要对我说些什么，结果他们用最直率的方式，一种很感人的方式，递给我一份请愿书，赞成成立国际联盟。**士兵们在德国歌剧院起哄**

## 奉命让所有希腊人死亡

### 加拿大士兵在英军兵营发动骚乱

起来，饥寒交迫的奴隶
起来，全世界受苦的人
满腔的热血已经沸腾
黄油价格上涨，是谁的罪过？

## 华尔街赢利猛增

### 创许多新纪录

### 别受布尔什维克伪装的欺骗

在华盛顿有这样一种普遍的看法：虽然美国公众也许认为向小亚细亚派遣部队是令人厌恶的，但他们还是比较愿意在格朗德河以南使用部队来创立秩序。罢工者威胁要使整个纽约城瘫痪。在拉合尔恢复正常秩序。莱尔殡仪事业经营者罢市

## 美国部队威胁发动兵变

### 加利福尼亚陪审团迅即判处
### 萨克拉门托工人有罪

这是最后的斗争
团结起来到明天
英特纳雄耐尔
就一定要实现

## 逃亡将军说
## 布尔什维主义行将垮台

法国新闻检查机构不允许《先驱报》报道中国代表团做了些什么，但是毕竟发生了严重的骚动，这是无法否认的。那些被剥夺谋生的权利的人们，那些眼巴巴瞧着他们的孩子哭喊着要食品的人们，那些面临工厂无限期地停工、可能引起的火车交通中断，以及由此而带来的整个国民生活解体的人们，是很难平静而泰然自若地看待局势的

## 英国人竭力履行
## 绞死德皇的诺言

据称，高丽人深信威尔逊总统将乘飞机到来倾听他们的看法。在汉城山顶上竖起一面白旗以指引降落地点

# 陶 特 尔

虽然波浪滔天，天气非常寒冷，她一点儿也没晕船，在整个充满欢乐的横渡大西洋的航程中，赢得了许多旅客的喜爱。有一位负有总统亲自嘱托的特殊使命的巴罗先生对她百般殷勤。他是个非常有意思的人，知识丰富，对什么都知道。他曾经是个社会党人，和劳工运动非常接近。她告诉他她在泽西城纺织工人罢工斗争中的经历，他听得满有兴趣。每天傍晚，他们挽着胳膊在甲板上兜来兜去散步，时不时有个特别大的浪头卷来，他们差一点摔倒在甲板上。她跟他在一起有一点小小的麻烦，他总想跟她做爱，但是她设法说服他别那么干，她告诉他她眼下需要的是一个诚挚的朋友，因为她经历了一次非常不幸的恋爱，再也不愿去想这一类事了。他非常和蔼而富有同情心，说他完全能理解，因为他一生中与女人的关系一直是非常不能令人满意的。他说人们在爱情和婚姻方面应该是毫无羁绊的，不受传统观念或者自我抑制所困。他说他信仰的是充满激情的友谊。她说她也是这么想的，但是，当他们抵达巴黎的第一个晚上，他希望她到他旅馆卧房去时，她狠狠地训斥了他一顿。然而，在去罗马的旅途中，他待她是这般周到，她竟然开始考虑，要是他要求她嫁给他，她也许会答应的。

火车上有一位美国军官萨维奇上尉，长得英俊漂亮极了，聊起来又这么逗人，他正携带着重要的急件前往罗马。从她见到了迪克的那一刹那起，欧洲变得美妙起来了。他会讲法语和意大利语，说那些破败的古城真是美丽，等到讲起战争期间发生的一些趣闻时，他扭起了嘴巴，模样滑稽极了。他有点儿像韦布，但比韦布和善、自信、英俊得多。从她见到他那一刻起，她就忘却了一切与乔·沃什伯恩有关的事，至于乔·亨·巴罗，她一想到他就受不了。当萨维奇上尉注视她时，她整个内心都融化了；等他们到达罗马时，她对自己承认她已迷恋上了。他们上哈德良皇帝的行宫废墟和那个有瀑布的小城游览的那一天，两人一起出去走，她很高兴他喝了酒。她一直在想将全身扑到他的怀抱中去；那雨中的山野、肤色黝黑的眼色淫荡的人们、城镇的古老的名字、食品中的大蒜和油、带笑的人声以及他称之为仙客来的洋红色的小野花带着某种特别的意味，使她全然不顾一切了。当他企图和她做爱时，她几乎要昏厥过去。唉，她多希望他这样做啊，但是不，不，那时还不能，但是第二天，她就要不顾曾对近东救济团许下的诺言，陪他喝酒，并一起过夜。结果并不像她期望的那样污秽，但也并不像她想象的那样美妙；她害怕极了，感到发冷而不舒服，正如她对他说的，她还从来没有这样过。然而，下一天，他对她百般温存，使出强壮的劲儿，她突然觉得愉快极了。等他不得不回巴黎后，她就只有在办公室干干工作，并和一帮令人乏味的老处女聊聊了，这光景是叫人痛苦的。

等她发现怀了孕，她感到恐惧，但也并不太放在心上；当然啦，他会答应和她结婚。开始的时候，爸爸和巴斯特会感到生气，但他们肯定会喜欢上他的。他会写诗，等他退了役，会当上作家；她肯定他会成名的。他并不常写信，当她叫他回到罗马时，他对这事的态度并不像她原先想的那样好；话得说回来，那个消息当然使他大吃一惊啰。他们决定，也许眼下不要这孩子也不要就结婚更好一些，等他退役之后再说，尽管那时他心里似乎并没有对于他们成婚的任何迟疑。她试了好几种方法，常常和格拉西中尉一起去骑马，中尉在伊顿公学受的教育，会讲一口地道的英语，对她非常和蔼可亲，说她是他认识的最好的女骑师。正是因为她经常和格拉西中尉外出骑马，回来得很迟，近东救济团的那帮老太婆才生了气，要把她送回美国去。

在前往巴黎的火车上，陶特尔真的吓坏了。骑马一点儿也没有用，她浑身感到疼痛，因为有一次她骑格拉西中尉马队中的一匹马跨越一堵石墙时，和马一起摔倒，马折断了一条腿。这马不得不用枪击毙，中尉为此态度变得可怕极了；这帮外国佬老是到头来会暴露出卑鄙的本性来。她担心别人会注意到她的肚子，因为怀孕已有三个月了。她和迪克必须马上结婚，这是唯一的办法。也许更好的办法是对别人说他们已经在罗马在一位矮胖而年老的神父主持下结了婚。

当她在旅馆走廊上向迪克奔去，一见到他的脸，就知道一切都完了；他一点儿也不爱她。她穿过巴黎的泥泞而湿漉漉的街道走回旅馆，简直不知道自己正在什么地方。等她回到旅馆，她倒不禁觉得奇怪，因为她自以为会迷路的。她几乎巴望自己迷了路。她上楼走进自己的卧房，没有脱掉淌着水的湿帽子和大衣，就在一把椅子里坐下来。她必须好好想一想。看来一切都完了。

翌日上午，她到办公室去；他们给她一张回国的船票，告诉她将搭乘哪一条船，说她必须在四天之内走。在那之后，她走回旅馆，又在椅子里坐下来，竭力想考虑一番。她不能像这样回达拉斯去。迪克捎来了一张字条，上面有一个医生的地址。

他写道：请原谅我。你是一个了不起的姑娘，我相信一切会好起来的。

她将这张薄薄的蓝色信笺撕成小小的一片片，扔在窗外。接着她躺在床上，哭了好久，哭得眼睛发疼。妊娠期的恶心袭来，她不得不穿过走廊到盥洗室去。她后来又躺下了，睡着了一会儿，醒来觉得饿了。

天放晴了，阳光泻进房间。她下楼走到账台前，给乔·亨·巴罗的办公室打电话。他显得喜出望外，说如果她能等上半小时，他就能带她到布洛涅森林去吃午饭；他们将遗忘一切，只记住这是春天，而他们俩本质上实在都是绝妙的异教徒。陶特尔脸上堆着苦笑，在电话里说得相当客气，说她会等他的。

他来了，身穿一套时髦的灰色法兰绒服装，头戴一顶灰色软呢帽。她穿着她自己深恶痛绝的深灰色军装，坐在他身边，感到很是泄气。

"啊，我最亲爱的小姑娘……你拯救了我的生命，"他说，"春——春——春天使我想要自杀，除非我沉在爱——爱——爱河之中……我感到……呃……呃……老了，没有爱情。我们必须改变这一切。"

"我也有这种感觉。"

"怎么回事？"

"啊，我也许会告诉你，也许不会。"今天，她差不多喜欢起他那长鼻子和长下巴了，"不管怎么说，我太饿了，不想说话。"

"那么全由我来说吧……"他哈哈大笑地说，"反——反——反正我也老——老——老是说个不停的……我要请你吃一顿你从没吃过的最——最——最好的午饭。"

在出城的一路上，他在汽车里叽里呱啦地大谈和会以及总统为了使他的原则不致遭到篡改而进行的激烈斗争。"总统被各种各样的险恶阴谋、恶毒的秘密条约的憧憧鬼影所围困，有两个由旧世界的政治权术所培养出来的最狡猾而无耻的阴谋家成为他的对手……他继续斗争下去……我们都在继续斗争下去……这是历史上最伟大的十字军运动；倘若我们赢了，这世界将成为一个生活更美好的地方；倘若我们输了，世界就会陷入布尔什维主义和绝望之中……你可以想象得到，安妮·伊丽莎白，你用动听的小声小气的声音通过电话筒来搔得我的耳朵好痒，让我摆脱——即使是些许时光也好——所有

330

这些忧虑和责任，那是多么美妙……啊，甚至还有谣传，有人曾企图在缪拉旅馆毒死总统……只有总统一个人，还有少数几个支持者、良好祝愿者和忠诚的追随者，坚决主张作风正派、光明正大和通情达理，请一刻也别忘了这一点……"

他讲啊，讲啊，仿佛正在做一篇演讲的练习。陶特尔只隐隐约约地听见他讲的话，好像是通过一只有毛病的电话筒听到的。这一天过得也和这相仿，那些七叶树上盛开的宝塔般的小花，人群，穿戴得太讲究的孩子们，衬着蓝天的旗帜，街上那些掩映在树丛后边、有石雕门面、铁铸阳台栏杆和在五月的阳光下熠熠发亮的窗户的漂亮房屋——巴黎变得纤小而灿烂，遥远得像从望远镜的另一端反看的一幅画。当午餐的菜肴在那晶亮的户外大餐厅里端上来时，情况也是这样，她感觉不到她在吃的东西的滋味。

他劝她喝了许多葡萄酒，过了一会儿，她听见自己跟他聊了起来。她从没这样跟一个男人说话。他看来十分理解她的心情，对她和蔼极了。她不由得跟他讲起了爸爸，当初放弃乔·沃什伯恩是多么痛苦，但上了轮船后，生活又怎么一下子变得全新的了……"我发生了很奇怪的变化，说真的……我以前和所有的人总是相处得挺好，可现在我似乎做不到了。在近东救济团罗马办事处，我没法和任何一个老太婆相处，我结交了一个意大利小伙子，他常带我去骑马，但我也无法和他相处好，还有就是你知道的萨维奇上尉，在去意大利的火车上，他让我们进了他的单间，我们和他一起上蒂沃利。"——当她说起迪克时，耳朵开始轰鸣起来。她要把一切都告诉巴罗先生。"我们相处得好极了，我们订了婚，可现在，我跟他吵架了。"

她看见巴罗先生那张长着疙瘩的长脸从桌子对面向她凑过来。当他微笑的时候，上下门牙张得很开。"你看，安妮姑娘，你能和我相处得好一点儿吗？"他将瘦骨嶙峋、青筋暴露的手向着她伸过餐桌来。

她纵声大笑起来，将脑袋甩向一边说："我们眼下似乎就相处得挺好嘛。"

"要是你能……那将使我非常幸福……反正只要瞧上你一眼，就使我非常幸福了……除了国际联盟签订盟约的那一刻——刻——刻以外，眼下正是我多年来最幸福的时刻。"

她又哈哈大笑起来。"啊，我可并不觉得我像什么和约，事实上我眼下正陷于困境。"她发现自己在仔细打量他的脸，他上嘴唇变薄了，不再微笑了。

"嗨，怎——怎——怎么回事……要是我有任何办——办——办法……呃……可以有所帮助的话……我就是世界上最幸福的人了。"

"哦，不……然而，我真不愿失去我的职位，不得不丢尽脸面回国去……实际情况大致就是这样……全是我自己的错，东西奔忙像个小傻瓜蛋。"

她正要情不自禁地哭出来时，妊娠期的恶心突然再一次袭来，使她不得不匆匆赶到餐厅的女盥洗室去。一到那儿，她就呕吐起来。里面的那个毫无身段可言的、脸皮像皮革般的女人非常和善而富有同情心；使陶特尔感到惊惧不安的是对方似乎立刻就明白这是怎么回事。她并不懂多少法语，但是她听出那女人在问这是不是夫人第一次怀子，有几个月了，并且祝贺她。她突然决定要自杀。她回到餐桌边时，巴罗已经付了账，正在那些桌子前面的砾石路上踱来踱去。

"你这可怜的小姑娘，"他说，"出了什么事儿呢？你突然变得死一样苍白。"

"没事儿……我想我要回家去躺一下……我想在意大利时吃的那些实心面条和大蒜不合我的口味……也许是那葡萄酒喝多了。"

"但是，我也许能帮你在巴黎找一个职位。你会打字或速记吗？"

"也许可以试一试。"陶特尔苦涩地说。她恨巴罗先生。坐在出租汽车里回去的一路上，她不想说任何话。巴罗先生却说啊说的，说个没完。她回到旅馆，在床上躺下了，沉湎在思念迪克的情思中。

她决定要回国去。她留在房间里，尽管巴罗先生不断打电话来请她外出，提出几个她可能考虑接受的职位，她也不愿见他。她说她正在发胆病，必须卧床休息。她上船的前一夜，他邀请她跟他和几个朋友一起吃饭，她马上说她愿意去。他六点钟来接她，带她先到里茨酒吧去喝鸡尾酒。她事先曾出去到拉斐特百货公司为自己买了一件晚礼服，感觉很好，所以在喝香槟鸡尾酒时，对自己说，要是迪克这时露脸的话，她会泰然不动。巴罗先生正在谈论卓姆的局势和总统在国会遇到的困难，说他非常担忧，国际联盟这整个伟大的工作正处于危机中，这时，迪克走进酒吧，穿着一身军装，瞧上去非常英俊，随同他一起来的是一位脸色苍白、年龄稍长的穿灰衣服的女人和一位高大略胖的浅发男子，巴罗先生指着他称之为约·华德·摩尔豪斯。迪克一定瞧见了她，但他装作没见到。对于这一切她已全然不在乎了。他们喝下鸡尾酒，就走出去。在去蒙马特尔高地的路上，她让巴罗先生在她的嘴上长久地亲了一次吻，这使他兴高采烈。她对什么都已无所谓了；她已决定要了却自己的生命。

在隐士居饭店巴罗先生预订的餐桌边有一位叫伯纳姆的记者和一位红十

字会工作人员赫钦斯小姐在等候他们。他们因为一位姓史蒂文斯的人被占领军逮捕而显得异常激动，他们得悉他被指控为布尔什维克做宣传；他已受到军事法庭审判，他们担心他要被枪决。赫钦斯小姐非常烦恼，说巴罗先生应该等威尔逊总统一回到巴黎就为这事去找他。眼下，他们必须设法使枪决延期执行。她说唐·史蒂文斯是一名记者，虽然他是个激进分子，但他与任何宣传工作都无关联，不管怎么说，枪决一个为争取一个更美好的世界而斗争的人实在太可怕了。巴罗先生非常窘，讲起话来结结巴巴，哼哼哈哈，说史蒂文斯是个非常愚蠢的年轻人，对他并不懂得的事情说得太多，但是他想他将会竭尽全力把他弄出来，但是，不管怎么说，史蒂文斯也表现得并不怎么样……

这使赫钦斯小姐非常气愤。"但是他们就要枪毙他……假如这发生在你身上……"她连珠炮似的说，"难道你不明白我们必须搭救他的性命吗？"

陶特尔似乎想不出什么话好说，因为她不明白他们在谈论些什么；她坐在饭店里，瞧着侍者、灯光和各餐桌边的顾客。他们对面有一群英俊的法国年轻军官。他们中有个高个子，长着一只鹰钩鼻，正在瞧着她。他们的视线相遇，她不由自主地咧嘴一笑。那些小伙子看来玩得正欢。一群美国人，穿戴得像长毛绒的马儿，从她和法国军官之间穿行过去。他们是迪克、那脸色苍白的女人、约·华德·摩尔豪斯以及一个大个子中年妇女，她衣服上有不少深粉红色的褶边，戴着绿宝石。他们在陶特尔旁边的桌子边坐下来，桌上放着一块小牌子，上面写着："预订一整晚"。大家相互做了介绍，她和迪克非常正式地握了手，仿佛他们只是最普通的相识而已。曾经跟她在罗马十分友好的斯托达德小姐也只向她霎地投射了探究的、冷冷的一瞥，这使她觉得可怕。

赫钦斯小姐立即走过去，谈起唐·史蒂文斯的事，要让摩尔豪斯先生马上给豪斯上校打电话，请豪斯上校为史蒂文斯的案子采取一些行动。摩尔豪斯先生非常安详而镇静，说他深信她根本无需忧虑，史蒂文斯也许只是被拘留审查而已，不管怎么说，他并不认为占领军的军事法庭会对一名平民身份的美国公民采取极端的措施。赫钦斯小姐说，她只需要争取延期执行而已，因为他父亲是拉福莱特的朋友，能够在华盛顿得到相当的支持。摩尔豪斯先生听到这里，微微一笑。"要是他的性命要靠参议员拉福莱特施加影响来搭救的话，我想你完全有理由着急，伊夫琳，但是我想可以请你放心，情况并非如此。"赫钦斯小姐听了这些话，瞧上去非常烦恼，闷闷不乐地回自己的餐桌去吃她的晚餐。不管怎么说，这次晚餐的气氛被破坏了。陶特尔无法想象是什么使得人人变得态度这么生硬而拘束；也许是她神经过敏，想象这是由于她和迪克的缘故。她时不时斜眼瞥他一下。他看上去跟她熟知的他大不相同，正端坐在那儿，一本正经而刻板异常，时不时和那壮实的穿粉红衣服的女人用傲慢的声调小声说话。这使她简直想操起一只盘子向他扔去。

等到乐队奏起了舞曲，这才松了一口气。巴罗先生跳舞跳得不大好，她不喜欢他老是捏紧她的手并且轻拍她的脖子。他们跳完舞后，走进酒吧去喝杜松子酒汽水。天花板上挂着三色花彩；那四名法国军官也在里边；有人在唱《胜利的马德隆姑娘》[①]，那些粗鲁的小姑娘全在哈哈大笑，用尖厉的法语大声说话。

巴罗先生一直在她耳际絮絮细语："亲爱的姑娘，今晚你一定得让我送你回家……你绝对不要上船……我肯定我能和红十字会或什么机构把一切都安排好的……我的一生是多么不幸，我想要是我不得不放弃你，我就只能自杀了……难道你不能哪怕爱我一点儿吗？……我把一生奉献给了不可能达到的理想，我正在老下去，可从来没有过一刻的欢愉。我认识的姑娘中，只有你似乎真正在心底深处是个地道的异教徒……懂得人生的艺术。"他说罢在她耳朵上湿漉漉地吻了一下。

"但是，乔治，我现在不能爱任何人啊……我恨所有的人。"

"让我来教你吧……给我一次机会吧。"

"要是你知道我的情况，你就不会要我了。"她冷冷地说。她又瞥见他脸上流露出滑稽的惊惧的神色，而在他张得很开的两排牙齿上下的嘴唇变得薄了。

他们回到餐桌边。她坐在那儿，心烦意乱，别人却都在小心翼翼地交谈，时常停一会儿，谈的是和约，什么时候签订，德国人会不会签字。她无法再忍受下去了，就上女子盥洗室去往鼻子上搽点香粉。在回餐桌的路上，她探头往酒吧瞅上一眼，瞧瞧那儿的情景怎么样。

那鹰钩鼻的法国军官一眼瞥见了她，一骨碌站起来，将脚后跟啪的一声并拢，敬了个礼，鞠了一躬，用蹩脚的英语说："可爱的女士，你可愿意待一会儿，和你的谦卑的仆人喝一杯吗？"

---

① 大战中在法军中流行的歌曲《马德隆姑娘》，在恢复和平后被修改了部分歌词，改名《胜利的马德隆姑娘》。

陶特尔走到他们桌前，坐了下来。"你们这些小伙子似乎玩得挺痛快，"她说，"我跟那帮最糟糕的老长毛绒马儿在一起……他们叫我腻味死了。"

"请允许我，小姐。"他说罢就将她介绍给他的朋友们。

他是个飞行员。他们全都是空军军官。他的名字叫彼埃尔。她告诉他们她的哥哥也当过飞行员，后来摔死了，他们听了待她非常殷勤。她不由自主地让他们以为巴德是在前线阵亡的。

"小姐，"彼埃尔严肃地说，"请允许我怀着衷心的敬意做你的哥哥吧。"

"握手。"她说。

他们全庄重地握了手，他们正在喝小杯的柯涅克白兰地，但喝完之后，他们要了香槟酒。她和他们每个人跳舞。她非常快活，毫不在意会发生什么事。他们全是英俊的小伙子，一直笑呵呵的，待她好极了。他们手拉着手，在地板中央围着圈儿跳起舞来，周围的人们全都鼓着掌，这时她瞅见巴罗先生的涨红的、生气的脸出现在门口。当那扇门又一次被推开时，她扭回头喊道："我就来，教师爷。"那张脸消失了。她感到昏眩，但是彼埃尔一把抓住了她，把她紧紧搂住；他身上有一股香水味，但她仍然很喜欢他紧紧搂住她。

他建议他们到另外的地方去。"妹妹小姐，"他轻声耳语道，"我们来带你去瞧瞧巴黎的秘密吧……然后回到你那些长毛绒马儿那儿去。他们很可能会喝得酩酊大醉的……长毛绒马儿少不得会喝醉的。"

他们哈哈大笑起来。他长着一双灰色的眼睛和浅色的头发，他说他是诺曼底人。她说他是她认识的最好的法国男人。她没法从衣帽间领取自己的大衣，因为她没有取衣的牌子，就趁彼埃尔和衣帽间女郎用法语聊天时，走进去找到了自己的大衣。他们钻进一辆又长又矮的灰色汽车；陶特尔从未见过开得这么快的汽车。彼埃尔可是个好司机；他闹着玩儿，开足了马力朝一名宪兵冲去，在最后关头突然来个转弯。她说要是撞倒了一个人怎么办；他耸耸肩说："没关系……他们都是……你怎么说的？……蠢牛。"他们到马克西姆酒家去，但觉得那儿太宁静了，就穿过巴黎到一家下等小舞厅。陶特尔发现彼埃尔到处闻名，是个王牌飞行员。其他飞行员在不同的地点下车去找自己的姑娘。不久在这车身很长的灰色汽车里只剩下她和彼埃尔两人了。

"首先，"他解释道，"我们到菜市场的饭店去喝洋葱汤……然后我带你到空中去转上一小圈。"

"哦，请这样做吧。我还从没乘过飞机哪……我想上天，去翻筋斗……

答应我去翻筋斗吧。"

"一言为定。"他说。

他们带着点儿睡意，坐在一家顾客稀少的小饭馆里，喝洋葱汤，并且又喝了些香槟酒。他仍然非常和善而周到，但是他似乎已把会讲的一点儿英语都讲完了。她迷迷糊糊地想到回旅馆去，去赶上与船运衔接的联运火车，但是她似乎只会这样说："去翻筋斗，答应我去开飞机翻筋斗吧。"他的眼睛变得有点儿无精打采了。"和妹妹小姐在一起，"他说，"我不做爱……我去开飞机翻筋斗。"

开了好长一段路才到飞机场。熹微的灰色晨曦正渐渐笼罩一切。彼埃尔已经无法把汽车朝前直驶了，所以她有一两次不得不抓住了驾驶盘来稳住他。他们猛然将汽车在机场上刹住，她看到一排飞机库，有三架深蓝色的飞机停放在外面，更远一些，平原的银色地平线衬托出一排排白杨树。头顶上，苍穹像一顶湿漉漉的帐篷般沉甸甸地塌陷着。陶特尔瑟瑟发抖地从汽车里钻出来。

彼埃尔的脚步有点踉跄。"也许你还不如上床去……上床去才好呢。"他说，打着呵欠。

她一手搂住他说："你答应过要送我上天翻筋斗的。"

"好吧。"他气呼呼地说，向一架飞机走去。

他捣鼓了一会儿引擎，她听见他用法语在咒骂。然后他走进飞机库，去叫醒一名机修工。陶特尔站在越来越亮的银色晨霭中打寒战。她什么也不愿想。她只巴望乘一架飞机上天。她脑袋发疼，但她并不觉得恶心。当机修工和彼埃尔一起回来时，她听得出他正在和他争辩，要他放弃这次飞行。她勃然大怒了。"彼埃尔，你必须送我上天。"她对着这两个睡意蒙眬的用法语在争论的男人嚷道。"好吧，妹妹小姐。"他们给她披上一件厚厚的军大衣，把她小心翼翼地用皮带捆在观测员座位上。彼埃尔坐进了驾驶员座位。那是架布莱里奥单引擎飞机，他说。机修工转动螺旋桨。引擎起动了。空气中充满了一阵引擎的咆哮声。她突然感到惊慌，清醒起来，想起了家、爸爸、巴斯特和她明天，不，是今天要搭乘的轮船。引擎似乎咆哮了无限的时间。晨光更亮。她开始摸弄皮带，想将它解开。像这样上天，真是发疯了。她必须去赶那班轮船。飞机启动了。它正在机场上颠簸，在地面上颠簸。他们仍然在地上，轰隆隆地响，一路颠簸着。也许它上不了天了。她希望它飞不上天去。一溜白杨树在他们下面飞逝过去。马达的咆哮声变得平稳了，他们在向上爬了。已是白天了；一轮冷冷的银色太阳直照在她的脸上。在他们下面是一层厚厚的白云，就如海滩一般。她冷极了，被马达的轰鸣声震蒙了。坐在她前面的那个戴风镜的男人转过头来，大声说了些什么话。她听不见。她已经忘却彼埃尔是谁了。她向他伸出手去，挥舞着。飞机平稳地上升。她开始见到有些山峰在天光中耸立在白沙滩般的云层两边，这该是白雾弥漫的塞纳河河谷吧。巴黎在哪儿呀？他们正在冲向太阳，不，不，别，别，眼看一切都要完蛋啦。头顶上是一层白云，太阳转了一圈，开始很快，然后放慢了，然后飞机又开始爬升了。她感到恶心得厉害，她担心要晕过去了。死亡准是像这样的吧。也许她会流产。她的身子随着引擎的咆哮声在震颤。她几乎无力再向他伸出手去，做出同样的动作了。又发生了同样的事。这一次，她不再感觉那么糟糕了。他们又在蔚蓝的天空中向上爬，飞机一定碰上了一股气流，因为它稍微向前冲了一下，时而在空中的气阱中令人恶心地向下一沉。戴风镜的脸转过来，往两边晃来晃去。她心想他嘴唇的形状表明他在说：糟糕。但是这时她能够看见巴黎像一个绣花的针插：那些教堂的尖塔、埃菲尔铁塔以及特洛卡丹洛广场上的塔楼耸立在一片乳白色的雾霭之上。蒙马特尔高地上的圣心教堂非常洁白，将它的影子投向旁边的花园，看上去就像一幅地图。然后，它被撇在后面了，他们正在绿色的原野上盘旋。飞机颠簸得很厉害，她又开始感到恶心了。传来一种类似撕裂的声音。一根断裂的细钢丝在挥动着，在蓝天的衬托下闪着亮，发出嘘嘘的声音。她竭力冲着那戴风镜的人狂喊。他转过脸来，瞧见她在挥手，就又往下俯冲。这一次。不好了。巴黎、埃菲尔铁塔、圣心教堂、绿色的原野都旋转起来。他们又在爬升。陶特尔瞧见在机身外面一点儿地方有一片机翼滑脱开去，闪亮了一下。他们下坠时，飞旋的太阳使她什么都看不见了。

**新闻短片 XXXIX**

休·坎·华莱士先生①在访问荒芜的被炮火摧毁的地区时，见到一座座
沦为废墟的村庄和烧焦的土地——"魔鬼的杰作"——感到揪心般的悲痛

### 轻型坦克车驶上五马路以
### 激起公众购买债券的热情

### 美国在远东动员起来以对付日本威胁

统治吧，英国，统治七海巨浪
英国人将永远、永远不当奴隶②

### 在扬克斯③发现一具被勒死的女郎的尸体

社会革命党人乃是邓尼金、高尔察克和联合皇家部队的代理人。我是西
雅图士兵、水兵和工人委员会的组织者之一。这次会议上出现的情绪，和我
们当初在西雅图由五千名穿军装的人参加的第一次会议上的那种情绪是同样
的。**前德皇以写作度日。**广义地说，他们将在革命社会主义和无政府主义之
间作出抉择。英国已经投身社会主义，法国犹豫不决，比利时早已实行，意
大利正准备推行社会主义，而列宁的阴影越来越强烈地笼罩在和会上。

### 从奥克尼群岛到斯卡格拉克海峡④

### 停放十艘军舰以构成致人死命的屏障

---

① 休·坎·华莱士（1863—1931），美国金融家，1919—1921年任美国驻法大使。
② 引自英国爱国歌曲《统治吧，英国》，该曲由英国作曲家托马斯·阿恩（1710—1778）
   作曲，为1740年首次演出的假面剧《阿尔弗莱德》中的一支合唱曲，歌词由英国诗人
   詹姆斯·汤姆森（1700—1748）撰写。
③ 美国纽约市北一城市，位于赫德森河畔。
④ 位于丹麦北部和挪威南部之间。

### 没有煤？请试用泥炭

假如你想找将军

我知道他们在哪儿

假如你想找将军

我知道他们在哪儿

马克西米利安·哈登①宣称，迄今为止群众仍然不清楚这场战争是如何发动起来，如何进行，又是如何结束的。示威群众冲进了国防部，揪出了诺伊林先生，将他扔进易北河里，当他企图游向岸边时，被开枪打死

### 威尔逊在国会说，可恶的行径引起生活费用提高

我看见他们了

我看见他们了

正躲在那深深的

地下掩蔽部

### 摄影机眼（41）

你来参加无政府主义者的野餐会吗　要举办一次无政府主义者野餐会没错儿今天下午你一定得去参加无政府主义野餐会在城外加歇镇的一个有点像公园的地方举行要花很长的时间才能到达那儿我们迟到了那儿有不少少年和戴眼镜的年轻姑娘和蓄连鬓胡子和白眉毛很长的老人大家都系着画家的黑领带　有些人脱去了鞋袜在草长得很长的地里漫步　一位系画家的黑领带的年轻人正在朗诵诗歌　一个声音在说啊更确切地说这是一次无产阶级行动那是个晴朗的下午我们坐在草地上往四周瞧一次无产阶级行动

但是真该死他们拥有世界上所有的机关枪所有的印刷机行型铸字排版机

---

① 马克西米利安·哈登（1861—1927），德国记者，批评家。常在他创办的政治周刊《未来》上抨击政府的政策。第一次世界大战期间，强烈主张和协约国议和。

收报机纸带烫发钳衣冠楚楚的人士里茨饭店和我们　　你　我？　　赤手空拳几支歌曲并不太好的歌曲确切地说是一次无产阶级行动

他妈的把资产阶级吊在路灯杆上处死①

和人道未来阶级斗争民众无穷的苦恼劳动者的悲哀我的老朋友你知道这可不是开玩笑

我们起步回家时在按十八世纪风格修剪的树丛间已是初夏阴冷的薄暮了　　我和一位极端自由主义者的女儿一起坐在三等车厢的顶层上（那是帕特里克·亨利毕竟是我们的要么给我要么死亡）是个好姑娘②她说她父亲从来不让她单独外出从来不让她见任何年轻男子就像生活在女修道院里一样她希望要自由博爱平等和一个能带她外出的年轻男子　　在隧道里煤气把我们呛得咳嗽起来她希望要美国生活剧院五点钟③吸烟狐步舞　　她是个好姑娘我们并肩坐在车顶上眺望巴黎郊区一片满是俗气的砖砌小屋的荒漠伸展在一大片朦胧的暮色中她和我你知道我的朋友但是这算他妈的什么世道呀？

---

① 引自1789年法国大革命时期群众要求把贵族吊死时的口号："把他吊在路灯杆上！"
② 指吉尔曼·卢卡·肖皮奥尼埃尔，作者的法国女朋友。
③ 此处指清晨刮脸后，到傍晚就长出的一片短胡须，说明她渴求找男伴。

### 穿睡衣的囚犯锯断铁窗；翻墙逃遁

意大利人！在反对一切的时候请记住阜姆的灯塔点亮了，一切雄辩大论都包含在这么几个字里：要么阜姆要么死亡。

请告诉四面八方，我不接受任何妥协。冒天下之大不韪，我留在这儿，准备忍受极端不幸的时光。

我请求你大声疾呼，把这告诉别人吧

号召人们参军的通告上提到，除了可以到外国去旅游的一般性好处之外，参了军可以有机会戴上表明军衔的金色杠杠，到原始森林去狩猎野兽，到海上去玩惊险的水上运动

这人缓缓地

健壮地

这人坚强地

走向死亡

自由万岁

### 意大利地震破坏程度无异于一场战争

基督教青年会的姑娘们想旅游的唯一办法就是登上运兵船；一部分舰队将出海支援威尔逊

### 登普西在第三回合击倒威拉德①

> 他们是聋子。
>
> 让我拥抱你们吧。
>
> 阜姆之心属于你们。

# 乔·希尔

一个姓希尔斯特罗姆的瑞典青年到海上去干活，在帆船和不定期货船上把双手干得长满老茧，在从斯德哥尔摩到赫尔②的班船的水手舱里学习英语，做着瑞典人的西方梦；

他到了美国，人家给他在波威里③一家酒店里一份涮痰盂的活。

他往西去芝加哥，在一家金工车间干活。

他往西去，追随着收获季节，在职业介绍所门前踯躅，花了不少钱弄到一份在建筑工地干活的工作，遇到伙食太差劲，或者老板太尖刻，或者工棚臭虫太多，他就又去流浪，走了一英里又一英里；

读马克思的著作和世界产联盟章的总纲，梦想着在旧社会的躯壳里建立一个新社会。

他在加利福尼亚参加南太平洋铁路公司的工人罢工（凯西·琼斯④，两台火车头，凯西·琼斯），傍晚时分，吃完了晚饭，他常常在工棚门口拉六角手风琴（长发传教士每夜来讲道）有本事把造反的词句配上曲调（工会使咱们有力量）。

---

① 美国重量级拳击手杰克·登普西于1919年7月4日击倒杰斯·威拉德，荣获重量级世界冠军。

② 英格兰东北部一海港。

③ 纽约市曼哈顿岛东南部的一个街区，是有名的贫民窟。

④ 美国铁路司机凯西·琼斯于1900年一次代替别人开车的过程中，发生撞车事件而丧生。歌谣《凯西·琼斯》歌颂他的英勇精神，成为流行的工人歌曲。

沿海一带的小饭铺、小客栈和露营地里，世界产联成员、流浪汉、流动工人开始吟唱乔·希尔写的歌谣。他们在华盛顿、俄勒冈、加利福尼亚、内华达、爱达荷等州的县监狱里吟唱，在蒙大拿和亚利桑那州的候审室里吟唱，在沃拉沃拉①、圣昆廷和利文沃斯②等地吟唱，

　　在旧社会的监狱里构思新社会的结构。


　　在犹他州的宾厄姆，乔·希尔将犹他建筑公司的工人们组织在一个大工会里，赢得新的工薪标准，缩短了工时，改善了伙食。（天使摩罗尼③并不比南太平洋公司更喜欢劳工组织者。）

　　天使摩罗尼说动了摩门教徒们的心，断定乔·希尔枪杀了一个姓莫里森的食品杂货店老板。瑞典领事和威尔逊总统竭力想使他再获得一次审讯的机会，但是天使摩罗尼说动了犹太州最高法院的心，维持有罪的原判。他在监狱里待了一年，继续谱写歌谣。1915年11月，他被命令站在盐湖城监狱院子的墙根里。

　　"别哀悼我，组织起来吧。"这是他给世界产联的最后的赠言④。乔·希尔站在监狱院子的墙根里，瞧着枪口，吩咐他们开枪。

　　他们给他穿上一套黑色的西服，脖子上安上硬领，系上了蝴蝶形领结，将他的遗体运到芝加哥，为他举行一次绝好的葬礼⑤，给他那眺望着未来的、漂亮的、石雕般的脸庞照了相。

　　第二年的五一节，他们把他的骨灰撒在四面八方。⑥

--------

① 美国华盛顿州东南部城市，濒沃拉沃拉河。
② 美国堪萨斯州东北部城市，濒密苏里河。
③ 据美国摩门教派的教义，摩罗尼为天使或死而复活的人。
④ 引自他在1915年11月18日，临死前一日，发给产联主席海伍德的电报。
⑤ 当时参加者达3万人。
⑥ 他的骨灰被撒在美国各州（除了错判他死刑的犹他州）及其他一些国家。

# 本·康普顿

> 到目前为止的一切社会的历史都是阶级斗争的历史。……①

　　他的两老都是犹太人，但是本尼在学校里总是说他不是犹太人，他是个美国人，因为他生在布鲁克林，住在弗拉特布什二十五大道2531号，他们的房子是自己的。七年级的老师说他有斜视眼，写了一张条儿打发他回家，于是爸爸在首饰店请了一下午的假——他在那儿眼睛上安了个放大镜给人修表——带本尼到一个验光师那儿，验光师在他眼睛里滴上药水，让他读一张白色卡片上极细小的字母。听到验光师说本尼必须戴眼镜，爸爸显得乐了。"钟表匠的眼睛……有其父必有其子。"他说，轻轻拍拍他的脸颊。钢边眼镜架在鼻梁上沉甸甸的，紧扣在耳朵后边。爸爸对验光师说，一个戴眼镜的男孩子就不会变成像萨姆和伊西多尔那样游手好闲和老是打棒球，而是会专心念书，像老辈的人那样当上律师或者学者，这使本尼觉得很滑稽。"也许会当上拉比②的。"验光师说。但爸爸说拉比是游手好闲的人，靠穷人的血汗生活，他和老婆子仍然吃按犹太教清规烹调的食品，跟先辈人一样过安息日，但是犹太教会堂和拉比……他用嘴唇发出了呸的一声。验光师哈哈大笑，说他本人是个自由思想者，但宗教对普通老百姓是有好处的。他们回到家，妈妈说戴了眼镜使本尼看上去老极了。萨姆和伊西③卖完报纸回来，大声叫嚷道："喂，四眼狗。"但是第二天在学校里，他们对其他孩子说，侮辱一个戴眼镜的人要被关进州监狱。本尼一戴上了眼镜，功课成绩好极了。

　　在中学里，他是辩论团的一员。当他十三岁时，爸爸生了很长时间的病，不得不一年不干活。他们失去了快交够购房款的房子，搬到默特尔大道一套公寓房子里去住。本尼在一家杂货铺找到晚上干的活儿。萨姆和伊西离

---

① 引自马克思和恩格斯合写的《共产党宣言》。本章中下面还引用了4段，均用五号仿宋体排印，不另作注。
② 犹太教牧师的尊称。
③ 伊西多尔的昵称。两人都是本尼的哥哥。

开家庭，萨姆去纽瓦克一个皮货商那儿干活；伊西惯常在弹子房闲逛，所以爸爸把他赶了出去。他一向是个出色的运动员，和一个名叫帕格·赖利的爱尔兰人来往，赖利将把他弄进拳击场。妈妈痛哭流涕，爸爸不许任何孩子提到他的名字；但他们全知道大姐葛蕾迪丝——她在河对面曼哈顿岛上当速记员——时不时给伊西寄上五美元。本尼看上去比他原来的样子老得多了，除了赚钱之外，几乎什么都不想，这样两老又可以有自己的房子。等他长大成人了，他要当律师和商人，赶快赚上一大笔钱，这样葛蕾迪丝就可以辞去了工作去结婚，两老可以买上一幢大房子，住在乡下。妈妈常常跟他讲，她当初在旧大陆做姑娘时，常爱到森林里去采草莓和蘑菇，在一家农舍歇脚，喝刚从奶牛身上挤出来的暖烘烘的泛着白沫的牛奶。本尼会发了财，带他们大家到乡下避暑胜地去旅游一番。

爸爸身体恢复健康能重新工作了，在弗拉特布什租了一幢供两家人居住的房子的一半，那里至少可以使他们免受高架铁道噪音的困扰。在这一年，本尼中学毕业了，靠一篇文章《论美国政府》得了一份奖金。他长得又高又瘦，得了很凶的头疼病。两老说他长得过高了，带他去看科恩医生，这位医生也住在这一街区，但他的诊所却设在市中心靠近行政区礼堂的地方。医生说他必须停止夜间工作，别过分用功；他需要干的是在户外干的工作，可以锻炼锻炼身体。"只知用功而不知玩，聪明孩子也会变迟钝。"他说，搔搔颏下的花白胡须。本尼说这年夏天他必须赚点钱，因为他想在秋天进纽约大学。科恩医生说，他应该吃许多奶制品和新鲜鸡蛋，到阳光充足的地方去，整个夏天好好休息一下。他要了两美元的诊费。在走回家的路上，老头不断用手心击打自己的前额，说他是个窝囊废；他在美国干了三十年，如今只落得成为一个筋疲力尽、病魔缠身的老头，连孩子们也抚养不了。妈妈哭了。葛蕾迪丝叫他们别犯傻，本尼是个伶俐的孩子，一个聪明的学生，要是他想不出办法在乡下找一份职业，读他那一套书有什么用！本尼什么也没有说，就上床睡觉了。

几天后，伊西回家来了。那天早晨，老头一出去上班，他就来按门铃。

"你差一点碰上爸爸。"去开门的本尼说。

"不会。我等在街角，见他走了才来的。……人人都好吗？"伊西穿着一套淡灰色西装，系一条绿领带，戴一顶软呢帽，正和那套西装相配。他说他得去宾夕法尼亚州的兰开斯特，星期六要和一名菲律宾次轻量级拳击手对垒。

"把我带上吧。"本尼说。

"你还不够坚强，孩子……还是妈妈的宠儿呢。"

结果本尼还是和他一起去了。他们搭高架电车到布鲁克林桥，然后步行穿过纽约到达渡口。他们买了去伊丽莎白城的票。等火车在货车场上停下了，他们溜进前面的行李车。到了费城西站，他们跳下车，被车场侦探紧追。一辆酿酒厂的运货车带上了他们，沿着公路一直送到西切斯特城。其余的路则不得不步行了。一名门诺会①农夫让他们在他的谷仓里过夜，但是到了早晨，他定要他们为他劈两小时的柴，才给他们早饭吃。等他们到达兰开斯特时，本尼累极了。他在体育俱乐部的更衣室里躺下了，直到比赛结束了才醒来。伊西在第三回合就击倒了这位菲律宾次轻量级选手，获得了二十五美元的奖金。他让本尼和管更衣室的黑鬼一起住进一家寄膳宿舍，自己跟伙计们一起去狂欢作乐。第二天早晨，他露面了，脸色发青，眼睛里布满血丝；他把所有的钱都胡花完了，但是他给本尼弄到了一份活计：帮助一个做一点儿蹩脚的拳击宣传工作、在莫克昌克②附近建筑工地上经营一家食堂的家伙干活。

那是个筑路的工地。本在那儿待了两个月，每星期挣十美元，并供膳宿。他学会了驾驭一组拖车子的牲口和记账。食堂老板海勒姆·沃尔老在账目上欺骗建筑工人，本尼对此也不大放在心上，因为他们大部分是意大利佬，直到后来他和一个名叫尼克·吉利的、和这帮工人在砾石场一起干活的年轻人交上了朋友，才改变了想法。尼克常常在晚上食堂关门前在那边闲荡；然后他们一块儿出去，一起抽烟，聊天。星期日，他们则步行到乡下去，带着星期日版的报纸，玩上一个下午，躺在阳光下，谈论增刊上的那些文章。尼克来自意大利北部，其他工人则都是西西里人，所以他很孤独。他的父亲和哥哥们都是无政府主义者，他也是；他对本尼讲巴枯宁和马拉泰斯塔③，说本尼应该为自己想做一个富有的商人而感到羞耻；当然啦，他应该学习、读书，也许他应该成为一名律师，但是他应该为革命和工人阶级而工作；当一名商人，无异于成为一条鲨鱼和一名强盗，像那狗娘养的沃尔一样。他教本尼自己卷纸烟，告诉他所有爱他的姑娘；告诉他莫克昌克电影院售票房的那位姑娘，任何时候，只要他高兴，就可以跟她搞，但一个革命家

---

① 16世纪在荷兰由天主教神父门诺·西门斯所创立的基督教新教中的一个派别，后来传布至德国和美国等地。

② 位于宾夕法尼亚州东部，兰开斯特东北。

③ 埃里科·马拉泰斯塔（1853—1932），意大利无政府主义者和鼓动家。

应该对与之交往的姑娘们小心谨慎，因为女人会使一个有阶级觉悟的工人忘记自己的目标，她们是资本主义社会主要的诱惑。本问他是不是认为他应该辞掉在沃尔那儿的活计，因为沃尔是个大恶棍，但是尼克说其他资本家也是一丘之貉，他们所能做的就是等待革命的那一天。尼克十八岁，有一双含怨的棕色眼睛，皮肤几乎像黑白混血儿一样黑。本想，凭他干过的一切，他真了不起；他当过擦鞋童、水手、矿工、洗碟子工人，在纺织厂、鞋厂和水泥工厂干过，搞过各种各样的女人，在帕特森大罢工中被捕，蹲过三星期的监牢。在工地附近，任何一个意大利佬，只要一见本一个人单独走路到什么地方去，就会问："嗨，孩子，尼克在哪儿?"

星期五晚上，在建筑公司老板给工人发工资的窗前发生了争论。那天夜里，当本正爬上食堂所在的油毛毡棚屋后部的铺位时，尼克来了，在他耳边小声对他说，老板在工作时间上愚弄工人，大伙儿明天要举行罢工。本说，要是他们罢工，他也罢工。尼克用意大利语称他为勇敢的同志，缩回手臂，然后猛扑过去吻他的双颊。第二天上午汽笛鸣响时，只有几个使铁镐和铁铲的工人来上班。本在厨房棚子门口转来转去，不知该怎么办好。沃尔见到他，叫他把马拴上车到车站去拉一箱烟草。本瞅着他的脚，说他不能干，因为他罢工了。沃尔爆发出一阵大笑，叫他别逗了，一个犹太佬竟会跟着许多意大利佬一起罢工，这是他从未听说过的最滑稽的事儿。本感到周身冷栗而僵硬："我和你一样不是犹太佬……我生来就是美国人……我打算和我的阶级站在一起，你这肮脏的恶棍。"沃尔脸色煞白，走上前来，在本的鼻子下面抖抖一个大拳头，说他被开除了，要是他不是个天杀的矮个儿犹太四眼狗的话，他就要痛揍他一顿；反正等他哥哥听说了这个，肯定也会痛打他的。

本走到床铺前，将衣服什物打成一个包，就去找尼克。尼克在大路过去一点儿的宿舍区，正站在一群大喊大叫并挥舞手臂的意大利佬中间。总管和工头们都出动了，腰间系着插在黑手枪套里的左轮手枪，有个人用英语讲了一通，另一个人用西西里语说这是一家公允的、待工人也总是很公允的公司，要是他们不喜欢这公司，可以滚他妈的蛋。公司里从来没有发生过罢工，现在也不希望开始发生。这项工程牵涉到一大笔钱，公司不想看到它被任何该死的愚蠢行为弄得停工。下一次汽笛一响，任何不在岗位上的人即被开除，将不得不到别处去，但是记住了，宾夕法尼亚州是有法律禁止流浪的。当汽笛重又响起的时候，除了本和尼克之外，人人都回去工作。他们拿着他们的行李卷儿沿着大路走去。尼克眼睛里噙着泪水说："太温和，太忍耐了……我们还不知道我们自己的力量。"

那天夜里，他们在离大路不远一座俯瞰河流的小山上找到一幢破败的校舍。他们早在一家小铺子买了一些面包和花生酱，这时坐在屋前吃起来，聊起他们将干什么。等到吃完饭时，天已经黑了。本还从没像这样单独在乡野上过夜。风将周围的树林吹得籁籁作响，湍急的河水在山谷里汹涌奔流。那是个阴冷的、有浓露的八月之夜。他们没有任何可盖的东西，所以尼克教本脱下茄克衫，怎样蒙在脑袋上，怎样贴着墙边睡，这样，躺在光光的地板上不会弄得浑身酸痛。他刚入睡，便醒来了，感到身子冰冷，打着寒战。有一扇窗给打破了；他在被云朵遮掩的月色的衬托下看清窗框和锯齿形的碎玻璃的边。他又躺下了，他一定刚做了梦。什么东西砰的一声砸在屋顶上，滚过他头顶上的木瓦，坠落到地上。"嗨，本，看在基督的分上，是啥呀？"传来尼克嘶哑的耳语声。两人都爬起身来，从破损的窗框往外细瞧。

"这是原来就打破的。"尼克说。他走去打开通外面的门。两人在从河谷吹来的、将树木吹得像下雨般籁籁作响的冷风中打了个寒噤，下面的河流像一长列大车和马车般发出令人难熬的吱吱嘎嘎的声音。

一块石头砸在他们上面的屋顶上，滚落下来。第二块石头从他们两人的脑袋中间飞过去，打在他们背后龟裂的灰泥墙上。尼克打开折刀时，本听见刀片弹出来时嚓的一声。他拼命睁大了眼睛细瞧，竟然流出了眼泪，但他仍然瞅不见任何东西，只见树叶在风中抖动。

"你走出来……到这儿来……说话呀……你这狗娘养的。"尼克高喊道。

没有回答。

"你看是什么？"尼克扭头对本小声说。

本什么也没说；他竭力不让牙齿打战。尼克把他推进屋子，拉上了门。他们将一张张积满灰尘的长凳顶住了门，扯下地板上的一些板条，堵住了窗户的下半部。

"闯进来吧。反正我会把他们宰掉一个的，"尼克说，"你不相信鬼吧？"

"不，没那回事儿。"本说。

他们在地板上并肩坐下了，背靠在有裂缝的灰泥墙上，倾听着。尼克把小刀放在他们两人之间。他抓住了本的手指，让他摸摸使刀片不致动弹的那个卡钮。"好刀……水手刀。"他耳语道。本凝神细听。只听见树丛中籁籁的风声和河水不断的喧闹声。再也没有扔来石头。

第二天天一亮，他们就离开了校舍。两人谁也没有睡上一会儿。本的眼睛一阵阵刺疼。太阳升起时，他们发现有个人正在卡车边修理一条断钢板。他们帮他用一块木头顶起卡车，后来那人让他们搭车，直到斯克兰顿①，他们在那儿找到了活计，在一家由希腊人开的廉价的小餐馆里洗盘子。

> ……一切固定的古老的关系以及与之相适应的素被尊崇的观念和见解都被消除了，一切新形成的关系等不到固定下来就陈旧了。……

洗盘子不大合本的口味，所以两星期后，由于他已攒下了够买车票的钱，他说要回家去探望老人。尼克留了下来，因为糖果店的一个姑娘爱上了他。他以后要去艾伦敦，在那儿他有个哥哥在钢铁厂工作，正在赚大钱。他送本上驶往纽约的火车，临别时说："本尼，你好好读书、学习……为工人阶级做一个伟人，别忘了过多的女色要坏事。"

本不愿离开尼克，但他不得不回家在冬季找一个工作，这样可以有读书的时间。他参加了入学考试，被纽约市立大学录取了。老头儿向莫里斯计划委员会借了一百元供他上学，萨姆从纽瓦克寄来二十五元供他买书之用。后来，他晚上到卡恩杂货店去干活，自己也挣一点儿钱。每星期日下午，他到图书馆去读马克思的《资本论》。他加入了社会党，只要有机会，就去兰德学校听课。他努力使自己成为一把锋利的工具。

第二年春天，他得了猩红热，在医院里待了十个星期。当他出院时，他的视力糟透了，看上一小时书就要头痛。除了第一次借的一百元、利息和诊疗费之外，老头儿又向莫里斯计划委员会借了一百元。

本在库珀联合学校②有次听课时，结识了一个在泽西城一家纺织厂工作的姑娘。在帕特森罢工中她曾被捕过，上过黑名单。现在，她是沃纳梅克百货公司的售货员，但她家人仍然在帕塞伊克的博塔尼纺织厂干活。她名叫海伦·莫尔，比本大五岁，头发浅金色，脸上已经有皱纹了。她说社会主义运动毫无意义，那些工团主义者才有正确的思想。听了讲课后，她带他到二马路上的大都会咖啡馆去喝一杯茶，介绍他认识一些她称之为真正的叛逆者的人们；后来本跟葛蕾迪丝和两老讲起他们，老头儿说了声"呸……激进的犹

---

① 宾夕法尼亚州东北部一大城市，为煤矿中心。
② 在纽约市，由商人慈善家彼得·库珀为了"发展科学与艺术"于1859年赠款创办，开设免费的课程。

太人"，嘴唇间发出啐的一声。他说本尼应该不再这样胡闹，好好工作。他越来越老了，背了债，要是他生了病，就得靠本尼来赡养他和老太婆了。本说他一直在工作，不过你们这些人并不重要，他是在为工人阶级工作。老头儿气得脸色通红，说他的家庭是神圣的，然后才谈得上他的同类。妈妈和葛蕾迪丝哭了。老头儿一下子站起来；他透不过气来，连连咳嗽，将双手举过脑袋，咒骂本，本就离开了家。

他身上没有钱，因为得过猩红热，身子仍然很弱。他穿过布鲁克林，跨过曼哈顿大桥，朝北穿过多的是红灯、人群、装着散发出春天气息的蔬菜的手推车的东区，来到东六街海伦居住的那幢房子。女房东说他不能到她楼上的房间去。海伦说这不关她的屁事，但正当他们为此争吵的时候，他的耳朵轰地鸣响起来，他昏倒在大厅的长靠椅上了。等他醒来时，水正顺着他脖子往下流，海伦扶着他走上四道楼梯，让他躺在她的床上。女房东尖声叫嚷着要去叫警察，海伦冲着楼下的女房东，高声说她明天一早就走，但世界上没有任何力量可以叫她在那之前离开。她给本煮了点茶，他们坐在她床上聊了一夜。他们决定将自由结合，住在一起，当夜余下的时间就用来打点行李。她大部分家当是书籍和小册子。

第二天早晨六点钟，他们就出去找房间，因为她必须在八点赶到沃纳梅克百货公司去上班。他们没有照实对这新地方的女房东说他们还没有结婚，所以，当她问"那你们是新郎新娘？"时，他们便点头微笑。幸亏海伦钱包里还有足够的钱可以预付一星期的房租。然后她不得不匆匆赶去上班了。本没有一点儿买东西吃的钱，所以便整天躺在床上读《进步与贫困》①。她晚上回家，带来了从熟食店买的当晚餐吃的东西。他们吃着黑面包和蒜味咸香肠，觉得非常愉快。对于一个如此瘦小的姑娘来说，她却长着一对非常大的乳房。他不得不到药房去买一些避孕药物，因为她说过，他们眼下必须全力投身于运动，她怎么能怀孩子呢？床上有臭虫，但他们互相安慰说，这是他们在资本主义制度下能得到的最大幸福了，总有一天，他们将有一个自由社会，那时，工人将不必挤在多的是臭虫的肮脏的寄膳宿舍里，不必和女房东吵嘴，情人们如果愿意的话就能生孩子喽。

几天后，海伦被沃纳梅克百货公司解雇了，因为夏季生意清淡，他们裁

---

① 美国经济学家亨利·乔治（1839—1897）的名作（1879年出版），探讨美国在繁荣中出现贫困的原因。

减人员。两人过河到了泽西城，她去和家人住在一起，而本则在一家毛纱加工厂的发货部门找到了一份活计。他们在帕塞伊克租了一个房间。一次发生罢工时，他和海伦都成为罢工委员会的委员。本成为一个相当不差的演说家。他被捕了好几次，有一次差点儿被警察的警棍砸碎了头盖骨，为此他被判了六个月的监禁。但是他发现，当他登上肥皂箱演说时，他能吸引人们倾听他讲话，他会演讲，说出自己的想法，从那一群群仰起脸蛋的人们中引出一阵笑声或鼓掌声。当他站在法庭上接受判决时，他开口谈剩余价值。旁听席上的罢工者们欢呼起来，而法官则要法警将人们赶出去。本看见记者们忙着记下他讲的话；他为成为资本主义制度的不公正与暴行的活生生的实例而感到高兴。法官不让他讲下去，宣布说如果他再不闭嘴，他将以蔑视法庭罪加判他六个月的徒刑，于是他们用一辆汽车将他解到县监狱，车里坐满了手拿驱散骚乱群众的连发短枪的特别警察。报纸上称他为著名的社会党鼓动家。

在监狱里，本和一个名叫布拉姆·希克斯的世界产联成员交上了朋友，他是个来自旧金山的颀长的少年，浅色的发，碧蓝的眼睛，他告诉本，如果想了解工人运动，他应该去弄一张红派司，到西海岸去。布拉姆原是个锅炉修理工，为了换一下生活方式，当上了水手，在珀思安博伊上岸时身无分文。他后来在一家纺织厂当机修工，和大伙儿一起罢工。当警察冲破纠察线时，他用手推搡了一名警察的脸，以人身伤害罪被判处六个月徒刑。每天在监狱院子里和他见一次面，使本觉得能在牢房里熬得下去。

他们在同一天被释放。他们一起沿着大街走。罢工结束了。纺织厂都开工了。那些曾经布置过纠察线的街道，本曾经发表过演说的大厅，看上去又宁静又平凡。他带布拉姆到海伦家。她不在家，但是过了一会儿，她跟一个脸色发红、长着个黄鼬鼻子的小个子英国人一起走进来，她介绍说他叫比利，是位英国同志。本第一念想到的就是他和她在一起睡觉。他将布拉姆和英国人留在房间里，招呼她到外面去。这古老的木结构房子楼上的狭窄的走廊上有一股酸醋的味儿。

"你跟我的事算是完了？"他用颤抖的声音问道。

"哦，本，别这么世俗嘛。"

"你原该等我出狱了再说。"

"难道你不明白我们全是同志吗？你是个勇敢的战士，不应该这么世俗。本……我对比利一点儿也没意思。他是一条邮船上的茶房。他就要走的。"

"那你对我也一点儿没意思啰。"他一把抓住海伦的手腕，使出最大的劲

351

儿紧紧捏住。"我想我全搞错了，但是我爱你爱得发疯……我原以为你……"

"啊唷，本……你说什么傻话呀，你知道我是多么喜欢你的。"

他们走回房间，谈论起运动来。本说他要跟布拉姆·希克斯一起到西部去。

> ……工人变成了机器的单纯的附属品，要求他做的只是极
> 其简单、极其单调和极其容易学会的操作。……

布拉姆懂得所有的门道。他们步行，扒闷罐子车或空的敞篷货车，搭送货车或卡车，到了布法罗。在一家小客栈，布拉姆碰到一个他认识的家伙，那人介绍他们到一艘驶回德卢思的空龟甲甲板船上当水手。到了德卢思，他们加入一个季节工的队伍，将被运往加拿大萨斯喀彻温省为一家农场收割麦子。本起先觉得这活儿很是繁重，布拉姆担心他会垮下来，但是，在烈日和尘土中一天十四小时的农活，加上丰富的伙食，在大谷仓的阁楼上的酣睡，却开始把他练得硬朗起来。穿着汗渍的衣服平躺在干草上，他在睡梦中仍然感到照射在脸上和脖子上的太阳的灼热，肌肉的绷紧，在地平线上的收割机和捆扎机的呼呼声，脱粒机的隆隆声，以及将红色麦子送到起卸机谷仓的卡车的齿轮的吱吱嘎嘎声。他开始像个收割季节工那样讲话了。收成结束后，他们在哥伦比亚河畔一家水果罐头厂干活，那是个在蒙蒙水汽中干的糟透了的活计，空气中充满了腐烂的水果皮的酸臭。他们在那儿在《团结报》上读到木瓦工罢工和在埃弗雷特①发生的争取言论自由的斗争，决定去看看他们可以帮些什么忙。他们在罐头厂干活的最后一天，布拉姆在修理切片削皮机时将右手的食指轧掉了。公司医生说，布拉姆无法得到任何抚恤金，因为他已经打了辞职报告，再说，又不是加拿大人……一名矮小的讼师来到宿舍，布拉姆正躺在床上发烧，手上绑着一大团绷带。律师竭力劝他起诉，但布拉姆却冲着律师叱喝起来，叫他滚蛋。本说他错了，工人阶级也应该有自己的律师。

等手稍微好了一些，他们乘船从温哥华直到西雅图。那里的世界产联总部就像一片野餐的场地，挤满了来自全美国和加拿大的年轻人。一天，一大群人乘船到埃弗雷特，打算在韦特莫尔大道和休伊特大道的十字路口举行一

---

① 美国西北部华盛顿州西北部一海港，位于西雅图北。

次集会。码头上满是带着来复枪和左轮的警察。"商会的小子们在等我们哪。"有一个伙计神经紧张地傻笑道。警察们脖子上围着白手巾。"那是县行政司法长官麦克雷。"有人说。布拉姆挤到本的身边。"我们最好站在一块儿……看来我们就要挨一下揍了。"世界产联成员们一下船就被逮捕，被驱赶到码头的尽头处。警察大都喝得醉醺醺的。本从那个抓住他手臂的脸色通红的家伙嘴里吐出来的气里闻到威士忌的味儿。"往前走啊，你这狗娘养的……"他腰际挨上了一枪托。他听见警棍打在脑袋上的啪啪声。任何反抗的人的脸上就被棍子打烂。产联成员被逼着爬上一辆卡车。随着暮色的降临，下起阴冷的细雨来。"伙计们，我们必须向他们显示我们是有胆量的。"一个红发的小伙子说。一个趴在卡车后部的警察对准他就是一棍，但他自己失去了平衡，摔下车去。产联成员们哈哈大笑。这警察脸色气得发紫，又爬上车来。"等我们收拾了你们，看你们的臭脸还会笑。"他狂叫道。

卡车驶进林子，在乡间道路与铁路交叉的地方停下了，他们被搡下车来。警察们站在他们周围，用枪瞄准着他们，而那个醉得东倒西歪的行政司法长官和两个穿着讲究的中年男子在商谈要怎么办。本听见了"夹道笞刑"这个词。

"听着，行政司法长官，"有人说，"我们到这儿来并不是想闹什么乱子。我们希望得到的仅仅是宪法赋予的言论自由的权利。"

行政司法长官挥挥他左轮的枪托，转身对着他们："哼，你们希望得到，是不是，你们这帮臭小子。哼，这儿是斯诺霍米许县，别忘了这一点……要是你们再来，你们中有几个就会丧命，就是这么回事……好吧，伙计们，我们走吧。"

警察排成两行，一直伸向铁路路轨。他们把世界产联成员一个个地抓来痛打。其中三个人抓住本。

"你是世界产联成员吗?"

"我当然是，你们这帮臭小子……"他开口道。

行政司法长官走近，一手缩回去，然后向他猛揍过去。"当心，他戴着眼镜。"一只大手一把摘去了眼镜。"我们有办法对付。"然后，行政司法长官一拳打在他鼻子上。"你敢说不是。"

本的嘴里全是血。他绷紧了下颏，"他是个犹太鬼，给我再揍。"

"你敢说不是世界产联成员。"有个人用枪筒猛击他的胫骨，他扑倒在地上。"快逃。"他们在狂喊。木棍和枪托击打下来，他的耳朵疼痛欲裂。

他竭力往前走去而不奔跑。他被一根路轨一绊，摔倒下去，一条手臂被什么尖锐的东西划破了。他眼睛里充满了血，弄得看不见东西了。一只沉重的靴子往他腰侧踢了一脚又一脚。他快昏迷过去了。但不知怎么搞的，他居然跌跌跄跄地向前走去。有人挟住了他的两腋，把他抬起，从铁轨上防牲口通过的铁栅桥上拽开。另一个家伙动手用手绢擦去他脸上的血迹。他听见布拉姆从远处什么地方传来的声音："我们过县界了，伙计们。"由于弄丢了眼镜，天在下雨，夜色又黑，背部上下一阵阵疼痛难熬，本什么也瞧不见。他听见他们身后的枪声和从其他伙计正在遭受夹道答刑的地方传来的嘶喊声。他处身在一小群零零落落地沿铁路向前走的世界产联成员的中间。"工友们，"布拉姆用他那深沉而镇静的嗓音说，"我们绝对不能忘记今天夜里发生的事。"

在城际有轨电车车站，他们在这群衣服给撕烂而满身血迹的人中募捐到一笔钱给伤势最重的伙计们买票回西雅图。本头晕目眩，连连恶心，以致当有人将车票塞进他手中时，他几乎捏不住它。布拉姆和其他人一起出发，准备步行三十英里回西雅图。

本在医院里待了三个星期。背部挨到的脚踢弄伤了他的肾脏，他大部分时间里经受着剧痛的煎熬。他们给他注射的吗啡使他昏昏沉沉，当他们将十一月五日在埃弗雷特码头的枪击事件中被打伤的伙计们送进医院时，他几乎不清楚到底发生了什么。他出院时，只能勉强行走。他认识的人全都入狱了。他在邮局待领邮件中发现一封葛蕾迪丝寄来的信，信中附来五十元，说父亲希望他回家。

辩护委员会叫他动身；他正是到东部去募集捐款的合适人选。为七十四名以谋杀罪被关在埃弗雷特监狱里的世界产联成员请律师辩护需要花费一大笔钱。本在西雅图逗留了两个星期，为辩护委员会干些零星事务，同时盘算回家的办法。一个在轮船公司工作的同情者终于在一艘货轮上为他谋到了当货物经管员的工作，该货轮将通过巴拿马运河驶往纽约。海上的航行和细致的事务工作使他振作了起来。然而，他没有一个夜晚不是在噩梦中一声号叫而惊醒过来的，兀自在铺位上坐起来，想象到警察们正前来抓他，逼他去受夹道答刑。等他重新睡着了，他又梦见自己给卡在防牲口通过的铁栅桥上，尖齿撕破他的手臂，沉重的靴子猛踢他的腰侧。梦魇这么可怕，他每次在铺位上躺下睡觉都需要极大的勇气。船上的人们都以为他是个吸毒鬼，远远避开他。等他看见纽约的高楼大厦在棕色的晨雾中熠熠发亮时，那真是个大好的日子。

……在发展进程中，当阶级差别已经消失而全部生产集中在联合起来的个人的手里的时候，公众的权力就失去政治性质。……

　　那年冬天本住在家里，因为那样省钱些。在为埃弗雷特那些伙计筹款的过程中，他结识了一位名叫莫里斯·斯坦的激进派律师，当他告诉爸爸他要进斯坦的事务所去学法律时，老头儿乐了。"一个聪明的律师能保护工人和穷困的犹太人，同时还能挣钱。"他说，搓搓双手。"本尼，我一直知道你是个好孩子。"妈妈点点头，微笑了。"因为这个国家跟军阀统治的地方不同，在这儿连懒惰的二流子也享有宪法赋予的权利，这就是他们写下宪法的道理。"跟他们谈论这个问题真让本感到恶心。

　　他在百老汇大街南段斯坦的事务所中当一名职员，晚上则去抗议埃弗雷特屠杀的集会上演说。莫里斯·斯坦的妹妹范尼亚，一个瘦削、黝黑的有钱女人，约莫三十五岁，是个狂热的和平主义者，让本读托尔斯泰和克鲁泡特金的著作。她相信威尔逊将不会使美国卷入欧洲的战争，并且给所有的妇女和平组织寄钱。她有一辆汽车，有时候，当他一晚上要在城里几处地方出席会议时，她便用车送他。当他走进会场，听见挨次走进来的听众的谈话声和衣服的沙沙声——那是东区的服装工人，布鲁克林区的码头工人，纽瓦克的化工和金属制品厂的工人，兰德学校或五马路南段的空谈社会主义者和温和激进派，麦迪逊广场公园里广大的所有阶级、种族、行业的无个性特征的群众——他的心总会激烈地跳起来。当他跟主席台上的主席和其他发言人握手时，他的手总是冰凉冰凉的。轮到他演说时，总有那么一会儿，所有翘首仰望他的脸会融化成一片粉红色，大厅里的嗡嗡声会使他震耳欲聋，他每每陷进一片惊慌之中，唯恐遗忘他想说的话。然后，他会突然听见自己的声音在清晰而镇定地讲着，感受到他的声音沿着四壁和天花板回荡，感觉到听众的耳朵变得紧张起来，男男女女坐在椅子里身子朝前冲着，相当清晰地看见一排排的脸庞，一群群找不到座位而挤在门口的人们。诸如**抗议、群众行动、美国和全世界工人阶级联合起来、革命**这样的词句每每像营火的光一般照亮了台下的那许多眼睛和脸庞。

　　讲完话后，他会感到身子发颤，眼镜上蒙上了一层模糊的水汽，他不得不擦拭一下，并且每每会为自己瘦长的体形而感到窘困。范尼亚总是尽快将他接走，闪亮着眼睛对他说他演讲得好极了，要是会场在曼哈顿岛上，则带他去市中心，到布雷武特旅馆的地下餐室或者大都会咖啡馆去吃晚餐，然后他坐地铁回布鲁克林去。他知道她爱上他了，但是他们除了谈论运动之外很少谈论别的事。

当俄国发生二月革命时，本和斯坦兄妹一连好几个星期买了每一种报纸，以极大的注意力阅读所有的记者报道；那个**好日子**的黎明来临了。整个东区和布鲁克林的犹太人聚居区一片狂欢的气氛。每当他们谈起这事，老人们就哭泣起来。"然后要轮到奥地利、德意志帝国、英国……到处都是被解放的人民。"爸爸会这样说。"最后是山姆大叔。"本会这样补充道，严峻地绷紧他的下颏。

四月中伍德罗·威尔逊宣战的那天，范尼亚上了床，歇斯底里地号哭起来。本前往莫里斯·斯坦夫妇在河滨大道的寓所去看望她。她上一天刚从华盛顿回来。她是随一个妇女和平代表团去那里的，试图见总统。侦探们把她们从白宫草坪上赶走，有几个姑娘被逮捕了。"你还能指望什么呢？……资本家当然巴不得打仗。等他们发现他们得到的将是一场革命，他们会改变一点想法的。"她哀求他留下陪她，但他还是走了，说他必须去《呼声报》找他的伙计们。他离开这屋子时，发现自己像父亲一样从嘴唇间发出呸的一声。他对自己说他将永远不再去那儿了。

他按斯坦的劝告去征兵站登记，然而他在登记卡上写上了"**真心实意拒绝参加罪恶战争者**"。此后不久，他和斯坦闹翻了。斯坦说暴风雨来临了，除了对之低头外别无他法；而本说他要去鼓动人们反对它，直到他被关进监狱。这就意味着他失业了，不再能学法律了。卡恩的杂货店也不愿再要他，因为他担心要是警察知道他铺子里雇用了一个激进分子，警察会来袭击他。本的哥哥萨姆在珀思安博伊一家兵工厂干活，赚着大钱；他经常给本写信，劝他别再干傻事了，还是也到那儿去找份工作吧。甚至葛蕾迪丝也对他说拿脑袋往石墙上撞有多蠢。七月，他离开家，又和海伦·莫尔一起住在帕塞伊克。征兵还没轮到他的号，所以很容易在一家纺织厂的发货部门找到了一份工作。他们加班干活，征兵使劳力流失得很快。

兰德学校被关闭了，《呼声报》被迫暂时停刊了，每天都有一些朋友转到威尔逊观察事物的立场上去。海伦家里的人和他们的朋友们干加班活挣了不少钱；他们每听到任何有关抗议罢工或革命运动的话，不是付之一笑，就是生起气来；人们在购买洗衣机、自由债券、真空吸尘器，支付购房的第一期款项。姑娘们在买裘皮大衣和长统丝袜。海伦和本开始计划去芝加哥，世界产联的成员们正在那边准备发动斗争。九月二日，发生了政府特工人员围捕世界产联领导人的事件。本和海伦以为自己也会被捕，但人家却放过了他们。一个下雨的星期日，他们在他们潮湿的房间里蜷缩在床上，竭力想作出决定他们该干什么。他们相信的一切全在他们脚下土崩瓦解了。"我觉得正像一只掉在陷阱里的老鼠。"海伦一个劲儿地说。本时不时跳起身来，踱来踱去，用手心拍打自己的前额。"我们必须在这儿干点什么，瞧人家正在俄国干什么。"

一天，一名战时工作人员来到发货部门登记每人认购自由债券的数目。他穿着黄油布雨衣，是个看上去很傲慢的小伙子。本不大喜欢在工作时间跟人辩论，所以只摇摇头，就又动手填写船货清单了。

"你不想败坏你们这部门的纪录吧，是不是？到目前为止，认购指标是百分之百完成的。"

本勉强笑笑："那似乎是太糟了，但我想也不得不是这样。"

本感觉到办公室里所有的人的目光都落在他的身上。穿油布雨衣的小伙子不安地把全身的重量一忽儿放在一只脚上，一忽儿放在另一只脚上："我看你可不想让人们把你当作亲德分子或者和平主义者吧，是不是？"

"他们喜欢怎么想就他妈怎么想，我才不在乎呢。"

"让我瞧瞧你的登记卡，我敢说你准是个逃避兵役者。"

"听着，听明白了，"本说，站起身来，"我不赞成资本主义战争，我不打算做任何支持战争的事。"

穿油布雨衣的小伙子转过身去："哼，你要真是个胆小的杂种，我根本不屑跟你说话。"

本又埋头工作了。那天傍晚，他正在按出勤记录钟时，一名警察走到他跟前来。"让我们瞧瞧你的登记卡，伙计。"本从里面衣兜里拿出登记卡，警察仔细看了一通。"我看没问题。"他勉强地说。那周周末，本得悉他被解雇了；没有说明理由。

他惊慌失措地回到家。海伦回来了，他说他打算去墨西哥。"凭我跟那小子说的关于对资本主义做斗争的话，他们就可以根据反间谍法将我逮起来。"海伦竭力让他镇静下来，但他说他不愿在这房间里再睡一个晚上了，所以两人就打点了行李，乘火车去纽约。他们两人的积蓄大约有一百元。他们以戈尔德先生和太太的名义在东八街上租了一间房间。第二天上午，他们才在《纽约时报》上看到最高纲领主义者[①]以"一切权力归苏维埃"的口号

---

① 这是西方对布尔什维克的称呼。

357

在彼得格勒接管政府的消息。那时，他们正坐在二马路上一家小点心店内喝早晨的咖啡，本跑到报摊上去买报纸，回来时带来这消息。

海伦叫嚷起来："啊，亲爱的，这太好了，简直不敢相信是真的。这是世界革命啊……现在，工人们将看清他们被虚假的繁荣时世所欺骗，看清这场大战是真正针对他们的。现在，其他国家的部队也会开始起义了。"

本在桌子下抓住她的手，紧紧捏了一下。"我们现在必须工作，亲爱的……在我没逃往墨西哥之前，我就会被逮捕。要不是有你的话，海伦，我早已成个胆小的杂种了……一个人孤军奋战是不行的。"

他们大口喝完了咖啡，走到十七街上费伯夫妇的家。艾尔·费伯是名医生，是个挺着个大肚子的矮胖子；他正要离家去诊所。他和他们一起回到门厅，对楼上的妻子大喊道："莫莉，快下来……克伦斯基被讥讽得逃离了彼得格勒……穿了女人的服装逃了。"然后他用意第绪语对本说，要是同志们打算举行集会给士兵和农民的政府发贺电，他愿意捐献一百元，但不要署他的名字，否则他要无法行医了。莫莉·费伯穿着一件在上面缝有花样的晨衣走下楼来，说她要变卖些东西，加捐一百元。他们花了一整天去找他们手边有地址的同志们；他们不敢打电话，生怕被窃听。

一星期后，集会在布朗克斯区帝国娱乐场召开。有两名脸色像牛排的联邦特工人员坐在第一排，他们带了一名速记员，把所有的讲话都记录下来。等第一批两三百人进了场，警察就关上了门。主席台上的那些发言人听得见他们在外面用摩托车驱散人群的声音。穿制服的士兵和水兵三三两两地溜进楼座，盯视着演说者，企图吓唬他们。

一头银丝的年迈的大会主席走到台前说："同志们，司法部的先生们，同时别忘记我们那些坐在楼座上的年轻的祝愿者，我们在这里集会，为了作出决议，向获得了胜利的俄国工人发出美国被压迫工人的祝贺。"说到这里，人人都站立起来欢呼。在外面转来转去的人群也欢呼起来。他们能听见在什么地方有一群人在高唱《国际歌》。他们能听见警笛的吱吱声和警车的当当声。本注意到范尼亚·斯坦坐在听众之中；她瞧上去脸色苍白，两眼狂热地盯视在他身上。轮到他讲话时，他开头说，因为听众中有华盛顿来的对大战的温和同情派的缘故，他无法说出他想说的话，但是听众中每一个没有背叛他们的阶级的男人和女人都知道他想讲的是什么……"资本主义政府将他们的人民驱赶到一场疯狂的、毫无必要的、除了银行家和军火商以外谁也不会得到好处的大屠杀中去，实际上是在自掘坟墓……美国的工人阶级，和世界上其他国家的工人阶级一样，将吸取他们的教训。发战争财的商人们正在指导我们怎样使用枪炮；我们使用它们的那一天准会来到。"

"够了，我们走吧，伙计们。"楼座上有人喊道。士兵和水兵们动手硬逼人们离开座位。聚集在各进口处的警察开始向演说者们围拢来。本和其他两三个人被捕了。听众中符合征兵年龄的男子必须出示了他们的登记卡才能离去。本还没来得及跟海伦说上一句话，就被推到外面，塞进一辆拉上车窗窗帘的密封的大轿车。他甚至没有注意到是谁在他手腕上咔嚓戴上了手铐。

他们将他关在帕克街联邦大楼一间闲置不用的办公室里，三天没给他任何吃喝的东西。每隔几个小时就有一帮不同的侦探囊囊地走进房来审问他。他头脑里血管在突突地搏动，随时都有可能因焦渴而昏厥过去，不时得面对一圈黄色的长脸、下端肉嘟嘟的红脸、长满粉刺的脸、酒鬼和吸毒鬼的脸，感觉到他们的目光直望到他的心灵深处；他们有时逗弄他，和他开玩笑，有时候则侮辱他，威胁他；有一帮人拿来几截橡皮水管要狠狠揍他。他跳起身来，面对着他们。为了某种原因，他们没有揍他，却拿来了一点水和几片发霉的火腿三明治。自那之后，他总算睡着了一会儿。

一名特工人员将他从长椅上猛拉起来，带他走进一间设备完善的办公室，一位上了年纪的人坐在一张角上放着一束玫瑰花的桃花心木办公桌后面，简直可以说是相当和蔼地审问他。玫瑰花的香味让他觉得恶心。这位上了年纪的人说他能见他的律师，这时莫里斯·斯坦走进办公室来。

"本尼，"他说，"一切交给我来办吧……只要你答应去接受军训，沃特金斯先生答应撤销所有起诉。看来该轮到你的登记号了。"

"如果你们放了我，"本用低沉而发抖的声音说，"在你们再逮捕我之前，我仍将致力反对资本主义国家之间的战争。"

莫里斯·斯坦和沃特金斯先生相互瞧了一眼，宽容地摇摇头。

"啊，"沃特金斯先生说，"我不禁钦佩你的精神，希望把这种精神发挥在一种更加美好的事业上。"

结果，付了一万五千元，本被保释出狱，莫里斯·斯坦保证他在提审的那一天之前，不会参与任何鼓动性活动。斯坦兄妹不愿告诉他是谁出的保释金。

莫里斯和埃德娜夫妇俩在他们的公寓中让出一间房间给他；范尼亚一直待在那儿。他们给他吃营养丰富的食品，吃饭时让他喝葡萄酒，上床前喝一杯牛奶。他不再对任何事感兴趣了，尽量睡觉，把在那儿能找到的书都看了。当莫里斯想跟他谈谈他的案子时，他叫他闭嘴："是你在处理这案子啊，莫里斯……随你怎么干都可以……我才不在意呢。照眼前这样，我还不如进监狱的好。"

"哦，我说，这倒像是句恭维话呢。"范尼亚说，哈哈大笑起来。

海伦·莫尔给他打了好几次电话，告诉他局势发展得怎么样。她总是说她没有什么可以在电话上说的新闻，但他从不请她来看望他。他每天从斯坦家的公寓出来时，至多走到河滨大道的长椅上去坐一会儿，越过灰色的赫德森河，眺望新泽西州那一边的一排排木结构房子和那道灰色的岩壁。

审理他案子的那一天，报纸上登满了暗示德国将获得胜利的消息。那时正是春天，法庭的宽阔而肮脏的窗户外面阳光灿烂。本昏昏欲睡地坐在这令人憋闷的阴暗的室内。一切显得异常简单。斯坦和法官两人在一起开开小小的玩笑，而助理地方检察官也十分随和。陪审团宣告"有罪"，法官判他二十年徒刑。莫里斯·斯坦提出上诉，法官让他继续保释在外。在宣判前，他被允许对法庭讲话，只有这时，他才清醒过来。他讲了一大通，讲的是他在那几个星期中准备发动的革命运动。但即使在他讲的过程中，这些话也显得愚蠢而软弱无力。他几乎在中途住口，不想讲下去了。他讲到最后，提高了声音，使整个法庭响彻着他的声音。当他作为结束语引述《共产党宣言》最后的几句话时，甚至法官和那些年迈的带鼻音说话的法庭工作人员也在座位上挺直了身子：

> 代替那存在着阶级和阶级对立的资产阶级旧社会的，将是这样一个联合体，在那里，每个人的自由发展是一切人的自由发展的条件。①

上诉一拖再拖。本又学习起法律来。他想进斯坦的事务所去工作来偿付他所提供的膳宿，但斯坦说这样做不保险；他说战争很快就会结束，恐赤症就会消失，这样他能为他争取从轻判决。他拿来些法律书籍让本阅读，说等本一旦恢复了公民权，通过了律师资格考试，他答应拉他为合伙人。埃德娜·斯坦是个肥胖的、心怀恶意的女人，难得同他说话；范尼亚以她那神经质的过分的溺爱围着他转，叫他腻味。他睡眠很不好，肾脏使他不舒服。一

---

① 这是《共产党宣言》第二章"无产者和共产党人"的最末一段，并不是全篇的结束语。

天夜里，他爬起身来，穿上衣服，手里提着鞋子，蹑手蹑脚地穿过铺着地毯的过道朝大门走去，这时，范尼亚披着黑发从她卧房的门口走出来。她穿着睡衣，衬托出她瘦骨嶙峋的身子和平坦的胸部。"本尼，你到哪儿去？"

"我再待在这儿要发疯了……我必须离开。"他的牙齿在打架，"我必须回去搞运动。……他们会马上把我抓去，送我进监狱……那也比这样好。"

"你这可怜的孩子，你的身子现在还不行。"她双手勾住他的脖子，把他拽进自己的卧房。

"范尼亚，你必须让我走……我也许能越过墨西哥边境……其他伙计都那么做了。"

"你疯了……那你的保释怎么办呢？"

"我才不管呢……难道你不明白我们必须干点什么吗？"

她拉他坐在她床沿上，摩挲他的前额。"可怜的孩子……我多么爱你，本尼，难道你不能对我关心一点儿吗……只消一丁点儿……我可以大大地帮你搞运动……我们明天再谈这个问题吧……我想帮助你，本尼。"他让她解开他的领带。

停战了，接着传来召开和会的消息，革命运动燃遍了欧洲，托洛茨基的军队将白匪军驱出俄国。范尼亚·斯坦对所有的人说她和本已经结婚，带他到她在八街上的单一一套的公寓中同住，在那里，她照料他治愈了流感和双肺肺炎。医生一说他能外出，她便驾上她的别克牌轿车溯赫德森河而上。他们在初夏的一个黄昏中回来，发现有封莫里斯寄来的快递信。巡回法庭驳回了上诉，但将徒刑减为十年。第二天中午，他就得由保证人陪同去报到，由美国地方法院拘留。他也许会被送往亚特兰大。收到信后不久，莫里斯本人来了。范尼亚悲伤极了，正在歇斯底里地哭泣。莫里斯脸色瞧上去很苍白。"本，"他说，"我们输了……你将不得不去亚特兰大待上一阵……在那儿你将跟很好的人待在一起……可别担心。我们将把你这案件提到总统面前。既然战争结束了，他们就不能再将自由派报纸的嘴封住了。"

"没关系，"本说，"能知道最坏的情况也好。"

范尼亚一直坐在长沙发上啜泣，这时跳起身来，开口冲着她哥哥尖叫。本走出去沿着那个街区散步，让他们两人去恶声相向。他不觉仔细地端详起那些房子、出租汽车、街灯、人们的脸、一座像女人躯干的怪模怪样的消防龙头以及一家杂货铺橱窗里陈列着的瓶装矿物油，努乔尔牌。他决定还是过河到布鲁克林去跟两老告别。但在地铁车站他止步了。他拿不出勇气来；他还是给他们写信吧。

第二天上午九时，他手里拎着箱子来到莫里斯·斯坦的事务所。他让范尼亚答应不跟着他来。他不得不好几次提醒自己，他就要去蹲监狱；他还觉得好像是为了办什么事出差呢。他穿着一套范尼亚给他买的崭新的英国粗花呢西服。

百老汇大街南段挂满了一条条红、白和蓝色的旗帜；他从地铁出口处走出来时，发现大街两边的人行道上挤满了办事员、速记员和办公室勤杂员。骑摩托车的警察不让人们踩上街道。从朝南前往炮台公园的路上传来军乐队演奏《让家中的炉火永不灭》的音乐声。人人都显得神采飞扬，脸色愉快。在这清新的带着港口和船舶气息的夏日的上午，要散步而不随着音乐声合拍是不可能的。他一个劲儿对自己说：就是这些人将德布斯关进了监狱，就是这些人枪决了乔·希尔，谋杀了弗兰克·利特尔，就是这些人在埃弗雷特揍了我们，他们希望我在监狱里关上十年瘦得没人样儿。

开电梯的黑种小伙子送他上楼时，对他咧嘴一笑说："他们开始经过这儿了吗，先生？"本摇摇头，皱了皱眉头。

法律事务所看上去干干净净，光线明亮。接电话的姑娘一头红发，戴了一颗金星。有一面美国国旗覆盖在斯坦私人办公室的门上。斯坦正坐在书桌前，跟一位穿粗花呢西服的像是来自上层社会的年轻人讲话。

"本，"斯坦眉飞色舞地说，"这位是史蒂文斯·沃纳……他刚从查尔斯城出来，因为拒绝登记蹲了一年监狱。"

"一年不到一点，"年轻人说，起身跟本握手，"我是因为行为端正提前出狱的。"

本不喜欢他穿着粗花呢西服、系着看上去很昂贵的领带的那副样子；他骤然想起自己也穿着同样料子的西服。这一想叫他生气。"那儿怎么样？"他冷冷地问。

"不太坏；他们让我在温室干活……等他们发现了我已经去过前线，待我相当不错。"

"那是怎么回事？"

"哦，在救护车队……他们不过认为我有点儿疯癫罢了……那是一段着实有益的经历。"

"他们待工人可不同。"本气愤地说。

"现在，我们要开展一次全国性的运动来把其他的伙计都从监狱中弄出来，"斯坦说，站起身来，搓着双手，"先从德布斯开始……你将看到，本，你在那儿不会待很长时间的……人们已经醒悟过来了。"

从百老汇大街突然传来一阵铜管乐和士兵齐步行进的声音。他们全从窗口往外望去。整条长长的灰色峡谷般的大街上都飘扬着旗帜，展开的纸带和碎纸在红色的阳光中闪闪发亮，人们在声嘶力竭地狂喊。

"这帮该死的笨蛋，"沃纳说，"这哪能叫士兵们忘却帮厨勤务的苦处啊。"

莫里斯回到房内，眼睛里闪烁着一种可笑的亮光："这使我感到也许我错过了什么。"

"啊，我得走了，"沃纳说，又一次握手，"你确实交上了霉运，康普顿……绝对不要以为我们不会日夜奋斗救你出狱……我相信公众情绪会改变的。我们对威尔逊总统寄予巨大的希望……不管怎么样，他在战前对待劳方的态度是相当不错的。"

"我想要是我真的能出狱，那也只能靠工人们的努力。"本说。

沃纳仔细打量着他的脸。本没有一丝笑意。沃纳一时局促不安地站在他面前，然后又一次紧握他的手。本并不使劲。"祝你走运。"沃纳说罢就走出事务所。

"那是谁，一个有自由思想的大学生？"本问斯坦。

斯坦点点头。他专注地看着写字台上的几份报纸。"是啊……一个了不起的小伙子，史蒂夫·沃纳……你到图书室去找些书和杂志看看吧……我马上就来。"

本走进图书室，从书架上拿下一本论述侵权行为法的书。他一个劲地读着这本印刷得很精美的书。等斯坦走来接他时，他简直不知道他一直在读什么，也不知道读了多少时候。在百老汇大街上朝北走时，因为人群，乐队和戴头盔、穿军装的士兵不断地开步走过，他们前进得很缓慢。当一个吹着横笛、擂着铜鼓的队伍簇拥着一面团旗走过时，斯坦用胳臂肘碰了他一下，让他脱帽。他将帽子拿在手上，免得再一次脱下。他深深吸了一口阳光灿烂的街上的充满尘土的空气，街上弥漫着姑娘身上的香水味和拖曳大炮的卡车排出的汽油味，响彻着一片笑声、叫声和脚步的拖曳和行进声；然后，联邦大楼黑暗的门道吞没了他们。

一切手续都办完了，他单独和一名警官登上去亚特兰大的火车，倒也是一种宽释。那警官是个身材魁梧、脸色阴沉的人，眼睛底下有带蓝色的眼袋。由于手铐弄得本的手腕很痛，他把手铐开了锁，只有在火车靠站的时候才再铐上。本想起了这一天正是他的生日，他二十三岁了。

# 新闻短片 XLI

英国殖民部人士认为，只消澳大利亚人一旦意识到实质问题比捕风捉影来得重要，不满情绪便会渐渐消失。应当指出的是，那些急于在清晨就发出电讯稿的报界代表，因为他们的电讯被扔进了篓子而蒙受损失。后来到的稿件给堆在它们上面，结果这些在篓子顶上的电报先得到处理。然而决不能认为这是一种侮辱。布罗克多夫-伦佐伯爵①非常赢弱，单单因为他的健康状况使他没有得到擢升

## 几名士兵劫持出租汽车司机

请坚守阵地，我们来了，

工会会员们请坚持不屈；

我们肩并肩地一起战斗，

胜利即将来临。

纽约市联合会说女式夜礼服正使这块土地上的青年道德败坏

## 海外士兵惧怕失去金色的胜利

## 征兵乃是一个谜

在巴黎有敌方的宣传活动吗？

我们今天在自由的事业中相会

扯起嗓门呐喊歌唱

我们参加工会成为一支强大的力量

---

① 布罗克多夫-伦佐（1869—1928），签订凡尔赛和约期间任德国外交部长。

要么战斗要么死亡

## 法国仍然是自由的前线

条款明确规定落后地区和殖民地的福利和发展将被视作托付给文明国家的神圣职责，而国际联盟将行使监督的责任

## 华盛顿听说赤色分子力量削弱

请坚守阵地，我们来了，
工会会员们请坚持不屈

海员工人分会于昨晚早些时候在公园街二十六号集会投票赞同明天清晨六点开始举行总罢工

## 伯利森下令扣压所有新闻电报

他的回答是，命令所有的追随者就地吊死这两个小伙子。他们让这两个小伙子站在树下的椅子上，把紧系在树干上的绞索套在他们脖子上，然后殴打摧残他们，直到最后他们自己用脚踢开椅子以结束痛苦

# 摄影机眼（42）[①]

我们这些暂编人员花四小时往平板货车上装废铁又花了四小时将废铁从平板货车上卸下堆在铁道边　　**让士兵们保持健康回国**这是基督教青年会的口号　　在清晨白杨树的影子指向西方在下午它们指向东方波斯所在的地方　　锯齿状的废铁块刺破帆布手套扎进我们的手一种灰色的铁渣细屑堵塞

---

① 此段追叙作者于1919年年中被编进暂编人员连队后，在吉埃夫尔搬运废铁块时的心情。

住我们的鼻孔和耳朵刺痛眼睛　　四个匈牙利佬　　两个南欧佬　　一个中欧佬　　几个西班牙佬　　几个意大利佬　　两个谁也无法与之交谈的矮小的蓝下巴的黑家伙

任何部队都不想采用的零部件

砸烂的挡泥板破裂的钢板旧铁铲和铁锹挖壕沟的工具扭曲变形的医院病床　　一大堆各种尺寸的螺帽和螺栓　　四百万英里长的刺铁丝网镀锌细铁丝网栏兔的铁丝网　　总面积达数英亩的白铁皮屋顶材料

停放着的卡车占地达几平方英里　　在黄色的铁路侧线上停着一长溜一长溜的火车头

**让士兵们保持健康回**　　在楼上的办公室里脾气暴躁的中士们在做文书工作不知道家在哪儿我们的番号我们的服役记录我们的铝制军号牌我不会讲英语我听不懂我不理解我不知道我不懂你在说什么①

日复一日白杨树的影子指向西方西北方北方东北方东方　　下士说当它们缺水的时候总是倒向南方　　真麻烦要是他没有服役记录我们怎么能让他退役呢　　**让士兵们保持健康**　　见鬼去吧大战结束了

废铁

---

① 这里的五个"我不……"原文分别为不规则的英语、西班牙语、法语、意大利语和俄语。

# 新闻短片XLII

这是西雅图充满节日气氛的一天。不但从码头一直到大街上的游行线路挤满了大批的人群，而且到了晚上，警卫队终于架起了机关枪，忍受了投向他们的雨点般的石块，直到他们的无所作为危及他们的安全时，军官才下令开枪。**将要切断照明用电。**哈佛大学校长洛厄尔①敦促学生们去破坏罢工。"按照学校为公众服务的传统，大学当局希望在这危急存亡之秋维持秩序，支持本州②的法律。"

## 三支部队为基辅而战

### 宣称此局势是反文明的罪恶

### 使我们处于无懈可击的地位

今天下午在为沃尔特·惠特曼的文学遗著保管人和传记撰写人霍拉斯·特劳贝尔举行葬礼时，在弥赛亚唯一神教教堂里发生了火灾。定期班轮、拖轮和船厂受到影响。两千名旅客被羁留在勒阿弗尔③，因为威尔逊先生要在那里登船检阅太平洋舰队，但几千人伫立在街道两边，似乎以能一睹总统为快。当"乔治·华盛顿"号缓缓驶过百舸争流的港湾南部，进入霍博肯的泊位时，河面上每一艘船都拉起汽笛，用这嘶哑的声音向艾伯特国王④和伊丽莎白王后表示欢迎

---

① 艾博特·劳伦斯·洛厄尔（1856—1943），于1909—1933年任哈佛大学校长。
② 指马萨诸塞州。
③ 法国北部濒临英吉利海峡的海港。
④ 指比利时国王艾伯特一世，1909—1931年在位。

# 胛塌钢在销售市场继续独占鳌头

我的国家，我赞美你

甜蜜的自由土地

我歌唱你

## 保罗·班扬[1]

韦斯利·埃弗雷斯特从海外回到美国，从军队退役之后，重新操起了伐木的老行当。他的家人是踩着刘易斯和克拉克[2]披荆斩棘开辟的小道闯荡到太平洋坡岸上巨大雨林的肯塔基州和田纳西州的世代相传的伐木工和乡巴佬的后代。在陆军部队里，埃弗雷斯特是个神枪手，因为一次绝妙的射击而赢得一枚奖章。

（从占有宅地的自耕农时代以来，主张开发西部的人们和华盛顿的政客以及说客们一直在为太平洋坡岸上的巨大雨林奔忙，结果是：

十个垄断集团聚集了仅仅一千八百零二位业主，却垄断了一万二千零八十八亿

[1, 208, 800, 000, 000]

平方英尺的未伐树木……这些未伐树木足够……生产（除去了加工损耗）铺设一条从纽约到利物浦的两英尺多厚、五英里多宽的浮桥的板材；

做脚手架的木材，偷工减料地建造郊区住宅区、广告牌的木材，做窝棚、轮船、棚户区的木材，做小报、黄色杂志、社论版面、广告页、邮购目

---

① 美国伐木区神话中的伐木巨人，为巨大、强壮和富有活力的象征。

② 梅里韦瑟·刘易斯上尉和威廉·克拉克中尉是美国国内首次横越大陆西抵太平洋的往返考察活动（1804—1806）的领队。

录、档案卡、部队文牍、传单和钞票的纸浆。）

韦斯利·埃弗雷斯特和保罗·班扬一样是个伐木工。

伐木工、锯木工、木瓦工、锯木厂工人是这木材王国的奴隶；世界产联将产业民主的思想灌输进保罗·班扬的头脑；世界产联的组织者们说这些森林应该属于全体人民，说保罗·班扬的工资应该用现金支付，而不是公司签发的代价券，在零度天气的大雪中干了一天的活儿之后，他应当有一个像样的地方烘干被汗水弄湿的衣服，应该有八小时工作日、干干净净的工棚、合乎健康的伙食；当保罗·班扬从为了使欧洲对于四大国的民主制度更为安全的远征回国之后，他加入了当地的伐木者工会支部，致力于使太平洋坡岸对于工人来说成为安全的地方。世界产联成员们都是赤色分子。世界上没有任何事物能使保罗·班扬惧怕。

（在1919年夏季当一个赤色分子，比在1917年夏季当一个德国佬或者和平主义者要糟糕得多。）

林地的所有主、锯木厂和木瓦厂大王都是爱国者；他们赢得了战争（在战争期间，每一千英尺木材的价格从十六元上涨到一百一十六元；甚至有过这样的情况，政府购买每一千英尺的云杉木竟然付出一千二百元之多）；他们着手把赤色分子从伐木营地赶出去。

必须不惜任何代价维护自由的美国体制；

所以，他们成立了雇主公会和忠诚伐木者协会；他们出钱雇用一帮帮前军人袭击世界产联的会议厅，私刑处死或毒打产联的组织者，焚烧颠覆性宣传资料。

在1918年阵亡将士纪念日[1]，美国军团的弟兄们，在商会的一群人的带领下，在森特雷利亚[2]捣毁了世界产联的会议厅，毒打他们在那里发现的每一个人，逮捕了一些人，将其余的人装上卡车送出县界，焚毁了文件和小册子，代表红十字会拍卖了所有的设备；产联的书桌仍然放在商会里。

伐木者又租了一座会议厅，工会的力量继续增长。世界上没有任何事物

---

[1]　每年5月30日，美国大多数州作为法定休假日。
[2]　美国华盛顿州西南部一城镇，为一木材业中心。

能使保罗·班扬惧怕。

在1919年停战纪念日前，城里到处是谣传，说那会议厅在那天将被彻底查封。沃伦·欧·格里姆，一个正派家庭出身、举止讨人喜欢的年轻人，曾经在驻西伯利亚的美军中当过军官，这使他成为有关劳工和布尔什维克问题的权威，因此被工商业者选中了，要他率领公民自卫联盟的极端分子去用上帝的威风震慑保罗·班扬。

这帮勇敢的爱国者所做的第一件事便是抓住一个瞎眼的报刊经销人，把他鞭打了一顿，扔进县界外的一条沟里。

伐木工人们请教了法律顾问，认识到他们如遭受袭击有权保卫他们的会议厅和他们自己。世界上没有任何事物能使保罗·班扬惧怕。

韦斯利·埃弗雷斯特是个第一流的神枪手；停战纪念日那天他穿上制服，兜里装满了子弹。韦斯利·埃弗雷斯特是个不善言辞的人；袭击前的一个星期日，在工会大厅的会议上，有人谈到有可能发生私刑处死事件；韦斯利·埃弗雷斯特在工装外面套着草绿色军装，在听众席中央过道上走来走去，散发文件和小册子；伙计们说他们决不愿再忍受一次袭击，他腋下夹着文件，在过道上站住了，用棕色纸给自己卷了一支烟，露出一副古怪而文静的笑容。

停战纪念日那天天气阴冷；雾霭从普吉特湾飘来，雾珠从云杉树黝黑的树枝上和城里亮闪闪的商店铺面上朝下滴。沃伦·欧·格里姆指挥游行队伍的森特雷利亚支队。那帮前军人全穿着军装。游行队伍走过工会大厅，没有停下来，大厅里的伐木工人们松了一口气，但在回来的路上，游行队伍在大厅前停下步来。有人把手指塞在嘴里吹口哨。有人狂喊道："咱们去……对付他们吧，伙计们。"他们向世界产联会议厅冲去。三个人砸开了大门。一支来复枪打响了。枪声在城后面的山丘上噼噼啪啪地响起，在大厅后面震响。

格里姆和一名前军人中了弹。

游行队伍乱了阵脚，但拿枪的人们又重整了阵容，往会议厅冲去。他们发现有几个手无寸铁的人躲在一只旧冰箱里，有个穿军装的小伙子双手高举过头，站在楼梯的顶上。

韦斯利·埃弗雷斯特把来复枪弹仓里的子弹全部打完，甩掉来复枪，往森林跑去。他冲过聚集在会议厅后面的人群，用一支蓝色自动手枪吓住了他们，翻过一道栅栏，顺着一条巷子飞奔，穿过一条僻静的小街。人们在后面紧追。他们扔掉了准备用来吊死世界产联书记布里特·史密斯的绳圈。正因为韦斯利·埃弗雷斯特将他们引开，才使得他们没有就地将布里特·史密斯吊死。

韦斯利·埃弗雷斯特站住了一两次，开上几枪，不让人们逼近，往河流奔去，开始蹚水过河。当水没到腰那么深时，他停住步，转过身来。

韦斯利·埃弗雷斯特转身对着歹徒们，脸上带着一丝古怪而文静的微笑。他弄丢了帽子，头发上淌着河水和汗水。人们开始向他冲去。

"别上来，"他高喊道，"要是你们中间有警察，我就甘愿被逮捕。"

歹徒们逼近他身边了。他随手开了四枪，枪卡壳了。他拼命扳动扳机，冷静地瞄准走在最前面的那人，把他打死了。那是戴尔·哈伯德，另一个前军人，森特雷利亚最大的木材商人的侄子。

然后他扔掉他的空枪，徒手搏斗起来。歹徒们抓住了他。一名歹徒拿猎枪枪托往他的牙齿砸去。有人拿来了绳子，他们动手把他吊起来。一个女人挤开人群，将绳索从他脖子上拿下来。

"量你们没胆量在光天化日之下吊死人。"韦斯利·埃弗雷斯特这样说。

他们把他带到监狱，将他扔在一间牢房的地上。他们同时严刑拷打其他伐木工人。

那天夜里，城里的灯火熄灭了。一群歹徒砸烂了监狱的大门。"别开枪，伙计们，这就是你们要找的人。"那狱卒说。韦斯利·埃弗雷斯特站着面对他们。"告诉伙伴们，我已尽了我最大的力量。"他对其他牢房里的难友们小声说。

他们用一辆豪华轿车把他押到契哈利斯河的大桥上。韦斯利·埃弗雷斯特被打昏过去，躺在车子的底板上，一名森特雷利亚商人用剃须刀割去了他的阴茎和睾丸。韦斯利·埃弗雷斯特发出一声痛苦的狂叫。有人记得过了一会儿他轻声说道："看在上帝的分上，伙计们，把我毙了吧……别让我受这份罪啦。"然后他们在车前灯的照耀下把他吊死在桥上。

验尸官认为这是一场大笑话。

他报告说，韦斯利·埃弗雷斯特越狱潜逃，奔到契哈利斯河的大桥上，将一根绳子缚在自己脖子上，往桥下跳，却发现绳子太短，于是又爬上来，系了一根更长一些的绳子，又往河中跳去，折断了脖颈，把自己的身子打得像个蜂窝。

他们把这遍体鳞伤的尸体塞进一只包装箱，埋了起来。

谁也不知道他们把韦斯利·埃弗雷斯特埋在什么地方，但是他们将抓到的那六名伐木工人埋在沃拉沃拉的监狱里。


# 理查德·埃尔斯沃思·萨维奇


巴黎圣母院半圆室的那些小尖塔和扶壁在向晚的阳光中看上去像雪茄烟灰塑成的，行将碎裂。"但你必须留下来，理查德，"埃莉诺一面在房间里走来走去忙着将茶具往茶盘上放，好让女仆取走，一面这样说。"在伊夫琳和她丈夫上船之前，我必须为他们做点儿什么……她毕竟是我最老的朋友之一……而且我已邀请她所有的那帮思想激进的朋友过后到这里来。"在外面，一长溜装满酒桶的大车沿着塞纳河河岸轧辘辘地驶过去。迪克正凝视着窗外烟灰色的暮色。"请务必把窗户关上，理查德，灰尘在往里吹啊……当然啦，我知道你将不得不先走，去参加约·华的记者招待会……要不是为了记者招待会，他也该来的，这可怜的人儿，但你知道他有多忙。"

"嗬，说实在的，我也并不闲得慌啊……不过我会留下来祝贺这对幸福的人儿的。在部队里，我简直忘了什么叫工作了。"他站起来，走回房间里，点燃起一支烟。

"嗯，你没必要为此那么沮丧。"

"我也没看见你自己到大街上去手舞足蹈嘛。"

"我认为伊夫琳犯了一个十分严重的错误……美国人对于婚姻简直不当一回事，令人难以置信。"

迪克的喉咙哽住了。他自己也注意到，他多么僵硬地将烟卷儿塞进嘴里，深深吸了一口烟，然后吐出来。埃莉诺的视线落在他的脸上，目光冷冷的，在探索他的心思。迪克没有说什么，他竭力将脸容绷紧。

"你爱过那可怜的姑娘吗，理查德？"

迪克脸红了，摇摇头。

"哦，你没必要为此装得这么冷酷……只有年轻人才会装出冷酷的样子。"

"得克萨斯州姑娘被军官遗弃[①]，飞机失事身亡……可是大部分记者都认识我，尽力将那条新闻撤了……你还要我做什么呢，像哈姆雷特那样跳进坟墓里去吗？巴罗先生阁下尽了一切必要的努力。多么可怕的厄运啊……"他一屁股坐进一把椅子。"我真希望我的心肠能硬一点儿，这样可以对什么事都满不在乎。当历史正从我们的脸上踩过去时，可绝不是多愁善感的时刻。"他做了一个滑稽的鬼脸，开始用嘴角嘟嘟囔囔地讲话。"我所要求于妹妹的只是跟随伍德罗大叔去看看世界……是个美好的世界，我是说正经的，你知道。"

埃莉诺正在轻轻尖声笑着，他们听见伊夫琳和保罗·约翰逊在外面楼梯平台上的说话声。

埃莉诺买了一对装在笼中的蓝色长尾小鹦鹉送给他们。他们一起喝蒙特拉契酒，吃橘子烤鸭。吃到一半时，迪克不得不去克里永旅馆。到了户外，坐进敞篷出租汽车，驶过在暮霭中显得庞大无比的卢浮宫——在暮霭中，巴黎的街道显得空荡荡的，像古罗马大广场遗址一样的古老——他感到松了一口气。在驶过杜伊勒里宫的一路上，他一时冲动，考虑到叫出租汽车司机将车开到歌剧院、马戏场、城防碉堡去，到随便什么极远极远的地方去。他在克里永旅馆门房面前走过时，装出一副一本正经的样子。

他在门口出现时，威廉斯小姐向他宽释地一笑："啊，我正担心你会迟到哪，萨维奇上尉。"

迪克摇摇头，咧嘴笑笑："有人来了吗？"

"哦，人们成群结队地来。这将成为头版新闻。"她小声道。然后她不得不去接电话了。

这大房间里已经挤满了记者。当杰里·伯纳姆一面跟他握手，一面耳语道："喂，迪克，要是你只拿出一份打印好的声明的话，你休想活着离开这房间。"

"别担心。"迪克说，启齿一笑。

"喂，罗宾斯在哪儿？"

---

① 指萨维奇使陶特尔（安妮·伊丽莎白）怀孕，但不答应跟她结婚。

"他喝醉了，"迪克干巴巴地说，"我想他正在尼斯喝酒，喝得快丧命了。"

约·华从另一道门走进来，在房间里来回走动，和他认识的人握手，被介绍给不相识的人们。一个头发蓬乱、领带扭歪的年轻记者往迪克手里塞了一张纸："喂，问他能否回答其中的一些问题。"

"他将回国为国际联盟开展一场宣传运动吗？"有人在他另一只耳朵边问道。

人人都在椅子上坐好了；约·华屈身靠在一把椅子的靠背上，说这将是一次非正式的交谈，他自己毕竟也是个老报人嘛。寂静了一会儿。迪克扭头瞧一眼约·华那下颏处有点下垂的苍白脸庞时，正好瞥见他那双蓝眼睛在扫视周围记者的脸。一位年纪较大的记者用严肃的口吻问，摩尔豪斯先生是否愿意谈谈总统和豪斯上校之间的意见分歧。迪克仰身靠在椅背上，准备听叫人厌烦的话。约·华冷静地笑笑，回答道，关于这个问题，他们最好去问豪斯上校本人。当有人提到"石油"这个词时，人人都在椅子里挺身坐着。是的，他可以肯定地说，某些美国石油公司和也许是荷兰皇家壳牌石油公司之间已签订一个协定，一份可行的协议，啊，不，当然不是为了规定价格，而是证明国际合作的新时代的曙光的来临，在这个新时代里，各个巨大财团将共同争取和平与民主，一方面反对反动派和军国主义者，另一方面反对布尔什维克血腥的力量。那么，国际联盟怎么样？"一个新时代的曙光，"约·华用一种极亲密的口吻说，"正在出现。"

椅子脚擦着地板吱吱作响，铅笔在拍纸簿上发出沙沙声，每个人都聚精会神地听着。每个记者都记下了约·华将在两星期内乘"罗尚博"号赴纽约的信息。记者都离去赶在发稿截止时间之前发出电报了，约·华打了个哈欠，请迪克向埃莉诺表示道歉，他太疲乏了，今晚无法到她家去了。当迪克又踏上大街时，天空中还有一抹薄暮的紫色。他叫住了一辆出租汽车；他妈的，现在只要他高兴，随时都可以乘出租汽车了。

在埃莉诺家，聚会的气氛相当生硬；人们坐在客厅和一间改装成闺房、有一面围着花边的长镜子的卧房里，谈话进行得很不舒畅，断断续续。那新郎看上去像是硬领里面有蚂蚁在爬。伊夫琳和埃莉诺正站在窗前，跟一个脸容憔悴的人在交谈，这人原来就是曾在德国被占领军逮捕过的唐·史蒂文斯，为了他的缘故，伊夫琳曾使人人都奔忙过一阵。

"我每一次陷于困境，"他在说，"总发现有个小个子犹太人帮助我摆脱出来……这一次是一个裁缝。"

"嗨，伊夫琳可不是个小个子犹太人或者裁缝啊，"埃莉诺冷冰冰地说，"但是我可以告诉你她可是帮了大忙。"

史蒂文斯穿过房间走到迪克跟前，问他摩尔豪斯是个什么样的人。

迪克不禁脸红了。他希望史蒂文斯别讲得那么响。"啊，他是个具有非凡才能的人。"他嗫嚅道。

"我还以为他是个草包……我真不明白这帮资产阶级新闻界的大笨蛋会以为那儿有什么值得写的新闻……我代表《每日先驱报》参加了。"

"是的，我看到了你。"迪克说。

"我原想，也许正如史蒂夫·沃纳所说的，你就是那种从心里让人腻味的人。"

"我看是另一种意义的'让人腻味'：让人腻味，自己也腻味得要命。"

史蒂文斯站在他面前，低头盯视着他，仿佛他要动手揍他似的。"得，我们将很快就知道一个人到底站在哪一边。用不了多久，我们将不得不露出真面目，正如俄国人说的那样。"

埃莉诺拿来一瓶刚开的冒汽泡的香槟酒，打断了他们。史蒂文斯回到窗前跟伊夫琳交谈。"嘿，我可情愿在屋里有一位浸礼会牧师。"埃莉诺窃窃笑道。

"该死，我厌恶那些把自己的快乐建筑在使别人痛苦上的人。"迪克低声咕哝道。

埃莉诺倏地一笑，嘴巴成为 V 字形，用一只白皙的纤手——指尖留着尖尖的长指甲，粉红色的指甲的根部有半月形的白斑——轻轻拍了一下他的手臂。"我也厌恶，迪克，我也厌恶。"

迪克低声说起他头疼，想回家去睡觉，她一把抓住他的手臂，把他拉到门厅里。"难道你竟敢回家，把我一个人撇在这里晾着！"迪克做了一个鬼脸，跟随她回到客厅。她从她还拿在手里的酒瓶给他倒了一杯香槟酒："去给伊夫琳鼓鼓劲吧，"她凑着他耳朵叽叽叫地说，"她正第三次想下楼走了。"

迪克站着跟约翰逊夫人聊书籍、戏剧、歌剧院，聊了好几个小时。他们两人似乎都抓不住对方说话的思路。伊夫琳无法将她的视线从她丈夫身上移开。他脸上带着一副年轻人的稚气，叫迪克情不自禁地喜欢；他正站在餐具柜旁边，和史蒂文斯一起喝得酩酊大醉，史蒂文斯呢，一直在响亮地发表关于资产阶级的寄生虫和装腔作势的政客的难听的话。他滔滔不绝说了好长一阵子。保罗·约翰逊感到恶心，迪克不得不陪他去浴室。迪克回到客厅，几乎和史蒂文斯干起架来，史蒂文斯辩论了一番巴黎和会之后，突然伸出捏紧的拳头，骂他是个天杀的妖里妖气的男人。约翰逊夫妇把史蒂文斯硬推了出去。埃莉诺走到迪克身边，将手搂住他的脖子，说他一直表现得顶刮刮。

他们下楼去拿长尾小鹦鹉，保罗·约翰逊走回楼上来。他脸色煞白。一只鹦鹉死了，僵硬地朝天躺在笼底，爪子往空中翘着。

大约三点钟时，迪克乘一辆出租汽车回到旅馆。

# 新闻短片 XLIII

激进分子手里拿的标语牌被那些现役和退役军人夺走了，并撕破了他们的衣服，把他们的眼睛打青才罢休

三十四人喝了甲醇致死　　在法国列车可能即将停驶

杰勒德①宣布参加竞选

## 最高法院打破饮酒者的最后一线希望

### 救生船按火箭信号前往搜索

### 十六小时毫无结果

亚美利加，我爱你

你犹如我的情人

### 聪明人避开政治性集会

## 华尔街收盘疲软：担忧抽紧银根

从一片大洋到另一片大洋

我对你的满腔忠诚

及于每一处边疆

---

① 詹姆斯·杰勒德（1867—1951），美国律师，外交家。1919年他宣布参加竞选民主党总统候选人。

## 小卡鲁索①即将诞生

他的妈妈W. D. 麦吉利卡迪夫人说："我的第一个丈夫在火车前穿越铁道时被压死了，第二个丈夫也是这么死的，现在又轮到我的儿子

正像一个婴儿

爬到母亲的膝头上

## 机关枪在诺克斯维尔横扫暴民②

亚美利加，我爱你

飞行员们靠甲壳类动物维持了六天生命

警察迫使示威者降下那些旗帜，并命令大会除了有红色条纹的美国星条旗之外，不得悬挂任何红色的标志；然而，披露如下的事实也许不能算是轻率——反正这也无损于他的光荣——原来当电报抵达时，潘兴将军正因晕船躺在高级船舱里。**八十九岁的老人把口香糖视作珍贵的纪念品在联盟最后的辩论中无法保持他的安详**

还有一亿人跟我一样地爱你

---

① 指意大利歌剧明星卡鲁索之女格济丽娅（1919年12月18日生）。
② 诺克斯维尔是美国田纳西州东部城市，这里是指1919年8月31日至9月1日美警方镇压黑人示威。

# 一个美国人的遗体

由于美国国会于今年三月四日一致通过决议授权国防部长负责将作为美国欧洲远征军一员在世界大战中阵亡姓名不详身份无法确证的一个　　美国人　　的遗体运回美国　　他将被安葬于弗吉尼亚州阿灵顿国家公墓的圆形纪念堂中[①]

在马恩河畔夏龙村[②]的油毛毡顶的陈尸所里，在漂白粉和尸体的臭味中，他们选中了一口松木棺材，里面置放着

某某某某仅存的遗体，还有其他许多松木棺材堆放在那儿，里面置放着他们收集来的理查德·罗

和另一个人或者其他不知其名的人的遗体。只消一个就够了。他们怎么会选中约翰·多伊[③]的呢?

伙计们，必须弄清楚他不是个黑鬼。

必须弄清楚他不是意大利佬或犹太佬。

你拿到的只有一麻袋骨头、上面刻着一头唳叫着的鹰的铜纽扣和一副绑腿，你怎么能百分之百地肯定这尸体是什么人呢?

……还有那令人窒息的漂白粉味和已腐烂经年的尸体的恶臭……

然而，这一天具有如此深远的意义和悲壮的色彩，不能鼓掌欢呼。默哀、眼泪、颂歌、祈祷、闷闷的鼓声和轻柔的音

---

① 1921年3月4日，美国国会批准在阿灵顿国家公墓埋葬第一次世界大战中在法国阵亡的一个无名英雄。安葬仪式于1921年11月11日停战纪念日举行。公墓正中央为1802年仿照雅典泰修斯神庙建筑的纪念堂。

② 1921年10月，从一座军人墓地挖出4具美国阵亡士兵的遗体，送到巴黎东边的一个小村马恩河畔夏龙，最后选了一具尸体，作为无名英雄葬在阿灵顿国家公墓。

③ 约翰·多伊和上面的理查德·罗原为一次法律诉讼中隐名的第一、第二当事人的代用姓名，此处泛指战死的无名士兵。

乐，才是今天全民族表示赞扬的最好的方式。

约翰·多伊降生了（在爱情中单独相处的一男一女在血液突突的搏动声中进入全身震颤的翱翔而进入

加上九个月恶心昏睡走进令人畏惧的苦恼之中和生育时的阵痛流血和排出的污物）。约翰·多伊降生

并成长于布鲁克林，孟菲斯，靠近俄亥俄州克利夫兰的湖边，芝加哥牲畜围栏的臭味中，波士顿的烽火山上，弗吉尼亚州亚历山德里亚一幢古老的砖瓦房里，旧金山电报山上，玫瑰之城波特兰一幢都铎王朝式的半木结构别墅里，

在斯特伊弗桑特广场老摩根捐款建造的产科医院里，

在铁轨的另一面，乡间俱乐部附近，窝棚小屋租房公寓时髦的城郊住宅区；

社交界名人录中名门世家的子弟，在科罗拉多海滩婴孩比赛中获第一名，小石城公立学校的打弹子冠军，博恩维尔中学篮球队第一流队员，州立教养院橄榄球队四分卫，在小密苏里河里救起了濒于溺死的地方长官的孩子，被邀请到华盛顿，在白宫前的台阶上跟总统握手照了相——

> 虽然这是一个悼念死者的时刻，然而这样的人群必然会带有一些动人的色彩。人们可以看见在包厢里的外国外交官的大礼服，美国的和外国的海军和陆军的镀金穗带，美国政治家们穿的传统的黑色丧服，母亲们和姐妹们穿的各种色彩的裘皮大衣和供户外穿着的衣服，她们前来悼念身穿草绿色和蓝色军服的士兵和水兵，还有熠熠发亮的乐器，合唱队队员们穿的白背心和黑上衣

——小餐馆的侍者收获季节的短工赶猪的童子军冠军堪萨斯州西部剥玉米工萨拉托加泉城美国大旅馆的小郎办公室打杂的唤演员准时上台的果农电话线务员码头搬运工伐木工人管道工的帮手，

为尤尼恩城一家灭虫剂公司工作，在新泽西州特伦顿一爿鸦片烟馆里为瘾君子装烟。

基督教青年会秘书，捷运公司职员，卡车司机，福特汽车机修工；在科罗拉多州丹佛市卖书：夫人，您愿意帮助一个靠打工读完大学的年轻人吗？

哈定总统以由于他的崇高的世俗地位而似乎显得更意味深长的尊敬之情，这样结束他的悼词：

> 我们今天在此地聚会以表示代表我们大家的悼念；此人的遗体正安息在我们面前。他的名字已随着他的永垂不朽的灵魂升上天国……
>
> 作为这个代议制民主国家的一个典型的战士，他去战斗并牺牲生命，坚信他祖国的事业的无可争辩的公正性……

他举起右手，请数千名听得见他的声音的人们和他一起祈祷：

> 我们在天上的父，愿人都尊你的名为圣……①

他赤裸着身子进了部队；

他们给你称体重，量身高，瞧是否是平脚，捏住你的阴茎瞧是否患着淋病，察看你的肛门看看有没有痔疮，数你的牙齿数目，让你咳几声，听你的心和肺，让你读卡片上的字母，用图表表示你的尿液化验成分和智力，

给你一张服役记录卡，为了将来（永垂不朽的灵魂）

和一块刻着你的军号的身份牌，挂在脖子上，还发给一套草绿色的规定的装备、一罐调味品和一本陆军法规。

立正挺直身子你这胆——小鬼别那么傻笑向右看你以为这是什么唱诗班联欢会吗？起步走。


约翰·多伊

和理查德·罗和另一个人或者其他不知其名的人

操练，徒步行军，读武器手册，吃大锅菜，学会敬礼，学会当小兵，蹲厕所磨蹭时间，被禁止在甲板上抽烟，在海外放哨，四十名士兵和八匹马②，性病检查和榴霰弹片的嗖嗖声空中一片尖厉的子弹的嗖嗖声脾气暴躁的啄木鸟机关枪泥泞虱子防毒面具和疥癣。

---

① 这是《主祷文》的开头两句，全文原见《圣经·马太福音》第6章第9节到13节。
② 第一次世界大战期间，法国的运兵车厢上均标有"四十名士兵，八匹马"，以表明装载量。

喂，伙计，告诉我怎样去找我自己的部队。

约翰·多伊长着一颗脑袋

已二十多年了眼睛耳朵上腭舌头手指脚趾腋窝的神经全都很紧张，神经在皮肤下暖洋洋的使满是纹路的脑子刺痛甜蜜温暖寒冷我的神经一定不能箴言刊出大字标题：

您将不九九表长除法，现在是所有善良的人的时代在一个年轻人的门上只敲一下，假如我不发愁这将是绝妙的生活，头五年将是安全第一的五年，请设想一下假如一个德国佬强奸你的不管我的国家是对是错，趁他们年轻的时候就抓住他们，他不知道的事是不会使他粗暴地对待他们的，别把任何事告诉他们，他得到应得的下场他得到了下场，这是个白种人的国家，寻死去吧，到西部去，要是你不喜欢你可以把他宰了

喂，老弟，你能告诉我怎样去找我自己的部队吗？

他们开枪时，我禁不住直跳起来，他们那些玩意儿让我小跑起来。在马恩河里游水，我丢失了我的身份牌，当我们等着灭虱子时，我和一个伙计打闹起来，和一位名叫让娜的姑娘同床睡觉（爱情电影法国色情明信片从在咖啡中掺硝石①开始直到性病预防站而告终的梦）——

喂，大兵，看在基督分上，你能告诉我怎样去找我自己的部队吗？

约翰·多伊
心脏搏击出血液：
静寂中你耳鼓里突突地回响着鲜血的搏动声
在俄勒冈州森林中的空地上，那儿南瓜一片黄灿灿的通过眼帘融进血液之中，布满秋色的树林中，古铜色的鸟儿在干草丛中跳跃，那儿有条饰花纹的小蜗牛垂挂在叶片的背面，苍蝇营营，黄蜂嗡嗡，土蜂哼哼，森林散发出葡萄酒、蘑菇和苹果的芳香，秋季在家庭中的气息融进血液之中，
于是我扔下钢盔和被汗水弄湿的行囊，平躺在地上，让伏天的阳光舔我的喉部、喉结和紧绷在胸骨上的皮肤。

---

① 据说硝石可以消除性欲。

炮弹上注着他的命数。

鲜血流进了泥地。

那一次，当他们不得不匆匆整好行装、撤离驻地时，军需中士喝得烂醉如泥，那份服役证书从档案箱里掉了出来。
身份牌早掉在马恩河的河底了。

鲜血流进了泥地，脑浆从碎裂的头颅里渗出来，被壕沟里的老鼠舔食，肚子鼓胀起来，滋养着一代绿头大苍蝇，
而那不易腐朽的骨骼，
干瘪的内脏和皮肤的碎块用卡其军装包裹了起来

他们把它拿到马恩河畔夏龙村
整整齐齐地安放在一口松木棺材中
运回天府之国的一片战场
用石棺将他葬在阿灵顿国家公墓圆形纪念堂中
在棺盖上覆盖着星条旗
于是司号手吹起陆军熄灯号
于是哈定先生向上帝祈祷，而外交家、将军、海军上将、高级军官、政治家和《华盛顿邮报》社交生活栏经常报道的那些穿戴得雍容华贵的夫人肃穆地站立起来
心中思忖：在司号手吹奏熄灯号和排枪三阵齐射声在他们的耳际震响时，这星条旗，这天府之国是多么美丽而忧郁啊。

在原来应该是他胸部的地方，他们给他别上了
国会勋章、杰出贡献十字勋章、军功勋章①、比利时战争十字勋章、意大利金质奖章、罗马尼亚玛丽王后赠送的英勇勋章、捷克斯洛伐克军功十字

---

① 这三种给军人的荣誉勋章分别由美国、英国和法国颁发，下面的那几种由当时的其他协约国颁发。

勋章、波兰英勇勋章，还放上了纽约州的小汉密尔顿·菲什①送的花圈，以及由一个身上涂着出征勇士图案、头戴羽毛冠的亚利桑那州印第安人代表敬献的一小串贝壳数珠。所有的华盛顿市民都带来了鲜花。

伍德罗·威尔逊送来一束罂粟花②。

---

① 小汉密尔顿·菲什，生于1888年，国会议员，为国会关于建立无名英雄纪念墓的决议的起草人。
② 威尔逊这时已不是美国总统，身体极为衰弱，坐着车跟哀悼者的队伍走了很短的一段路，他没有参加阿灵顿国家公墓的仪式。